Patricia
SHAW
Wind des Südens

D1858498

ROMAN

Aus dem Englischen von
Karin Dufner und Elisabeth Hartmann

Weltbild

Die englische Originalausgabe erschien 2003 unter dem Titel
The five winds bei Headline Book Publishing, London.

Besuchen Sie uns im Internet:
www.weltbild.de

Genehmigte Lizenzausgabe für Verlagsgruppe
Weltbild GmbH, Steinerne Furt, 86167 Augsburg
Copyright der Originalausgabe © 2003 by Patricia Shaw
Copyright der deutschen Ausgabe © 2004 bei Knaur Verlag,
ein Unternehmen der Droemerschen Verlagsanstalt
Th. Knaur Nachf. GmbH & Co. KG, München
Übersetzung: Karin Dufner und Elisabeth Hartmann
Umschlaggestaltung: Atelier Seidel, Neuötting
Umschlagmotiv: zefa visual media
(© George Simhoni), Düsseldorf
Gesamtherstellung: GGP Media GmbH,
Karl-Marx-Straße 24, 07381 Pößneck
Printed in Germany
ISBN 3-8289-7601-8

2007 2006 2005 2004
Die letzte Jahreszahl gibt die aktuelle Lizenzausgabe an.

Fond memories of teachers and friends
at Star of the Sea College, Gardenvale,
including Alma Corby, Irene Mountford,
and Eileen Rushford

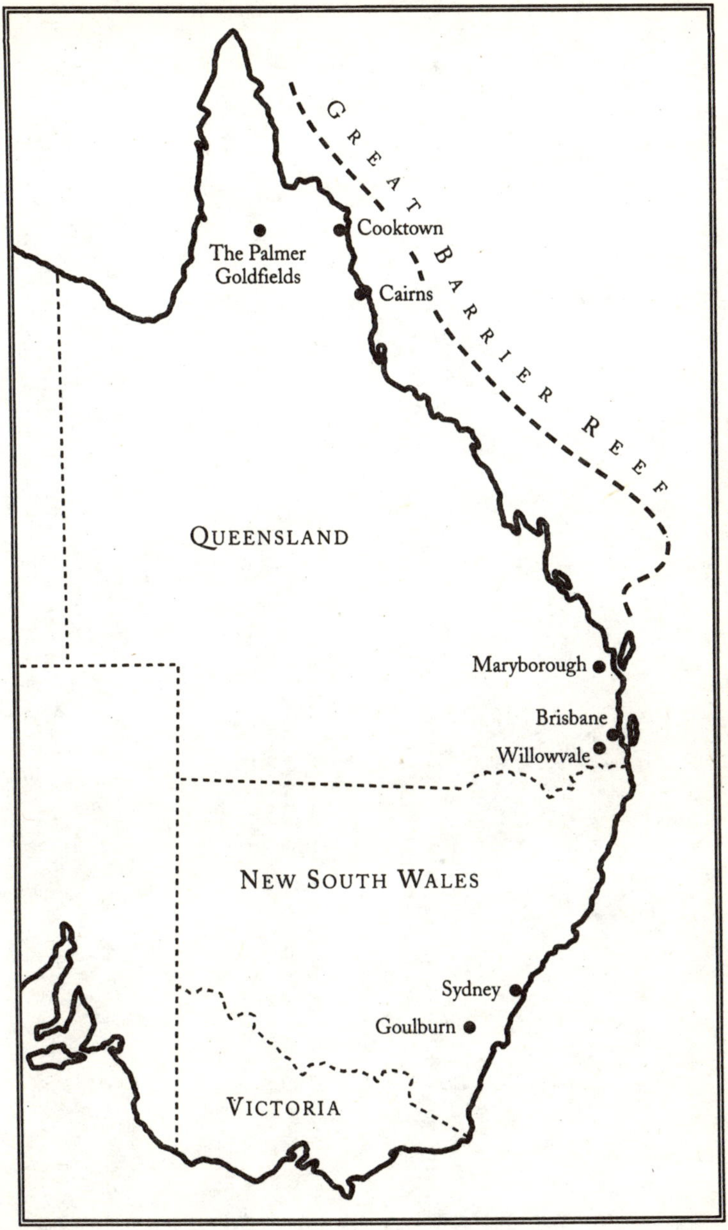

GREAT BARRIER REEF
Cooktown
The Palmer Goldfields
Cairns
QUEENSLAND
Maryborough
Brisbane
Willowvale
NEW SOUTH WALES
Sydney
Goulburn
VICTORIA

1. Kapitel

1873

Das schmucke Schiff segelte, von Hongkong kommend, schneidig in die lange Durchfahrt zwischen dem Great Barrier Reef und der Küste von Queensland. Der erleichterte Seufzer des Kapitäns hallte in der sanften Brise nach. Wenngleich diese Gewässer mit ihren unzähligen Inseln und kleineren, nicht kartierten Riffen gefährlich sein konnten, so waren sie im Vergleich zur hohen See mit ihren Risiken geradezu wie ein sicherer Hafen. Es war die schlimmste Unwetterperiode, die Kapitän Judd Loveridge auf dieser Route je erlebt hatte, und er dankte dem Herrn dafür, dass ihm ein Hilfsmotor zur Verfügung gestanden hatte.

Nachdem seinem Schiff im Südchinesischen Meer schwer zugesetzt worden war, hatte der Kapitän zwei zusätzliche Tage in Singapur anberaumt, um Reparaturen vornehmen zu lassen und einen Ersatz für den Ersten Offizier Barrett zu finden, der sich beim vergeblichen Versuch, rutschende Fracht zu sichern, ein Bein gebrochen hatte. Loveridge hatte tatsächlich einen neuen Burschen ausfindig gemacht, Jack Tussup, einen Australier, der als Zweiter Offizier auf der *SS Meridian* gedient hatte. Die *SS Meridian* war in der Malaccastraße auf Grund gelaufen. Tussup war eigentlich nicht der Typ, für den er sich, hätte er die Wahl gehabt, entschieden hätte, doch Loveridge wusste, dass es ihm kaum gelingen würde, irgendjemanden von Barretts Format zu finden.

Der Zwangsaufenthalt im Hafen gewährte seinen Passagieren immerhin eine Verschnaufpause. Es hätte ihn nicht gewundert, wenn der Großteil seiner Passagiere an Land gegangen und dort geblieben wäre, um sich von den auszehrenden Nachwirkungen lang anhaltender Seekrankheit zu erholen. Aber Singapur war eine ungesunde Stadt, und Lyle Horwood forderte: »Wir haben das Schlimmste doch sicher hinter uns, Captain. Deshalb lautet der einstimmige Beschluss: weiterfahren!«

Der Kapitän schmunzelte. Horwoods Frau war entsetzlich seekrank gewesen, doch ihr ältlicher Gatte hatte die Stürme mit der Gleichmut eines alten Seebären hingenommen. Er und dieser junge Kerl, Willoughby, hatten keine einzige Mahlzeit ausfallen lassen, und während sie in der Bar herumlungerten und Karten spielten, wurden sie enge Freunde – obwohl sie nach Loveridges Meinung Welten trennten.

Horwood war ein distinguierter Herr, Direktor der *Oriental Shipping Line*, Willoughby hingegen ein eher ungeschliffener Diamant. Der Kapitän hatte den Eindruck, dass dieser große, schlaksige Kerl weit besser auf einem Pferderücken zu Hause war als auf den Planken eines Schiffs.

Die *China Belle* war Loveridges Lieblingsschiff aus der Flotte der *Oriental Line*. Sie führte eine beträchtliche Fracht von Reis und Tee, aber nur wenige Passagiere. Es gab nur sechs Kabinen, allesamt erster Klasse, für eine exklusive, wohlhabende Klientel. Loveridge hoffte, nach dem Luxus seiner geliebten *China Belle* nie wieder zurück auf überfüllte Passagierschiffe zu müssen.

Er seufzte, spähte hinüber zu einer weiteren grünen, von einem weißen Küstenstreifen gerahmten Insel und einer Ausbreitung helleren Wassers, die auf ein Riff unter der Oberfläche hinwies, und drehte das Steuerrad, um das Riff weiträumig zu umfahren.

»Kennen Sie sich in diesen Gewässern aus?«, fragte er Tussup.

»Nicht allzu gut, Sir. Dank der Riffe, die hier wie Konfetti verstreut liegen, sind sie unberechenbar.«

»Ja, es ist auch ohne diese Tücken schon schwierig genug, dem großen Riff nicht zu nahe zu kommen. Manchmal denke ich, es wäre klüger, außen herum zu fahren.«

Tussup hob verdutzt den Blick. »Gott bewahre! Wir kämen vom Kurs ab. Das hier ist die offizielle Route!«

»Ich weiß. War nur so ein Gedanke. Um sicherzugehen, würde ein Mann im Topmast nicht schaden. Sag dem Bootsmann, er soll jemanden raufschicken, der nach diesen verdammten Riffen Ausschau hält - einen von den Malaien.«

Seine Mannschaft bestand, abgesehen von den zwei Offizieren und dem Bootsmann, aus Malaien und Chinesen. Die Asiaten arbeiteten als Köche und Stewards – insgesamt zweiundzwanzig Seemänner, von denen Loveridge möglicherweise einige in Brisbane austauschen wollte. Zugegeben, das Schiff war von den haushohen Wogen während der Stürme ordentlich durchgeschüttelt worden, doch das war kein Grund für die ablehnende und mürrische Haltung der Mannschaft ihm gegenüber, als hätte er die Jungs absichtlich in Gefahr gebracht. Die Wahrheit war schließlich, dass er sie, auch wenn er gelegentlich zur Peitsche greifen und ihnen lautstark und grob die Panik austreiben musste, doch sicher durch eine Situation geführt hatte, in der andere Kapitäne vielleicht versagt hätten. Er hatte mit dem Bootsmann über die mürrische Stimmung gesprochen, die immer noch über dem Schiff lag.

»Was zum Teufel ist los mit denen? Bring sie auf Vordermann! Die Sonne scheint, und bis Brisbane haben wir jetzt ruhige See.«

»Ich weiß nicht. Sie sind immer noch voller Angst nach den Erlebnissen im Chinesischen Meer, glauben, das Schiff wäre verdammt und die Götter ließen es auf ein verstecktes Riff auflaufen. Ein abergläubischer Haufen!«

»Dann sag Tom, er soll sie bei der Stange halten. Wenn nötig, soll er ihnen die Rationen kürzen.«

Während der Bootsmann zustimmend nickte, wusste Loveridge, dass es sinnlos war, Tom Ingleby, seinem Zweiten Offizier, zu befehlen, die Mannschaft mit der Peitsche zur Ordnung zu rufen. Tom war ein guter Seemann, aber ein schwacher Mensch. Nicht gerade eine Respektsperson. Es würde Matt Flesser, dem Bootsmann, überlassen bleiben, die elenden Jammergestalten, die nicht begriffen, dass die Pechsträhne vorüber war, ins Joch zu zwingen.

Wie auch immer, Loveridge konnte sich angesichts des bedeutenden Passagiers an Bord keine missmutige Mannschaft erlauben, und so beschloss er, es allen recht zu machen, indem er verkündete, dass bei Nacht nicht gesegelt würde. Während der Dunkelheit sollte das Schiff vor Anker liegen, geschützt vor den scharfen Klauen der Korallen.

Loveridge selbst fühlte sich besser nach diesem Entschluss. Der Albtraum der *Atlanta*-Katastrophe würde ihn plagen bis an sein Lebensende. Er war erst siebzehn gewesen, gemeiner Matrose, als sie zuschanden kam, weil ihr Kapitän den Rat, bei Nacht die Meerenge von Bass zu meiden, in den Wind geschlagen hatte ... Judd klang noch immer das Krachen berstenden Holzes in den Ohren, als das Schiff den Felsen rammte, das Schreien und Rufen und das ungestüme Eindringen des Wassers, als trieben sie durch einen stockdunklen Tunnel, in dem die Menschen umherflogen wie Kieselsteine.

Er hatte sich aus der Tiefe hochgekämpft und Luft geschnappt, wenigstens das, und war dann blindlings geschwommen, bemüht, den Kopf über den erbarmungslos wogenden Wellen zu halten, ohne zu wissen, wohin er strebte, ob ans Ufer oder aufs Meer hinaus, was ihm aber seltsamerweise gleichgültig war. An Land wäre er gerannt, in panischer Angst vor einer Macht, die sein junges Leben bedrohte, davongerannt. Um Abstand zu gewinnen.

Judd Loveridge gehörte zu den vier Überlebenden des Schiffsunglücks, das zweiunddreißig Männern den Tod gebracht hatte. Sein Vater, Captain Arnold Loveridge, war mit seinem Schiff untergegangen.

Nicht alle Passagiere waren mit der neuen Regelung einverstanden. Horwood beklagte sich über den Zeitverlust.

»Ich halte das für eine Überreaktion, Captain. Ich verlange, dass dieses Schiff heute Nacht und in den folgenden Nächten weitersegelt. Unvorstellbar, bei solch ruhiger See zu trödeln.«

Der Kapitän ließ Horwood ausreden, gab eine ausweichende Antwort und zuckte mit den Schultern, als der Direktor davonstürmte. Die Riffe und Inseln vor dieser Küste waren noch nicht exakt kartiert, und er schätzte sich glücklich, dass sie ohne Zwischenfälle so weit gekommen waren. Seit sie von der Torres-Straße aus in diese Gewässer gekommen waren, rechnete er jede Minute damit, das gefürchtete Scharren und Knirschen der Katastrophe zu vernehmen, und nachdem er nun seinen Entschluss gefasst hatte, verspürte er große Erleichterung und gönnte es sich, den prachtvollen Ausblick zu genießen. Die kleinen Inseln glichen Edelsteinen, gefasst in saphirblaues Wasser, und er nahm sich vor, diese Beschreibung in sein Logbuch einzutragen.

Es sollte der letzte Eintrag sein.

Lyle Horwood war, als er sich zum Dinner umkleidete, übelster Laune, nestelte an seiner Krawatte und beschwerte sich, dass sein Hemd zu steif gestärkt sei.

»Warum überprüfst du das nicht, wenn der Junge meine Hemden aus der Wäscherei bringt?«, fuhr er seine Frau an. »Das wäre doch wohl nicht zu viel verlangt. Und was hast du da für einen Fetzen an? Sieht schlampig aus, verdammt!«

Constance warf einen Blick in den Spiegel. Sie mochte dieses Kleid aus fließendem geblümten Georgette in gedämpften Herbstfarben. Es war exzellent geschnitten und bestens geeignet für diese warmen Nächte.

»Das ist kein Fetzen, Liebling.« Sie lächelte, um ihn zu besänftigen. »Es hat eine gehörige Stange Geld gekostet, wie du wohl weißt. Und es ist schlicht genug für heute Abend. In diesem kleinen Kreis möchte ich nicht zu auffällig gekleidet erscheinen.«

»Willst du meinen Geschmack in Frage stellen? Lass dir gesagt sein, ich habe schon in vornehmen Kreisen gespeist, als du noch nicht mal mit Messer und Gabel essen konntest. Los, zieh was Besseres an.«

Constance wandte sich ihm zu. »Ist das denn so wichtig,

Lyle? Du liebe Zeit, ich glaube wirklich nicht, dass wir es nötig haben, Eindruck zu schinden. Und dieses Kleid ist ...«

Wütend packte er sie, im selben Moment, als sie sich umdrehte, am Kleid, und das gute Stück riss an der Taille auf. »Nun sieh dir das an!«, schnauzte er. »Zieh dich um. Ich gehe schon vor.«

Erschüttert blickte sie an ihrem zerrissenen Kleid herunter, zog es langsam aus und fragte sich, was diesen Wutausbruch heraufbeschworen haben mochte, während Lyle nach der Bürste mit dem silbernen Monogramm griff und sich rasch über das dichte weiße Haar fuhr.

Er ist so stolz auf seine ›Mähne‹, dachte Constance verächtlich und mit den Tränen kämpfend. Oh ja, und er war ein Bild von einem Mann ... Sehr erfolgreich. Begütert. Hoch geachtet. Ein echter Gentleman. Und zudem noch Witwer!

Das war ein Teil des Lobes, das ihr Vater, Percy Feltham, auf Horwoods Reputation gehäuft hatte, als er mit der großartigen Nachricht für seine Tochter nach Hause kam, dass er einen alten Freund getroffen habe.

»Ich muss ihn dir vorstellen. Er wird dir gefallen ...«

»Wieso? Wie sieht er aus? Bring mich bitte nicht in Verlegenheit, Vater, indem du mich einem alten Tattergreis zur Besichtigung vorführst. Ich habe keine Eile, was das Heiraten angeht.«

»Mein Schätzchen, du bist fünfundzwanzig, fast schon eine alte Jungfer. Allerdings bin ich zugegebenermaßen froh, dass du deine Verlobung mit Reggie gelöst hast. Er hat nicht zu dir gepasst, aber glaube mir, mit Lyle Horwood verhält es sich anders.«

»Wie sieht er aus?«, wiederholte Constance misstrauisch.

»Er ist ein feiner, aufrechter Bursche! Groß, distinguiert. An seiner Seite wirst du dich gut machen. Und eine Schönheit wie du – er wird dir nicht widerstehen können.«

Trotz ihres Misstrauens angesichts der väterlichen Begeisterung und ihres eigenen Desinteresses an Männern seines Alters fühlte Constance sich zu ihrer Überraschung zu Lyle Horwood hingezogen und war beeindruckt von seiner Großzügigkeit. In der Zeit der Brautwerbung war er, wie sie sich verbittert erinnerte, während sie auf der Suche nach einem anderen Kleid ihren Schrank inspizierte, der netteste, charmanteste Mann, dem sie je begegnet war, und binnen weniger Monate waren sie verlobt.

Nach der Hochzeit gingen sie in großer Aufregung an Bord eines Schiffes der *Oriental Line,* das sie nach Hongkong bringen sollte, in ihr neues Heim, das Herrenhaus der Horwoods mit Blick über den Hafen.

Constance wandte sich seufzend wieder der Gegenwart zu und entschied sich widerwillig für ein Kleid aus roter Seide mit schmaler Taille und weich fallendem Rock. Es war sehr tief ausgeschnitten, würde ihrem Mann also gefallen. Und weil dazu noch etwas fehlte, griff sie nach einem zierlichen, mit Diamanten besetzten Halsband.

Im Grunde ist es sein Halsband, überlegte sie böse, denn er entschied, wann sie es zu tragen hatte. Wie ihren übrigen Schmuck auch, bewahrte er es in der Bank auf. Um etwas von den teuren Stücken, die er ihr geschenkt hatte, zu tragen, musste sie ihm frühzeitig Bescheid geben, und das ärgerte sie so sehr, dass sie sich manchmal gar nicht die Mühe machte, um den Schmuck zu bitten.

Das Halsband, ein Hochzeitsgeschenk, hatte ihr die Sprache verschlagen und Percy Feltham in Entzücken versetzt. Er war überzeugt, dass seiner Tochter mit seinem steinreichen Freund ein Leben in Saus und Braus bevorstand. Und es war, wie Constance sich erinnerte, zunächst auch wunderschön. Mit dem größten Vergnügen brüstete Lyle sich mit seiner schönen jungen Braut. Er ließ sogar ein Porträt von ihr anfertigen, das er in der Bibliothek ihres Hauses aufhängte. Nach Constances Meinung schmeichelte es ihr: Die Augen waren blauer, das Haar blonder, doch Lyle behauptete charmant, es würde ihr nicht gerecht, und seine Freunde pflichteten ihm bei.

In Hongkong führten sie ein umtriebiges gesellschaftliches Leben, und ihr Mann kaufte ihr Kleider und Accessoires, schickte ihr Couturiers mit Körben voller Stoffe ins Haus, damit sie das Passende auswählte. Er überraschte sie gern mit Schmuckstücken: Diamant- und Saphirringe, Perlen, eine Brosche aus Rubinen und Perlen, eine Diamantnadel – jede Gelegenheit war ihm recht, solange ein Publikum zugegen war, das applaudierte und ihre Freude teilte. Constance brauchte geraume Zeit, bis sie sein Bedürfnis nach öffentlicher Zurschaustellung seiner Großzügigkeit durchschaut hatte, aber es störte sie im Grunde nicht. Es stützte sein Selbstbewusstsein und hielt ihn bei Laune, vorübergehend zumindest. In letzter Zeit war seine Stimmung übler als gewöhnlich, womöglich weil er dem Plan, vorübergehend in sicherere Gefilde nach Australien überzusiedeln, unwillig gegenüberstand.

Constance ließ sich jetzt absichtlich Zeit, hatte keine Eile, sich dem Gesellschaftstrubel vor dem Dinner anzuschließen. Sie kam sich albern vor, als sie die tropfenförmigen Diamanten-Ohrgehänge anlegte, die zum Halsband passten, denn ihr war klar, dass sie in dem kleinen Speisesalon in dieser Aufmachung völlig fehl am Platze wäre.

Sie setzte sich an den Frisiertisch, nestelte an den losen blonden Locken, die den Kämmchen in ihrem anmutigen Chignon entwichen waren. Ihr langer, schlanker Hals war perfekt für das Halsband. Für ein Halsband, das Fannie gehört hatte!

Constance schauderte noch immer vor Beschämung, wenn sie an das auf dem Silvesterball belauschte Gespräch dachte ...

»Natürlich, das Halsband, das sie da trägt, hat Fannie gehört«, sagte eine Frau. »Seiner ersten Frau. Jedes Schmuckstück, das er seiner Frau überreicht, hat Fannie gehört. Ihre Mutter, eine deutsche Gräfin, hat ihn ihr hinterlassen. Lyle hat nicht ein einziges Stück selbst gekauft.«

Die andere Frau lachte. »Ich hätte nichts gegen derartigen Schmuck aus zweiter Hand einzuwenden. Er nutzt sich ja schließlich nicht ab.«

»Ein bisschen altmodisch ist er aber schon, findest du nicht? Ich würde einfach alles neu fassen lassen ...«

Die Stimmen entfernten sich, und Constance blieb

gekränkt und verwirrt an der Tür stehen. Hätte er es ihr nicht sagen müssen? Ihr nicht wenigstens die Geschichte des Schmucks erzählen müssen? Vielleicht auch nicht, dachte sie damals, und fand Entschuldigungen für ihn, Entschuldigungen, die immer fadenscheiniger wurden und sich zuletzt in nichts auflösten, als sie sich eingestand, dass sie den Typ Mann geheiratet hatte, den man landläufig als »Straßenengel« bezeichnet. Weil er zu Hause keineswegs ein Engel war.

In Abwesenheit seiner Freunde und Bekannten war er ein übellauniger Mann, der seine Frau mit absichtlicher Missachtung behandelte. Sein Verhalten wurde noch schlimmer durch seine Widersprüchlichkeit. Manchmal konnte er höflich sein, besonders, wenn er Gesellschaft, jemanden zum Reden brauchte, doch dann wieder verwandelte er sich ohne Vorwarnung in den Haustyrannen, der das Personal umherscheuchte und die Nerven seiner Frau strapazierte.

Erst kürzlich hatte Constance mit ihrem Vater darüber gesprochen, als er zur Feier ihres dreißigsten Geburtstags nach Hongkong gekommen war, doch Feltham war so beeindruckt von der Opulenz des Hauses und der Gärten, von dem Lebensstandard, den seine Tochter erreicht hatte, dass er kein Wort der Klage hören wollte.

»Schlägt er dich?«

»Nein, aber er schlägt die Dienstboten ziemlich brutal, und ich ...«

»Aber, Connie. Wahrscheinlich haben sie es verdient. Du verstehst nichts von orientalischen Dienstboten, im Gegensatz zu ihm.«

»Aber Vater, er hat oft schlimme Wutanfälle.«

»Lieber Himmel, Connie, was willst du eigentlich? Dann verärgere den Mann eben nicht. Ich möchte sagen, meine Liebe, jede andere Frau würde ihre Seele verkaufen, um mit dir tauschen zu können. Der Mann verwöhnt dich – schau dir doch nur diese Perlen an, sie sind prachtvoll -, und es schmerzt mich, dass du so undankbar bist.«

Vor seiner Abreise unternahm sie einen weiteren Versuch. »Kann ich mit dir zurück nach London, Vater? Nur für kurze Zeit? Ich habe schreckliches Heimweh nach London.«

Er tat ihre Bitte lässig ab. »Finde dich endlich ab, Connie. Ständig höre ich nur Klagen von dir. Wenn deine Mutter noch lebte, wäre sie überglücklich zu sehen, wie gut du es getroffen hast. Du hast alles, was man für Geld kaufen kann. Versuch doch bitte, deinen Mann nicht so kritisch zu betrachten. Wir haben alle unsere Fehler, weißt du?« Er küsste sie auf die Wange. »Ich werde für dich beten.«

»Habe ich tatsächlich alles?«, fragte sie verbittert ihr Bild im Spiegel. »Nichts habe ich. Ich besitze gar nichts. Ich habe nie mehr als ein paar Pfund, mein Taschengeld, wie ein Schulmädchen. Er bezahlt alle Rechnungen, mein Schmuck wird weggeschlossen und nur hervorgeholt, wenn es ihm passt ...«

Sie erhob sich und ging zur Kabinentür. Ihre kostbare Robe rauschte dabei wie Wellen, die gegen das ankernde Schiff schlugen. Doch dann zögerte sie.

»Ich sehe aus wie ein Weihnachtsbaum«, sagte sie leise zu sich selbst. »Völlig unpassend für diesen Abend. Und ich habe keine Lust, mich zum Narren zu machen. Was ist in mich gefahren, dass ich ihm so etwas durchgehen lasse?«

Eilig legte sie den störenden Schmuck ab, verstaute ihn in den dazugehörigen Samtbeuteln, verschloss ihren Schmuckkasten und ließ den Schlüssel an der feinen Silberkette in einer versteckten Unterrocktasche verschwinden ...

Mit einem nervösen Lachen verließ sie die Kabine. Vielleicht merkte er gar nicht, dass ihre Robe ein wenig schmucklos wirkte.

Er sah sich längst nicht mehr als Lyle Horwood, sondern als Sir Lyle, als müssten die beiden Worte zwangsläufig eines Tages eine Verbindung eingehen, wenn die gute Queen, wie er hoffte, ihn für seine Dienste für die Krone und die Kolonie Hongkong zum Ritter schlug. Deshalb ärgerte es ihn umso mehr, als Neville Caporn, dieser Emporkömmling, ihn beim Eintritt in die Bar schlicht und einfach mit Lyle ansprach.

»Da ist wenigstens schon mal einer«, sagte Caporn zu seiner Frau und hob dem Neuankömmling sein Sherryglas entgegen. »Dachte schon, wir müssten allein speisen. Wo sind die anderen, Lyle?«

»Ich habe keine Ahnung, Mr. Caporn«, antwortete er steif.

»Na, dann. Wird Ihre hinreißende Frau uns denn Gesellschaft leisten?«

»Natürlich!« Horwood bemerkte, dass Mrs. Caporn, eine attraktive Rothaarige, in einer violetten Seidenrobe der Form Genüge zu tun suchte, doch Constance würde sie in jeder Hinsicht überstrahlen.

»Wie nett«, sagte die Frau. »Nachdem wir auf dem Weg von Hongkong dermaßen durchgerüttelt worden sind, ist es so nett, wieder Gesellschaft zu haben. Und stellen Sie sich vor, Lyle«, sie kicherte, »man hat uns wohl vor Piraten gewarnt, nicht aber vor solch stürmischer See.«

»Piraten?«, fuhr er auf. »Die würden ein Schiff wie dieses niemals angreifen. Die feige Meute hält sich an kleinere Schiffe.«

»Dann können wir uns vor ihnen sicher fühlen? Das hoffe ich doch sehr.«

Ihr Mann stöhnte auf. »Esme, Piraten würden sich nie so weit nach Süden wagen. Hör doch bitte auf, dich zu sorgen.«

Lyle blickte zur Tür, die sich gerade öffnete, und erwartete seine Frau, doch es war Eleanor, die Cousine von Fannie, seiner verstorbenen ersten Frau. Jetzt hieß sie Eleanor Plummer. Er hatte sie erst an diesem Abend, kurz bevor er nach unten ging, um sich zum Dinner umzukleiden, flüchtig gesehen und konnte es nicht fassen, dass diese Hexe sich an Bord befand. Ihm war wohl bekannt, dass in Singapur eine Frau namens Mrs. Plummer an Bord gekommen war und Kabine sechs belegte, hatte aber keine Ahnung gehabt, wer sie war. Offenbar hatte sie zum zweiten Mal geheiratet. Und wenn dem so war, wo steckte dann der Gatte?

»Die Dame in Nummer sechs«, hatte er den Steward gefragt, »ist sie Deutsche?«

»Ja, Sir. Sie spricht auch nicht immer Englisch.«

»Ein Wunder, dass ich sie bisher nie gesehen habe. Nimmt sie die Mahlzeiten in ihrer Kabine ein?«

»Die Dame war indisponiert«, erklärte der Steward wichtig. »Krank! Aber jetzt geht es ihr besser. Kommt heute zum Dinner mit allen anderen Passagieren. Gut, nicht?«

»Verdammt noch mal«, fluchte Lyle leise und stürmte zurück zu seiner Kabine. Hätte er gewusst, dass diese Unruhestifterin sich ihnen anschließen würde, hätte er das Schiff mit Constance in Singapur verlassen.

Doch jetzt war sie hier, in Lebensgröße, in maßgeschneiderter weißer Seide mit marineblauer Paspelierung und einer hübsch drapierten Tornüre. Pariser Modell, urteilte er spontan ... Kein Schmuck, bis auf den großen Diamantring, dem Gegenstück zu dem Ring, den er Constance zur Verlobung geschenkt hatte. Zwillingsringe, sieh an, wütete er innerlich. Geschenke an Fannie und Eleanor von der Großmutter mütterlicherseits, die ihre beiden Enkelinnen sehr geliebt hatte.

»Wie geht es dir, Lyle?«, fragte Mrs. Plummer kalt, nachdem sie die anderen begrüßt hatte.

»Könnte nicht besser sein, meine Liebe. Du hast wohl deinen Mann verloren? Reist allein?«

»Nein. Ich weiß, wo er sich aufhält. Du ziehst vermutlich nach Brisbane um?«

»Kann sein«, antwortete er bemüht desinteressiert.

»Sehr vernünftig«, bemerkte sie gedehnt. »Ich denke, die englische Abordnung in Hongkong nimmt sich entschieden zu wichtig.«

»Und zu welcher englischen Abordnung zählt sich Mr. Plummer?«

»Zu gar keiner. Er ist Amerikaner. Oh ... da kommt deine junge Frau. Was für ein hinreißendes Ballkleid!«

Ein Steward hielt ihr die Tür auf, als Constance in Begleitung des Kapitäns eintrat, und jetzt, unter dem Eindruck von Eleanors Spott, bereute Lyle, dass er Constance gezwungen hatte, sich umzuziehen. Das Rotseidene war tatsächlich ein wenig übertrieben für eine so kleine Tischrunde. Aber immerhin hatte sie das Halsband nicht angelegt, das gewöhnlich zu dem Kleid gehörte.

»Gott sei Dank«, brummte er vor sich hin, während er zu ihr trat und sie zur anderen Seite des geräumigen Salons führte.

»Wer ist diese Frau?«, flüsterte sie mit einem Blick über die Schulter hinweg, als er sie zu den Caporns dirigierte. »Ich habe sie schon mal irgendwo gesehen. Sie ist eine bedeutende Persönlichkeit, nicht wahr?«

»Mrs. Plummer? Die alte Schnepfe! Das glaube ich kaum. Ah, da kommt Lewis. Ich muss mit ihm reden.«

Doch Lewis ignorierte sein Winken und zog es vor, an der Seite der Dame zu bleiben, die er in den Salon geleitet hatte, Willoughbys Frau. Eine weitere Kröte, die er auf dieser verfluchten Reise schlucken musste.

Lyle hielt Willoughby für einen umgänglichen Burschen, ganz angenehme Gesellschaft, wenn man keine andere Wahl hatte, doch er war schockiert, als er erfuhr, dass der Mann eine Chinesin geheiratet hatte. So etwas war in Horwoods Kreisen absolut außerhalb der Grenzen des Erlaubten, doch nachdem er sich mit dem Mann angefreundet hatte, musste er nun auch die Gattin ertragen.

Constance blinzelte belustigt. Er war immer noch gereizter Stimmung, wenn auch nicht mehr interessiert an ihrer Garderobe, wie sie erleichtert feststellte. Aber diese umwerfend aussehende Frau eine alte Schnepfe zu nennen, das war lächerlich. Mrs. Plummers Haar, das in weichen Wellen ihr Gesicht rahmte, mochte grau sein, aber sie war tatsächlich schön und mit Sicherheit wesentlich jünger als Lyle.

Soll er doch reden, dachte sie und wandte sich Esme Caporn zu, die eine Menükarte ergattert hatte und vorlas, was der Abend noch zu bieten hatte.

»Captain, wer ist diese entzückende Chinesin?«, fragte Eleanor Plummer.

»Ah«, er lächelte. »Das ist Mrs. Willoughby.«

»Freilich. Das kann ja gar nicht anders sein ... Ich habe ihren Mann vorhin an Deck gesehen. Man kommt nicht umhin, so viel Schönheit an einem Mann zu bewundern.«

»Und deshalb passen sie so gut zueinander«, pflichtete er ihr bei.

»Und was wissen Sie über Mrs. Willoughby?«

»Nicht viel, abgesehen davon, dass sie in großem Stil von Lakaien der Familie Xiu an Bord begleitet wurden.«

»Der Familie Xiu! Wirklich hochkarätig! Vielleicht will Mr. Willoughby mit seiner Dame im Süden residieren.«

»So sieht es aus.«

»Dann will ich das mal in Erfahrung bringen, denn sie sind wunderbare Menschen, und ich mag sie jetzt schon.«

Der Kapitän lachte. »Ausgezeichnet, aber ich wünschte, der junge Herr würde sich endlich hier einfinden. Er verzögert das Dinner. Möchten Sie ein Gläschen trinken, Mrs. Plummer?«

»Danke, gern. Champagner. Die Nacht ist so schön, und ich bin froh, dass sie uns die Reise in Muße genießen lassen. Und jetzt müssen Sie mich mit Mrs. Willoughby bekannt machen.«

Er hieß Mal Willoughby, doch seine Freunde nannten ihn Sonny. Freunde, die sich nach vier Jahren Abwesenheit noch an ihn erinnerten. Er freute sich jetzt riesig auf die Heimkehr, auch wenn seine Heimat kein bestimmter Ort war, sondern eher der Busch, der Duft von Eukalyptus, die vertrauten Stimmen, das laute Vogelgezwitscher. »Und«, wie er zu sich selbst sagte, »die Weite.«

China verfügte über endlose Weite, ein riesiges Land, kein Zweifel. Da er im australischen Outback aufgewachsen war, schüchterte solche Weite ihn nicht ein, aber in China gab es so viele Menschen! Überall so viel Betriebsamkeit und Geschnatter! Seine Frau, Jun Lien, wollte kaum glauben, dass man in seinem Land tagelang reisen konnte, ohne einer Menschenseele zu begegnen. Sogar wochenlang, wenn man verrückt genug war, bis man dann auf Aborigines traf, die sich davon allerdings bedroht fühlten.

»Und auch in den Städten gibt es nicht so viele Menschen«, hatte er erklärt, doch sie lachte ihn aus.

»Ach, Unsinn! Wie kann das sein? Dein Land ist so groß wie China, entsprechend wird auch die Bevölkerung sein.«

Er fasste sie leicht am Arm, als sie sich dem Salon näherten. »Da kommt Mr. Lewis. Geh schon mit ihm hinein. Ich möchte vor dem Dinner noch einen letzten Rundgang an Deck machen. Ich glaube, da braut sich was zusammen.«

»Das bildest du dir ein«, sagte sie. »Auf diesem Schiff ist alles in Ordnung. Ich fürchte, die Probleme meiner Familie in den vergangenen Jahren haben dich übervorsichtig werden lassen. Aber das liegt hinter uns, mein Liebster, das ist vorbei ...«

»Geh schon hinein«, sagte er. »Ich komme gleich nach.«

Leise schritt er übers Deck, so leise, wie es ihm in den Abendschuhen möglich war, die er am liebsten ausgezogen hätte. Er stieg die paar Stufen zur Kajütsklasse herab und schlich bis zum Ende des Korridors, wo er nach links zu den Waschräumen abbog, die er überprüfte und leer vorfand.

Auf dem Rückweg schlüpfte er in seine Kabine und schnallte sich ein Messer ans Bein, eine Waffe, die ihm in China schon bei zahlreichen unangenehmen Begegnungen zu Diensten gewesen war.

Diese Schiffspassage ist teuer, überlegte er, und man sollte annehmen, die Stewards wären über jeden Zweifel erhaben. Das waren sie auch bis zu einem gewissen Punkt, solange es um den Dienst an den Passagieren ging, doch er hatte ein Murren unter den Chinesen bemerkt, zu viele finstere Blicke und mehrere Zusammenkünfte des Stewards der Horwoods mit den Malaien unter Deck. Da war etwas faul. Der Steward, Sam Lum, war viel zu weibisch, um sich mit Gorillas wie Bartie Lee, Mushi Rana oder anderen aus dieser Truppe einzulassen. Worüber also mochten sie reden?

Mal empfand das Leben auf einem Schiff als einengend. Für ihn war es normal, umherzuschlendern und sich mit der Mannschaft zu unterhalten, sogar beim Segelsetzen mit anzupacken, nur, um etwas zu tun zu haben, und so konnte ihm nicht entgehen, dass Spannung in der Luft lag. Vielleicht irgendwelche Zwistigkeiten zwischen den Malaien und den Chinesen. So etwas konnte leicht passieren, und solche Kämpfe konnten übel enden. Es beunruhigte ihn.

Seine Jahre in China hatte er als Kompagnon von Xiu Tan Lan zugebracht, des Patriarchen der Familie Xiu, der ständig auf der Hut war vor Verschwörern und Attentätern, selbst auf den Goldfeldern in Queensland, wo sie sich kennen gelernt hatten. Mal war schwer beeindruckt gewesen von dem chinesischen Gentleman, der in großem Stil reiste, mit Dienern und mehr als fünfzig Kulis, und der erstaunlich gut informiert war über die Gegenden, die er bereiste. Ihm gehörte eine große, komfortable Dschunke, die im Mary River vor Anker lag, und als er beschloss, mit einem Vermögen, angelegt in Gold, nach China zurückzukehren, begleitete ihn Mal, der selbst auch nicht schlecht verdient hatte, und freute sich über die Aussicht, fremde Länder bereisen zu können.

Erst zu diesem Zeitpunkt wurde ihm klar, dass Mr. Xius Angst vor Feinden unter den Chinesen wohl begründet war.

»Auch wenn du es offenbar nicht bemerkt hast«, erklärte Xiu ihm, »gibt es hier im Norden Australien doppelt so viele Chinesen wie Europäer. Meine Familie gehört zu den Manchu, und wir haben die Ehre, von der kaiserlichen Familie begünstigt zu werden. Doch wir haben viele Feinde, geheime Gesellschaften mit gegen die Manchu gerichteten Zielen, und illegale Opiumhändler, die die Banden und Piraten finanzieren. Überall lauern Spione, und deshalb sind wir stets und ständig gut bewaffnet.«

Die gleiche Art von Wachsamkeit bestimmte das Leben im großen Haushalt der Familie Xiu, und zuerst hielt Mal sie für einen finsteren Haufen, besonders, wenn Geschichten kursierten, dass jemand erstochen wurde, oder wenn Aufstände Straßenschlachten nach sich zogen. Doch allmählich gewöhnte er sich an die chinesische Lebensweise und bereiste mit Mr. Xiu zuerst als Tourist, dann als bewaffneter Gefährte und schließlich als Pelzhändler die Provinzen. Xiu selbst bestand darauf, dass er dieses lukrative Geschäft erlernte, damit er seine Reisen auch als Erfolg verbuchen konnte.

»Wenn du dann heimkehrst, könntest du Pelze importieren und das Geschäft weiterführen. Dann wäre deine Zeit hier nicht vergeudet.«

Zurück an Deck, immer noch voller Unruhe, ging Mal weiter, um einen Blick ins Ruderhaus zu werfen, wo er glaubte, zwei Offiziere streiten zu hören. Unter normalen Umständen hätte er sich nicht eingemischt, doch an diesem Abend erschien ihm alles etwas merkwürdig. So trat er durch die offene Tür ein und fand die Männer über Karten gebeugt.

»Wie ich hörte, bleiben wir heute Nacht vor Anker liegen.«

Überrascht blickten sie zu ihm auf, dann grinste Tussup. »Ja, warum auch nicht? Ist ja nur für ein paar Nächte.«

Mal wies mit einer Kopfbewegung auf den Kartentisch. »Was gibt's denn?«, spöttelte er. »Können Sie sich nicht entscheiden, wo wir uns befinden?«

Tom Ingleby wirkte eindeutig schuldbewusst, doch Tussup blieb gleichgültig. »Kleine Meinungsverschiedenheit, Mr. Willoughby.« Er grinste erneut. »Nach meiner Rechnung liegen wir östlich von Endeavour Bay, aber Tom meint, wir sind schon weit im Norden.«

»Was gibt's in Endeavour Bay?«

»Jetzt nichts mehr. Captain Cooks Schiff *Endeavour* musste dort wegen notwendiger Reparaturen anlegen, und er hat der Bucht den Namen gegeben.«

»Ich glaube, das Land an dieser Küste ist überhaupt noch nicht erschlossen«, sagte Tom hastig. »Da gibt's nur Urwald.«

»Mag sein«, antwortete Mal desinteressiert und kam sich ein bisschen dumm vor, als die Männer sich wieder der großen Karte zuwandten und mit ihren Instrumenten Messungen vornahmen, immer noch geteilter Meinung, jedoch nicht mehr so verbissen.

Er überließ sie ihrem Streit, schlenderte über das Deck und blickte hinaus auf den dunklen Küstenstreifen.

»Aber da irren sie sich«, sagte er zu sich selbst. Nichts war einfach nur Urwald. Seit Tagen hatte er die grün bewachsenen Berge dort drüben betrachtet, schon seit sie die kleine Siedlung Somerset an der äußersten Spitze des Kontinents verlassen hatten. Das bewaldete Land dort war mit Sicherheit eine Wunderwelt voller fremdartiger Pflanzen und Tiere. Und hinter diesen Bergen? Was war da draußen? Auf diese Weise hatte Mal sich gute Kenntnisse über Neusüdwales und das südöstliche Queensland angeeignet: Immer musste er herausfinden, was hinter dem nächsten Hügel lag. Und auf diesen Reisen, auf denen er Arbeit als Viehtreiber oder Farmhelfer annahm, war er auch in die Hügel von Gympie und den erstaunlichen Wahnsinn der Goldfelder geraten.

Ohne Zwischenfall umrundete er noch einmal das Deck, blieb an der Reling stehen, blickte auf die ruhige See hinaus und dachte an die Dschunkenreise nach Norden. Im Gegensatz zu diesem Schiff musste Xius Dschunke jeden der wenigen Häfen längs der Küste ansteuern, um Trinkwasser und Proviant aufzunehmen. Trinity Bay war die letzte Station, bevor sie die hundert Meilen bis nach Somerset in Angriff nahmen.

Mr. Horwood hatte gesagt, die Siedlung Trinity Bay sei inzwischen ein Hafen namens Cairns, und Mal bedauerte, dass die *China Belle* diesen nicht ansteuerte, damit er Jun Lien die malerische Bucht zeigen konnte, die seinem Leben beinahe einen anderen Verlauf gegeben hätte.

»Als ich die Bucht mit den hohen geheimnisvollen Bergen im Hintergrund sah«, erklärte er Horwood, »hätte ich meine Chinareise um ein Haar abgebrochen. Wäre dort beinahe an Land gegangen, um mich ein bisschen umzuschauen, wollte ein Pferd kaufen und die Gegend erforschen, aber letzten Endes erschien mir die Chinareise dann doch als das größere Abenteuer.«

Doch nach ein paar Jahren beschlich ihn das Heimweh nach dem Busch, und er bereitete schon die Heimkehr nach Australien vor, als man ihn mit Jun Lien, Mr. Xius Enkelin, bekannt machte und er sich Hals über Kopf in sie verliebte. Und dann wurde er in das komplizierte Intrigenspiel der Familie hineingezogen, als man ihm zuflüsterte, das Jun Lien ihn attraktiv fand. Und liebenswert. Er errötete noch immer beim Gedanken an diese Eröffnung.

Er hatte vier Monate gebraucht, wie er sich liebevoll erinnerte, bis er die Erlaubnis erhielt, sich öffentlich mit ihr zu treffen, wenn auch nur unter den Augen verschiedener Tanten. Er hatte ihr monatelang in aller Form den Hof gemacht, um dann um ihre Hand anzuhalten, und das zog allerlei Streit und Ärger nach sich, bis Mr. Xiu schließlich zustimmte, allerdings unter einem Vorbehalt, der Mal in Erstaunen versetzte.

»Sie liebt dich innig, und ich sehe wohl, dass du Jun Lien verehrst, und deshalb soll die Hochzeit stattfinden. Du wirst in Peking im Haushalt der Wongs bei ihrer Familie wohnen, damit ihre Eltern diese Verbindung ruhigen Herzens akzeptieren lernen, und nach sechs Monaten packst du deine Sachen und ziehst mit deiner Frau nach Australien.«

»Wie bitte?« Mal hatte gehofft, dass es eines Tages so kommen würde, hatte aber nicht gewagt, diesen Vorschlag zu äußern. Es war schon schwer genug gewesen, die Erlaubnis zu erringen, dass Jun Lien einen Fremden heiratete.

»Schwere Zeiten liegen vor uns«, sagte Mr. Xiu. »Ernste Probleme. Es würde mich sehr beruhigen, Jun Lien in deinem Land in Sicherheit zu wissen. Ich habe die Frage mit ihrem Vater besprochen, und er ist einverstanden. Danach löst er seinen Haushalt auf und zieht sich auf seinen Landsitz zurück, wo er dem Schlimmsten zu entkommen hofft, aber wird sind nicht sehr optimistisch.«

Juns Mutter, Xiu Ling Lu, eine stolze starke Frau, war nicht so leicht zu überzeugen, doch als Mal versicherte, ohne ihren Segen würden sie nicht abreisen, kapitulierte sie und nahm ihm das Versprechen ab, dass er ihre Tochter unter Einsatz seines Lebens beschützen würde.

Mal lächelte in Gedanken daran, wie überrascht und gleichzeitig erfreut Ling Lu war, als sie hörte, dass Mal nicht in Betracht zog, sich eine weitere Frau oder Konkubine zu nehmen. Und dadurch hatte er sie, wie Jun verriet, gewonnen.

Jetzt hielt er es für angebracht, sich endlich zum Dinner zu begeben, doch als er sich umwandte, hörte er etwas, das wie das Rascheln von trockenem Laub klang, etwas, das sich im Busch regte, aber natürlich war hier nicht der Busch, sondern nur der kahle Umriss des hölzernen Decks und keine Menschenseele weit und breit.

Mal schauderte. Jun Lien war die Liebe seines Lebens. Er betete sie an. Er hielt sich für den glücklichsten Menschen auf der Welt, weil er dieses liebliche, schöne Mädchen gefunden und geheiratet hatte. Berauscht vor Glück, nicht ständig auf der Lauer liegend. Vielleicht hatte Jun Lien Recht. In China hatte er zu viel Intrigen erlebt, besonders in den Wochen vor ihrer Abreise, und deshalb zuckte er jetzt bei jedem Geräusch zusammen.

Er erinnerte sich an das erste Mal, als es ihnen gelang, den stets wachsamen Augen zu entkommen und sich in seinem abgelegenen Orangenhain zu treffen –, und an seine Freude, sie endlich in seinen Armen halten zu dürfen. Doch die Art, wie sie reagierte, traf ihn unvorbereitet; er konnte kaum fassen, dass er ihr so viel bedeutete, und fürchtete, dass alles nur ein Traum war im Nebel der fremdartigen, farbenfrohen Umgebung.

Später, als die Etikette es zuließ, saßen sie oft im Mondgarten und lachten, während Jun vorgab, ihm klassische chinesische Gedichte vorzulesen, während sie in Wirklichkeit ihr idyllisches Leben in Australien planten. Mal liebte es, das Strahlen in ihren Augen zu sehen, wenn er ihr von der großen Schaffarm erzählte, die er zu kaufen gedachte, auf der sie die Herrin über alle, ihren Gatten eingeschlossen, sein sollte.

Mal lächelte, er liebte die Art, wie sie über diese Geschichten leise kicherte.

Typisch Mal, dachte seine Frau nervös. Er musste sich vergewissern, ob alles in Ordnung war, bevor er sich selbst Ruhe gönnte, doch er verstand offenbar nicht, dass sie sich unter diesen englischen Leuten noch befangen fühlte. Zumal keine weiteren Chinesen zu ihrer moralischen Unterstützung zugegen waren.

Gewöhnlich war Jun Lien, wie ihre Mutter auch, ausgesprochen selbstbewusst. Sie war sehr gebildet in kulturellen Dingen und sprach fließend Englisch. Xiu Tan Lans starker Wille hatte sie vor eingeschnürten Füßen und einer Verheiratung im Kindesalter bewahrt, und sie durfte, was ihren Vater zur Verzweiflung trieb, auf Familien- und Geschäftskonferenzen stets offen ihre Meinung äußern, doch hier, auf dem Schiff, in einem Raum mit lauter Engländern, war sie furchtbar schüchtern und blickte sehnsüchtig auf die Tür, die zum Deck führte. Um sich von ihrem Problem abzulenken, versuchte sie herauszufinden, woher diese Leuten kamen, eingedenk Mals Behauptung, dass nicht alle Engländer waren.

»Ich bin Australier«, erinnerte er sie. »Mr. Lewis ebenfalls – Mr. Raymond Lewis. Er ist Abgeordneter des Parlaments von Queensland. Die übrigen sind Engländer, glaube ich.«

Mrs. Plummer war zu ihr getreten, um sich mit ihr zu unterhalten – um sie zu retten, wie Jun Lien es nach der Vorstellung empfand.

»Sie sprechen so weich«, sagte die ältere Dame. »Es ist eine Freude, Ihrer Stimme zu lauschen. Lassen Sie sich von diesen lärmenden englischen Stimmen nicht einschüchtern.«

»Bitte verzeihen Sie meine Neugier, Mrs. Plummer, aber ich übe mich darin, verschiedene Akzente zu unterscheiden. Sie sprechen zwar englisch, aber es klingt anders als bei den anderen.«

»Das liegt daran, dass Englisch nicht meine Muttersprache ist. Ich bin in Deutschland geboren.«

»Oh! Ich verstehe. Ich glaube, Deutschland ist wunderschön.«

»Ja, es ist schön. Aber sagen Sie, was ist Ihr Reiseziel? Es ist ungewöhnlich, eine junge Chinesin so fern ihrer Heimat auf Reisen zu sehen ...«

Als Willoughby gegangen war, wurde Tom nervös. »Glaubst du, er hat was gehört?«

»Was soll er denn gehört haben? Dass wir unterschiedlicher Meinung über unsere derzeitige Position sind? Aber ich glaube, du hast Recht. Wir müssen weiter, ich schätze, wir könnten es lange vor Tagesanbruch schaffen.«

»Ich glaube immer noch, dass Willoughby uns auf die Schliche gekommen ist. Er spioniert doch ständig herum.«

»Nein, ist er nicht. Das ist nur dein schlechtes Gewissen ... ganz eindeutig. Willoughby ist ein Buschläufer, falls du weißt, was das bedeutet. Er ist es gewohnt, im Busch umherzustreifen, er kennt seine Umgebung wie seine Westentasche, und weißt du auch, warum?«

»Nein.«

»Weil es im Busch nichts anderes zu tun gibt!« Tussup lachte dröhnend. »Das stört ihn hier. Er hat nichts zu tun, und deshalb rennt er herum wie ein Tiger im Käfig.«

»Wenn er dabei wenigstens auf dem Kajütsdeck bleiben würde. Er macht mich nervös. Hast du mit dem Bootsmann gesprochen?«

»Ja. Ist aber zwecklos. Er ist gegen uns.«

»Was?«, fuhr Tom hoch. »Du hast gesagt, er würde mit beiden Händen zugreifen, weil er doch ständig über den erbärmlichen Lohn mault, den die *Oriental* zahlt.«

»Nun, dann hab ich mich eben geirrt.«

»Himmel! Und jetzt? Wie kannst du so ruhig da stehen ...«

»Ach, reg dich nicht auf. Ich habe ihn in einer freien Kabine eingeschlossen.«

Tom sprang auf, im Begriff, zur Tür zu stürzen. »Was hast du? Er schlägt die Tür ein. Du bist verrückt, Tussup.«

»Um Himmels willen! Ganz so verrückt bin ich nicht. Ich habe dafür gesorgt, dass er keinen Mucks von sich gibt.«

»Was soll das heißen? Du hast gesagt, wir würden keine Gewalt anwenden.«

Tussup seufzte, verärgert über diesen dummen Schwächling. »Er ist gefesselt und geknebelt. Keiner wird ihn vermissen, bis wir so weit sind, also beruhige dich endlich. Unser Plan läuft wie am Schnürchen. Da kann gar nichts schief gehen. Alles ist klar, bis auf die Tatsache, dass der verdammte Loveridge beschließen musste, über Nacht vor Anker zu bleiben und so die Fahrt zu verzögern. Beinahe hätte ich deswegen Streit mit ihm gekriegt.«

»Gut, dass es dazu nicht gekommen ist. Er nimmt es ziemlich krumm, wenn die Mannschaft seine Befehle in Frage stellt.«

»Ach, wirklich?« Der Australier lachte. »Dann wird er bald Grund haben, so manches ganz gehörig krumm zu nehmen.«

Jake Tussup war im Busch geboren, vor dreißig Jahren, auf einer öden, windgepeitschten Farm in den Hügeln hinter Goulburn. Seine Eltern, beide Fabrikarbeiter, waren im Rahmen des Immigrationsprogramms der Anglikanischen Kirche nach Australien gekommen. Sie träumten von endlosen Sonnentagen, ihrer eigenen kleinen Farm, davon, selbst Herr im Hause zu sein, von unbeschwerten rosigen Kindern, Obstgärten, die überquollen von Früchten, Orangen und Zitronen, sogar Bananen und, Inbegriff des Exotischen, Ananas. Der Traum hielt sie aufrecht während der langen, erbärmlichen Reise übers Meer, und je mehr sie über das bevorstehende Leben redeten und schwärmten, desto mehr gingen sie in ihren Träumen ins Detail. Sie entwarfen das Haus: Backstein mit Sprossenfenster und Efeu an den Mauern, ein Tor in der Hecke, das durch sein Knarren vor Besuchern warnte ..., und sie lachten viel und gern, wenn sie überlegten, wie sie das Tor zum Knarren bringen könnten.

Die Realität traf sie hart. Sie konnten beide weder lesen noch schreiben, hatten jedoch bereitwillig ihre Kreuzchen unter den Vertrag gesetzt, der ihnen freie Überfahrt gewährte, denn stimmte es etwa nicht, dass freie Siedler

Land zugewiesen bekamen? Schwer zu glauben, aber es entsprach der Wahrheit, versicherte man Tessie und Ted Tussup. Man bekam Land einzig und allein fürs Kommen, denn es gab ja so viel davon und nicht genug Menschen, die es bewohnten und die Franzosen fern hielten. Und man bekam ungefähr vierzig Morgen, wie sie gehört hatten, wenn sie auch keine Ahnung hatten, wie viel ein Morgen war, aber solange es genug war, um ein Haus darauf zu bauen und ein paar Äcker anzulegen, würden sie zugreifen. Auf jeden Fall!

»Nichts kann uns aufhalten«, sagte Tessie fest.

Der Vertrag enthielt noch eine weitere Klausel – nämlich, dass Ted zwei Jahre lang eine Beschäftigung an einer ihm zugewiesenen Arbeitsstelle ausüben musste, sonst ...

»Sonst müssen wir die Überfahrt bezahlen«, jammerte Ted, als er an ihrem dritten Tag in Sydney seiner Frau die schlechte Nachricht überbrachte.

Sie kamen vorübergehend in einem Obdachlosenasyl am Hafen unter, was nach Tessies optimistischer Meinung gar nicht übel war. Immerhin stimmte es, was sie über die Sonnentage gehört hatten. Es war warm in Sydney, und es war schön, durch die Straßen zu schlendern, ohne angerempelt zu werden, und die tollen Lebensmittel auf den Märkten zu bewundern.

Bald war auch über den Arbeitsplatz entschieden. Edward Tussup erhielt Anweisung, sich im Gefängnis von Darlinghurst als Wärter zu melden.

»Und wo ist das, Sir?«, fragte Ted, die Mütze in der Hand, den Beamten.

»Weit, weit weg, Kumpel. Am Samstagmorgen um sechs Uhr holt der Lastwagen dich hier ab.«

»Und Mrs. Tussup, meine Frau, Sir? Gibt es für sie auch Arbeit in diesem Gefängnis, Kochen, Putzen oder etwas in der Art?«

Der Beamte warf einen Blick auf Mrs. Tussups gewölbten Leib. »Nicht unter diesen Umständen.«

»Aber sie kann doch trotzdem mitkommen? Auf dem Lastwagen?«

»Ja, wenn sie das Rütteln und Holpern aushält, aber dann musst du sie da draußen irgendwo unterbringen.«

»Nun ja, das ist immerhin ein Anfang«, tröstete Ted seine Frau. »Es ist gar nicht so schlecht, sofort eine Stelle zu bekommen. Da können wir für unsere Farm sparen.«

»Ja. Ich glaube, es ist sogar besser so, Ted. Ohne Geld wäre es sehr schwer, eine Farm aufzubauen. Wir suchen uns eine Unterkunft in der Stadt, und wenn das Baby da ist, kann ich auch arbeiten.«

An jenem höchst bedeutsamen Samstagmorgen saß Tessie vor dem Gefängnis auf einem Stein, während Ted zu einem Vorstellungsgespräch mit Sergeant Skorn hineingeführt wurde. Er wurde hochoffiziell registriert als Wärter im Gefängnis Ihrer Majestät in Goulburn in der Kolonie Neusüdwales. Man hielt ihm einen Vortrag über seine Pflichten und über den Distrikt Goulburn, der laut Skorns Erklärung ein Zentrum des aus Wolle und Viehzucht gewonnenen Wohlstands sei.

Der Sergeant hört sich wohl gern reden, dachte Ted, bemerkte jedoch Tessie gegenüber: »Ich bin höflich geblieben, obwohl ich kaum noch sitzen konnte auf dem harten Stuhl.«

Es kam ihm vor, als hätte Skorn einen Spleen hinsichtlich der Hierarchie in der Gefängniswelt. Er wies ihn nämlich an, sobald er in Goulburn wäre, nicht zu vergessen, dass er sich von der Towrang-Meute fern halten sollte. Dabei handelte es sich offenbar um eine Strafkolonie, eine Baustelle, auf der Strafgefangene arbeiteten, bewacht von einem in Goulburn stationierten Regiment.

»Und mach auch einen Bogen um die Polizei. Der Bezirk Goulburn und die Hügel drum herum wimmeln von Buschkleppern. Aus diesem Lager brechen immer wieder Sträflinge aus, verstehst du?«

Ted nickte.

»Deswegen gibt es dort ein großes Polizeiaufgebot. Hauptsächlich berittene Polizei. Sie haben ein Gerichtsgebäude und einen Knast, ihre eigenen Hütten und Häuschen und sogar eine Polizeikoppel für ihre Ersatzpferde.

Werden behandelt wie Prinzen, diese Soldaten und Bullen, aber wir haben nichts mit denen zu schaffen. Verstanden?«

»Ja, Sir.«

»Lass dich nicht mit denen ein. Was in unseren Gefängnissen vor sich geht, hat nichts mit denen zu tun. Wir haben gewöhnliche Sträflinge in unseren Gefängnissen, nicht diese Schwerverbrecher. Wenn es nach mir ginge, würde ich sie alle ersäufen, bevor sie überhaupt dort ankommen. Einfach über Bord stoßen. Also, hier musst du unterschreiben ...«

Es dauerte nicht lange, bis Ted der Witz zu Ohren kam, dass Skorns Großeltern Sträflinge gewesen waren, wenngleich er das nie zugab. Sie verbüßten ihre siebenjährige Strafe und ließen sich dann in den Randbezirken von Sydney als Milchbauern nieder.

Der von vier Pferden gezogene Wagen hatte hohe Bretterseiten zum Schutz der Passagiere, die auf der Ladefläche zwischen Säcken voll Zucker und Mehl saßen. Als einzige Frau auf dieser Fahrt durfte Tessie vorn beim Kutscher sitzen, was ihr ganz recht war, denn zwischen den anderen Reisenden herrschten Spannungen, wie sie nervös bemerkte. Augenscheinlich weigerte sich der Gefängniswärter, der Ted begleitete, mit aneinander geketteten Sträflingen und deren Polizeieskorte zu reisen, doch er wurde überstimmt.

»Hat sowieso nichts zu sagen«, erklärte der Kutscher Tessie. »Polizisten stehen rangmäßig über den Wärtern.«

Sie schaute sich um und sah sechs Männer mit schwarzgelb gestreifter Gefängniskluft unter den wachsamen Augen und Schlagstöcken von vier Polizisten unbeholfen auf den Wagen steigen. Als alle einen Platz gefunden hatten, brach man auf.

»Wo genau liegt Goulburn?«, fragte sie den Kutscher.

»An der Great South Road, Missus. Etwa hundertundzwanzig Meilen von hier, mit etwas Glück.«

»Nie im Leben!«, hauchte sie. »Wir hatten keine Ahnung, dass es am anderen Ende des Landes liegt. Das hat mein Ted nicht gewusst!«

Sie drehte sich um und versuchte, Ted auf sich aufmerksam zu machen, doch er wurde vom breiten Rücken eines Sträflings verdeckt.

»Oh Gott«, sagte sie.

»Ist nicht so schlimm, Missus. So lernen Sie das Land kennen. Ist wirklich schön. Diese Sträflinge, die tun Ihnen schon nichts. Die armen Kerle, entschuldigen Sie, aber für sie ist es wie Urlaub, auch wenn sie Fußeisen tragen. Sie werden da rausgeschafft, um Straßen und Brücken zu bauen. Weiß nicht, was wir ohne sie tun würden.«

»Aber es ist dunkel, bevor wir ankommen.«

Er lachte. »Nein, ich sorge schon dafür, dass wir die Etappe des letzten Tages bis Mittag geschafft haben.«

»Wieso des letzten Tages?«

»Solange es nicht regnet, kommen wir gut voran – aber wenn es wie aus Eimern schüttet, weichen die Straßen so auf, dass sogar die Enten stecken bleiben. Wir übernachten in Gaststätten oder Wagenschuppen. Die Wärter kriegen die Übernachtungen bezahlt, also machen Sie sich keine Sorgen. Lehnen Sie sich einfach zurück, und genießen Sie die Fahrt.«

»Genießen«, schnaubte sie noch des Öfteren während der holprigen Reise über Sandwege, durch dichten Busch, beim Durchqueren von Furten und Umfahren von Hügeln. Manchmal stieg sie ab, um sich die Beine zu vertreten und steile Hügel hinaufzuklettern, während die Männer den Wagen schoben, und dann wieder stemmten sich alle zurück, wenn es steil bergab ging, und hielten mit Seilen den Wagen zurück, damit er nicht die Pferde überrollte.

Trotz ihrer Haube zog Tessie sich einen Sonnenbrand im Gesicht zu, und ihr einziges gutes Kostüm verstaubte völlig, doch die Reisegefährten waren fröhlich, besonders die Sträflinge, wie der Kutscher es vorausgesagt hatte, und als sie schließlich die Hauptstraße von Goulburn entlangfuhren, waren sie ein recht munterer Haufen.

Als sie wieder einmal neben einer Ochsenkarawane hielten, die Proviant und Waren transportierte, verspotteten die Sträflinge die Ochsenführer als Feiglinge, die Angst vor ihrem eigenen Schatten hätten, und schlimmer. Die Wachen lachten.

Die Tussups fanden Unterkunft in einem Schuppen hinter der Getreidemühle, in der Tessie nach Jakes Geburt arbeitete, doch zu ihrer großen Enttäuschung wurde es im Winter bitterkalt in Goulburn. Es schneite sogar. Im Schuppen herrschten eisige Temperaturen, und der Säugling zog sich eine Erkältung nach der anderen zu.

Noch vor ihrem zweiten Winter bewarb Ted sich um eine Landzuweisung, musste jedoch erfahren, dass dieses Vorgehen eingestellt worden war und das Regierungsland jetzt blockweise versteigert wurde.

Als Jake fünf Jahre alt war, hatten sie genug Geld gespart, um sich ein großes Stück Land an einem Hügel mehrere Meilen von der Stadt entfernt zu kaufen. Sie stellten fest, dass die Regel, die Wärtern den Kontakt mit Polizei und Soldaten verbot, einzuhalten war, das allgemeine Verbot des privaten Austausches zwischen Bevölkerung und Strafgefangenen jedoch ignoriert wurde. Wo man ging und stand, traf man auf diese Männer mit Hacke und Schaufel, und es war unvermeidlich, sie namentlich kennen zu lernen.

Ted pflegte sie stets auf die landesübliche Weise zu grüßen und erfuhr bald mehr über sie. Die »Siebenjährigen«, die »leichte« Strafen für Delikte wie Diebstahl eines Laibs Brot oder tätlicher Angriff abbüßten, brauchten keine Fußeisen zu tragen. Sie betreuten die Pferde, fällten Bäume und transportierten Proviant. Die Kettengangs hatten härtere Strafen, und einige von diesen Männern waren gemeingefährlich. Viele jedoch waren im Grunde Exilierte, abgeschoben von Regierungsbeamten, die meinten, politische Aufrührer, unbelehrbare Dissidenten und ähnliche Subjekte nähmen in den ohnehin schon überfüllten Gefängnissen zu viel Platz weg. Jetzt allerdings, nachdem sie, sofern sie nicht ausbrechen konnten, quer über die Welt verschleppt wurden, hatten die Sträflinge Spaß daran, sich der Autorität zu entziehen. Sich gegen das System aufzulehnen, war gang und gäbe in der Sträflingsgemeinschaft, und als Ted dies bewusst wurde, verstand er auch, warum die einheimischen Kriminellen von den überführten getrennt gehalten wurden.

Gleichzeitig bildeten ihre »gegen die Regierung gerichteten Aktivitäten«, wie man es nannte, eine Quelle der Erheiterung in den lokalen Gemeinden, und Geschichten vom Wagemut der Sträflinge, manchmal wahr, manchmal auch übertrieben, machten die Runde.

Als Ted anfing, sein Haus zu bauen, fand er heraus, dass es billige, von Sträflingen hergestellte, Backsteine zu kaufen gab, und dass die Sträflinge, die vorbeikamen, sich für seine laienhaften Anstrengungen interessierten. Sie gaben ihm Ratschläge, zeichneten Pläne für ihn in den Schlamm, zeigten ihm, wie er den Schornstein mauern musste, wie er mit Lehm beworfenes Flechtwerk einsetzen und sogar, wie er billige Möbel zimmern konnte. Ihre Wärter betrachteten diese kleinen Ablenkungen, sofern ihnen Brot und Käse und Tee angeboten wurde, mit Interesse, so dass das Tussup´sche Zwei-Zimmer-Haus in freundlicher Stimmung Fortschritte machte und binnen Wochen fertig wurde.

Im Sommer war es heiß, und das lehrte die Familie, unter einer Markise zu schlafen. Im Winter wurde Feuer im Ofen gemacht, und die Tussups waren glücklich. Ted hatte sich ein ausgedientes Viehtreiber-Pferd zugelegt, mit dem er täglich zur Arbeit ritt, und Tessie legte mit Hilfe der Ratschläge aller, die ihr begegneten, seit die Sträflingsarbeiter weitergezogen waren, einen Gemüse- und Obstgarten an. Und abends, wenn Ted zu Hause war, saßen die drei Tussups vor ihrer Haustür und blickten über das Tal hinweg, froh, endlich in der wachsenden Gemeinde Fuß gefasst zu haben.

Dennoch tat Ted sein Bestes, um sich von Soldaten und Polizisten fern zu halten. Der Oberwärter im Gefängnis wurde nicht müde, diese Warnung zu wiederholen.

»Und dazu hat er jeden Grund«, erklärte Ted seiner Frau. »Die Betrügereien, die er sich erlaubt, sollten mal polizeilich untersucht werden. Er kürzt den Sträflingen die Rationen, und jeder Galgenvogel kriegt Straferlass, wenn er dafür bezahlen kann. Sogar Huren, wenn sie Geld haben.«

Als sie dies hörte, war Tessie eher beunruhigt als schockiert. »Was sagen die anderen Wärter dazu?«

»Wenn sie schlau sind, machen sie mit.«

»Und du?«

»Ich sitze zwischen den Stühlen, Schatz. Ich sollte mich um eine Versetzung bemühen, aber wir haben hier unser Häuschen ...«

Einige Jahre später, als auf den rachsüchtigen Abschiedsbrief eines Insassen hin, der im Gefängnis zu Goulburn gehängt worden war, die Polizei sich mit der Untersuchung der Korruption im Gefängnis befasste, wurden der Oberwärter und einige seiner im selben Netz gefangenen Untergebenen verhaftet und vor Gericht gestellt. Die meisten von ihnen, der Oberwärter eingeschlossen, erhielten Haftstrafen, die in Sydney abzuleisten waren.

Ted wurde nur wegen geringfügiger Vergehen belangt, die letzten Endes ad acta gelegt wurden, doch er verlor seine Stelle und war danach als Aushilfsarbeiter auf die Gnade der Stadtbewohner angewiesen, die bereits unter einer Wirtschaftskrise litten.

Der kleine Tussup scheute keine schwere Arbeit, als die Tussups sich derartig plagten, doch seine Eltern bestanden darauf, dass er die staatliche Schule am Ort besuchte, und sie achteten streng darauf, dass er keinen Tag versäumte.

Trotz ihrer Rückschläge hielt das Trio fest zusammen, und Jake freute sich stets auf den Sonntag, wenn er und sein Vater Jagdausflüge unternahmen und Kaninchen und Wildenten und Wachteln schossen. Die Beute versorgte sie zumindest mit einer guten Mahlzeit, bevor sie Tessie den Rest überlassen mussten. Sie bereitete das Fleisch zu, und Jake verkaufte es auf dem Weg zur Schule in der Stadt. Im Alter von dreizehn Jahren galt er als guter Schütze und hatte bereits einige Wettkämpfe gewonnen und eine Trophäe eingeheimst, die er postwendend an einen anderen Jungen verkaufte.

Etwa zu dieser Zeit brachen bessere Zeiten für die Familie an. Ted fand Arbeit als Maurer, und Jake ging zu einem Bäcker in die Lehre.

Tessies Gemüsegarten gedieh, und als sie eines Tages zwischen ihren Tomatenpflanzen arbeitete, kam ein Reiter vorbei und bat sie um eine Kleinigkeit zu essen.

»Ich komme um vor Hunger, Missus. Ich kann Ihnen zwar heute nichts bezahlen, aber ich bin es gewohnt, meine Schulden zu begleichen.«

Sie wischte sich die Hände an der Schürze ab. »Nicht nötig. Sie sehen völlig erschöpft aus. Setzen Sie sich drüben beim Wassertank in den Schatten, dann mache ich Ihnen Tee und sehe nach, was die Vorratskammer hergibt.«

Er nannte seinen Namen nicht, und Tessie fragte ihn auch nicht. Sie ließ ihn in Frieden seinen Tee trinken und ein Käsebrot essen, denn er sah wirklich sehr mitgenommen aus. Zu ihrer Verwunderung schlief er dann ein, ausgestreckt im langen Gras, und sie nahm sein Pferd am Zügel, ein Tier, das besser genährt aussah als sein Besitzer, und führte es zum Trog, wo es gierig trank. Sie band es an einem Pfosten an und ging zurück an ihre Arbeit.

Eine Stunde später näherte der Fremde sich ihr so geräuschlos, dass Tessie zusammenfuhr, doch er bedankte sich nur und wollte sich wieder auf den Weg machen.

»Hier«, sagte sie. »Stecken Sie sich ein paar Tomaten in die Tasche, Sir. Die schmecken gut.«

»Sehr freundlich von Ihnen, Missus.« Er nahm die Früchte dankend an.

Am Tor drehte er sich um und winkte ihr zu, und Tessie atmete erleichtert auf. Sie hatte die von Fußeisen stammenden Narben an seinen Knöcheln gesehen, und sie wusste, dass er ein Zuchthäusler war, hatte jedoch keine Ahnung, ob er seine Zeit abgeleistet hatte oder geflohen war.

»Geht mich nichts an«, sagte sie zu sich selbst. Aber sie hätte schon gern gewusst, wer der Fremde war.

Ted wusste es, und als er seine Frau aufklärte, platzte Jake fast vor Aufregung.

»Er war hier, Ma? Dinny Delaney?«

»Sieht ganz so aus. Es war ein Ire, ein kräftiger Kerl mit schwarzem Haar und schwarzem Bart, schon grau gesprenkelt.«

»Er ist berühmt! Ein Buschklepper. Hat drüben in den Hügeln seine Bande.«

Tessie zuckte mit den Schultern. »Ich weiß nicht, was er dann hier zu suchen hatte. Er scheint nicht sehr erfolgreich zu sein. Hungrig wie ein Wolf war er.«

»Er war in der Stadt, Mutter«, erklärte Ted. »Um sein Liebchen zu besuchen, wie man so hört. Aber irgendwer hat ihn verraten, und Sergeant Hawthorne hätte ihn beinahe geschnappt. Hat ihm immerhin sein Pferd abgejagt, und Delaney musste zu Fuß flüchten. Sie suchen ihn schon seit Tagen, also wird er sich wohl versteckt haben.«

»Genau!«, rief Jake. »Er hat sich versteckt, und sein Hunger wurde immer größer, bis er die Möglichkeit hatte, ein Pferd zu klauen.«

»Das Pferd war gestohlen?«, fragte Tessie.

»Ja. Aus Porky Grimwades Stall. Hat Delaney gesagt, wohin er will?«

»Hör gut zu«, sagte Ted streng. »Er ist nie hier gewesen, stimmt's, Mutter? Du hast überhaupt keinen Fremden gesehen.«

»Keine Menschenseele«, antwortete sie und blickte Jake streng an. »Seit es die neue Straße gibt, sehen wir nie Leute auf diesem Weg hier. Vergiss das nicht! Prahl nicht mit der Geschichte vor deinen Freunden, und bring mich in Schwierigkeiten. Wahrscheinlich war er es sowieso nicht.«

Jake nickte grinsend. Er hätte seinen Freunden ohnehin nichts erzählt, denn Dinny Delaney hatte ja gesagt, er würde zurückkommen, um fürs Essen zu bezahlen. Und Jake war sicher, dass er das tat. Er konnte es kaum erwarten.

Und er behielt Recht. Eines frühen Samstagmorgens ritt Delaney den Hügel hinauf. Wie ein Gespenst im Nebel, dachte Jake und rannte ihm entgegen.

»Ist dein Dad zu Hause?«, fragte der Buschklepper.

»Mein Dad? Ja.« Jake stürmte ins Haus, doch Ted war bereits auf dem Weg nach draußen, das Gewehr in der Hand.

»Himmel, Dad, du wirst ihn doch nicht erschießen!«, schrie Jake.

Ted drängte sich an ihm vorbei. »Beruhige dich. Ich will nur dafür sorgen, dass er mich nicht erschießt.«

»Nicht schießen!«, schrie Delaney. »Ich bringe was für Ihre Missus. Nur ein paar Kleinigkeiten, weil sie freundlich zu einem Fremden war, und zwei Shilling für mein Mittagessen.«

Nach Teds Meinung sah er in seiner Schaffelljacke, mit dem säuberlich gestutzten Bart und dem breitkrempigen Lederhut eher wie ein Siedler aus, nicht wie ein Buschklepper. »Sie sind Delaney?«, fragte er nervös.

»Zu Ihren Diensten, Sir«, erwiderte der Fremde, schwang sich behände aus dem Sattel und schnallte eine Satteltasche auf. »Ich habe hier ein wenig Waldhonig und eine Dose mit Kaffeebohnen, und die zwei Shilling.«

Er überreichte die Gaben, und um sie entgegenzunehmen, musste Ted sich der Büchse entledigen, die er behutsam neben der Haustür an die Mauer lehnte.

»Und ob ich wohl ein Wörtchen mit Ihnen reden könnte, Sir?«, bat Delaney.

»Worüber?«

»Geschäftliches. Darf ich reinkommen? Ich mache Ihnen keine Umstände.«

»Na gut.« Ted mochte Delaney auf Anhieb. Er war ein netter Kerl – und höflich obendrein.

Er wandte sich Jake zu, der um sie herumstrich, um etwas von dem Gespräch aufzuschnappen. »Du bleibst hier.«

Delaney erkannte Jakes Enttäuschung und lachte. »Ich wäre dir dankbar, wenn du ein bisschen die Augen aufhalten könntest, Junge.«

Tessie bedankte sich und setzte den Kessel auf. Genauso wie Ted hatte sie dem Mann nichts vorzuwerfen; das war Sache der Gerichtsbarkeit, und der brachte man in dieser Gegend ohnehin nicht viel Respekt entgegen.

Sie redeten übers Wetter und über die auf den Hügeln verstreut grasenden Schafe.

»Hab noch nie im Leben so viele Schafe gesehen«, sagte Delaney.

»Ich auch nicht«, bestätigte Ted. »Man sagt, Grimwade hätte über tausend auf seinem Land.«

»Tatsächlich. Das ist ´ne ganze Menge, wie?«

Ted nickte. Tessie stellte drei Tassen auf den Tisch und die Zuckerdose samt Löffel. Und den kleinen Milchkrug. Und einen Teller mit Keksen. Delaney nickte und griff mit dankbarem Lächeln zu.

»Es geht um Folgendes«, sagte er zu Ted. »Ich hab einen Kumpel in der Stadt, der Proviant für mich kauft. Da, wo ich lebe, gibt es nun mal nicht viele Geschäfte. Und deshalb hab ich überlegt, ob er die Sachen nicht vielleicht in Ihrem Schuppen lassen könnte ... Ich habe nämlich Vertrauen zu Ihnen, verstehen Sie? Sie müssten einfach nur die Augen zumachen, und ich sorge dafür, dass es Ihr Schaden nicht ist. Fünf Pfund für jedes Mal ...«

»Könnte sein, dass meine Missus Angst hat«, setzte Ted an.

»Aber doch nicht vor meinen Jungs. Keiner wird Ihnen zu nahe treten, Missus, glauben Sie mir. Sie würden kaum was merken. Mein Kumpel stellt die Sachen nachts in ihrem Schuppen ab. Einer von meinen Jungs kommt nachts und holt sie ab. Sie würden nichts anderes zu sehen bekommen als das Geld, das dann da liegt. Überhaupt kein Problem.«

Tessie goss das kochende Wasser auf die Teeblätter in der Kanne, stellte sie auf den Tisch, um den Tee ziehen zu lassen, und sah ihren Mann ausdruckslos an, nicht wissend, was sie von diesem Vorschlag halten sollte.

Draußen griff Jake nach der geladenen Büchse seines Vaters und schlich wachsam ums Haus. Unten im Tal lichtete sich der Nebel, doch die Farm lag immer noch im Dunst, der das Grün des Obstgartens und der Teebaumhecke vom Haus bis zum Schuppen verblassen ließ. Er hielt es kaum aus vor Neugier über das, was im Haus vorging, und schlich zum hinteren Fenster, in der Hoffnung, lauschen zu können. Doch es war verschlossen. Er drehte sich um und trottete zum Tor in der Hecke, um dann ums Haus herum zur offenen Tür zu gehen, wo er vielleicht etwas hören konnte. Lange genug wartete er schon hier draußen ...

Wie das Schicksal es wollte, befand sich Sergeant Hawthorne auf dem Rückweg von der Doncaster Schafstation, wo es eine Schießerei zwischen einer Horde Buschklepper und Boss Doncaster mit seinen Söhnen gegeben hatte. Einer der Strauchdiebe war getötet, der kleine James Doncaster an der Schulter getroffen worden, und trotzdem hatten sich die Räuber mit zwanzig Pferden aus dem Staub gemacht und es den Doncasters überlassen, ihren Kameraden zu begraben.

Bis Hawthorne die vierzig Meilen zum Tatort zurückgelegt hatte, war nicht mehr viel zu tun außer sich den Tathergang schildern zu lassen, was Boss Doncaster ganz und gar nicht gefiel. Er hatte dem Sergeant gehörig die Meinung gesagt, hatte gepoltert über die Gesetzlosigkeit, die fehlende Polizei und überhaupt die Nutzlosigkeit der örtlichen Polizei, die keinerlei Fortschritte in der Bekämpfung der Buschklepper machte. Ganz nach Belieben konnten die Farmen ausrauben und Reisenden auflauern.

Hawthorne, der schließlich genug von Doncasters Beschimpfungen hatte, gab deutliche Widerworte. Er wies darauf hin, dass er nicht persönlich verantwortlich sei für diese Überfälle und dass Doncaster es sich durchaus leisten konnte, das Wohnhaus und die Stallungen einzuzäumen und Grenzreiter zu bezahlen, die das Vieh und so weiter schützen würden, bis Mrs. Doncaster dem Gebrüll dann ein Ende setzte. Ihr Mann wies Hawthorne von seinem Grundstück und behauptete, er stecke mit den Strauchdieben unter einer Decke.

»Mir ginge es verdammt noch mal besser, wenn es so wäre«, sagte der Sergeant zu sich selbst, als er über Grimwades Station zurückritt, um nachzusehen, wie es der Familie ging.

Sie hatten von dem Überfall gehört, interessierten sich aber nicht für Hawthornes Nachforschungen, weil sie mit der Organisation einer Fuchsjagd beschäftigt waren. Einzig zu diesem Zweck waren die Tiere erst vor kurzer Zeit in der Gegend eingeführt worden, und im Camp der Jäger herrschte große Aufregung.

Verwundert über diese ihm bisher unbekannte Art der Beschäftigung blieb Hawthorne über Nacht, um mehr über die Pläne zu erfahren, war aber am nächsten Morgen vor Tagesanbruch schon wieder unterwegs.

Er ritt querfeldein, erreichte hinter der Tussup-Farm eine Hügelkuppe und sah unten im Hof ein gesatteltes Pferd, ein sehr schönes noch dazu, auf jeden Fall besser als die Viehtreiber-Pferde, die Ted und sein Sohn ritten.

Das hätte ihn nicht weiter interessiert, wäre ihm nicht der kleine Jake aufgefallen, der mit einem Gewehr um die Farm herumschlich.

»Was hat der denn vor?«, brummte Hawthorne vor sich hin und lenkte sein Pferd ein Stück hügelabwärts zu einer Gruppe von Fichten, um die Farm besser einsehen zu können.

Vielleicht trieb sich ein Dingo herum, der ins Hühnerhaus einbrach ...

Vielleicht auch nicht. Der Junge würde doch nicht herumschießen, wenn ein so gutes Pferd in der Nähe war. Jetzt meldete sich Hawthornes Instinkt, und ihm wurde klar, dass dort unten etwas faul war. Der Kleine schien eher Wache zu schieben, als nach einem Dingo zu suchen. Und warum wohl? Wer mochte der Besucher sein?

Hawthorne saß ab, griff zur Pistole und schlich an der Teebaumhecke entlang, um den Jungen zu überrumpeln.

Als das Tor sich öffnete, sagte er leise: »Gut, Jake, ich hab dich. Runter mit dem Gewehr und ...«

Erschrocken fuhr Jake herum, verzweifelt, Dinny Delaney enttäuscht zu haben. In der Drehung feuerte er, und die Kugel traf Hawthorne in den Bauch. Seine Pistole flog im hohen Bogen durch die Luft, als es ihn umriss.

Sie kamen herbeigerannt.

»Himmel!«, brüllte Delaney. »Ein Bulle! Hawthorne ist es. Er hat den armen Teufel getroffen.«

Ted riss Jake das Gewehr aus der Hand, stand da wie versteinert und starrte in das Gesicht des Mannes, den er seit Jahren kannte, während Delaney sich zu dem Verwundeten kniete, um Hilfe zu leisten.

Tessie schrie. Sie sank neben Delaney in die Knie, der sich zu ihnen umsah. »Er ist tot! Herr im Himmel!«

Delaney sprang auf. Er schüttelte den Kopf angesichts der blutenden Leiche, beinahe fassungslos. »Gott gebe ihm die ewige Ruhe«, sagte er. »Aber ich muss weg von hier, sonst gibt man mir die Schuld.«

Tessie verstummte völlig unvermittelt, sodass eine Leere entstand. Wie ein tiefer Brunnen. Und aus seiner Tiefe stieg der Geruch nach Tod und Angst auf.

Delaney half ihr auf, bevor er sich umdrehte und zurück durchs Tor über den großen Hof lief. Seine schweren Stiefel klangen wie dumpfe Trommelschläge. Ted blieb die Stimme tief im Halse stecken. Er brachte nur ein Stöhnen hervor, während er im Hintergrund seinen Sohn wimmern hörte. Tessies Tränen flossen jetzt haltlos unter Jammern und Klagen, denn ihr dämmerte bereits das Ausmaß dieser Katastrophe.

Ted wich von dem Toten zurück und blickte seinen Sohn an. »Was hast du getan?«, krächzte er. »Um Himmels willen, was hast du getan?«

»Ich wollte das nicht«, wimmerte Jake. »Ehrlich nicht. Er hat sich von hinten angeschlichen. Ich dachte, er würde mich erschießen.«

Ted schien ihn nicht gehört zu haben. »Das Gewehr. Was wolltest du mit dem Gewehr?«

»Ich habe Wache gestanden. Das sollte ich doch tun, während ihr im Haus mit Delaney gesprochen habt. Er ist dein Kumpel; ich wollte nur helfen.«

»Wie? Indem du den Erstbesten erschießt, der sich blicken lässt? Du hast kein Fünkchen Verstand in deinem verdammten Schädel. Was sollen wir jetzt tun?«

»Schrei ihn nicht an«, weinte Tessie. »Es ist doch so schon schlimm genug für den Jungen. Er wollte Mr. Hawthorne nicht erschießen. So etwas würde er nie im Leben tun. Er ist ein guter Junge, unser Jake.«

Sie hüllten die Leiche in ein Betttuch und legten sie in die von Ted gemauerte Butterei, die aussah wie ein Bienenkorb. Und die niemals, so dachte Tessie, einem so entsetzlichen Zweck hatte dienen sollen. Während sie noch überlegten, wie sie am besten vorgehen sollten, schwor sie sich, dass die entweihte Butterei künftig nur noch als Holzschuppen dienen sollte.

Obwohl es im Laufe des Tages warm geworden war, standen die Männer fröstelnd am Feuer, als Tessie Tee kochte.

»Es geht nicht anders«, sagte Ted schließlich. »Ich muss in die Stadt zum Polizeivorsteher und ihm sagen, dass es einen Unfall gegeben hat.«

»Du willst ihm sagen, dass Jake einen Polizisten erschossen hat?«, kreischte Tessie. »Sie werden uns nicht glauben, dass es ein Unfall war.«

»Doch«, entgegnete Ted ruhig. »Denn es war ja ein Unfall.«

»Ich traue denen nicht. Nein, das darfst du nicht tun. Sie werden unseren Jungen aufhängen.«

Daraufhin fing Jake an zu schreien. »Ma hat Recht. Du kannst mich nicht den Hunden zum Fraß vorwerfen. Wir können ihn unten auf der Koppel begraben, und kein Mensch erfährt was davon.«

»Einen Bullen? Das wäre Wahnsinn. Sie werden ihn suchen. Jeder einzelne Soldat, Bulle und Sträfling wird auf die Suche geschickt. Dann finden sie das Grab, und wir werden alle aufgeknüpft.«

»Auch, wenn wir es gut verstecken?«, fragte Tessie.

»Mutter, sie haben schwarze Spurenleser«, sagte er traurig. »Ich wollte, es wäre so einfach. Und was ist mit seinem Pferd? Mit dem Brandzeichen der Polizei? Was machen wir mit dem Pferd?«

»Wir lassen es einfach laufen«, schlug sein Sohn vor. »Hat nichts mit uns zu tun.«

Doch Ted versuchte, einige Fragen vorwegzunehmen.

»Sie werden wissen wollen, warum er hier war. Er war vorher noch nie bei uns. Und warum er sein Pferd oben bei den Fichten zurückgelassen hat.«

Jake wusste eine Antwort darauf. »Er ist eben vorbeigekommen. Wir können sagen, er kam zufällig vorbei.«

»Ja? Und als er vom Pferd stieg, hast du ihn vor Schreck erschossen. Nein, gib mir meinen Hut, Mutter. Ich reite zur Stadt. Und bringe es hinter mich.«

»Das darfst du nicht!«, schrie Jake. »Die stecken mich ins Gefängnis!«

Zuerst waren sie schockiert auf der Polizeiwache von Goulburn, dann ungläubig. Und dann begannen sie zu reden.

»Er denkt, sein Sohn hat den armen Roy Hawthorne versehentlich erschossen? Guter Witz. Was wollte Roy denn bei denen? Wie konnte es passieren, dass er sich von einem Kind erschießen ließ? Und warum? Das ist die eigentliche Frage. Ein Unfall war das nicht. Warum hat er Roy erschossen? Was war da draußen los? Was wusste Roy, dass man ihn erschießen musste? Viele von diesen Kerlen draußen auf den abgelegenen Farmen geben für ein paar Shilling hier und da Buschkleppern Unterschlupf. Wer war sonst noch da?«

So tuschelten sie auf der Wache. Polizeivorsteher Carl Muller und vier Polizisten sowie zwei ihrer besten schwarzen Spurenleser begleiteten Ted zurück zu seiner Farm, und nicht weit hinter ihnen folgte der Leichenwagen.

Muller ließ seine Leute als Wachen bei den Tussups zurück und ging selbst mit den Spurenlesern hinaus, um sie zu beobachten und ihnen zuzuhören. Der Verlust Hawthornes traf ihn tief, denn er war nicht nur ein äußerst zuverlässiger Polizeibeamter, sondern obendrein sein Schwager. Das Überbringen der traurigen Nachricht an seine jüngere Schwester wollte er aufschieben, bis er die Leiche identifiziert hatte.

Die Aborigines untersuchten die Stelle, an der Roy umgekommen war. Das Blut war noch so frisch, dass es Fliegen anzog. Die Männer brauchten nicht lange, um Teds Geschichte zu widerlegen. Sie folgten Roys Fußspuren durchs weiche Gras bis zu den Fichten, wo, wie die Tussups sagten, sein Pferd angebunden gewesen war, wenngleich es jetzt vor dem Haus stand.

Sie kamen zurück zu der Stelle, an der die Leiche gelegen hatte, deuteten und nickten zustimmend, bis ihr Sprecher, ein Mann namens Deadeye, anfing zu erklären, was sie herausgefunden hatten.

»Vier Leute hier, nicht drei. Große Stiefel, da, die von der Familie tragen aber alle Riemenschuhe, wie heißen die gleich?«

»Sandalen«, sagte Carl. »Ja, sie tragen alle Sandalen.«

»Wer hatte dann die großen Stiefel an?«

»Ja, wer?«

»Dann sieh mal hier. Vorsichtig. Große Stiefel kommen vom Haus, rennen. Da, die seichten Abdrücke ...«

Carl sah den Unterschied nicht wirklich, wusste aber, dass diese beiden Spurenleser einen geknickten Grashalm auf zwanzig Schritt Entfernung erkannten.

»Und dann geht er zurück zum Pferd, wartet hier. Das Pferd ist schon ganz wild. Hat sicher den Schuss gehört und Angst gekriegt. Sieh hier, Boss. Hat Hufe in den Boden gestemmt, ist rumgesprungen. Und vom Tor bis zu dem Pferd hier, das hier angebunden war, Blut an den Stiefeln. Ist diesmal nicht gerannt, aber schwer gegangen ... so etwa.«

Der andere Fährtensucher nickte bekräftigend, als Deadeye den schweren Gang demonstrierte.

»Also glaubst du, der Fremde hat unseren Sergeant erschossen?«

Deadeye zuckte mit den Schultern. »Das ist dein Job, Boss.«

Stundenlang verhörten der Polizeivorsteher und ein höherer Beamter die Tussups, bis sie aufgaben und eingestanden, dass Dinny Delaney bei ihnen war, und das verschlimmerte ihre Situation, wie Ted es vorausgesehen hatte. Er hatte nicht damit gerechnet, dass man schwarze Fährtensucher einsetzen würde, wenn man der Polizei doch gesagt hatte, was passiert war. Doch jetzt waren sie des schweren Verbrechens schuldig, einen berüchtigten Kriminellen beherbergt zu haben.

»Dann war es Delaney, der Sergeant Hawthorne umgebracht hat?«, fuhr Muller ihn an.

»Nein!«, sagte Ted, und Jake schrie: »Ja!«

Die Frau, Mrs. Tussup, weinte und weinte. Sie stellten ihr die gleiche Frage. Um Klarheit zu bekommen. Sie verweigerte die Antwort.

Je heftiger sie die Familie auf ihre zornige, anklagende Art verhörten, desto verängstigter wurde Jake. Der Lärm, die Stimmen waren überall um ihn herum, schlossen ihn ein, und er hörte das verbitterte Gemurmel, den ständigen empörten Ausruf: »Schande!«

Ein Stein ließ das Fenster bersten, doch keiner der Gesetzeshüter im Hause schenkte dem Beachtung.

Jake blickte nach draußen und sah, dass sich eine Menschenmenge versammelt hatte, und immer noch mehr kamen den Hügel hinauf. Als sie ihn am Fenster sahen, beschimpften sie ihn, warfen Erdklumpen aufs Haus und veranstalteten einen derartigen Aufruhr, dass er erst nach einer Weile begriff, was sie verlangten: »Hängt ihn!«, brüllten sie. »Knüpft den Schweinehund auf«, und neben ihm, am Fenster, hörte er, wie zwei Polizisten zustimmten. Zustimmten!

Er hatte von Anfang an verstanden, dass sie von einem Unfall nichts wissen wollten, keiner von ihnen; sie wollten lediglich Rache. Doch seine Knie drohten nachzugeben, als ihm richtig klar wurde, dass sie ihn hängen würden. In dem großen Gefängnis waren auch früher schon Kerle gehängt worden, nachdem der Richter sich das schwarze Tuch über den Kopf gelegt hatte.

»Bringt ihn nach draußen«, sagte Muller, und ein Wachtmeister packte ihn am Arm, zerrte ihn zur Tür hinaus und stieß ihn in den Hof.

Jakes Beine waren wie aus Pudding. Er brach zusammen, doch niemand reichte ihm eine hilfreiche Hand. Er erhielt lediglich einen Tritt in die Rippen und musste sich aus eigener Kraft am Geländer wieder hochziehen.

Bald darauf trat Muller aus dem Haus, blieb an der Hintertür stehen und zündete sich seine Pfeife an. Er ließ sich Zeit, bevor er zu den anderen kam, um seine Pfeife zu paffen und Jake anzusehen, dass ihm angst und bange war. Jake spürte bereits den Ruck des Seils und hörte den Jubel der Schweinehunde vor dem Gefängnis, während er erstickte – der gleichen Leute, die jetzt wie böse Schreckgespenster auf der anderen Seite des Zauns standen und darauf warteten, ihn zerreißen zu können.

Eine Frau schrie, und Jake fuhr zusammen.

»Wer war das?«, fragte er Muller in spontaner Reaktion.

»Mrs. Hawthorne, würde ich sagen. Roys Witwe. Sie muss jetzt vier Kinder allein großziehen; kein Dad, der ihr dabei hilft.«

Das wusste Jake. Er kannte Charlie Hawthorne, ein Jahr älter als er, ungleich schwerer und kräftiger, ein verdammter Rüpel, der jeden zusammenschlug, der ihm in die Quere kam. Jake hatte schon immer Angst vor ihm gehabt. Zitternd platzte er heraus: »Sie können mir nicht die Schuld geben. Ich war's nicht.«

Breit hinter Muller stehend, in die Sonne blinzelnd, sah er den Chef der Polizisten, der sich an den Wachtmeister wandte und nickte.

»Jetzt geht's endlich voran.« Muller drehte sich zu Jake um. »Ich habe nie geglaubt, dass du es warst. Es kommt auf das Gewehr an, verstehst du? Es war nicht dein Gewehr, sondern das deines Vaters, mit dem geschossen wurde. Stimmt's?«

»Ja.« Jake senkte den Blick auf seine staubigen Stiefel.

»Hatte Delaney ein Gewehr? Aber ja, natürlich. Das haben wir ja schon durchgekaut. Aber du hast selbst gesagt, du hättest nicht gewusst, was es war, weil es im Sattelholster steckte und er es gar nicht herausgenommen hat.«

»Hat er gesagt«, bestätigte der Wachtmeister. »Ich habe es selbst gehört. Neugierige Gören sehen alles, aber er hätte sich nie getraut, sich an Delaneys Büchse zu vergreifen. Oder?«

»Nein.« Jake war eifrig darauf bedacht, allem zuzustimmen, und Mullers Kopf nickte unablässig.

»Und deine eigene alte Büchse, die war die ganze Zeit in der Waschküche, wo wir sie dann ja gefunden haben, und daraus wurde nie geschossen, stimmt's, Jake?«

»Ja.«

»Bleibt also nur das Gewehr, das Sergeant Roy Hawthorne getötet hat, einen feinen aufrechten Burschen, der nur gekommen war, um zu sehen, wen Ted Tussup zu Besuch hatte. Und weil er misstrauisch war, hatte er seine Pistole gezückt, aber bevor er noch ein Wort sagen konnte, traf ihn eine Kugel aus dem Gewehr deines Vaters, stimmt's? Stimmt das, Jake? Wir haben jetzt genug von deinen Lügen. Wir müssen die Sache zu Ende bringen, bevor die Meute da draußen noch wütender wird und die Farm niederbrennt.«

»Ja.«

Mullers Kopf fuhr ruckartig zum Wachtmeister herum. »Siehst du, ich hatte von Anfang an Recht.«

»Sieht so aus. Die Schweine haben den ganzen Tag versucht, uns Lügenmärchen zu erzählen, und ihre Geschichte immer wieder verdreht.«

»Na, jetzt ist es vorbei. Wir nehmen Tussup mit, und du, Junge, du reißt dich zusammen und bleibst bei der Wahrheit, oder wir lochen dich auch ein. Ich sollte dich sowieso verhaften, weil du mit einem Gesetzlosen gemeinsame Sache machst, aber warten wir erst mal ab, wie du dich benimmst ...«

Als er vor Gericht aussagen und seinen Vater bezichtigen musste, traf seine Mutter der Schlag. Sie musste ins Krankenhaus gebracht werden und starb einen Monat später.

Ted widersprach seinem Sohn mit keiner Silbe und versuchte auch nicht, sich selbst zu verteidigen.

»Ich hätte Delaney niemals in mein Haus lassen dürfen«, sagte er matt zu seinem Anwalt. »Damit fing alles an.«

Der Anwalt, der für seinen Klienten tat, was er konnte, schaffte es, Delaney eine Botschaft mit der Bitte um Informationen zukommen zu lassen, weil einige Leute immer noch behaupteten, der Sohn hätte Hawthorne erschossen, nicht der Vater.

Er erhielt auch tatsächlich eine Antwort von dem Buschklepper, allerdings nur mündlich, bestehend aus der schlichten Bemerkung: »Das ist eine Familienangelegenheit der Tussups.«

Diese Antwort gab dem Anwalt ein Gefühl des Unbehagens, doch Ted wiederholte sein Geständnis, und das war's dann.

Zwei Monate später wurde er im Gefängnis von Goulburn gehängt, doch da war Jake schon längst über alle Berge. Als seine Mutter starb, machte er sich lieber aus dem Staub, statt sich den voraussagbaren Ergebnissen der letzten Verhandlungstage zu stellen.

Irgendwann las er über die Hinrichtung, als er flüchtig in der Bibliothek von Sydney in der Zeitung blätterte, dann ging er zum Hafen und heuerte als Leichtmatrose auf der *Seattle Star* an, einem amerikanischen Klipper.

Jake Tussup gestattete sich nie wieder einen Gedanken an diese Vorfälle. Eine Zeit lang focht er in seinen Albträumen Kämpfe mit seinem Gewissen aus, aber am Ende siegte er stets. Die Geschichte verblasste mit den Jahren, und Jake ging als harter Mann daraus hervor.

2. Kapitel

Raymond Lewis war ein sanftmütiger Mensch, fleißig in allen Lebensbereichen – Mitglied des Parlaments der Kolonie Queensland, viel beschäftigter Anwalt mit einer Kanzlei in Brisbane und Presbyter der Anglikanischen Kirche – und außerdem Witwer. Seine Frau war vor einiger Zeit einer Grippewelle zum Opfer gefallen. Jetzt stand er mit den Damen Mrs. Willoughby und Mrs. Plummer zusammen und äußerte vorsichtig seine Meinung zum Beschluss des Kapitäns, bis zum ersten Tageslicht zu ankern.

»Gut«, sagte er. »Ausgesprochen vernünftig.«

»Verdammte Zeitverschwendung, wenn Sie mich fragen«, schnaubte Horwood.

»Vorsicht ist besser, als irgendwann das Nachsehen zu haben«, bemerkte Mrs. Plummer, und Raymond freute sich, sie auf seiner Seite zu sehen. Sie war eine elegante Frau, seiner Schätzung nach in den Fünfzigern, etwa im gleichen Alter wie seine Schwester Lavinia. Allerdings trug sie nicht so viele überflüssige Pfunde mit sich wie Lavinia, wie er mit einem Anflug von schlechtem Gewissen feststellte.

»Haben Sie China mit einer politischen Mission besucht, Mr. Lewis?«, fragte sie ihn. »Oder nur als Privatmann?«

»Oh! Ich hatte eine Mission, in der Tat, gnädige Frau. Ich hatte Verabredungen mit Regierungsmitgliedern – hauptsächlich Wirtschaftsgespräche, die, wie ich glaube, glücklicherweise erfolgreich waren. Das mir zugewiesene Personal war ausgesprochen hilfreich. Was natürlich nicht anders zu erwarten war«, fügte er hinzu und wandte sich an die hübsche kleine Chinesin. »Ich kann Ihnen zu meiner Freude sagen, Mrs. Willoughby, dass ich den Besuch in Ihrem

Land sehr genossen habe und ihn eines Tages zu wiederholen hoffe. Darf ich fragen, ob Sie in Brisbane bleiben werden?«

Sie lächelte ihn an, und es war ein ausgesprochen süßes Lächeln, das ihm unter die Haut ging. »Für eine Weile, Mr. Lewis. Mein Mann und ich leben lieber auf dem Lande.«

»Ah ja. Auf dem Lande, so. Aber solange Sie in Brisbane weilen, müssen Sie und Ihr Gatte mir erlauben, Ihnen die Stadt zu zeigen. Das gilt natürlich auch für Sie, Mrs. Plummer.«

»Ich wäre entzückt«, sagte die deutsche Dame. »Wie ich höre, ist Brisbane eine sehr angenehme Stadt.«

Dann gesellten sich die Caporns zu ihnen, und Raymonds Gedanken wanderten zurück zu seiner Frau. Sie war liebend gern auf Reisen. Sie hatten mehrere Inseln im Pazifik und auch Singapur besucht, doch ihr Traum war immer gewesen, einmal China zu sehen. Wie traurig, dachte er, dass sich dieser Traum nie erfüllt hat, während er auf Regierungskosten zu einem offiziellen Besuch ausgesandt wurde.

Einige Zeit nach Beatrices Tod war seine unverheiratete Schwester zu ihm gezogen, um ihm den Haushalt zu führen. Nein, er musste sich berichtigen: Lavinia betrachtete sich als Hausdame und Gastgeberin und genoss diese Rolle. Er und Beatrice waren keine Freunde großer Gesellschaften gewesen, sie bevorzugten ein ruhiges Leben. Nicht so Lavinia.

»Du bist gut situiert«, erklärte sie. »Und du hast dieses riesige Haus. Es ist ideal für Gartenpartys und Dinnergesellschaften. Ich habe nie verstanden, warum ihr beide nicht öfter Gäste eingeladen habt. Ein Mann in deiner Stellung muss sich um seine Karriere kümmern und, was die richtigen Leute betrifft, entschieden gastfreundlicher sein.«

Er seufzte. Diese Angelegenheit wurde ihm aus den Händen genommen. Lavinia arrangierte alle möglichen Veranstaltungen – »um seine Karriere voranzutreiben« –, und Raymonds Leben wurde noch betriebsamer.

Sein Partner in der Kanzlei, Gordon McLeish, amüsierte sich darüber. »Du und Lavinia, ihr beherrscht zurzeit das gesellschaftliche Leben. Das war ein netter Musikabend, den du da gestern Abend veranstaltet hast. Du hast sogar ein paar Richter und den Schatzmeister an Land gezogen. Willst du ins Ministerium, mein Alter?«

»Ich will nichts als Ruhe und Frieden«, stöhnte Raymond. »Lavinia verwandelt mein Haus in einen Veranstaltungssaal.«

»Alles um der guten Sache willen.« Gordon hatte kein Mitleid.

Raymond fühlte sich im Stich gelassen. Er wusste, dass er als verantwortungsbewusster Anwalt und ernsthafter Parlamentarier mehr zu bieten hatte, und wollte nicht um Wähler buhlen. Er löste das Problem, so gut er konnte, indem er bis spät in die Nacht hinein an seinen Studien und Reden arbeitete und Treffen mit Agrariern, Geschäftsleuten und Gewerkschaftern im Parlamentsgebäude anberaumte, um Lavinias Routine in seinem eigenen Haus nicht zu stören. Das hatte natürlich zur Folge, dass er trotz aller Bemühungen immer verspätet auf ihren Gesellschaften erschien. Nein, dachte er und ließ den Blick über die kleine Versammlung im Speisesaal der *China Belle* schweifen, das stimmt ja nicht. Ich bin nun mal kein geselliger Typ. Der Gedanke brachte ihn auf einen weiteren Punkt, in dem er sich von der gehobenen Gesellschaft unterschied. Zwar hatte er seine Karriere als Konservativer begonnen, doch mittlerweile fand Raymond immer mehr Gefallen an den Ideen der Sozialisten. Er hieß die Ziele der Gewerkschaften gut und sympathisierte mit ihnen. Glücklicherweise hatte Lavinia nichts bemerkt, wohl aber Gordon, der sich Sorgen machte.

»Deine Reden, mein Alter. Sie sind verdächtig links. Wie ich höre, sind die Unternehmer langsam gereizt, also wundere dich nicht, wenn der Premierminister dich fallen lässt.«

Das war Raymond einigermaßen egal. Er hatte sich mit der Materie befasst und zog die Gerechtigkeit der Popularität vor. Außerdem waren die Gewerkschafter wie auch die Konservativen einer Meinung im Hinblick auf die Einführung einer Einwanderungssteuer von zehn Pfund für Chinesen, einer Steuer, die in anderen Kolonien schon gültig war, angefangen in Victoria, wo schätzungsweise zweiundvierzigtausend Chinesen auf den Goldfeldern arbeiteten. Nachdem nun in Queensland am Crocodile Creek und in einigen anderen Gegenden Gold entdeckt worden war, einschließlich der massiven Funde in Charters Towers, strömten die chinesischen Goldgräber zu Hunderten ins Land. Natürlich wollten die Gewerkschafter noch einen Schritt weitergehen und die Einwanderung von Chinesen begrenzen, um Arbeitsplätze und Lohnstandards zu bewahren, doch das bedurfte noch der Diskussion und es verlangte Diplomatie.

Während eines Treffens mit chinesischen Würdenträgern in Peking hatte es Raymond die Sprache verschlagen, als ein Herr diese Fragen anschnitt – behutsam, versteht sich, doch sie lagen da vor ihm auf dem Tisch wie tote Fische, so schrieb er in seinem Bericht, lagen da und verpesteten den Raum, während er versuchte, den Chinesen Wolle und Weizen zu verkaufen.

Er hatte mit einer demütigen Erklärung geantwortet, wonach seine Kolonie Queensland noch sehr jung sei, erst vor fünfzehn Jahren gegründet worden war und die Einwohner sich noch in diese neue Welt vortasten mussten, aber ihr Bestes gaben, um gerechte Standards aufzustellen. Deshalb, verstehen Sie, muss ein Platz für die Goldgräber gefunden werden, und wenn die Goldfelder schließen, stellen sich weitere Probleme, wie man sich unschwer vorstellen kann ...

Der Dolmetscher hatte Mühe mitzuhalten, als Raymond schwafelte, ausnahmsweise einmal in voller Absicht, um sich aus der Situation zu winden, und am Ende wurden seine Argumente fadenscheinig. Diese Herren wussten wahrscheinlich ganz genau, dass die Chinesensteuer in den südlichen Kolonien schon seit zwanzig Jahren in Kraft war.

Abgesehen von diesem Vorfall hatte Raymond seinen Besuch in China sehr genossen, und er hatte bereits mit einer Studie über Geschichte und Kultur des Landes begonnen, für die er, wie er wusste, Jahre brauchen würde. So begeistert war er von seinem neuen Projekt, dass er gern mit dem Ehepaar Willoughby darüber gesprochen hätte, aber er war zu schüchtern, um das Thema anzuschneiden.

»Ich hätte gern kurz mit Ihnen gesprochen«, sagte Mr. Caporn und nahm ihn beiseite. »Stimmt es, dass Ihre Regierung beabsichtigt, Südseeinsulaner von den Zuckerrohrfeldern zu verbannen? Wissen Sie, man möchte schließlich nicht gern in eine Teeplantage investieren, ohne die Sicherheit, auf eingeborene Arbeitskräfte zugreifen zu können.«

Raymond seufzte. Das war ein weiteres prekäres Thema. »Es steht zur Diskussion«, brummte er. »Ich bin nicht so ganz auf dem Laufenden. Vielleicht möchten Sie mich in meinem Büro im Parlament aufsuchen, wenn wir wieder festen Boden unter den Füßen haben. Dann können wir darüber reden.«

»Fein. Ich habe kürzlich meine drei Plantagen in Malaya verkauft, brauche einen Tapetenwechsel, verstehen Sie? Esme hätte gern wieder ein englisches Umfeld, aber die Plantage hat sie nur ungern verlassen. Es lebt sich dort sehr angenehm.«

»Sicherlich«, antwortete Raymond höflich.

»Und als wir erfuhren, dass Queensland auch für den Anbau von Tee gute Bedingungen bietet, waren wir begeistert.«

Raymond sah, wie der Kapitän sich zu Mrs. Willoughby neigte, wahrscheinlich, um nach dem Verbleib ihres Gatten zu fragen, und ihre zarten Hände flatterten entschuldigend, während sie besorgt zur Tür blickte. Der Kapitän beruhigte sie lächelnd und wandte sich an die Passagiere.

»Meine Damen und Herren, geben Sie mir die Ehre, mit Ihnen zu speisen?«

Die Stewards führten sie zu ihren Plätzen, und Kapitän Loveridge eröffnete das Tischgespräch: »Ich hoffe, Sie alle hatten einen angenehmen Tag. Haben Sie die Delfine gesehen, Mrs. Caporn?«

»Nein, ich habe sie verpasst. Ich bin schrecklich enttäuscht.«

Inmitten des Geplauders suchte Raymond sich einen Platz am Ende des Tisches neben Mrs. Plummer, an deren Seite sich noch ein freier Stuhl befand. Sie war bester Laune und erzählte ihm eine amüsante Geschichte über einen Club in Singapur, als ihm auffiel, dass der Kapitän besorgt wirkte und immer wieder zur Kombüse hinübersah.

Die Stewards bummeln heute Abend, dachte Raymond. Sie wirkten tollpatschig und rempelten einander an, als sie die Schüsseln auf den Tisch stellten. In der Suppenterrine fehlte die Schöpfkelle, statt Suppentellern wurden den Passagieren flache Teller vorgesetzt. Auch das Besteck war nicht korrekt gedeckt, und Raymond lachte, als Mrs. Plummer flüsterte: »Ich glaube, in unserer Küche herrscht eine gewisse Verwirrung.«

Mrs. Caporn blickte über den Tisch hinweg. »Sollen wir die Suppe essen, oder sie nur betrachten, Captain?«

Er runzelte die Stirn, doch im selben Augenblick wehte eine warme Brise in den Saal, und mit ihr Mr. Willoughby, der unter Entschuldigungen zum Tisch eilte, seiner Frau einen Kuss auf die Wange gab und seinen Platz zwischen ihr und Mrs. Plummer einnahm. Dann blinzelte er mit einem fröhlichen Lächeln in die Runde.

»Oh, gut! Habe ich mich doch nicht verspätet. Was gibt's zum Dinner?«

Mrs. Plummer strahlte. »Wir beginnen mit grüner Erbsensuppe, dann folgt Fisch mit Zitrone, danach Lammpastete mit Rosinen, und was die Speisekarte als Hauptgericht verspricht, habe ich vergessen.«

Als er sich seiner Frau zuwandte, um ihr die verschiedenen Gerichte zu erklären, seufzte Mrs. Plummer. Ach, noch einmal jung und verliebt zu sein, aber wenn, schränkte sie sogleich ein, dann nur mit einem so schönen Mann wie Mr. Willoughby. Oder wie ihr geliebter Ernst, ihr verstorbener Gatte. Dieser junge Mann erinnerte sie so sehr an Ernst – groß, blond und auf eine unbeschwerte Weise selbstbewusst. Ihrer Meinung nach würde Mr. Willoughby mit Bart noch besser aussehen ... würdiger.

Lyle Horwood unterhielt sich mit dem Kapitän. Und beschwerte sich natürlich – über Suppenkleckse, nachdem endlich eine Schöpfkelle gefunden worden war. Wie sie diesen Mann verabscheute! Er hatte Fannie das Leben zur Hölle gemacht, hatte sie ständig herumgestoßen, sogar in der Öffentlichkeit, und dann, während ihrer letzten Tage, hatte er kaum einmal ihr Krankenzimmer betreten und mehr und mehr Zeit in seinem Club verbracht, bis ein Diener kam und ihm mitteilte, dass seine Frau gestorben war. Fannie war einsam gestorben, denn Horwood hatte ihren Freunden jeden Besuch verweigert und behauptet, sie wäre solchen Störungen nicht gewachsen.

Wäre sie dort gewesen, hätte Eleanor darauf bestanden, bei ihrer lieben Cousine zu sein, doch als sie von einem Deutschlandbesuch nach Hongkong zurückkam, war schon alles vorüber, sogar die Beerdigung. Alle trauerten um Fannie und waren gekränkt, weil sie sich nicht von ihr hatten verabschieden können. Deshalb bestellte Eleanor eine Gedenkmesse für sie in der St. Mary Kirche an der Junction Street. Lyle nahm nicht daran teil. Eine Woche vorher brach er zu einer Reise nach London auf. Aber es herrschte allgemeine Übereinstimmung, dass man ihn nicht vermisste.

Die Stewards setzten unbeholfen ihre Arbeit fort. Einer ließ ein Tablett mit Gläsern fallen – worüber sich außer dem Kapitän niemand großartig aufregte, denn der Wein floss in Strömen. Eleanor bemerkte, dass Mr. Willoughby weißen Rheinwein bestellte, während Mrs. Willoughby einen leichten chinesischen Wein bevorzugte.

Eleanors zweiter Mann war Alkoholgegner, hatte aber nie etwas dagegen einzuwenden, wenn Eleanor ein Gläschen genoss. Auf Partys war er sogar ein ausgezeichneter Gastgeber.

Plummer hatte nicht so gut ausgesehen wie Ernst, hatte sie jedoch mit seiner Zuvorkommenheit beeindruckt, und mit seinem amerikanischen »Knowhow«, wie er es nannte.

Seit dem Augenblick, da sie einander vorgestellt wurden, war er ihr ergebener Diener und tat alles für sie. Page Plummer hatte sich entschlossen, Eleanor zu heiraten, und umwarb sie mit Blumen und romantischen Billets.

Er half ihr bei der Renovierung ihres Hauses, strich eigenhändig ihre Kutsche, ließ ihre Stallungen ausbauen, um die zwei schönen Pferde unterbringen zu können, die er für sie gekauft hatte, und begleitete sie freudig zu jeder Veranstaltung, die sie besuchen wollte. Letzteres wusste Eleanor durchaus zu schätzen, denn auch nach drei Jahren fehlte Ernst ihr noch ganz schrecklich, und ihr war klar geworden, dass eine Witwe ohne einen in der feinen Gesellschaft akzeptierten Begleiter in Hongkong sehr einsam sein konnte.

Und akzeptiert war er durchaus, erinnerte sie sich, während ihr auffiel, dass der Kapitän krebsrot vor Zorn über den schlampigen Service war. Auch Plummer hatte äußersten Wert auf Korrektheit gelegt. Als sie heirateten, organisierte er einen überwältigenden Empfang im Hotel *Victoria,* von dem Eleanor einfach hingerissen war. Es war ein herrlicher Abend voller Musik und Tanz und Fröhlichkeit, von dem die High Society noch Monate später redete.

Zurückblickend fragte sie sich jetzt, wie sie so dumm hatte sein können. Sogar, als er versuchte, sich für den Hochzeitsempfang Geld von ihr zu leihen, hatte sie lässig mit ihrem Fächer abgewinkt.

»Lieber Himmel, nein ... überlass es mir. Die Kosten der Hochzeit sind schließlich Sache der Brauteltern, oder?«

Allmählich dämmerte es Eleanor dann, dass Plummer sich Freiheiten herausnahm, was ihre Finanzen betraf. All seine Rechnungen landeten bei ihr – selbst die für seine Kleidung und seinen Schmuck, wie zum Beispiel die teuren Manschettenknöpfe und Krawattennadeln –, und sie musste diese Angelegenheit, die ihr Sorgen bereitete, zur Sprache bringen.

Doch Page hielt für alle Fragen eine Antwort parat. »Meine Liebe, die Manschettenknöpfe! Sind sie zu teuer? Also, wenn wir sie uns nicht leisten können, gebe ich sie zurück.«

»Es geht nicht darum, ob wir sie uns leisten können ...«

»Da bin ich aber froh. Um nichts in der Welt möchte ich meinem Schatz Sorgen bereiten.«

Am Ende ließ Eleanor alles schleifen. Es war zu peinlich, ihren Gatten wegen Geld zu befragen.

Trotzdem, so dachte sie besorgt, sollte ein Gentleman sich um die Finanzen kümmern. Schließlich hatte er vor der Hochzeit bei ihr den Eindruck erweckt, gut situiert zu sein, wenn auch vielleicht nicht gerade steinreich, und sie hatte nicht weiter nachgefragt. Und er hatte ihr großzügige Geschenke gekauft, Geschenke, die ein armer Mann sich niemals leisten konnte und wohl auch nicht wollte.

Es störte sie, dass sie womöglich ins gleiche Fahrwasser geriet wie viele andere reiche Witwen, die charmanten Herren Zutritt zu ihrem Leben gewährten – oder vielmehr so genannten Herren, die nichts anderes taten, als ihre Truhen zu plündern. Doch Page war so ein wunderbarer Ehemann und Gefährte, dass sie ihre bösen Vorahnungen abschüttelte, sie als kleinlich, wenn nicht gar illoyal, abtat. Und ganz unmerklich tröstete sie sich, während ihre Besorgnis wuchs, damit, dass sie sich diese kleinen Extravaganzen ja leisten konnte. Bis ein Freund, George Hollister, sie mit beunruhigenden Nachrichten aufsuchte.

Offenbar hatte er sich in Eleanors Interesse bereit erklärt, Pages Bitte um Nominierung für die Mitgliedschaft in seinem exklusiven Herrenclub nachzukommen, doch die Bewerbung wurde abgewiesen.

Eleanor schäumte vor Wut. »Warum wurde er nicht aufgenommen? Wie können sie so etwas wagen? Ernst, mein erster Mann, war schließlich Gründungsmitglied.«

»Aber Page ist nicht Ernst, meine Liebe. Um dich zu schonen, wurde die Bewerbung nicht offiziell abgelehnt, sondern einfach unter den Tisch fallen gelassen, als hätte ich nie ein Wort über diese Nominierung verloren.«

»Aber warum nur?«

»Nun, du weißt doch, dass in solchen Fällen keine Gründe angeführt werden.«

»Aber du kennst sie, George, und du musst sie mir sagen.

Du darfst mich nicht im Dunkeln tappen lassen. Ich bin ohnehin schon außer mir vor Sorge. Um Himmels willen, scheitert es daran, dass er Amerikaner ist? Dazu hätte ich nämlich ein Wörtchen zu sagen. Ich weiß, dass mehrere Mitglieder oder deren Frauen Amerikaner sind ...«

»Nein, nein, Eleanor. Darum geht es nicht.« Er zückte ein Taschentuch und wischte sich über die Stirn. »Ich weiß nicht, wie ich's sagen soll. Du bringst mich in eine verflixte Situation.«

»Sprich einfach offen. Komm, George, wir sind alte Freunde ...«

»Nun gut. Es waren unsere amerikanischen Mitglieder, die den Captain in Frage stellten. Ich meine natürlich, seine Ausweispapiere, nicht ihn. Offenbar hatten sie ihn in Verdacht ...«

»Wie können sie es wagen! Frechheit!«

»Wenn ich es schon sagen soll, dann lass mich ausreden. Sie haben Nachforschungen angestellt, und in den Akten der amerikanischen Armee und Marine gibt es keinen Eintrag über einen Captain Page Plummer.«

»Natürlich irren sie sich ...«

»Das hoffe ich, meine Liebe. Doch diese Entdeckung zog andere nach sich, Dinge, die man in der Gesellschaft nicht gern anspricht.«

»Und hoffentlich sagst du jetzt nicht: ›Um mich zu schonen‹, um Gottes willen! Erzähl schon weiter, George.«

»Page schuldet einigen deiner Freunde Geld ...«

Er schwieg, blinzelte und zog leicht den Kopf ein, und Eleanor bemerkte, wie dünn sein Haar in letzter Zeit geworden war.«

»Oh weh«, sagte sie und tätschelte seine Hand. »Da haben wir den Salat, nicht wahr, George? Danke, dass du es mir gesagt hast. Und mach dir keine Sorgen, es ist schon in Ordnung.«

Um sicherzugehen, zog Eleanor auch auf eigene Faust noch Erkundigungen ein. Sie überwand ihre Beschämung, schlüpfte eines Tages, die Papiere ihres Gatten in der Handtasche, aus dem Haus und nahm einen privaten Termin im amerikanischen Konsulat wahr, wo ihr bestätigt wurde, dass die Papiere gefälscht waren.

Empört angesichts der Entdeckung, dass ihr Mann ein Lügner und Betrüger war, begann Eleanor, Vorbereitungen zu treffen.

Im Mittelpunkt eines Skandals zu stehen, war das Letzte, was sie sich wünschte, deshalb machte sie sich in aller Stille daran, die Situation zu korrigieren. Zunächst schrieb sie an Freunde in Singapur und bot an, sie zu besuchen, gleichzeitig aber auch an eine weitere Freundin, Gertrude Kriedmann, deren Mann, ein Schmuckgroßhändler, nach Brisbane in Australien gezogen war, um in der Nähe der wertvollen Goldfelder zu sein.

Nachdem sie ihren stillen Abgang vorbereitet hatte, verkaufte Eleanor ihren gesamten Besitz in Hongkong, einschließlich des Hauses, das sie noch immer mit ihrem reizenden Mann bewohnte.

Am selben Tag, als die neuen Besitzer das Haus übernehmen sollten, schiffte Eleanor sich ohne ein Wort an Page nach Singapur ein. Am selben Tag erhielt er per Post die Scheidungsunterlagen.

Sie transferierte ihr Geld auf ein Konto der *Bank of Hongkong* in Singapur und überantwortete derselben Bank auch den Großteil ihres Schmucks, ihrer Aktien und Urkunden über Besitztümer in Deutschland. Wenige Monate später ging sie an Bord der *China Belle*, um nach Brisbane zu segeln. Inzwischen hatte sie erfahren, dass Plummer wegen Aktienschwindels verhaftet worden war.

»Geschieht ihm recht«, sagte sie zu sich selbst. »Er musste sich wohl was Neues einfallen lassen, um seine Schulden zu begleichen, nachdem ich nicht mehr zur Verfügung stand.« Eleanor wollte ihn nie mehr wiedersehen.

Das Leben in Asien missfiel ihr zunehmend, und so erwog sie auf Grund von Gertrudes begeisterten Schilderungen, sich in Australien niederzulassen, doch zuerst musste sie das Land mit eigenen Augen sehen. Falls Brisbane ihr zusagte, würde sie dort vielleicht sesshaft werden, und bis dahin würde sie dank des in Singapur absolvierten

Papierkriegs auch wieder ihren Mädchennamen *von Leibinger* tragen dürfen.

»Ich bitte dafür um Nachsicht, lieber Ernst«, sagte sie leise zu sich selbst, und ihr Nachbar, Mr. Lewis, neigte sich ihr zu.

»Wie bitte?«

»Ach, nichts.« Sie lächelte.

Die Suppe wurde serviert, doch sie war kalt. Die Leute am Tisch blickten fragend auf.

»Sie ist kalt«, beschwerte sich Mrs. Caporn.

»Ich dachte, sie müsste kalt sein«, bemerkte Willoughby und löffelte mit augenscheinlichem Genuss weiter. Seine Frau folgte seinem Beispiel.

Der Kapitän schlug auf den Tisch und schnauzte einen Steward an, den Koch zu holen. Der Mann eilte davon. Es wurde plötzlich ganz still am Tisch. Caporn winkte einem anderen Steward, er möge ihm Wein einschenken.

Sie warteten, und schließlich kam der Koch mit hochrotem Gesicht aus der Kombüse.

»Ah Koo«, sagte der Kapitän zornig, hielt dann jedoch inne. Hinter Ah Koo hatten sich drei Mitglieder der Mannschaft aufgestellt und richteten ihre Pistolen auf die Tischgäste.

»Was zum Teufel ...?«, rief Kapitän Loveridge und sprang so hastig auf, dass sein Stuhl umkippte. »Was geht hier vor?« Er ging auf den ersten Mann los, einen Malaien. »Du, Bartie Lee! Was soll das alles?«

Lee grinste ölig, selbstzufrieden. »Setz dich, Captain, und Maul halten. Alle sitzen bleiben. Keine Bewegung.« Er winkte den anderen beiden, beide Chinesen, mit ihren Waffen näher heran zu kommen, und wieder begann der Kapitän zu brüllen. Er hatte die modernen Winchester-Büchsen erkannt, die ein Steward namens Tommy Wong und der andere Kerl in Händen hielten. Bartie Lee war mit einem Colt bewaffnet.

»Diese Waffen gehören zum Schiff! Ihr seid in meine Waffenkammer eingebrochen!«

»Moment mal«, krächzte Horwood. »Soll das ein Witz sein? Werfen Sie diese Bande raus!«

»Ah Koo, hol auf der Stelle Mr. Tussup!«, donnerte Loveridge, und der Koch huschte zurück in seine Kombüse. »Wir wollen doch mal sehen«, fügte er hinzu.

»Ja, wirst schon sehen«, sagte Bartie Lee mit einem Wink in Richtung der Frauen. »Setz dich, oder wir bringen eine von ihnen um.«

»Was?«, riefen Horwood und der Kapitän gleichzeitig, doch der Kapitän kam als Erster wieder zu sich.

»Wenn du einen von den Passagieren auch nur anrührst, Bartie Lee, dann wirst du gehängt. Dafür sorge ich persönlich.«

Bartie Lee strich sich mit dem Finger über den Schnauzbart und deutete auf Mrs. Plummer. »Die alte Frau. Bring sie her.«

Tommy Wong ging auf sie zu, doch Willoughby hielt Mrs. Plummer fest und stellte sich Wong entgegen. »Oh nein, du lässt die Finger von ihr.«

Verdutzt sah sich Wong nach Bartie Lee um. Der zuckte mit den Schultern und sagte: »Na gut, dann die.«

Er packte Mrs. Caporn und riss sie an sich heran. Das ging so schnell, dass niemand Gelegenheit hatte einzugreifen, zumal alle Aufmerksamkeit noch auf Mrs. Plummer gerichtet war.

Der Malaie stieß einen Pfiff aus, und ein Matrose, in dem der Kapitän Mushi Rana erkannte, eilte Lee zur Hilfe und zerrte die Frau grob zum Ausgang. Der Lärm – Mrs. Caporns Schreien und der Protest der Passagiere – schien ihnen nichts auszumachen, und Loveridge erkannte dies als schlechtes Zeichen. Seine Offiziere mussten es gehört haben. Wo steckten sie nur?

Plötzlich schlug Mushi Mrs. Caporn brutal ins Gesicht, und das Schreien setzte abrupt aus.

Bartie Lee nickte. »Seid jetzt alle still, sonst geht sie über Bord. Verstanden, Boss? Dann geht sie schwimmen, ja?«

Ein paar Sekunden lang herrschte verblüfftes Schweigen, dann fragte der Kapitän leise: »Was soll das, Lee? Was willst du?«

Doch Bartie Lee beachtete ihn nicht. Er trat langsam zurück und blickte in Richtung eines der Bullaugen.

Draußen begann Mrs. Caporn wieder zu schreien, und Mr. Lewis stöhnte auf. Willoughby sah aus, als wollte er jeden Moment aufspringen, doch der Kapitän mahnte ihn, ruhig zu bleiben und wies auf Neville Caporn hin, dessen Gesicht so verzerrt war, als drohte ihm ein Schlaganfall.

»Könnte Mr. Caporn ein Glas Wasser bekommen?«, fragte er Tommy Wong, den am nächsten stehenden Steward, der nickte, sich aber nicht rührte. Constance Horwood schenkte ein Glas Wasser ein und half Neville, es zu trinken.

In diesem Moment sprangen die Motoren an, und der Kapitän schrie: »Nein! Himmel, nein! Jemand hat die Motoren angeworfen.«

»Segeln geht zu langsam.« Lee grinste. »Jetzt geht es los.«

»Das dürft ihr nicht!«, brüllte Willoughby. »Wir werden auf ein Riff auflaufen!«

Bestürzt sah der Kapitän Lee an. »Warum? Um Himmels willen! Was denkt ihr Scheißkerle euch eigentlich dabei? Und wo sind meine Offiziere?«

Der Malaie lachte. »Die steuern das Schiff. Was hast du denn gedacht?«

Jetzt stürmten weitere mit Messern und Keulen bewaffnete Matrosen in den Saal. Die Männer, einschließlich des Kapitäns, mussten einzeln vom Tisch aufstehen und wurden angewiesen, sich im Schneidersitz, das Gesicht zur Wand gerichtet, auf den Boden zu setzen. Die drei Frauen wurden hinausbeordert, doch daraufhin protestierten die Männer, und Bartie Lee rief seinen Wachen zu:

»In Ordnung. Lasst sie sitzen bleiben. Ihr bleibt hier und haltet Wache.«

Seine Kameraden verspotteten die Gefangenen und drohten mit ihren Waffen. Die fünf weißen Männer waren inzwischen zahlenmäßig unterlegen.

Der Anführer der Meuterer, Bartie Lee, verschwand für ein paar Minuten an Deck, und dann hörten sie Mrs. Caporn vor Schmerz aufheulen. Nach endlos erscheinenden Minuten wurde sie zurück in den Speisesaal gestoßen.

Mrs. Horwood schrie, und die Männer fuhren schockiert

zusammen, als sie Mrs. Caporns zerrissenes Kleid, ihr blau und blutig geschlagenes Gesicht und ihr teilweise abgeschnittenes Haar sahen. Sie hatte ihren Schmuck verloren, einschließlich ihres Eherings, und sie war barfuß. Sie ließ sich zu Boden sinken und übergab sich.

Jun Lien ergriff ein Tuch und einen Wasserkrug und eilte zu ihr. Lee ließ sie gewähren.

»Da seht ihr's. So geht's den Frauen, wenn ihr euch wehrt. Oder noch schlimmer. Benehmt euch also, dann passiert euch nichts. Verstanden?«

»Dann passiert nichts, du Idiot?«, brüllte der Kapitän. »Das Schiff ist in Gefahr, wegen der Riffe!«

»Du hast nicht zugehört.« Lee zuckte die Achseln. Zielstrebig trat er vor, gab sein Gewehr einem seiner Männer, zerrte Mrs. Horwood von ihren Stuhl hoch, schlug ihr links und rechts ins Gesicht, stieß sie gegen die Wand und stapfte davon. Mrs. Horwood glitt schluchzend zu Boden.

»Du Dreckskerl!«, schrie Eleanor ihn an, doch er nahm ungerührt sein Gewehr wieder an sich und setzte sich auf den Platz des Kapitäns. Dann befahl er Ah Koo, ihm etwas zu essen zu bringen.

Als die Motoren zum Leben erwachten, wurde Ingleby nervös. »Weißt du auch wirklich, was du tust, Jake? Vielleicht hätten wir doch bis Tagesanbruch warten sollen.«

»Nein, dies war die einzige Gelegenheit, den Kapitän und seine Passagiere alle im selben Raum zu erwischen. Kein Grund zur Panik, ich folge einer Rinne. Ich hab sie genau studiert und hab alles im Kopf. Schätzungsweise liegen wir gegen Mitternacht vor dem Endeavour River, und das ist der Zeitpunkt, wann wir an Land gehen.«

»Das hoffst du. Wir wollen aber nicht an eine leere Küste rudern.«

»Himmel, Tom, hör auf zu jammern. Wir können diesen Fluss gar nicht verpassen. Wir sind schließlich nicht die Ersten dort, also werden wir Licht von den Lagern sehen. Wie Mushi Rana sagt, hat sein Kumpel Bartie Lee den Haufen im Salon unter Kontrolle, aber sieh lieber trotzdem mal nach. Geh durch die Kombüse – es ist nicht nötig, dass sie einen von uns zu sehen bekommen. Bis jetzt denken sie, die Asiaten hätten sich des Schiffs bemächtigt. Und dann geh runter und sieh nach dem Bootsmann. Jetzt kannst du ihm den Knebel abnehmen, aber lass ihn noch gefesselt. Schreien kann er, solange er will, das stört jetzt keinen mehr.«

Als Tom gegangen war, spähte Jake hinaus auf das mondbeschienene Wasser und pfiff, um sich selbst zu beruhigen. Sein Plan funktionierte wie am Schnürchen. Die Chinesen und die Malaien, sämtlich besessene Glücksritter, hatten mit Freuden die Chance ergriffen, zu den Ersten zu gehören, die in der Nähe der jüngst entdeckten phantastischen Goldfelder an Land gingen.

In Singapur hatte Jake von einem Freund beim Telegrafenamt davon gehört, und zunächst hatte er seinen Worten nicht viel Beachtung geschenkt, doch dann hatte sein Freund betrunken gejammert, dass er immer seine Chance verpasse, denn erst vor drei Monaten sei er in Cairns gewesen, einen Katzensprung entfernt von einem Fluss voller Gold.

Cairns? Wo das lag, wusste Jake: an der Küste von Queensland. »Dieser Fluss ist in der Nähe von Cairns?«

»Etwa hundert Meilen nördlich, mehr nicht. Eine problemlose Reise per Schiff«, seufzte er. »Das könnte man längs der Küste im Ruderboot schaffen. Immer nur nach Norden bis zur Mündung des Endeavour River, und dem folgt man dann landeinwärts.«

»Dann lass uns gehen. Komm mit!«

»Bis die *China Belle* dich in Brisbane absetzt und du eine Möglichkeit findest, bis fast an deinen Ausgangspunkt zurück die Küste entlangzureisen, ist alles vorbei, Kumpel.«

Sein Freund ließ sich nicht überreden, und am Ende gab Jake es auf. »Du bist eine verdammte Heulsuse, sonst nichts. Immerzu jammerst du über dein Pech. Und wenn das verdammte Gold direkt vor deinen Füßen läge, würdest du immer noch einen Grund zum Jammern finden. Ich hab's satt, mir das anzuhören.«

Er stürmte in die Nacht hinaus und taumelte zum Hafen, wo er betrunken zur *China Belle* hinaufstarrte.

»Herrgott«, brummte er. »Die Chance meines Lebens. Wir segeln direkt dran vorbei.«

Am Morgen, als das Schiff noch vor Anker lag, studierte Jake die Karten und legte den Finger genau auf die Stelle, an der er würde an Land gehen müssen. Als ob Loveridge dem je zustimmen würde! Keine Chance, verdammt noch mal.

Vielleicht konnte er vom Schiff desertieren.

Er überprüfte die Rettungsboote. Ausgeschlossen, eines von denen allein flott zu machen. Binnen einer Stunde würde er in Ketten liegen.

Und dann kam ihm die Idee. Er musste die Mannschaft auf seine Seite bringen. Auf der Höhe der Goldfelder vom Schiff desertieren. An Land rudern, und dann musste jeder selbst sehen, wo er blieb.

Natürlich feilte er im Lauf der Tage noch an seinem Plan. Jetzt, während Bartie Lee die Passagiere in Schach hielt, packte Ah Koo bereits Proviant in die beiden Rettungsboote. Das Schwierigste bisher war gewesen, die Asiaten ruhig zu halten und dafür zu sorgen, dass sie sich verhielten wie immer und sich nicht verrieten. Sie hatten sich angestellt, als gehörten sie einer Verschwörung zum Sturz eines Königs an, und er konnte sie nur zur Vernunft bringen, indem er androhte, den einen oder anderen zu fesseln und zurückzulassen.

Sie hatten inzwischen Fahrt aufgenommen, der Motor stampfte, und Jake hatte Hunger. Wenn Tom zurückkam, würde er ihn losschicken ...

»Jake!« Der Zweite Offizier taumelte ins Steuerhaus. »Komm sofort mit runter. Bartie Lee ist verrückt geworden. Matt Flesser ist tot!«

»Was?«

»Matt Flesser. Der Bootsmann.«

»Er kann doch nicht tot sein! Ich habe ihn nur ...«

»Sie haben ihm die Kehle durchgeschnitten. Anscheinend hat er den Knebel lösen können und dann um Hilfe gerufen.«

»Wer war das?«, schrie Jake. »Wer hat das getan?«

»Sie sagen es nicht. Aber sie haben ein paar von den Frauen geschlagen. Mushi sagt, anders könnte er die Männer nicht zum Schweigen bringen.«

Jake musste das alles zunächst einmal verdauen. Er wagte es nicht, Tom oder sonst einem der Meuterer das Steuer zu überlassen. Unablässig lauschte er auf ein Knirschen und wusste, dass er, wenn nötig, lieber zu früh als zu spät das Schiff verlassen und die Männer kräftig rudern lassen würde, aber er liebte dieses Motorengeräusch.

»Das mit Flesser, das tut mir Leid«, stöhnte er.

»Es tut dir Leid? Mehr fällt dir dazu nicht ein?«, schrie Ingleby hysterisch. »Es tut dir Leid?«

»Was soll ich tun?«

»Du könntest da runtergehen und das Kommando übernehmen. Den Scheißkerlen die Waffen wegnehmen. Die ganze Sache abblasen.«

»Das kann ich nicht, dafür ist es zu spät. Da im Schrank ist Whisky. Nimm einen Schluck, trink, so viel du willst, aber reiß dich zusammen. Ich kann sie jetzt nicht mehr zurückpfeifen, es ist zu spät. Wir müssen auf uns selbst Acht geben, Tom, also kehr ihnen niemals den Rücken zu.« »Hier«, er reichte Tom ein Gewehr, »trag das immer bei dir. Den größten Teil der Munition hab ich in einer der Segelkisten versteckt.«

Er sah zu, wie Tom den Whisky in sich hineinschüttete, griff nach der Flasche und nahm selbst ein paar Schlucke. »Geh jetzt zurück. Und lass dir nichts anmerken, ganz gleich, was sie treiben. Sorge dafür, dass der Proviant in den Rettungsbooten ist und alles andere, was wir brauchen, und dass die Kerle startbereit sind. Sobald wir die Lichter vom Lager entdecken, werfen wir Anker und lassen die Boote zu Wasser.«

Caporn war außer sich vor Angst, als Bartie Lee befahl, die Männer zu fesseln. Er schrie den Kapitän an: »Warum tun Sie denn nichts? Damit dürfen die doch nicht einfach so davonkommen! Wo sind die Offiziere?«

»Ja, wo sind sie?«, stimmte Lyle ein, als er an einen Stuhl gefesselt wurde. »Ich sage Ihnen, Captain, nach diesem Debakel kriegen Sie nie wieder ein Schiff. Was haben Sie sich dabei gedacht, solch eine Mörderbande anzuheuern. Man wird Sie für diese Sache zur Verantwortung ziehen.«

Als er an der Reihe war, wandte Loveridge sich flehend an Bartie Lee: »Wir fahren viel zu schnell, hier gibt es schließlich unzählige Riffe. Sag dem da oben, wer immer er sein mag, er soll den Anker werfen, sonst läuft das Schiff auf Grund.«

Bartie Lee, noch immer die Waffe auf die Passagiere richtend, beachtete ihn nicht.

Caporn rief ihm zu: »Wenn es euch um Geld geht, das kann ich euch geben. Ich habe Geld. Lasst mich in meine Kabine gehen. Ich mische mich nicht ein, das schwör ich. Hier, ich habe eine gute Taschenuhr, sündhaft teuer. Willst du die?«

Bartie Lee grinste, nahm die Uhr und nickte seinen Männern zu, die daraufhin anfingen, auch die anderen zu durchsuchen und ihnen Geld und Wertgegenstände abzunehmen. Verächtlich trat er Caporn in die Seite.

Mal Willoughby hatte das Gefühl, innerlich zu verbrennen, und konnte seine Wut nur mit äußerster Willenskraft beherrschen, was aber nicht verhinderte, dass sein Körper mit Schmerzen reagierte. Seine Gliedmaßen schienen zerbröseln zu wollen, während er um innere und äußere Ruhe kämpfte. Jun Lien und die anderen Damen dort in der Ecke schwebten in Lebensgefahr durch diese Schweine. Es war nicht die Rede davon, sie zu fesseln, also ... was?, fragte er sich verzweifelt.

»Hey, Bartie«, rief er lässig. »Bist du jetzt der Boss?«

Die Frage überrumpelte Bartie, doch die Vorstellung gefiel ihm. »Ja.« Er lachte und zeigte dabei schwärzliche Zähne. »Ja, ich bin der Boss.« Er trat Caporn, diesmal heftiger, und freute sich über dessen Geschrei. »Hörst du das, reicher Mann?«

»Was habt ihr denn für Pläne?«, fragte Mal leutselig. »Für

eine Meuterei ist der Ort schlecht gewählt. Die *China Belle* sitzt in diesen Gewässern fest. Es gibt nur zwei Wege heraus: nach Süden und nach Norden. Das weißt du doch, oder?«

»Klar weiß ich das. Macht aber nichts, Mr. Willoughby.«

»Tja, du siehst mich ratlos, Kumpel. Ich verstehe das alles nicht.«

Bartie tanzte vor Begeisterung. »Bald werdet ihr's wissen.«

»Nein, sag's mir jetzt.«

»Hm. Darf ich nicht.«

»Na, hör zu. Ich möchte, dass ihr nett zu den Damen seid. Wir Kerle, wir haben jetzt verstanden. Wir benehmen uns, und den Damen wird kein Haar gekrümmt, nicht wahr? Es macht ihnen auch nichts aus, euch ihren Schmuck zu geben.«

Er bemerkte, dass Mrs. Plummer ihn verstanden hatte. Sie streifte eilig ihre Ringe und Ohrgehänge ab und legte sie vor sich auf den Teppich. Die anderen folgten ihrem Beispiel, abgesehen von der armen Mrs. Caporn, die sich plötzlich vorbeugte, als ihre Nase heftig zu bluten begann. Mrs. Horwood sprang auf und griff nach dem Tischleinen, um das Blut zu stillen, und Mrs. Plummer lief zum Tisch und holte den Wasserkrug. Der Kapitän und Neville Caporn waren so verzweifelt, dass sie anfingen, Bartie Lee zu beschimpfen, der sich jedoch ungerührt Mal zuwandte.

»Siehst du, sie benehmen sich nicht.« Er seufzte und drehte sich zu Mushi um. »Bring sie raus.«

Daraufhin protestierten die Frauen lautstark, doch Lee machte dem Aufruhr schnell ein Ende.

»Bring sie alle raus.«

Als die Frauen hinaus auf Deck gestoßen wurden, verlor Mal die Beherrschung. Er zerrte und ruckte an seinem Stuhl und brüllte Bartie Lee an: »Wenn du meine Frau anfasst, Bartie, dann hol ich dich. Ich finde dich und bring dich um!«

Bartie zuckte mit den Schultern, wies zwei bewaffnete Männer an, die Gefangenen zu bewachen, und folgte den Frauen hinaus aufs Deck.

»Runter in die Kapitänskabine«, sagte er zu Mushi, der sie vor sich her stieß.

Als sie dort eingeschlossen waren, gingen er und Mushi geradewegs zur Kabine der Horwoods, denn sie hatten die Stewards über deren Schmuck reden gehört. Sie fanden den Stahlsafe, rüttelten ihn und hörten voller Begeisterung das Klappern des Inhalts, und nachdem sie die Kabine durchsucht und das Geld aus einer ledernen Brieftasche eingesteckt hatten, machten sie sich auf die Suche nach einem Gegenstand, mit dem sie den Schmucksafe zertrümmern konnten. Doch als sie auf den Gang hinaustraten, begegneten sie Ingleby.

»Was habt ihr da?«, fragte er, als wäre er immer noch ihr Vorgesetzter.

»Unsere Sache«, antwortete Bartie streitsüchtig, und Mushi war schwer beeindruckt.

»Ja«, sagte er, »Bartie ist jetzt der Boss.«

Ingleby nickte nur. »Wo sind die Frauen?«

»In der Kapitänskabine, weinen wie Babys«, berichtete Bartie. »Denen fehlt nichts.«

»Wir brauchen mehr Segeltuch in den Rettungsbooten. Holt eure Leute, die sollen sich darum kümmern.«

Bartie war erfüllt von seiner eigenen Bedeutung. »Wir brauchen kein Segeltuch. Meine Männer segeln nicht, sie rudern.«

»Wir brauchen Segeltuch für Zelte, für Schutzdächer. Da, wo wir hingehen, ist nichts als Busch. Keine Möglichkeit, irgendwas zu kaufen.«

»In Ordnung. Pass du auf, dass Jake richtig steuert. Der Kapitän meint, wir laufen auf ein Riff auf.«

»Nur noch eine Stunde Fahrt oder so ... wir sind fast da. Haltet Ausschau nach Lichtern von den Lagern. Wir sind so nahe an der Küste, wie es eben geht.«

Sie blickten ihm nach, als er nach oben ging, und Mushi fragte: »Ob er schon von Flesser weiß?«

»Wen interessiert das?«

»Warum räumen wir sie nicht alle aus dem Weg?«

»Weil ich nicht so dumm bin wie du. Wir gehen an Land,

wo man Englisch spricht, und dafür brauchen wir diese Offiziere. So fragt man uns nicht so viel.« Er boxte Mushi gegen den Arm. »Offiziere lügen besser als wir, verstehst du?«

»Genau«, stimmte Mushi begeistert zu. »Sollen die Frauen eingesperrt bleiben, Bartie?«

»Ja. Ich muss mit Jake reden.«

Mittlerweile hatte Mal unbemerkt sein Messer in seine Rechte manövriert und die Fesseln durchgeschnitten, doch er durfte sie noch nicht fallen lassen, weil auf jeder Seite des Salons ein Mann stand und seine Waffe auf die Passagiere richtete. Er rückte seinen Stuhl so zurecht, dass er beide gut im Blick hatte und stimmte nicht in die bitteren Bemerkungen der übrigen Gefangenen ein. Er musste sich konzentrieren und wusste, dass er nur eine einzige Chance hatte, etwas auszurichten, sobald er sich befreit hatte.

»Wie geht's?«, fragte Jake Bartie Lee fröhlich, als er ins Steuerhaus kam.

»Gut, Kumpel. Pass bloß auf, dass du nicht auf ein Riff aufläufst, Kumpel.«

Jake nahm die Unverschämtheit, als Kumpel tituliert zu werden, lediglich als Warnung auf. Es war ihm gleich, wie der schweißstinkende Malaie ihn nannte. Er griff nach der Laterne über seinem Kopf, als benötigte er mehr Licht auf der Karte vor ihm und gab vor, darin vertieft zu sein.

»Musst auf die Karte achten, wie?«, fragte Bartie.

»Ja.« Jake richtete das Steuer aus und spähte über das im Mondschein schimmernde Wasser hinweg. »Siehst du Licht an Steuerbord?«

»Nein, aber ich kann mal genauer nachsehen. Ich habe scharfe Augen.«

Er tappte über den Bug des Schiffes, blickte in Richtung Land, entdeckte nichts und nahm sich noch die Zeit, nervös über den Bug hinweg nach den gefürchteten Korallenriffen zu spähen, doch das Wasser sah tief und klar aus. Dann packte er einen jungen Matrosen am Kragen und schickte ihn hinauf in den Ausguck.

Einen Augenblick später ertönte der Ruf: »Lichter!« Der Junge fuchtelte wild mit den Armen.

Bartie rief ihn herunter. »Bist du sicher, dass die Lichter an Land sind? Keine Schiffslichter sind?«

»Die sind an Land, Bartie. Sind viel zu viele für ein Schiff.«

Bartie beeilte sich, Jake zu informieren.

»Ich wusste es doch«, sagte Jake aufgeregt. »Ich wusste es. Noch vor Tagesanbruch sind wir da.«

»Was macht das schon? Ob Tag, ob Nacht, wen interessiert das?«

»Mich. Ich will im Schutz der Dunkelheit an Land gehen, damit wird keine Erklärung für die Rettungsboote brauchen. Wir landen nördlich von dem Lager am Fluss, verstecken die Boote im Busch und tun so, als wären wir schon eine ganze Weile da.«

»Ja, das hast du mir schon erklärt«, sagte Bartie. »Die Boote sind bereit, aber ich schätze, wir könnten noch ein bisschen Geld herausschlagen.«

»Wie das?«

»Diese Chinesin. Gehört zu einer großen reichen Familie. Die würden für sie bezahlen.«

»Himmel, nein! Lass sie in Ruhe! Keine Frauen, Bartie, die bringen Unglück.«

»Aber viel Geld, leicht verdient. Und die Frau vom großen Boss, Mrs. Horwood. Ihr Mann hat Millionen. Ihm gehört die ganze Schifffahrtsgesellschaft.«

»Hör mir gut zu, Bartie: Tu deine Arbeit, und halte die Frauen da raus! Los jetzt!«

Der Kapitän spürte es vor allen anderen: das plötzliche Langsamerwerden, dann das Schaudern und das lang gezogene Knirschen, das noch einmal zu hören er immer gefürchtet hatte, doch der Motor lief noch, und das Schiff bewegte sich unter dem leisen Plätschern des Wassers am Holz weiter.

»Himmel, wir sind auf ein Riff gelaufen«, sagte Mal zu dem am nächsten stehenden Matrosen. »Mach lieber, dass du hier rauskommst, sonst musst du ertrinken.«

Der Mann blickte den zweiten Matrosen an, und dieser schüttelte den Kopf. »War nur ein Kratzer. Wir fahren ja noch.«

Doch diese Gewissheit hielt nicht lange an. Wenige Minuten später pflügte die *China Belle* mit ohrenbetäubendem Krachen auf das nächste Riff. Die Gefangenen stürzten und rutschten zum Ende des Saals. Leider gelang es den erfahrenen Seeleuten, auf den Füßen zu bleiben, und sie drohten immer noch mit ihren Waffen, während sie sich rückwärts dem Ausgang näherten. Doch Mal nahm die Gelegenheit wahr. Er stürzte sich auf den nächsten Bewaffneten, der verzweifelt versuchte, auf ihn zu schießen, doch sein Revolver versagte, und Mal schlug ihn nieder und griff nach der Waffe – zu spät. Der andere Mann stieß sie mit dem Fuß weg und hob seine Waffe, um Mal zu erschießen, doch das Schiff neigte sich und die Kugel verfehlte ihr Ziel. Im selben Augenblick kam Caporn auf die Füße und verlangte, losgebunden zu werden.

»Ihr könnt uns doch nicht ertrinken lassen«, flehte er und strebte dem Ausgang zu. »Wir bezahlen euch. Schneidet uns los.«

Die nächste Kugel traf Caporn, der krachend zu Boden ging.

Mal war in einen grimmigen Kampf mit dem ersten Matrosen verwickelt, als der andere Bewaffnete zur Tür hinauslief, und plötzlich spürte Mal sein Messer in der Hand. Er hörte den warnenden Ruf des Kapitäns, doch er war ja im Begriff zu siegen. Er konnte nur an Jun Lien denken: er musste zu ihr. Er stieß dem Matrosen das Messer in die Brust und kam flink wieder auf die Füße, als plötzlich sein Schädel zu explodieren schien.

Tommy Wong stürmte in den Speisesaal, sah, wie Willoughby Sam Lum angriff, und zog ihm den Totschläger, den er immer bei sich trug, über den Schädel. Der Mann fiel um wie ein gefällter Baum, doch Tommy sah, dass Sam nicht mehr zu helfen war, denn seine Augen wurden schon glasig. Er riss dem Angreifer das Messer aus der Hand und rannte hinaus aufs Deck, ohne auf die Hilferufe der gefesselten männlichen Passagiere zu achten.

Schon eilten die Männer zu den beiden Rettungsbooten. Tommy fiel ein, dass ihm ein Platz in Jakes Boot zugewiesen worden war, und das gefiel ihm. Er mochte Jake; der Kerl war ein Draufgänger. Er hatte ihn vor Jahren in Singapur kennen gelernt.

Inglebys Boot wurde nicht vorschriftsmäßig zu Wasser gelassen, doch das sollte Tommys Sorge nicht sein. Er lief einfach weiter, nur um dann von Bartie Lee und Mushi aufgehalten zu werden, die zwei von den Frauen mit sich zerrten.

Als sie Jakes Boot erreichten, war es bereits startklar. Etwa zehn Mann waren an Bord, und Jake drängte zur Eile, doch als er die beiden Frauen sah, brüllte er: »Keine Frauen! Ich hab's dir doch gesagt, Bartie. Keine Frauen, verdammt!«

Doch Bartie lächelte nur ölig. »Wir retten sie, Kumpel. Retten die Frauen vorm Ertrinken. Kriegen viel Geld dafür.« Er zog einen Revolver aus dem Gürtel. »Keine Zeit für Streitereien.«

Finde ich auch, dachte Tommy und sprang neben die Frau aus der Familie Xiu, die den Weißen geheiratet hatte, ins Boot. Sie weinte und hielt sich verzweifelt am Bootsrand fest, als es aufs Wasser aufschlug und die Ruderer sich ans Werk machten.

Die andere Frau, Mrs. Horwood, schien unter Schock zu stehen. Sie war ganz still, aber die Mrs. Willoughby jammerte und schrie, als das Boot sich vom Schiff entfernte. Tommy sah, wie das zweite Boot klatschend aufs Wasser aufschlug und kenterte und wie die Dummköpfe versuchten, es aufzurichten, aber sie selbst waren schon unterwegs; umkehren kam nicht in Frage. Sie hatten die Chance, geradewegs zu den Goldfeldern zu gelangen, und das allein zählte.

Mittlerweile wehrte sich die Chinesin heftig und versuchte, aus dem Boot zu steigen. Sie biss Bartie Lee, der ihr ins Gesicht schlug, und sie kratzte Tommy bei dem Versuch, sich an ihm vorbeizudrängen. Sie zappelte mit

Armen und Beinen, wand sich wie ein kleiner Oktopus und wehrte die Männer ab. Bartie zerrte sie am Haar zurück, doch sie riss sich los und kletterte über Tommys Rücken. Er fuhr herum, um sie zu packen, doch sie war schlüpfrig von Schweiß, ob von ihrem eigenen oder dem der Männer wusste er nicht, und dann konnte er nicht mehr denken, denn sie war in der plötzlichen Dunkelheit verschwunden.

Als Mal zu sich kam, hörte er sie, sprang auf, rannte los und rief ihr zu, durchzuhalten. Er hätte jetzt gern eine Schusswaffe gehabt, doch als er sah, dass die Rettungsboote fort waren, erkannte er, dass ein Revolver ihm nichts genützt hätte, selbst wenn sie noch in Reichweite gewesen wären. Jun Lien schrie immer noch, und er rief ihr zu, sie solle weiterschreien, damit er das Boot, in dem sie sich befand, ausmachen konnte. Er würde sie finden, das schwor er sich, er würde sie holen, und wenn er alle anderen über Bord werfen musste. Ohne einen Gedanken daran, dass sie bewaffnet waren, stieg er über die Reling, sprang kopfüber ins Wasser und tauchte so weit wie möglich ihrer Stimme entgegen.

Er schwamm, verfolgte das Boot, als er Schreie und Rufe hörte und dann Jake Tussups Stimme: »Pass auf, Bartie, um Himmels willen! Sie fällt ins Wasser!«

Dann eine andere Stimme, glockenklar über das Wasser hinweg: »Sie ist über Bord gegangen, Boss.«

»Nein!«, brüllte Mal. »Nein!« Seine Arme pflügten durch das Wasser, er schwamm seiner Frau entgegen und rief: »Hast du sie, Jake? Hast du sie?« Seine Stimme schien sich im Takt mit dem Ruderschlag aus dem Wasser zu erheben. »Nein!«

Er spürte den Ruderschlag im Wasser und bemerkte voller Verzweiflung, dass er nicht aus dem Takt geriet, sich nicht verlangsamte. Gleichgültig entfernte sich das Boot von ihm, doch das »Nein!« hallte immer noch in seinem Kopf wider. Abgesehen von dem sich entfernenden Geräusch der Ruder herrschte entsetzliche Stille, nur Mal rief nach Jun Lien. Und plötzlich war sie da. Einen Augenblick lang sah er sie kämpfen. Sah ihr fließendes Haar und ihr weißes Gesicht über dem dunklen Wasser, und er schwamm auf sie zu, doch dann war sie fort. Verzweifelt tauchte Mal, immer wieder, immer tiefer. Er hätte nicht aufgehört zu tauchen, hätte lieber bis zu seinem letzten Atemzug nach ihr gesucht, statt seine wunderschöne Jun Lien allein der grimmigen Tiefe zu überlassen. Doch dann fanden seine Hände sie, packten sie, zogen sie an die Oberfläche, einen langen, langen Weg, mit berstenden Lungen, bis sie den Wasserspiegel durchbrachen und er nach Luft schnappte.

Jun Lien lag schwer in seinen Armen, und schlaff. Zu schlaff. Er blies Luft in ihren Mund, zwang Luft in ihre Lungen und schwamm um ihr Leben zum Schiff. Ein Mann rief um Hilfe, ein schwaches Geräusch, irgendwo da draußen, doch Mal schenkte dem keine Aufmerksamkeit mehr, er hielt Jun Lien mit einem Arm und bewegte sich mit der Kraft seiner langen, starken Beine vorwärts.

Als die Wachen fort waren, gelang es dem Kapitän und Horwood, sich quer durch den Raum zu schleppen, herabgefallene Messer zu erreichen und ihre Fesseln zu zerschneiden. Sie hasteten nach draußen, überließen es Lewis, sich um Caporn zu kümmern, der kaum noch bei Bewusstsein war. Die Wunde oberhalb seines linken Ohrs blutete noch immer. Sie befreiten die schreienden Frauen aus der Kapitänskajüte und stellten entsetzt fest, dass Constance Horwood und Mrs. Willoughby fehlten.

»Wo sind sie?«, brüllte Loveridge. »Um Gottes willen, wo sind sie?«

»Ich weiß es nicht«, antwortete Mrs. Plummer verängstigt, und dann begann Mrs. Caporn, die auf der Koje gelegen hatte, hysterisch zu schreien. »Wo ist mein Mann? Haben diese Ungeheuer ihn auch mitgenommen?«

»Nein«, sagte Horwood. »Ihm geht's gut. Ihm geht's bald wieder gut. Ich werde mich gleich um ihn kümmern. Aber sie werden doch wohl die Frauen nicht mitgenommen haben! Sie müssen irgendwo anders eingesperrt sein.«

Er und Loveridge durchsuchten sämtliche Kabinen und brachen unter dem Schock beinahe zusammen, als sie Bootsmann Flessers Leiche fanden.

»Gott steh uns bei«, stammelte Loveridge. »Was haben sie mit den anderen Offizieren gemacht?«

Sie eilten zurück an Deck und begannen mit der systematischen Suche nach den Offizieren und den beiden Frauen, überzeugt, nachdem sie vom Schicksal des Bootsmanns wussten, dass sie nur ihre Leichen finden würden.

»Beide Rettungsboote sind fort«, rief Horwood. »Wie kommen wir jetzt runter von diesem Schiff?«

Loveridge, inzwischen der Verzweiflung nahe, antwortete nicht darauf. Das war im Augenblick seine geringste Sorge.

Der Himmel im Osten zeigte das erste Rosa, das sich über dem Wasser ausbreitete, und der Kapitän weinte, als er zum Land hinüberspähte und keine Spur von den Meuterern entdecken konnte, doch dann hörte er Willoughby um Hilfe rufen. Willoughby hatte er völlig vergessen, wie er leicht beschämt feststellte. Dort unten im Wasser war er.

»Allmächtiger Gott!«, schrie der Kapitän. »Horwood, kommen Sie rauf und helfen Sie mir. Da sind Willoughby und seine Frau.«

Eleanor versuchte, Mr. Willoughby zu trösten. Sie legte die Arme um seine Schultern und flüsterte: »Es tut mir so Leid, mein Lieber. So schrecklich Leid, sie war so ein wunderbarer Mensch.«

Er nickte, das Gesicht nass von Tränen, drückte Jun Lien an sich, hielt sie zärtlich in den Armen, während er zu Boden glitt, da seine Beine ihn nicht mehr tragen wollten.

»Vielleicht sollten wir uns jetzt um Jun Lien kümmern«, sagte sie leise. »Der Kapitän trägt sie, und ich gebe Acht auf sie. Kämme ihr Haar, mache sie hübsch zurecht.«

Doch er ließ sich nicht überreden. Sein Schmerz war zu groß, um sich jetzt schon von seiner geliebten Frau trennen zu können.

Da stürmte Esme Caporn aus dem Speisesalon und schrie den Kapitän an: »Was tun Sie hier? Mein Mann braucht

Hilfe! Sie haben mir nicht gesagt, dass auf ihn geschossen wurde. Warum kümmern Sie sich nicht um ihn ...« Sie brach abrupt ab und starrte auf den Mann am Boden, der die Frau in den Armen hielt. »Was ist passiert?«, rief sie. »Mein Gott, was ist dem Mädchen zugestoßen? Ist sie tot? Oh mein Gott!«

Willoughby sagte leise: »Kümmern Sie sich um ihn, Captain. Wir brauchen hier niemanden, wir beide. Ich möchte gern eine Weile allein sein mit Jun Lien.«

Loveridge holte den Sanitätskasten und verband rasch Caporns Wunde. Dann gab er ihm etwas Laudanum.

Mrs. Plummer empfahl, auch Esme Caporn ein paar Tropfen zu geben, was er sogleich tat, um sich gleich darauf Lyle Horwood anzuschließen, der voller Verzweiflung noch einmal das Schiff durchsuchte.

»Keine Spur von ihr«, stöhnte er. »Ich glaube, sie haben sie über Bord geworfen, Captain. Sie haben sie über Bord geworfen! Das hatte einer von diesen Schuften doch angedroht.«

»Nein, da irren Sie sich. Sieht eher so aus, als hätten sie die beiden Damen entführt. Zwei reiche Frauen.«

»Constance ist nicht reich. Und sie haben ihren Schmuckkasten aus meiner Kabine gestohlen. Ihr gesamter Schmuck ist weg.«

Loveridge seufzte. »Das ist es also. Die ganze Meuterei war weiter nichts als ein Raubzug, und sie wollten die beiden Frauen mitnehmen, um Lösegeld zu erpressen. Entführung! Wie traurig, dass es für Mrs. Willoughby so böse enden musste.«

»Und wurden Ihre Offiziere auch entführt?«, fragte Horwood.

»So wird es wohl sein.«

»Reden Sie keinen Unsinn, Loveridge. Die Frauen, ja, vielleicht, aber weshalb die Offiziere? Da ist kein Lösegeld zu holen! Die sind ja nichts wert. Ich schätze, sie haben sie ermordet, und meine Frau auch. Also, machen Sie diesen Kahn jetzt flott. Wir steuern den nächsten Hafen an ...«

»Das geht nicht. Die Motoren wurden zerstört und die Segel zerschnitten, obwohl sie sich das wirklich hätten sparen können. Wir sitzen fest auf diesem Riff.«

»Oh Gott, werden wir sinken?«

Loveridge kratzte sich im Nacken. Er war müde, und ihm wurde übel bei dem Gedanken daran, dass er, wenn oder falls er von diesem Schiff überhaupt je herunterkam, eine Menge Fragen würde beantworten müssen, und die würden weit schlimmer sein als das derzeitige Verhör.

»Nein.« *Es sei denn, es kommt Sturm auf.*

»Die Flut wird das Schiff sicher von dem Riff herunterholen.«

»Ja, wahrscheinlich.« *Und dann sinken wir mit einem Loch im Rumpf und ohne Riff, das uns hält.*

»Diese Chinesin – Willoughbys Frau – sollen wir sie auf See bestatten? Sie könnten den Gottesdienst abhalten.«

»Ich werde ihn fragen.«

Als sie Willoughby schließlich überredet hatten, Mrs. Plummer, die darauf bestand, Eleanor genannt zu werden, den Leichnam seiner Frau zu übergeben, damit sie ihn mit äußerster Behutsamkeit in den feinen Damast aus dem Salon hüllte, richtete der Kapitän die Frage an ihn, so feinfühlig er konnte, doch Willoughby war empört.

»Nein! Auf gar keinen Fall! Das lasse ich nicht zu. Sie wird nicht wie ein Haufen Müll ins Meer gekippt. Sie ist meine Frau. Und eine stolze chinesische Dame. Ich bringe sie zurück nach China und lasse sie bei ihren Ahnen bestatten.«

Horwood und Loveridge durchsuchten das Schiff nach Trinkbarem als Ersatz für die knappen Wasservorräte, während Eleanor in der Küche aus Resten eine Mahlzeit für die Gesellschaft bereitete, hauptsächlich bestehend aus Suppe, kaltem Fleisch und Reis.

In der Stille des sengend heißen Nachmittags schwitzte der Kapitän an Deck und hielt Ausschau nach einem vorbeifahrenden Schiff. Die anderen suchten unter Deck

Zuflucht, und erst kurz vor Sonnenuntergang gesellte Willoughby sich zu ihm.

»Sie sagen, Sie halten immer noch Wache, Captain«, sprach er ihn an. »Ich dachte mir, Sie könnten vielleicht eine Pause gebrauchen.«

»Oh ja. Fühlen Sie sich denn einigermaßen, Mr. Willoughby?«

»Mal.«

»Ja ... Mal. Wenn Sie sich das zumuten können.«

»Ich bin nicht krank, Captain. Schwer zu sagen, wie es mir geht. Mir ist das Herz gebrochen, das ist es wohl.«

»Es tut mir Leid.«

»Ja.« Er seufzte, blickte hinab auf das inzwischen sichtbare Korallenriff unter ihnen und beugte sich weiter vor, um dessen Größe besser einschätzen zu können. »Was ist denn das da draußen?« Er deutete hinaus in die Fahrrinne.

»Da drüben. Sieht aus wie ein Wassertank, und, Moment mal ... jemand hält sich daran fest.«

Wie sich herausstellte, war dieser Jemand Tom Ingleby. Seine helle sommersprossige Haut wies einen heftigen Sonnenbrand auf, zudem litt er an Austrocknung und Unterkühlung. Als man ihn schließlich an Bord gehievt hatte und ihn hinunter zu einer Kabine trug, redete er zusammenhangloses Zeug über die Rettungsboote und Haie.

Loveridge holte zum zweiten Mal seinen Sanitätskasten, und Mal blieb bei Ingleby und sog jedes Wort in sich auf.

»Wo ist Mrs. Horwood?«, fragte er und zerrte an Toms Arm.

»Weiß ich nicht.«

»Doch, du weißt es«, drang Mal in ihn. »Wo ist sie?«

»Sie war in Jakes Boot.«

»Mit der Chinesin?«

»Ja. Im Wasser sind Haie, Dutzende!« Tom fing an zu schreien. »Rettet mich! Ich schaff's nicht bis zum Boot! Kommt zurück! Pass auf, Junge, hinter dir! Oh Gott, rettet mich!«

»Du bist gerettet«, sagte Mal trocken und trat beiseite,

damit der Kapitän, der zurückgekommen war, Salbe gegen den Sonnenbrand auftragen konnte.

»Armer Kerl«, sagte Loveridge. »Er hat Schreckliches durchgemacht.«

Er gab Tom Wasser zu trinken. »Es besteht kein Zweifel, dass diese Schufte Jake und Tom ebenfalls entführt haben ... genauso wie die Frauen. Offenbar ist das Rettungsboot gekentert, und ein paar Matrosen haben es in der Dunkelheit wieder aufgerichtet und sind dann einfach fortgerudert, ohne sich um Überlebende zu kümmern. Typisch. Verbrecher, die ganze Bande!«

Horwood stand an der Tür. »Ich habe versucht zu schlafen, hörte dann aber diesen Lärm. Mrs. Plummer sagt, Tom wurde gerettet, und ich bin froh darüber, aber dass Sie Ihre eigene Mannschaft als Verbrecherbande bezeichnen, sagt nicht viel Gutes über Ihr Urteilsvermögen aus, Captain, und Mal ist mein Zeuge.«

»Ich habe nichts dergleichen gehört«, sagte Willoughby, aber Loveridge beachtete Horwood gar nicht.

»Wir sollten Tom jetzt in Ruhe schlafen lassen«, sagte der Kapitän. »Wenn er sich beruhigt hat, geht's ihm wieder gut.«

Mal übernahm die Wache, schritt rastlos an Deck auf und ab und hoffte auf ein Schiff. Dann überredete er Mr. Lewis, die nächste Schicht zu übernehmen, während er den Kapitän aufsuchte und ihn bat, ihm die Karten zu zeigen.

»Letzte Nacht kurz vor dem Dinner habe ich gehört, wie Jake und Tom sich stritten«, sagte er zu Loveridge. »Das kam mir merkwürdig vor. Ich wusste nicht genau, worüber, denn ich verstehe nicht viel von Schiffen. Deshalb habe ich mich umgesehen. Ich habe nichts herausgefunden, auch nicht, als ich unverhofft ins Steuerhaus kam und die Offiziere fragte, was los sei. Anscheinend waren sie geteilter Meinung über unsere Entfernung vom ... Moment, es ging um diese Karte hier ... von dieser Stelle. Hier. Von der Mündung des Endeavour River.«

»Warum?«, fragte Loveridge. »Zeigen Sie noch mal her.«

Er studierte die Küste auf der Karte. »Ich verstehe nicht, weshalb sie sich für diese Stelle interessiert haben könnten. Da ist nichts als Dschungel.«

»Das meinten die beiden auch. Aber sagen Sie, wo befinden wir uns jetzt?«

»Wir sitzen etwa hier auf einem Riff fest«, sagte der Kapitän verärgert und tippte mit dem Finger auf eine Stelle in ziemlich großer Entfernung von der Küste.

»Und wo liegt von hier aus gesehen die Mündung des Endeavour River?«

»Ziemlich weit im Westen.«

»Dahin wollten sie dann wohl, geführt von Ihren Offizieren.«

Loveridge reagierte wütend. »Das ist eine Unverschämtheit! Nehmen Sie den Mund nicht so voll, Mal. Ich weiß, Sie haben zurzeit einen großen Schmerz zu verarbeiten, aber es hilft Ihnen auch nicht, wenn Sie zwei ehrenwerte Männer diffamieren, die meines Erachtens als Geiseln genommen wurden.«

»Warum? Damit wir ihnen, ohne überhaupt ein seetüchtiges Schiff zur Verfügung zu haben, nicht hinterhersegeln können?«, fragte Mal bitter.

Er nahm die Karte an sich, stürmte aus dem Steuerhaus und lief übers Deck, bis er Horwood fand.

»Sehen Sie sich das an, Sir. Sehen Sie sich diese Karte mal ganz genau an.« Er breitete die Karte auf einer Segelkiste aus. »Dieser Fluss hier, der Endeavour River, haben Sie davon schon mal gehört?«

»Ja, natürlich.«

»Wo liegt die nächste Stadt?«

»Weit weg, hier unten an der Trinity Bay ... die Stadt heißt Cairns.«

»Ja, das ist mir bekannt, aber dazwischen? Was gibt's dazwischen?«

»Nichts.«

»Und am Endeavour River gibt es keine Stadt?«

»Ich glaube, die Gegend wurde kürzlich erschlossen, und man hat dort einen Platz für eine Siedlung gesucht. Vielleicht ist die bereits entstanden – ich weiß es nicht. Ziemlich abgelegen, verstehen Sie? Und gefährlich. In der Gegend gibt es zahllose Stämme von Wilden.«

»Nun, ich möchte wetten, dass die Mannschaft dorthin will! Dorthin!« Er zeigte auf die Küste. »Mit Mrs. Horwood. Geben Sie nicht auf, Sir. Ich schätze, sie ist in Sicherheit.«

Er sah, wie Horwood taumelte, beinahe ohnmächtig wurde, und nahm seinen Arm. »Kommen Sie. Sie sollten sich ein wenig hinlegen.«

Willoughby suchte erneut den Kapitän auf. »Was haben Sie mit Bootsmann Flessers Leiche gemacht?«

»Tut mir Leid, Mal, wir wollten Ihnen noch mehr Schmerz ersparen. Wir haben ihn nach einem kurzen Gottesdienst auf See bestattet, während Sie bei Jun Lien waren.«

»Das dachte ich mir. Aber kommen Sie nicht auf die Idee, mit meiner Frau genauso zu verfahren.«

»Nein. Das tun wir nicht.«

»Gut, betrachten Sie es als Warnung. Tun Sie's nicht. Kann ich jetzt eine Pause einlegen?«

»Ja. Ich übernehme die Wache.«

Mal ging unter Deck, schlüpfte leise in die Kabine, in der Tom schlief, setzte sich zu ihm und wartete.

Eine Stunde verging, bevor Tom Anstalten machte aufzuwachen, doch Mal hatte Geduld. Er hielt Wache, brauchte den Mann ausgeschlafen, erfrischt und frei von Hysterie.

Irgendwann wurde Tom unruhig und schrie auf, doch Mal beschwichtigte ihn. »Alles in Ordnung, du bist in Sicherheit. Kein Grund zur Aufregung.«

»Oh, Gott sei Dank«, sagte der Offizier. »Ich hatte einen Albtraum, war wieder draußen im Wasser. Es war furchtbar.«

»Wir nehmen an, dass das Rettungsboot gekentert ist.«

»Ja, so war's. Sie haben es wieder aufgerichtet, sind dann aber nicht zurückgekommen, um uns mitzunehmen. Sie sind einfach davongerudert und haben uns zurückgelassen. Es war grauenhaft ... Ich habe gesehen, wie die Männer von den Haien geholt wurden.«

»Denk jetzt nicht daran. Warum haben die Meuterer euch mitgenommen?«

Er sah, wie es nervös in Toms Augen flackerte. »Das haben sie uns nicht gesagt. Haben uns einfach an Bord getrieben.«

»Dich und Jake?«

»Ja.«

»Und die Frauen? Meine Frau?«

»Ja.«

»Du lügst, Tom. Meine Frau ist tot. Sie ist da draußen ertrunken.«

»Oh Gott, nein. Wir haben ... Ich wusste das nicht. Es tut mir so Leid, Mal.«

»Dazu wirst du bald noch viel mehr Grund haben, Tom, denn ich werfe dich wieder ins Wasser. Und zuvor verletzte ich dich, dass es blutet, damit die Haie dich auch wirklich nicht verpassen.«

»Das kannst du nicht tun! Das darfst du nicht!« Er schrie so laut, dass Mal ihm den Mund zuhalten musste.

»Ich kann es. Und ich tu es. Du hattest das Kommando über das eine, Jake über das andere Boot.«

»Woher weißt du das?«, flüsterte Tom.

Mal packte ihn an den Ohren und log: »Du bist nicht der einzige Überlebende, du Dummkopf. Sag mir jetzt die Wahrheit, oder du bist tot, bevor die Nacht vorüber ist.«

»Gehen Sie lieber mal runter, um mit Ihrem zweiten Offizier zu reden«, sagte Mal bitter. »Beschützen Sie ihn, Captain, sonst könnte ich ihn umbringen. Jake Tussup hat den Plan ausgeheckt, um zu den Goldfeldern da drüben zu gelangen. Die reichen Frauen mitzunehmen, um Lösegeld zu erpressen, war Bartie Lees Idee, aber der Scheißkerl da unten hat mitgemacht. Er ist ein Jasager, wie der verdammte Rest auch.«

»Hat er Ihnen das alles erzählt?«

»Ja. Beichten tut der Seele gut.«

Als der dritte Tag gekommen war, dachte der Kapitän, ihnen würde wohl nichts anderes übrig bleiben als ein Floß zu bauen und das Schiff zu verlassen, wenn sie noch sehr viel länger warten mussten. Sie konnten das Steigen des Wassers nicht ignorieren, das den Kampf gegen die Pumpen gewann, und auch nicht die dunklen Gewitterwolken am Horizont. Die *China Belle*, ohnehin schon leck geschlagen, war einer wilden, stürmischen See nicht gewachsen. Er betete zu Gott, dass er ihnen weitere Katastrophen ersparen möge, bat den Herrn auf Knien, ihm zur Hilfe zu kommen, und ausnahmsweise, »ausnahmsweise«, brummte er undankbar, wurden seine Gebete erhört. Die *SS Clarissa*, ein Küstenschiff, das die Linie von Darwin zu den Häfen im Osten befuhr, sichtete sie am späten Nachmittag und schickte ein Rettungsboot, um die Überlebenden an Bord zu nehmen.

Kapitän Kobeloff, ein stämmiger Russe mit einer Stimme wie ein Nebelhorn, war keineswegs begeistert von der zusammengewürfelten Gruppe der Überlebenden. Er hatte nicht die Geduld, langwierige Erklärungen anzuhören, und konnte nicht verstehen, warum Loveridge die Meuterer nicht einfach erschossen hatte. Er wehrte sich dagegen, die Leiche einer Frau an Bord zu nehmen, doch Willoughby setzte sich lautstark durch. Er ließ Tom Ingleby sofort in Eisen legen und schickte die Caporns ins Lazarett seines Schiffs, bevor er sich Horwoods Nörgeleien anhörte.

Nur Mrs. Plummer, makellos in einem grauen Reisekostüm unter einem weißen Staubmantel und mit rosafarbenem Alpacahut, gelang es, ihn ein wenig zu besänftigen.

»Verehrteste«, sagte er mit einer tiefen Verbeugung. »Kommen Sie. Wir trinken erst einmal Tee, und danach kümmere ich mich um diese Leute.«

Ohne Umstände nahm die *Clarissa* wieder Fahrt auf. Trotz Loveridges und Willoughbys Beschwörungen weigerte Kobeloff sich strikt, auch nur in die Nähe des Endeavour River zu steuern.

»Halten Sie mich für wahnsinnig? Sie haben doch gesehen, was Gold anrichten kann. Dieser Ort, der jetzt Cooktown heißt, ist über Nacht zu einem dreckigen Hafen geworden, mit Horden von Männern aus allen Ecken der Welt. Die strömen da rein wie die Ratten. Und alle sind hinter dem Gold am Palmer River her. Aber bevor sie das kriegen, schlagen ihnen wahrscheinlich die Schwarzen den Schädel ein.«

»Ich muss die Entführung von Mrs. Horwood melden«, beharrte Loveridge. »Und zwar so schnell wie möglich. Wir müssen die arme Frau finden. Und ich muss die Meuterei melden.«

»Wem wollen Sie das melden? Gesetzlosen? Chinesen? Bandenführern? Nein. Ich lasse Sie in Cairns von Bord.«

»Aber wir müssen meine Frau finden ...« Lyle Horwood war in den vergangenen Tagen gealtert. Er ging gebeugt, seine Haut war grau und trocken, sein Selbstbewusstsein war der Bestürzung gewichen, er wirkte unsicher und hysterisch.

Der Russe lachte grölend. »Sie alter Mann wollen in Cooktown an Land gehen? Die Verrückten dort verspeisen Sie doch zum Frühstück! Setzen Sie sich lieber, und seien Sie still, dann gebe ich Ihnen zum Trost eine Flasche Wodka.«

Was den Abgeordneten Raymond Lewis betraf, so wurde er kaum beachtet. Er stand Mrs. Caporn bei, wo er nur konnte, empört darüber, dass eine Dame derartige Schläge hinnehmen musste. Verstohlen unterstützte er Mal Willoughby bei seiner Auseinandersetzung mit Kobeloff, dann machte er sich auf die Suche nach Zeitungen.

3. Kapitel

Cairns mit seinem sich auftürmenden grünen Hintergrund und der majestätischen Bucht gefiel Jesse Field. Er schlenderte gern die von Palmen beschatteten Wege im Busch entlang und erforschte die zahllosen exotischen Pflanzen, die er auf seinen Wanderungen entdeckte, und oft behauptete er, eines Tages würde er ein Buch darüber schreiben. Das Problem war nur, dass er als Reporter bei der *Cairns Post* und als begeisterter Besucher von Dooley's Pub leider nie die Zeit dafür fand. In der Stadt munkelte man sogar, Jesse wäre, wenn er nicht so viel Zeit in Dooley's Pub verbringen würde, inzwischen längst Herausgeber der Zeitung, und, so fügte man hinzu, er würde auch entschieden bessere Arbeit leisten. Aber Jesse war glücklich. War in seinem Element, könnte man sagen. Er war nach Cairns gekommen, um seiner Arthritis entgegenzuwirken, um seine Knochen unter nördlicher Sonne zu wärmen und um auf die alberne Stadtkleidung verzichten zu können.

Das Field-Haus, wie es genannt wurde, war schwer zu finden. Field hatte sich mitten auf einem Stück Land von einem halben Morgen ein Haus mit ausgedehnten Veranden und einem verschlungenen Pfad zur Straße gebaut und seinen »Garten« im natürlichen Zustand belassen. Er weigerte sich, auch nur ein Blättchen aus dem tropischen Wirrwarr zu entfernen. Es wirkte alles düster, doch für Jesse war der Anblick eine helle Freude. Er hatte seine Bücher und Zeitungen und sein misstönendes Klavier – das nach seinen eigenen Worten so verstimmt war, dass es dem Würgervogel Zahnschmerzen bereitete – und eine temperamentvolle chinesische Haushälterin namens Lulu.

An diesem Sonntagmorgen weckte sie ihn in aller Frühe,

indem sie mit einem Topf gegen seine Tür schlug, und berichtete, dass im Hafen etwas los sei. Nach einer langen Nacht in Dooley's Pub hielt er nicht viel davon, auf diese Weise geweckt zu werden, doch schon wenige Minuten später machte seine Neugier sämtlich Einschlafversuche zunichte.

»Was ist denn los?«, rief er.

»Ein Schiff ist gesunken. Die *China Belle*.«

»Was?« Blitzartig war Jesse aus dem Bett, sprang unter die selbst gebaute Dusche und stand Sekunden später auf der seitlichen Veranda. Die *China Belle*? Nein! Sie konnte doch nicht gesunken sein. Sie war das schneidigste kleine Schiff, das er je gesehen hatte, der Stolz der *Oriental Line* oder vielmehr ihrer wohlhabenden Direktoren und ihresgleichen, die Einzigen, die bereit waren, die überteuerten Fahrpreise für das Privileg einer Reise auf diesem Schiff zu bezahlen.

Jesse zog weiße Segeltuchhosen an, dazu ein schwarzes Hemd und Segeltuchschuhe und stülpte sich den verbeulten Panamahut aufs noch nasse Haar, vergaß aber nicht, ein frisches Notizheft und zwei gute Bleistifte einzustecken, bevor er die Stufen vor dem Haus hinuntereilte.

»Die *China Belle*!« Er pfiff durch die Zähne. Allein schon die Passagierliste wäre Gold wert für seinen Artikel. Da gäbe es Hunderte von Geschichten. Er war gespannt, wer die Passagiere waren und ob sie überlebt hatten.

Am Hafen waren bereits die Menschen zusammengelaufen. Er drängte sich durch die Menge und schnappte dabei erste Informationen auf.

»Die Überlebenden sind da drüben auf der *Clarissa*.«

»Jemand hat gesagt, es hätte eine Meuterei gegeben. Einen Kampf an Bord.«

»Ist Kobeloff noch Kapitän der *Clarissa*?«

Jesse hoffte es. Er war mit Kobeloff befreundet. Den Rest des Wegs legte er im Laufschritt zurück, rannte die Gangway hinauf und wurde von Dan Connor aufgehalten, dem örtlichen Polizeisergeanten, der einen Gefangenen an Land führte ... niemand anderen als Tom Ingleby, den Zweiten Offizier der *China Belle*.

»Was ist hier los?«, fragte Jesse verblüfft.

Dan stieß Ingleby vor sich her. »Eine scheußliche Geschichte, Jesse, und dieser Verräter hier gehört zu den Anführern.«

»Eine Meuterei?«

»Ja, die ganze Mannschaft ist vom Schiff desertiert, sie haben die Passagiere im Stich gelassen und, was noch schlimmer ist, zwei Damen entführt. Oh, das ist eine scheußliche Sache. Da ist noch einiges an Aufklärungsarbeit zu leisten, glaub mir.«

»Mit der Entführung habe ich nichts zu tun«, jammerte Ingleby, doch Connor zog ihm eins über den Schädel und stieß ihn die Gangway hinunter.

»Du kannst später mit ihm reden«, sagte er zu Jesse, der die Passagiere auf dem Weg an Land ansprach, um festzustellen, von welchem Schiff sie kamen, und bald stieß er auf einen Überlebenden von der *China Belle*, der sich bereit erklärte, mit ihm zurück in den Salon zu gehen und sich interviewen zu lassen.

Zu Jesses Erleichterung war dieser Mann Raymond Lewis, ein Parlamentarier und genau die richtige Person, ihm einen nüchternen und sachlichen Bericht über die Tragödie zu geben, die über das Schiff und die Schifffahrtsgesellschaft hereingebrochen war. Was Mr. Lewis auch bereitwillig tat.

Jesse überflog seine Aufzeichnungen. »Ich würde gern die Passagierliste überprüfen, Mr. Lewis. Ich kann es mir nicht leisten, in einer so schrecklichen Situation Fehlerhaftes zu veröffentlichen.« Er las die Namen laut vor, und Lewis nickte.

»Das ist richtig.«

»Die Frau, die entführt wurde und vermisst wird, ist Engländerin, Constance Horwood, die Gattin von Mr. Lyle Horwood?«

»Ja.«

Und die Frau, die ertrunken ist, war Chinesin, Mrs. Jun Lien Willoughby.«

»Meines Wissens ja.«

»Und ihr Mann. Wer ist er?«

»Ein junger Bursche. Ich kenne seinen Vornamen nicht und weiß auch sonst nicht viel über ihn, außer dass die beiden aus China kamen. Aber da kommt Mr. Horwood, er kannte den Jungen besser als ich.« Er winkte, als ein älterer Herr den Salon betrat.

»Hallo«, rief er. »Würden Sie mal herkommen? Dieser Herr ist von der Presse.«

Jesse stand auf und stellte sich vor, während Horwood bereits zu einer Tirade über Kapitän Loveridge ansetzte.

»Er steht da drüben beim Kapitän der *Clarissa*«, schimpfte er. »Denkt sich wahrscheinlich eine Geschichte aus, um sich reinzuwaschen. Aber der kommt mir nicht ungeschoren davon! Ich verlange eine gerichtliche Untersuchung. Lewis, dafür sorgen Sie mir! Wissen Sie, Sir«, wandte er sich an Jesse, »dass meine Frau entführt worden ist? Meine Frau!«

Jesse fürchtete, dass der alte Mann, wenn er sich noch länger dermaßen aufregte, einem Herzinfarkt erliegen könnte.

»Das tut mir Leid, Sir, tut mir sehr Leid, das zu hören, und seien Sie versichert, dass diese Untat in unserer Stadt bereits Aufmerksamkeit gefunden hat, und zwar auf höchster Ebene. Aber zunächst hätte ich gern gewusst, was Sie über Mr. Willoughby wissen, den Mann, dessen Frau ertrunken ist.«

»Die kleine Chinesin«, half Lewis ihm weiter.

»Willoughby?«, wiederholte Horwood, nun etwas ruhiger. »Ach Gott, ja. Seine Frau, der arme Kerl, es hat ihm das Herz gebrochen. Er ist der Einzige, der versteht, was ich durchmache.«

»Woher stammt er?«

»Er ist Australier, kommt wohl vom Lande, hat, soviel ich weiß, ein paar Jahre in China gelebt. Ich glaube, er heißt Malcolm, nennt sich aber Mal.«

»Mal Willoughby?«, vergewisserte Jesse sich erstaunt. »Großer Bursche, dichtes blondes Haar, Ende zwanzig?«

»Ja, genau.«

»Mir kam er jünger vor«, bemerkte Lewis.

»Das täuscht«, schnaubte Horwood. »Sie hätten sehen sollen, wie er Loveridge zur Schnecke gemacht hat, als der seine arme tote Frau auch einfach über Bord werfen wollte.«

»Auch?«, hakte Jesse nach.

Lewis entschuldigte sich. »Tut mir Leid, ein unverzeihlicher Fehler meinerseits. Ich vergaß zu erwähnen, dass der Bootsmann, ein Mr. Flesser, von den Meuterern ermordet wurde. Offenbar wollte er nicht mitmachen. Und ein Matrose, Sam Lum, ist bei einem Kampf mit Mr. Willoughby ums Leben gekommen.«

»Mr. Field«, fiel Horwood ihm ins Wort. »Ich möchte auf der Stelle dieses Schiff verlassen. Mr. Lewis und ich benötigen ein anständiges Hotel. Hätten Sie die Güte, uns zu begleiten? Dann müssen wir einen Termin mit den Behörden vereinbaren. Und ich möchte einen Arzt konsultieren; ich brauche Medikamente, denn ich bezweifle, dass ich jemals wieder gesunden Schlaf finden werde. Und bitte sorgen Sie dafür, dass mein Gepäck oder vielmehr das, was davon übrig ist – ich wurde nämlich ausgeraubt, müssen Sie wissen – unverzüglich ins Hotel gebracht wird ...«

Jesse war ihm gern zu Diensten, um diese Geschichte aus allen Blickwinkeln beleuchten zu können, aber nun drängte es ihn, Mal Willoughby aufzuspüren.

»Mal!«, sagte er leise zu sich selbst. »So weit bist du also gekommen?«

Er rief einen Steward herbei. »Könnten Sie bitte Mr. Willoughby holen?«

»Nein, Sir. Er hat gleich nach dem Anlegen das Schiff verlassen. Den Sarg hat er mitgenommen.«

»Den Sarg?«

Lewis tippte Jesse auf die Schulter. »Mr. Willoughby hat einen Sarg für seine Frau gebaut, als wir noch an Bord der *China Belle* waren.«

Jesse fand ihn, an die Wand des Bestattungsinstituts gelehnt, eine traurige, einsame Gestalt, im Schatten des

Nebengebäudes kaum zu erkennen. Er trug einen dunklen Anzug, ein gestärktes Oberhemd, eine schwarze Seidenkrawatte und glänzende Schuhe. So hatte Jesse Mal nicht in Erinnerung, aber andererseits hatte der Bursche sich immer respektvoll gezeigt, und ausgerechnet dieser Tag verlangte ... Respekt.

»Wie geht's, Willoughby?«, fragte Jesse.

Überrascht hob der den Kopf, blinzelte und lächelte mühsam. »Hallo, Jesse. Was tust du hier?«

»Ich lebe hier. Ich habe vom Tod deiner Frau gehört und möchte dir sagen, wie Leid es mir tut.«

Sonny nickte wortlos.

»Ich dachte, du könntest bei mir wohnen, wenn du möchtest. Da wirst du von niemandem belästigt. Die ganze Stadt ist in Aufruhr wegen dieser schrecklichen Vorfälle.«

»Gut. Aber könntest du mir einen Gefallen tun, Jesse? Ich habe denen da drinnen gesagt, dass Jun Lien eingeäschert werden soll, wie es bei den Chinesen Sitte ist, damit ich sie nach Hause bringen kann. Ich habe sie am frühen Morgen hier zurückgelassen, und jetzt weiß ich nicht weiter. Ich stehe hier und warte ...«

»Klar. Ich seh nach, was los ist.«

Er trat in das hässliche Gebäude, das auch als Leichenhalle diente, sprach mit dem Bestattungsunternehmer und kehrte zu Willoughby zurück, um ihm mitzuteilen, dass er die Asche am nächsten Morgen abholen könne.

»Danke.« Es störte ihn nicht, dass er den ganzen Tag auf diese Information hatte warten müssen, er schien eher dankbar zu sein, weil ihm eine Entscheidung abgenommen worden war. »Dann mache ich mich jetzt besser auf den Weg. Ich muss noch meinen Kram vom Schiff holen.«

»Ich komme mit, und dann gehen wir zu mir nach Hause. Es ist nicht weit.«

»In Ordnung.« Mal seufzte. »Bist du immer noch Zeitungsmensch?«

»Ja.«

Unter anderen Bedingungen hätte Jesse gesagt: »Und du machst immer noch Schlagzeilen, wie?« Mal, damals unter dem Namen Sonny Willoughby bekannt, war es gewesen, dem er die beste Story seiner Karriere verdankte, und den Antrieb, seinen öden Job in einer Stadt im Outback aufzugeben und sich einen Namen zu machen. Inzwischen konnte Jesse Field sich aussuchen, wo er arbeiten wollte, und aus reinem Trotz – er schmunzelte bei dem Gedanken – hatte er sich offenbar wieder für das Ende der Welt entschieden. Doch jetzt war Sonny Willoughby da, schritt an seiner Seite den Sandweg entlang und garantierte ihm eine neuerliche Schlagzeile. »Manche Menschen«, so sagte er zu sich selbst, »ziehen offenbar die allgemeine Aufmerksamkeit auf sich, auch wenn sie noch so harmlos, womöglich sogar uninteressant erschienen. Und Sonny gehörte zu diesen Menschen.«

Willoughby hatte sich nicht allzu interessiert auf den Goldfeldern von Gympie herumgetrieben, ein paar Pfund ergattert und zum Aufbruch gerüstet, um dann auf dem Weg nach Maryborough in einen Goldraub und den Mord an den Wachen verwickelt zu werden. Die ganze Sache war vom Goldbeauftragten der Regierung selbst inszeniert worden, der dafür sorgte, dass Sonny Willoughby die Schuld in die Schuhe geschoben wurde.

Doch nach seiner Verhaftung floh Sonny bei der erstbesten Gelegenheit und war drei Monate lang auf der Flucht, bis ein Onkel ihn um der Belohnung willen verriet. Der alte Knabe wusste, dass Sonny unschuldig war, doch der Gedanke an den Judaslohn ließ ihn in vollem Galopp zur nächsten Polizeiwache reiten und die Hand aufhalten.

Etwa zu dieser Zeit begann Jesse Field, sich für die Geschichte zu interessieren. Über diesen jungen Gesetzlosen, der sich Hunderte von Meilen durch den Busch schlagen, von einem Bezirk zum anderen ziehen und der Polizei immer wieder entwischen konnte, war so viel berichtet worden, dass die Öffentlichkeit ihm inzwischen zujubelte. Als sein Foto in den Zeitungen und auf Steckbriefen zu sehen war, eilten Frauen ihm zur Hilfe. In Briefen boten sie ihm Unterschlupf, Unterstützung, Geld, sogar Liebe – all das hat den Gesuchten jedoch nie erreicht, doch Jesse fielen einige von diesen Briefen in die Hände, und er war erstaunt.

Als er erfuhr, dass Willoughby dank eines Hinweises von Sonnys Onkel, Silver Jeffries, in Jesses Heimatstadt Chinchilla geschnappt worden war, bat er den Mann unverzüglich um ein Interview. Irgendwann, nachdem zehn Shilling zur Aufstockung des Judaslohns über den Tisch geschoben worden waren, war der alte Mann bereit, mit Jesse über seinen Neffen zu reden. Jesse wunderte sich, mit welchem Stolz Silver über Willoughby sprach.

»Sie scheinen ihn für unschuldig zu halten?«

Silver nickte. »Ja, klar, er ist unschuldig. Er hat mir die ganze Geschichte erzählt. Sonny würde mich nie anlügen.«

Jesse ereiferte sich: »Und trotzdem haben Sie ihn verraten, Sie Schwein!«

»So war das doch gar nicht«, jammerte Silver. »Ich dachte, wenn er der Polizei seine Version der Geschichte erzählt, ist alles in Ordnung.«

»Und Sie streichen die Belohnung ein!«

Silvers Augen glitzerten vor Vergnügen. »Ja, und ich hab's verdammt schnell ausgegeben, bevor sie's mir wieder wegnehmen können.«

»Aber Ihr Neffe sitzt im Gefängnis. Er ist des Mordes angeklagt.«

Silver zuckte lediglich die Achseln. »Tja, da irren sie sich, wie?«

Jesse setzte es durch, mit dem Häftling sprechen zu dürfen. Inzwischen war er von dessen Unschuld überzeugt und begann Artikel zu schreiben, die die Geschichte von Anfang an erzählten. Sonny wurde nach Brisbane überstellt, sein Fall war jetzt berühmt. Der Raubmord, die verschwundene Ladung Gold und die Persönlichkeit des Burschen selbst begeisterten die Zeitungsverleger in den anderen Großstädten, und Jesse war sehr gefragt zur Erhöhung der Auflagen. Man bot ihm eine Stelle bei der angesehenen *Brisbane Post* an, er kehrte Chinchilla den Rücken und zog in die Metropole. Er befragte jeden, der auch nur entfernt mit dem Goldraub zu tun hatte, sogar Willoughbys Freundin, Miss Emilie Tissington, doch er drang nicht zur Wahrheit durch, obwohl er und Pollock, der Polizeibeamte von Maryborough, überzeugt waren, dass der Goldbeauftragte selbst hinter der Sache steckte.

Als es den Anschein hatte, alles sei verloren, als alle glaubten, Willoughby müsse hängen, stolperte der selbst über die Lösung. Er hörte, wie ein anderer Häftling, Baldy Perry, der wegen eines Überfalls in Haft war, damit prahlte, dass er reich wäre, doch außer Willoughby beachtete niemand den notorischen Lügner. In einem Gespräch mit ihm erfuhr Sonny, dass dieser Mann zur Tatzeit in Maryborough gewesen war, und er alarmierte Pollock.

Sie stellten den Betroffenen eine einfache, oft verwendete Falle, indem sie den Goldbeauftragten mit vermeintlichen Informationen dieses Mannes konfrontierten und dabei den Eindruck erweckten, dass der eine den anderen verraten habe ... und das war's dann. Die Geständnisse wurden abgelegt. Und Sonny wurde in die Freiheit entlassen. Das Gold wurde nie gefunden. Es befand sich nicht in dem Versteck, das der Goldbeauftragte angeordnet hatte, denn seine Partner hatten kein Vertrauen zu ihm. Und weil er sowieso hängen würde, gab Baldy das Goldversteck nicht preis. So erfüllte sich sein letzter Wunsch: Er starb als reicher Mann.

Nach der Entlassung, als freier Mann, verlor Sonny sein Selbstbewusstsein. Die Demütigung, sich so lange als Krimineller abstempeln lassen zu müssen, wirkte nach, und er tauchte einfach unter.

Jesse hatte geglaubt, er wäre zurück nach Maryborough gegangen, zu Emilie, doch dann erfuhr er, dass die sich mit einem reichen englischen Geschäftsmann verlobt hatte. Mit ihresgleichen, dachte er, nicht mit einem unsteten Australier. Vielleicht eine ganz vernünftige Entscheidung. Aber auch eine, die Sonnys ohnehin schon angeknackstes Selbstbewusstsein einen weiteren Schlag versetzte.

»Ich habe mich immer gefragt, wo du wohl geblieben bist«, brummte Jesse jetzt, als sie den sandigen Weg entlangstapften.

»Ja.«

Mal nahm alles in seiner Umgebung überdeutlich wahr, besonders die Stimmen, den Akzent. Er war so lange in China gewesen, dass er den Klang seiner eigenen Sprache vergessen hatte. Wenn Vorübergehende redeten, hörten sie sich so vertraut an, als würde er sie persönlich kennen, und mehrmals fuhr er herum, um sich zu vergewissern.

»Ist alles in Ordnung?«, fragte Jesse.

Er nickte. Auch der schwere Duft dieser tropischen Stadt waren ihm vertraut, und die schwüle Hitze, geschwängert mit Jasmin und Eukalyptus und all den anderen betäubenden Aromen, die er vermisst hatte. Ja, jetzt nahm er das alles wahr, sah auch, wie klein die Stadt war, und dachte an all die kleinen Städte im Busch, die er kannte und liebte.

Er schluchzte auf. Jesse gab vor, es nicht gehört zu haben. Auch das nahm Mal wahr, und dennoch war sein Kopf wie benebelt. Sein Verstand funktionierte nicht richtig, er konnte nicht klar denken. Er konnte es immer noch nicht fassen, dass Jun Lien nicht mehr da war, er wollte es nicht glauben. Wollte nicht an die Zeit ohne sie denken müssen, nicht daran, was er ohne sie tun sollte. Männer zogen im Vorbeigehen den Hut, um ihn zu grüßen.

»Was ist denn mit denen los?«, knurrte er.

»Sie wissen, wer du bist. Und dein Anzug. Sie sprechen dir ihr Beileid aus.«

»Sollte ich diese Sachen jetzt ablegen?«

»Ist vielleicht besser ...«

»Und morgen, wenn ich ...«

»Das erledige ich. Ich hole Jun Liens Asche für dich ab, wenn du das möchtest.«

Mal seufzte. »Wenn es dir nichts ausmacht, Jesse ... Ich wäre dir dankbar.«

Zwei Tage später saß Mal auf Jesses Veranda und brütete über den Zeitungen, als Lyle Horwood und Raymond Lewis ihn besuchten.

Die beiden Männer sprachen ihm noch einmal ihr Beileid aus und erkundigten sich nach einem Begräbnisgottesdienst. »Es wäre uns eine Ehre, daran teilnehmen zu dürfen«, sagte Lewis.

»Danke«, antwortete Mal. »Aber ein Gottesdienst soll später im Kreise ihrer Familie stattfinden.«

»Captain Loveridge hat einen Gedenkgottesdienst für Mr. Flesser, morgen in der anglikanischen Kirche, angekündigt. Augenscheinlich will die ganze Stadt daran teilnehmen. Alle sind schockiert.«

»Und das mit Recht«, knurrte Mal. »Haben Sie etwas von Mrs. Horwood gehört?«

Lyle Horwood schüttelte zornig den Kopf. »Nein. Nichts.«

»Da oben gibt es keine Telegrafenstation«, erklärte Lewis. »Überhaupt keine Kommunikationsmöglichkeit, außer per Schiff, also kann die Polizei uns noch nichts mitteilen. Sie haben einen Schoner requiriert, der ein paar Hilfspolizisten nach Cooktown bringen soll. Morgen früh legt er ab. Das ist die einzige Möglichkeit, die dortigen Behörden über die Vorfälle zu unterrichten. Ich glaube, es gibt dort nur zwei Polizisten.«

»Und genau darüber wollte ich mit Ihnen reden«, sagte Horwood und ließ sich müde in einem Rattansessel nieder. »Ich möchte, dass sie diese Abordnung anführen, Mal. Dass Sie Constance suchen. Gott allein weiß, was sie in den Händen dieser Mörderbande durchmacht.«

»Wir sind der Meinung, Sie würden die Männer auf Anhieb erkennen«, fügte Lewis hinzu. »Sie können sie den Hilfspolizisten zeigen und Mrs. Horwood suchen. Aber wissen Sie, ich glaube, sie haben sie längst laufen lassen. Nach dem tragischen Tod von ... von Mrs. Willoughby haben sie jetzt vielleicht Angst. Womöglich ist sie schon bei der Polizei und in Sicherheit.«

»Und wenn nicht?«, fuhr Horwood ihn an. »Wenn sie nicht in Sicherheit ist? Wenn sie sie immer noch gefangen halten? Mal, ich bitte Sie. Sie kennen den Busch ... Sie können effektiver nach ihr suchen als all diese Hilfspolizisten. Die machen auf mich nicht den Eindruck, als wüssten sie, wovon sie reden.«

Lewis ergriff sanft seinen Arm. »Sie haben doch nur versucht klar zu machen, dass es dort keine Stadt, sozusagen keine festen Unterkünfte, überhaupt nichts gibt. Ein einziger Wirrwarr.«

Mal legte die Zeitungen beiseite. »Ich würde Ihnen ja gern helfen, aber ich kann nicht. Ich bringe meine Frau zurück nach China, zurück zu ihren Eltern, und nehme das erste Schiff, das hier ablegt.«

»Können Sie die Reise nicht noch ein wenig aufschieben?«, fragte Horwood vorwurfsvoll, doch Mals Entschluss stand fest.

»Nein, tut mir Leid. Nein.«

»Ich würde ja selbst gehen, aber mein Herz – es ist den Strapazen nicht gewachsen. Ich würde unter solchen Bedingungen nicht überleben. Ich will Sie auch gern bezahlen, Mal. Ich würde anständig bezahlen.«

»Es geht nicht um Geld, Sir. Ich habe Verpflichtungen. Und an Ihrer Stelle würde ich den Gedanken an die Reise nach Cooktown ganz schnell fallen lassen. In den Zeitungen steht, es sei eine unwirtliche Gegend, sumpfig und voller Moskitos.«

»Dann gehe ich«, sagte Lewis plötzlich.

»Sie?« Mal und Horwood sahen den propren Herrn verblüfft an.

»Ja. Ich bin noch relativ jung. Erst vierzig. Und wenn ich auch nicht eben schlank bin, so reite ich doch ganz ordentlich, wissen Sie. Der Kapitän kann hier nicht weg. Die Aufklärung der ganzen Angelegenheit und die Polizei halten ihn fest, und außerdem geht es ihm gesundheitlich nicht so gut. Rheuma, glaube ich, oder auch die Nachwirkungen des Schocks. Schließlich hat er sein Schiff verloren und so ...« Er brach ab, als ihm bewusst wurde, was »und so« für diese beiden verzweifelten Männer bedeutete. »Caporn ist verletzt, also bleibe ich allein übrig. Verstehen Sie denn nicht, ich muss gehen, ich kann diese Männer identifizieren, kann sie stellen, die Polizei auf sie aufmerksam machen.«

»Und die Parlamentsarbeit?«, fragte Lyle.

»Die wird warten müssen. Ich frage mich, Mal, wenn ich Sie so nennen darf, ob Sie mir ein paar Tipps geben können, was ich einpacken sollte?«

»Ja, das kann ich«, antwortete Mal finster. Als Erstes kamen ihm Waffen und Rattengift in den Sinn, doch stattdessen setzte er Trinkwasser und Desinfektionsmittel ganz oben auf die Liste, gefolgt vom üblichen Buschproviant, nämlich Tee, Mehl und Zucker.

»Ich dachte, Sie kennen vielleicht ein paar Nahrungsmittel der Eingeborenen, für den Fall, dass der Proviant knapp wird.«

»Ich kenne wohl welche, aber es ist sinnlos, sie zu beschreiben. Sie könnten sehr krank werden, wenn Sie etwas Falsches zu sich nehmen. Bleiben Sie bei dem, was Sie kennen.«

Mal, Jesse und Lyle fanden sich am folgenden Morgen am Hafen ein, um Lewis mitsamt den Hilfspolizisten zu verabschieden. Wütend mussten sie sich von zahllosen Goldgräbern stoßen und anrempeln lassen, die, teilweise sogar mit ihren Familien, verzweifelt eine Schiffspassage nach Cooktown, zu den Goldfeldern, buchen wollten. Als der Kapitän ihnen das verweigerte, kam es zu einem Aufruhr, und berittene Polizei musste den Hafen räumen.

Mal drängte sich gerade noch rechtzeitig zu Lewis durch, um ihm eine karierte Satteldecke überreichen zu können. »Falls das Pferd sie nicht braucht, kommt Sie Ihnen vielleicht ganz gelegen«, rief er, aber er lächelte nicht. »Viel Glück«, fügte er hinzu und ging.

Die Meuterei auf der berühmten *China Belle* faszinierte die Bevölkerung in den Küstenstädten, insbesondere die Bewohner von Maryborough, die um ein Haar einen Unschuldigen gehängt hätten, einen gewissen Sonny Willoughby. Jetzt stand er schon wieder in den Zeitungen, und Mrs. Clive Hillier, die bekanntlich früher mit dem Burschen befreundet war, zog viele neugierige Blicke auf sich. Sie waren weit mehr als befreundet, bevor sie dann Clive geheiratet hat, tuschelte man. Wie auch immer, viel wichtiger ist die Frage, so flüsterte man, ob dieser Willoughby nicht doch an jenem Raub beteiligt war. Das Gold wurde nie gefunden. Vielleicht hatte er es längst an sich genommen und dann seiner Freundin gegeben. Das Geschäft, das die Hilliers eröffnet hatten, Herrenausstattung, hatte sich rasend schnell zu einem richtigen Kaufhaus entwickelt, in dem auch Damenoberbekleidung zu kaufen war. Dazu war viel Geld nötig gewesen. Wer wusste denn, woher das gekommen war? Derartige Fragen machten die Runde und suchten sich passende Antworten ... Spekulationen. Und was wollte Willoughby überhaupt mit einer chinesischen Ehefrau? Wenn Emilie davon erfuhr! Man munkelte, er hätte sie wegen der Chinesin sitzen lassen, was ihr das Herz brach. In ihrer Enttäuschung hatte sie dann Clive geheiratet. Wo steckte Clive überhaupt? Niemand hatte ihn in letzter Zeit gesehen.

Wie das Schicksal es wollte, hatte Clive geschäftlich in Cairns zu tun. Ihm war inzwischen klar geworden, wie schnell diese Hafenstädte wuchsen, auch dank des Goldrausches, und wenn dann die Goldgräber zu ergiebigeren Feldern weiterzogen, entstanden in ihrem Gefolge richtige Städte. Diesmal wollte er dabei sein – allerdings nicht auf der Suche nach Gold; das hatte er schon ausprobiert, und diesen Fehler würde er nicht noch einmal machen. Nein, er kaufte vier Grundstücke im Stadtzentrum von Cairns und begann vier Geschäftshäuser zu bauen, zwei zum Vermieten und zwei zur Einrichtung neuer Bekleidungsgeschäfte, die *Hillier für Sie* und *Hillier für Ihn* heißen sollten.

Er schrieb Emilie, die das Geschäft in Maryborough führte, er sei überzeugt, dass Cairns Maryborough innerhalb kürzester Zeit überrunden würde, denn Cairns war kein schlichter Mündungshafen. »Cairns«, so schrieb er, »hat einen bedeutenden Hafen und bietet Zugang zu den riesigen Märkten im Fernen Osten.« In seiner Begeisterung für das neue Unternehmen schrieb er Seite um Seite und schloss mit der Anweisung, den Verkauf ihres derzeitigen Wohnsitzes vorzubereiten. Doch auf all diesen Seiten, die auch Informationen über die Stadt Cairns enthielten und über höchst gastfreundliche Leute, deren Bekanntschaft er gemacht hatte – auf all diesen Seiten verlor er kein einziges Wort darüber, dass Sonny Willoughby sich in der Stadt aufhielt. Dass Sonny Willoughby, ihr früherer Verehrer, ein Überlebender der *China Belle*-Katastrophe war.

Clive hatte Willoughby zweimal in der Stadt gesehen, jedoch keinerlei Anstalten gemacht, ihn anzusprechen oder in irgendeiner Form Kontakt zu ihm aufzunehmen, obwohl Sonny einmal sein Freund gewesen war. Sonny war es auch gewesen, der ihn mit Emilie bekannt gemacht hatte, der englischen Gouvernante, die jetzt seine Frau war.

Clive war überzeugt, dass Emilie immer noch in Sonny verliebt war, so sehr sie es auch abstritt. Er quälte sie gern mit diesem Verdacht, erinnerte sie daran, dass der Bauerntölpel sie hatte sitzen lassen, und behauptete, sie habe ihn nur aus Enttäuschung geheiratet. Und er warnte sie, sie solle es nicht wagen, auch nur an Sonny zu denken – ebenso wenig wie an irgendeinen anderen Mann.

Mit traurigem Herzen hatte Emilie seinen Brief gelesen. Sie war überzeugt, dass Clive sich jetzt nicht mehr ändern würde. Die Neuigkeiten aus Cairns waren interessant, aber hatte er vergessen, dass es auch in Maryborough eine Zeitung gab? Die *China Belle* hatte er nicht einmal erwähnt, obwohl doch alle Welt in dieser Woche über nichts anderes redete. Und über Sonny, versteht sich.

Sie seufzte. Es war eine harte Woche gewesen. Sie hatte sich gefreut, über Sonny zu lesen, zu erfahren, dass er gesund und munter war, und es hatte sie aufrichtig geschmerzt, als sie las, dass er seine Frau unter solch bitteren Umständen verloren hatte.

Der arme Sonny, dachte sie. Sein bisheriges Leben war so traurig gewesen. Was soll ihm denn noch alles zustoßen? Er ist ein guter Mensch, er hat so viel Kummer nicht verdient. Und was Clive betrifft ... wenn ich's mir recht überlege, wird er wissen, dass wir auch hier über die Meuterei informiert sind. Maryborough liegt schließlich nicht ganz hinterm Mond. Ja, er weiß es bestimmt, aber er will mir etwas zu verstehen geben. Indem er die Meuterei und Sonny mit keinem Wort erwähnt, lässt er mich seine alte Eifersucht wieder spüren. Gießt Öl ins Feuer. Noch so ein Vorwand, um mir das Leben zur Qual zu machen.

Emilie hatte nicht geahnt, dass eine derartig rasende Eifersucht möglich war. Sie bezog sich nicht allein auf Sonny, sondern auf jeden Mann, der sie auch nur anlächelte.

Sie erinnerte sich noch daran, wie er angefangen hatte, sie zu verhöhnen, weil Willoughby sie hatte sitzen lassen. Er beschimpfte ihn als Bauernlümmel und einheimischen Tölpel, der den in England geborenen und erzogenen Hilliers intellektuell unterlegen sei.

Eine Zeit lang hatte Emilie, peinlich berührt, diesen Spott über sich ergehen lassen, doch als es in Quälerei ausartete, machte sie ihn darauf aufmerksam, dass es sich in Wirklichkeit genau umgekehrt verhielt.

»Ich habe mich für dich, nicht für Sonny, entschieden. Hör doch bitte auf mit den Sticheleien. Ich liebe dich. Und das habe ich ihm auch gesagt.«

»Soll das heißen, er hat dich vor die Wahl gestellt?«

»Nun ja, ich musste eine Entscheidung treffen.«

»Wann war das? Als du mit ihm im Bett warst?«, fauchte Clive. »Eure Beziehung muss schon ziemlich eng gewesen sein, wenn er dich sogar heiraten wollte.«

»Nein. So war es ganz und gar nicht.«

»Du lügst! Sonny hätte es nicht gewagt, dich auch nur anzurühren, wenn du ihm keine Hoffnungen gemacht hättest.«

»Du bist ungerecht! Bitte, Clive, komm zur Vernunft.«

Und das war das erste Mal, dass er sie schlug, sie so heftig ins Gesicht schlug, dass sie sich in ihrem Zimmer verstecken musste, bis die Schwellung abklang.

Emilie legte seinen Brief nieder, ging zum Wohnzimmerfenster, blickte hinaus in den mondbeschienenen Garten und versuchte, nicht an Clive zu denken. An seine Wutanfälle. An die Schläge. An die Augenblicke, wenn er sie in die Arme nahm und beteuerte, dass er sie liebte.

»Kannst du nicht verstehen, dass es mich kränkt, wenn du flirtest?«, fragte er dann. Doch Emilie hatte schon vor langer Zeit dagegengehalten, dass sie nie flirtete, dass sie nicht einmal vor ihrer Verheiratung geflirtet hatte. Es lag einfach nicht in ihrem Wesen.

Außerdem wusste sie mittlerweile, dass Clives Verhalten nichts mit Liebe und auch nichts mit Flirten zu tun hatte. Es war reines Besitzdenken. Der Mann betrachtete sie als sein Eigentum, und er neigte dazu, Frauen zu schlagen. So einfach war das. Sich selbst gegenüber redete sie nicht um den heißen Brei herum, aber sie hatte gelernt, in der Gegenwart ihres Mannes sehr, sehr vorsichtig zu sein.

Vor fast genau einem Jahr, so erinnerte sie sich, hatte sie in aller Ruhe mit Clive über ihre Situation gesprochen und ihm mit allem gebotenen Respekt erklärt, dass es so nicht weiterginge.

»Man schlägt seine Ehefrau nicht. Du musst überlegen, was du tust, Clive. Es ist doch sicher auch kein Vergnügen für dich, wenn du mich verletzt.«

Emilie seufzte erneut und griff sich unwillkürlich an die Kehle. Diese Frage hatte sie ernstlich interessiert, als sie versucht hatte, seiner Gewalttätigkeit auf den Grund zu kommen. Aber diese Frage hatte sie ihm dann nie wieder gestellt. Ihre Kühnheit hatte ihn so gekränkt, dass er sie beinahe mit ihrem eigenen Halstuch erdrosselt hätte.

»Aber so geht es nicht weiter«, sagte sie laut und nachdrücklich in den leeren Raum, in das herrlich leere Haus hinein. »Ich muss ihn verlassen. Muss mich von ihm befreien.«

Vor ihrer Heirat besaß Emilie ein kleines Häuschen in Maryborough, doch nach ein paar Monaten bestand Clive darauf, dass sie es verkaufte. Das Geld wurde als Anzahlung auf ein größeres Haus in der Stadt verwendet.

Das Geschäft – *Kaufhaus Hillier* – lief gut, und in der nächsten Stadt würden sie wahrscheinlich noch erfolgreicher sein, denn sie hatten aus dem Erfolg und auch den Fehlern gelernt, wie man ein neues Unternehmen in einer neuen Stadt aufbaut.

»Was soll ich tun?«, fragte sie sich selbst. »Ich muss ihn verlassen, aber wie? In diesem Land habe ich keine Verwandten, und zu Hause ist nur meine Schwester Ruth, mit der ich mich nicht verstehe. Und wie steht's mit Geld? Unser Geld steckt in unserem Geschäft. Ich bekomme zwei Pfund wöchentlich als Haushaltsgeld, was zwar großzügig ist, aber sparen kann ich davon trotzdem nichts.«

Emilie legte gelegentlich ein paar Shilling in einer Pralinenschachtel zur Seite, doch das brachte ihr nicht viel ein, denn sie konnte nicht über ihren Tellerrand hinwegsehen. Die Welt da draußen war unbekanntes Terrain, es war, als blickte sie hinaus in dichten Nebel. Wie sollte sie ihren Weg ganz allein gehen – ohne Geld?

Am nächsten Morgen jedoch wollte sie zunächst tun, was ihr aufgetragen worden war, und Mackenzie, den Grundstücksmakler am Ort, wegen des Verkaufs ihres Kaufhauses aufsuchen. Vielleicht konnten sie und Clive einen neuen Anfang schaffen. Doch dann schauderte sie. Wenn Sonny Willoughby in der Stadt war?

4. Kapitel

Das chinesische Mädchen war ihnen entwischt. Sie hatte sie abgewehrt! Von allen Seiten hatten sie sie zu packen versucht, aber sie war entwischt, war über Bord gesprungen, und ihr Mann war zur Stelle, um sie zu retten. Oh Gott, hilf mir, warum bin ich nicht gesprungen, als ich die Gelegenheit hatte? Sie wären meinetwegen nicht umgekehrt; wegen Jun Lien sind sie auch nicht umgekehrt, so eilig hatten sie es, an Land zu kommen. Dieser Offizier, Tussup, hat nicht gewollt, dass die Kerle uns verschleppen. Wenn ich nur wüsste, was los ist. Vielleicht haben sie die anderen Frauen im zweiten Rettungsboot. Mir ist schlecht, ich muss mich von diesen dreckigen Kerlen herumstoßen lassen, mein Kleid ist nass, hängt in Fetzen herab, nicht, dass es mir Leid täte um das verdammte Kleid, aber ich werde keinen guten Eindruck machen, wenn wir an Land sind. Der Kerl, den sie Bartie Lee nennen, sieht mich die ganze Zeit so lüstern an, fragt, ob es mir gut geht, aber ich antworte nicht, rede überhaupt nicht mit ihnen. Nur so kann ich hoffen, nicht die Fassung zu verlieren, durchzuhalten, ihnen nicht zu zeigen, dass ich starr vor Angst bin. Als ob sie das interessierte. Ich habe Hunger und mir ist schwindlig – Hysterie wahrscheinlich, kann kaum klar denken. Grund genug, den Mund zu halten, kein Wort zu sagen, nur auf das Klatschen der Ruder zu lauschen. Was mag auf dem Schiff passieren? Wegen dieser Geschichte wird es riesigen Ärger geben. Meuterer werden gehängt, glaube ich, hoffe es jedenfalls. Im Boot ist Wasser. Ich habe meine Schuhe verloren, und meine Strümpfe fühlen sich schmutzig an. Tussup werden sie auch hängen. Er hat sich ein paar Mal nach mir umgedreht, mit versteinerter Miene. Kein hilfreiches oder ermutigendes Wort von ihm. Ich glaube, ich war eine Weile nicht ganz bei Bewusstsein, mein Hals tut weh und mir ist so kalt, meine Füße sind wie Eisblöcke.

Wir nähern uns der Küste; diese Dreckskerle sind ganz aufgeregt und schnattern wie Affen, wollen an Land. Weit, weit vor uns schimmern Lichter. Gebe Gott, dass die Leute dort mir zur Hilfe kommen, wenn sie mich so sehen. Diese Männer kommen nicht ungeschoren davon, wenn sie eine Weiße an Land schleppen. Was wollen sie überhaupt? Warum sind sie alle so verdammt stolz auf sich? Bisher haben sie doch weiter nichts erreicht, als ein gutes Schiff zu verlassen und an ein abgelegenes Ufer zu rudern. Vielleicht sind sie Schmuggler.

O nein! Die Lichter sind weg, hinter einem dunklen Vorgebirge verschwunden. Tussup deutet auf den Strand, der liegt weiß im Mondlicht, und jetzt halten sie darauf zu, rudern wie die Wahnsinnigen, jubeln und knuffen einander, und Tussup befiehlt, Ruhe zu halten. Hoffentlich brüllen und kreischen sie weiter und alarmieren damit die Anwohner. Wusste ich doch, dass sie zu schnell rudern; jetzt sind wir auf den Strand aufgelaufen, haben uns in den Sand gepflügt, und alle taumeln aus dem Boot. Ich muss aus eigener Kraft aussteigen, keiner reicht mir die Hand. Ich klettere über die Seite, wate an Land, das Wasser ist erstaunlich warm, erreiche den Strand, meine Strümpfe sind voller Sand und Kies, und ich kann nicht aufhören zu weinen. Ich bin müde und nass und hungrig und so durcheinander, dass ich nicht weiß, was ich tun soll. Ich hasse diese Leute. Wenn ich könnte, würde ich jeden Einzelnen von ihnen umbringen.

Sie beachten mich gar nicht, ziehen das Boot in den dichten Wald hinter dem Strand, verstecken es. Alle sind beschäftigt, packen aus und schlagen ein Lager auf, und Tussup stolziert umher wie ein Götze aus Blech. Ich sollte weglaufen, solange ich noch kann, aber zuerst einmal muss ich mich in den Schatten verkriechen und diese Strümpfe ausziehen.

»Wohin wollen Sie, Lady?«

Das ist dieser schreckliche Bartie Lee, aber ich rede nicht mit ihm, nehme ihn überhaupt nicht wahr. Ich hocke mich vor seine Füße, und: *Voilà!* Schon sind die Strümpfe runter.

»Ah Koo!«, schreit er. »Pass auf die Frau auf. Fessle ihr die Hände, steck sie in ein Zelt. Niemand soll sie sehen.«

Ah Koo rennt herbei. Er ist der Schiffskoch, nicht gar so schlecht wie der Rest dieser Rüpel. Er hat bestimmt Mitleid mit mir, aber nein, er packt mich am linken Handgelenk und zerrt mich über den Sand, als wäre ich ein ungezogenes Kind. Ich möchte ihn anschreien, aber ich kann nicht, ich will nicht sprechen. Stattdessen greife ich ihn an, schlage und trete den Verräter.

O Gott, meine Nase blutet. Er hat mich geschlagen, ins Gesicht geboxt, und die Schmerzen setzen wieder ein. Mein Kopf droht zu zerbersten, und ich schätze, ich habe blaue Flecke am ganzen Körper. Ich muss mit dem Rock meines Kleids das Blut abwischen. Dass er das getan hat, wird ihm noch Leid tun. Den vergesse ich nicht so schnell. Keinen von denen. Sie haben Schutzdächer aus Segeltuch errichtet, ein Feuer entfacht und kochen. Schon der Gedanke daran verursacht Übelkeit in mir.

Meine Hände sind mit einem Strick gefesselt; ich hätte den Teller mit Brei, den sie mir hingestellt haben, nicht erreichen können, selbst, wenn ich es gewollt hätte. Na ja, vielleicht hätte ich den Teller irgendwie an die Lippen führen können. Das hier ist kein richtiges Zelt, nur ein Schutzdach, keine Seitenwände, und überall wächst ineinander verschlungenes Grünzeug, dichtes Gebüsch mit riesengroßen Blättern und Ranken, dick wie Taue, schlängelt sich überall herum. Sie brauchten Macheten, um ein Stück Boden frei zu hacken, und obwohl jetzt die Sonne am Himmel steht, ist es düster und dunstig in diesem Dschungel, und die Bäume bilden hoch oben einen Baldachin.

Eine Malaie hat sich herangeschlichen und mein Essen an sich genommen. Er hat es aufgegessen, den Teller abgeleckt und neben mir wieder auf den Boden gestellt, und ich weiß nicht, warum ich so wütend bin. Ich hätte das Essen sowieso nicht angerührt. Aber ich bin erschreckend wütend, mein Kiefer schmerzt von den Schlägen – von der Anstrengung gar nicht zu reden. Oder zu weinen. Ich werde nicht mehr weinen. Was wollen sie überhaupt hier? Vielleicht schmuggeln sie Tee, aber das wäre den Aufwand nicht wert. Außer Proviant sehe ich hier nicht viel. Ich wüsste gern, wo das andere Boot bleibt. Mit Mrs. Plummer und Mrs. Caporn. Warum haben sie uns nicht in dasselbe Boot verfrachtet? Ich wollte, ich könnte die Kerle anschreien, ihnen befehlen, auf der Stelle Tussup herzubringen, denn ich will wissen, was los ist. Jetzt! Sofort. Meine Augen sind nass von meinen Tränen, aber ich kann nichts dafür. Wirklich nicht. Ich hab's nicht länger ausgehalten.

Jake sah sie im Gras unter einer kleinen Segeltuchplane sitzen. Sie sah schlecht aus, ihr Gesicht war fleckig und geschwollen von den Schlägen, die einer der Malaien ihr am Vorabend versetzt hatte. Daraufhin hatte er Bartie Lee zur Rede gestellt und angeordnet, dass die Frauen anständig behandelt werden sollten, sonst müsse er eingreifen.

Jetzt, da sie an Land waren, fühlte er sich stärker, frei von dem unheimlichen Gefühl, das ihn im Boot beschlichen hatte, der Angst, die Asiaten könnten sich absprechen, den weißen Mann über Bord zu werfen. Er trat hinaus auf den menschenleeren Strand. Von irgendwelchen Überlebenden des zweiten Rettungsboots war keine Spur zu sehen, womöglich waren sie aber auch an einer der Inseln längs der Küste an Land gespült worden. Er zuckte mit den Schultern. Auf dieser Fahrt musste jeder für sich selbst einstehen.

Als er umkehrte, um Bartie Lee zu suchen, bemerkte er, dass Mrs. Horwood ihren Porridge aufgegessen hatte, und nickte ihr zu. Sehr vernünftig; sie musste bei Kräften bleiben, bis er eine Möglichkeit fand, sie aus den Fängen dieser Schakale zu befreien. Es war schon verdammt lästig. Sobald sie festes Land unter den Füßen hatten, war ihm klar geworden, dass sein Traum, mit seiner eigenen Kuli-Truppe zu den Goldfeldern zu gelangen, von Bartie Lee übernommen worden war. Da konnte er ebenso gut auf eigene Faust losmarschieren, sogar ohne Tom Ingleby als Partner. Der Teufel mochte wissen, wo Tom abgeblieben war.

»Ich steige ins Vorgebirge hinauf«, sagte er, »um mich zu orientieren.«

»Ich auch«, sagte Bartie Lee und zog sich ein Hemd über.

»Zuerst sagst du den Männern, sie sollen die Finger von der Frau lassen, solange wir unterwegs sind. Wer nicht gehorcht, wird erschossen.«

Bartie Lee lachte. »Sie sieht heute gar nicht mehr so hübsch aus, wie?«

»Sag's ihnen! Insbesondere deinem Schweinekumpan Mushi Rani.«

Lee brüllte seine Befehle und warf Jake einen Blick zu, als er eine Pistole in seinen Gürtel schob. »Ich habe auch eine Waffe.«

Das Vorgebirge erhob sich über einem Mangrovensumpf direkt an der Küste und einer von Dschungel bedeckten Landschaft, doch in der Ferne glitzerte ein breiter Fluss.

»Da ist er!«, rief Lee aufgeregt. »Unser Goldfluss!«

»Er ist weiter entfernt, als ich angenommen habe. Aber in diesen Mangroven hätten wir schwer an Land gehen können. Wir müssen den Fluss zu Fuß erreichen.«

»Unser Goldfeld! Komm, die Leute sollen alles zusammenpacken. Wir ziehen los.«

Jake verpackte seinen Proviant und seine Waffen mit äußerster Sorgfalt. Dann schickte er Ah Koo los, Schuhe für Mrs. Horwood zu besorgen, doch als er mit chinesischen Pantoffeln von der Art, wie sie die Männer auch trugen, zurückkam, schüttelte sie den Kopf und nahm sie nicht an.

»Ziehen Sie sie an«, befahl er. »Wir gehen jetzt los. Sie brauchen Schutz für Ihre Füße, sonst sind sie in kürzester Zeit völlig zerschnitten. Sogar das Gras hier ist messerscharf.«

»Besorg ihr was, womit sie sich das Haar zurückbinden

kann«, befahl er dem Chinesen, »sonst stolpert sie blindlings daher und hält uns nur auf. Sie geht hinter mir, und du folgst uns. Verstanden? Wenn sie hinfällt, hilfst du ihr auf.«

Er sah sie an, als sie die Füße in die Slipper schob, aufstand und sich ihm wortlos zuwandte. Die Verachtung in ihrem Gesicht war nicht zu übersehen. Mit einem Schulterzucken tat er sie ab und musterte ihr langes rotes Kleid. Es war noch feucht und klebte ihr am Leibe, und der Rock hätte sie mehr behindert als geschützt. Er beugte sich vor und schlitzte ihn vom Knie bis zum Saum mit dem Messer auf.

Sie schrie und wich zurück, doch das Kleid war ruiniert.

»Ziehen Sie das da an«, sagte er und reichte ihr eines seiner Hemden. »Die Insekten fressen Sie auf, wenn sie so viel nackte Haut zeigen. Außerdem sollten Sie sich vor diesen Mistkerlen bedeckt halten.«

Zu seiner Überraschung sagte sie nichts darauf, wurde nur so rot wie ihr Kleid, und er vermutete, dass sie verstanden hatte.

Die Mannschaft hatte sich in eine Reihe Kulis verwandelt, die die Vorräte trugen, während die Anführer mit ihren Macheten einen Pfad durchs Gestrüpp schlugen. Jake und seine kleine Gruppe folgten ihnen, doch sie kamen nur langsam voran. Vom Vorgebirge aus hatte das Terrain wie ein dicker grüner Teppich ausgesehen, doch er war von Hügeln und steilen Schluchten durchsetzt. Mrs. Horwood hat Glück, dachte Jake, dass die Truppe so langsam ist, sonst hätte sie vor einem ernsten Problem gestanden. So aber schaffte sie es nach einem schlechten Anfang – sie rutschte und stolperte alle paar Meter –, auf den Füßen zu bleiben.

Mittags legten sie eine Rast ein. Jake war zerschunden von all dem Ducken und Durchzwängen auf dem schlüpfrigen Weg, und er wandte sich ihr zu.

»Ist alles in Ordnung, Mrs. Horwood?«

Keine Antwort.

Eingebildete Ziege, dachte er, fühlte sich aber besser dank ihres Hochmuts. Er gestattete ihm mehr Gleichgültigkeit.

Das Küchenpersonal servierte Tee und Fleischbällchen mit Reis, doch als Ah Koo Mrs. Horwood ihre Portion reichte, warf sie den Teller zu Boden.

Jake packte Ah Koo wieselflink am Arm und verhinderte, dass er sie schlug, und Bartie Lee sprang auf und sah zu.

»Rühr sie nicht an«, schrie Jake Ah Koo an. »Sonst breche ich dir den Arm. Und jetzt holst du ihr eine neue Portion.«

»Und Sie!«, fuhr er zu ihr herum. »Verdammtes blödes Weibsbild! Sie werden essen, Sie werden alles tun, was man Ihnen sagt, oder Sie stecken tiefer in Schwierigkeiten, als Sie für möglich halten. Verstanden?«

Sie nickte, und als Ah Koo zurückkam, nahm sie den Teller entgegen.

»Bedanken Sie sich!«, fauchte Jake, und sie formte die Worte mit den Lippen, brachte jedoch keinen Ton heraus. Es reichte ihm jedoch fürs Erste. Er schickte Ah Koo fort und sah, wie Bartie Lee sich beschwichtigt auf dem Boden niederließ und seinen Tee trank.

Sie machten sich wieder auf den beschwerlichen Weg, und am späten Nachmittag hatten sie die letzte Hügelkette erklommen und staunten über die Szenerie, die sich ihnen darbot: An einem von allen möglichen kleinen Booten und Schiffen bedeckten Fluss, standen ein paar Zelte, am anderen Ufer des Flusses jedoch breitete sich eine wahre Zeltstadt aus. Hunderte von Segeltuchunterkünften drängten sich unter hohen Bäumen und üppig blühenden tropischen Sträuchern. Die Durchgänge zwischen den Zelten waren willkürlich angelegt und zeigten keinerlei Ordnung; an provisorischen Leinen und Baumästen flatterte Wäsche, Feuer qualmten, und die Bewohner schienen ziellos umherzuwandern.

»Ist das das Goldfeld?«, fragte Bartie Lee fassungslos.

»Nein, es liegt wahrscheinlich hinter den Bäumen da«,

erklärte Jake. »Wir schlagen unser Lager jetzt am Fuß dieses Hügels auf. Sag den Trägern, sie sollen sich auf den Weg machen.«

Die Träger waren heilfroh, das Ende des Marsches vor Augen zu haben, brachten den Abstieg in aller Eile hinter sich, warfen ihre Lasten am Ufer eines kleinen Baches ab und sprangen ins Wasser, um ihren Durst zu löschen.

Jake und Ah Koo halfen Mrs. Horwood den steilen, schlüpfrigen Weg hinunter.

»Sie können sich jetzt ausruhen«, sagte er, ohne ein Wort über ihre sichtliche Erschöpfung zu verlieren, da sie sicher selbst wusste, wie sie aussah. »Bleiben Sie einfach hier; ich will sehen, was ich tun kann.«

Er wies Ah Koo an, ihr Tee zu bringen und ein Zelt für sie zu bauen. Ein Zelt für sie allein, damit sie schlafen konnte. Wenigstens für eine kleine Weile, dachte er.

Constance ließ sich ins Gras fallen, während der chinesische Koch »ihr« Zelt errichtete. Inzwischen war sie überzeugt davon, dass sie wahnsinnig wurde, dass ihre grauenhafte Lage ihr den Verstand raubte – und die Sprache. Sie erinnerte sich an ihren Entschluss, nicht mit den Männern zu sprechen, sich ihnen völlig zu verschließen, doch als sie dann hätte reden müssen, als Tussup sie anbrüllte, hatte sie keinen Ton hervorgebracht. Irgendwie hatte sich ihr die Kehle zugeschnürt, obwohl sie keine Halsschmerzen hatte. Und seit Tussup Ah Koo durch seine Drohungen gezähmt hatte, war der Mann wirklich hilfsbereit. Er hatte ihr auf dem schwierigen Weg beigestanden – ohne Aufforderung. Dadurch hatte sie den Mut gefasst zu fragen, wohin man sie brachte, aber die Worte wollten nicht heraus. Sie kamen als kaum hörbares Flüstern, dem verlegenes Schweigen folgte. Ah Koo verstand ihr Flüstern falsch.

»Sie müssen mal, Lady? Gehen Sie da rüber, in die Büsche.«

Er trat beiseite, um hinter dichtem Gebüsch ihre Intimsphäre nicht zu verletzen, was Constance tief erröten ließ, doch die Natur verlangte ihr Recht, und sie nahm die Gelegenheit wahr. Sie spielte auch mit dem Gedanken wegzulaufen, doch dieser Dschungel machte ihr Angst; ein Mann war schon von einer Schlange gebissen worden. Leider, so dachte sie, war es keine Giftschlange gewesen. Sonst hätte sie es jetzt mit einem Mörder weniger zu tun.

Außerdem störte sie, dass sie, als sie die Hügelkette erreicht hatten, eine tiefe Zufriedenheit empfunden hatte. Ein weiterer Beweis dafür, dass sie den Verstand verlor. Es gab überhaupt nichts, was ihre Zufriedenheit wecken konnte, außer der Tatsache, dass sie den Gewaltmarsch dieses Nachmittags trotz ihrer Angst und ihrer unzulänglichen Schuhe überlebt hatte. Doch sie hatte schnell gelernt, sicher aufzutreten, sich an den Ranken und Ästen über ihr festzuhalten und so den Fallen aus dicken Wurzeln und Erdfurchen und glitschigen grünen Steinen auszuweichen, die mehrere von den Trägern zu Fall gebracht hatten. Ein Anblick, der sie erfreut hatte. »Ja«, sagte sie zu sich selbst und betrachtete die Blasen an ihren Händen, »wie ein Affe habe ich mich diesen Weg entlanggehangelt.« Und sie hatte sich von ihren Sorgen und Ängsten abgelenkt, indem sie dem Lärm der Vögel lauschte und den unebenen Boden im Auge behielt.

Tussup hatte sich mehrere Male nach ihr umgesehen und gefragt, ob alles in Ordnung sei, doch sie hatte nicht einmal versucht, ihm zu antworten, und nahm nur den Gehstock, den Ah Koo ihr als Stütze reichte, als sie einen steinigen Bach durchqueren mussten.

Auch das war eine Freude, dachte sie, als sie den steilen Abstieg zu einem großen Zeltlager begannen – dieser Bach. Sein Wasser war kristallklar und schmeckte ihr in ihrem ausgetrockneten Zustand so köstlich, dass sie es nie wieder vergessen würde.

Sie hatte gehört, wie die Männer über Gold redeten. Das da vor ihnen war offenbar ihr Ziel, dieses Meer von Zelten an dem großen Fluss. Goldfelder! Das musste es sein. Constance hatte nach wie vor keine Ahnung, wo sie sich befand, doch da unten waren Menschen, eine Menge Menschen in einer schmutzigen Siedlung, und jetzt war Hilfe in Sicht. Womöglich konnte sie sich durch den Busch davonstehlen, sobald Tussups Camp in Dunkelheit gehüllt war. Ich müsste schon verdammt dumm sein, um nicht den Weg zum Fluss hinunter zu finden, freute sie sich.

Was haben sie überhaupt mit mir vor?, fragte sie sich immer wieder. Warum halsten sich diese Männer eine Frau wie mich auf? Ob sie womöglich Lösegeld fordern wollten? Die Frage beschäftigte sie stark. Schließlich hatte sie schon vom Handel mit weißen Sklaven gehört. Was würde Lyle zahlen, um seine Frau zurückzubekommen? Ja, was wohl? Der Gedanke versetzte ihr einen Schlag, ließ sie innerlich verzagen. Ah Koo brachte ihr Tee und einen Kamm. Mir ist so schwindlig, stellte sie besorgt fest, als sie den heißen, schwachen Tee aus einem Emaillebecher trank. Ich bin so verschwitzt und schmutzig, ich würde mich von Herzen gern da unten in den Fluss stürzen. Ja, das würde ich tun, wenn sie mich ließen, ich würde es wirklich tun.

Man kam überein, dass Jake und Bartie nach dem Essen jemanden suchen sollten, der sie über den Fluss zum Hauptlager übersetzte, damit sie sich die Siedlung ansehen und herausfinden konnten, wo das Goldfeld lag.

Obwohl sich bislang niemand ihrem Lager genähert hatte, befahlen sie Mushi und den anderen sieben Mitgliedern der Mannschaft, die *China Belle* mit keinem Wort zu erwähnen. Sie sollten darauf bestehen, von Kupang her auf dem Schoner *Lagos* hergekommen zu sein.

»Wir müssen die Frau mitnehmen«, sagte Jake, doch Bartie widersprach.

»Warum? Du wartest nur darauf, dass sie abhaut, wie? Sie geht nur mich was an, Jake. Ich kümmere mich um sie.«

»Ja, sie geht nur dich was an, und das ist Wahnsinn. Wenn du klug bist, lässt du sie laufen. Wir können behaupten, wir hätten versucht, sie zu retten.«

»Dann rennt sie zur Polizei und zeigt uns an. Noch vor Sonnenuntergang würden wir im Knast sitzen.«

Leider hatte er damit Recht. »Himmel, Bartie, du hast ein an sich kinderleichtes Unternehmen ordentlich versaut. Es verstößt gegen kein Gesetz, wenn man von einem Schiff desertiert – und mehr sollte es ja gar nicht sein ...«

»Bis du das Schiff dann auf ein Riff gesetzt hast, du kluger Offizier. Überlass die Frau mir.«

Bis du oder Mushi den Bootsmann umgebracht habt, erinnerte sich Jake, doch es hatte keinen Sinn, das Thema jetzt zur Sprache zu bringen. »Wir können sie nicht zurücklassen«, sagte er. »In Mushis Gewahrsam ist sie ihres Lebens nicht sicher.«

Darüber stritten sie, bis Bartie Lee alle Männer zusammentrommelte und ihnen in aller Deutlichkeit klar machte, dass sie die Frau in Ruhe zu lassen hatten, still sein und keinerlei Aufmerksamkeit auf sich ziehen sollten.

Während er wartete, wurde Jake sich bewusst, dass Bartie es liebte, die Männer herumzukommandieren, dass er es genoss, den Boss zu spielen, und er konnte nur hoffen, dass sie ihm gehorchten. Er zog in Erwägung, Mrs. Horwood zu ihrem eigenen Schutz während seiner Abwesenheit eine Waffe zu geben, doch er wusste, dass das eine dumme Idee war. Stattdessen versprach er Ah Koo zwei Pfund, in den Augen der Asiaten ein Vermögen, wenn er dafür sorgte, dass ihr nichts Böses zustieß. Mehr konnte er nicht tun.

»Wir müssen zuerst die Beute verteilen«, sagte Bartie Lee, während Mushi einen Sack mit Diebesgut auf ein Segeltuch entleerte. Es überraschte Jake keineswegs -, er wusste ja, dass sie so viel an Geld und Schmuck wie eben möglich an sich genommen hatten, bevor sie das Schiff verließen.

»Das gehört uns«, sagte Mushi streitsüchtig und sah Jake wütend an. »Unsere Männer haben diese Sachen gefunden.«

»Macht, was ihr wollt«, fuhr Jake ihn an. »Aber beeilt euch.«

Nachdem das Bargeld aufgeteilt war, trugen sie den Schmuck zusammen, einschließlich einiger recht teurer Stücke, die sie einem zertrümmerten Schmucksafe entnahmen, warfen alles auf ein buntes Kopftuch, das Bartie Lee zu einem Beutel verschnürte und sich mit einem Strick um den Hals hängte.

»Willst du den Kram etwa mitnehmen?«, wollte Jake wissen.

»Ja, ich verkauf es und mach schnell gutes Geld damit. Dann suchen wir nach Gold.«

Diese Zeltstadt war so unübersichtlich wie ein asiatischer Markt und genauso laut. Männer und Frauen bereiteten über offenen Lagerfeuern die Abendmahlzeit, während grölende Betrunkene in provisorisch zusammengezimmerten Kneipen hockten. Die Wirte machten das Geschäft ihres Lebens. Das war ein gutes Zeichen für Jake. Also war hier tatsächlich noch Gold zu finden.

Wie in diesen Breiten üblich, ging die Sonne sehr schnell unter, und die fernen Hügel verschluckten die letzten goldenen Strahlen. Laternen wurden angezündet, Kerzen flackerten, während die Männer sich vorsichtig zwischen den Zelten hindurchtasten und schließlich zum augenscheinlichen Zentrum des Lagers gelangten: eine merkwürdige Ansammlung von Buden, sämtlich aus Zelttuch: Lebensmittelläden, Fleischer, Gasthäuser, Juweliere und Goldprüfer, Ställe und noch mehr florierenden Kneipen.

Jake, der an Bartie Lees Unternehmung nicht beteiligt sein wollte, kaufte sich eine Flasche Bier und setzte sich unter einen Baum, um auf ihn zu warten und das Treiben zu beobachten. Es war angenehm, so dazusitzen, allein und an nichts denken zu müssen.

Schnell war die Bierflasche leer, und er holte sich eine zweite. Auf dem Rückweg zum vereinbarten Treffpunkt befragte er einen älteren Mann über die Goldfelder.

»Ist da noch ordentlich was zu holen?«

»Ja, Kumpel. Da gibt's immer noch jede Menge Gold, wie man so hört.«

»Und wo sind sie – diese Goldfelder?«

»Da drüben hinter den Hügeln. Neu hier?«

»Ja. Hinter den Hügeln? Sieht aus, als wäre das weit weg.«

»Ist es auch. Etwa hundertfünfzig Meilen bis zum Palmer River. Und der Weg ist grauenhaft, verdammt noch mal.«

Jack verschlug es zunächst die Sprache. »Ich dachte, der Palmer River wäre hier irgendwo, ein Nebenfluss von diesem Fluss hier.«

»Nein. Das hier ist der Endeavour River. An der Mündung liegt nur der nächste Hafen, oder das, was mal ein Hafen sein wird. Das Gold liegt draußen am Palmer.«

»Scheiße«, brummte Jake und setzte sich mit seiner Flasche wieder unter den Baum. »Das ist ja wirklich nett. Wir sind noch meilenweit entfernt von den verdammten Goldfeldern. Und was jetzt?«

Am Ende musste er sich auf die Suche nach Bartie machen und fand ihn, als er betrunken, zwei ältliche Huren am Arm, aus einem Puff trat.

»Ah, hallo!«, rief er. »Mein Freund. Partner. Ich habe hier eine Frau für dich.«

Wütend befahl Jake den Huren zu verschwinden, doch sie rührten sich nicht von der Stelle und verlangten zehn Shilling von Bartie, die er freudig aus einem dicken Bündel Banknoten zupfte und bezahlte.

»Hab ja reichlich Geld«, prahlte er. »Diese Juweliere sind Halsabschneider, aber ein chinesischer Boss hat mir hundert Pfund bezahlt. Was sagst du dazu?«

»Prima«, sagte Jake, obwohl er wusste, dass der Schmuck bedeutend mehr wert war. »Aber wir müssen zurück, bevor man dich überfällt. Das Geld werden wir brauchen.«

»Wofür?«

»Für Pferde.«

»Doch nicht für Pferde. Nein!«

»Siehst du hier irgendwo Goldfelder?«

Bartie wankte neben ihm her. »Hier ist noch so ein guter Schnapsladen. Trinken wir einen, he?«

»Nein, wir nehmen ein Boot zurück ins Camp.«

Der Fährmann hatte einen Shilling fürs Übersetzen verlangt. Die Rückfahrt kostete drei Shilling. Das Bier war teuer, aber so willkommen gewesen, dass ihn das nicht gestört hatte. Doch jetzt erkannte Jake, dass überhöhte Preise in dieser abgelegenen Gegend an der Tagesordnung waren.

Und er fragte sich, was Pferde kosten würden, denn um nichts in der Welt wollte er diese düsteren Berge zu Fuß überqueren.

Im Lager war alles ruhig. Ah Koo, der vor Mrs. Horwoods Zelt schlief, roch nach Alkohol. Jake warf, mit einer Laterne ausgerüstet, einen Blick ins Zelt und sah, dass jemand Vorsichtsmaßnahmen ergriffen und ihr die Hände auf den Rücken gefesselt hatte.

»Wie ist es dazu gekommen?«, fragte er und schnitt die Fesseln mit einem Messer durch. »Haben Sie versucht zu fliehen?«

»Ja«, flüsterte sie wütend. »Sie waren alle betrunken, aber Ihr Wachhund hat mich erwischt.«

»Sie haben Ihnen aber nichts getan?«

»Oh nein! Gefesselt und ins Zelt gestoßen zu werden, das hat mir doch nicht wehgetan.« Sie flüsterte nicht mehr. Sie hatte ihre Stimme wiedergefunden, gerade jetzt, da er es am wenigsten gebrauchen konnte.

»Still«, sagte er rasch. »Seien Sie still, ich bin gleich zurück.«

Er schlich geräuschlos an Bartie Lee vorüber, der unter einem Baum lag und schnarchte, die Tasche seiner schmutzigen Jacke noch immer ausgebeult von seinem Geld.

Ich könnte es ihm jetzt abnehmen, dachte Jake, könnte das Geld und die Frau nehmen und mich aus dem Staub machen. In der Siedlung könnte ich sie freilassen. Doch sie würden uns verfolgen, uns beide. Sie würden mich bis zu den Goldfeldern verfolgen. Sie würden mir immer auf den Fersen sein. Und wenn sie die Frau irgendwo finden würden, selbst, wenn sie schon zur Polizei gegangen wäre, sie würden sie aus reiner Boshaftigkeit umbringen. Sie würden sie sowieso schnappen, bevor sie noch Gelegenheit hatte, zur Polizei zu gehen ... Polizei habe ich auch nirgends gesehen, wenngleich irgendwo hier in der Nähe bestimmt Bullen sind. Aber die Frau sieht schlimmer aus als diese alten Huren. Die trugen wenigstens Kleider, keine Lumpen. Zu dieser Nachtzeit würden Fremde kurzen Prozess mit ihr machen, wenn ich sie laufen ließe. Oder sie würde vergewaltigt. In dieser Zeltstadt treibt sich eine Menge schmutziges Gesindel herum.

Ihm war klar, dass die einzige Lösung für dieses Problem darin bestand, mit der Frau in die andere Richtung zu verschwinden. Seinen Plan, Gold zu suchen, würde er dann aufgeben müssen. Jake stöhnte auf bei dem Gedanken, dass all seine Pläne und Mühen vergebens gewesen sein sollten. Aber Bartie Lee käme es nie in den Sinn, die Suche nach dem Gold aufzugeben. Nie. Er und seine Kumpane würden dort alles kurz und klein schlagen, um ihn zu finden. Nein. Er musste fliehen und diese verdammte lästige Frau mitnehmen. Sie hing wie ein Mühlstein an seinem Hals. Er würde im nächstbesten Hafen, den er fand, an Bord eines Schiffes gehen. Dann wäre er sie los. Das war der einzige Ausweg für ihn. Und wenn er nicht schnellstens zur Tat schritt, würde eine Meute gieriger Asiaten ihnen folgen und nach ihren Waden schnappen.

Aber nur, wenn ich ihre Beute, die reiche Frau, mitnehme, überlegte er. Wenn ich sie Bartie Lee überlasse, würden sie sich nicht die Mühe machen, mich zu verfolgen.

Warum haue ich nicht einfach ab? Sollen sie ihrer Wege gehen. Ich habe eigenes Geld, gut versteckt in meinem Pistolenholster. Ein Pferd könnte ich sicherlich stehlen und so ein paar Pfund sparen.

Jake blickte auf den schnarchenden Bartie herab und widerstand dem Drang, ihn in den Hintern zu treten, bevor er sich umdrehte.

»Kommen Sie!«, sagte er zu Constance Horwood und packte sie beim Arm. »Wir hauen ab.«

»Wohin?«

»Los!« Er warf sich seinen Beutel über die Schulter, schlich um Ah Koo herum, die Hand auf einem Holzkloben, um ihn zum Schweigen zu bringen, falls er aufwachen sollte, und schlich weiter durch den Busch in Richtung Fluss. Er warf einen Blick zurück, nicht sicher, ob er sich freuen oder ärgern sollte, als er die Frau direkt hinter sich sah, und zog eine Grimasse angesichts ihrer clownesken

Erscheinung in dem schmutzigen Hemd, dem zerrissenen Rock und den chinesischen Pantoffeln. Sie wird mir kaum eine Hilfe sein, dachte er, wenn ich versuche, mich auf ein fremdes Schiff zu schmeicheln, falls überhaupt eines zu haben ist.

Er wich den anderen Camps aus und marschierte am Flussufer entlang, bis er Leute an einem Feuer sitzen sah.

»Bleiben Sie hier sitzen«, sagte er zu Mrs. Horwood, »und hören Sie mir gut zu. Wir sind noch nicht außer Gefahr, sie werden uns verfolgen und uns umbringen, wenn wir nicht sehr vorsichtig sind.«

Sie war außer sich vor Angst und schrie ihn an: »Ich gehe zu diesen Leuten und verlange, dass sie die Polizei holen.«

»Und dann? Wollen Sie hier bei denen sitzen bleiben? Auf die Mörderbande warten? Die Asiaten sind gut bewaffnet. Außerdem ist das hier keine gewöhnliche Stadt. Es ist die Hölle in Kleinformat; kein Hahn würde nach Ihnen krähen ...«

Doch sie hörte ihm nicht zu. Sie riss sich los und lief auf das Lagerfeuer zu, an dem ein paar Männer Karten spielten.

»Hilfe!«, rief sie. »Ich brauche Hilfe!«

»Ganz bestimmt, Missus«, sagte einer der Männer. »Hast wohl einen draufgemacht, wie?«

»Nein, nein! Ich bin entführt worden. Von der *China Belle.*«

Sie lachten, was sie wütend machte, und sie fing an, die Männer anzuschreien, bis eine Frau aus dem Zelt kam, sie ein Flittchen nannte und ihr empfahl, sich schleunigst zu trollen, während die Männer sie bedrängten, sie solle doch gehen und diese »chinesische Belle« herholen.

Als Jake kam, lag sie auf den Knien und bettelte um Hilfe, doch die Männer taten sie mit einem Schulterzucken als Verrückte ab und wandten sich wieder ihren Karten zu, und die Frau stand mit verschränkten Armen vor ihr.

»Sie ist außer sich«, erklärte Jake. »Hat Schweres durchgemacht. Wir haben unseren ganzen Besitz verloren.«

»Das ist hier nicht ungewöhnlich. Seid ihr ausgeraubt worden?«

»Ja«, antwortete Jake. »Ob Sie mir vielleicht irgendein Kleid oder so für sie verkaufen könnten?«

»Kostet aber«, sagte die Frau vorsichtig.

»Ich weiß, aber sie braucht was zum Anziehen.«

»Ich seh mal nach.«

Sie verschwand im Zelt und kam kurz darauf mit einer Baumwollbluse und einem groben karierten Rock zurück. »Mehr kann ich nicht bieten. Und das kostet zwei Pfund.«

»Zwei Pfund!«, schrie Mrs. Horwood. »Die Sachen sind keine zwei Pfund wert. Ich habe keine zwei Pfund.«

»Die Sachen sind in Ordnung«, sagte Jake hastig, gab der Frau zwei Pfund, die diese prüfend ins Lampenlicht hielt, bevor sie die Kleidungsstücke aushändigte.

»Deine Missus hat wohl was am Kopf«, bemerkte sie geringschätzig und schob sich die Geldscheine in den Ausschnitt.

»Sie hätten mich angehört, wenn Sie mir nur Zeit gelassen hätten«, behauptete Mrs. Horwood, als Jake sie mit sich zerrte.

»Verstehen Sie denn immer noch nicht?«, fauchte er sie an. »Sie haben keine Zeit, verdammt noch mal. Bartie Lee wird Sie suchen. Wenn sie Sie nicht zurückbekommen, sind Sie tot, bevor Sie auch nur einen Polizisten von weitem gesehen haben. Sie können nicht zulassen, dass Sie sie anzeigen, jetzt nicht, nicht, bevor sie die Möglichkeit hatten, auf den Goldfeldern unterzutauchen.«

Sie rannte ins Gebüsch und kam binnen Minuten zurück, nüchtern gekleidet und scheinbar gesammelt, so dachte Jake, aber klar denken konnte sie offenbar nicht.

»Ich komme schon irgendwie über den Fluss ...«, setzte sie an.

»Und handeln sich so gewaltige Probleme ein.«

»Ihnen ist nicht klar, wer ich bin«, weinte sie. »Mein Mann ist Direktor der ...«

»Das nützt Ihnen hier gar nichts, es sei denn, Sie verfügen über eine Menge Bargeld, um diese Behauptung zu stützen. Dann würden Sie mit den Leuten hier ins Geschäft kommen.«

»Sie irren sich. Wenn ich ihnen erkläre, dass ich von der *China Belle* komme ...«

»Wie Sie es eben getan haben. Die *China Belle* interessiert hier keinen Menschen. Noch nicht.« Das war das Schöne an meinem Plan, erinnerte er sich wütend, niemand hatte bis jetzt erfahren, dass sie auf ein Riff aufgelaufen ist. Es ist noch zu früh. »Jetzt muss ich uns unseren Weg hier heraus freikaufen.«

»Unseren Weg? Ich will nichts mit Ihnen zu tun haben!«

»Dann hoffe ich nur, dass Sie übers Wasser gehen können. Der Fährmann muss bezahlt werden.«

Am Ende nahm er sie mit zur Fähre, bezahlte ihre Überfahrt und sprang erst im letzten Augenblick selbst an Bord.

Er hörte, wie sie dem Fährmann ihre Geschichte erzählte, während er sie über den Fluss ruderte, und dann rief sie ihm zu: »Mr. Tussup, der Herr hat versprochen, diesem Lee und seinen Männern nicht zu verraten, dass wir den Fluss überquert haben. Doch er braucht einen Anreiz. Bitte geben Sie ihm zwei Shilling.«

Jake ignorierte die beiden. Zwei Shilling würden sein Schweigen allenfalls sicherstellen, bis Bartie Lee mit einem besseren Angebot kam.

Constance war entsetzt, dass dieser Kriminelle immer noch bei ihr war, als sie von der Fähre stieg und den Anleger entlangging.

Die Zeltstadt war eine Überraschung. Es musste schon weit nach Mitternacht sein, doch der Ort brodelte über vor Ausgelassenheit. Die Zelte waren mit Hunderten von Lampen und Kerzen erleuchtet, und über den Eingängen einiger großer Zelte hingen Lampions aufgereiht, die die Nacht noch bunter färbten. Es herrschte ein Höllenlärm, Männer und Frauen schwirrten umher, ihre Stimmen wetteiferten mit den Straßenmusikern und dem aus einem Leierkasten dudelnden misstönenden Schlager.

Sie wandte sich zu ihm um. »Ich bin Ihnen dankbar, dass Sie mir bei der Flucht vor diesen anderen Männern geholfen haben, aber ich gehe jetzt geradewegs zur Polizei. Der

Fährmann hat mir den Weg beschrieben. Ein Mensch wie Sie ist dort wohl fehl am Platze, es sei denn, Sie wollen sich stellen. Ansonsten können Sie jetzt gehen.«

»Wie Sie wünschen, Madam.« Er schob sich die weiße Offiziersmütze tiefer in den Nacken, verbeugte sich theatralisch und ging.

Constance stieß einen Seufzer der Erleichterung aus. Endlich war sie ihn los. Frei! Sie hatte Lust, mit den Straßenmusikanten zu singen, als sie sich auf den Weg durch das Labyrinth begab.

Die Erklärungen des Fährmanns waren ihre keine Hilfe, und als sie sich eingestand, dass sie aus dem gut beleuchteten Gebiet in den dunklen Bereich der Schlafzelte geraten war, fand sie niemanden, den sie nach dem Weg hätte fragen können, abgesehen von ein paar abscheulichen Betrunkenen, die sie unflätig beschimpften. Und taumelnd setzte sie trotz der zahllosen Hindernisse, über die sie stolperte, ihre Suche fort. Sie stolperte über Zeltschnüre und Heringe, stürzte in die Asche eines Lagerfeuers, wankte in ein Zelt und wurde von den Bewohnern angeschrien, bis sie schließlich in einen Graben abrutschte und sich den Knöchel verletzte.

Und dort blieb sie liegen. Dort, hinter einem Gebüsch verborgen, fühlte sie sich sicher. Obwohl es stank, wollte sie hier bis zum Anbruch des Tages Unterschlupf suchen.

Später am nächsten Morgen fand Constance das Polizeizelt. Es stand hinter einer Reihe von im Bau befindlichen Holzhäusern, doch der Eingang war fest verschlossen und mit einem Schild versehen, das den Eintritt verwehrte.

Sie wollte sich so nicht abweisen lassen und fragte die Bauarbeiter in der Nähe, wo sie einen Polizisten finden könnte, doch die hatten keine Ahnung.

»Versuchen Sie's im Krankenhaus«, riet ihr einer der Männer. »Folgen Sie einfach den Wagenspuren zum Hügel hinauf.«

Plötzlich wurde Constance bewusst, dass Bartie Lee und seine Männer inzwischen nach ihr suchen würden, und sie rannte, unter großen Schmerzen hinkend, zum Krankenhaus, ihrer Zuflucht.

Dieses war, wie sie zu ihrer Erleichterung feststellte, kein Zelt mehr, sondern ein lang gestrecktes, grob gebautes Haus mit einem Dach aus Palmwedeln. Die Zeltplanen wurden allerdings noch genutzt; über Stangen gespannt bildeten sie ein Dach, in dessen Schatten zahllose Menschen ruhten.

Das Krankenhaus war eine schlichte Anlage. Links die Männerstation, rechts die Frauenstation, und hinter dem schmalen Eingangsbereich hing ein Schild mit der Aufschrift: »Kein Zutritt«.

Constance wartete, bis eine Frau aus einer der Stationen kam, und fragte sie, wo sie einen Polizisten finden könnte.

»Die Polizeistation ist da unten.« Die Frau wies mit dem Finger den Hügel hinab und verschwand.

Danach fing Constance noch mehrere Frauen ab, doch alle waren offenbar zu beschäftigt, um ihr zuzuhören, bis auf eine, der ihr Hinken aufgefallen war.

»Falls Sie Ihren Fuß behandeln lassen wollen, Miss, müssen Sie sich da draußen in der Schlange anstellen.«

Erst jetzt sah Constance, dass die vielen Menschen, die geduldig unter den aufgespannten Zeltplanen ruhten, medizinische Betreuung benötigten.

»Nein, nein«, rief sie. »Sie verstehen nicht. Ich bin von der *China Belle* entführt worden und ...« Sie sah, wie der Blick der Frau sich abwandte, als hätte sie sich bereits aus dem Gespräch ausgeklinkt. »Bitte«, flehte sie. »Ich bin Engländerin. Ich sollte eigentlich gar nicht hier sein. Ich bin verzweifelt und brauche Hilfe. Dürfte ich bitte hier bleiben, bis die Polizisten zurückkommen?« Sie hielt die Frau an der Schürze fest. »Bitte. Ich will Sie auch gut bezahlen, sobald ich kann, soviel Sie wollen. Wenn Sie mir nur helfen. Mein Mann ist sehr reich.«

»Ja, meine Liebe.« Die Frau löste Constances Finger von ihrer Schürze. »Beruhigen Sie sich. Setzen Sie sich da draußen hin, und bleiben Sie im Schatten. Bleiben Sie hier, der Arzt wird sich um Sie kümmern. Bald kommen die Damen von der Wohlfahrt und bringen Tee. Beeilen Sie sich, sonst kommen Sie zu spät.«

Der Tee und die Brötchen, ausgeteilt von den »Damen von der Wohlfahrt«, waren ein Gottesgeschenk, und Constance nahm ihre Portion freudig entgegen. Dann legte sie sich, dem Beispiel der anderen Patienten folgend, auf die Seite, um zu ruhen. Die Luft war schwer und feucht, alle waren still, einige schliefen. Dieser Tag erschien ihr so anders als die turbulente vorangegangene Nacht, und allmählich fragte sie sich, ob sie sich alles nur eingebildet hatte.

»Eines ist sicher«, sagte sie zu sich selbst. »Diese Matrosen werden es nicht wagen, mir zu nahe zu treten oder mich aus dieser Menschenmenge herauszuzerren. Hier sind bestimmt hundert Leute um mich herum.

Mrs. Horwood lächelte im Halbschlaf und beglückwünschte sich zu ihrer Klugheit, die sie dieses Versteck hatte finden lassen.

»Wer ist sie?«, fragte Dr. Madison, als zwei Freiwillige sie auf einer Trage zu ihm brachten.

»Das weiß keiner«, antwortete die Oberschwester. »Die Leute dachten, sie hätte da draußen nur geschlafen, aber als sie an der Reihe war, konnten sie sie nicht wecken.«

»Sie hat hohes Fieber. Wir müssen schnellstens für Abkühlung sorgen. Beeilen Sie sich, ich glaube, sie kommt bald wieder zu sich.«

Die Patientin stöhnte, versuchte aufzustehen, wurde jedoch von zwei Schwestern fortgetragen, auf ein Bett gelegt und entkleidet.

Als sie sich mit Schwämmen und Tüchern an die Arbeit machten, zog die Oberschwester angesichts der zarten Unterwäsche aus Crêpe de Chine, die die Schwestern auf einem Stuhl abgelegt hatten, eine Augenbraue hoch. Doch dann hastete sie weiter. In diesem überfüllten und unterbesetzten Krankenhaus blieb ihr keine Zeit, um mehr zu tun, als solche Dinge lediglich zu registrieren.

Jake überlegte es sich anders und machte kehrt, um Mrs. Horwood im Auge zu behalten, doch sie war in der Menge verschwunden.

»Dann sollte ich mich schleunigst aus dem Staub machen«, brummte er vor sich hin. »Inzwischen hat sie sicher schon die Polizei eingeschaltet.«

Wenngleich er beschlossen hatte, diesen Ort schnellstens per Schiff zu verlassen, mochte er seinen ursprünglichen Plan doch nicht so ohne weiteres aufgeben. Das Gold lag in greifbarer Nähe, verdammt noch mal. Er verfluchte Bartie Lee, der alles zunichte gemacht hatte, und Tom Ingleby, weil er die Malaien nicht so bei der Stange gehalten hatte, wie Flesser es getan hätte. Er fragte sich, ob der blöde Kerl womöglich ertrunken war. Er hätte das Beladen des Rettungsboots überwachen, darauf achten sollen, dass alles nach Vorschrift lief. Das wäre doch wohl nicht zu viel verlangt gewesen von dem Schwachkopf. Und er verfluchte die Frau, Mrs. Horwood. Letzten Endes hatte sie nur Unglück gebracht, war der Tropfen, der das Fass zum Überlaufen brachte.

Böse betrachtete er die Szene vor seinen Augen, diese Siedlung am Fluss, diesen Betrüger, der mit dem Versprechen von Reichtum Männer an seine Ufer lockte, um dann offen zu legen, dass die Beute außer Reichweite war. Er hätte gern gewusst, wie viele weiter in die Wildnis gezogen und wie viele hier stecken geblieben waren.

»Du warst zu lange auf See«, murrte er. »Tust dir selbst Leid.« Gut, die Goldfelder waren also hundertfünfzig Meilen weit entfernt, überlegte er. Und war er als Junge nicht zu Fuß von Goulburn bis nach Sydney gelaufen? Ganz allein, auf Schusters Rappen, mit ein paar Pennies in den Taschen. Diesmal würde er aber ein Pferd und Proviant besitzen.

»Also los«, sagte er zu sich selbst.

Sein erstes Ziel war ein Bordell, wo das Mädchen seiner Wahl, eine freche Kleine namens Madeleine, sich des gut aussehenden Seemanns nur zu gern für ein paar Stunden annehmen wollte. Doch nach der ersten Stunde erklärte er ihr, sie sei das Beste, was ihm seit langer Zeit begegnet war, doch jetzt hätte er andere Pläne mit ihr.

»Keine Angst!« Er lachte. »Ich möchte nur, dass du mir die Haare schneidest.«

»Ich soll dein schönes lockiges Haar abschneiden? Nein!«

»Muss sein. Ist auch kühler. Und dabei kannst du mir erzählen, was du über den Weg zu den Goldfeldern weißt.«

Als sein Haar kurz geschnitten war, sah sie ihn betrübt an. »Jetzt hast du einen Sträflingsschnitt. Und das sieht verrückt aus mit diesem hübschen Bart.«

»Ich weiß. Jetzt musst du mich rasieren. Ich habe mich entschlossen, mich auch von meinem Bart zu trennen. Rasierst du mich, oder muss ich einen Friseur suchen?«

»Ich mach das«, sagte sie rasch, um sich die Chance, noch mehr Geld zu verdienen, nicht entgehen zu lassen. »Bei mir macht es mehr Spaß als beim Friseur.«

»Ganz bestimmt.« Er gab ihr einen Klaps auf den weichen Hintern, als sie sich auf die Suche nach einem Rasiermesser machte. Friseure waren notorische Schwätzer. Huren dagegen waren verschwiegen, besonders, wenn man ihnen schmeichelte und sie gut bezahlte. Jake brauchte weiß Gott niemanden, der ihn identifizieren konnte, falls die Polizei oder Bartie Lee kamen und Fragen stellten.

Als er ging, glatt rasiert und nahezu glatzköpfig, gab er ihr mehr Geld, als sie verlangt hatte, und versprach, sie wieder zu besuchen, sobald er Zeit hatte.

»Wie heißt du?«, fragte sie.

»Rory. Rory Moore«, antwortete er, ein neuer Name, der ihm auf Grund langer Gewohnheit leicht von den Lippen kam.

»Oh! Ein hübscher Name. Er passt zu dir. Viel Glück!«

Seine Schirmmütze endete tief vergraben in einem Müllhaufen, nachdem er sich in einer der Buden einen Strohhut gekauft hatte. Dann begann er, Proviant und Ausrüstung zu besorgen, nur das absolut Notwendigste, das er dann im Gestrüpp am Rande der Stadt versteckte. Es war noch sehr früh, und er durfte sich eigentlich nicht blicken lassen. Also versteckte er seine Habseligkeiten und machte sich keineswegs wählerisch auf die Suche nach einer Mahlzeit. Nach wenigen Minuten stieß er auf eine Frau, die über einem Lagerfeuer Fisch und Kartoffeln bereitete, und kaufte ihr einen Teil davon ab.

Danach zog er es vor, sein Gesicht nicht mehr zu zeigen, streckte sich unter einem hohen Gummibaum aus und wollte den Tag verschlafen, doch seine Gedanken ließen ihn nicht zur Ruhe kommen. Er versuchte, die lauten Stimmen, das Hundegebell, das Getrappel von Pferden und Rumpeln von Wagen – die vertrauten ländlichen Geräusche – zu ignorieren. So vertraut waren sie, wie der scharfe Duft von Eukalyptus, der in der Luft hing und sie reinigte, dass er glaubte, sich wieder im frühlingsfrischen Goulburn zu befinden, mit den ordentlichen Straßen und anständigen Leuten, bis er mit einem Schluchzen aufwachte.

Es war ein langer Tag, an dem er lediglich unter seinem Baum lag, nicht schlafen konnte, sich weigerte, einzuschlafen ... die verdammten Gummibäume verfluchte, weil sie Erinnerungen heraufbeschworen, Erinnerungen, die er schon lange tief begraben geglaubt hatte.

Doch als die Dämmerung kam, war er hellwach, trieb sich herum und hielt Ausschau nach einem Pferd, beobachtete Betrunkene, duckte sich, folgte ihnen auf ihren schwankenden Wegen zu Kneipen und Bordellen und musterte ihre Pferde. Irgendwann kam er zu einem Pferd, eher geschenkt als gestohlen, wie er sich grinsend sagte, als er zum Stadtrand ritt, um seine Ausrüstung zu holen. Der Betrunkene war von seinem Pferd gestiegen, zu Boden gestürzt, hatte sich wieder aufgerappelt und Jake die Zügel in die Hand gedrückt.

»Halt mal mein Pferd, Kumpel, ja?« Und dann war er ein paar Schritte weitergetaumelt, um sich zu erleichtern. Diese Anstrengung war zu viel für ihn. Er fiel in seine Urinpfütze und schlief ein.

Binnen einer Stunde war Jake schon ein gutes Stück auf dem Weg landeinwärts vorangekommen, stetig durch den düsteren Busch reitend, ein Gewehr im Sattelholster und eine Pistole im Gürtel. Während der lange Ritt ihn nicht schreckte, musste er doch auf der Hut sein vor Feinden, den bekannten, seinen Schiffskameraden, wie auch den unbekannten. Madeleine hatte ihm viel über die Goldfelder am Palmer River berichten können ... ein bisschen zu viel, fürchtete er.

Die Goldfelder waren immer noch sehr ergiebig, obwohl die Bevölkerung dort in der Wildnis erschreckend angewachsen war. Zwar kamen viele Männer nach nur wenigen Tagen des Schürfens als Millionäre zurück, aber es war ein hartes, raues Leben.

»Schlimmer als hier?«, hatte Jake im Scherz gefragt.

»Na ja, es heißt, dass jemand, der zum Palmer zieht, wirklich mutig, völlig verrückt oder völlig verzweifelt sein muss.«

»Wieso?«

»Weil es nur Sieger und Verlierer gibt. Nichts dazwischen. Die Verlierer werden krank und sterben oder verhungern – sofern die Wilden sie nicht erwischen.«

»Was für Wilde?«

»Die Schwarzen. Es ist ihr Land, und es gefällt ihnen nicht, dass diese Menschenmassen ihr Land besiedeln, und deshalb sind sie auf dem Kriegspfad. Sie haben schon Hunderte von Goldgräbern umgebracht«, berichtete sie mit vor Entsetzen weit aufgerissenen Augen. »Auf Speere gespießt, an Bäumen aufgehängt, skalpiert und in Stücke gehackt auf den Wegen liegen lassen, damit die Dingos sich um sie balgen. Grauen erregend ist das.«

In Gedanken an ihre Schilderungen spähte Jake nervös um sich. Die Aborigines hatte er ganz vergessen ... falls er überhaupt je einen Gedanken an sie verschwendet hatte. Wahrscheinlich hatte Madeleine aber Recht: In diesem Land gab es bestimmt Stämme, die seit Jahrhunderten ungestört hier gelebt hatten. Und eine Invasion von Goldgräbern bedeutete mit Sicherheit Krieg.

»Himmel!«, flüsterte er, und ein kalter Schauer lief ihm über den Rücken, über seinen ungeschützten Rücken. »Ich bin verdammt sicher, dass ich in diesem Spiel nicht zu den Mutigen gehöre. Eher zu den Verrückten.«

Er fragte sich, ob es klüger – sicherer – wäre, nur bei Nacht zu reiten, statt sich bei Tageslicht den Speeren auszusetzen, verwarf den Gedanken aber wieder, denn ein Mann, der am Tage im Busch schlief, wäre eine leichte Beute. Er musste diese Reise eben so schnell wie möglich hinter sich bringen.

Mushi tötete Ah Koo mit seiner Machete, weil er die Frau hatte entkommen lassen, obwohl es Bartie Lee inzwischen ziemlich gleichgültig war. Er hatte Mushi nicht verraten, dass er nicht wusste, wie er das Geld von ihrem reichen Mann eintreiben sollte. Wusste nicht, wie er vorgehen sollte. Und außerdem würde es dauern. Das hier waren nun doch keine Goldfelder. Der dumme Tussup hatte alles falsch verstanden. Um für die Frau Lösegeld zu bekommen, müssten sie sich hier in dieser Siedlung am Fluss verstecken, während alle anderen jenseits der Berge schaufelweise Gold ausgruben. Allein der Gedanke daran brach ihm das Herz. Und dann dachte er wieder an die Frau. Sie war zu einer Belastung geworden, und es wäre besser gewesen, sie zu töten statt Ah Koo, und ihre Leiche tief im Busch zu verstecken. Ah Koo war immerhin ein guter Koch gewesen. Jetzt lag er im Busch begraben, und die Frau war irgendwo da unten und hetzte die Polizei auf ihn und seine Männer.

Und wo steckte Jake? »Hier nicht.« Er grinste. »Nicht hier, wo es Polizei gibt. Ist wahrscheinlich hinter dem Gold her.«

Er und Mushi zogen in die Stadt, kauften sich gute chinesische Kleidung, um nicht aufzufallen, und suchten nach der Frau. Sie fanden das Polizeizelt und behielten es eine Weile im Auge, aber es war und blieb verlassen.

»Ich schätze, die Polizei hat die Frau auf ein Schiff gebracht«, beschloss Mushi. »Sie ist eine Boss-Frau, sie wird sie dazu bringen, sie nach Hause zu schicken.«

Bartie entschied, dass diese Erklärung ausreichte, und das Paar beschloss, diesen Umstand mit einem Besäufnis zu feiern.

»Denn morgen brechen wir auf«, betonte Mushi.

»Ja, morgen packen wir zusammen, besorgen Proviant und Ausrüstung und holen uns unser Gold.«

»Und was ist mit Jake?«

»Wir werden ihn wiedersehen.«

Der Schoner *Torrens* folgte von Cairns aus in nördlicher Richtung der Küste bis nach Cooktown, und Raymond dachte an die *China Belle* dort draußen, auf einem Riff gestrandet, dass Unabwendbare erwartend. Früher oder später würde das Meer jenseits des Riffs sie holen.

Es tat ihm Leid, dass ein so prachtvolles Schiff so frühzeitig der Zerstörung anheim gegeben war. Gern hätte er den Kapitän seines Schiffs gebeten hinauszufahren, damit er sah, wie es der *China Belle* ging, aber das war natürlich ausgeschlossen. Ihre oberste Pflicht war, Mrs. Horwood zu retten und dann die Meuterer aufzuspüren und zu verhaften. Mittlerweile war Constance Horwood zum wichtigsten Gesprächsthema der Hilfspolizisten und der Mannschaft geworden, und Raymond hörte ihre Spekulationen mit Entsetzen. Offenbar herrschte die Meinung, dass sie besser tot sei als in den Händen dieser Mörderbande.

»Ich muss Ihnen widersprechen, meine Herren. Die Männer haben keine Veranlassung, Mrs. Horwood etwas anzutun. Im Gegenteil: Falls sie Lösegeld erpressen wollen, brauchen sie sie noch. Ich stelle mir vor, dass es wichtig für sie ist, besonders gut auf sie Acht zu geben.«

Sie lachten ihn aus und führten ihm grob vor Augen, welche Behandlung sie zu erwarten hätte, wenn sie überlebte.

Selbst die Hilfspolizisten, Bill Poole von der berittenen Polizei und Hector Snowbridge, ein früherer Farmhelfer, beurteilten ihr Schicksal eher pessimistisch und verwarfen die Vorstellung, dass diese Mörderbande (man denke nur an Bootsmann Flesser) eine weiße Frau mit Respekt behandeln würde.

Raymond dachte an Esme Caporns Schreie und an die

Schläge, die Mrs. Horwood im Speisesalon hatte ertragen müssen, und er zitterte vor Angst um sie.

Als eine Art Buße oder vielleicht als Opfer für die Götter enthielt er sich jeder Beschwerde über die grauenhaften Bedingungen auf diesem Schiff. Es gab nur eine einzige lang gestreckte Kabine, in der es unerträglich nach Schimmel stank. Die Kombüse war voller Fettspritzer, die Decken auf einigen Kojen waren steif von Salz und Schmutz, und am hinteren Ende, offen für den Blick jedes Eintretenden, befand sich die Toilette, ein Loch im Deck. Raymond, ein sittsamer Mann, hatte keine Lust, diese Örtlichkeit näher in Augenschein zu nehmen und benutzte sie nur, wenn die Natur kompromisslos ihr Recht verlangte.

Das Essen, das man ihnen vorsetzte, war abscheulich, doch zu seiner Verwunderung beklagte sich niemand, sondern alle machten sich hungrig über den Eintopf her und spülten ihn mit Feuerwasser hinunter, dem besten Rum vor Ort, wie man ihm versicherte.

»Hochprozentig«, erklärte man ihm, was ihm wenig sagte, während er tapfer trank und verzweifelt zu beweisen suchte, dass er dieser Gesellschaft gewachsen war.

Man staunte, wie er misstrauisch versuchte, nüchtern zu bleiben, während er mit ihnen trank, doch am anderen Morgen fühlte sich sein Kopf an, als hätte ihn jemand mit einer Axt bearbeitet. Also griff er nach einem Buch und zog sich an Deck zurück, um seine Qualen in Ruhe auszustehen.

Als sie schließlich die Mündung des Endeavour River erreichten, hätte er auf die Knie fallen mögen, vor Dankbarkeit, dass dieser Albtraum ein Ende hatte. Doch dann musste er feststellen, dass er gerade erst begann.

Der Kapitän steuerte sein Schiff flussaufwärts, vorbei an chinesischen Dschunken und einer Ansammlung von geschmückten asiatischen Schiffen und Hunderten weniger exotischer Kähne, Prahme, Kutter und Segelschiffe, die augenscheinlich vollgestopft mit Passagieren eingelaufen waren.

Alle an Bord waren Neulinge in diesem Goldrausch-

Durchgangslager, doch sie hatten so viel darüber gehört, dass das heillose Durcheinander sie nicht schreckte. Ihre oberste Aufgabe bestand darin, Ausschau nach dem Rettungsboot der *China Belle* zu halten, das sie irgendwo am Flussufer zu entdecken hofften, und obwohl sie, so weit sie konnten, flussaufwärts gesegelt waren und die Boote am Ufer eingehend gemustert hatten, fanden sie keine Spur von dem gesuchten Boot.

»Wahrscheinlich haben sie es im Gestrüpp versteckt«, vermutete Poole, und das gab Raymond zu denken.

»Wäre es nicht klüger gewesen, es zu vernichten und als Feuerholz zu verwenden?«, wandte er ein, und Poole schüttelte den Kopf.

»Ein gutes Rettungsboot ist viel Geld wert.«

Raymond wollte nicht so unhöflich sein, die Meinung des Polizisten in Frage zu stellen, aber er fragte sich dennoch: Für wen? Schließlich hatte der Kapitän gerade erklärt, dass die Goldsucher den Fluss nicht als Transportweg nutzten; sie hatten Berge zu überwinden. Und auf dem Rückweg würden sie angesichts des weiten Wegs, den sie zurückzulegen hatten, wohl kaum ausgerechnet ein Rettungsboot besteigen.

Irgendwann legte der Schoner an, und Raymond begleitete die Polizisten an Land. Voller Interesse betrachtete er den im Bau befindlichen Hafen und die Arbeiter, die quer durch das schmutzige Lager hindurch Baumstümpfe entfernten, um eine Hauptstraße zu schaffen.

»Sieht aus, als würde hier eine richtige Stadt entstehen«, bemerkte Hector, und Poole pflichtete ihm bei.

»Ja, für eine Weile. Aber ich verstehe nicht, warum Ihre Regierung, Mr. Lewis, Geld dafür verschwendet. Wenn das Gold ausgeht, bleibt eine Geisterstadt zurück.«

»Würden Sie sich bitte nach dem Weg zur Polizeiwache erkundigen?«, bat Lewis und sah sich verzweifelt nach einem Gasthaus um. Er wollte runter von diesem stinkenden Schiff.

Hector rief ihm zu: »Sie halten die Augen auf, Mr. Lewis? Hier gibt es genug Chinesen, um ein Schiff zu versenken.«

»Ja, natürlich«, erwiderte Raymond hastig und schämte sich, weil er jetzt schon seine Rolle vergessen hatte. Er spähte in die Gesichter der Leute, als sie in das Labyrinth aus Zelten und Unterständen eindrangen, suchte unter den Asiaten nach den Meuterern und starrte bärtigen Weißen ins Gesicht, in der Hoffnung, Offizier Tussup, den Anführer, zu entdecken, doch bald fing es an zu regnen, und seine Bemühungen waren für die nächste Zeit vergebens.

Sergeant Gooding, ein großer, sehniger Mann mit rotem Haar und einem Hang zu Wutausbrüchen, bat sie in sein Zelt und hörte sich ihre Geschichte an.

»Was haben sie?«, brauste er auf. »Gemeutert und eine Frau mitgenommen? Warum zum Teufel haben denn ihr Mann und die anderen Passagiere nichts dagegen unternommen?«

»Wir waren zahlenmäßig unterlegen, sie haben uns mit ihren Waffen überwältigt«, erklärte Raymond geduldig. »Wir machen uns Sorgen um die Dame ...«

»Bisschen spät. Und Sie glauben, sie sind hier irgendwo? Mit der Frau?«

»Ja.«

»Wenn sie sie nicht umgebracht haben«, bemerkte Poole.

»Haben sie aber wahrscheinlich, die Schweine«, bestätigte Gooding.

»Trotzdem wollen wir davon ausgehen, dass die Dame hier ist und gefunden werden muss«, sagte Raymond mit Nachdruck. »Wo wollen Sie anfangen, Sergeant?«

Gooding stieß einen langen unmutigen Seufzer aus. »Ich war wochenlang fort. Bin erst heute Morgen vom Palmer zurückgekommen. Heute habe ich mich nur kurz in diesem Höllenloch umgesehen, und ich schätze, seit meiner Abreise sind noch einmal tausend Goldgräber hier aufgetaucht. Die Bevölkerung wechselt ständig. Die Goldgräber, die ich kenne, sind inzwischen weitergezogen, und die Einzigen, die ich identifizieren kann, sind die Saufbolde und die Huren und die paar Schlaumeier, die hier ein Geschäft haben. Sagen Sie mir doch, wo ich anfangen soll, Kumpel.«

Raymond, der diesen Ton eines Untergebenen nicht gewohnt war, verschlug es die Sprache.

»Und außerdem«, fuhr Gooding fort, »habe ich erfahren, dass mein Kollege, Constable Colman, seine Stellung aufgegeben und sich zu den Goldfeldern aufgemacht hat. Verdammtes Glück, dass Sie hier aufgetaucht sind. Polizist Poole, betrachten Sie sich als zu dieser Station abkommandiert.«

»Das geht nicht, ich bin doch schon im Dienst.«

»Den Dienst können Sie auch noch tun, und wenn Sie nicht gehorchen, sperre ich Sie ein. Wir haben eine Leichenhalle beim Krankenhaus. So ein Gebäude mit Lehmwänden und einem Ziegeldach. Gehen Sie hin und erkundigen Sie sich nach allen Neuzugängen seit meiner Abreise. Ich muss versuchen, auf dem Laufenden zu bleiben.«

Er wandte sich Raymond zu. »Für Sie ist es schätzungsweise am besten, wenn Sie diesen Hilfspolizisten mitnehmen«, sagte er mit einem Nicken in Hectors Richtung, »und die Siedlung Meter für Meter absuchen und selbst Erkundigungen einholen. Sagen Sie einfach, sie handeln auf meinen Befehl. Ich halte in der Zwischenzeit die Ohren offen. Jetzt muss ich allerdings gehen. Zwischen den Chinesenhaufen am Billygoat Creek herrscht eine Art Privatkrieg. Machen Sie sich's bequem hier, sofern Sie noch Platz finden.«

Raymond sah sich um. Das große Zelt war eher ein Lager als ein Büro. Truhen und Kisten stapelten sich in Reihen auf Holzblöcken um eine Pritsche und einen großen Schreibtisch. Darüber hing eine Laterne, und ein Stück Linoleum vor einem harten Holzstuhl sorgte für ein wenig Behaglichkeit.

»Ich wüsste gern, ob es hier ein Gasthaus gibt«, fragte Raymond hastig, und der Sergeant überlegte kurz mit gerunzelter Stirn, während er seinen Waffengurt umschnallte.

»Weiß nicht. Unten am Fluss bauen sie ein Hotel. Gehen Sie zurück zum Hafen und dann nach Westen. Mag sein, dass es inzwischen fertig ist. Eines von vielen, behaupten sie. Sieht so aus, als hätten wir mehr Kneipen als Einwohner, wenn das Gold ausgeht.«

»Danke«, sagte Raymond. »Wir machen uns gleich auf den Weg.«

»Ja, einen Versuch ist es wert. Wie heißt das Schiff, mit dem Sie gekommen sind, damit ich Sie finden kann, falls mir was zu Ohren kommt?«

»Es ist ein Schoner namens *Torrens*.«

»Gut. Und hören Sie, diese Sache mit Ihrer Mrs. Horwood tut mir verdammt Leid, aber ich begreife nicht, wie eine aus Chinesen und Malaien zusammengewürfelte Mannschaft eine weiße Frau in dieser übervölkerten Umgebung mit sich herumschleifen kann. Sie würden doch sofort auffallen. Es gäbe einen Aufruhr. Wenn Sie meine Meinung hören wollen: Sie ist nicht hier.«

»Aber die Matrosen«, wandte Hector ein. »Wenn Mr. Lewis nur einen von ihnen erkennt, haben wir schon einen Anhaltspunkt.«

»Ja? Wenn Sie einen von denen sehen, verschwenden Sie keine Zeit mit Höflichkeiten. Schnappen Sie ihn. Rufen Sie ›Haltet den Dieb!‹, dann kommt man Ihnen zur Hilfe. Fesseln Sie ihn, binden Sie ihn an einen Baum, und schicken Sie nach mir. Jetzt muss ich aber los.«

Er strich sich durch das staubige Haar, stülpte sich einen breitkrempigen Lederhut auf den Kopf, klopfte auf den Revolver an seiner Hüfte, griff nach seinem Gewehr und trat hinaus in den strömenden Regen.

Sie behaupteten, es wäre ein Krankenhaus, aber es war einfach grauenhaft. Ihr Bett war nur eine niedrige Pritsche unter einem ganzen Dutzend, die in einer Reihe längs der Wand standen. Der Gestank war unerträglich, und die Frauen stöhnten und jammerten die ganze Nacht hindurch. Constance konnte es kaum erwarten, bis der Morgen kam und sie fliehen würde.

Als die Dämmerung sich dann endlich gegen den Dunst des unablässigen Regens durchsetzte, kam ein Arzt vorbei und sprach mit ihr.

»Ha! Sie sind wach. Das ist eine nette Überraschung.« Er fühlte ihre Stirn, prüfte ihren Puls, schob seine Uhr zurück in die Tasche und nickte.

»Es geht Ihnen schon viel besser. Vor ein paar Tagen haben wir uns große Sorgen um Sie gemacht.«

»Vor ein paar Tagen?«, wiederholte sie.

»Ja, Sie hatten Fieber und waren bewusstlos, Miss. Wie heißen Sie? Die Schwestern haben Sie als Miss X registriert.«

»Horwood. Constance Horwood.«

»Gut. Und woher kommen Sie?«

»Aus Hongkong. Ich bin entführt worden. Ich war auf der *China Belle* ...« Sie spürte, wie ihr vor Beschämung die Glut ins Gesicht stieg, denn sein Blick wurde wachsam, um sie zu mustern, wie ein Pferd, eher beobachtend als zuhörend. Doch sie konnte nicht aufhören, sie plapperte drauflos. »Sie müssen mir helfen. Sie sind hinter mir her, die Matrosen aus der Mannschaft, sie bringen mich um, es sind Chinesen und Malaien, ich will, dass sie verhaftet werden.«

Sie hielt ihn an seinem weißen Kittel fest. »Können Sie mir Geld leihen, damit ich hier herauskomme, Herr Doktor, bitte?«

Er nahm ihre Hand und schob sie unter die dünne Decke. »Machen Sie sich keine Gedanken. Hier fehlt es Ihnen an nichts, Mrs. Horwood. Jetzt müssen Sie vor allem ruhen. Sie haben immer noch Fieber, deshalb müssen Sie noch ein paar Tage bleiben. Aber Sie dürfen ein bisschen Suppe essen und sollten viel Wasser trinken.«

Eine junge Schwester eilte an seine Seite, und Constance hörte, wie er ihr Anweisungen zuflüsterte. Doch diese Frau machte Einwände.

»Ich weiß noch, dass sie mit einem verstauchten Knöchel hier ankam, und sie hatte viele Schnittwunden und Blutergüsse, Herr Doktor. Sehen Sie sich ihr Gesicht an, auch da hat sie blaue Flecke. Ich glaube nicht, dass sie verrückt ist, ich glaube vielmehr, dass sie in irgendwelchen Schwierigkeiten steckt.«

»Die Art von Schwierigkeiten, die wir nicht gebrauchen

können«, sagte er verärgert. »Ihr Freund hat sie sicher verprügelt. Ich will nicht, dass er hierher kommt.«

Constance bemühte sich, mehr von dem Gespräch zu erlauschen, doch leider gingen Arzt und Schwester weiter zur nächsten Patientin, und ihr blieb nichts anderes übrig, als im Bett zu liegen. Erst eben hatte sie bemerkt, dass man ihr die Kleider fortgenommen und sie in ein billiges Baumwollnachthemd gesteckt hatte. Erneut traten ihr die Tränen in die Augen, als eine tiefe Trauer sie überkam, viel schlimmer noch als in den Händen ihrer Entführer. Zu jener Zeit hatte sie unablässig sowohl ihre Flucht als auch ihre Rache geplant, und das hatte sie aufrechterhalten, doch jetzt war sie erschöpft, zu müde, um sich gegen diese Leute zu wehren. Sie war wütend auf sie, konnte nicht fassen, dass sie ihre Zwangslage einfach unbeachtet ließen und sie behandelten, als wäre sie ... was hatte sie gehört? Verrückt! Sie hielten sie für verrückt. Constance weinte. Und sie nannten sie ständig Miss Horwood. Wie konnten sie es wagen, mit einer anständigen verheirateten Dame so nachlässig umzuspringen? Sie sah auf ihre linke Hand und schrie auf. Ihre Ringe waren fort.

Eine Schwester eilte herbei, noch so eine mollige Frau mittleren Alters. »Was ist los, Miss?«, rief sie.

»Nichts«, antwortete Constance und drehte sich um. Ihr war wieder eingefallen, dass man ihr auf dem Schiff die Ringe abgenommen hatte – wie allen Passagieren.

»Na, dann sollten Sie lieber nicht so einen Lärm machen. Ich hätte fast einen Herzanfall gekriegt, ganz zu schweigen davon, dass Sie die anderen Patientinnen stören. Seien Sie schön ruhig, Miss, dann bringe ich Ihnen eine Tasse Tee, sobald ich Zeit habe.«

Das Hotel war noch nicht fertig gestellt, doch Raymond war entschlossen, nicht länger als eben nötig auf dem Schoner zu bleiben. Er legte seine Papiere vor, die ihn als Parlamentsabgeordneten auswiesen, und überredete den Besitzer, ihm ein nicht möbliertes Zimmer im Erdgeschoss für ein gewisses Entgelt pro Tag zu überlassen.

»Warum will ein Gentleman wie Sie auf dem nackten Fußboden schlafen?«, wollte der Besitzer, ein gewisser Shamus Flynn, wissen, der zugleich auch Bauleiter war.

»Notgedrungen, Sir, notgedrungen. Ich werde mir ein paar Decken als Bettzeug kaufen, und Ihnen bin ich von Herzen dankbar.«

Mit Hectors Hilfe hatte er bis zum Mittag sein Gepäck in den Rohbau des Hotels *Criterion* geschafft und sich eingerichtet. Den Geruch nach frischem Holz fand er erfreulich.

Raymond reiste stets mit einem tragbaren Schreibtisch und reichlich Schreibmaterial. Jetzt besorgte er sich eine Kiste als Sitzgelegenheit und entwarf einen Plan, wie er vorgehen wollte. Flynn zeichnete ihm eine grobe Karte der Stadt, und Raymond teilte sie in Abschnitte auf. Eine gründliche Durchsuchung konnte beginnen.

Bis zum Einbruch der Nacht hatten Raymond und Hector, durch Schlamm und Regen stapfend, Hunderte von Menschen befragt. Die Geschichte von Mrs. Horwood und der *China Belle* stieß auf großes Interesse und brachte ihnen eine erstaunliche Anzahl an freiwilligen Helfern ein, die sich nicht scheuten, auf der Suche nach der vermissten Frau in bewohnte Zelte einzudringen.

Poole kam vorbei, um zu berichten, dass Mrs. Horwood zumindest nicht in der Leichenhalle lag, und er blieb, um mit ihnen nebenan in Flynns Gaststätte zu Abend zu essen. Dort stand Mr. Lewis im Mittelpunkt der allgemeinen Aufmerksamkeit, denn immer mehr Leute drängten herbei, um die Geschichte aus erster Hand zu vernehmen. Flynn freute sich, dass sein Mieter so viele Kunden anzog, und spendierte ihm eine Flasche erstaunlich guten Weißweins.

Als Raymond sich zur Nacht in seine Decken hüllte, hatte er ein schlechtes Gewissen, weil er den Abend mit diesen schlichten Leuten über alle Maßen genossen hatte, während die arme Mrs. Horwood vermisst wurde. Gott allein mochte wissen, wo sie steckte. Aber diese ganze Siedlung, so dachte er, weiß morgen bestimmt über sie Bescheid.

Er hatte Recht. Am nächsten Morgen suchte eine Abordnung von acht weißen Männern das Hotel auf, um die allgemeine Empörung darüber zu bekunden, dass in dieser Stadt eine weiße Frau sich in den Klauen von Asiaten befand. Sie boten ihre Hilfe an.

In seiner Naivität nahm Raymond sie an.

Dieser nicht genehmigte Suchtrupp ritt nun wild durch die chinesischen Bezirke, riss Zelte nieder und zerstörte deren Einrichtung, während die Bewohner Deckung suchten. Aber nicht lange. Einige Stunden später schlugen die Chinesen zurück, setzten zwei Zeltreihen in Brand und schlugen jeden Weißen zusammen, der versuchte, das Feuer zu löschen. In der Nacht brachen noch mehr Brände aus, und ein wütender Sergeant Gooding bezichtigte den Abgeordneten der Unruhestiftung und der Leitung eines nicht genehmigten Suchtrupps. Er befahl Mr. Raymond Lewis und Mr. Hector Snowbridge, sich aus seiner Stadt und zum Teufel zu scheren.

Lottie Jensen arbeitete erst seit ein paar Wochen im Krankenhaus. Man bezeichnete sie als Lernschwester, und die Arbeit erwies sich als grauenhaft. Lieber wäre sie Waschfrau gewesen oder Kuhmagd oder Straßenfegerin, statt diese schmutzige Arbeit zu verrichten. Sie hatte offenbar keine andere Aufgabe, als Erbrochenes und Fäkalien aufzuwischen und stinkendes Bettzeug zu wechseln, und trotzdem wurde sie nicht nett behandelt. Die Schwestern kommandierten sie herum, als wäre sie ihr Dienstmädchen, und was diesen Dr. Madison betraf, nun, er führte sich auf wie ein König und hätte sie nicht einmal angespuckt.

Aber er täuschte sich in dieser Frau. Für ihn war diese Miss Horwood weiter nichts als eine von diesen ins Elend geratenen Nutten, und davon gab es in dieser Armutsfalle mehr als genug. Solche wie sie brauchte er nicht anzuhören, auch nicht, wenn sie noch so gepflegt sprachen. Er brauchte nur ein paar Worte zu hören, um sich sicher zu sein, dass sie verrückt war. Lottie hatte gehört, wie er zur Oberschwester sagte, sein Krankenhaus sei keine Irrenanstalt, sie solle Miss Horwood am Morgen entlassen, ihre Leute könnten sich selbst um sie kümmern.

Außerdem hatte er Lottie, wie sie sich erinnerte, verraten und sie in Schwierigkeiten gebracht, weil sie ihm widersprochen hatte.

»Doktor Madison stellt hier die Diagnosen«, hatte die Oberschwester sie angeschnauzt. »Wag es nicht noch einmal, ihm zu widersprechen, sonst wirst du auf der Stelle entlassen. Ein Wunder, dass er dich nicht eigenhändig rausgeschmissen hat.«

Na gut, dachte Lottie. Vielleicht komme ich ihm da zuvor.

Doch in dieser Nacht wachte sie erschrocken auf. »Oh Gott!«, jammerte sie. »Miss Horwood!«

Ihr Bruder auf der anderen Pritsche bewegte sich und brummte: »Was ist los?«

»Nichts«, antwortete sie hastig. »Schlaf weiter.«

Dann lag sie da, lauschte auf das Rauschen des Sprühregens, der das Lager einhüllte, betete, es möge bald hell werden und Miss Horwood noch in ihrem Bett liegen. Hätte sie nicht zu viel Angst vor der Dunkelheit da draußen gehabt, wäre sie gleich jetzt den ganzen Weg zum Krankenhaus gelaufen. Bart, ihr Bruder Bart, holte sie nach der Nachtschicht immer ab. Seine Schwester sollte nicht schutzlos durch Cooktown laufen. Aber bald würden sie hier raus sein, sobald sie genug Geld gespart hatten, um weiterzuziehen, zu den Goldfeldern.

An Schlaf war nicht mehr zu denken, doch sie musste im Bett bleiben, ihre Ungeduld noch eine ganze Stunde lang bezwingen, bevor die ersten warmen goldenen Sonnenstrahlen auf das Zelt fielen und sie befreiten. Doch jetzt verrieten ihre flinken Bewegungen ihre Zielstrebigkeit. Obwohl sie erst um sechs die Arbeit antreten musste, wollte sie so schnell wie möglich ins Krankenhaus. Sie zog ihr langes schwarzes Kleid und schwarze Strümpfe an, griff nach ihrem Schultertuch und rannte zur Arbeit.

Am vergangenen Abend hatten Bart und seine Freunde über die bedeutenden Persönlichkeiten geredet, die in die

Stadt gekommen waren und eine Bande asiatischer Mörder suchten. Die Kerle hatten ein Schiff geraubt und versenkt, den männlichen Passagieren die Kehle durchgeschnitten und sich mit deren Frauen aus dem Staub gemacht. Mit weißen Frauen. Hatten sie hierher nach Cooktown verschleppt!

Lottie war klar, dass sie in ihrer Faszination über diese gruselige Geschichte und die Not der von Sklavenhändlern gekidnappten Frauen nicht klar hatte denken können.

»Idiotin«, murmelte sie, während sie über eine Pferdekoppel lief und über einen kleinen Bach sprang, um das Gebäude zu erreichen, das dort für die Polizisten errichtet wurde. »Wenn sie sie nun schon gefunden haben? Wie dumm du doch bist. ›Gekidnappt‹ hatte diese Frau gesagt, klar und deutlich. Und Madison sagte, sie wäre verrückt. Na, wir werden ja sehen, wer hier verrückt ist.«

»Redest wohl mit dir selbst, Kleine?«, sprach ein Mann sie an und lachte, als er, sein Pferd am Zügel führend, an ihr vorbeiging. »Falls du Gesellschaft brauchst, ich stehe dir gern zur Verfügung.«

»Nein«, sagte sie böse, mit jeder Faser ihres Seins auf die Frau konzentriert, die von der Tür aus gesehen im vierten Bett lag. Himmel! Wenn sie nun fort war? Lottie verzog das Gesicht. »Ich schreie. Ich setzte mich hin und schreie, wenn sie nicht da ist.«

Sie rannte zur Hintertür und stürmte in die Küche, wo sie abrupt stehen blieb und sich ermahnte, Ruhe zu bewahren, keine Eile zu zeigen. Noch war niemand wach, die Dienst habende Schwester schlummerte auf dem alten Sofa an der Eingangstür. Lottie warf einen Blick auf die große Uhr im Durchgang. Erst fünf Uhr. Gut.

Constance war wund und steif von dem harten Bett und hatte schrecklichen Durst. Als eine Schwester näher kam, ergriff sie dankbar ihren Arm. »Könnte ich bitte etwas Wasser haben? Ich habe Durst.«

»Ja, ich hole Ihnen Wasser, Miss Horwood. Kommen Sie mit. Ich bin Lottie.«

Gehorsam stieg Constance aus dem Bett und versuchte, sich aufzurichten, doch ihr war schwindlig, und der Knöchel schmerzte.

»Warten Sie, ich helfe Ihnen«, sagte die freundliche Schwester. Sie legte Constance den Arm um die Schultern und führte sie den schmalen Gang entlang, in den Durchgang hinaus, dessen Boden mit groben Kokosmatten ausgelegt war. Constance kam zu dem Schluss, dass sie Recht gehabt hatte: Das hier war gar kein richtiges Krankenhaus.

In der nach Zwiebeln riechenden Küche drückte die Schwester sie auf einen Stuhl. »Also, Miss Horwood. Ich heiße Lottie und ich will Ihnen helfen ...«

»Ich brauche ein Glas Wasser.«

»Ja. Gleich.«

»Nein, jetzt. Ich bin sehr durstig und sehr müde. Ich war tagelang unterwegs.«

Lottie holte das Wasser und wunderte sich über die letzte Bemerkung. »Miss Horwood, Sie sind entführt worden, nicht wahr?«

»Ja. Das habe ich Ihnen doch schon gesagt.«

»Von einem Schiff.«

»Ja. Sie haben uns geschlagen. Mrs. Caporn und mich.«

»Gut. Ich meine, tut mir Leid. Wie hieß das Schiff?«

»Das werde ich nie vergessen. *China Belle.*«

»Genau! Trinken Sie Ihr Wasser. Sie sollten nicht in einem so scheußlichen Krankenhaus wie unserem hier sein. Ich bringe Sie jetzt zu Ihren Freunden. Sie warten schon auf Sie.«

»So kann ich nicht nach draußen gehen. Im Nachthemd! Wo sind meine Sachen?«

Die Schwester eilte davon und kam mit einem Rock und einer Bluse zurück, die Constance nicht erkannte, doch sie behauptete, sie gehörten ihr. Sie hätte alles getan, um aus dieser Baracke herauszukommen. Die Schwester besorgte auch ein Paar chinesische Pantoffeln.

»Ich glaube, mehr hatten Sie nicht bei sich«, sagte Lottie entschuldigend.

»Macht nichts. Ich sehe scheußlich aus, und Sie müssen

mich in ein gutes Hotel bringen, wo ich mich waschen und mir anständige Kleidung besorgen lassen kann.«

Sie begann zu weinen. »Lottie, ich bin Ihnen so dankbar für Ihre Freundlichkeit. Dafür bekommen Sie eine Belohnung, das verspreche ich Ihnen.«

»Ich rechne damit«, sagte die Schwester. »Ihre Freunde haben eine Belohnung ausgesetzt.«

Die Arbeiter trafen gerade auf der Baustelle des Hotels *Criterion* ein, als Lottie kam und entsetzt feststellte, dass es erst zur Hälfte fertig war. Sie war ganz sicher, dass Bart und seine Freunde gesagt hatten, die bedeutenden Persönlichkeiten, die Miss Horwood suchten, wohnten hier.

Sie sah sich nach Miss Horwood um, die sie neben einem riesigen Busch mit leuchtend roten Blüten auf einer Kiste sitzend zurückgelassen hatte. Die Frau wirkte tatsächlich etwas benebelt, hatte sie eingestehen müssen, als die den weiten Weg vom Krankenhaus bis hierher stolpernd und taumelnd zurücklegten, doch sie war einverstanden, erst einmal, Lotties Haube auf dem Kopf, dort zu warten.

»Hey!«, rief sie einem Zimmermann zu. »Ich dachte, diese Männer, die nach ... nach den Chinesen suchen, die gemeutert haben, wohnen in diesem Gasthaus, aber es ist ja gar kein Gasthaus. Wissen Sie, wo sie untergekommen sind?«

»Sie sind noch hier«, antwortete er munter. »Einer jedenfalls. Gehen Sie da rein und den Gang entlang, und klopfen Sie an die Türen. In einem von den Zimmern ist er.«

Die Zimmerleute veranstalteten schon früh einen derartigen Lärm, dass Raymond aufstand und sich ankleidete, immer noch empört über den Befehl, Cooktown zu verlassen.

Vielleicht hat der Sergeant sich heute ein wenig beruhigt, hoffte er, und nimmt den Befehl zurück. Schließlich hatte der Mann, wie Flynn ihm erklärt hatte, gute Gründe, um von den Autoritäten in Brisbane die Nase voll zu haben.

»Er hat in Brisbane um Verstärkung für die Polizei gebettelt, und was kriegt er? Zollbeamte und die Mittel, um am Fluss ein schönes Zollhaus zu bauen.« Er lachte. »Nehmen Sie's nicht übel, Sir, aber ist es nicht typisch für die Regierung, zuallererst ans Geld zu denken? Die Goldsteuern bringen ihr ein hübsches Sümmchen ein.«

Die Erinnerung an diese Bemerkung ärgerte Raymond an diesem Morgen noch mehr, und er schwor sich, den Premierminister gleich bei seiner Rückkehr auf diesen Punkt anzusprechen, doch im Augenblick konnte er es sich einfach nicht leisten, sich aus der Stadt jagen zu lassen. In Brisbane würde man ihn auslachen. Und was das für Schlagzeilen ergäbe!

Er hörte ein zaghaftes Klopfen an seiner Tür, öffnete und stand vor einer jungen Frau ohne Hut oder Haube.

»Was kann ich für Sie tun, Miss?«, fragte er, neugierig geworden ob dieser frühen Störung.

Sie war nervös. »Kann ich Sie sprechen, Euer Ehren?«, flüsterte sie.

»Ja, bitte?«

»Es geht um das Schiff und die Chinesen und die Frauen.«

»Die *China Belle*? Haben Sie etwas gehört?«

»Es heißt, es gibt eine Belohnung. Wofür genau?«

Jetzt überwand sie ihre Nervosität und musterte ihn mit einem aufgeregten Glitzern in den Augen.

»Von einer Belohnung weiß ich nichts, aber falls Sie Informationen haben, die uns helfen, Mrs. Horwood zu finden, wird man sich bestimmt erkenntlich zeigen.«

Sie wich kaum merklich zurück. »Oh Gott. Ich weiß nicht recht. Warum sollte ich glauben, dass man sich wirklich erkenntlich zeigt?«

»Falls Sie uns helfen können, Miss, dann müssen Sie es tun. Und ich betrachte es als meine Pflicht, dafür zu sorgen, dass Sie entsprechend belohnt werden.«

»Tja, aber kann ich Ihnen trauen?«

»Das können Sie nun wirklich. Mein Name ist Raymond

Lewis. Ich bin Abgeordneter des Parlaments von Queensland.«

Sie zögerte immer noch. »Hören Sie«, sagte sie dann. »Schreiben Sie mir das auf – die Sache mit der Belohnung –, und unterschreiben Sie mit Ihrem Namen.«

»In Ordnung.« Er seufzte, nahm an, dass es sich doch wieder nur um Zeitverschwendung handelte, aber jede noch so kleine Spur musste ernst genommen werden. »Wie heißen Sie, Miss?«

»Lottie Jensen. Ich bin mit meinem Bruder hier. Ich bin ... Krankenschwester, also glauben Sie bitte nicht, ich wäre keine anständige Frau, wie die meisten Flittchen in der Stadt.«

»Das würde mir nicht im Traum einfallen«, brummte er, griff zu Papier und Feder und schrieb: »Die Person, die ...« und versprach eine Belohnung für ihre Hilfe.

Misstrauisch betrachtete sie das Blatt. »Das reicht nicht. Wem soll ich das vorlegen? Dem hiesigen Bankdirektor? Der würde mich rausschmeißen. Und Sie glauben doch nicht, dass Sergeant Gooding genug Geld in den Taschen hat. Nein, das reicht nicht. Sie müssen schreiben, wem ich das hier vorlegen soll.«

Raymond seufzte. Inzwischen war er fest überzeugt, dass diese Person ihm unter falschen Vorgaben Geld abluchsen wollte.

»Nun gut! Geben Sie mir das Schreiben zurück, und wenn Sie tatsächlich brauchbare Informationen über Mrs. Horwood haben, gehe ich zur Bank und hebe genug Geld ab, um Sie aus meiner eigenen Tasche zu belohnen.«

»Das klingt schon besser. Aber ich glaube, das Schreiben möchte ich lieber behalten, wenn es Ihnen nichts ausmacht, Sir. Bis ich die Belohnung habe, meine ich. Und wie hoch wäre die wohl?«

»Lieber Himmel, Miss Jensen, das weiß ich doch nicht. Fünfzig Pfund vielleicht, oder hundert. Ich habe wirklich keine Vorstellung.«

»Hundert würden reichen, Sir. Glatte Hundert. Kommen Sie jetzt mit, schnell, schnell ...«

Sie hüpfte vor Aufregung von einem Fuß auf den anderen und zog ihn am Arm hinaus in den kahlen Flur.

»Moment, Miss. Moment. Mein Hut.«

»Sie brauchen keinen Hut, Sir. Wirklich nicht! Kommen Sie, bitte! Ich will nicht, dass sie einfach weggeht.«

»Was?«

Leitern und anderen Hindernissen ausweichend, stürmte er durch das Gebäude und hinaus ins Freie.

»Da«, sagte sie. »Da drüben. Ist das Ihre Miss Horwood?«

»Mrs.«, korrigierte er geistesabwesend. »Die Frau da?« Er betrachtete die schäbige Gestalt, die unbeteiligt neben einer hohen Bougainvillea-Hecke saß. Ihre verblichene braune Kleidung stand in starkem Kontrast zu den üppigen roten Blüten um sie herum.

Es war ihm peinlich, auf diese Art in die Intimsphäre der Frau einzudringen, doch er musste sie aus der Nähe sehen. Als er über den eingetrockneten Schlamm des Hofs auf sie zuging, hob sie den Kopf.

»Oh, Mr. Lewis! Gott sei Dank, dass Sie gekommen sind!« Sie fing an zu weinen. »Wo sind wir? Ich bin völlig orientierungslos. Mr. Lewis, würden Sie mich bitte zurück aufs Schiff bringen?«

Er nahm sie in die Arme, tröstete sie, lächelte über Lotties triumphierendes Gesicht und nickte, als sie ihr kostbares Schreiben hochhielt.

»Ich hab sie gefunden!«, schrie das Mädchen. »Ich! Ich habe sie gefunden. Ich krieg die Belohnung. Hundert Pfund!«

5. Kapitel

Beerdingungsprozessionen waren keine Seltenheit in den kalten, windigen Straßen von Peking, doch die heutige veranlasste die Fußgänger, zur Seite zu huschen, zu flüstern und zu starren.

Die wunderschön gearbeitete silberne Urne stand auf einem mit Blumen geschmückten Sockel in einer von vier Kulis getragenen reich verzierten Sänfte mit Glasfenstern. Der Verstorbene musste eine bedeutende Persönlichkeit gewesen sein, wenn er mit solchem Aufwand die letzte Reise antrat, und sie falteten die Hände und wichen respektvoll zurück, während sie das elegante Gefährt mit seinen Blattgoldornamenten auf schwarzer Emaille betrachteten. Die Vorhänge an den kleinen Fenstern, aus besticktem Tuch mit schwarzen Quasten, ernteten Bewunderung, doch das überbordende Meer von frischen Blumen, das den Boden um den Sockel herum bedeckte, weckte staunendes Entzücken. Die Nächststehenden bemerkten, dass die Farben der Blüten, im glänzenden Silber der Urne gespiegelt, mit den Bewegungen der Sänftenträger zu tanzen schienen, und sie weinten, hingerissen von so viel Schönheit.

Dennoch war es eine merkwürdige Angelegenheit, darüber war man sich einig, denn man könnte doch meinen, eine wohlhabende Person hätte einen bedeutend großartigeren Leichenzug zu bieten, doch dieser hier war kaum der Rede wert.

Zwei Herren, in Leder und schwere Pelze gekleidet, die Gesichter staubverkrustet, ritten auf schönen Pferden voraus. Auch der Beerdigungsschmuck der Reittiere passte hervorragend, und die Nachhut bildeten zwei bewaffnete Wachen, deren Schwerter wie zur Warnung klirrten.

Die Reiter bogen in eine schmale Gasse ein, waren jetzt gezwungen, hintereinander zu reiten, und die Kulis folgten ihnen, balancierten ihre Last um enge Kurven, bis sie Anweisung erhielten, an einem Tor nahe dem Himmlischen Brunnen zu halten ... ein Brunnen, der, soweit man zurückdenken konnte, nie funktioniert hatte.

Bald schwang das Tor auf, und der Leichenzug betrat den Hof eines Hauses, das Xiu Tan Lan gehörte. Die umstehenden Budenbesitzer hätten berichten können, dass Mr. Xiu seit den letzten Straßenkämpfen nicht mehr hier residiert hatte, und nur seine Haushälterin, Zina, wohnte dort mit seiner Dienerschaft, doch jetzt waren sie, von den hohen Mauern verschluckt, aus dem Blickfeld verschwunden.

Mal blieb im Sattel und wartete, bis Chang, sein Majordomus, von der Haushälterin die Erlaubnis zum Übernachten eingeholt hatte.

Als er nach schwierigen Reisen über Manila und Hongkong den chinesischen Hafen Tientsin erreicht hatte, hatte er Chang engagiert, einen ausgezeichneten, Englisch sprechenden Berater, der ihn durch das komplizierte Protokoll führen sollte. Die strenge Einhaltung dieses Protokolls war nicht nur für die bevorstehende Reise, sondern auch für die traurige Pflicht, die er noch zu erfüllen hatte, von größter Wichtigkeit.

Chang war ein großer, schöner Mann in den Vierzigern, wie Mal schätzte, und in seinem Benehmen reichlich weibisch. Sein Haar formte er mittels Pomade zu einem Knoten auf dem Kopf, und er trug einen schmalen Bart, kaum mehr als ein schwarzer Hauch, über der breiten Oberlippe. So dünn war dieser Bart, dass Mal sich fragte, ob er aufgemalt war, was ihm letztlich jedoch herzlich gleichgültig war, solange dieser Mann seiner Aufgabe nachkam. Er war ihm von einem Priester im Haupttempel wärmstens empfohlen worden.

»Das ist eine äußerst heikle Situation, Sir«, erklärte Chang seinem Auftraggeber bei ihrem ersten Treffen. »Die Familie Xiu hat Beziehungen zu unserer Kaiserinwitwe Cixi. Ist ihnen diese entsetzliche Tragödie bekannt?«

»Ja. Ich habe Ihnen von Queensland aus geschrieben. Das liegt auf dem großen Kontinent im Süden.«

»Sie haben geschrieben? Oh weh, Sir. Mit derart wichtigen Nachrichten hätten Sie einen Boten schicken müssen. Oh weh!«

»Ich habe getan, was ich konnte. Ein gelehrter Chinese, der dort in der Stadt lebte, hat den Brief für mich aufgesetzt, weil ich der Meinung war, die Familie müsste so schnell wie möglich erfahren, was geschehen war. Auch er sprach von einem Boten, doch ein Bote hätte auch nicht früher als ich selbst hier sein können.«

»Wünschen Sie, dass ich jetzt als Ihr Bote vorausreite? Die Familie informiere, dass Sie die Asche der lieben Dame heimgebracht haben und eine Audienz wünschen?«

»Nein. Das übernehme ich persönlich, aber ich möchte, dass Sie mir helfen, einen angemessenen Transport für die sterblichen Überreste meiner Frau zu organisieren, und dass Sie mich auf der Reise begleiten, denn ich werde Ihren Rat brauchen.«

»Wahrhaftig, den werden Sie brauchen«, sagte Chang. Er lehnte sich in einem großen Polstersessel zurück und betrachtete seine polierten spitzen Fingernägel.

»Mr. Willoughby, ist Ihnen bewusst, dass Herren meiner Profession nicht eben billig zu bekommen sind?«

»Das habe ich angenommen. Für meine Frau will ich das Allerbeste, und ich will ihre Familie nicht enttäuschen. Falls Sie an meiner Zahlungsfähigkeit zweifeln, holen Sie Erkundigungen von der *Bank of Hongkong* ein.«

Chang lächelte. »Das habe ich bereits getan. Doch man muss sich vergewissern, dass der Klient auch bereit ist, für seine Wünsche zu bezahlen. Manche wollen nach der Erledigung der Aufgabe handeln, und das dulde ich nicht.«

Er beugte sich vor. »Ich wünschte, Sie würden Platz nehmen, Mr. Willoughby, ich kann nicht denken, wenn Sie im Zimmer auf und ab gehen. Mein Eindruck ist, dass ihre Nerven schlimm zerrüttet sind. Jetzt werden Sie mit mir Tee trinken und mir in aller Ruhe genau berichten, was

Ihrer lieben Frau widerfahren ist ... und dann werde ich überlegen, wie wir am besten vorgehen.«

Chang erwies sich als überaus wertvoll. Er ließ ein angemessenes Gefährt zum Transport von Jun Liens Asche bauen. Er erkundigte sich nach dem Aufenthaltsort ihrer Eltern, stellte das notwendige Personal ein, und beauftragte seine Kulis, wie Mal während ihres Zugs durch die Straßen von Peking bemerkte, täglich frische Blumen aufzutreiben. Er glaubte, dass die Fülle von Blumen, die die silberne Urne umgab, die Jugend und Schönheit der Verstorbenen symbolisierte, zudem aber auch das gebrochene Herz des Gatten trösten würde.

In dem Punkt hat er Recht, dachte Mal, während er wartete. Die Blumen waren so schön in ihrer extravaganten Pracht und Menge in dem kleinen Rechteck hinter den Fenstern, dass sie ihm ein Lächeln entlockten. Jun Lien, das wusste er, hätte der Anblick entzückt.

Zina trat vorsichtig aus dem Haus und blieb in der Tür unter dem bunten Bambusbaldachin, den Mal so gut kannte, stehen, doch Mal saß noch immer nicht ab. Er hatte dieses Haus oft besucht, doch Chang hatte ihn gewarnt: Sein Status hatte sich geändert. Er musste warten, bis ihm die Erlaubnis zum Absitzen erteilt wurde, und sei es von einer Haushälterin, denn in jungen Jahren war Zina die bevorzugte Konkubine sowohl Mr. Xius als auch seines älteren Bruders gewesen.

Sie gab ihm mit einem Wink zu verstehen, dass er vom Pferd steigen möge, und Mal gehorchte und verneigte sich, demütig vor Schmerz. Zina, die ihre Gefühle nicht mehr beherrschen konnte, stürzte vor und warf sich zu seinen Füßen heftig weinend auf den Boden.

Mal half ihr auf und stand mit ihr auf dem kalten Hof. Seine Tränen überwältigten sie beide, denn es war das erste Mal seit Jun Liens Tod, dass er jemanden traf, der sie gekannt und geliebt hatte. Es schien den Damm, der seine Gefühle zurückgehalten hatte, so sehr einzureißen, dass er Angst hatte fortzufahren, Angst hatte vor dem Schmerz, der noch vor ihm lag.

Zina beschrieb ihnen den Weg zu den Häusern, in denen Jun Liens Familie derzeit lebte, über hundert Meilen entfernt im Bergland, wo sie sich besser gegen Angriffe verteidigen konnten, doch Mal ließ sich nicht abschrecken.

»Wir ziehen weiter«, sagte er zu Chang. »Es ist gar nicht so weit, wie ich befürchtet hatte.«

Die Haushälterin gab Anweisung, Chang, die Kulis und die Wachen zu verköstigen und ihrem Status gemäß unterzubringen, dann geleitete sie Mal zu einem der größeren Schlafzimmer im Obergeschoss.

Er war froh, die vielen dicken Kleidungsstücke ablegen zu können, die, wie er fand, zwar lästig, in dem kalten Klima aber notwendig waren. Er wickelte sich in eine Decke, um zu schlafen, als eine Bedienstete den Raum betrat. Ohne ihn zu beachten, sammelte sie seine gesamte Kleidung ein, auch die in seiner Satteltasche, und verschwand damit.

Mal lächelte. Dieses Ritual hatte er ganz vergessen. Einige Teile würden nun gewaschen und gebügelt, einige gründlich ausgeklopft, je nach Material. Knöpfe würden ersetzt, Risse geflickt. Jetzt wusste er diese Sitte besser zu schätzen als vorher, denn Chang hatte die chinesische Kleidung für ihn ausgewählt und darauf gepocht, dass er zu seiner Audienz mit Jun Liens Familie so gut wie eben möglich auszusehen habe. Wie nicht anders erwartet waren die leinenen Unterkleider, sein Wams und seine Hose von bester Qualität – und sehr, sehr teuer! Der mit Pelz gefütterte Ledermantel und die hohen Stiefel, die Pelzmütze mit Ohrenklappen wurden noch am selben Tag gekauft, im selben Geschäft, in dem Chang offenbar Provision bekam.

Chang war entzückt. »Unsere ausgezeichnete Mode kleidet sie viel besser als die westliche«, schwärmte er. »Und die Mütze ist ausgesprochen vornehm.«

»Finden Sie?«, fragte Mal.

»Ja, wirklich.«

»Sie ist viel feiner gearbeitet und wärmer als Ihre.«

»Ja, das stimmt.«

»Nun, dann kaufen wir auch eine für Sie.«

»Sir, das geht doch nicht!«

»Warum nicht? Wir nehmen zwei.«

Mal konnte seine Gefühle schlecht in Worte fassen. Er wusste nicht, wie er Chang seine Dankbarkeit für die Hilfe und seine Gesellschaft ausdrücken sollte, und hoffte, sie ihm durch das Geschenk zu zeigen.

Dann sah er, dass es ihm gelungen war. Chang verkaufte seine alte Mütze an einen Straßenhändler und trug die neue mit großem Stolz.

Eine weitere Dienerin kam mit einem warmen Bademantel für Mal und geleitete ihn zum Bad, wo er sie entließ. Es war ihm nicht sonderlich angenehm, sich von weiblichen Dienstboten baden zu lassen, wenngleich Jun Lien sein prüdes Verhalten belustigt hatte. »Noch immer führen alle Gedanken zu meiner geliebten Jun Lien«, sagte er zu sich selbst, als er in die gekachelte warme Badewanne stieg. »Sie wird für immer in meinem Herzen sein.«

Das Abendessen wurde ihm auf seinem Zimmer serviert: Hühnersuppe mit Klößen, scharf gewürztes Schweinefleisch, Kohl und Rindsrouladen ... und noch mehr Tee. Und kurz nachdem er seine zweite Tasse Tee geleert und auch die letzte Rindsroulade verspeist hatte, schlief er fest ein.

Am Morgen brachte man ihm seine Kleider zurück. Er zog sich rasch an und begab sich auf die Suche nach Zina, doch als er am Fuß der Treppe angelangt war, hörte er ein Hämmern an dem schweren Tor.

Er sah, wie Zinas Diener die kleine, in das Tor eingelassene Tür öffnete, mit dem Davorstehenden sprach und zurückkehrte, um zu melden, dass der Besucher Mr. Willoughby sprechen wolle.

»In Ordnung«, sagte Mal und schickte sich an, den Hof zu überqueren, wurde jedoch von Chang aufgehalten.

»Wer ist es?«, fragte er Mal.

»Ich weiß es nicht. Das will ich ja gerade herausfinden.«

»Nein. Sie bleiben hier. Chang forderte die beiden Wachen auf, ihn zu begleiten, und ging zur Tür.

Es folgte ein rascher Austausch, dann schlug Chang die Tür zu und verweigerte dem Besucher offenbar den Zutritt.

»Was ist los?«, wollte Mal wissen.

»Man will Sie sprechen.«

»Ich weiß. Wer ist es?«

»Sie behaupten, zum Gefolge der Familie Xiu zu gehören, aber ich bin mir nicht sicher. Jedenfalls glaube ich nicht, dass sie Ihnen wohlgesonnen sind. Vergessen Sie sie erst einmal.«

Das erschien Mal nicht angemessen zu sein. Er bestand darauf, dass er selbst mit diesen Fremden hätte sprechen sollen, doch Zina mischte sich ein.

»Ihr Diener hat Recht«, sagte sie. »Sie sollten auf ihn hören. Lassen Sie ihn seine Arbeit tun.«

Später, kurz vor ihrem Aufbruch, sah er Zina und Chang in ein ernstes Gespräch vertieft, dann gingen beide zur Waffenkammer, die, wie Mal wusste, hinter der ersten Tür rechts vom Tor eingerichtet war. Er eilte ihnen hinterher.

»Suchen Sie Waffen, Chang? Was ist los? Ich verlange es zu wissen.«

Zina schloss die Tür zur Waffenkammer auf, und Chang spähte hinein. »Was ich Ihnen sagte, entspricht der Wahrheit«, sagte er zu Mal. »Die Männer waren wahrscheinlich tatsächlich Gefolgsleute der Familie oder haben sonst irgendwie mit ihr zu tun, aber ...«

»Aber was?« Mal folgte den beiden in den kühlen Raum mit dem Steinboden und betrachtete die umfangreiche Sammlung von Stichwaffen, vom Dolch bis zum Krummsäbel. Er hatte diese Sammlung schon immer mit einigem Interesse bewundert, denn viele Stücke waren juwelenbesetzte Antiquitäten von großem Wert.

Chang zog ein flaches Schwert aus der Scheide und prüfte die Klinge. »Sie wollen sich mit Ihnen duellieren. Das ist Ehrensache, sagen sie, wegen des Tods der Dame Xiu Jun Lien. Sie machen Sie dafür verantwortlich.«

»Sie wollen mich zu einem Kampf herausfordern?« Mal war bestürzt.

»So ist es. Ich glaube, dieses Schwert würde Ihnen gute

Dienste leisten, falls Sie gezwungen sein sollten, sich zu verteidigen.«

»Ich wollte, Sie würden offen reden. Haben Sie den Männern nicht erklärt, dass der Verlust meiner geliebten Frau niemanden mehr schmerzt als mich? Welches Recht haben Sie, mich in meiner Trauer zu stören?«

»Sinnlos, sie würden gar nicht zuhören.« Chang hob die Schultern. »In jeder Familie gibt es Hitzköpfe, und diese Burschen wollen sich einen Namen machen, als Wahrer der Familienehre. Sie müssen sich bewaffnen, für den Fall, dass sie auf der Herausforderung bestehen. Also nehmen Sie das Schwert.«

»Ein Duell? Jemand will mich zum Duell fordern? Zu einem nichtsnutzigen Schwertkampf?«

»Ja. So ist es. Und Sie werden die Forderung annehmen müssen, sonst verlieren Sie das Gesicht. Doch unsere Wachen werden versuchen, die Burschen in Schach zu halten.«

Mal reichte Chang das Schwert zurück. »Es ist mir völlig gleichgültig, ob ich das Gesicht verliere oder nicht. Ich werde nicht gegen Jun Liens Verwandte kämpfen.«

»Sie haben womöglich gar keine andere Wahl!«

»Schon gut, dann stelle ich sie vor die Wahl. Zum Teufel mit Schwertern, Revolver sind schneller. Gehen Sie in die Stadt, und kaufen Sie mir den besten Revolver, den Sie finden. Und vergessen Sie nicht die Munition.«

Zina schüttelte den Kopf. »Darf ich vorschlagen, Sir, dass Sie Chang erlauben, unsere Dame Jun Lien von hier aus weiter zu überführen? So könnten wir noch mehr Kummer vermeiden, und Sie verlieren nicht das Gesicht, denn Sie haben Ihre Pflicht bereits über das Erforderliche hinaus erfüllt, indem Sie die Liebe vom anderen Ende der Welt hierher gebracht haben.«

Chang pflichtete ihr bei. »Das halte ich auch für das Beste. Die Wachen können Sie auf der Rückreise zum Hafen beschützen. Zina stellt für die Reise zum Haus der Eltern als Ersatz zwei Diener für mich ab.«

»Nein! Ausgeschlossen!«, rief Mal verärgert. »Ich muss Jun Lien persönlich zu ihren Eltern bringen. Ich muss es tun. Und jetzt gehen Sie und besorgen mir einen Revolver, und wenn Sie einen von den Helden da draußen sehen, sagen Sie ihm, dass ein Duell in meinem Land Schusswaffen verlangt. Sonst nichts. Falls mich jemand mit einem Schwert herausfordert, wird er erschossen. So unterscheiden sich Männer von dummen Jungen.«

Chang missfiel Mals Einstellung, aber er ging trotzdem los und kaufte einen Revolver in bestem Zustand, bevor sie zur nächsten Etappe ihrer Reise aufbrachen. Als das Tor aufschwang und Mal sich umdrehte, um der traurigen Zina ein letztes Mal zuzuwinken, sah er, dass die Blumen um Jun Liens Urne durch frische ersetzt worden waren, und er fühlte sich getröstet.

Ihm fiel auch auf, dass Chang jetzt das Schwert trug, und hoffte, dass er sich damit nicht selbst erstach.

Sie zogen in nordwestlicher Richtung dem grauen, wolkenverhangenen Himmel entgegen. Der Wind wurde stärker, und die Kulis kämpften sich vorwärts, dankbar, dass ihre Last nicht allzu groß war. Mal band sich ein Halstuch um die untere Gesichtshälfte, um sich vor dem aufgewirbelten Staub zu schützen, der fast so schlimm war wie in den Staubstürmen seiner Heimat.

»Wie lange mag so ein Sturm dauern?«, fragte er Chang, der sich bereits bitterlich über diese Unbill beschwerte.

»Tage, vielleicht sogar Wochen«, antwortete er ungehalten. »Wenn Sie gestatten, reite ich voraus und suche ein anständiges Gasthaus, in dem wir unterkommen können, bevor alle Zimmer belegt sind.«

»Gute Idee.« Mal bemerkte, dass er zunächst zurück zu den Wachen ritt und mit ihnen redete, bevor er aufbrach, und eine der Wachen kam nach vorn und ritt neben Mal. Vermutlich hatte Chang ihn vor der Möglichkeit dieser lächerlichen Forderung zum Duell gewarnt. Er zweifelte auch nicht daran, dass Chang, als er die Waffe kaufte, die so genannten Wahrer der Familienehre aufgesucht und mit ihnen gesprochen hatte, denn sie hatten sich anscheinend zurückgezogen.

Spät am Tag traf er Chang an einer Kreuzung wieder, und Chang wies ihm den Weg in ein kleines Dorf.

»Dort gibt es ein für diese arme Gegend überaus angenehmes Gasthaus, und sie reinigen die Ställe, damit Sie dort Ihre Dame mit den Sänftenträgern und Wachen unterbringen können. Kommen Sie, ich führe Sie.«

Das Gasthaus *Fünf Winde* bot Ausblick über einen malerischen See, und Mal überlegte, welcher der fünfte Wind sein mochte, während Chang den Leichenzug am Haupteingang vorbei zu den leeren Ställen schickte, in dem vier Diener eifrig fegten und schrubbten. Bald waren die Räumlichkeiten sauber genug, um Jun Liens Sänfte und die Träger zu beherbergen.

Zufrieden ritt Mal mit den beiden Wachen zurück zum Gasthaus, bis einer von ihnen seinem Pferd in die Zügel griff.

»Halten Sie hier an, Herr.«

Drei junge Männer standen bei Chang, in einen heftigen Wortwechsel verstrickt. Sie sprachen so schnell, dass Mal nichts verstand. In aller Ruhe zog er den Revolver aus dem Holster und wandte sich an die Wache.

»Was geht da vor?«

»Sie sagen, weil Sie die Forderung nicht angenommen haben, hat die Familie ihren Majordomus angewiesen, Chang zu fordern.«

»Wie bitte? Das lasse ich nicht zu.«

Die drei Neuankömmlinge drehten sich um, als Mal auf sie zuritt, und spien ihm Beleidigungen entgegen, nannten ihn einen Feigling und Betrüger.

»Weg mit Ihnen«, schrie Mal sie an, darauf bedacht, keine Beleidigungen auszusprechen und damit ein Mitglied der Familie Jun Liens zu schmähen. »Mischen Sie sich nicht in meine Angelegenheiten.«

»Es sind nicht mehr Ihre Angelegenheiten, Herr«, sagte die Wache leise. »Chang hat die Forderung angenommen.«

»Den Teufel wird er tun! Los, ihr beiden, helft ihm. Dafür werdet ihr schließlich bezahlt.«

»Unmöglich«, sagten sie. »Der Mann ist Herr Xiu Min Soo. Es wäre schlechter Stil, sich einzumischen, Herr.«

»Das interessiert mich nicht. Es ist nicht Changs Sache. Sie werden ihn umbringen.«

»Das werden sie nicht tun, Herr.«

»Wie? Es geht doch um einen ernsten Kampf, oder?«

Keine der Wachen antwortete, und Mal sprang vom Pferd. »Ich mache dem Theater selbst ein Ende.«

Doch das ließ Chang nicht zu.

»Bleiben Sie zurück«, rief er Mal zu, während er die Mütze und den schweren Mantel ablegte und sich ruhig die Manschetten umkrempelte und festknöpfte. Sein Herausforderer wartete mit gezücktem Schwert.

Er war ein stämmiger Kerl, kleiner als Chang, aber viel jünger und augenscheinlich im Schwertkampf geübt. Er ließ die Klinge zischend durch die Luft sausen und prahlte grinsend vor seinen Freunden, während Chang das schwere Schwert, das er der Waffenkammer entnommen hatte, aus der Scheide zog.

Plötzlich fuhr er herum und vollführte mit dem Schwert, das er mit beiden Händen hielt, einen weiten, drohenden Bogen.

Mal war genauso erschrocken wie die anderen beiden Gefolgsleute, die ihren Favoriten jetzt in einen Kampf mit einem Wirbelwind verstrickt sahen. Chang schlug und täuschte, wich behände einem gegnerischen Hieb aus, tänzelte und drehte sich mit ausdruckslosem Gesicht, und in wenigen Minuten war es vorüber. Der Herausforderer schrie vor Schmerz, als Changs Schwert ihm den Oberarm aufschlitzte. Seine Waffe fiel klirrend zu Boden.

»Bringen Sie ihn weg, bevor ich ihm den Arm abhacke«, befahl der Sieger.

Der Arm des Herausforderers blutete stark, und seine Freunde versuchten verzweifelt, die Blutung zu stillen, während Chang sich abwandte und ging.

»Die Herausforderung ist fehlgeschlagen, Sir«, sagte er zu Mal. »Sie haben das Recht, Sie zu behelligen, verwirkt. Sie sollten sich nun zur Ruhe begeben.«

»Und Sie sollten nicht meine Kämpfe ausfechten. Darum habe ich Sie nicht gebeten.«

Chang lächelte schmal. »Ich habe die Herausforderung genossen.«

»Das ist mir nicht entgangen. Sie sind sehr geschickt mit dem Schwert.«

»Ja.« Er seufzte. »Leider musste ich ihn Ihretwegen verschonen, sonst hätte ich ihm wirklich den Arm abgehackt.«

»Übrigens«, fragte Mal ihn später am Abend. »Wieso fünf Winde? Was soll das bedeuten?«

»Der fünfte Wind kehrt stets zurück«, sagte Chang und ließ Mal mit seinen Überlegungen über diesen Spruch allein.

Zwei Tage später trennten den Leichenzug nur noch wenige Stunden von den Häusern der Familie, die, wie Chang versichert hatte, gut befestigt hinter mächtigen Mauern lagen. Um einzutreten, musste vorab die Erlaubnis eingeholt werden.

Dieses Mal sorgte Chang dafür, dass sie in eleganten Räumen neben von Mauern umgebenen Gärten unterkamen, und er empfahl Mal, den trauernden Eltern zu schreiben. Das nahm viel Zeit in Anspruch. Gemeinsam formulierten sie die traurige Anfrage, und Chang übertrug den Brief auf feines Pergament, um sich dann auf den Weg zu machen und das Schreiben selbst zu überbringen.

Mal war enttäuscht, als sein Gefährte ohne Antwort zurückkehrte, doch Chang erklärte, es wäre ungehörig gewesen, darauf zu warten.

»Nicht einmal im Traum würde man daran denken, in einer solchen, der traurigsten Angelegenheit von allen, Ungeduld zu zeigen. Man zog sich äußerst höflich zurück. Aber ich habe am Haupttor mit den Leuten im Dorf geredet und erfuhr, dass der Vater der Dame Jun Lien ernstlich krank ist, doch ihre Mutter, Xiu Ling Lu erfreut sich, wenngleich sie in Trauer ist, bester Gesundheit.«

Mal zog sich in einen Winkel des Gartens zurück, um die Neuigkeiten zu verarbeiten. Seit Jun Liens Tod überlegte er, was er beim ersten traurigen Zusammentreffen mit ihren

Eltern sagen konnte und sollte – ob er überhaupt ein Wort herausbringen würde, ob er in der Gegenwart von Menschen, die Jun Lien genauso geliebt hatten wie er, über sie würde reden können. Oftmals war er tränenüberströmt aufgewacht, wenn er von diesem Treffen geträumt hatte, und war dann tagelang deprimiert gewesen, doch er sagte sich dann, dass Jun Liens Eltern zumindest einander hatten, um sich Hilfe und Trost zu spenden. Und er beneidete sie, weil ihm diese Gnade versagt war. Unter den derzeitigen Umständen musste Xiu Ling Lu den Verlust umso schmerzlicher empfinden. Vielleicht wappnete sie sich, genauso wie er, für dieses Treffen. Womöglich brauchte sie Tage, um ihr Herz darauf vorzubereiten, mit ihm gemeinsam zu trauern, nachdem die Asche ihrer Tochter nun eine Realität war, die ihr das Herz zerreißen musste.

Doch dann traf die Antwort ein. Schnell und unverhofft.

Binnen einer Stunde nach Changs Rückkehr zog eine Kavalkade von Reitern und Fußsoldaten ins Dorf ein und machte Halt vor Mals Quartier.

Chang eilte hinaus, um den Kommandanten zu begrüßen, einen imposanten Mann, der absaß und stolz vortrat, extravagant in einen Brokatmantel mit gepolsterten Schultern und starrer Schärpe gekleidet. Sein großer Hut war mit Nerz abgesetzt. Dazu trug er, wie Chang schaudernd feststellte, ein prachtvolles Zeremonienschwert.

»Sie haben der Dame Xiu Ling Lu einen Brief überbracht?«, bellte er.

»Ja, Herr«, bestätigte Chang mit einer tiefen Verbeugung. »Ich hole meinen Herrn.«

»Sie bleiben, wo Sie sind.« Der Kommandant wandte sich um und befahl den Fußsoldaten, unverzüglich das Gefährt mit der Asche der geliebten Verstorbenen herbeizubringen.

»Ich muss meinen Herrn informieren, Herr«, beharrte Chang.

»Wagen Sie es nicht, einem Prinzen aus dem Hause Qing zu widersprechen!«

Als ihm klar wurde, dass er mit einem großen Kriegsherrn sprach, fiel Chang auf die Knie und verneigte sich erneut, wobei seine Stirn den Boden berührte.

»Vergeben Sie mir, hoher Herr«, flüsterte er.

Mal, der das geschäftige Treiben gehört hatte, trat hinaus auf die Straße und sah zu seiner Verwunderung Chang auf den Knien vor einem gefährlich aussehenden, prunkvoll gekleideten Angeber, erschrak aber dann heftig, als seine Kulis mit Jun Liens sterblichen Überresten, erneut von frischen Blumen umgeben, die Straße entlanghasteten.

»Halt!«, rief er und lief ihnen nach. »Halt!«

Doch die Fußsoldaten umstellten ihn, packten ihn bei den Armen und führten ihn ihrem Kriegsherrn vor, ohne sein verzweifeltes Rufen zu beachten.

»Sie verstehen nicht!«, schrie er den Kerl an. »Das muss ein Irrtum sein! Sie holen die sterblichen Überreste meiner Frau! Meiner Frau!«

»Die Dame Xiu Ling Lu hat befohlen, ihr unverzüglich die Asche ihrer Tochter zu überbringen.«

»Das ist meine Sache. Es ist mein Vorrecht«, brüllte Mal. »Lasst mich los! Ich verlange, dass Sie mich freilassen, damit ich meine Frau auf den letzten Schritten unserer Reise begleiten kann.«

Der Kommandant zog eine Schriftrolle hervor, holte tief Luft und begann vorzulesen: »An den Fremden mit dem Namen Malachi Willoughby. Sie haben versagt in Ihrer Pflicht, unsere geliebte Tochter zu beschützen. Sie hatten feierlich versprochen, sie zu lieben und zu schützen, wenn wir Ihnen erlauben, sie übers Meer in Ihr Land zu bringen. Sie haben dieses Versprechen gebrochen.«

»Ich habe es nicht gebrochen!«, schrie Mal. »Im Namen aller Heiligen, ich habe getan, was in meiner Macht stand, um sie zu retten!«

Zu spät flüsterte Chang ihm zu, dass er eine öffentliche Proklamation nicht unterbrechen dürfe.

Der Kommandant blickte zu dem nächststehenden Reiter, wies mit einer Kopfbewegung auf Mal, und sofort machte das Pferd einen Satz vorwärts. Bevor Mal ausweichen konnte, schlug der Reiter ihm mit seiner Peitsche ins

Gesicht und hätte ihn von seinem Pferd zertrampeln lassen, wäre Mal nicht aus dem Weg gesprungen.

Wütend ging Mal auf den Angreifer los, packte seinen Arm, riss ihn vom Pferd und trat ihn zu Boden.

Das Pferd ging daraufhin durch, und auf der schmalen Straße brach Chaos aus, als die übrigen Pferde nervös zu tänzeln begannen. Der Kommandant brüllte Befehle, während er den fliegenden Hufen auswich, die Reihen der Fußsoldaten gerieten in Unordnung und Zuschauer drängten heran, um sich das Schauspiel nicht entgehen zu lassen.

Chang verschwand auf mysteriöse Weise. Als die Ordnung wieder hergestellt war, wurde Mal überwältigt, an den Händen gefesselt und gezwungen, vor dem Wortführer niederzuknien und den Rest der Proklamation anzuhören.

»Wegen dieses Versagens ordnen wir unter Androhung der Todesstrafe an, dass Malachi Willoughby niemals wieder mit einem Mitglied der Familie spricht oder sich ihm nähert. Wir gestehen dieser Person zwei weitere Tage zu, um unseren Bezirk von seiner unangenehmen Gegenwart zu befreien, anderenfalls droht ihm die Festnahme. Dieser Brief«, schloss er Kommandant mit noch lauterer Stimme, »wurde von der Dame Xiu Ling Lu eigenhändig unterzeichnet.«

Er rollte das Pergament zusammen, schnallte es in einer Ledermappe fest und stieg auf sein Pferd.

Die Dorfbewohner brachen das Schweigen, indem sie in aufgeregtes Schnattern verfielen, während das Gefolge des Kriegsherrn hinter ihm Aufstellung nahm, um die Heimreise anzutreten. Nicht einer der Reiter und Fußsoldaten würdigte den Ausländer noch eines Blickes. Er blieb im Staub sitzend zurück, noch immer mit gebundenen Händen, bis Chang zurückkam und die Fesseln löste.

Mal war schockiert über Ling Lus grausame und unverständliche Haltung und konnte nicht fassen, dass Chang ihre Einstellung teilte.

»Sie dürfen sich das nicht zu Herzen nehmen. Der Zorn lenkt sie von ihrem Kummer ab.«

»Aber warum lässt sie ihn an mir aus? Sie hat mich nicht einmal erklären lassen, was geschehen ist.«

»Was heißt das schon? Ihre geliebte Tochter ist tot. Sie ist sicher froh, dass Sie ihre Asche heimbringen.«

»Dann hat sie aber eine merkwürdige Art, es zu zeigen.«

»Warum sollte sie es zeigen, wie Sie sagen? Wollen Sie ihr Dankesworte abringen für etwas, das, wie Sie wissen, getan werden muss?«

»Na, wie auch immer, ich reise nicht ab, bevor ich sie gesehen habe.«

»Warum das? Die Asche der Dame ist nun zu Hause. Die Dame Xiu Ling Lu wird das Begräbnis arrangieren.«

»Ich habe das Recht, daran teilzunehmen, zu sehen, wo meine Frau begraben wird. Und vorher kehre ich nicht nach Hause zurück.«

Chang schüttelte den Kopf. »Sie reden ständig von Ihrem Recht. Begreifen Sie denn nicht, dass Sie hier überhaupt keine Rechte haben?«

»Wer sagt das?«

Chang gab auf. Er ging zum Tor, wo die vier Kulis auf ihn warteten.

»Wir haben die sterblichen Überreste der Dame zu den Häusern ihrer Familie gebracht. Unsere Arbeit ist getan, und Sie brauchen uns nicht mehr für die Suche nach Blumen. Können wir unser Geld haben?«

Chang nickte, zückte seine Börse und bezahlte die Männer. »Ihr könnt jetzt gehen. Der traurige Herr sagt euch Lebewohl.«

Die Wachen hatten die Drohungen jener mächtigen Dame gehört und brannten ebenfalls darauf, so bald wie möglich entlassen zu werden. In ihren Augen war der Herr zu einer Belastung geworden.

»Wir können ihn vor Straßenräubern beschützen«, sagten sie, »aber wir lassen uns nicht in Familienstreitigkeiten verwickeln. Wir wollen jetzt gehen. Schaffen Sie ihn fort von hier, so weit wie möglich.«

Der zweite Tag erreichte den Punkt, an dem es gefährlich wurde, als die Wachen Chang erneut aufsuchten und ihren Lohn verlangten.

»Ich stimme euch zu«, sagte Chang, »aber der Herr ist starrsinnig. Er weigert sich abzureisen. Falls ihr bereit seid zu warten, gelingt es mir vielleicht noch, ihn zu überzeugen.«

Doch sie waren von solcher Furcht vor dem mächtigen Kriegsherrn befallen, dass sie nicht in der Gegend bleiben wollten. Sie nahmen ihren Lohn entgegen und brachen nach Peking auf. Chang befand sich in einer verzwickten Lage. Er und sein Herr waren durchaus in der Lage, sich gegen Überfälle von Straßenräubern zu wehren, nachdem sie jetzt, unbehindert von der Notwendigkeit, die sterblichen Überreste der Dame vor Dieben und Vandalen zu schützen, schneller vorankamen. Doch in diesem Dorf zu bleiben, war Wahnsinn. Die rachsüchtige Schwiegermutter könnte seinen Herrn wie auch ihn selbst ermorden lassen.

Schließlich ergriff Chang das Wort. »Herr, es ist weit nach Mittag. Uns bleiben nur noch wenige Stunden. In einer Stunde breche ich auf. Wenn Sie in diesem Dorf bleiben, sind Sie ein toter Mann. Deshalb möchte ich Ihnen meine Rechnung vorlegen und demütig um meine Entlohnung bitten, solange Sie dazu noch in der Lage sind.«

»Gute Idee!« Mr. Willoughby lachte doch tatsächlich über seine Bitte, und Chang verstand die Welt nicht mehr. Die Lage war keineswegs zum Lachen. Die Soldaten jenes Kriegsherrn achteten womöglich nicht so genau auf die Anzahl der verbleibenden Stunden. Jeden Augenblick mochten sie über ihn und seinen Herrn herfallen.

Trotzdem entlohnte Mr. Willoughby ihn, und zwar großzügig – zwanzig Yuan mehr als die geforderte Summe. Ein toter Mann, so sagte sich Chang, hat schließlich auch keine Verwendung mehr für Geld. Er überlegte, ob er im Verborgenen warten und Mr. Willoughbys Geld, Pferd und Habseligkeiten an sich nehmen sollte, falls er durch die mächtige Familie auf tragische Weise ums Leben kam. Warum sollten sich Fremde an einer solchen Untat bereichern?

»Ich möchte, dass Sie einen Brief schreiben«, sagte Mr. Willoughby.

»An wen, Herr?«

»An die Dame Xiu Ling Lu, und geben Sie jetzt keine Widerworte.«

Changs Hand zitterte, als er gehorsam die Schriftzeichen für diesen empörenden Brief malte.

»Verehrte Dame, ich schreibe Ihnen mit dem Ausdruck meiner großen Zuneigung, trotz des Schmerzes, dessentwegen Sie Ihr Antlitz von mir abgewandt haben. Ich teile diesen Schmerz und werde ihn für den Rest meines Lebens in mir tragen. Wie man mir sagte, drohen Sie mir mit dem Tod, falls ich nicht binnen Stunden abreise. Wenn Sie es wünschen, dann sei es so. Ich jedoch weigere mich abzureisen, bevor ich nicht an der Begräbnisstätte meiner geliebten Frau gestanden habe. Ich muss in der Lage sein, mich an den Ort zu erinnern, damit ich sie in Gedanken dort suchen kann. Und dann will ich unterschreiben.«

Als Chang zum Ende des Briefes kam, schlug er vor, zum Schluss wenigstens noch eine gewisse Demut zu zeigen, doch Mr. Willoughby schüttelte den Kopf.

»Keine Sorge. Die Zeit für Demut ist vorüber. Diese Drohung, mich umzubringen, falls ich nicht verschwinde, ist Blödsinn. Wenn sie so rachsüchtig ist, kann sie mich ermorden lassen, wo immer ich mich aufhalte, sogar in meiner Heimat. Ich muss die Sache hier vor Ort erledigen. Ich habe keine Lust, mein Leben in Angst vor irgendwelchen Attentätern zu verbringen. Und sehen Sie mich nicht so erschrocken an. Dieses Mal überbringe ich den Brief persönlich.«

»Dann sollten Sie gut bewaffnet gehen«, sagte Chang kalt.

»Keine Angst, ich werde mit dem Rücken zur Wand, die geladene Waffe in der Hand warten, falls Sie das beruhigt.«

»Beruhigt bin ich erst, wenn wir das Dorf hinter uns gelassen haben.«

»Dann gehen Sie jetzt, Chang. Ich bestehe darauf.«

Der Abschied verlief sehr förmlich. Chang war voller

Angst, und sein Herr war grimmig entschlossen, bis zum Ende bei seiner Frau zu bleiben.

Mal ritt durch ein weiteres Dorf, bevor er die Straße erreichte, die zur Residenz der Xiu führte. Er wusste, dass sein Freund Mr. Xiu Lan Tan zurzeit nicht zugegen war. Zina hatte ihm berichtet, dass der Herr sich mit seiner Frau und seinen Enkeln weiter in den Norden zurückgezogen hatte. Mr. Xiu hätte vielleicht als Vermittler einspringen können, vielleicht aber auch nicht, überlegte Mal traurig. Vielleicht war sein alter Freund genauso von Zorn und Schmerz erfüllt wie Ling Lu.

Als er sich dem Dorf näherte, sah er die Mauern der Residenzen der Xiu, die sich über die dicht gedrängten Hütten und Häuser der Dorfbewohner erhoben, und er fühlte sich bedroht.

Mal gestand sich ein, dass er nervös war. Mutig? Keineswegs. Doch er musste es tun. Er würde Jun Lien bis zu ihrer letzten Ruhestätte begleiten, wie er es ihr versprochen hatte, als er sie auf dem Deck jenes Schiffes in den Armen gehalten hatte. Als er ihren armen leblosen Körper mit dem triefend nassen Haar gehalten hatte ... Ein Schluchzen stieg in ihm auf, und er wischte sich die Augen. Wischte sich den Staub aus den Augen. Anscheinend war es kälter geworden, und er klappte seine Ohrschützer herunter, knöpfte den Mantel am Hals zu und trieb das Pferd zu einem leichten Trab an.

Nachdem er den Brief überbracht hatte, ging er zu einem der zahlreichen Straßenbuden am südlichen Tor und erstand eine Schale nahrhafter Suppe, die er, gefolgt von vier scharf gewürzten Crêpes, rasch verspeiste, dann setzte er sich ans Tor und wartete. Seine Waffe war unter den Falten seiner Kleidung verborgen, aber nicht geladen. Es war so friedlich, und er hatte Angst, Panik heraufzubeschwören, falls er die Waffe frech zur Schau stellte.

Er hatte alle Zeit der Welt, dort zu sitzen und sich umzusehen, und er erfreute sich an dem geschäftigen Treiben der Menschen auf den Straßen, die aßen, einkauften, mit Händlern, welche von Seide bis zu Gewürzen so ziemlich alles verkauften, feilschten und Pferdekarren auswichen, die sich durch die engen Gassen quälten. Er hatte sich schon immer an den vielen Menschen auf lebhaften Marktplätzen wie diesem erfreut, und die Zeit verstrich schnell, als die Szenerie sich wie von Zauberhand zum Nachtleben wandelte: andere Menschen, andere Unternehmungen, bunte Laternen in Schwindel erregendem Tanz. Mal nickte ein.

Irgendwann verblassten die Bilder ... die Dorfbewohner zogen sich zurück, Schritte verhallten in kopfsteingepflasterten Gassen, Wachen hockten vor den großen Toren, das Wasser in den Pferdetrögen gefror, und Dutzende von Ratten huschten über den verlassenen Platz.

Mal erwog, in einem nahe gelegenen Gasthaus Unterkunft für die Nacht zu suchen, und debattierte das Für und Wider, während die Nacht verstrich. Er konnte sich ein Zimmer mieten und in aller Frühe seine Wache wieder aufnehmen. Das wäre wahrscheinlich sicherer, denn sein Ultimatum war inzwischen abgelaufen und ihm drohte die angekündigte Strafe. Wenngleich, so überlegte er, es schon interessant war, dass Ling Lus Soldaten nicht schon vor Stunden aus dem Haus gestürmt waren, um ihm den Kopf abzuschneiden. Er hatte das Gefühl, dass jener düstere Prinz Gefallen an der einen oder anderen Exekution finden würde.

Es störte ihn nicht, dass er das Gesicht verlieren würde, wenn er für ein paar Stunden Unterkunft suchte. Unbeliebter als er ohnehin schon war, konnte er sich kaum machen, trotzdem entschied er dagegen. Stattdessen begab er sich zu einer leer stehenden Verkaufsbude, wo er, ein Dach über dem Kopf, auf einem Stuhl sitzend das Tor im Auge behielt.

Den Blicken der Wachen ungeschützt ausgesetzt, zündete er sich eine Zigarre an und wartete verbissen auf eine Antwort auf seinen Brief. Sie sollte sehen, dass er ernst meinte, was er ihr geschrieben hatte. Und sie sollte sehen, dass er sich von ihren Drohungen nicht einschüchtern ließ.

»Was nicht ganz stimmt«, brummte er vor sich hin und sog das beruhigende Aroma seiner letzten Zigarre auf. »Du kannst hier nicht ewig bleiben ..., bis du alt und grau und bärtig bist ..., aber versuchen musst du es. Wenn sie in ein paar Tagen nicht nachgibt, und falls du dann noch lebst, wirst du dich bei Jun Lien entschuldigen und gehen müssen. Inzwischen aber, liebe Schwiegermutter, rühre ich mich nicht von der Stelle.«

Auch am nächsten Tag kam niemand auf ihn zu. Keine Menschenseele. Er war der Paria, den man anglotzte, über den man klatschte, dem man Essen verkaufte, auswich, wenn er sich unter die Leute mischte, den man nicht berührte. Den man nicht einmal anspie.

Mal hatte sich nie viel aus Alkohol gemacht. Als Junge hatte er jahrelang auf der Straße gelebt und sich um seinen Vater gekümmert, einen Wanderarbeiter und Alkoholiker. Daher stand Alkohol nicht gerade ganz oben auf seiner Wunschliste, aber angesichts des bevorstehenden langen Nachmittags, den er damit verbringen würde, Ling Lu zu erweichen, kaufte er sich doch eine Flasche Bier, um seine Stimmung zu heben.

Gelegentlich öffneten sich die Flügel des großen Tores, um jemanden hinein- oder herauszulassen, und unwillkürlich hoffte er jedes Mal, wenn er hörte, wie die Riegel zurückgeschoben wurden und die Scharniere quietschten, er wäre an der Reihe. Er machte ein Spiel daraus, nicht hinzusehen, sich nicht immer wieder der Enttäuschung auszusetzen, sondern einfach zu warten und ganz ruhig zu erscheinen.

Daher schien der buddhistische Priester, der auf ihn zutrat, aus dem Nichts zu kommen. Mal saß noch immer an die Mauer gelehnt, neben einem Strebepfeiler, geschützt vor dem Wind, als der Priester sich verneigte und ihn auf Englisch ansprach.

»Mr. Willoughby, mein Beileid zu dem traurigen Unglück, das über Sie und die Familie der verstorbenen Jun Lien gekommen ist.«

»Ich gehöre auch zu ihrer Familie«, berichtigte Mal ihn freundlich.

»Natürlich. Entschuldigen Sie vielmals. Ich hoffe, es geht Ihnen gut.«

»Meinen Kopf habe ich noch.«

»Ah ja. Ich habe von diesem Problem gehört und wünsche mir von Herzen, Sie würden sich mir anschließen, um für das Glück Ihrer verstorbenen Frau zu beten, und für Ihre eigene Gesundheit. Wenn Sie die Freundlichkeit haben wollen …«

Mal sprang auf und stampfte mit den Füßen auf, um die Blutzirkulation wieder in Gang zu bringen. »Danke«, sagte er und fragte sich, ob er die Bemerkung hinsichtlich seiner Gesundheit richtig verstanden hatte.

»Dann kommen Sie mit«, sagte der Priester und strebte ohne zu zögern dem offenen Tor zu.

Mal holte tief Luft, fragte sich, wem er denn trauen sollte, wenn nicht einem Priester, und folgte ihm auf den Haupthof und in die Richtung einer hohen Treppe. Bis zu ihr gingen sie jedoch nicht, sondern folgten einer Gasse durch ein Labyrinth von Wohnungen. Im Lauf der Jahre hatte sich Mal mit dieser Art von Herrenhäusern reicher Chinesen vertraut gemacht, und er wusste, dass die verschiedenen Wohnungen und Gärten getrennte Wohneinheiten von Familienmitgliedern waren, doch gewöhnlich gab es einen, der über alle anderen das Kommando führte. Er hoffte, dass es in diesem Fall nicht ausgerechnet der Prinz war, denn mittlerweile nahm seine Nervosität gehörig zu, und er hütete sich vor dunklen Ecken.

Doch der Priester ging weiter, und Mal folgte ihm, bis sie seiner Meinung nach bald ein Hintertor hätten erreichen müssen, und da war es auch schon, und daneben ein kleiner Tempel.

Mal führte gemeinsam mit dem Priester die erforderlichen Zeremonien aus, kniete nieder, versuchte zu beten, sich zu konzentrieren, zündete vor dem geschmückten Altar Kerzen an, stand geduldig und mit gesenktem Haupt, als zwei weitere Priester hinzukamen, um dem ersten zu assistieren. Ihr Singsang weckte in Mal ein merkwürdiges Gefühl der Hoffnung, das sehr deutliche Gefühl, dass Jun Lien in der Nähe war, und als die Zeremonie dem Ende zuging, geleitete man ihn in eine kleine, mit Blumen und Tüchern geschmückte steinerne Krypta. Das Türchen stand offen, und er wurde aufgefordert, einen Blick in den Raum zu werfen.

Dort stand auf einem Podest, direkt vor ihm, Jun Liens silberne Urne.

Mals vergoss Tränen der Dankbarkeit, des Glücks – ein sonderbares Gefühl zu einem derart traurigen Anlass, dachte er, aber es war eine wunderschöne Grotte, und Jun Lien war zu Hause. Nichts anderes war wichtig.

Er verbrachte eine Weile schweigend bei ihr, allein mit ihr, wie es für immer hätte sein sollen, und als er sich umwandte, stand der Priester hinter ihm.

»Wir müssen jetzt gehen«, sagte er.

»Ja. Aber bevor ich abreise, würde ich gern Jun Liens Eltern sehen.«

Der Priester sog vor Nervosität scharf den Atem ein. »Tut mir Leid. Sie gewähren Ihnen keine Audienz. Nur dank der Gnade Gottes und dank unserer Bitten wurde Ihnen dieser Wunsch erfüllt.«

»So sehr hassen sie mich?«

»Das ist kein Hass, Mr. Willoughby, sondern Schmerz. Und Ihr gebrochenes Versprechen. Doch es wird vorübergehen. Gebete werden sie wieder auf eine vernünftigere Ebene führen, wenn sie akzeptiert haben, das Jun Liens Tod Gottes Wille war. Aber Sie haben ihre geliebte Tochter heimgebracht, und wenngleich sie es nicht eingestehen können, besonders die Dame Xiu Ling Lu, haben sie doch Achtung vor Ihrer Freundlichkeit.«

In diesem Augenblick hob Mal den Kopf und glaubte, Jun Lien an einem Fenster zu sehen, doch es war ihre Mutter, die dort stand und ihn beobachtete. Erstaunlicherweise beunruhigte ihn ihre Gegenwart nicht, sondern vermittelte ihm vielmehr ein Gefühl der Erleichterung. Er nahm an, dass er in der Familie nie wieder akzeptiert werden würde, aber immerhin war er auch kein Feind mehr.

Es war an der Zeit, heimzureisen.

Mal bedankte sich bei dem Priester und ging durch das Haupttor zurück. Dass Chang aus der Menge auf dem Platz auftauchte, überraschte ihn nicht.

»Hab ich mir doch gedacht, dass die Neugier dir keine Ruhe lassen wird«, grinste er.

»Stimmt. Man muss doch wissen, wie die Sache ausgegangen ist. Fliehen Sie jetzt, Sir, oder hat man Sie mit Ehren überhäuft?«

»Weder noch. Ich durfte Jun Liens letzte Ruhestätte sehen, mehr nicht. Jetzt reise ich zurück nach Tientsin. Begleiten Sie mich?«

»Ja, natürlich, Sir. Man muss einen Vertrag so gut erfüllen, wie man kann. Aber ich möchte noch etwas anderes mit Ihnen besprechen. Ich interessiere mich sehr für Ihre Goldfelder. Anscheinend sind sie Orte von großer Pracht und Herrlichkeit.«

»Sind sie nicht. Es sind hässliche, schreckliche Orte. Und gefährlich. Die Gier nach Gold treibt Menschen in den Wahnsinn.«

»Aber die Leute graben dort große Mengen Gold aus.«

»Viele, ja, aber die meisten gehen leer aus. Warten Sie hier, ich hole mein Pferd.«

Sie befanden sich schon auf der Straße in Richtung Peking, als Chang das Thema erneut anschnitt.

»Also. Kehren Sie zurück in Ihre Heimat?«

»Ja.«

»Und reisen Sie in die Nähe der Goldfelder?«

»Wahrscheinlich. Ja, ich werde wohl müssen. Ich will nach den Männern suchen, die sich an der Meuterei beteiligt haben, und bin sicher, dass die Goldfelder ihr Ziel waren.«

»Und Sie glauben, sie halten sich dort noch auf?«

Mal nickte. »Sagen wir, ich fange dort mit meiner Suche an.«

»Dann werden Sie auf Ihren Reisen einen Diener benötigen, und vielleicht möchten Sie, Sir, mich als Ihren demütigen Diener einstellen?«

»Danke für das Angebot, Chang, aber ich brauche keinen Diener.«

»Ich verlange nur sehr geringen Lohn.«

Als Mal den Kopf schüttelte, ging Chang mit seinem Angebot noch weiter herunter. »Dann eben ohne Bezahlung? Sie sagen, es sei gefährlich auf den Goldfeldern. Ich kann Sie beschützen, Ihr Leibwächter sein. Ist das nicht eine vernünftige Regelung?«

»Nein. Tut mir Leid. Sie sollten nicht zu diesen elenden Goldfeldern reisen, Chang. Hier haben Sie sich doch gut eingerichtet: Sie können sich den Dienstherren aussuchen und Sie verdienen gutes Geld. Geben Sie Ihr hiesiges Leben nicht auf für die geringe Aussicht, vielleicht Gold zu finden.«

Chang seufzte. »Glücksspiele haben mich schon immer fasziniert. Die Goldsuche wäre ein großes Risiko, da stimme ich Ihnen zu. Aber, Sir, ich wäre von Herzen gern ein reicher Mann.«

Mal hatte geplant, seine florierende Pelzhandelsgesellschaft in Peking zu behalten, da er über tüchtige Geschäftsführer verfügte – empfohlen von Jun Liens Vater – und erwartet hatte, regelmäßig nach China zurückzukehren.

Jetzt jedoch kam er zu dem Schluss, dass er ebenso gut auch hier alle Verbindungen abbrechen konnte, und er entschuldigte sich bei seinem Geschäftsführer, der ihm im Namen der gesamten Belegschaft sein Beileid aussprach, und bot die Firma zum Verkauf an.

Offenbar hatte der Geschäftsführer aber die Reaktion des Besitzers auf den Tod seiner chinesischen Frau vorausgeahnt und sich darauf vorbereitet, selbst ein Gebot abzugeben. Zum Zeichen des Respekts vor dem traurigen Verlust seines Arbeitgebers sprach er an diesen Tag nicht weiter darüber, doch wenige Tage später erhielt Mal ein schriftliches Angebot. Noch dazu ein recht gutes, bedeutend mehr, als er erwartet hatte. Ihm kam in den Sinn, dass die Familie Xiu die Hände im Spiel haben könnte und den Geschäftsführer mit dem nötigen Geld ausstattete, doch er zuckte die Achseln.

»Ich gehe ja«, äußerte er Chang gegenüber. »Nicht nötig, dass sie mich drängen.«

»Darf man über unverhofftes Glück murren, Sir? Ich denke nicht. Die Frage nach dem Warum erscheint mir überflüssig.«

»Ja, da mögen Sie Recht haben. Sie waren mir ein guter Freund, und ich bin Ihnen sehr dankbar für alles, was Sie für mich getan haben.«

»Danke. Aber ich fürchte, das waren Abschiedsworte. Sie wünschen nicht, dass ich Sie nach Australien begleite?«

»So ist es. Wenn wir Tientsin erreicht haben, nehme ich das erste Schiff nach Süden. Was halten Sie davon, wenn wir uns ein erstklassiges Speiserestaurant suchen und ich ein Festmahl ausgebe?«

»Was meinen Sie mit ›ausgeben‹?«

»Bezahlen. Ich bezahle.«

»Wie es sich gehört, wenn Sie einen Freund einladen«, erwiderte Chang. »Und ich fühle mich geehrt und nehme das Angebot an.«

6. Kapitel

»Es geht ein böser Wind, Liebes«, sagte Neville zu seiner Frau, die in ihrer Kabine auf der *Clarissa* ruhte, noch immer zerschunden und übersät mit blauen Flecken von ihrer Misshandlung. »Der Arzt sagt, Freunde von ihm, Plantagenbesitzer, halten sich zurzeit in der Stadt auf. Sie waren erschüttert, als sie von deinem schrecklichen Erlebnis hörten, und da man ihnen sagte, wir wären auch Pflanzer, haben sie aus Kameradschaft angeboten, uns für eine Weile bei sich aufzunehmen.«

»Wo?«, erkundigte sie sich matt.

»Auf ihrer Plantage natürlich. Anscheinend besitzen sie eine riesige Zuckerplantage.«

»Aber ich dachte, wir wollten weiter nach Brisbane.«

»Wollten wir ja. Doch wie ich höre, stecken wir hier fest. Wir sollten das Beste daraus machen. Wir können behaupten, Teepflanzer zu sein und uns für den Zuckerrohranbau zu interessieren, da Cairns dafür der geeignete Ort zu sein scheint. Wir können sagen, wir würden jetzt mit dem Gedanken spielen, eine der hiesigen Plantagen zu kaufen, ein Kinderspiel, denn wir müssen nicht so tun, als ob wir etwas davon verstehen. Wir können uns von den Leuten alles erklären lassen.«

»Neville, von deinem Geschwätz bekomme ich Kopfweh. Hast du den alten Horwood wegen meines Eherings gesprochen?«

»Ja. Er behauptet, die *Oriental Line* müsse für den Verlust des Schmucks seiner Frau aufkommen. Darüber scheint er viel wütender zu sein als über die Entführung seiner Frau.«

»Vielleicht ist sie mit dem Offizier Tussup durchgebrannt. Altersmäßig passt er besser zu ihr, und er sieht nicht übel aus.«

»Das chinesische Mädchen auch? Rede keinen Unsinn. Horwood sagt, die Schifffahrtslinie ist bei Lloyds versichert, und er ist entschlossen, alles auf Heller und Pfennig zurückzufordern. Anscheinend hat er der Polizei eine Beschreibung des gestohlenen Schmucks gegeben, und sein nächster Schritt wird die Schadensersatzforderung an die Schifffahrtsgesellschaft sein. Machen wir's doch genauso.«

»Oh ja, warum nicht?«, antwortete Esme höhnisch. »Ein billiger goldener Ehering und ein billiger Saphir-Verlobungsring?«

»Nein, nein, nein. Ich sehe wohl, du fühlst dich nicht gut, meine Liebe. Pass auf. Der Ehering hatte vier Rubine, der Saphir war groß und kostbar. Fang an zu diktieren.«

Er setzte sich mit Papier und Bleistift an den Frisiertisch und blickte sich nach seiner Frau um. »Erzähl mir, Liebes, was für prachtvolle Schmuckstücke wurden aus unserer Kabine gestohlen? Damen, die sich eine Reise mit der *China Belle* leisten können, besitzen mit Sicherheit Unmengen an Schmuck. Das hält man für selbstverständlich.«

»Oh. Aber natürlich! Lass mich überlegen ... wie wär's mit Perlen? Ein dreireihiges Halsband vom Feinsten. Und ein Diamantring – zwei Diamantringe – ein goldenes Armband, und wie steht's mit Diamant-Ohrringen?«

»Alles, was du willst, aber du musst die einzelnen Stücke genauer beschreiben. Daran könntest du jetzt arbeiten, und hör zu, wenn du fertig bist, schreibst du die Liste in zwei Ausführungen. Eine behalten wir, damit wir nicht vergessen, wofür wir Schadensersatz fordern. Und möchtest du auf dieser Plantage wohnen? Damit ersparen wir uns die Hotelrechnung.«

»Sag den Leuten sofort zu. Wir brauchen jeden Penny, bis wir hier etwas auf die Beine gestellt haben, während doch alle glauben, dass wir im Geld schwimmen wie die anderen Passagiere der *China Belle*.«

Neville paffte prahlerisch seine Pfeife. »Nicht nur reich,

sondern berühmt und reich nach diesem Drama. Die Ausgabe für diese Tickets hat sich gelohnt, Esme.«

Sie schwang die Beine über die Bettkante. »Ein Glück, dass wir all unsere neuen Kleider von dem verdammten Schiff retten konnten. In Lumpen würde es uns schwerfallen, auf reich zu machen. Geh jetzt, und suche unsere neuen Gastgeber, während ich diese Liste schreibe. Wahrscheinlich wird es Monate dauern, bis wir diesen Schifffahrtsleuten das Geld abgeschwatzt haben, aber es wird sich lohnen.«

Als er fort war, begann Esme, sich Schmuckstücke auszudenken und in der Vorstellung fantastischer Juwelen zu schwelgen, doch dann sagte sie sich, dass sie nicht übertreiben durfte, und schrieb ihre Liste noch einmal, diesmal mit etwas bescheideneren Stücken. Es machte sie traurig zu bemerken, dass sie den Schmuck ihrer Mutter beschrieb, die Diamantringe, die exquisite lange Perlenkette, das goldene Medaillon und das kunstvolle, von Rubinen übersäte indische Halsband ... und das mit Diamanten und Perlen besetzte Diadem, das sie trug, als sie bei Hofe vorgestellt wurde. Alles war längst dahin, wie der Rest ihrer Erbschaft verschwendet und vertan von liederlichen Eltern, deren üppiges Leben und skrupelloses Glücksspiel sie auf den Weg in die Verarmung geführt hatte.

Esme erinnerte sich der Demütigung, die sie im Alter von zwölf Jahren erdulden musste, als sie aus ihrem schönen Haus in Surrey in eine hässliche Wohnung an der Edgware Road ziehen mussten. Und den Eltern schien es gleichgültig zu sein, das war das Schlimmste daran! Sie tranken weiterhin reichlich, scherzten miteinander, dass der Wein heutzutage billiger sei, spielten Karten, rasten mit öffentlichen Transportmitteln zu den Rennen, und Esme hasste sie. Sie hasste es, Miss Fortunes College für junge Damen verlassen und in der elenden Schule am Ende der Straße dahinvegetieren zu müssen. Ihr Bruder Arthur aber war am Boden zerstört, als er Eton verlassen musste.

»Davon geht die Welt nicht unter«, sagte die Mutter zu Esme. »Dort lernt man sowieso nicht viel.«

»Vielleicht sollten wir nach Russland ziehen. Dann hätte er wenigstens eine Ausrede für seinen Abgang von der Schule«, schlug sie vor und erntete einen Heiterkeitsausbruch von ihrer Mutter.

»Liebes Kind, ins Ausland zu gehen ist keine Ausrede. Hör doch bitte auf, dich zu sorgen. Wir sind nicht völlig pleite. Sagen wir, wir sind nur schwer angeschlagen.«

»Aber Arthur wollte in Oxford studieren. Daddy war auch in Oxford.«

»Ich weiß, aber was hat Daddy nun davon? Er weiß eine Menge über Geschichte und Cricket und sonst herzlich wenig, abgesehen von Pferden, versteht sich. Die Zeiten haben sich geändert. Arthur muss lernen, sich seinen Lebensunterhalt selbst zu verdienen, oder eine sehr reiche Dame heiraten. Das Gleiche gilt für dich.«

Als er sechzehn war, fand man für Arthur eine Stelle als Bankangestellter, die er hasste. Ein Jahr hielt er durch, dann wurde ihm gekündigt.

»Ich war nie gut im Rechnen«, erklärte er betrübt seiner Schwester. Doch die Eltern, inzwischen unerbittlich auf der Suche nach einem Beruf für Arthur, spannten hilfreiche Freunde ein, und Arthur trat eine Stelle nach der anderen an, und keine wollte ihm gefallen, am wenigsten die als Verkäufer bei einem Herrenausstatter.

»Sie sind so widerlich ungehobelt«, sagte er zu Esme.

»Wer?«

»Alle. Die Kunden sind schlimm genug, aber die Verkäufer sind unausstehlich. Ich halte es nicht mehr aus. Ich habe versucht, in die Armee einzutreten, weißt du, aber sie haben mich nicht genommen. Wegen meiner Lunge – ziemlich schwach, sagen sie.«

»Ach, komm, Kopf hoch. Dir bleibt immer noch die Kirche.«

»Du solltest dich nicht über mich lustig machen.«

»Tu ich ja nicht. Jetzt fangen sie an, auf mir herumzuhacken. Wollen mich irgendwo zur Arbeit schicken, weil ich nicht hübsch genug bin, um mir ohne große Mitgift einen reichen Mann zu angeln.«

»Das tut mir Leid, Es.«

»Keine Angst, ich werde es überleben.«

Arthur hingegen überlebte es nicht.

Er erhängte sich am Tag nach Esmes achtzehntem Geburtstag an einem Baum unten am Fluss.

Und Esme lernte auf der Beerdigung Neville Caporn kennen, seinen Freund aus der Schulzeit in Eton.

Gemeinsam verließen sie den Friedhof, Neville und Esme ganz allein, und unterhielten sich. Neville war entsetzt darüber, dass sein Freund sich das Leben genommen hatte, und hörte traurig zu, als Esme ihm die Gründe darlegte. Er war ein guter Zuhörer. Er lud sie in ein warmes Kaffeehaus ein, wo sie sich ans Feuer setzten, und Esme schüttete ihm ihr sorgenvolles Herz aus. Sie erzählte ihm von Arthurs letzter Arbeitsstelle, und er war so aufgewühlt, dass ihm, als sie das Kaffeehaus verließen, eine glänzende Idee kam.

»Gehen wir hin! Statten wir ihnen einen Besuch ab!«

Sie rannten fast den gesamten Weg, gingen dann ein paar Mal an dem Geschäft vorüber und traten schließlich ein.

Neville gab sich über alle Maßen hochmütig, und man bot Esme einen bequemen Sessel an, während er überlegte, was er kaufen sollte. Es bereitete ihr diebische Freude, sein unverschämtes Benehmen zu beobachten, als er sich die besten Jacketts, Hüte, Krawatten und Socken zeigen ließ. Nahezu jede Schublade im Geschäft wurde geöffnet, während der Verkäufer, der ihren Bruder so schlecht behandelt hatte, sich eifrig um Neville bemühte.

Schließlich wurde ein ganzer Stapel von Einkäufen für den jungen Herrn eingepackt, und Esme sah mit angehaltenem Atem zu. Ihr war nicht klar gewesen, dass Neville tatsächlich etwas kaufen wollte, auch nicht, dass er bereit war, so viel Geld auszugeben, aber da lag nun alles säuberlich eingewickelt und in Schachteln verpackt, und die Rechnung wurde erstellt.

»Sag mal«, wandte Neville sich an Esme. »Wenn ich mich recht erinnere, gibt es in der Bond Street doch einen viel besseren Herrenausstatter, nicht wahr?«

»Ja«, antwortete Esme, die die Spielregeln nun verstand.

»Dann sollten wir dorthin gehen.«

Er drehte sich zu dem Verkäufer um und sagte gedehnt: »Ich habe es mir anders überlegt. Diese Sachen hier kann ich nicht brauchen. Sie entsprechen nicht meinen Anforderungen.«

Esme nahm seinen Arm, und gemessenen Schritts verließen das Geschäft, schlenderten um die nächste Ecke und brachen in lautes Gelächter aus.

Nach diesem Erlebnis wurden sie enge Freunde und verbrachten so viel Zeit wie möglich zusammen, bis Esmes Mutter sich zu sorgen begann.

»Dieser Bursche, wie heißt er gleich, der neuerdings ständig bei uns ist ... aus welchen Verhältnissen stammt er?«

»Du sprichst von Neville. Ich habe dir schon hundertmal gesagt, wie er heißt. Seinem Vater gehört *Caporn Engineering,* und Neville und seine Brüder arbeiten in der Firma. Es ist ein Familienbetrieb.«

»So. Dann will ich hoffen, dass du nicht mit dem Gedanken spielst, den Burschen zu heiraten.«

»Warum nicht? Die Caporns sind wohlhabend. Wenn ich ihn heirate, braucht ihr mich nicht in die Tretmühle zu schicken.«

»Spar dir deine Witze.« Ihre Mutter seufzte. »Die passen nicht zu dir. Du kannst diesen Neville nicht heiraten. Du könntest eine viel, viel bessere Partie machen, so hübsch, wie du bist.«

»Hübsch?« Esme staunte. »Du hast gesagt, ich wäre hässlich.«

»Das habe ich nie gesagt. Du warst früher eher unscheinbar, aber inzwischen bist du aufgeblüht. Gestern noch hat dein Vater bemerkt, dass deine Haarfarbe den rötlichen Schimmer verloren und sich zu einem hübschen Rotbraun vertieft hat.«

Sie kam näher und nahm ihre Tochter in Augenschein. »Und das stimmt, und dein Teint ist reiner, und deine Figur weist nette Rundungen auf.«

»Hör auf, mich zu begutachten, als wäre ich ein Pferd! Das ist ausgesprochen ungezogen!«

»Unsinn! Wir können uns einen angemessenen Ball zu deinem Debüt in der Gesellschaft nicht leisten, und deshalb haben dein Vater und ich beschlossen, uns auf eine »Esme-Expedition« zu begeben. Das wird bestimmt lustig. Wir nehmen dich mit auf eine Reise, besuchen Freunde in ihren Landhäusern, wo du heiratsfähige junge Herren kennen lernen wirst.«

»Ich komme nicht mit!«

»Oh doch, du kommst mit. Und jetzt begleitest du mich, damit wir eine Garderobe für dich zusammenstellen.«

Esme lernte tatsächlich mehrere heiratswillige junge Männer kennen und bezauberte sie, doch ihr Herz war bei Neville, der sich während der drei Monate ihrer Abwesenheiten so um sie sorgte, dass ihm eine Nervenkrankheit drohte, und am Tag ihrer Rückkehr eilte er zu ihr in die Wohnung an der Edgware Road.

»Hast du dich in einen von den Trotteln verliebt?«, fragte er sie atemlos.

»Nein, du Dummkopf. Natürlich nicht.«

»Dann lass uns heiraten.«

»Gute Idee. Wann?«

»Ich dachte mir, wir könnten durchbrennen und nie wieder zurückkommen. Ich hasse die Arbeit in der Fabrik. Und selbst, wenn mein Vater den Hut nimmt, würde ich dort immer noch von meinen Brüdern herumkommandiert.«

»Wohin sollen wir durchbrennen?«

»Wie wär's mit dem Fernen Osten? Wo immer der auch sein mag, viel weiter kann man wohl nicht fliehen.«

»Gut.«

Doch am nächsten Tag bekam Esme Skrupel. »Wir können nicht durchbrennen. Du hast nicht viel Geld gespart, und ich habe gar nichts. Wir müssen vernünftig sein. Wir sollten uns zuerst verloben und dann Hochzeit feiern. Denk nur an die vielen Geschenke!«

»Und was ist mit dem Fernen Osten? Wollen wir silberne Kuchenplatten und Teekannen dorthin mitschleppen?«

»Nein, wir verkaufen alles. Das ist dann unser Reisegeld.«

Neville grinste und kniff ihr ins Kinn. »Du kleiner Kobold! Das ist eine prima Idee.«

Esmes Idee erfüllte für den Anfang ihren Zweck, zumal Nevilles Vater ihnen ein mietfreies Häuschen in Fabriknähe zur Hochzeit schenkte.

Sobald das frisch verheiratete Paar sich in seinem neuen Haus eingerichtet hatte, fingen die beiden an, die Bibliothek aufzusuchen und Karten zu studieren, um Näheres über den Fernen Osten zu erfahren. Sie kamen zu dem Schluss, dass Bombay nicht weit genug und Hongkong zu weit entfernt war, aber Singapur war genau richtig.

Es bereitete ihnen großes Vergnügen, sich nach einer Schiffspassage nach Singapur zu erkundigen und auf den Rat der Angestellten zwei Tropenhelme zu kaufen. Dann machten sie sich daran, alles, was sie nicht auf die Reise mitnehmen konnten, zu verkaufen.

Irgendwann kam der Tag, an dem Mr. und Mrs. Caporn die Tür ihres ausgeräumten Hauses abschlossen, den Schlüssel unter die Fußmatte legten und in einer Droschke quer durch Stadt zum Tudor Inn fuhren, wo sie die drei Tage bis zur Einschiffung auf der *SS Pelorus* nach Singapur verbrachten.

In dieser Nacht war ihr Jubel grenzenlos, als sie mit Champagner feierten, den der Kapitän den Flitterwöchnern geschenkt hatte, auf das triumphale Entkommen aus ihren Familien anstießen und sich auf großartige Abenteuer in exotischen Ländern freuten.

Sie erlebten mehr Abenteuer, als sie sich hatten träumen lassen, hauptsächlich aufgrund ernsthaften Geldmangels, aber es kam ihnen nie in den Sinn, nach Hause zurückzukehren. Singapur war britische Kronkolonie, und Neville fand ohne große Anstrengung eine Stelle in der Kolonialbehörde. Sie fügten sich gut in die verfeinerte Atmosphäre der exklusiven Gesellschaft von Expatriierten ein. Wie Esme einer Freundin schrieb, verlebten sie eine herrliche Zeit. Sie fügte nicht hinzu, dass die Lebenshaltungskosten niedrig waren, ebenso wie Nevilles Gehalt. In der Kolonialbehörde war er als feiner Kerl bekannt, als guter Cricketspieler und guter Tänzer, und damit war ihm seine Stelle sicher, doch eine Beförderung stand außer Frage. Insgeheim bezeichnete man ihn und seine Frau als ein bisschen leichtlebig. Verantwortungslos, sozusagen.

Daher war es auch nicht verwunderlich, dass die Caporns eigene Methoden entwickelten, um über die Runden zu kommen. Anfangs dadurch, dass sie minderwertigen oder falschen Schmuck kauften und einen Inder anheuerten, der im Hafen einen Stand aufbaute und ihre Ware als echte, wertvolle Stücke zu unverschämten Preisen, die sie als »einmalige Gelegenheit« bezeichneten, an Reisende verkaufte.

Aus Monaten wurden Jahre. Ihr Leben plätscherte dahin. Sie waren träge und verbrachten so manchen Abend in ihrem Garten, tranken Gin und genossen die nach Jasmin duftende Luft. Hin und wieder heckten sie neue Pläne zur Aufstockung ihres Einkommens aus, unbekümmert darüber, dass all ihre kleinen Pläne auf Betrügereien aufbauten. Miete zahlten sie selten, sie zogen wutschnaubend um in einen anderen Bungalow, wenn der Vermieter zu aufdringlich wurde, und blieben ihm so die Restmiete schuldig.

Neville entwickelte großes Geschick in seinem Job, wie er das nannte, und war ein wahrer Zauberer im Erledigen von Papierkram. Er kannte die Bestimmungen und jedes dazugehörige komplizierte Formular, das dazu diente, der Londoner Behörde einen Hauch von Kontrolle über die fernöstliche Kolonie zu gewährleisten, und er nutzte es zu seinen Gunsten. Er bestellte Waren, die irgendwie den Weg zu seinem Haus fanden, und erfreute seine Vorgesetzten, indem er für den Armee- oder Marineclub bestimmte Alkoholika in den Cricket-Club umleitete. Das war für sie ein Heidenspaß, und in jenem Jahr feierten sie eine wunderbare Weihnachtsparty.

Ein großer Bungalow, wunderbar in einem herrlichen Garten gelegen, hatte Neville im Vorbeigehen schon immer entzückt, und als er hörte, dass das indische Besitzerpaar für eine Weile nach Bombay zurückkehrte, erkundigte er sich, ob das Haus zu mieten wäre.

Die Besitzer gaben dem Herrn von der Kolonialbehörde nur zu gern einen Mietvertrag über ein Jahr, und Neville entwarf die Dokumente, die sie zu unterschreiben hatten. Er zahlte ein paar Wochen lang die Miete an den Geschäftsführer ihres Handelshauses, dann setzte er die Zahlungen aus.

»Kurz und gut«, sagte er zu Esme, »wir müssen keine Miete mehr zahlen. Wir haben das Haus gekauft. Was die Leute unterschrieben haben, war ein Kaufvertrag, kein Mietvertrag. Ich fürchte, das haben sie nicht ganz verstanden.«

»Ach, Süßer. Wie schlau du bist«, schwärmte sie.

Der Kaufvertrag war narrensicher. Jahre später verkauften sie das schöne Haus für ein hübsches Sümmchen, bevor sie umzogen nach Hongkong, wo Neville, das Genie im Hinblick auf Formulare und Gesetze, mit Handkuss in der Kolonialbehörde willkommen geheißen wurde.

In Hongkong kauften sie nicht ein, sondern gleich zwei Häuser, indem sie sich vergewisserten, dass die chinesischen Besitzer das Kleingedruckte nicht lesen oder nicht verstehen konnten, und sie mehrten ihren Wohlstand und waren begeistert vom mondänen Ambiente dieser großartigen Stadt. Dann ging das eine oder andere schief.

Nach nur achtzehn Monaten in dieser Kolonialbehörde erwachte das Misstrauen eines tüchtigen Vorgesetzten. Was in Singapur als Heidenspaß gegolten hatte, fand dieser Herr überhaupt nicht lustig. Er hielt nichts davon, Getränkebestellungen umzuleiten, schon gar nicht, als er feststellte, dass die Kisten an den Haushalt der Caporns geliefert wurden. Bezahlt wurde allerdings nie etwas. Und schließlich beschwerte sich der chinesische Besitzer, vielmehr der Vorbesitzer des Hauses, in dem die Caporns residierten, beim Minister, der das Paar nun genauer unter die Lupe nahm. Er verteidigte den Angestellten Caporn energisch, hob hervor, dass der Verkauf ganz und gar rechtens war, und wahrte so das Gesicht seiner Behörde, doch dann wandte er sich mit umwölkter Stirn Neville zu, der Anstand genug hatte, in aller Stille seine Kündigung einzureichen. Seine Haltung wurde gelobt.

»Ich bin froh, dass du da raus bist«, sagte seine Frau. »Die Leute sind so entsetzlich langweilig. Wir müssen unsere Flügel ausbreiten, endlich mal ein bisschen Spaß haben.«

»Du hast völlig Recht, Süße. Ich finde, wir sollten auf Reisen gehen.«

»Wohin? Zurück nach England?«

»Großer Gott, nein. Inzwischen wäre das europäische Klima unserer Gesundheit abträglich. Wir könnten per Schiff zu den australischen Kolonien reisen. Ich glaube, in Kürze segelt die *China Belle* nach Brisbane.«

Esme hob verblüfft den Kopf. »Die *China Belle*? Das hat Stil! Aber können wir uns das leisten?«

»Warum nicht? Dort wären wir unter wirklich vornehmen Leuten. Man kann nie wissen, was einen da erwartet.«

Esme saugte an ihrem Bleistift. Sie war mit ihrer Liste des angeblich gestohlenen Schmucks nicht weitergekommen. »Stimmt«, murmelte sie. »Man kann nie wissen, was einen da erwartet, zum Beispiel, dass sie einem den Schädel einschlagen.« Sie würde nie zustimmen, dass das Geld für die Tickets der *China Belle* gut angelegt war, und sie war böse auf Neville wegen seines Mangels an Feingefühl.

Er kam zurück in die Kabine. »Bist du fertig?«

»Nein! Tut mir Leid. Ich bin wohl eingeschlafen. Immer diese Kopfschmerzen. Seit dieser Mistkerl mich geschlagen hat, kann ich mich anscheinend nicht mehr konzentrieren.«

Er neigte sich über sie und gab ihr einen Kuss auf die Stirn. »Es tut mir Leid. Du hältst dich so tapfer angesichts der Art und Weise, wie sie dich behandelt haben. Da draußen wartet ein Reporter, der unbedingt mit dir reden will. Er weiß, wie wichtig deine Rolle in dieser Geschichte ist, schon wegen deines schrecklichen Erlebnisses. Und er ist bereit zu bezahlen, also halte dich nicht zurück. Ich habe ihm schon erklärt, dass ich dem Tod in die Augen geblickt habe.«

»Gut. Dann rede ich am besten jetzt gleich mit ihm. Warte, ich muss noch meinen Hut aufsetzen.«

Neville betrachtete ihr Haar. »Ich würde auf den Hut verzichten. Es kann nicht schaden, wenn er sieht, wie sie dein wunderschönes Haar verunstaltet haben.«

»Nein! Ausgeschlossen! Ohne Hut sehe ich grauenhaft aus.«

»Du siehst niemals grauenhaft aus, Liebling.«

»Versuch nicht, mir zu schmeicheln. Ich rede mit niemandem, wenn ich meinen Hut nicht aufsetzen darf. Vielleicht kennt der Reporter einen Damenfriseur, der mir das Haar vernünftig schneiden kann. Ich kann es auch gleich kurz tragen, statt mit fehlenden Partien herumzulaufen. Diese Schweine!«

Esme war stolz auf ihren Schneid. Sie hatte das malaiische Schwein sogar beschimpft, als sie zum ersten Mal geschlagen wurde. Danach war nur noch Grauen und Demütigung. Und Angst. Sie hatte gehört, wie sie sagten, sie würden sie über Bord werfen! Und sie hatte gewusst, dass sie nicht zögern würden, wenn es ihnen passte. Stattdessen hatten sie sie geschlagen, ihr Kleid zerrissen, ihr Haar abgeschnitten! Sie spürte, wie der Schweiß ihr übers Gesicht lief, während sie mit dem Reporter sprach. Ihre Kleider wurden feucht, und das war peinlich. Sie schaute sich nach einer Möglichkeit um, aus diesem überfüllten Salon zu entkommen, doch alle Türen waren verschlossen.

»Es tut mir Leid«, sagte sie. »Ich kann diese Unterhaltung nicht weiterführen. Ich bin ein wenig müde.«

Müde?, fragte sie sich selbst. Von Grauen geschüttelt, falls Sie es wissen wollen. Ich bin immer noch starr vor Angst. Ich muss darüber hinwegkommen. Wenn ich nachts nur schlafen könnte, ginge es mir besser.

»Nur noch eine Frage, Mrs. Caporn. Wie haben Sie sich gefühlt, als diese Männer Hand an Sie legten?«

Neville griff verärgert ein. »Sie haben nicht Hand an Sie

gelegt, wie Sie andeuten; sie haben sie schlicht und einfach geschlagen.«

»Aber Sie sagten doch selbst, ihr Kleid war zerrissen. Vielleicht hatten sie anderes geplant. Eine weiße Frau ... verstehen Sie ... unsere Leser ins Brisbane ...«

»Ihre Leser, besonders die weiblichen, wüssten sicher auch gern, was mit dem Haar meiner Frau geschehen ist. Sie hat wunderschönes Haar in einem herrlichen rotbraunen Farbton, und sie versteckt es unter diesem Hut. Es war lang, prachtvoll! Sie haben es abgeschnitten. Keineswegs ordentlich. Oh nein. Mit Messern haben sie es abgehackt. Können Sie sich das Entsetzen einer hilflosen Frau vorstellen – auf einem Schiff zu Boden gestoßen und den Misshandlungen einer asiatischen Mörderbande ausgesetzt? In all den Jahren auf unseren Plantagen, umgeben von Eingeborenen, ist uns nie etwas Derartiges zugestoßen, nicht, bevor wir an Bord dieses teuren und exklusiven Schiffs gegangen sind.«

Mittlerweile war Esme verzweifelt. Auch die Fenster waren fest verschlossen. Anderen Leuten gelang die Flucht, doch sie konnte nicht sehen, auf welche Weise. Und es wurde dunkel, der Albtraum drohte. Sie klammerte sich an Nevilles Arm und blickte zu ihm auf, aber da war er gar nicht Neville, sondern ihr Bruder Arthur, der sagte, sie solle sich zusammenreißen, und so riss sie sich zusammen. Sie hielt den Schrei tief in ihrem Inneren zurück, der Schrei, der in ihr geblieben war, als sie sich längst wieder in Sicherheit befand – als alle fort waren. Doch der Schrei war etwas Hässliches, Hinterhältiges; etwas Grauenhaftes, das sie zurückgelassen hatten, um sie zu quälen.

»Ich muss jetzt wirklich gehen«, sagte sie und wischte sich mit Nevilles Taschentuch das Gesicht trocken. »Es ist so heiß hier.«

»Gut, Liebste«, sagte Neville. »Geh nur. Ich beende das Interview mit diesem Herrn.«

Esme wollte, dass er ihr half, sie wenigstens zu einem Ausgang geleitete, aber inzwischen war er ordentlich in Fahrt gekommen und berichtete über seine grausigen Erlebnisse während der Meuterei. Das ärgerte sie.

»Seine Erlebnisse!«, flüsterte sie Arthur zu, als sie eine verschlossene Tür gefunden hatte und dagegen hämmerte. Kaum hatte ein Steward sie geöffnet, stürmte Esme hinaus an Deck.

»Das wurde aber auch Zeit!«, fuhr sie den Steward über die Schulter hinweg an.

»Seine Erlebnisse«, wiederholte sie leise. »Die Kugel hat ihn nur gestreift. Er ist mit Kopfschmerzen davongekommen. Mir tun noch alle Knochen weh, weil sie mich geschlagen haben, als ich allein mit ihnen an Deck war und so entsetzliche Angst hatte.«

Sie blieb stehen, hielt sich an der Reling des Rettungsbootes fest und blickte hinunter auf den belebten Hafen. Dann wandte sie sich wieder Arthur zu.

»Sobald ich wieder festen Boden unter den Füßen habe, geht es mir besser. Geh und sag Neville, dass ich auf der Stelle an Land will. Wenn die Plantagenbesitzer, die uns aufnehmen wollen, nicht da sind, gehen wir in ein Hotel. Aber ich kann keine Sekunde länger auf einem Schiff bleiben.«

Der Fremde, der neben ihr stand, sah sie mit offenem Mund an. Dann wich er zurück und tauchte in der Menge unter.

7. Kapitel

Mit diesem, ihrem ersten, Vorgeschmack auf den südlichen Kontinent war Eleanor Plummer durchaus nicht unzufrieden. Cairns war eine hübsche kleine Stadt an der Küste von Trinity Bay, wo rundkuppige Berge dem Hafen Schutz boten und glitzernde smaragdgrüne Buchten schufen. Sie spazierte gern längs der von Palmen gesäumten Küstenlinie, bewunderte die Bucht und genoss die merkwürdige Abwesenheit von Menschen, besonders zur Mittagszeit, wenn die verschlafene Stadt wie ausgestorben war.

Wenngleich die *Clarissa* für die gestrandeten Passagiere ein Gottesgeschenk war, empfanden es doch alle als große Erleichterung, gesund und munter wieder festen Boden unter den Füßen zu haben. Eleanor hatte erwogen, mit der *Clarissa* bis Brisbane weiterzureisen, sich aber anders entschieden, bevor sie in Cairns eintrafen. Innerhalb von vierundzwanzig Stunden, nachdem sie an Bord gekommen waren, hatte der russische Kapitän ihr seine ewige Liebe geschworen, und sie hatte keine Lust, während der restlichen Reise seine Annäherungsversuche über sich ergehen zu lassen. Mrs. Plummer, eine der ersten, die von Bord gingen, fand schon bald den Weg zum Hotel *Alexandra,* dem besten der Stadt, wie sie sich hatte sagen lassen.

Sie betrachtete das ungestrichene, zweistöckige Holzgebäude mit den ausgedehnten Veranden und nickte zustimmend. Es stand in keinem Verhältnis zu den soliden Hotels europäischen Typs, die sie gewohnt war, doch es sah sauber aus, und sie ging das Risiko ein.

Wie sich herausstellte, war das Hotel neu, makellos sauber und, das Beste daran, im Besitz eines deutschen Ehepaars. Frau Kassel persönlich geleitete ihren Gast voller Stolz zu ihrer einzigen Suite, an der Vorderseite des Gebäudes gelegen, deren Balkon mit einem herrlichen Blick auf die Bucht aufwartete. Die Räume waren kühl und gemütlich, und später am Tag saß Eleanor selbstzufrieden auf ihrem Balkon und sah, wie Lyle Horwood mit Mr. Lewis und zwei weiteren Herren sich dem Eingang näherten. Sollte Horwood sich etwa mit zweiter Wahl begnügen müssen?

Vielleicht sollte sie nicht so gehässig sein, denn bestimmt machte Lyle sich entsetzliche Sorgen um seine Frau, wie sie alle. Trotzdem würde sie ihre angenehme Umgebung nicht abtreten. Das an ihren Schlafraum anschließende Wohnzimmer war entzückend, ausgestattet mit Möbeln, Polstern und Teppichen aus guten Geschäften in Singapur.

»Hier bleibe ich ein Weilchen«, sagte sie zu sich selbst. »Wenigstens so lange, bis Nachricht von Mrs. Horwood kommt. Ich möchte ihr auf jede erdenkliche Weise beistehen.«

Eine Woche später schrieb sie an ihre Freunde in Brisbane, dass sie diese kleine tropische Stadt und ihr Klima recht ansprechend finde und hier vielleicht sogar ein Haus kaufen oder bauen werde, um stets eine Anlaufstelle zu haben, zu der sie im Zuge ihrer Erforschung weiterer australischer Städte jederzeit zurückkehren könne.

»Das kommt ziemlich plötzlich«, sagte Mr. Lewis, als sie ihm von ihren Absichten erzählte.

»Aber nein! In solchen Dingen bin ich immer schnell entschlossen.« Dann lachte sie. »Freilich sind die Entscheidungen nicht immer richtig. Aber was ist schon ein Haus? Es wird mir Spaß machen, es einzurichten, und wenn ich mich hier nicht mehr wohl fühle, verkaufe ich es. Ziehe in eine andere Stadt.«

Seine milde Antwort verblüffte sie. »Ich hoffe, Sie finden, was Sie suchen.«

Das klang in ihren Ohren nicht so, als redete er über ein Haus.

Frau Kassel, ein begeisterter Zugvogel, war darauf bedacht, sich anzupassen, es jedem in dieser neuen Gesellschaft recht zu machen, doch deren Essgewohnheiten waren ihr ein Rätsel. Bis jetzt hatte sie jeglicher Bemerkung darüber enthalten, doch als Frau Plummer die Frage stellte, konnte sie sich endlich einer verwandten Seele anvertrauen.

»Madam«, sagte sie zu der großen Dame, »ich bin froh, dass Sie danach fragen. Frühstück gibt es zur üblichen Zeit, aber wundern Sie sich nicht, wenn Sie sehen, was für üppige Mahlzeiten da serviert werden. Sie essen Steak, Eier, Speck, Leber mit Brot und Butter und Soße zum Frühstück. Die Mittagsmahlzeit nennen sie Dinner! Ich verstehe nicht, wie man in der Mittagshitze drei, vier Gänge verdrücken kann. Um sechs Uhr abends ist Teezeit.«

»Reichlich spät, wie?«

»Aber nein. Es ist ja noch nicht das Abendessen. Suppe, kalter Imbiss, würzige Gerichte und Dessert.«

»Tatsächlich? Also keinen Tee?«

»Doch. Das nennt man aber Nachmittagstee, mit Tee und Kuchen. Aber es gibt auch noch den Morgentee vor dem Frühstück.« Sie fing an zu lachen. »Dann den Morgentee nach dem Frühstück, und nach dem Abendtee das Abendessen. Obwohl die Nächte hier auch sehr heiß sind, zeigt man eine große Vorliebe für heiße Schokolade.«

»Wie merkwürdig! Aber wahrscheinlich ist hier vieles anders. Das alles finde ich höchst interessant.«

Frau Kassel sah mit Erleichterung, dass diese Dame sich bereitwillig auf den fremdartigen Tagesablauf einlassen würde. Manche Ausländer – Frau Kassel, die seit zwei Jahren in Queensland lebte, betrachtete sich selbst nicht als Ausländerin – regten sich gehörig über solch merkwürdige Regelungen auf.

Mrs. Plummer hatte nichts dagegen, sich anzupassen. Sie trug ein adrettes marineblaues Kostüm und einen mit Seide abgesetzten marineblauen Hut, als sie kurz nach sechs zum Abendessen die Treppe herunterkam und dem kleinen Speisezimmer zustrebte. Frau Kassel eilte ihr entgegen, um sie zu begrüßen, und führte sie geradewegs zu dem Tisch, an dem Lyle Horwood und Mr. Lewis Platz genommen hatten.

Die beiden Männer erhoben sich, Lyle eindeutig nicht begeistert von ihrer Gegenwart.

»Wie nett von Ihnen, dass Sie sich zu uns gesellen«, sagte Mr. Lewis.

»Verdammt ungewöhnliche Zeit fürs Dinner«, knurrte Lyle.

Während der nächsten Tage gab es viel zu tun. Sämtliche Passagiere der *China Belle* machten ihre Aussage bei der Polizei; ständig fanden Treffen und Diskussionen wegen Mrs. Horwood statt, zum Gedenken an Bootsmann Flesser wurde ein Gottesdienst abgehalten. Als dieser zu Ende war, nahm Mrs. Caporn Eleanor beiseite.

»Ob Sie mir wohl einen großen Gefallen tun würden? Mein Haar muss gerichtet werden, es sieht scheußlich aus, aber hier gibt es keinen Friseur. Nachdem diese Rüpel es so verhunzt haben, lasse ich mich bestimmt nicht von irgendeinem Buschfriseur verunstalten. Ob Sie mir die Haare wohl schneiden könnten?«

»Meine Liebe, ich will es gern versuchen. Kommen Sie doch mit in mein Hotelzimmer. Dann werden wir sehen, was sich ausrichten lässt.«

Neville Caporn begleitete sie zurück in die Stadt und sprach unentwegt über ihren beabsichtigten Aufenthalt auf der Zuckerrohrplantage.

»Das Schicksal hat uns an diese Küste geführt. Wir waren auf dem Weg nach Brisbane, doch jetzt erfahren wir, dass diese Gegend hier, die viel weiter im Norden liegt, sich bedeutend besser für den Anbau von Zuckerrohr eignet, und das war ja von vornherein unsere Absicht. Daher ist es, nach allem, was wir durchgemacht haben, ein Glückstreffer für uns, auf einer Plantage wohnen und den Betrieb aus erster Hand kennen lernen zu können, bevor wir Geld in ein solches Unternehmen investieren.«

»Ich freue mich für Sie. Nach diesem grauenhaften Erlebnis haben sie wirklich etwas Glück verdient.«

Eleanor wandte sich wieder Mrs. Caporn zu. »Fühlen Sie

sich inzwischen schon ein wenig besser? Es waren schreckliche Stunden für Sie.«

»Oh ja, danke, mir geht es viel besser.«

»Esme hält sich großartig«, sagte Neville. »Sie erträgt das alles spielend.«

»Das sehe ich wohl. Ich finde, Sie sind ausgesprochen tapfer.«

Eleanor schnitt Mrs. Caporns Haar so gut sie konnte. Sie gab sich Mühe, nicht zu viel abzuschneiden, und genoss es, mit Esme zu plaudern. Im Gegensatz zu ihrem ersten Eindruck, als sie noch an Bord waren, fand Eleanor die Frau doch recht nett.

»Manche von diesen englischen Schauspielerinnen tragen ihr Haar kurz geschnitten und vorn gelockt«, erklärte sie, »und hinten lang, damit sie es flechten oder zu den verschiedensten Frisuren aufstecken können.«

Mrs. Caporn zuckte mit den Schultern. »Auch hinten fehlen ganze Partien.«

»Das fällt gar nicht auf, wenn Sie es hochstecken. Und dann müssten Sie nicht ständig einen Hut tragen.«

»Ja, so wird es wohl am besten sein.« Sie sah sich im Zimmer um. »Diese Suite ist für eine Kleinstadt wirklich repräsentativ, wie?«

»Ich selbst war auch überrascht. Und es hat mich bestärkt in meinem Entschluss, eine Weile hier zu bleiben. Wie ich bereits zu Mr. Lewis sagte, kaufe oder baue ich mir hier vielleicht sogar ein Haus.«

»Lieber Himmel! Genau das habe ich mir auch überlegt.«

»Und was wird aus der Plantage?«

Mrs. Caporn beugte sich zum Spiegel vor, während Eleanor ihr das Haar aufsteckte. »Oh schön! Nun kann ich mich ja wieder sehen lassen.«

»Sie sehen richtig hübsch aus! Hier, nehmen Sie etwas von dieser Creme für Ihr Gesicht. Sie enthält ein bisschen Farbe ... mein Geheimnis ... außerdem überdeckt sie Unreinheiten.«

Mrs. Caporn rieb sich ein wenig von Eleanors Creme in

die Wangen und war hingerissen. »Darunter verschwinden die blauen Flecke ja vollständig! Das ist schon erstaunlich. Wo kann ich so etwas kaufen?«

»Ach, nehmen Sie das Töpfchen einfach mit, Mrs. Caporn. Ich stelle diese Creme selbst her.«

»Vielen Dank! Sie sind so freundlich, und ich möchte Sie bitten, mich Esme zu nennen. Wir haben schließlich zusammen dieses schreckliche Erlebnis überstanden.«

»Sie haben mehr ertragen müssen als ich, Esme. Sagen Sie Eleanor zu mir, wenn Sie möchten.«

Auf dem Weg aus dem Hotelzimmer fiel Esme ihre Frage wieder ein. »Ach ja ... Ich hatte von einem Haus in der Stadt gesprochen. Für mich ist es unabdingbar, wie ich meinem Mann bereits erklärt habe. Das Leben auf einer Plantage mag ja ganz angenehm sein, aber dort ist man immer von so vielen Arbeitern umgeben. Ich brauche ein hübsches, ruhiges Haus in zivilisierter Umgebung.« Sie lachte, es war ein ansteckendes Lachen, das auf Eleanor übersprang. »Das heißt: Ich will ab und zu einkaufen und ins Theater«, fügte sie hinzu und gewann damit Eleanors Sympathie.

»Natürlich«, kicherte die. »Aber natürlich.«

Wenige Tage später erfuhr Eleanor zu ihrer Bestürzung, dass Mr. Lewis zu der Goldstadt aufgebrochen war, um Mrs. Horwood zu suchen, und das bedeutete, dass sie mit Lyle allein am Tisch saß. So unangenehm es zunächst auch war, es konnte sich doch keiner entziehen, und so blieben sie, wenn auch widerwillig, zusammen.

Sie sprachen nie über Fannie, doch an Constance dachte sie oft – und an den Schmuck, der nun für immer verloren war. Was für ein merkwürdiges Schicksal, überlegte sie, als sie Lyle gegenübersaß. Schließlich konnte sie doch nicht widerstehen zu fragen, was die Polizei zu dem Raub sagte. Doch sogleich bereute sie ihren Vorstoß. Es war, als hätte sie trotz Warnung einen frisch gestrichenen Zaun berührt: Wer der Versuchung nachgibt, muss leiden. Lyle war wütend über den Raub des Schmucks, geiferte und tobte so lange, dass Eleanor sich die Bemerkung nicht verkneifen konnte, auch sie und Mrs. Caporn hätten ja einige wertvolle Stücke verloren.

»Nichts im Vergleich zu unserem Schmuck!«, schnauzte er. »Constances Schmuckkasten war voll bis obenhin. Ich habe Schmuck im Wert von einer halben Million Pfund verloren, mindestens, und ich habe den Kapitän wissen lassen, dass ich auf einer Entschädigung bestehe.«

»Vielleicht wäre der Schmuckkasten in seinem Safe besser aufgehoben gewesen.«

»Reden Sie keinen Unsinn. Tussup besaß den Schlüssel zur Waffenkammer und zum Safe, also hätte das auch nichts genützt.«

Eleanor hörte sich seine Tiraden geduldig an, konzentrierte sich jedoch in erster Linie auf ihr weich gekochtes Ei. Sie hatte nur die Ringe verloren, die sie an den Fingern trug. Statt ihren Schmuck an Bord vorzuführen, was ihr angesichts der kleinen Gesellschaft als geschmacklos erschien, hatte sie die besten Stücke in den Saum ihres Unterrocks eingenäht. Der Rest steckte in einem Schuh und entging so den Blicken der Diebe. Sie überlegte, dass es taktlos sein würde, Lyle in ihr Geheimnis einzuweihen, doch als sie es dann Esme erzählte, war die arme Frau völlig außer sich.

»Wenn ich doch auch so klug gewesen wäre«, jammerte sie.

Alle warteten jetzt darauf, dass Mr. Lewis mit Nachrichten über Constance und, wie sie hofften, mit den verhafteten Meuterern zurückkehrte.

»Sie kriegen sie«, sagte Lyle. »Jesse Field meint, die Meuterei und die Entführung der Frauen hat eine solche Empörung ausgelöst, dass man die Polizei in Cooktown verstärken wird.«

»Das ist gut«, sagte Eleanor sanft.

»Für den Anfang, ja. Ich habe empfohlen, Soldaten hinzuschicken, die den gefährlichen Weg durch die Berge zu den Goldfeldern schützen. Sie könnten jeden, der kommt oder geht, anhalten und die Schürflizenzen überprüfen. So könnten sie Tussup und seine Bande schnappen. Jeder muss eine Lizenz vorweisen können, bevor er einen Claim auf den Goldfeldern meldet.«

»Oh ja.« Eleanors Antwort war ausweichend. Sie strich sich ordnend übers Haar und behielt um Lyles willen ihre Meinung für sich. Über dieses Thema hatte sie bereits mit Mr. Field gesprochen, der ihr erklärte, dass die Goldfelder Hunderte von zwielichtigen Gestalten anlockten. Sie bedienten sich falscher Namen, um die Behörden zu täuschen. Die Lizenzprüfer hätten keine Möglichkeit, die wahre Identität festzustellen, sie würden einfach die Gebühren kassieren und die Papiere ausstellen.

»Ich gehe davon aus«, hatte Field hinzugefügt, »dass Tussup und seine Bande sich inzwischen falsche Namen zugelegt haben und in der Menge untergetaucht sind. Im Augenblick ist Raymond unsere einzige Chance. Er ist der Einzige, der sie erkennt. Das heißt, bis Sonny aus China zurück ist.«

»Sonny?«

»Ja. Mr. Willoughby. Er wurde früher Sonny gerufen.«

»Und Sie glauben, er kommt zurück?«

Mr. Field hatte zur Tür geblickt, als würde er jeden Augenblick mit dem Eintreten des jungen Mannes rechnen: »Sie haben seine Frau umgebracht. Er kommt zurück.«

Jack und Delia Fosters Plantage lag weit außerhalb der Stadt, doch das war ihren Gästen gerade recht. Die Fosters waren Engländer wie sie und waren über Indien, wo Jacks Eltern Teeplantagen besaßen, in diesen Winkel der Erde gekommen. Sie waren äußerst liebenswürdige Gastgeber. Das Sandsteinhaus war groß und luftig und verfügte über einen separaten Gästeflügel.

»Ich hoffe, Sie können sich hier wohl fühlen«, sagte Delia, als sie Esme und Neville über eine lang gestreckte, angenehm kühle Veranda führte. »Sie sind herzlich eingeladen zu bleiben, bis Sie entschieden haben, wie es weitergehen soll.«

»Sehr freundlich ...«, begann Esme.

»Nicht doch! Das ist eine Selbstverständlichkeit. Nach Ihrem schauderhaften Erlebnis ist es das Mindeste, was wir tun können. Außerdem habe ich für mein Leben gern Gäste. Wir haben die Plantage erst vor zwei Jahren gegründet, und dieses Gästehaus wurde erst vor kurzer Zeit fertig. Gerade rechtzeitig ...«

Die vier verstanden sich hervorragend. Neville packte mit an, wo immer er konnte, wohl wissend, dass Jack seine Bemühungen zu schätzen wusste, und Esme hatte die Begabung, die Dame des Hauses amüsant zu unterhalten. Die beiden Frauen gingen vor ihrem Nachmittagsschläfchen gern in dem kristallklaren Felsensee baden. Dann kleideten sie sich zum Dinner um, und nach der Mahlzeit versammelten sich alle zum Kartenspielen.

Nach einer Woche dieses idyllischen Lebens bat Neville, in die Stadt fahren zu dürfen.

»Wir müssen uns für einen Tag entschuldigen, alter Freund. Es gibt einiges zu erledigen, verstehen Sie – Bankgeschichten und dergleichen -, und Esme brennt darauf, unsere Reisegefährten zu sehen und zu erfahren, was aus ihrer lieben Freundin Mrs. Horwood geworden ist. Könnten wir uns den leichten Wagen ausleihen?«

Der Gastgeber war nur zu gern zu Diensten, und am nächsten Morgen machten sie sich auf den Weg.

»Ein Glück, dass Delias Erkältung sie ans Bett gefesselt hat«, bemerkte Esme auf dem Weg zur sandigen Straße. »Sie wollte uns begleiten, aber sie ist so verdammt geschwätzig!«

»Die arme Frau ist einsam. Ich glaube fast, sie würde dafür bezahlen, dass wir bei ihr bleiben. Anscheinend leben in dieser Gegend nicht viele Menschen englischer Herkunft, jedenfalls nur wenige mit Stil.«

»Vergiss nicht, dass wir ihren Freund Mr. Hillier aufsuchen sollen. Clive Hillier. Möchte wetten, er ist auch einer von uns.«

»Mir ist völlig gleich, ob er Engländer oder Inder ist. Er besitzt irgendwo ein Textilkaufhaus und will hier ein weiteres bauen. Jack sagt, der arme Kerl hätte sich reichlich übernommen, finanziell, meine ich. Das könnte eine gute Investition für uns sein, meine Liebe. Wer weiß, vielleicht benötigt er einen Partner. Ich schätze, Jack hat uns von ihm erzählt, weil er hofft, wir könnten unsere Hilfe anbieten.«

Der Wagen war gut gefedert, die Ledersitze waren weich. Während sie die dunstige Straße entlangfuhren, tauchte immer wieder die Sonne hinter den Baumwipfeln auf, als wollte sie das Paar verfolgen. Esme nickte ein, dankbar für die Verschnaufpause. In letzter Zeit war sie oftmals so erschöpft. Ihre Nächte waren turbulent, bei Tage spielte sie Theater, und hätte ihr armer toter Bruder Arthur ihr nicht Gesellschaft geleistet, wäre sie zusammengebrochen. Auch der Gedanke an Rache hielt sie aufrecht: Jeden Tag betete sie dafür, dass diese Schufte gefangen und bestraft wurden. Am besten gehängt. Sie konnte immer noch nicht fassen, derartig von Männern misshandelt worden zu sein. Und so schrecklich gedemütigt. Sie schluchzte, blinzelte und richtete sich.

»Du hast so schön geschlummert, meine Süße.« Neville lächelte. »Schön, einmal wieder allein unterwegs zu sein, nicht wahr? Was hältst du davon, wenn wir den alten Horwood in seinem Hotel besuchen? Er lädt uns bestimmt zum Essen ein.«

»Der doch nicht. Er ist viel zu geizig. Bei Mr. Lewis stehen die Chancen besser. Was meinst du, ob die Meuterer mittlerweile schon gefangen sind?«

»Vielleicht. Ich hoffe es. Die arme Mrs. Horwood. Gott allein weiß, was sie ihr angetan haben, nach allem, was du mit denen erlebt hast. Sie haben kein Erbarmen, überhaupt kein Erbarmen. Tiere sind das.«

Esme schauderte. »Ich will nicht darüber reden.«

Er drückte ihr Knie. »Ganz recht. Braves Mädchen. Das ist das Beste für dich.«

Schließlich war es dann Mrs. Plummer, die die Caporns zum Essen einlud, da Mr. Lewis nach Cooktown abgereist war, um bei der Suche nach Mrs. Horwood zu helfen.

Lyle Horwood, fahl und mutlos, freute sich so, sie zu sehen, dass er sie wie alte Freunde begrüßte, doch obwohl er mit ihnen an einem Tisch saß, machte er keine Anstalten, ihre Rechnung zu übernehmen. Neville lächelte Esme zu: Du hattest Recht.

Es war eine üppige Mahlzeit: Roastbeef mit allem Drum und Dran, und es schmeckte ihnen außerordentlich gut. Entsprechend herzlich bedankten sie sich bei Mrs. Plummer.

Nach dem Essen unternahmen sie mit Mrs. Plummer einen Spaziergang durch die Stadt. Sie zeigten Interesse an einer im Bau befindlichen Ladenzeile in einer Straße hinter der Promenade, und sie erfuhren, dass Clive Hillier, der Mann, den sie besuchen wollten, der Bauherr war.

Mrs. Plummer führte sie ein Stückchen aus der Stadt heraus, um ihnen große, bereits erschlossene Grundstücke zu zeigen.

»Ein Haus hier könnte mir gefallen«, sagte sie, »mit Blick auf diese bezaubernde Bucht.«

»Genau das habe ich auf dem Weg hierher auch zu Esme gesagt«, pflichtete Neville ihr bei. »Das da ist der richtige Platz für dein Stadthaus, meine Liebe. Etwas Besseres findest du nicht.«

Clive war erfreut, dieses liebenswerte englische Pärchen kennen zu lernen, und das umso mehr, als er von ihren Plänen hörte, sich vielleicht in dieser Gegend niederzulassen.

»Hier kann Ihnen nichts schief gehen«, sagte er. »In diesem Land schießen neue Städte wie Pilze aus dem Boden, dank des Goldfiebers. Nachdem jetzt landeinwärts von hier, im Hodgkinson River, noch mehr Gold gefunden wurde, wird dieser kleine Hafen in Windeseile zu einer Stadt anwachsen.«

»Erstaunlich«, sagte Mr. Caporn. »Obwohl wir uns noch nicht so recht vom Schock dieser scheußlichen Meuterei erholt haben, sind wir restlos fasziniert von diesem Land. Wir wissen kaum, wohin wir zuerst blicken sollen, und erst heute Morgen, als wir in die Stadt einfuhren, haben wir uns gesagt, dass wir schon vor Jahren hätten herkommen sollen.«

Clive seinerseits war begeistert von der Unterhaltung mit ihnen, da er aus erster Hand von der Meuterei zu hören bekam, und von der Angst, dass das Schiff unter ihren Füßen auseinander brechen könnte.

»Und es war so ein wunderschönes Schiff«, sagte Mrs. Caporn. »Die Kabinen waren im Grunde Prunkzimmer. Es gab nur etwa ein halbes Dutzend, und alles darin war von bester Qualität. Etwas Vergleichbares werde wir wohl nie mehr sehen, höchstens auf einer Privatjacht.«

»Ich glaube, einige der Passagiere logieren im Hotel *Alexandra*«, bemerkte Clive.

Caporn nickte. »Im Augenblick nur zwei. Der arme Horwood, der auf Nachrichten von seiner entführten Frau wartet, und eine Deutsche, die anscheinend so begeistert ist von den Farben und der Lebhaftigkeit in Cairns, dass sie in Erwägung zieht, hier zu bleiben.«

»Was ist aus den anderen geworden?«

»Moment, lassen Sie mich überlegen ... Der Kapitän ist bei Freunden. Mr. Willoughby ist abgereist, und Mr. Lewis hat sich der Suche nach Mrs. Horwood angeschlossen.«

»Willoughby? Ist das der Mann, der seine Frau verloren hat?«

»Ja. Sie ist ertrunken, die Arme.«

»Und wo ist er jetzt?«

»Zurück nach China, glaube ich.«

»Das alles ist zu traurig«, sagte Mrs. Caporn, und Clive fand sie recht hübsch, etwas Neues und daher willkommen in der Stadt. Sie war eine attraktive Rothaarige, schick gekleidet, hatte jedoch große, kummervolle braune Augen. Er fühlte sich zu ihr hingezogen, sah das Vertrauen und die Achtung in ihren Augen, als sie zu ihm aufblickte und ihm zur Verabschiedung die Hand reichte.

»Ich hoffe, wir sehen uns bald wieder«, sagte er versonnen.

»Aber natürlich«, antwortete Mrs. Caporn.

Er blickte ihr nach, bewunderte ihre schmale Taille und die Rundung ihrer Hüften, seufzte und erinnerte sich an Willoughby. Er war zurück nach China gereist! Ein Glück. Das war die beste Neuigkeit des Tages. Abgesehen davon, dass er Mrs. Caporn kennen gelernt hatte.

Die Nachrichten verbreiteten sich in Cairns wie ein Lauffeuer. Mrs. Horwood war gefunden! Man hatte sie nach Cairns zurückgebracht!

Die Einwohner stürmten aus den Geschäften und Häusern auf die Straßen, als hofften sie, sie triumphierend vorüberreiten zu sehen, und sie sammelten sich in Grüppchen, um über das Wo und Wie zu spekulieren, und wichtiger noch: Was mochte ihr in der Zwischenzeit widerfahren sein. Was hatten ihre Entführer ihr angetan? Handelten sie etwa mit weißen Sklaven? Und wie war sie ihren Klauen entkommen? Man kam zu zahlreichen und fürchterlichen Schlüssen, und als bekannt wurde, dass sie mitten in der Nacht von dem kleinen Schiff, das sie tapfer nach Cairns transportiert hatte, geschafft worden war, vermutete man das Schlimmste. Einige sagten, die arme, verstörte Frau sei nackt gewesen, nur in eine Schiffswolldecke gehüllt.

Letzteres entsprach nicht ganz der Wahrheit. Als das Schiff still über das mondbeschienene Wasser von Trinity Bay glitt, war die Frau dankbar für die Decke, in die Raymond sie gewickelt hatte, denn es ging eine ziemlich frische Brise. Er dachte an jenen Morgen in Cooktown, als der mürrische Polizeisergeant hörte, dass Mrs. Horwood gefunden sei, und zum Hafen eilte, um sie mit eigenen Augen zu sehen. Er war so glücklich und erleichtert, dass er Constance beinahe in die Arme genommen hätte, nachdem er an Bord gegangen war. Stattdessen reichte er ihr die Hand, wünschte ihr alles Gute, fragte sie, ob sie irgendetwas benötige und ob sie ein wenig Zeit erübrigen könne, um mit ihm über ihre Entführung zu reden.

Raymond musste einschreiten und Gooding bitten, für einen Moment die Kabine mit ihm zu verlassen. »Sergeant«, flüsterte er, »die Frau ist völlig orientierungslos, sehen Sie das denn nicht? Sie weiß nicht, wo sie sich befindet und was mit ihr geschieht. Im Augenblick ist sie noch nicht in der Lage, Fragen zu beantworten.«

Gooding musterte sie. Sie saß still am Tisch, einen Becher mit Tee in den Händen. Das Mädchen, Lottie, war so rasch verschwunden wie sie aufgetaucht war.

»Ich finde, sie macht einen ganz gesunden Eindruck.«

»Aber sie ist nicht gesund. Ich bin der Meinung, niemand sollte sie verhören, solange sie nicht begreift, wo sie ist.«

»Weiß sie ihren Namen?«

»Ja, aber das ist auch schon so ziemlich alles. Als ich sie an Bord brachte, habe ich sie gefragt, was mit ihr geschehen ist. Aber ich habe nichts herausbekommen.«

»Wie?«

Raymond ging ein Stückchen weiter übers Deck. »Das hat sie auch gefragt. Ich habe mich sehr gewundert. Sie wollte wissen, wie ich das meine. ›Nichts ist mit mir geschehen‹, sagte sie und bat mich, sie in ein gutes Hotel zu bringen, damit sie sich herrichten könne. Als ich sagte, sie müsse an Bord bleiben, dieses Schiff würde sie nach Cairns bringen, wurde sie böse.«

»Selbst ich hätte gewusst, dass das falsch war, Lewis. Vermutlich haben Sie sie verwirrt. Sie sagten doch selbst, sie hat bestimmt noch nie von einer Stadt namens Cairns gehört.«

»Ich habe mich berichtigt«, erwiderte Raymond steif. »Ich habe ihr gesagt, wir würden sie so schnell wie möglich zu Lyle, ihrem Mann, bringen. Deswegen bat ich die Mannschaft, das Schiff zum Auslaufen bereitzumachen. Die Hilfspolizisten bleiben, Sie brauchen sie, aber ich muss diese Frau ohne Verzögerung zu ihrem Mann bringen.«

»Ausgeschlossen!«, brauste Gooding auf. »Die Mannschaft kann sie nach Cairns bringen. Sie werden hier gebraucht. Sie sind der Einzige, der die Meuterer identifizieren kann, haben Sie das vergessen? Es sei denn, sie bleibt und hilft uns.«

»Unter gar keinen Umständen lasse ich zu, dass diese kranke Frau mit lauter fremden Männern den langen Weg bis nach Cairns zurücklegt.«

»Typisch Politiker, verdammt noch mal«, knurrte Gooding. »Sie wollen gern im Rampenlicht stehen, wie? Tja, Kumpel, da haben Sie sich getäuscht. Dieses Schiff rührt sich nicht vom Fleck, solange ich mich nicht in aller Ausführlichkeit mit Mrs. Horwood unterhalten habe. Lassen Sie sie jetzt schlafen und geben Sie ihr etwas zu essen – sie sieht ja halb verhungert aus –, und ich komme heute Nachmittag zurück.«

Er rief den Kapitän herbei. »Falls Sie versuchen, dieses Schiff aus dem Hafen zu steuern, bevor ich Ihnen die Erlaubnis gebe, sind Sie ihr Kapitänspatent los.«

Gooding sprang erstaunlich sanft mit ihr um, wie Raymond zugeben musste, er stellte seine Fragen im Plauderton bei Tee und Kuchen, wie durch Zauberhand aufgetischt, doch offenbar gab es nicht viel zu erfahren. Sie war dünn geworden, ihre Arme und Beine waren zerkratzt vom Marsch durch den Busch, aber ansonsten schien sie gesund zu sein.

»Sie haben Sie nicht geschlagen?«, fragte Gooding irgendwann.

»Nein, ich glaube nicht. Sie haben mich herumgestoßen. In einem Ruderboot. Am Strand. Ich musste im Busch schlafen, unter all diesen Männern.«

Sie kroch in sich zusammen und schlang die Arme um ihren Oberkörper. »Er hat mein Kleid mit dem Messer aufgeschlitzt.«

»Wer hat das getan?«

»Der Offizier. Er hat mich angebrüllt. Hat mich gezwungen, den ganzen Tag lang durch den Busch zu laufen. Den ganzen Tag über sind wir gerannt, und ich bin hingefallen ...« Sie fing an zu weinen und sah Raymond Hilfe suchend an. »Ach bitte, Mr. Lewis, wo sind wir? Können wir nicht zurückgehen auf die *China Belle*?«

Er hatte ihr die Lage schon früher erläutert, hatte ihr

erklärt, wo sie sich befanden und so weiter, aber sie hatte es vergessen. »Die *China Belle* liegt jetzt im Hafen«, log er, um sie nicht noch mehr zu beunruhigen. »Gar nicht weit von hier, und wir gehen bald an Bord.«

»Warum sind Sie diesen Männern nicht davongelaufen?«, fragte Gooding.

»Das haben sie nicht zugelassen. Sie hätten mich umgebracht. Am Ende mussten wir dann doch weglaufen.«

»Wer ist wir?«

Sie blinzelte; die Frage bestürzte sie. Ständig hing ein Speichelfaden in ihrem Mundwinkel. Sie tupfte ihn mit dem Taschentuch ab, das Raymond ihr gegeben hatte.

»Wir? Ich weiß nicht. Irgendwer. Mein rotes Kleid war zerrissen. Ich habe ein anderes von einer Verrückten bekommen. Der Fährmann hat mich übergesetzt, und ich bin weggerannt.«

»Ich werde ihn überprüfen und auch in den Camps am anderen Flussufer nachfragen«, wandte Gooding sich an Raymond. »Vielleicht sind sie noch da. Mag sein, dass sie sie einfach haben laufen lassen.«

Er hob den Blick, als ein Schatten im Eingang auftauchte. »Was wollen Sie denn hier, Madison?«

»Falls er der Arzt ist, habe ich ihn rufen lassen«, erklärte Raymond. »Ich möchte, dass er Mrs. Horwood untersucht.«

Der Arzt spähte lächelnd in den Raum. »Ah, so treffen wir uns wieder. Das ist meine Patientin; sie lag mit Fieber im Krankenhaus. Wie geht es uns denn jetzt?«

Mrs. Horwood jedoch erinnerte sich nicht an ihn, wollte sich auch nicht untersuchen lassen, und es dauerte eine Weile, sie wieder zu beruhigen.

Raymond und Gooding warteten an Deck und beobachteten die Menschenmenge, die sich im Hafen zusammenrottete.

»Was ist da los?«, fragte Gooding unbestimmt, dann schüttelte er den Kopf. »Lieber Himmel! Die sind gekommen, um Mrs. Horwood zu begaffen. Von jetzt an wird sie wohl eine Kuriosität sein.«

Raymond hatte damit gerechnet, dass es so kommen würde, und eine Woche später, als die *Torrens* in Trinity Bay einlief, bat er den Kapitän, bis zum Einbruch der Dunkelheit vor Anker zu gehen, damit sie die Dame still und unauffällig an Land bringen konnten.

Madison gelang es, ihr Zutrauen zu gewinnen und ein bisschen mehr an Informationen zu gewinnen. »Sie wurde schlecht behandelt, jedoch nicht geschlagen oder missbraucht, was ein Segen ist, wenn man bedenkt, welcher Sorte von Männern sie in die Hände gefallen ist. Aber als ich sie zum ersten Mal sah, hatte sie Fieber, einen verstauchten Knöchel und war von Insektenstichen übersät. Diese Art von Diagnose stelle ich hier Tag für Tag – die Leute haben keine Ahnung, worauf sie sich einlassen, wenn sie wie die Buschläufer leben. Insofern fiel sie nicht aus dem Rahmen. Ich hatte keine Ahnung, wer sie ist. Aber jetzt kann ich Ihnen sagen, ihr Zustand ist bedenklich. Die Frau hat in Angst und Schrecken gelebt, und beides hat sie noch nicht überwunden. Was die Männer ihr angetan haben, als sie sie herumgestoßen haben wie einen Kuli, hat sie zu Tode erschreckt. Sie war überzeugt, dass sie sie umbringen würden, und glaubt, immer noch verfolgt zu werden.«

»Wie ist sie ins Krankenhaus gekommen?«, wollte Gooding wissen.

»Das weiß sie selbst nicht. Sie erinnert sich nur bruchstückhaft, wie Sie zweifellos bereits festgestellt haben, und an vieles will sie sich gar nicht erinnern. Deshalb lassen wir sie besser in Ruhe. Keine Fragen mehr, sie hat genug ausgestanden.«

Lewis enthielt sich angesichts dieses Rats eines selbstgerechten bösen Blicks in Richtung des Sergeants und fragte stattdessen Dr. Madison, ob er ihren sofortigen Transport nach Cairns, wo ihr Mann auf sie wartete, für ratsam hielt.

»Warum ist er nicht gekommen, um sie abzuholen?«, fragte Madison.

»Soviel ich weiß, ist er ein alter Knacker.« Gooding grinste. »Hat's gut getroffen, wie?«

»Können wir abreisen, sobald der Kapitän bereit ist?«,

fragte Raymond und wandte sich, als Madison sein Einverständnis gegeben hatte, dem Sergeant zu. »Sie können mich nicht zum Bleiben zwingen, aber ich komme zurück, wenn ich Mrs. Horwood ihrem Mann übergeben habe. Ich will diese Kerle genauso kriegen wie Sie.«

Lyle hatte ihre Rückkehr gefürchtet. Er wusste, dass sie ihm Peinlichkeiten bereiten würde. Er hatte den Gesichtsausdruck der Menschen gesehen, die nach ihr fragten, besonders der Männer, die sich die Lippen leckten, lüstern, mit frechem Blick, Rippenstöße austeilend, und er wusste, was sie dachten. Tag und Nacht wusste er, was sie dachten, während seine eigenen Gedanken sie in der Gesellschaft dieser braunhäutigen Männer sahen, die sie beäugten, berührten, ihren schönen Körper anfassten und ihr Glück kaum fassen konnten ... die sie gemeinsam genossen! Und dann würden sie Lösegeld für sie verlangen, ihn auslachen, das Geld nehmen und sie umbringen. Oder sie würden sie ihm vor die Füße werfen ... beschädigte Ware.

Schlimm war, dass ihm nicht bewusst gewesen war, wie viel Peinlichkeiten sie ihm bereiten würde.

Als Kassel in heller Aufregung an die Tür hämmerte und ihn aus tiefstem Schlaf aufweckte, um zu berichten, dass Mr. Lewis seine Frau gefunden hatte, war Lyle schockiert. Es kam zu plötzlich.

»Was? Was reden Sie da? Schreien Sie nicht so, Mann! Wo ist sie?«

»Hier, Sir!«

»Wo?« Lyle krallte die Finger in sein Nachtgewand und spähte hinaus in den dunklen Flur.

»Hier in Cairns. Mr. Lewis hat eine Nachricht geschickt. Er benötigt ein Fahrzeug, um sie herzubringen.«

»Sie ist hier in der Stadt? Wie ist das möglich? Sie kann nicht in Cairns sein. Wie ist sie hergekommen?«

»Mit dem Schiff, Sir. Mein Weinhändler spannt seinen Wagen für Sie an. Er fährt Sie zum Hafen.«

»Um diese Zeit? Wie spät ist es? Nein, nein. Ich muss mich ankleiden. Sagten Sie, Lewis ist bei ihr?«

Kassel verlor allmählich die Geduld. »Soll ich fahren? Mit dem Wagen?«

»Ja, fahren Sie. Auf der Stelle. Ich kleide mich an. Und bestellen Sie Ihrer Frau, ich hätte gern Kaffee und Brandy. Meine Nerven spielen nicht mehr mit.«

Er hatte nicht darum gebeten, dass Mrs. Kassel und Mrs. Plummer geweckt werden sollten, um seine Frau zu bemuttern und in der Hotelküche um sie herumzuschwirren, wo doch klar war, dass ihr nichts fehlte.

»Die Fahrt von Cooktown hierher hat ein wenig zu ihrer Beruhigung beigetragen«, erklärte Lewis.

»Wo hat sie geschlafen?«, wollte Lyle wissen.

»Der Kapitän hat ihr seine Kabine überlassen. Aber wie gesagt, Constance sieht inzwischen wirklich gesund aus, besser als zu dem Zeitpunkt, als ich sie fand, aber es gibt Probleme.«

»Welcher Art?«

»Der Arzt, der sie untersucht hat, sagt, sie steht noch unter Schock nach all den schrecklichen Erlebnissen.«

»Jetzt ist sie zurück und wird darüber hinwegkommen. Was für Probleme meinte er konkret?«

»Die Nerven, so etwas in der Art.«

»Blödsinn, diese Nervengeschichten. Davon halte ich nichts. Meistens handelt es sich meiner Meinung nach eher um ein schlechtes Gewissen. Menschen mit reinem Gewissen haben keine Nervenprobleme. Sie haben gehört, was meine Frau sagte: Man hat sie nicht geschlagen. Sie ist mit heiler Haut davongekommen. Schauen Sie sich die kleine Mrs. Caporn an – was sie der angetan haben. Ihr ins Gesicht geschlagen! Geprügelt! Zu Boden gestoßen und die Haare ausgerissen. Mein Gott! Was die Frau durchgemacht hat! Aber sie hat Mumm, sie geht hoch erhobenen Hauptes weiter ihren Weg. Sie brauchte nicht in Watte gepackt zu werden, ihr brauchte kein zartfühlender Arzt zu erzählen, ihre Nerven wären angegriffen.«

Er wandte sich den Frauen zu. »Es ist an der Zeit, dass meine Frau sich zur Ruhe legt.«

»Aber natürlich«, sagte Mrs. Plummer ätzend. »Brauchen Sie noch etwas, Constance?«

Sie schüttelte den Kopf.

»Ich habe einen Teil Ihrer Sachen ausgepackt«, bemerkte Mrs. Kassel. »Alles ist in bester Ordnung. Ihre hübschen Kleider warten auf Sie. Es ist so schön, Sie wieder in Sicherheit zu wissen. Wir alle hatten solche Angst um Sie. Soll ich Sie in Ihr Zimmer begleiten?«

»Oh ja, bitte«, sagte Constance und ergriff ihren Arm.

»Es war ein Glücksfall, dass Constance den Weg zu diesem Krankenhaus in Cooktown gefunden hat«, bemerkte Mr. Lewis, und Lyle ärgerte sich darüber, dass Raymond den Helden spielte, als hätte er sie aus eigener Kraft gefunden, während man sie ihm in Wirklichkeit doch zugeführt hatte.

»Ja, darüber habe ich auch schon nachgedacht. Angeblich wird sie von diesen Männern gefangen gehalten, aber dann begibt sie sich seelenruhig in ein Krankenhaus.«

»Lyle, ich sagte doch bereits, sie ist geflüchtet!«

»Ah, ich verstehe. Mittlerweile kann sie einem Dutzend Männern davonlaufen. Wenn man endlich aufhören würde, sich einzumischen, und mir die Angelegenheit überlassen würde, dann könnte ich herausfinden, was genau sich zugetragen hat. Und bitte informieren Sie die Reporter und die Polizei, dass meine Frau keine Interviews gibt. Ich lasse nicht zu, dass man sie zur Befriedigung von Privatinteressen missbraucht.«

»Sagen Sie Ihnen das am besten selbst. Und übrigens, Sie schulden mir hundert Pfund.«

»Wie? Wofür?«

»Für die Belohnung. Ich musste eine Belohnung von hundert Pfund aussetzen und bezahlen, für Informationen, die zur ...«

»Sie haben irgendwem hundert Pfund dafür bezahlt, dass er seiner Bürgerpflicht nachkam? Mein Gott, kann es einen da noch wundern, dass dieses Land so rückständig ist? Wenn Politiker so sinnlos unser Geld verschleudern?«

»Ein Gentleman würde derartige Schulden anstandslos bezahlen, Horwood.«

»Blödsinn!« Lyle blickte Constance nach, die mit Mrs. Kassel zur Tür ging. Sie hielt sich gut, ihr fehlte überhaupt nichts. Sie war eine kräftige junge Frau, gesund wie ein Pferd. Mit dieser Nervengeschichte würde bald Schluss sein, wenn er von Anfang bis Ende gehört hatte, was sich wirklich mit diesen Männern zugetragen hatte. In allen Einzelheiten. Von dem Augenblick an, als die Männer sie aus der Kabine geholt hatten, in der sie mit den anderen Frauen eingesperrt gewesen war.

Ging es wirklich um Geld? Oder war da was zwischen ihr und Offizier Tussup? Einer der Polizisten hatte ihn doch tatsächlich gefragt, wie lange seine Frau Tussup schon kannte. Das gab einem zu denken.

Er war so vertieft in seine Gedanken, dass er seinen Brandy austrank und die Küche verließ, ohne den drei Zurückbleibenden auch nur einen Blick zu widmen.

»Du hast Glück, dass ich den Großteil deines Gepäcks vom Schiff retten konnte«, sagte Lyle, während er seinen Schlafrock aufhängte und sich die Haare bürstete. »Warum gehst du nicht zu Bett?«

Constance hörte anscheinend gar nicht zu, und er trat zu ihr. »Willst du die ganze Nacht in diesem Lehnstuhl sitzen bleiben?«

Sie schüttelte den Kopf. »Ich habe nicht mit ihnen geredet. Ich habe lange Zeit kein Wort mit ihnen gesprochen.«

»Warum nicht? Was wollten sie denn wissen?«

»Ich weiß es nicht.« Sie kauerte sich im Lehnstuhl zusammen.

»Wo ist das Rettungsboot an Land gegangen?«

»An einem Strand, glaube ich. Ich kann mich nur schwer erinnern, und zu der Zeit habe ich ja nicht mit ihnen gesprochen.«

Er setzte sich auf die Bettkante und versuchte, brauchbare Informationen aus ihr herauszubringen. Wen interessierte es, dass sie nicht mit den Männern geredet hatte? Denen war es sicherlich herzlich gleichgültig gewesen.

»Wo hast du geschlafen?«

»Ich kann keinen klaren Gedanken fassen. Ich war die ganze Zeit über so müde. Wo ist Mrs. Willoughby? Die Chinesin? Wohnt sie auch hier im Hotel?«

»Nein, sie ist ertrunken. Wenn ihr doch bei Cooktown am Strand an Land gegangen seid, wieso bist du dann durch den Busch gelaufen? Dabei hast du dir wohl diese Schnittverletzungen und Blutergüsse an den Armen und Beinen zugezogen?«

»Sie haben mich mitgeschleppt.«

»Warum?«

»Ich kann mich nicht erinnern.«

»Wie praktisch«, sagte er, von einem bestimmten Verdacht gequält. Lewis hatte gesagt, sie hätten von Constance nur wenig über die Tage ihrer Gefangenschaft erfahren, und er hatte auch nicht mehr Erfolg zu verzeichnen. Er beschloss, einen strengeren Ton anzuschlagen.

»Wo ist dein Kleid?«, fragte er drohend. »Das rote Kleid, das du anhattest, als sie dich ins Rettungsboot holten?«

Sie senkte den Blick und befingerte das Nachthemd, das Mrs. Kassel für sie bereitgelegt hatte. Offenbar war sie sehr verwirrt. »Mein Kleid. Ich weiß es nicht. Doch, sie haben es mit einem Messer aufgeschlitzt.«

»Sie haben es dir am Leibe aufgeschlitzt?« Jetzt kam er der Sache schon näher.

»Mit einem Messer. Ich hatte schreckliche Angst. Zu der Zeit sprach ich wieder mit ihnen. Ich bin müde, Lyle. Ich wollte, du würdest gehen.«

»Du bist unbekleidet im Busch herumgelaufen? Mit all diesen Männern? Was haben sie mit dir gemacht? Mir kannst du es sagen, ich bin schließlich dein Mann.«

»Ich weiß es nicht. Ich bin müde. Sie haben mich herumgestoßen. Haben mir schmutzige Pantoffeln gegeben, mich wie eine Kulifrau behandelt. Hast du gesagt, die kleine Chinesin sei ertrunken? Das kann nicht sein! Du lügst mich an! Sie ist ihnen entwischt.«

»Beruhige dich doch. Du weckst ja das ganze Hotel auf. Als hättest du nicht schon genug Ärger gemacht. Morgen früh reden wir weiter. Steh jetzt auf und geh ins Bett.«

Gehorsam ging sie zum Bett, schlug das Laken zurück und wollte sich hinlegen, doch Lyle hielt sie zurück. »Hast du vergessen, dass ich es nicht mag, wenn du im Bett Nachtwäsche trägst? Es ist heiß. Zieh dich aus.«

Sie knöpfte das Nachthemd auf, zog es aus und warf es über einen Stuhl. Dann schlüpfte sie ins Bett und rollte sich zum Schlafen zusammen. Lyle hatte ihren schönen jugendlichen Körper vermisst, aber als seine Hand über ihre Hüfte und ihren Bauch strich, empfand er plötzlich heftige Abscheu. Würde sie je die Wahrheit über diese Nächte im Busch sagen? Konnte er jemals sicher sein, dass diese Asiaten nicht über sie hergefallen waren? Oder Tussup? Sie hatte ihn bisher nicht erwähnt, oder?

Er zog die Hand zurück. »Was war mit Tussup? Was hat er denn die ganze Zeit getrieben?«

»Wir sind weggelaufen.«

»Wer? Du und Tussup?«

»Ja«, antwortete sie benommen. »Wir sind weggelaufen.«

8. Kapitel

Zwar hatte Jake als Junge den ganzen Weg von Goulburn nach Sydney zu Fuß zurückgelegt, auf Sandwegen unter sonnigem blauen Himmel. Aber das hier! Dieser Weg über die Bergkette war ein Albtraum.

Kaum war er aufgebrochen, als Nieselregen einsetzte. Nicht, dass der Regen ihn gestört hätte – in den Tropen war damit zu rechnen –, aber dieser Weg durch den Dschungel war schlüpfrig, bedeckt mit feuchtem, dampfenden Laub. Er durfte sein Pferd keiner Verletzungsgefahr aussetzen, deshalb ritt er im Schritttempo und hielt auch nicht inne, als graues, trübes Tageslicht durch den dunklen Baldachin der Baumwipfel drang.

Mit dem Licht kamen weitere Reisende zum Vorschein. Gespenstische Gestalten, mit Decken und Ölhäuten gegen den Regen geschützt, traten aus dem Wald, um ihren Weg fortzusetzen. Es gab keine Gespräche, keine Kameradschaftlichkeit. Es war eine verbissene, ernste Angelegenheit. Entschlossenheit trieb sie, verließ sie, stieß sie, während der Weg hinauf ins Vorgebirge beschwerlicher wurde. Männer zogen Handkarren voller Ausrüstung, sie marschierten mit gesenkten Köpfen, ihre Bündel auf dem Rücken. Weiter vorn stieß Jake auf eine Familie in einem Wagen mit gebrochener Achse, doch wie alle anderen auch setzte er seinen Weg einfach fort. Eine lange Schlange chinesischer Kulis lief neben ihm her, Körbe auf den Schultern balancierend, ohne nach links und rechts zu blicken, und Jake trieb sein Pferd an, um sie hinter sich zu lassen – in Gedanken daran, dass auch Bartie Lee so reisen würde, mit Dienern, wie er es sich ausgemalt hatte, die für ihn Lasten tragen, kochen und Gold schürfen sollten.

Als die Sonne durch die Wolken brach, machte er am Wegesrand Pause, um rasch etwas zu essen. Jake war Hitze gewohnt, die trockene Hitze seiner Heimatstadt und die Schwüle asiatischer Häfen wie Singapur oder Batavia, und ihm war klar, dass die Hitze in dieser ausgedörrten Wildnis sein geringstes Problem sein würde. Viel gefährlicher war zum Beispiel die graue Schlange, die zu seinen Füßen durchs Gras huschte. Er musste die Augen gut offen halten.

Bald saß er wieder zu Pferde, kam an manchen Wegstrecken, die plötzlich durch offenes Gelände führten, schneller voran, verzweifelt darauf bedacht, diesen Ritt so schnell wie möglich hinter sich zu bringen. Und dann begann er den Aufstieg in die Berge, bis ihn an einem belebten Lagerplatz die Dämmerung einholte. Ihm kam in den Sinn, dass er an seinem ersten Tag wohl nur eine durchschnittliche Wegstrecke zurückgelegt hatte, wenn so viele andere ebenfalls hier Halt machten, und er beschloss, sein Tempo am nächsten Tag zu steigern.

Ohne jegliches Bedürfnis, jemanden kennen zu lernen oder mit Leuten zu reden, schlug er abseits von den anderen sein Lager auf, und als er gegessen hatte, trat er das Feuer aus und entrollte seine Schlafmatte zwischen den Wurzeln eines uralten Baums. Er war gerade im Begriff einzudämmern, als er von einem Lagerplatz in der Nähe Schreie und Rufe hörte, und er verhielt sich völlig still, verschmolz mit den Schatten. Schüsse peitschten auf, eine Frau kreischte, Schritte stampften über den schweren Boden, die Hölle brach los.

Jake konnte sich denken, was passiert war. Madeleine, die Hure, hatte ihn gewarnt. Deshalb verhielt er sich ruhig. Wenn Schwarze auf dem Kriegspfad waren, konnte er sich abseits vom allgemeinen Lager sicherer fühlen.

Am nächsten Morgen erfuhr er dann tatsächlich, dass zwei Männer bei einem hinterhältigen Angriff der Schwarzen von Speeren getroffen und getötet worden waren, einen dritten hatte ein Speer in der Brust getroffen, und es war fraglich, ob er überleben würde, zumal kein Arzt in der Nähe war, um ihn zu behandeln.

»Ich habe Schüsse gehört. Haben sie welche von den Schwarzen erwischt?«

»Das wissen wir nicht«, sagte man ihm. »Keiner traut sich in diesen dichten Busch hinein, um nachzusehen.«

Jake zuckte die Achseln. Dieses Spießrutenlaufen war kein Spaß. Was mochte einen auf der Rückreise erwarten?, fragte er sich. Wenn man mit Gold zurückkam? Dann würden die Schwarzen nicht die einzige Gefahr darstellen. Jeder Einzelne dieser Schweinehunde, ob weiß oder gelb, würde einem des Goldes wegen die Kehle durchschneiden. Es musste doch eine Lösung für dieses Problem geben. Mit der Zeit würde er sie schon finden.

Auf seinem Weg die schlammigen Spuren entlang stieß er auf Leute, die zu krank waren, um die Reise fortzusetzen, die vom Fieber niedergestreckt wurden, an Schlangenbissen und allen möglichen Krankheiten litten oder in den nicht eben seltenen Auseinandersetzungen verletzt worden waren – in Faustkämpfen, Schießereien, allesamt Teil dieses Konkurrenzkampfes, dieses Wettlaufs um das Gold. Das alles interessierte Jake nicht. Er hörte alles, übte sich jedoch darin, weder nach rechts noch nach links zu schauen, ganz gleich, welch erbärmlicher Anblick sich dort bot. Es trieb ihn immer weiter, und Tage später hatte er Battle Camp Range überwunden und den Dschungel hinter sich gelassen. Jetzt ritt er durch vertrauteres Buschland, über weites, offenes Land, Weideland, wie er vermutete, in Richtung Maytown, das zweite Goldgräberlager, das sich zu einer Art Stadt ausgewachsen hatte, ähnlich dem Chaos von Cooktown. Noch ein Stück weiter befand sich, wie er gehört hatte, ein weiteres Lager namens Palmerville, aber Maytown sollte fürs Erste reichen.

Er wurde von Euphorie erfasst, denn er konnte kaum fassen, dass er es schließlich doch bis zu einem richtigen Goldfeld geschafft hatte, wo massenweise Gold herumlag und nur darauf wartete, aus dem Flussbett gesiebt oder aus dem Boden gegraben zu werden. Er vergaß seine Erschöpfung, brach das sich selbst gegebene Versprechen, sich bei seiner Ankunft zur Abkühlung und Reinigung gleich in den Fluss zu stürzen, und machte sich auf die Suche nach dem Büro des Goldbeauftragten, wo er unter dem Namen Rory Moore eine Lizenz erstand.

»Beruf?«

»Beruf?«, wiederholte er. »Äh ... Farmer.«

»Gut. Woher kommen Sie?«

Ja, woher kam er? Jake war jahrelang außer Landes gewesen. Er nannte den ersten Namen, der ihm in den Sinn kam.

»Goulburn. Ja, Sir, Goulburn.«

Eines Tages würde er dorthin zurückkehren. Die Farm gehörte jetzt ihm, war sein Besitz. Schon vor Jahren hatte er sich die Rechte gesichert.

»Wollen Sie auch einen Claim eintragen lassen?«, fragte der Angestellte.

»Nein. Habe mir noch keinen Schürfplatz ausgesucht. Wissen Sie eine gute Stelle, wo ich anfangen könnte?«

Der Angestellte zuckte mit den Schultern. »Hol mich der Teufel, wenn ich das wüsste. Hier haben Sie Ihre Lizenz.«

Tage später überquerten Bartie Lee und seine Truppe inmitten eines großen Zugs von Chinesen die Bergkette. Falls die Chinesen überhaupt bemerkten, dass er und einige seiner Leute Malaien waren, störte es sie offenbar nicht sonderlich, denn sie waren viel zu sehr auf ihr eigenes Fortkommen bedacht. Es waren so viele, dass sie manchmal den Weg verstopften und dafür die Peitsche von Reitern zu spüren bekamen oder Drohungen von Wagenführern ertragen mussten, denen es auch ohne Hunderte von unerwünschten Chinesen schon schwer genug fiel, ihre Bedarfsgüter zu transportieren.

Bartie erkannte schon bald, dass die Chinesen nicht bereit waren, den Weg zu verlassen und sich durch den Busch zu schlagen, weil solche Abkürzungen zu gefährlich waren. Dort wurde man allzu schnell aus dem Hinterhalt von Schwarzen überfallen und umgebracht, die die Leichen oft an Bäume hängten, um nachfolgende Reisende zu warnen.

Er hatte seine Männer aufgefordert, falsche Namen anzunehmen, um nicht entdeckt zu werden.

»Das ist ganz einfach, versteht ihr? Dann sind wir alle frei wie die Vögel. Keine Polizei, die uns jagt. Die ist viel zu sehr damit beschäftigt, diese bösen schlimmen Meuterer zu suchen.«

Doch im Verlauf ihres Aufstiegs in die Berge zeigte sich, dass es doch gar nicht so einfach war, denn immer wieder vergaßen sie ihre neuen Namen, und Bartie selbst war der Vergesslichste. Dann verschwanden seine drei Chinesen, die vormaligen Stewards.

»Die Schwarzen haben sie erwischt«, bemerkte Mushi genüsslich. »Haben sie in Stücke gehackt und an einen Baum gehängt. Darauf möchte ich wetten.«

Doch sie selbst wussten es besser.

»Nein. Sie wollen sich nicht von der Polizei jagen lassen. Sie denken, wenn sie wieder Chinesen sind, sucht niemand sie wegen der Meuterei. Sie sind mit den chinesischen Kulis gegangen.«

Bartie schäumte vor Wut, wusste jedoch, dass er sie niemals finden würde. In den Reihen ihrer Landsleute waren sie bestens verborgen.

»Ach, die brauchen wir doch nicht«, knurrte er.

Das war allerdings noch nicht alles, was seine wankelmütigen Stewards zu bieten hatten. Sie waren nicht glücklich darüber, Bartie Lee als Boss anerkennen zu müssen, nachdem Jake mit der Frau verschwunden war. Deshalb verhandelten sie mit einem chinesischen Boss, den sie unterwegs kennen gelernt hatten, und schlossen rasch einen Handel ab.

Dieser Mann hatte seine Leute legal nach Cooktown gebracht und ihre Einwanderung bei der Zollbehörde im Hafen registrieren lassen. So fügte er die drei – falschen – Namen einfach seiner Liste hinzu.

»Kein Mensch merkt, wenn es ein paar mehr sind«, erklärte er den Dreien in aller Ruhe. »Und womöglich sterben auch ein paar von meinen Leuten, bevor wir hier wieder rauskommen.«

Als Gegenleistung für diese großartige Gefälligkeit ließen sie den Boss wissen, dass Bartie Lee eine beträchtliche Summe Geld bei sich trug, die er auf dem Schiff gestohlen hatte. Ihnen war klar, dass er das Doppelte des Betrages besaß, den er mit ihnen geteilt hatte. Fairness hätte ohnehin niemand von ihm erwartet. Und nachdem er seinen Leuten ihren Anteil ausgehändigt hatte, fing er auch noch an, sich von ihnen die täglichen Mahlzeiten bezahlen zu lassen.

Nach einem besonders harten Tag schliefen Bartie Lee und seine Männer nach dem Genuss von billigem Whisky tief und fest am Wegesrand, während drei Chinesen lautlos sein Camp durchsuchten. Zielstrebig nahmen sie sich seines Bündels an, in dem er das Geld versteckt hielt, und dann seiner Stiefel, Stiefel eines Weißen, wo er, vorsichtig, wie er war, den Rest aufbewahrte, und dann verschwanden sie in der Dunkelheit.

Der Tag war schon mehrere Stunden alt, und sie befanden sich schon auf dem Abstieg von der Bergkette, als Bartie den Diebstahl bemerkte und anfing, Mushi anzuschreien, welcher wiederum den eigenen Leuten die Schuld zuschrieb. Das Geld wurde nie gefunden, und das gegenseitige Vertrauen war stark erschüttert.

Bartie bestand darauf, dass sie ihr Geld nun zusammenlegten, und sie machten sich auf die Suche nach einer Stelle, an der sie zu graben beginnen konnten. Die Goldfelder, ein riesiges, skrupellos von Schächten und Gruben durchsetztes Gebiet, jagten ihnen gehörige Angst ein. Graue Zelte zwischen hässlichen Hügeln roter Erde schrumpelten in der sengenden Sonne, und der inzwischen berühmte Fluss, der sich zwischen den Unterkünften hindurchschlängelte, war kaum auszumachen.

Bartie wollte so nahe beim Fluss wie eben möglich graben, doch sie fanden keine Stelle, an der sie nicht von wütenden Goldgräbern verscheucht wurden. Dann mussten sie das gleiche Verhalten von den Chinesen hinnehmen, als sie deren Lager betraten und erstaunt sahen, wie gut die Chinesen organisiert waren, sogar bewaffnete Wachen patrouillierten um die Zelte. Schließlich beschlossen sie, dem Fluss zu folgen, bis sie eine geeignete Stelle fanden, und so endeten sie mehr als eine Meile entfernt vom Zentrum des Lagers in einem Dorf namens Maytown.

Die anderen Goldgräber sahen sie böse an, als sie sich niederließen.

»Wir wollen hier keine Chinesen«, schrien sie. »Haut ab!«

»Siehst du«, flüsterte Bartie zu Mushi. »Deshalb wollte ich Tussup bei uns haben. Er hätte uns die Schweine vom Leib gehalten. – Wir sind keine Chinesen, Sir«, fuhr er laut und vernehmlich mit einer Verbeugung fort. »Wir sind gute Malaien. Ganz sauber.«

»Ach, haut ab«, kam die gleichgültige Antwort, und Bartie beschloss, die Männer einfach nicht zu beachten. Zur gleichen Zeit mähte Mushi mit seiner Machete das lange Gras, um ein Lager aufschlagen zu können. Und Bartie vermutete, dass das Blitzen des scharfen Stahls seine Wirkung tat. Sie würden sich von ihrem selbst gewählten Claim nicht vertreiben lassen.

Er verschränkte die Arme und stand stolz am Flussufer, Herrscher eines kleinen Reichs, an der Schwelle zu unermesslichem Wohlstand.

Mit der Morgendämmerung kam die aufgeregte Geschäftigkeit, die den neuen Tag ankündigte. Die ersten Sonnenstrahlen wurden wohl noch nie mit solcher Begeisterung begrüßt wie am Ufer dieses Flusses voller Gold. Bartie hatte gehört, dass hier inzwischen schon eine Tonne Gold gewonnen und vom Goldbeauftragten, der seinen Tribut einforderte, pflichtschuldigst registriert worden war, und darin waren noch längst nicht die Mengen enthalten, die die Chinesen außer Landes schmuggelten. Bartie hatte sich bereits entschlossen, sich diesem Trend anzuschließen; er sah keinen Anlass, Zoll zu zahlen für das Gold, das er hier fand.

Statt den Boss zu spielen, wie er es geplant hatte, und seine Arbeiter zu beaufsichtigen, schuftete Bartie wie die anderen auch, versessen darauf, das köstliche, schwer zu findende Gold zu schürfen. Er hatte einen langen, abschüssigen Trog gebaut, in den sie eimerweise Wasser gossen, um das Gold von Sand und Kies zu trennen. Danach schüttelten sie den Rest durch feine Siebe, um ganz sicher zu sein, während ein paar Meter weiter Mushi auf seine Anweisung hin im Boden grub. Er ging dieses Unternehmen wohl überlegt an und versuchte, sowohl im Fluss als auch in einer Mine fündig zu werden.

Gegen Mittag hatten sie ein paar Körnchen Alluvialgold gefunden, und Bartie tanzte wie ein Derwisch, schüttelte das Gold in einer Streichholzschachtel und sprang in den Fluss, um das Bett umzugraben.

»Hey, du da!«

Bartie blickte auf und sah einen Mann in schwarzer Uniform am Ufer stehen. Aller Mut verließ ihn. Polizei! Sie hatten sie schon gefunden! Er war so schockiert, dass er um ein Haar nach seiner Machete gegriffen hätte, bereit, jeden niederzumetzeln, der ihn von seiner Goldmine fern halten wollte.

»Hast du eine Lizenz, hier zu graben?«

»Eine Lizenz, Sir? Nein. Was ist das?«

»Falls du und deine Kumpels keine Berechtigung zum Schürfen habt, dann haut lieber ab, bevor ich euch einloche.«

»Berechtigung, Sir? Was ist das?«

Der Beamte erklärte, dass jeder eine Genehmigung benötigte und das der Claim registriert werden müsse, was zwei Pfund kostete. Bartie bezahlte bereitwillig, obwohl ihre gemeinsamen Geldmittel erschreckend geschrumpft waren. Wenn nötig, hätte er dem Mann alles gegeben. Er hätte gern gewusst, wie Jake sich inzwischen nannte, denn auch er musste ja einen Namen angeben, um diesem unbekannten Gesetz Genüge zu tun. Sobald er die Goldgräberei richtig gut organisiert hatte, musste er sich dringend nach diesem betrügerischen Schweinehund umsehen.

Bald waren sie wieder bei der Arbeit und schufteten ununterbrochen, bis die Dunkelheit sie zum Aufgeben zwang. Bartie wies sich selbst die Aufgabe zu, in den Sieben nach Gold zu suchen. Tag für Tag hockte er im seichten Wasser, füllte das gefundene Alluvialgold in seine Streichholzschachtel, ohne jedoch zu erwähnen, dass er noch eine zweite Schachtel füllte. Diese hielt er hinter der Rinde eines Baums verborgen, den er aufsuchte, wenn er sich zum Pinkeln in den Busch zurückzog.

Als die zweite Schachtel gebraucht wurde, verstaute er seinen privaten Anteil in einem Lederbeutel, den er unterwegs gefunden hatte. Es ging langsam voran, die Ergebnisse waren mager im Verhältnis zu den vielen Stunden Schwerstarbeit, aber das störte keinen von ihnen. Es war ein Spiel, eine Jagd, und sie würden erst aufhören, wenn sie das Rennen gewonnen hatten. Dachten sie.

Mushi war es dann, der Schwierigkeiten machte. Nachts zog er allein los, trieb sich in den schmutzigen Gassen mit Opiumhöhlen, Spielhöllen, Schwarzbrennern und Huren herum und verdiente auf seine Weise Geld, indem er mit seinem scharfen Messer fremde Hosentaschen und Geldbörsen aufschlitzte. Von seiner Beute kaufte er Schnaps und billige asiatische Huren, doch ihn verlangte nach einer weißen Frau wie jener Mrs. Horwood vom Schiff. Nach einer Frau mit samtiger Haut, weichen Brüsten und blondem Haar.

Und eines Nachts, in den Krallen des Fusels, den die Goldgräber aus Kartoffeln brannten, sah Mushi sie. Taumelnd lief er ihr nach, doch sie verschwand hinter einer Teebaumhecke, die eine Latrine für Frauen umgab.

»Besser so«, brummte er vor sich hin. »Viel besser. So hab ich sie ganz für mich allein.«

Sie wehrte sich, biss und kratzte, was sich für eine Dame nicht gehört, ganz ungezogen war und bewies, dass sie nicht besser war als die Huren überall auf der Welt, und so versetzte er ihr einen Fausthieb ans Kinn, damit sie lernte, sich zu benehmen. Er verging sich an ihr und stieß sie, als er fertig war, in den Schlamm. Sie spie ihn an, und er zückte sein gutes, scharfes Messer, riss ihr Haar in die Höhe und schnitt es ab.

Gewalt grassierte in der schäbigen Budenstadt. Jake wunderte es kaum, dass Streit unter Betrunkenen und Rassenkonflikte an der Tagesordnung waren, dass Frauen, die verrückt genug waren, diesen Keilereien zu nahe zu kommen, geschlagen und gelegentlich, wenn eine noch nicht gelernt hatte, sich zu wehren, auch vergewaltigt wurden.

Eines Abends, als er mit ein paar Kerlen trank, hörte er von der jüngsten Vergewaltigung. Hörte, dass der Vergewaltiger dem Opfer mit einem Messer das Haar abgehackt hatte.

Mushi, dachte er. Das ist die Handschrift von Mushi, diesem Schwein. Sie sind also hier. Aber wo genau?

Er hatte Ansprüche auf eine alte, schon zwei Fuß tief ausgegrabene Mine angemeldet und zu graben begonnen, bisher ohne Erfolg, aber er stand ja noch ganz am Anfang. Das Pferd hatte er verkauft, und mittlerweile entfernte er sich selten weit von seinem Lager. Sein Zelt hatte er neben seinem Stollen aufgebaut. Doch je öfter er an Bartie Lee und seine Bande dachte, die ihm auf den Fersen waren, desto größer wurde sein Unbehagen.

»Besser, ich finde sie, bevor sie mich finden.«

Systematisch begann er zu suchen, ohne jemanden fragen zu können, ob er die Männer kannte, einzig im Vertrauen auf seine Kenntnis der nächtlichen Vergnügungsstätten, die sie bevorzugen würden. Diese Methode erschien ihm die einzig sichere zu sein, zumal er sich nicht traute, am helllichten Tag auf der Suche nach ihnen durch die Stadt zu marschieren.

Nacht für Nacht saß er, einen dicken Schal um den Kopf gewickelt, in der Dunkelheit wie einer von den Wracks, die in all dem Durcheinander die Orientierung verloren hatten, neben einem Schnapsladen und beobachtete die Passanten, wenn sie in das Licht der aufgehängten Laternen traten. Irgendwann kam einer von den malaiischen Matrosen vorbei und bestätigte damit Jakes Verdacht, dass Barties Bande es bis zum Palmer geschafft hatte. Der Mann schien ziellos umherzustreifen, kaufte sich nur eine übel riechende Suppe bei einem der Straßenverkäufer, doch Jake folgte ihm hartnäckig, bis er zu Barties Lager geführt wurde.

Am nächsten Tag eilte er trotz des Risikos dorthin zurück, um die Registriernummer des Claims ausfindig zu machen, die die Malaien dem Gesetz entsprechend pflichtschuldigst gut sichtbar ausgehängt hatten. Zu seiner Überraschung hielten sich nur Malaien in dem Lager auf, nicht einer von den Chinesen war zu sehen, und er vermutete, dass sich die Gruppen getrennt hatten.

Allerdings wäre es unklug gewesen, länger in der Nähe des Lagers herumzulungern. Also ging er zurück, suchte Feder und Papier und notierte Mushis Namen und seine Claimnummer. Danach ging er zu dem Schnapsladen und fragte beiläufig nach der vergewaltigten Frau, der der Angreifer das Haar abgeschnitten hatte.

Einem Knirps gab er Geld, damit er zu ihr lief, ihr den Zettel gab und erklärte, dass dieser Mann der Täter war. Dann wandte er sich wieder seiner Mine und wichtigeren Problemen zu. Es war an der Zeit, Bauholz zu besorgen, um die Wände des Stollens abzustützen, damit er tiefer graben konnte. Bisher war er allein zurechtgekommen, und wenngleich er wusste, dass bei der Arbeit unter Tage ein Partner als Sicherheitsmaßnahme unerlässlich war, schreckte er doch vor dem Gedanken zurück. Jake war Einzelgänger. Als Junge hatte er einmal die Wärme einer liebevollen Familie gekannt, doch diese Wärme war ihm auf tragische Weise entzogen, wie mit einem Blasebalg aus ihm herausgesaugt worden, und daher war er als Mann eiskalt. Gleichgültig. Freundschaften an Bord von Schiffen hatte er stets mit einem Schulterzucken abgetan und war im Hafen wieder seiner eigenen Wege gegangen. Dieses neue Leben, diese einsame Arbeit in seiner Mine gefiel ihm. Für ihn bestand keine Notwendigkeit, mit Leuten zu reden, bohrende Fragen zu beantworten, ihr Geschwätz anzuhören oder auch nur ihre Nähe zu ertragen.

Er ging zur Sägemühle am Rande des Buschs und bestellte die benötigten Stützbalken.

»Damit kann ich nicht dienen, Kumpel«, sagte der Besitzer. »Kann nicht mithalten mit der Nachfrage. Aber meine Holzfäller bringen morgen eine neue Ladung rein. Ich lege dir welche zurück.«

Jake sah zu, wie eine Fähre über den Fluss setzte, und betrachtete die Schürfstellen am anderen Ufer.

»Was ist da drüben los?«, fragte er den Holzhändler. »Was liegt hinter all diesen Camps?«

»Nicht viel. Weideland.«

»Gibt es Farmen da draußen?«

»Nein, aber dauernd ziehen Viehtreiber durch.«

»Wie treiben sie denn das Vieh über die Berge?«

»Tun sie ja nicht. Sie bringen das Vieh von Süden rein.«

Jakes Interesse war erwacht. »Es gibt also eine Straße landeinwärts?«

Der Holzhändler lachte. »Keine, die man sehen könnte. Aber die Leute, die dieses Land erschlossen und Gold gefunden haben, kamen aus dem Landesinneren. Ein verdammt langer Weg. Georgetown ist eine Siedlung, ein paar hundert beschwerliche Meilen von hier, und dazwischen gibt es gar nichts. Aber die Siedler verbreiten sich jetzt von Georgetown aus und nehmen das Land in Besitz, hundert Quadratmeilen am Stück.« Er grinste. »Viel Glück, kann ich nur sagen.«

Nachdenklich ging Jake weiter. Ihm war nicht bewusst gewesen, dass es eine Hintertür zu dieser Gegend gab. Das könnte sich als günstig erweisen. »Verdammt günstig«, murmelte er und kramte nach seiner Tabaksdose.

Das Mädchen war die Tochter des Fleischers. Ihr Vater und sein Partner arbeiteten tagsüber in ihrer Mine und des Nachts in ihrer Fleischerei, wo sie auch Schnaps verkauften. Seine Tochter, sein ganzer Stolz, arbeitete ebenfalls hart. Bei Tag putzte und kochte sie für die Männer, bis Mitternacht, wenn ihr Vater Feierabend machte, arbeitete sie in dem windschiefen Laden. Sie hieß Cora.

Gegen elf Uhr in der besagten Nacht fand eine Frau das kleine dünne Ding schluchzend in die Teebaumhecke gekauert.

Sie lief die Gasse entlang zum Metzger.

»Ihre Cora«, sagte sie, »ihr ist etwas zugestoßen.«

»Wo ist sie? Wir schließen den Laden bald, und sie soll ... was ist mit ihr?«

»Kommen Sie schnell!«

Alle hätten schwören mögen, dass man sein Schmerzens- und Wutgebrüll, als er Cora sah, in der ganzen Siedlung hören konnte. Er hob sie behutsam auf und trug sie zu seinem Camp hinter dem Laden. Um des Anstands willen bat er die Frau, sie ein wenig herzurichten, den Schmutz abzuwaschen, ihr die zerrissenen Kleider auszuziehen ... »Und reden Sie mit ihr, bitte! Sie können ihr Fragen stellen, die ich nicht stellen kann, verstehen Sie? Ich will alles genau wissen. Was mit ihr passiert ist, wer es getan hat, bei Gott!«

Er schloss den Laden und wartete voller Angst, mit den Händen ringend. Tief im Herzen wusste er, dass sie vergewaltigt worden war, doch er betete, es möge nicht zutreffen. Verzweifelt dachte er an die Folgen einer Vergewaltigung. Cora war ein scheues Mädchen. Sie hatte Todesangst ausgestanden. Und wenn diese Bestie sie gar geschwängert hatte?

»Oh Gott!« Er weinte.

»Wie lange dauert das denn noch?«, rief er.

Seine Tochter war geschlagen und vergewaltigt worden. Sie war völlig verwirrt vor Angst. Ihre Nase und zwei Finger waren gebrochen, augenscheinlich, weil sie sich heftig gewehrt hatte, und zudem waren, wie die Frau meinte, mehrere Rippen angebrochen.

»Ich hole ihr einen Becher Gin zur Beruhigung«, sagte sie und lief davon.

Der Metzger nahm sein Gewehr vom Haken und lud es. Er tätschelte seiner Tochter den Kopf. »Hab keine Angst mehr. Dein Daddy lässt nicht zu, dass jemand dir was tut. Ich bleibe die ganze Nacht bei dir.«

Es war schon wieder hell, als er Cora genauer betrachtete, das schlimm zugerichtete Gesicht sah, die Haare ...

Er musste schnellstens raus aus dem Zelt, um seine Wut

in den Griff zu bekommen, sonst hätte er das arme Mädchen aufgeweckt.

»Wie geht es ihr?«, fragte sein Partner, doch der Metzger schüttelte den Kopf. »Das Schwein bring ich um.«

Die Vergewaltigung wurde angezeigt. Ein Polizist nahm die Ermittlungen auf. Der Metzger und die empörte Gemeinde bestanden darauf, dass zwei berittene Polizisten, die erst vor zwei Tagen nach Maytown beordert worden waren, den Vergewaltiger ausfindig machten. Aber seitdem war einige Zeit vergangen, eine Verhaftung hatte nicht stattgefunden, und der Metzger hielt die Männer für inkompetent.

Und dann übergab Cora, ein großes rotes Tuch um den Kopf gewickelt, ihrem Vater den besagten Zettel, denn sie selbst konnte nicht lesen.

»Was?«, brüllte er. »Was soll das?«

Er ließ seinen Spaten fallen und rief seinen Partner aus dem Stollen. Weitere Goldgräber kamen hinzu, und sie beratschlagten über diesen Glückstreffer. Immer mehr Leute kamen, auch Frauen und Kinder.

Und ein Ruf erscholl: »Packen wir ihn! Hängt das Schwein auf!«

Die Goldgräber kannten die Umgebung. Schon bald hatten sie den Claim des Vergewaltigers gefunden. Eine wütende Menge, angeführt von dem Metzger und seiner widerstrebenden, vor Angst erstarrten Tochter, brachen in Bartie Lees Stollen ein und zerrten alle fünf Asiaten heraus. Sie prügelten die protestierenden Männer zu einem Haufen zusammen und schoben Cora vor, damit sie sie identifizierte.

»Waren es diese Männer, Cora?«, riefen die Leute. »Waren sie's?«

Sie schüttelte traurig den Kopf. »Nein, sie waren es nicht.«

Sie hörte ein allgemeines enttäuschtes Seufzen und blickte in Mushis Gesicht. Trotz der Dunkelheit und Gewalttätigkeit jener Nacht erkannte sie ihn; sie roch noch immer seinen Atem und spürte seine plumpen Finger. Seine Kopfform hatte sich ihrem Gedächtnis eingebrannt wie einer von diesen Scherenschnitten, die auf Jahrmärkten so beliebt waren.

»Der war's!«, fauchte sie, hob die Hand und deutete auf Mushi, während sie gleichzeitig vor ihm zurückwich. Seine Nähe weckte von neuem die Panik.

Ein Aufschrei! Bartie und seine Männer schrien, als man sie zu einem Baum zerrte und sie an den Stamm fesselte. Sein Lager wurde verwüstet, seine Ausrüstung zerstört. Rufe wurden laut: »Hängt die Schweine auf!«, und Bartie Lee, starr vor Entsetzen, verlangte schreiend ein »gerechtes Verfahren«, ein Begriff, den er von Jake aufgeschnappt hatte.

Einige Gemäßigte in der Menge hörten ihn und stimmten ihm zu. Der Mangel an passenden kräftigen Bäumen zum Hängen kam ihnen zugute. Das Gelände war nahezu frei von Bäumen, und von dem Baum, an den die Männer gefesselt waren, hatte man sämtliche Äste abgehackt, und so überlegte man, die Kerle in den Busch zu schleppen und es dort zu erledigen, bis schließlich ein junger Bursche vortrat.

»Sie hat nur auf einen von diesen Kerlen gezeigt, nicht auf alle. War es nur einer, oder waren es alle, Miss?«

»Einer«, flüsterte sie und wandte sich beschämt ab.

»Da hört ihr's. Wir können die anderen vier nicht festhalten.«

»Ihr haltet überhaupt niemanden fest!« Ein berittener Polizist drängte sein Pferd durch die Menge. »Was geht hier vor?«

»Sie wollen uns umbringen«, heulte Bartie. »Der hat's getan, dieser Mann hier, Mushi, er hat sie gefickt und ihr das Haar abgeschnitten. Wir haben gar nichts getan, wir nicht!«

Seine Kameraden beteuerten im Chor ihre Unschuld, und der Polizist befahl, sie loszubinden. Der Metzger jedoch packte Mushi.

»Das ist das Schwein. Er hat meine Cora missbraucht. Er muss hängen.«

»Nein!«, kreischte Mushi. »Ich war's nicht, Mister. Sie hat sich geirrt. Bartie Lee war's, der da drüben. Bartie Lee.«

Zu spät bemerkte Bartie, dass Mushi im Eifer des Gefechts seinen richtigen Namen genannt hatte statt des so sorgfältig einstudierten falschen.

»Halt's Maul!«, brüllte er Mushi an. »Halt den Mund. Falsche Namen, du Stück Scheiße.«

Mushi war es gleichgültig, er hörte nicht auf, seine Beschuldigungen vorzubringen, doch der Metzger löste das Problem für Bartie, indem er Mushi mit eiserner Faust einen Boxhieb auf den Mund versetzte.

Der Polizist stieg vom Pferd und befahl den Leuten weiterzugehen. Ohne Rücksicht auf Mushis blutendes Gesicht zerrte er ihn hoch und fesselte ihm die Hände. Er ging zu dem Mädchen, das neben dem Metzger stand.

»Ist er das?«, fragte er freundlich.

Sie nickte.

»Das alles tut mir schrecklich Leid, Miss. Immerhin: Der da wird Sie nie wieder belästigen, darauf können Sie sich verlassen.«

»Und Sie können sich darauf verlassen, dass auch ich verdammt noch mal dafür sorgen werde«, sagte ihr Vater und versetzte Mushi einen letzten Stoß.

Man jubelte dem Polizisten zu, als er mit dem Gefangenen, der neben seinem Pferd herlief, durch die Stadt ritt.

Die vier Männer, die Überreste der Meutererbande, verfluchten Mushi, als sie zu ihrem zerstörten Lager zurückliefen. Der Schaden war nicht so groß, wie sie zunächst angenommen hatten, und sie sahen Bartie an, der dastand, sich am Kopf kratzte und sich nicht entscheiden konnte, was jetzt zu tun war.

Bartie war mit seinem Latein am Ende. Auf einem Schiff wusste er, was zu tun war, dort war alles Routine für ihn, aber strategisches Denken lag ihm nicht. Er wusste nicht, was als Nächstes zu tun war, genauso wenig, wie er gewusst hatte, auf welche Weise er nach der Entführung der reichen Dame das Erpressungsgeld hätte eintreiben sollen. Seine

Kameraden standen zusammengedrängt wie Vieh während eines Sturms und erwarteten seine Anweisungen. Mushi hatte sie in diesen Schlamassel gestürzt. Vorher schon hatten die Männer auf den benachbarten Claims sie lediglich toleriert, aber jetzt drohte ihnen vielleicht wirklich Gefahr von ihnen. Weiße Männer brauchten keinen Vorwand, wenn sie sie angreifen wollten, und Mushi hatte noch Öl ins Feuer gegossen. Also was tun? Sollten sie weiterziehen? Einen Claim weit entfernt auf der anderen Seite abstecken irgendwo, wo man sie nicht kannte? Aber hier hatten sie Spuren von Gold gefunden. Oder sollten sie von hier verschwinden, solange sie noch die Möglichkeit hatten? Mushi hatte Bartie Lees echten Namen preisgegeben und er würde auch seinen eigenen richtigen Namen nennen. Ob die Polizei jetzt schon wegen der Entführung der Frau nach ihnen suchte? Und was war mit Ah Koo? Seine Leiche durfte in der Zwischenzeit auch gefunden worden sein.

Bartie Lee war sich dieser Probleme durchaus bewusst; sie benebelten seinen Verstand dermaßen, dass er einfach nicht entscheiden konnte, was zu tun war.

Letztendlich tat er gar nichts. Jedenfalls nichts Bedeutungsvolles. Er fing lediglich an, das Lager aufzuräumen, zuckte die Achseln angesichts von zerrissenem Segeltuch, eine Alltäglichkeit im Camp, und seine Männer folgten seinem Beispiel, zufrieden, weil sie glaubten, er hätte einen Entschluss gefasst. Bald schürften sie wieder nach Gold. Alles nahm wieder seinen normalen Lauf. Mushi war fort. Vergessen.

Jake erfuhr schon bald von der Verhaftung des Vergewaltigers. Von der Tochter des Metzgers identifiziert, wurde er nach Cooktown überführt, trotz der Proteste der Goldgräber, die den gelben Schweinehund auf der Stelle hängen sehen wollten. Jake nickte zufrieden und machte sich wieder ans Abstützen der Wände seines Stollens mit Hilfe von Holzbalken, was ihn an das Abstützen der Holzwände leckgeschlagener Schiffe mit panikerfüllter Mannschaft erinnerte.

Doch dann bannte er die *China Belle* und ihre Belegschaft aus seinen Gedanken. Er hatte ein neues Leben begonnen, er war Goldgräber, sein eigener Herr. Er stellte einen strengen Zeitplan auf und hielt sich daran – grub und schürfte abwechselnd, legte gelegentlich eine Pause ein, um seine Augen auszuruhen, und vergeudete nicht eine Minute Tageslicht.

Aus Tagen wurden Wochen, und immer noch folgte er seiner Routine, immer noch voller Eifer, aber er hatte noch nicht ein Körnchen Gold entdeckt. Nicht, dass er verzweifelt gewesen wäre ... Jake genoss sein Leben, um ihn herum herrschte eine aufgeregte Stimmung. Immer mal wieder ertönten Freudenschreie, wenn jemand auf Gold gestoßen war, und dann rieselte ihm ein Schauer über den Rücken, die Art von Schauer, die ein Spieler verspürt, der an einer Rennbahn vorbeikommt. Jedes Mal, wenn das geschah, schwor Jake sich, nicht laut zu jubeln, falls er Gold fand. Er würde still sein, kein Wort sagen. Sein Tun und Lassen war allein seine Angelegenheit. Nein, er würde weiterarbeiten, bis er jedes Körnchen Gold herausgekratzt, bis er ein Vermögen gemacht hatte, und dann würde er einen neuen Claim suchen.

Mit einem Lachen stieß er die Spitzhacke in die graue Wand an der Stirn des schmalen Ganges, den er in die Erde gegraben hatte. Er würde nicht einfach nur reich sein, sondern stinkreich. Den Palmer würde er erst verlassen, wenn er sicher war, dass alles Gold ausgraben und geschürft war. Bisher, so hieß es, waren zwei Tonnen Gold durch das Büro des Beauftragten gegangen, und noch immer zeichnete sich kein Rückgang der Funde ab.

Zufrieden mit seinen Plänen und seiner eigenen Einstellung schuftete Jake hart, bis er eines Morgens dieses Glitzern sah, das Glitzern, über das alle redeten, diese Farbe, und er begann zu zittern vor Eifer und Vorfreude, während er mit bloßen Händen um die Stelle herum schabte und kratzte, wie berauscht, als ein Klumpen Gold zum Vorschein kam. Er zerrte ihn aus seinem uralten Bett, einen glitzernden Klumpen von der Größe seiner Daumenkuppe! Er riss sich los von seinen Ausgrabungen im Dunklen und stürzte hinaus ins Sonnenlicht. Sein Schwur war vergessen.

Seine Nachbarn grinsten und applaudierten, als Rory Moore um die nächstgelegenen Stollen und Schürfstellen hüpfte und seinen Fund zeigte. Mehrere Goldgräber zwängten sich in seine Mine, um die Fundstelle in Augenschein zu nehmen und ihm Ratschläge zu erteilen, wo und wie er weiter vorgehen sollte. Nur ein Mann blieb abseits und untersuchte die Stollenwände.

»Ich bin Theodore Tennent«, sagte er, kratzte und pochte und verursachte kleine Erdrutsche, die Jake beunruhigten. »Ich komme aus Sydney. Bin ein Stückchen hinter dir mit meinem Claim. Wenn du hier weitergräbst, treffen wir uns irgendwann. Deshalb schlage ich vor, dass wir uns zusammentun. Kann sein, dass wir hier einen Ouarzgang haben. Solche Steine hab ich auch schon rausgeholt.« Er wies auf den Schatz in Jakes Hand. »Grund genug zu der Annahme, dass wir einer großen Sache auf der Spur sind. Ich meine, wir könnten als Partner zusammenarbeiten und hier ordentlich abräumen.«

Jake stieg aus seinem Stollen, gefolgt von Theodore. »Was meinen Sie?«

»Ich will's mir überlegen.«

»In Ordnung. Warten Sie nicht zu lange. Neuerdings werden immer mehr Claims zusammengelegt.«

»Ja.« Jake drehte sich eine Zigarette, das Papier im Mund, und als er den Kopf hob, sah er Raymond Lewis. Raymond Lewis! Von der *China Belle*!

Er ließ das Zigarettenpapier fallen und forderte Theodore auf, ihm in die Mine zu folgen. Am Ende des Stollens fragte er: »Hier etwa? Ist das Ihre Mine? Schauen wir sie uns mal an.«

Der Goldgräber, ein mageres Kerlchen mit der Figur eines Jockeys entgegnete: »Ja. Kommen Sie. Ich schätze, ich arbeite bisher ungefähr auf gleicher Höhe wie Sie, aber ich habe die Basis erweitert. Bin schon länger hier.«

Jake tauchte in den anderen Stollen ein und ließ Theodore reden, fragte ihn, wo genau er sein Gold gefunden hatte und sah sich gründlich um, als hoffte er, einen

Quarzgang zu entdecken, den der Minenbesitzer übersehen hatte.

Als sie schließlich wieder ans Tageslicht kamen, war die Gefahr offenbar vorüber: Von Lewis war nichts zu sehen.

»Nun, was meinen Sie?«, fragte Tennent erneut.

»Ich überlege es mir«, antwortete Jake und zog sich eilig in den Schutz seines Stollens zurück, wo er blieb, bis es draußen dunkel war.

Über Lewis' Anwesenheit brauchte er sich nicht zu wundern. Er war affig gekleidet wie einer von diesen Forschern oder Großwildjägern, die man manchmal in der Zeitung sieht, komplett mit Tropenhelm und allem Drum und Dran.

»Verdammt noch mal«, fauchte er. Er blieb den ganzen Abend und die ganze Nacht in seinem Zelt und tröstete sich mit einem Schluck Rum, der ursprünglich gekauft und aufbewahrt worden war, um den ersten Goldfund zu feiern. Diese Feier war ihm nun verdorben. Vermutlich war Mrs. Horwood inzwischen gefunden worden. Es sei denn, Bartie Lee hatte sie erwischt. Der Gedanke verursachte ihm Herzrasen. Wenn es nun so wäre? Himmel! Er hätte bei ihr bleiben sollen.

»Wie hätte ich das anstellen sollen?«, fragte er sich selbst. »Sie war ja plötzlich verschwunden.«

Aber es war ausgeschlossen, dass die Malaien die Frau den ganzen Weg bis hierher mitgeschleppt hatten. Unmöglich angesichts der gefährlichen, belebten Strecke. Also musste sie wohl in Cooktown zurückgeblieben sein. Er dachte an Mushi und die Tochter des Metzgers und fröstelte.

Sie hatten Mushi geschnappt. Er würde reden. Bald würden sie auch die anderen jagen. Er musste sich entweder völlig unsichtbar machen oder den Palmer verlassen. Abhauen, auf dieser Straße landeinwärts nach Süden ziehen. Aber Moment mal, er war schließlich nur vom Schiff desertiert, er hatte die Frauen nicht entführt. Und er hatte Mrs. Horwood geholfen. Hatte dafür gesorgt, dass die Malaien sie nicht anrührten. Das konnte sie der Polizei bestätigen. Sie würde sich für ihn einsetzen. Die Frau hasste ihn, das war verständlich, aber lügen würde sie nicht. Ja, dachte er und wurde ein bisschen ruhiger, lügen würde sie nicht. Wenn man sie befragte, musste sie zu seinen Gunsten aussagen. Falls sie noch lebte.

Er hatte keine Ahnung, wie er das herausfinden sollte, wenn er nicht einen von Mushis Männern am Kragen packen und ausfragen wollte. Was Bartie Lee auf seine Spur bringen würde. Und die Polizei. Er hätte gern nachgesehen, ob Bartie Lee und seine Kumpane auf Mushis Aussage hin schon verhaftet worden waren, traute sich jedoch nicht in ihre Nähe. Traute sich überhaupt nirgendwo hin. Ich darf mich nicht blicken lassen, solange Lewis hier herumstrolcht, sagte er sich. Vielleicht ist es doch keine schlechte Idee, einen Partner zu nehmen. Wenn ich mich Tennent anschließe, kann er mein Laufbursche sein. Proviant besorgen und so weiter, tagsüber alles erledigen, während ich hier unten arbeite.

Jake war der Schreck in Knochen gefahren, denn er wusste, dass Lewis ihn identifizieren konnte. Die Vorstellung, mit einem Partner zusammenzuarbeiten, gefiel ihm ganz und gar nicht, aber vielleicht war das die einzige Möglichkeit, unentdeckt zu bleiben.

Beim ersten Tageslicht rasierte Jake sich den Stoppelbart ab, den er sich hatte wachsen lassen. Lewis kannte ihn nur mit dem bei Matrosen üblichen Vollbart. Doch dann spürte er den kleinen Goldklumpen in seiner Tasche und vergaß seine Sorgen. Es gab wichtigere Dinge, über die er nachdenken musste.

Bartie war nervös wegen dieses Schwachkopfes Mushi. Sie würden ihn hängen, gut, aber vorher würde die Polizei alles wissen wollen, was es zu erfahren gab. Er und seine Männer arbeiteten fieberhaft, gruben sich immer tiefer in die Erde, fanden Körnchen, die sie ihrer Schatzkiste hinzufügten, aber bisher noch keinen nennenswerten Goldklumpen. Aus Angst vor einem Angriff der mürrischen Weißen um sie herum verbrachten sie den Großteil der Zeit unter Tage. Sie schliefen und aßen in ihrer dumpfen, von einer Lampe beleuchteten Höhle, in Decken gewickelt, hausten wie Schlangen in ihrem Nest.

Trotz aller Anstrengungen fiel Bartie nichts ein, wie er der Polizei entkommen könnte. Jeden Augenblick rechnete er damit, dass sie auf seinem Claim auftauchten und sie alle verhafteten. Er steigerte sich so in seine Panik, erkannt zu werden, hinein, dass er seinen Männern verbot, überhaupt noch die Mine zu verlassen. Es war seltsam, dass der Metzger und seine Freunde geradewegs zu Mushi gekommen waren, als hätte jemand ihn verraten. Einer von den chinesischen Matrosen? Hatten sie gesehen, wie Mushi das Mädchen überfiel? Oder Jake?, fragte er sich, immer in dem Bewusstsein, dass Jake irgendwo in der Nähe war.

Andere Goldgräber hatten Erfolg. Die einen mehr, die anderen weniger. Das Gold war überall. Warum also an dieser Stelle bleiben? Sie sollten einpacken und sich aus dem Staub machen, weit fort von hier einen neuen Stollen graben. Aber sie sind zu viert. Die Polizei und die Armee haben Spione. Vier Malaien hätten sie bald aufgespürt, ganz gleich, wo sie ihr Lager aufschlugen.

»Mushi, dieses Schwein«, brummte Bartie. »Hoffentlich geht es ihm im Knast jetzt so richtig schlecht. Das wünsche ich ihm, denn er hat mich in diese Schwierigkeiten gebracht. Ich hoffe, dass sie ihm die Haut in Fetzen vom Leibe prügeln.«

Er erwog, allein zu fliehen, seine Goldkörnchen zu nehmen und zu gehen, aber sie würden trotzdem nach ihm suchen, und sie würden seine eigenen Leute verhaften – eine schwache Bande ohne jeden Mumm, dumme Kulis –, damit sie halfen, ihn zu finden. Er gab Jake die Schuld an diesem Schlamassel. Wäre Jake nicht auf die Idee gekommen, vom Schiff zu desertieren, dann wären sie jetzt gar nicht hier. Doch dann dachte er wieder an all das Gold, das hier herumlag, an den Reichtum, der nur gefunden sein wollte, wie in einem Traum, und er schüttelte den Kopf.

Nein. Tausendmal nein. Er hätte getötet, um hierher zu gelangen, und er würde es immer wieder tun.

Getötet? Das war eine Idee. Eine gute. Er glitt an der Stange herab, die in die Mine führte, und rannte durch die Höhle zu den dahinter liegenden abschüssigen Tunneln. An deren Ende gruben die Kulis wie befohlen, schlugen drei getrennte Nischen in die Wände, gerade groß genug, um hineinzukriechen und die Suche auszuweiten.

Er versetzte jedem einen Tritt, brüllte sie an, schneller zu arbeiten, sie wären zu langsam, es gäbe genug Gold für alle.

»Ihr erkennt das Gold wohl nicht. Ihr seid alle stockblind, wenn ihr es findet wie die Weißen. Strengt euch gefälligst an, nehmt die kleinen Spitzhacken. Findet das Gold, dann fahren wir alle als reiche Männer nach Hause.«

Er grinste, als sie sich mit noch mehr Eifer über die Wände hermachten, ihre kleinen Öllämpchen hoben, um das Felsgestein zu prüfen, und mit staubigem Hinterteil wieder in die Hocke gingen und die Suche fortsetzten.

An diesem Abend ließ er sie bis kurz vor dem körperlichen Zusammenbruch arbeiten, indem er dem ersten, der auf Gold stieß, eine Flasche hochprozentigen Rum versprach, und dann öffnete er die Flasche, obwohl niemand fündig geworden war. Sie hatten sie rasch geleert, und Bartie fühlte sich nicht mehr gar so hoffnungslos, als sie schließlich ihren abendlichen Reis verzehrt hatten. Er blies die Lampe aus und befahl seinen Leuten zu schlafen.

»Schlaft euch gründlich aus«, sagte er. »Wir alle brauchen viel Schlaf. Morgen müssen wir hart arbeiten. Ich, ich grabe einen neuen Tunnel und zeige euch, wie man es macht. Bartie ist schneller als ihr alle, darauf möchte ich wetten.«

Der Polizist Tim Walsh stieß Mushi in das Gefängnis von Maytown. Er verstand nichts von dem Geplapper des Asiaten und forderte einen Chinesen als Dolmetscher an.

Der Chinese erklärte, Mushi sei Malaie und spreche eine Sprache, die ihm, dem Kenner zahlreicher chinesischer Dialekte, unbekannt sei. Er könne nicht helfen. Doch als er gegangen war, beruhigte sich der Gefangene und erschreckte Tim, indem er plötzlich auf Englisch zu jammern begann.

»Ich habe nichts Böses getan, Sir. Ich bin ein guter Mann. Sie müssen mich gehen lassen.«

»Ausgeschlossen«, sagte Tim. »Wie heißt du?«

»Warum wollen Sie meinen Namen wissen?«

»Darum, zum Teufel noch mal. Stell dich nicht so dämlich an. Wie heißt du?«

Der Gefangene schauderte und schüttelte den Kopf. »Weiß nicht.«

»Du weißt nicht, wie du heißt? Bist du verrückt oder so? Sag mir deinen Namen, oder ich schlag dir die Fresse ein.«

Er gab seiner Drohung Nachdruck, indem er dem Gefangenen einen Hieb gegen den Kopf versetzte, sodass Mushi zu Boden stürzte und um Gnade flehte.

Tim rieb sich die schmerzenden Knöchel und nahm sich vor, künftig, wenn er diese Burschen verhörte, seinen Knüppel zu benutzen. Er trat ihn in die Rippen. »Dein Name? Wie heißt du, du schmieriger Kerl?«

»Hab keinen Namen, und wenn Sie mich hängen! Kein Name, Sir. Ich hab keine Frau angefasst. Lauter Lügen.«

Tim, der neu war im Norden und bisher noch keinem Asiaten begegnet war, kam in den Sinn, dass diese andere Sitten und Bräuche hatten als zivilisierte Völker. Wer weiß, vielleicht gaben sie einander nicht einmal Namen. Aber ... wie auch immer, er hatte keine Zeit, sich noch länger mit diesem Problem zu befassen, und deshalb gab er dem Kerl einfach selbst einen Namen. Den ersten, der ihm einfiel. Er taufte ihn nach seinem Leibgericht und schrieb in die Akte: »Lam Fry. Vergewaltiger.«

Mehrere Weg führten über die Bergkette. Begierige Goldgräber waren zu ungeduldig, um hinter schwer beladenen Fußgängern und langsamen Karren in der Schlange zu gehen, und es passte ihnen nicht, zur Seite ausweichen zu müssen, um Platz für den Verkehr bergab zu machen. Deshalb schufen sie neue Routen.

Sergeant Gooding schickte Männer aus, um Reisende zu warnen und ihnen zu empfehlen, sich in Gruppen zusammenzutun.

»Der Höhenzug heißt nicht umsonst Battle Camp Range«, erklärte er Lewis, der zurückgekommen war, nachdem er Mrs. Horwood bei ihrem Gatten in Cairns abgeliefert hatte. »Die ersten Goldgräber hatten auf ihrem Weg höllisch zu kämpfen. Auf halbem Weg wurde ein Lager von einer Horde Wilder überfallen. Tagelang hielten sie die Goldgräber umzingelt und erlegten sie einzeln mit ihren Speeren. Sie hätten das gesamte Lager ausgelöscht, wenn nicht Verstärkung mit Nachschub an Munition gekommen wäre und die Teufel verjagt hätte.

»Die Schwarzen sind mittlerweile wohl ruhiger geworden?«

»Sie meinen, weil sie jetzt unsere Gewehre kennen gelernt haben? Nein, sie sind nur vorsichtiger, greifen nicht mehr frontal an, wie in diesem Lager. Sie sind schlauer geworden und verdammt gefährlich.« Er schob sich den Hut in den Nacken und kratzte sich am Kopf.

»Es ist einfach unmöglich, auf dieser Route Leute zu beschützen. Zu viele werden umgebracht, aber was soll ich tun? Sie müssen das Risiko eben eingehen.«

»Trotzdem muss ich zu diesen Goldfeldern«, sagte Lewis.

»Wie bitte? Gestern Abend haben Sie zugesagt, dass Sie in Cooktown bleiben.«

»Ich hatte keine Lust auf Diskussionen, Sergeant. Es ist zwingend, dass ich mich unverzüglich auf den Weg mache. Wir wissen, dass die Meuterer alle dort sind. Ich brauche sie lediglich zu identifizieren. Wenn nötig, reise ich allein.«

Gooding zuckte mit den Schultern. »Wieso ›wenn nötig‹? Haben Sie erwartet, dass ich Ihnen eine Eskorte mitgebe?«

»Offenbar haben Sie meine Hilfspolizisten vergessen. Sie sind mit dem erklärten Ziel hierher gekommen, die Meuterer zu finden und zu verhaften. Sie haben jetzt wochenlang ihre Hilfe in Anspruch genommen, aber jetzt bin ich zurück und benötige ihre Unterstützung. Ich hoffe einfach nur, dass Sie mich nicht zwingen, allein zu reisen.«

»In Ordnung, nehmen Sie sie mit, aber vergessen Sie nicht, dass sie Zivilisten sind, Freiwillige. Sie sind für diese Männer verantwortlich, Mr. Lewis. Und Sie sollten verdammt noch mal dafür sorgen, dass die Leute wissen, worauf sie sich einlassen.«

Sie schliefen fest, alle drei, als Bartie Lee unter seiner Decke hervorschlüpfte und den Tunnel entlang nach draußen schlich. Er kannte seinen Weg genauestens und musste sich beeilen. Die letzten paar Stunden waren entsetzlich für ihn gewesen, die Zeit hatte nicht vergehen wollen. Jedes kleine Geräusch – das Scharren einer Ratte, rieselnde Erde, Steine, die sich aus der unregelmäßigen Stollendecke lösten – hatte die Angst in ihm entfacht, die Angst, womöglich zu viel des Guten getan zu haben, als er die ohnehin unzulänglichen Latten gelockert hatte, die die Wände abstützten.

Er atmete schwer, schnaubte beinahe wie ein Pferd, als er den Hauptstützpfeiler am Eingang zur Höhle, in der die Männer schliefen, zur Seite trat ... und um sein Leben rannte, fort von der Staubwolke, von der plötzlichen Bodenerschütterung, als der Stollen in sich zusammenfiel.

Doch alles blieb still. Die Schlafenden in den Zelten hörten nichts. Ein Hund bellte hysterisch etwas Ungewohntes an, überlegte es sich anders und schlief weiter. Über ihm flatterte ein Fliegender Hund, und Bartie tauchte in den Busch ein, wo er das Gold und ein Segeltuchbündel versteckt hatte. Dann war er fort, ließ dieses Gebiet schnell hinter sich, um Meilen entfernt eine neue Stelle zu suchen.

Das war doch gar nicht so schwierig, gratulierte er sich selbst, als er einigen Abstand zwischen sich und die nutzlose Mine gebracht hatte.

»Jetzt suche ich mir eine bessere.«

Niemand interessierte sich nach der Verhaftung des Vergewaltigers noch für die Asiaten, die in dieser Mine arbeiteten. Man bekam sie nur selten zu Gesicht. Sie waren eine finster aussehende Bande, und sie hielten sich die meiste Zeit unter Tage auf, arbeiteten Tag und Nacht, so vermutete man, gruben sich in den Boden wie Frettchen. Ihr Schacht verschwand hinter ständig wachsenden Haufen von taubem Gestein.

Und niemand bemerkte die Senke im Boden, bis ein schweres Unwetter dort einen kleinen Teich hinterließ.

»Das hab ich schon vor Tagen gesehen«, sagte einer der Goldgräber. »Hab's gesehen, mir aber nichts dabei gedacht, wisst ihr. Hab gar nicht darauf geachtet, bis heute, als ich gesehen hab, wie der Hund aus der Pfütze trank. Da hab ich ihn weggescheucht. Diese Chinesen essen doch Hunde.«

»Das sind keine Chinesen«, bemerkte ein Walliser namens Taffy und musterte die verlassene Mine. »Sind Asiaten. Wann sind sie weg?«

»Gerade noch rechtzeitig«, lachte der erste Goldgräber, »so, wie's hier aussieht. Der Regen hat wohl alle Stützpfeiler unterspült, und alles ist zusammengebrochen. Sogar der Schacht ist zu bis obenhin. Aber dieser Claim war sowieso nichts wert, und ich kann nicht behaupten, es täte mir Leid, dass die Kerle weg sind. Schließlich können mein Sohn und seine Frau jeden Tag hier eintreffen.«

Taffy sah sich auf dem Claim um, in der Hoffnung, etwas zu finden, was er für sein Camp gebrauchen könnte, doch die Asiaten hatten nichts als Müll zurückgelassen, ausgetretene Pantoffeln und einen großen Topf voll stinkendem Reis.

Das wunderte ihn jedoch nicht. »Die reisen mit leichtem Gepäck, diese Kerle«, sagte er. »Leben vom Geruch eines Öllappens.«

Hector Snowbridges Vater, der Postmeister war, hatte schon immer gesagt, sein Sohn würde es nie zu etwas bringen, und nach Hectors Meinung hatte er wahrscheinlich Recht. »Es sei denn, Königin Victoria braucht einen guten Hengst für eine ihrer jungen Stuten«, prahlte er gern.

Hector fand immer Arbeit, wenn es ihn danach drängte. Hauptsächlich auf Farmen – Vieh melken, Zäune bauen, bei der Ernte helfen -, doch es gab auch Tätigkeiten, die unter seiner Würde waren. Er hatte schließlich seinen Stolz.

»Gegen Melken oder Arbeit im Stall hab ich nichts einzuwenden«, informierte er seine künftigen Arbeitgeber. »Aber ich räume für kein Tier die Scheiße weg. Und auch nicht für Menschen. Das muss klar sein. Ich bin kein verdammter Lakai.«

Er war schnell beleidigt. Keine Kränkung, und sei sie auch nur eingebildet, nahm er straflos hin. Als das Dienstmädchen der Turleys ihn aufforderte, den Postsack von der Hintertür zu holen, kündigte er. Wenn jemand auf Jack Fosters Plantage auf seinem Platz in der Kantine saß, schmollte er und bestand darauf, den Rest der Woche über draußen zu essen. Im Grunde war er ein einfacher Mann, der sich schlicht zu wichtig nahm.

Aber jetzt war er ganz oben! Ein Hilfspolizist und – als wäre das nicht schon ruhmreich genug – im Begriff, zu den Goldfeldern am Palmer aufzubrechen, allein mit diesem bedeutenden Herr, einem Mitglied des Parlaments. Das sollten die Kerle in Cairns sich mal vorstellen!

Als sie sich auf den Weg machten, übernahm Mr. Lewis die Führung, doch Hector belehrte ihn bald eines Besseren.

»Wenn ich Ihr Leibwächter sein soll, Mr. Lewis, dann sollte ich besser voranreiten. Sie können mir ganz beruhigt folgen.«

Mr. Lewis empfand die Reise als sehr beschwerlich. Sein tapferes kleines Pferd war ideal für diese Bedingungen, aber ziemlich knochig, und am Ende des ersten Tages war Raymond wund und erschöpft. Trotzdem packte er mit an und half Hector an diesem Abend beim Aufschlagen des Lagers – unter so scheußlichen Bedingungen, dass er sich schwor, nie wieder ein abfälliges Wort über die *Torrens* zu äußern. Wo sie gingen und standen, schien der Regenwald sie mit seinem mulchigen Boden, dem klebrigen Unterholz und der Unzahl von Fliegen und stechenden Insekten zu bedrängen. Sie schienen Hector nicht zu stören, der aus diesem Grunde auch keine Moskitonetze eingepackt hatte.

»Hoffentlich geben Sie nicht mir die Schuld, Mr. Lewis«, sagte er grollend. »Eigentlich ist das Packen gar nicht meine Aufgabe.«

»Nein, nein, nein. Überhaupt nicht, Hector. Dumm von mir, dass ich mich nicht selbst darum gekümmert habe«, sagte Raymond, der das Packen auch nicht für seine Aufgabe gehalten hatte. Er hatte die Mittel zur Verfügung gestellt, aus eigener Tasche, wohlgemerkt, und hatte die Beschaffung der Ausrüstung Snowbridge überlassen.

Der muskulöse, schwere Hilfspolizist war es offenbar gewohnt, in einer Nische aus wucherndem Grünzeug und fleischigen Ranken in der Hocke zu sitzen. Er brachte ein qualmendes Feuer zustande, auf dem er gehacktes Rindfleisch und Eier in einem Meer von Fett briet, während Raymond Kartoffeln schälte, die ebenfalls gebraten werden sollten.

»Ich kann gut kochen, das darf ich mit Fug und Recht behaupten«, sagte Hector stolz und reichte Raymond exakt die Hälfte des Abendbrots auf einem Blechteller.

Die Nacht war unerträglich. Während Hector auf seiner Ölhaut ausgestreckt schnarchte, nahmen Raymonds Schmerzen aufgrund des unebenen Bodens und der Nachtkühle noch zu. Er konnte kein Auge zutun wegen des Stimmengewirrs der unaufhörlich Vorüberziehenden, des Stampfens ihrer Schritte und seines Kampfes gegen die unersättlichen Moskitos.

Am Morgen war das Kochgeschirr schwarz von Ameisen. Voller Abscheu versuchte Raymond, sie abzuspülen, doch Hector lachte. »Warum tun Sie das? Die Ameisen säubern das Geschirr schon.«

Und so zogen sie weiter. Über Nacht war das Fleisch schlecht geworden und musste weggeworfen werden. Am nächsten Abend verspeisten sie sämtliche Eier und ihren gesamten Brotvorrat, und zum Frühstück gab es dann nur Speck und Tee. Und am Abend Käse und Tee.

»Mehr haben wir nicht?«, fragte Raymond und schleppte sich mit müden Knochen ins Zelt.

»Für mehr haben Sie nicht bezahlt«, antwortete Hector zornig.

»Guter Mann, hätte ich gewusst, dass mehr Geld erforderlich wäre, hätte ich von Herzen gern bezahlt.«

»So ist das also! Ich habe mal wieder Schuld!«

»Hören Sie doch bitte auf damit. Das ist völlig überflüssig. Wir sitzen beide im selben Boot und müssen einfach das Beste daraus machen. Würden Sie jetzt, solange das Wasser im Kessel noch heiß ist, bitte diese Pfanne gründlich auswaschen? Ich bin erschöpft, ich muss mich ausruhen.«

»Wieso ich?«

Bestürzt blickte Raymond sich um. »Wie bitte?«

»Warum soll ich die Bratpfanne abwaschen? Ich hab sie gestern Abend schon abgewaschen.«

»Ach, zum Teufel! Was soll's? Waschen Sie sie einfach ab, Hector, bitte. Ich bin zu müde zum Denken.«

»Nein, sind Sie nicht. Sie denken die ganze Zeit. Sie denken, ich wäre Ihr Diener. Hector, tu dies und Hector, tu das. Mach die Pferde fest. Mach Feuer ...«

Raymond hob die Hand. »Halt. Wenn Sie das verdammte Ding nicht abwaschen wollen, dann lassen Sie es. Hören Sie bloß um Himmels willen auf, so ein Theater zu machen.«

»Das tu ich, und ich tu sogar noch mehr. Ich kündige! Wie gefällt ihnen das?«

»Tun Sie, was Sie wollen«, sagte Raymond und breitete seine Ölhaut-Unterlage aus. Er war zu müde, um sich zu ärgern.

Aufgrund seiner extremen Erschöpfung fand er Schlaf, und als er wieder aufwachte, war sein Gefährte fort. Die Pfanne stand gesäubert vor dem Zelt im dampfenden Gras. Hector hatte den restlichen Tee, den Zucker und den ranzigen Käse in zwei Portionen aufgeteilt, und Raymonds Anteil lag in der Pfanne, ordentlich in braunes Papier gewickelt.

Er brachte es nicht über sich, andere Reisende um Hilfe zu bitten, sondern kämpfte sich allein weiter durch. Von Hunger geschwächt, brauchte er jeden Tag länger in seinem Kampf gegen das Gebirge, bis er eines Abends, als er vom Pferd stieg, auf dem Weg zusammenbrach. Als er erwachte, bemühten sich drei Frauen um ihn. »Drei Gorgonen«, sagte er angesichts ihrer angemalten, fleischigen Gesichter und stellte fest, dass seine drei barmherzigen Engel Prostituierte jenseits ihrer Blütezeit waren.

Doch sie gaben ihm zu essen, sorgten für ihn, betteten ihn in ihren Ponykarren und nahmen den Abgeordneten des Parlaments von Queensland mit und unterhielten ihn mit unflätigen Liedern und Zaubertricks.

Raymond saß zitternd, die Pferdedecke, die Mal Willoughby ihm gegeben hatte, um die verschwitzten Schultern gelegt, in dem Ponykarren und litt seiner Meinung nach an einer Grippe. Gelegentlich schlief er ein. Und dann fühlte er sich plötzlich besser und war den Frauen über alle Maßen dankbar und schämte sich, sie in seinen Gedanken beleidigt zu haben. Und er geriet in Verlegenheit, als eine von ihnen – Merle hieß sie wohl – ihn fragte, was Gorgonen wären.

»Ich weiß es nicht«, log er.

Sie packten seine Habseligkeiten ein und lieferten ihn in Maytown im Büro des Goldbeauftragten ab, einem ansehnlichen Holzgebäude neben der Polizeiwache und dem Gefängnis.

»Sie waren sehr freundlich, meine Damen«, sagte Raymond und band sein Pferd von ihrem Karren los. »Ich danke Ihnen von Herzen.«

»Sie müssen uns bald besuchen«, riefen sie im Chor und winkten ihm herzlich zum Abschied zu.

Raymond hielt es für angebracht, sich aus Gründen der Etikette zuerst dem Goldbeauftragten vorzustellen, erfuhr jedoch von einem Angestellten, dass dieser nicht anwesend sei.

»Ist mit einer Goldlieferung auf dem Weg nach Cooktown.«

»Du lieber Himmel! Liefert er das Gold persönlich ab?«

»Ja. Aber begleitet von einer bewaffneten Eskorte. Und er hat den Vergewaltiger, diesen Lam Fry, auch mitgenommen. Haben Sie jemals einen so verrückten Namen gehört? Lam Fry! Ich hätte mich beinahe bepisst vor Lachen, als ich seine Papiere gesehen habe. Aber diese Chinesen sind nun mal ein komischer Haufen. Einer von den Kerlen hier heißt Ah Choo!« Er schnaubte vor Vergnügen und nieste, um den Spaß zu verdeutlichen. Raymond drückte sich zur Tür hinaus.

Seine nächste offizielle Anlaufstelle war die Polizeistation, wo er einen jungen Polizisten namens Tim antraf, der ihm mitteilte, dass seine Vorgesetzten nicht da wären, und sich dann wieder seinem Puzzlespiel, einem Porträt der Königin in ihrem Krönungsornat zuwandte.

»Haben Sie einen Hilfspolizisten namens Snowbridge hier gesehen?«

»Den Neuen? Der nach diesen Meuterern sucht? Ja, der war hier. Er ist losgezogen und schnüffelt herum, sucht die Kerle.«

»Ich wüsste gern, wie er sie finden will«, bemerkte Raymond spöttisch. »Er hat ja keine Ahnung, wie sie aussehen.«

»Er wird sein Bestes tun«, sagte der Polizist, dem Kameraden gegenüber loyal.

»Ganz bestimmt«, murmelte Raymond, bückte sich und kratzte sich an den Beinen. Die Insektenstiche juckten erbarmungslos, und er konnte es kaum erwarten, ein Zimmer zu finden, um in aller Ruhe kühlende Salbe auftragen zu können. »Würden Sie Ihrem Sergeanten dann bitte sagen, dass Mr. Raymond Lewis hier war und ihn gern gesprochen hätte?«

»Ja, mach ich«, sagte Tim und grübelte, ein vielleicht passendes Puzzleteil in der Hand, aus dem Auge der Königin.

»Ich bin Abgeordneter des Parlaments von Queensland, sagen Sie ihm das bitte, und wäre ihm sehr dankbar für seine Hilfe.«

»Ganz recht.« Der Polizist hatte offenbar jedes Interesse an der Unterhaltung verloren.

»Außerdem brauche ich eine Unterkunft«, belagerte Raymond ihn weiter. »Können Sie mir ein Gasthaus empfehlen?«

»Hängt davon ab, was Sie zahlen wollen. Sie können ein Bett in Ma Perrys Schlafzelten am Ende der Straße kriegen, oder auch in ihren Blockhütten auf der Weide dahinter.«

»Danke. Ich werde mich danach erkundigen.«

Als er ging, rief Tim ihm nach: »Wie, sagten Sie, war Ihr Name?«

»Lewis.« Er seufzte.

»Ganz recht, Lewis. Ich sag dem Chef, dass Sie hier waren.«

In Maytown herrschten Hektik und Gedränge. Cooktown wirkte im Vergleich dazu fast lethargisch. Zweimal wurde Raymond von Karren angerempelt, als er, das Pferd am Zügel führend, um seinen Rücken zu schonen, die Straße entlangtrottete.

Das Ende der Straße lag eine halbe Meile entfernt, doch Raymonds Stimmung hob sich, als er die neuen Blockhäuser sah. Welch ein Segen, endlich in Sicherheit vor der Natur zu sein, ein Dach über dem Kopf zu haben!

»Ja, ich habe noch etwas frei«, kam ihm Ma Perry auf seine Frage hin entgegen und zeigte auf eines der Häuschen, das noch frei war.

Vor Enttäuschung wäre er fast in die Knie gegangen, als er eintrat. Die Hütte stank nach abgestandenem Alkohol und durchgeschwitzten Socken. Sie enthielt vier Pritschenbetten, deren eine zurzeit von einem schnarchenden Schläfer besetzt war. Auf den anderen herrschte Unordnung; sie waren offensichtlich auch belegt.

Nach einigen Verhandlungen gelang es ihm, sich eine Hütte für sich allein zu sichern. Er musste für alle vier Betten zahlen, wöchentlich, dafür erhielt er ein Frühstück von der Frau. Zufrieden und erleichtert streckte Raymond sich unter einem Moskitonetz aus und fiel in einen herrlich tiefen Schlaf.

Die Goldfelder waren nicht anders, als er es erwartet hatte – riesig und unübersichtlich. Das Gelände war von Haufen tauben Gesteins und hässlichen Schürfrinnen aus Holz verunstaltet. Ein paar erbärmliche Bäume waren übrig geblieben, neigten sich trostlos über den Wirrwarr aus grauen Zelten und warteten wahrscheinlich darauf, dass dieses Elend ein Ende hatte. Auf den trägen braunen Fluss konnte er dank dieses gedrängt vollen Labyrinths kaum einen Blick erhaschen, und es deprimierte ihn, dass diese jungfräuliche Gegend so erschreckend vergewaltigt worden war.

Seit seiner Landung in Cooktown hatte Raymond Tag für Tag Gesichter studiert. Jetzt kamen ihm viele vertraut vor, und das verwirrte ihn und erschwerte ihm die Suche. Die Matrosen und Jake Tussup waren hier irgendwo, und er würde sie finden. Täglich schritt er ein bestimmtes Areal ab, spähte um sich, stellte Fragen und hoffte, dass wenigstens diese Malaien sich von den vielen Chinesen abhoben, doch sie schienen vom Erdboden verschluckt zu sein.

Mittlerweile hatte Raymond gehörig abgenommen und fühlte sich immer noch ziemlich schwach, doch er hatte eine Aufgabe zu erledigen und war entschlossen, sie auszuführen, überzeugt, dass seine Suche nicht viel Zeit beanspruchen würde.

»Die Landluft scheint mir zu bekommen«, log er in einem Brief an seine Schwester. »Ich erfreue mich guter Gesundheit. Mach dir keine Sorgen. Da ich meine Suche immer weiter ausdehnen muss, reite ich inzwischen. Mein Pferd Jubal und ich sind schon gute Freunde geworden. Ein gesellschaftliches Leben gibt es hier nicht, wie Du Dir vorstellen kannst, aber das ist mir sehr recht. Abends bin ich müde, speise in der Kaffeeküche eines Griechen, lese mehrere Wochen alte Zeitungen und gehe dann schlafen. Bitte grüße den Premier von mir, und richte ihm meinen Dank für die Beurlaubung vom Parlament aus.«

Er hielt es keiner Erwähnung für wert, dass die von Insektenbissen hervorgerufen entzündeten Beulen an seinem rechten Bein abgeklungen waren, während die beiden am linken Bein noch ständig nässten. Gegen Ende der Woche sah er ein, dass sie böse infiziert waren, und fragte einen Apotheker um Rat.

Der Apotheker empfahl einen Seifenwickel, um den Eiter herauszuziehen, und seine Frau bereitete Lewis freundlicherweise einen solchen Umschlag und sicherte ihn mit einer festen Bandage.

Ein paar Tage später hatte die Entzündung sich verschlimmert. Die Vermieterin bemerkte Raymonds Hinken und bestand nach einigem Hin und Her darauf, Raymonds Bein zu untersuchen. Die Bandagen hielten dem fließenden Eiter nicht mehr stand.

Sie entfernte den Verband und schüttelte den Kopf. »Du liebe Zeit. Gehen Sie lieber noch mal zum Apotheker, und lassen Sie es sich aufschneiden.«

»Was bewirkt das?«

Sie kniff die Augen zusammen. »Heilung, vermute ich. Nur so können solche Entzündungen abklingen.«

Raymond staunte. »Sind die hier üblich?«

»Aber ja. Viele kriegen so was. Die Dinger können ganz schön eklig werden.«

Die beiden Wunden hatten sich inzwischen zu einer verbunden. Ein Abszess, sagte der Apotheker, und schnitt es auf, was äußerst schmerzhaft war. Doch während Raymond die Suche nach den Matrosen fortsetzte, wollte der Abszess nicht weichen, eiterte weiter an seinem Bein und nässte so sehr, dass er sich saubere Tücher von der Vermieterin erbitten musste. Dann ließ sich ein Arzt in Maytown nieder, und Raymonds Vermieterin bestand darauf, dass er ihn aufsuchte.

»Ein Tropengeschwür«, erfuhr er. »Noch dazu ein ziemlich scheußliches.«

Der Arzt reinigte die Wunde, stäubte heilenden Puder darüber und verband das Bein.

»Das macht zwei Pfund sechs«, sagte er, stets die Menschenschlange im Blick, die sich vor seinem Zelt aufreihte. »Hier, nehmen Sie was von dem Puder mit. Halten Sie die Wunde sauber und kommen Sie wieder, falls die Entzündung in ein paar Tagen noch nicht abgeklungen ist.«

Raymond war sicher, einen der Matrosen, einen Chinesen, erkannt zu haben, der mit einer Reihe von Kulis am Flussufer arbeitete. Der Mann stritt ab, jemals auch nur von der *China Belle* gehört zu haben, und seine Kameraden drängten wie lärmende Vögel heran, um ihn abzulenken, doch Raymond ließ ihn von der Polizei in Gewahrsam nehmen. Falls er sich irren sollte, erklärte er, entstünde ja kein Schaden, falls er jedoch Recht hatte, wäre er einen großen Schritt weitergekommen. Er war seiner Arbeit allmählich überdrüssig, zumal sein Bein ihm mehr und mehr Sorgen bereitete.

Wenn er nur Tussup finden würde. Raymond war sicher, dass der Bursche sich in der Gegend aufhielt. Er hatte sogar das Gefühl, ihm irgendwo auf dem Minengelände schon begegnet zu sein. Er hatte ihn wohl nur im Vorübergehen flüchtig gesehen und nicht rechtzeitig erkannt. Vielleicht war er es gewesen, vielleicht auch nicht. Raymond schlief inzwischen nicht mehr gut. Träume suchten ihn in der Nacht heim, beunruhigende Träume, die sich mit dem Pochen in seinem Bein vermischten. Er hatte Angst, ein Besessener zu werden, der an nichts anderes mehr dachte als an das Heraufbeschwören von Gesichtern. Gesichter, an die er sich mittlerweile vielleicht gar nicht mehr richtig erinnerte.

Der Chinese beharrte nach wie vor darauf, dass er nie von der *China Belle* gehört hatte.

»Ich sollte ihn zurück zu seinen Leuten schicken«, sagte der Sergeant.

»Nein, noch nicht.« Raymond baute sich vor dem Chinesen auf. »Du bist ein Kuli, wie?«

»Ja. Kuli.« Der Mann grinste.

»Wo hast du Englisch gelernt?«

»Zu Hause. Von Familie von Herrn.«

»Auf welchem Schiff bist du hierher gekommen? Wann? An welchem Tag? Wo bist du an Land gegangen? Mit wie vielen Leuten? Wer ist dein Herr? Was für ein Schiff war es? Wie hieß der Kapitän?«

Der Chinese hatte Mühe, all diese Fragen zu beantworten, obwohl Raymond sie oft genug wiederholte. Ihm war klar, dass der Kuli log.

»Wenn er überhaupt ein Kuli ist«, fügte er hinzu.

»Wahrscheinlich ist er völlig durcheinander«, gab der Sergeant zu bedenken. »Diese Burschen werden von Pontius zu Pilatus geschleppt. Oft genug wissen sie nicht einmal, wo sie sind. Würde mich nicht wundern, wenn der da denkt, er wäre in Afrika.«

»Trotzdem, ich wäre Ihnen dankbar, wenn Sie dieses Verhör noch eine Weile weiterführten. Nageln Sie ihn auf eine Besonderheit fest, und stellen Sie dann seinem chinesischen Chef die gleichen Fragen. Vergleichen Sie, ob die Antworten übereinstimmen. Jagen Sie dem Chef auch einen ordentlichen Schrecken ein. Sagen Sie, ihm wird die Lizenz entzogen, wenn er nicht die Wahrheit sagt. Fragen Sie ihn nach den Namen all seiner Männer. Wirklich aller. Und überprüfen Sie die Aussagen, vergleichen Sie sie. Die Matrosen könnten falsche Namen angenommen haben.« Er stöhnte auf. »Tut mir Leid, Sergeant, ich würde das alles ja selbst ausführen, aber dieses verdammte Bein macht mich fertig. Ich muss noch einmal zu diesem Arzt.«

»Keine Sorge, Mr. Lewis. Ich werde sie gehörig unter die Lupe nehmen. Ein paar Chinesen weniger sind hier draußen kein Verlust.«

Der Arzt machte gerade Hausbesuche, und Raymond konnte ihn erst um fünf Uhr nachmittags konsultieren.

»Es ist bedeutend schlimmer geworden«, sagte Raymond und verzog das Gesicht, als der Verband abgenommen wurde und eine hässliche blaurote Masse freilegte. »Und es stinkt auch«, fügte er peinlich berührt hinzu.

»Ja.« Der Arzt gab nichts preis. Er verschwand aus der Hintertür und kam wenig später mit einem Krug kochenden Wasser zurück. Er fing an, die Wunde zu betasten und zu reinigen, während Raymond die Zähne zusammenbiss, um nicht laut zu schreien, denn die Schmerzen waren jetzt so groß, dass er sie kaum mehr ertragen konnte.

»Es ist auch viel größer geworden, oder?«, brachte er unsicher hervor, als das Schlimmste vorüber war.

Der Arzt nickte. »Sie sind blass, Mr. Lewis. Möchten Sie einen Brandy?«

»Wie? Einen Brandy?« In Raymonds Bein pochte immer noch der Schmerz. »Guter Mann, ich hätte von Herzen gern einen Brandy.«

Der Schnaps beruhigte seine Nerven und belebte ihn ein wenig. »Nicht schlecht«, sagte er und gab das Glas zurück. »Nicht schlecht.«

»Und jetzt, Mr. Lewis, gehen Sie nach Hause, und legen Sie sich ins Bett. Das Bein müssen Sie hoch lagern. Hier haben Sie Tabletten gegen die Schmerzen, damit sie schlafen können.«

Raymond nahm das Fläschchen an sich. »Was ist das?«

»Opium. Nehmen Sie drei Kügelchen. Das sollte reichen.«

»Opium? Sind Sie sicher, dass diese Pillen mir nicht schaden? Ich habe gehört, dass Opium Menschen schon in den Wahnsinn getrieben hat.«

»Nein. Die Pillen sind völlig ungefährlich. Etwas anderes kann ich Ihnen leider nicht anbieten. Beruhigungsmittel sind knapp ...«

»Moment mal. Diese Wunde heilt nicht, oder?«

Der Arzt schüttelte den Kopf. »Nein, Mr. Lewis, sie heilt nicht und ist mittlerweile dicht an den Knochen vorgedrungen. Ich treffe Vorkehrungen für Ihren Transport nach Cooktown. Morgen. Sie werden in einem Wagen reisen müssen. Ich werde es Ihnen so angenehm wie möglich machen.«

»Nein, ausgeschlossen. Ich habe hier zu arbeiten. Meine Mission ist noch längst nicht erfüllt. Ich kann einfach noch nicht abreisen.«

»Sie haben keine andere Wahl.«

»Oh doch. Ich werde mein Bein pflegen, Ihre Pillen nehmen ...«

»Mr. Lewis, ich wollte Ihnen keine Angst einjagen, aber Sie lassen mir keine Wahl. Diese Sache ist ernst, Sie könnten das Bein verlieren ...«

»Großer Gott, nein! Es ist doch nur ...«

»Es ist ein Tropengeschwür; es zehrt das Fleisch auf und dringt in den Knochen ein, wenn es nicht aufgehalten und entfernt wird.«

»Wie kann es entfernt werden?«

»Durch eine Operation. Auch dann bleibt Ihnen noch ein großes Loch im Bein. Habe ich jetzt Ihre Erlaubnis, die Überführung zu organisieren?«

Raymond war am Boden zerstört. »Ja, natürlich. Ich danke Ihnen.«

Der Polizeisergeant in Maytown war außer sich vor Freude. »Ich hab sie, Tim!«, jubelte er schon beim Eintritt in sein Büro. »Drei Chinesen von der *China Belle*! Hatte eine kleine Unterhaltung mit dem Großkotz, den sie ihren Meister nennen. Die hiesigen kennen ihn unter dem Namen Maxie. So was wie sein Zelt hast du noch nicht gesehen. Es ist riesig, innen dunkel und gespenstisch, aber wenn deine Augen sich daran gewöhnt haben, ist das verdammte Ding eingerichtet wie ein arabischer Harem. War eingerichtet, sollte ich sagen. Wir haben eine Razzia gemacht, Snowbridge und ich, haben alles kurz und klein geschlagen, als der Diener sagte, sein Boss will mich nicht empfangen.«

»Diener hat er?«, flüsterte Tim mit aufgerissenen Augen.

»Natürlich hat er Diener, verdammt. Was glaubst denn du, wozu die Kulis da sind? Wie auch immer, er kam schon bald angerannt, als seine feinen Möbel durch die Gegend flogen. Ich hab ihn gefragt, von wo und auf welchem Schiff er hergekommen ist mit seinem ganzen Gefolge, und er hat's mir gesagt, und ich sag, wieso sein Kuli, der, den ich in den Knast gesteckt hab, dann eine ganz andere Geschichte erzählt. Ich hab mir gedacht, Maxie lügt, dass sich die Balken biegen, hab die Handschellen vorgeführt und gesagt, ich müsste ihn verhaften, und da wurde er ganz grün im Gesicht. Kurz und gut, wir haben ihm ordentlich zugesetzt, und dann sagt er, er hätte diesen Kerl hier erst auf den Goldfeldern in seinen Dienst genommen. Ist ja nicht gegen das Gesetz. Nein, sag ich, aber du bist zu schlau, Maxie, wenn du hier rumsitzt wie Buddha, um nicht zu wissen, dass er ein Illegaler ist. Wie kann ein Kuli plötzlich mitten in Queensland auftauchen? Wir sind dir auf den Fersen, Maxie. Das kostet dich eine mächtige Strafe, wenn du einem Illegalen Unterschlupf gewährt hast, einem, der nicht mal eine Lizenz hat als Goldgräber. Du gehst vielleicht sogar in den Knast. Es sei denn, du erzählst mir, was du über ihn weißt ... Tja, hat nicht lange gedauert, bis Maxie ihn verpfiffen hat. Ihn und seine beiden Kumpane. Sind auf einem Schiff gekommen, das heißt *China Belle*, sagt er.

»Du hast sie!«

»›Nur Deserteure‹, meint Maxie. ›Keine Verbrecher.‹«

»›Das seh ich anders‹, sag ich zu ihm. ›Liefer sie mir aus, und wir reden kein Wort mehr darüber. Außer, dass ich weiß, dein Handel mit schottischem Whisky floriert, und ein paar Flaschen davon könnten mich für den Ärger entschädigen, den du uns gemacht hast.‹«

»Erzähl weiter!«

»Ja, er schickt mir eine ganze Kiste. Tim, ich sag's dir, ich hab's diesem Politiker und Sergeant Gooding gezeigt, indem ich diese Chinesen verhaftet hab. Das war allein mein Verdienst. Lewis, dieses Muttersöhnchen, hätte die Kerle nie gefunden. Ich werde mich heute Abend mal ausführlich mit denen unterhalten. Ich könnte hier doch die ganze Bande schnappen.«

Raymonds Rückzug nach Cooktown war eine denkwürdige Geschichte. Die Reise im Wagen, in der Gesellschaft dreier erfolgreicher und gut bewaffneter Goldgräber, dauerte über eine Woche, dank der Angriffe von Schwarzen und der mächtigen Erdrutsche, die diese auslösten, um die Straße zu zerstören und die Reisenden zu zwingen, umzukehren und einen anderen Weg zu finden.

Einmal, als er hilflos im Wagen lag, den die Pferde über einen holprigen Weg zogen, sah Raymond zwei angemalte Schwarze mit Speeren hoch über ihnen, die den kleinen Treck betrachteten. Zu seiner Überraschung verspürte er eher Interesse als Angst; sie sahen so kühn und männlich aus.

Als die Wagenführer ihn schließlich im Krankenhaus von Cooktown ablieferten, hatte der Fahrgast hohes Fieber und war dem Delirium nahe.

Eine Woche später nahm Gooding die drei chinesischen Gefangenen von den Goldfeldern in Empfang und schickte sie nach Erledigung des notwendigen Papierkriegs, zusammen mit einer großen Anzahl anderer Gesetzesbrecher im Bauch eines Schiffes angekettet, weiter ins Gefängnis von Brisbane.

9. Kapitel

Die *Cairns Post* schrieb:

> In Maytown, im Herzen der Goldfelder am Palmer River, wurden drei Matrosen von dem geenterten Schiff *China Belle* verhaftet. Die Behörden in Cairns sind enttäuscht über die Überstellung dieser Männer nach Brisbane, da man es für wichtig erachtete, sie in unserer Stadt von Polizei und Vertretern der *Oriental Line* verhören zu lassen zwecks einer Klärung hinsichtlich der Anführer dieser grauenhaften Meuterei, die einen weiblichen Passagier und den Bootsmann des Schiffs das Leben gekostet hatte.
>
> Mr. Lyle Horwood gibt zu verstehen, dass er darauf besteht, diese Männer persönlich zu sehen, wenn er in Kürze seine unterbrochene Reise nach Brisbane fortsetzt.
>
> Es ist uns eine Freude zu berichten, dass Mr. Neville Caporn, ein wohlhabender Geschäftsmann aus Hongkong, von unserer hübschen Stadt so begeistert ist, dass er erwägt, hier zu investieren. Er wird es nicht bereuen, das versichern wir ihm. Cairns hat eine große Zukunft als führender Hafen und Handelszentrum für die schnell wachsenden Landwirtschaftsbezirke im unendlichen Hinterland.

Der Manager der *Bank of Australasia* war entzückt, Mr. Caporn ein Übergangsdarlehen gewähren zu können, bis dessen Kapital aus Hongkong transferiert wurde. Er lud ihn und seine schöne Frau zum Essen ins Hotel *Alexandra* ein, ein wohlbedachter Schachzug, der sich auszahlen sollte. Er wusste, dass auch andere Passagiere des Luxusschiffes in diesem Hotel logierten, und hoffte, ihnen vorgestellt zu werden. Sie alle gehörten zum Geldadel, und Ted Pask gedachte nicht, sie sich entkommen zu lassen, ohne den wirklich großen Fisch, Lyle Horwood, kennen gelernt zu haben.

Seine Maßnahme brachte ein noch besseres Ergebnis als erwartet. Er wurde nicht nur den anderen Passagieren vorgestellt, nein, Horwood schloss sich ihnen sogar an, wie auch Mrs. Plummer, eine äußerst distinguierte deutsche Dame. Er lauschte begierig all den Geschichten über ihre Erlebnisse an Bord des Schiffes, speicherte jede Einzelheit für seinen Bridge-Club und bedachte nebenbei weniger glückliche Freunde, die vorbeiflanierten und hofften, sich der erlesenen Gesellschaft anschließen zu dürfen, mit kalten Blicken.

Nur eine kleine Enttäuschung musste er hinnehmen: Sie bestellten freizügig von den besten leichten Weinen des Hotels, wobei Mrs. Caporn eine große Vorliebe für Champagner bewies, und überließen es ihm, die Rechnung für alle zu begleichen. Zum Glück hatte Mrs. Horwood nicht teilgenommen.

Lyle Horwood hatte Grund zum Feiern. Er bestellte Champagner, unter dem Vorwand, der kleinen Mrs. Caporn eine Freude machen zu wollen, denn er durfte sein Geheimnis nicht verraten. Um sich dafür zu entschädigen, beschloss er, sich an diesem Tag ein Vergnügen zu gönnen.

Erst an diesem Morgen hatte er die Nachricht bekommen, mit der aus seinem früheren Büro in Hongkong nachgesandten Post. Natürlich war man sich bei *Oriental* der Tragödie bewusst, die über die *China Belle*, ihrer aller Stolz und Freude, hereingebrochen war, sodass der Brief des Gouverneurs von Hongkong unter den zahlreichen Mitleidsbezeigungen beinahe verloren gegangen wäre. Aber da war er! Lieber Himmel, da war er! Der Gouverneur erfüllte endlich sein Versprechen.

Als das Mittagsmahl sich dem Ende zuneigte, war Horwood ein bisschen wacklig auf den Beinen ... »Ich schwebe wie auf Wolken«, erklärte er dem großartigen jungen Gastgeber, Mr. Ted Soundso.

»Viel Spaß noch!«, wünschte er den anderen und ging nach oben, um ein ernstes Gespräch mit Constance, in Kürze Lady Horwood, zu führen.

»Unter diesen Umständen«, erklärte er ihr, »muss ich Raymond Lewis dazu bewegen, mich dem Gouverneur vorzustellen, sobald wir in Brisbane angekommen sind. Kolonialgouverneur ist nicht das Schlechteste. Der Bursche in Brisbane kann genauso gut die Honneurs machen wie Hollis in Hongkong.«

Dann fiel ihm ein, dass Lewis noch immer in Cooktown weilte. »Zum Teufel mit dem Kerl! Wann kommt er zurück?«

Seine Frau blieb wie üblich stumm. Sie saß nur auf dem Sofa, starrte ins Leere und nestelte an ihrem Haar. Horwood war froh, dass sie ihn nicht zum Essen begleitet und allen den Spaß verdorben hatte, indem sie herumsaß wie eine leblose Puppe. Der Arzt hatte ihr Medikamente zur Nervenberuhigung gegeben, das weiße Zeug dort auf dem Frisiertisch. Sie erfüllten ihren Zweck, gut; sie weinte nicht mehr und zuckte nicht mehr bei jedem Geräusch zusammen, aber jetzt war sie so verdammt ruhig, dass man keinen Ton aus ihr herausbekam.

»Sieh zu, dass du zu Verstand kommst, bevor wir nach Brisbane reisen«, sagte er. »Komm darüber hinweg. Mrs. Caporn ist zum Essen gekommen, munter wie eh und je. Wir haben uns die Bäuche gehalten vor Lachen, als sie erzählte, wie sie Neville in Singapur zum Tanzunterricht geschleppt hat.«

»Ach.«

»Ja, ach. Du solltest dir eine Scheibe von ihr abschneiden. Ein bisschen mehr Mumm, wenn ich bitten darf.«

»Es tut mir Leid.«

»Das sollte es auch. Meine eigene Frau zuckt kaum mit der Wimper, wenn ich ihr erzähle, dass ich in den Adelsstand erhoben werden soll. Als wäre es dir völlig gleichgültig.«

»Ja, das wird bestimmt sehr schön. Habe ich schon zu Mittag gegessen?«

»Herr im Himmel! Woher soll ich das wissen? Hast du nicht geklingelt? Tja, jetzt ist es zu spät.«

Er setzte sich auf die Bettkante und seufzte. Endlich würde er sich Sir Lyle nennen dürfen, aber diese Frau! Lady Horwood, die Marionette. Das ging nicht. Sie musste zu sich kommen, bevor er sie der Gesellschaft von Brisbane vorstellte. Er wollte ihr gerade befehlen, mit dem Packen zu beginnen, als ihm einfiel, dass er in seinem Eifer, den Gouverneur von Queensland kennen zu lernen, kopflos zu werden drohte. Zunächst einmal musste er sich nach Schiffsverbindungen umhören.

Er legte sich aufs Bett und dachte an diesen Bankmanager. Ted Pask hatte davon gesprochen, dass in Cairns eine Gesellschaft gegründet werden sollte, die in gewerblichen Grundbesitz im Stadtzentrum investierte. Lyle hatte die Einschätzung geteilt, dass dieser Hafen mit der Zeit große Bedeutung gewinnen würde und Investitionen nicht fehlschlagen könnten. Und zu Neville hatte er gesagt, er könne mit ihm rechnen. Aber diese Gesellschaft ... wie hieß sie gleich? War nach einem griechischen Gott benannt, *Apollo*, wenn er sich recht erinnerte. Ja. *Apollo Properties*.

»Constance. Apollo, der griechische Gott. Wessen Schutzherr war der?«

Sie hob den Kopf, ihr Blick war verdammt leer, fand er. »Ich weiß es nicht. Ich glaube, ich weiß es nicht«, sagte sie und knabberte an ihren Fingernägeln, eine neue Angewohnheit. »Soll ich jemanden fragen?«

»Nein, um Himmels willen, nein! Geh raus, setz dich auf die Veranda. Ich muss ein bisschen schlafen, und das kann ich nicht, wenn du hier herumhockst.«

Constance ging nach draußen, hob den Rattan-Armsessel mit seinem dicken, weichen Polster an und drehte ihn zur Hotelmauer hin um, sonst hätte sie hinaus aufs Meer geblickt, auf die Trinity Bay. Ein herrlicher Ausblick, sagten alle, aber sie hasste ihn. Das Meer, selbst, wenn es so ruhig war wie heute, verursachte ihr ein Flattern im Magen und schreckliche Kopfschmerzen. Früher war das nicht so, überlegte sie. Die Reise von England nach Hongkong hatte ihr sehr gut gefallen, doch damals waren auch glücklichere Zeiten. Die Reise auf der *China Belle* stand vom ersten Tag an unter einem unseligen Stern ... Sie fing an zu weinen, erinnerte sich, dass sie ihre Medizin nicht genommen hatte, wagte jedoch nicht, zurück ins Zimmer zu gehen und Lyle zu stören, wischte sich seufzend die Augen und versuchte zu ergründen, was sie jetzt so bekümmerte.

Nach einiger Zeit fiel es ihr ein. Lyle hatte gesagt, sie würden nach Brisbane reisen. So hoch im Norden gab es keine Kutschlinien, und das bedeutete, dass sie per Schiff reisen würden. Entsetzen packte sie bei dem Gedanken an eine neuerliche Seereise.

Mit Bargeld ausgestattet, nachdem die Bank ein großzügiges Darlehen gewährt hatte, erstanden Neville und Esme ein feines Pferd samt Gig, entsprechend ihrem Ansehen in der Stadt, und verabschiedeten sich traurig von ihren Gastgebern.

»Sie werden uns fehlen«, sagte Delia. »Vergessen Sie nicht, uns zu besuchen.«

»Und verlieren Sie bloß nicht den Scheck!« Ihr Mann lachte. »Wir wollen uns unseren Anteil nicht entgehen lassen.«

»Ich verliere ihn bestimmt nicht, und um ganz sicherzugehen, zahle ich ihn sofort, wenn wir in die Stadt kommen, aufs Konto des *Apollo Properties Trust* ein.«

»Stimmt es, dass Lyle Horwood sich bald Sir Lyle nennen darf?«, wollte Delia noch wissen.

»Ja«, antwortete Neville. »Wenn er ganz oben auf der Liste der Aktionäre steht, kann also gar nichts schief gehen. Ich bin ganz begeistert von unserem Plan, nachdem er mit seinem großen Namen hinter uns steht. Übrigens hat er vorgeschlagen, dass wir noch weiter gehen und hinter den Geschäften Wohnhäuser bauen. Aber ich bin ein vorsichtiger Mensch, ich möchte mir alles zuerst einmal genau ansehen.«

»Natürlich«, pflichtete Jack Foster ihm bei. »Behalten Sie das Projekt skeptisch im Auge, Neville. Passen Sie auf, dass er nicht größenwahnsinnig wird.«

»Aber unbedingt«, sagte Neville und schnalzte mit der Zunge. Das Pferd zog an, der leichte Wagen hüpfte davon, und Esme winkte und warf Kusshändchen.

»Auf Wiedersehen, ihr Lieben! Auf Wiedersehen. Und vielen Dank für alles.«

Sie hielt ihren Hut fest und umklammerte ihre Handtasche. »Um Himmels willen, Neville, fahr langsam. Sonst kippen wir um.«

»Entschuldige, altes Mädchen, es ist nur die Freude, endlich ihrem Klammergriff entkommen zu können. Sie sind wie Kletten, nicht wahr?«

Sie nickte. »Wie ist das mit diesen Wohnhäusern?«

»Es stimmt. Ich habe *Apollo Properties* als eine Geschäftszeile entworfen. Hab den Plan, den ich gezeichnet habe, dem alten Horwood gezeigt, und der greift sich einen Bleistift und verändert alles. Will hinter den Geschäften Wohnhäuser bauen. Sagt, Geschäftsbesitzer wohnen gern auf dem Ladengrundstück.«

»Was weiß denn der?«

»Genau. Aber wen stört's? Wir sind die, die zuletzt lachen. Ich habe ihn darauf hingewiesen, dass die Grundstücke nicht genug Platz für Wohnungen bieten, aber er hat nur abgewinkt und gesagt, das ließe sich problemlos lösen. Wir kaufen die hinteren Grundstücke eben auch noch.«

»Mir ist das alles noch nicht so richtig klar«, sagte Esme. »Du überzeugst sie vermutlich alle davon, in *Apollo Properties* zu investieren, damit du genug Geld hast, die Läden und die dazugehörigen Wohnungen zu bauen, und dann? Verkaufst du an die Ladenbesitzer oder verpachtest du?«

»Was meinst du wohl?«

»Ich glaube, es wäre am besten, langfristig zu verpachten, denn der Wert der Grundstücke wird enorm steigen.«

Neville lächelte. »Wie du meinst. Lass uns jetzt zum Hotel fahren, um sie alle bei der Stange zu halten. Und was ist mit unserem Mr. Hillier? Den dürfen wir uns nicht entwischen lassen.«

Clive Hillier sprach Neville schon auf der Straße an. »Auf ein Wort, Sir.«

»Aber gern.«

Hillier ließ sich von Nevilles breitem Lächeln jedoch nicht beeindrucken. »Ich war der Meinung, Mr. Caporn, Sie wollten in eine Plantage investieren, und jetzt erfahre ich, dass Sie beabsichtigen, eine Geschäftszeile an der Straße zu bauen, in direkter Konkurrenz zu meinem Unternehmen. Was haben Sie dazu zu sagen?«

»Lieber Freund, man hat nie daran gedacht, Ihrem Unternehmen Schaden zuzufügen. Ganz sicher nicht. Tatsächlich hatten wir die Absicht, eine Plantage zu kaufen, doch Lyle Horwood – Sie kennen ihn ja ... war auch auf dem Schiff – nun, er hat mich überzeugt, dass Cairns ein starkes Einzelhandelszentrum benötigt. Ich habe ihn darauf hingewiesen, dass Sie ja bereits einige sehr moderne Geschäfte bauen, doch er sagte, es gäbe Platz für alle.«

»Kommt darauf an. Sie hätten so viel Anstand haben müssen, die Sache zuerst mit mir zu besprechen.«

»Wir befinden uns noch im Planungsstadium, alter Freund. Wenn der Zeitpunkt gekommen ist, setzen wir uns einfach zusammen und überlegen, welche Art von Geschäften wir zulassen wollen. Sagten Sie nicht, oder habe ich es anderswo gehört, dass Sie ein Kaufhaus für Bekleidung eröffnen wollen?«

»Ja, und ich würde es sehr übel nehmen, wenn Sie an andere Einzelhändler aus der Branche verpachten würden.«

»Ich werde dafür sorgen, dass das nicht passiert, Mr. Hillier. Sie können sich auf mich verlassen. Außerdem müssen wir, wie ich schon Lyle gegenüber geäußert haben, zusammenarbeiten, nicht nur unter uns, Mr. Hillier, sondern auch mit den Bezirksämtern, um sicherzustellen, dass sie ihren Pflichten der Stadt gegenüber ebenfalls nachkommen.«

»Nun, der Meinung bin ich auch«, pflichtete Hillier ihm bei. »Der Sumpf muss trockengelegt werden, er liegt zu nahe an der Stadt, deswegen herrscht hier eine solche Moskitoplage.«

»Dann wollen wir ihnen Beine machen«, sagte Neville. »Dafür werde ich sorgen. Und wie geht es voran auf Ihrer Baustelle?«

»Im Augenblick stockt die Arbeit. Wir warten auf Holzlieferungen.«

Neville nickte wissend, obwohl er wusste, dass Hilliers Projekt nicht durch Mangel an Baustoff, sondern durch Geldmangel blockiert wurde. Jack Foster hatte ihm verraten, dass er die Mittel aus dem Verkauf seines Kaufhauses in Maryborough benötigte, um weitermachen zu können.

»Warum beantragt er nicht ein Überbrückungsdarlehen?«, hatte Neville gefragt, und Jack war verblüfft.

»Was ist das denn?«

»Ein Darlehen, das ihm über die Durststrecke hinweg hilft.«

»Oh. Verstehe. Vermutlich hat er nicht daran gedacht.«

»Ich wäre bereit, ihm auszuhelfen«, behauptete Neville hochmütig, »aber man darf ihn ja nicht mit einem solchen Angebot in Verlegenheit bringen.«

Seit Tagen arbeitete Neville an den »offiziellen« Dokumenten. Eine Unmenge Regeln, Bestimmungen, Klauseln und Unterklauseln, *Apollo Properties* betreffend, kam zustande, dann der Entwurf der benötigten Interimsaktien mit detaillierten Quittungen des Trust-Kontos, im Kleingedruckten sämtlich kompliziert und umständlich formuliert. Als er endlich mit seinen Ergebnissen zufrieden war, wandte er sich Esme zu.

»So, das wär's. Ich glaube, mehr brauchen wir für den Anfang nicht. Lies diese Entwürfe mal durch, und sag mir, was du davon hältst.«

Sie studierte die Schriftstücke sorgfältig, fuhr mit dem

Zeigefinger unter den Zeilen entlang. »Ganz gut, finde ich.«

»Ganz gut? Sie sind großartig, ohne mich selbst loben zu wollen. Amtschinesisch in seiner ausgeprägtesten Form. Die Hälfte macht überhaupt keinen Sinn, der Rest ist zu unseren Gunsten. Geh doch jetzt ein bisschen spazieren, damit ich mich auf meine Kalligraphie konzentrieren kann. Du könntest unter irgendeinem Vorwand im Verwaltungsbüro reinschauen und einen Bogen Geschäftspapier mitnehmen. Ich muss das Regierungssiegel kopieren. Bisschen Prestige kann nicht schaden.«

Er arbeitete über den starren Pergamentbögen, summte vor sich hin, während die Zeit wie im Flug verging, schritt im Zimmer auf und ab, bis die Tinte getrocknet war, und lehnte sich dann zurück, um sein Werk zu bewundern. Niemand, der Nevilles gewöhnliche Handschrift kannte, seine kraftvollen Schwünge, käme je auf den Gedanken, dass derselbe Mann zu solch perfekten Buchstaben fähig war, wie er sie auf diese Dokumente gesetzt hatte. Dort gab es keine großartigen Schwünge, keine Häkchen an den Großbuchstaben, lediglich Buchstaben, wie sie eben sein sollen ... gleichmäßig groß, gleichmäßig geneigt, leicht im Aufstrich und etwas kräftiger im Abstrich.

»Eine Siegerhandschrift«, nannte er seine Begabung gern. Und zu seinem großen Vergnügen wusste einzig und allein Esme, dass dies seine persönliche Handschrift war. Die andere, grobschlächtigere Schrift war verstellt. Er grinste.

Seine Frau ging nicht gern allein auf die Straße. Nicht mehr. Einstmals hätte sie sich überhaupt nichts dabei gedacht, schon gar nicht an einem schönen Tag wie diesem, doch jetzt surrten die Schmetterlinge in ihrem Bauch umher wie Maikäfer.

Esme vermisste die bevölkerten Straßen von Hongkong, wo sie mit dem Strom schwimmen konnte. Hier, wo so wenige Fußgänger unterwegs waren, fühlte sie sich dem höflichen Nicken und Grüßen ausgeliefert. Fühlte sich auffällig. Und das machte ihr Sorgen. Sie versuchte, sich zu überzeugen, dass kein Grund zur Sorge vorlag, dass sie in ihrem pflaumenblauen Kostüm und dem hübschen Samthütchen sehr schick aussah, aber sie konnte dieses Gefühl, eine Art Lampenfieber, einfach nicht abschütteln.

»Unsinn«, sagte sie zu sich selbst und zupfte nervös den Schleier ihres Huts zurecht, sodass er halbwegs ihre Augen bedeckte. »Hier droht dir doch keine Gefahr. Warum um alles in der Welt tust du dir das an? So, wie du dich aufführst, könnte man meinen, hinter der nächsten Ecke lauert ein Bär.«

An der nächsten Ecke lauerte zwar kein Bär, doch dort stand ein Hotel, dessen offene Bar sich bis auf die Veranda fortsetzte, und Esme rannte nahezu die Stufen hinauf. Wenige Minuten später saß sie im kühlen, fast menschenleeren Inneren, kippte mit einem Seufzer der Erleichterung einen Brandy und bestellte sich einen weiteren.

Sie verließ das Hotel mit zwei kleinen Flaschen Brandy in ihrem flotten Wildledertäschchen und fühlte sich schon viel besser, beinahe heiter, als sie Mr. Hillier traf, der sie voller Begeisterung begrüßte.

»Welch eine Freude, Sie zu sehen! Heute brauchte ich wahrhaftig eine Aufmunterung, und ihr glückliches Lächeln ist genau das Richtige für mich.«

»Zu freundlich«, antwortete sie mit blitzenden Augen.

»Keineswegs. Schon, als Sie auf mich zukamen, habe ich Ihr Kostüm bewundert. Perfekt. Und der Samthut bringt es erst so richtig zur Geltung.«

»Danke. Fast hätte ich vergessen, dass Sie von Geschäfts wegen ja ein Auge für Damenmoden haben. Schön, dass Ihnen mein Kostüm gefällt, es ist eine meiner Lieblingsgarderoben.«

»Haben Sie es in Hongkong fertigen lassen?«

»Ja. Von einem französischen Couturier namens Raoul.«

»Unglaublich! Diese Eleganz! Sie können sich glücklich schätzen. Ich fürchte, ich darf nie darauf hoffen, in meinen Geschäften Bekleidung von solch hohem Standard anbieten zu können.«

»Aber warum denn nicht?« Sie kicherte. »Besorgen Sie sich einen guten Schneider, geben Sie ihm gutes Material und einen französischen Namen, und *voilà* …«

Er lachte. »Ach, so ist das? Ich weiß jetzt schon, dass Ihr Rat mir unersetzlich sein wird, wenn ich hier mein Damengeschäft eröffne. Wenn und falls, sollte ich wohl sagen. Diese Verzögerungen treiben mich in den Wahnsinn. Tja, ich glaube, solche Plagen werden uns geschickt, um uns auf die Probe zu stellen.«

Esme erhob keine Einwände, als er ihr seine Begleitung anbot. Sie überquerten die Straße in Richtung Hafenkai und sahen zu, wie ein großes Schiff in die Bucht einlief.

»Oh«, sagte sie, »es kommt aus Hongkong!« So viel Freude schwang in ihrer Stimme mit, dass er sich zu ihr umwandte.

»Sie mögen diese Stadt wohl sehr?«

»Ja«, sagte sie, »ich mochte sie.«

Nach ihrer Rückkehr ins Hotel saß sie allein in der Lobby und grübelte über ihre derzeitige Situation nach. Sie sehnte sich tatsächlich nach Hongkong. Erst jetzt wurde ihr klar, wie sehr sie diese Stadt vermisste, die weltläufige Atmosphäre, die Hektik und Aufregung. »Im Vergleich dazu ist diese Stadt zu ruhig für Leute unseres Metiers«, flüsterte sie nervös.

Neville war überzeugt, dass die einfachen Einkünfte, die er hier entdeckte, nur die Spitze des Eisbergs darstellten.

»Diese Leute sind so naiv«, hatte er gesagt, »sie werfen mir das Geld geradezu in den Rachen. Wenn wir hier fertig sind, ziehen wir weiter in die Städte im Süden, da gibt es nur wenige. Fünf Jahre in diesem Land, Süße, dann kehren wir in den Osten zurück und sind reicher, als wir es uns je haben träumen lassen. Wir hätten schon vor Jahren hierher kommen sollen.«

Mag ja sein, dachte Esme und zupfte eine rosa Rosenknospe aus einer Blumenvase, aber ich kann mir nichts Schlimmeres vorstellen als fünf Jahre in diesem langweiligen Land. Ich will zurück nach Hongkong. Wir hätten gar nicht erst fortgehen sollen.

Clive hatte gehofft, dass sie mit ihm zu Mittag speisen würde, aber das war kaum möglich, solange ein Ehemann im Hintergrund dräute, und so begleitete er sie zurück zum Hotel und ging dann widerstrebend seiner Wege. Er verfiel wieder in den depressiven Zustand, aus dem ihre entzückende Gesellschaft ihn erlöst hatte. Vorübergehend.

Sie war ihm über den Weg gelaufen, als er aus dem Bankgebäude trat und wieder einmal eine Ablehnung von diesem Trottel Ted Pask hinsichtlich der Aufstockung seines Darlehens hatte hinnehmen müssen.

Das war freilich Emilies Schuld. Der Verkauf des Kaufhauses in Maryborough hätte doch nicht so viel Zeit in Anspruch nehmen dürfen. Das Geschäft blühte, es war eine gute Investition, und die Kaufwilligen hätten eigentlich Schlange stehen müssen.

Verärgert stapfte er hinunter zur Fischbude, setzte sich mit einer Zeitung an einen langen Tisch und bestellte sich eine Schüssel Fisch-Kedgeree.

Ted Pask bewies schon eine außerordentliche Frechheit, wenn er behauptete, das Kaufhaus in Maryborough sei zu teuer veranschlagt, er würde es sofort verkaufen können, wenn er mit dem Preis herunterging, und dann bräuchte er kein neues Darlehen für das neue Unternehmen aufzunehmen. Was wusste der denn schon? Wütend knallte er die Zeitung auf den Tisch, nur um zu lesen, dass die Wetterexperten einen äußerst nassen Sommer voraussagten.

»Denen fällt wohl nichts anderes ein«, schnaubte er. »Weiß doch jeder, dass die Sommer hier nass sind. Ist schließlich Regenzeit, verdammt noch mal.«

Sein Büro, das Büro Mr. Clive Hilliers, des Eigentümers, befand sich auf dem Zwischenstock des Kaufhauses in Maryborough, mit Blick auf die Kurzwarenabteilung. Es war ein sehr ordentliches Büro; alle nicht aktuellen Schriftstücke wurden stets in Ordner abgeheftet, sodass der Mahagonischreibtisch nichts anderes zu spiegeln hatte als den Füllfederhalter aus Messing und das Tintenfass, den Pfeifenständer und den Aschenbecher aus Messing.

Emilie huschte zur Tür herein, schloss sie hinter sich und ließ sich in Clives Drehstuhl sinken. Sie fühlte sich schwach. All ihre Pläne waren gerade einer Katastrophe zum Opfer gefallen.

Erst vor einer Woche hatte sie ihren Entschluss gefasst. Sie würde ihn verlassen. Maryborough verlassen. Fortziehen ... nicht nach Cairns, sondern nach Brisbane. Sie würde sich einen Anwalt nehmen, der sie hinsichtlich der Scheidung beraten und ihr sagen könnte, wie Clive gezwungen werden könnte, sie finanziell zu unterstützen, wenngleich sie bezweifelte, dass er ihr auch nur einen Penny geben würde. Wenn nötig, würde sie selbst für ihren Unterhalt aufkommen. Sie war sechsundzwanzig und hatte Berufserfahrung ... Lehrerin könnte sie werden, und sie hatte bewiesen, dass sie eine ausgezeichnete Verkäuferin war. Beide Rollen waren eindeutig besser als ihre bisherige. Sie hatte ihn gewarnt, dass sie seine Brutalität nicht länger hinnehmen würde. Sechs Jahre waren entschieden zu viel.

»Ich war so dumm«, flüsterte sie. »Ich hätte ihn verlassen sollen, als es zum ersten Mal passiert war, aber ich hatte zu viel Angst vor dem Gerede der Leute. Jetzt ist es zu spät.«

Tränen konnte sie sich nicht gestatten. Nicht jetzt, nicht vor den Augen der Angestellten. Liebend gern hätte sie diesen Aschenbecher genommen und durchs Fenster geschleudert. Es zerschmettert. Irgendetwas entzwei geschlagen!

Emilie war so beschäftigt mit dem Gedanken, tatsächlich den Bruch herbeizuführen, und mit all den damit verbundenen strittigen Fragen, dass sie nicht Acht gegeben hatte. Als ihr dämmerte, dass die morgendliche Übelkeit keineswegs eine Folge ihrer Pläne und der damit verbundenen inneren Unruhe war, begann sie zu beten.

»Bitte, lieber Gott, nicht jetzt.«

Aber Gott, der Herr erhörte sie nicht. Stattdessen segnete er sie zum ungünstigsten aller Zeitpunkte mit einer Schwangerschaft.

Sie ging zum Schrank, entnahm ihm die letzten Kurszettel und studierte sie, um sich von ihrem Selbstmitleid abzulenken. Sie konnte jetzt nicht fort. Schwangere fanden keine Arbeit. Sie würde verhungern.

»Und er würde mich verhungern lassen«, sagte sie. »Ich muss entweder bei ihm bleiben oder verhungern. Das ist vielleicht eine Alternative!«

Eines der Mädchen klopfte an die Tür und schob den Kopf durch den Spalt.

»Der Bürgermeister, Mr. Manningtree, wünscht Sie zu sprechen.«

Mr. Manningtree? Emilie fragte sich, was er wohl von ihr wollte. Er war ein netter Mensch, etwas grobschlächtig, aber mit einem guten Herzen. Er war ihr erster Arbeitgeber in Maryborough gewesen, hatte sie als Gouvernante für seine drei Kinder eingestellt. Und das war kein reines Zuckerschlecken gewesen. Das Haus und die Umgebung waren reizend, alle waren sehr freundlich, bis auf seine Frau, eine wahre Furie. Emilie hatte es auf ihrem Posten ausgehalten, bis der Skandal um Sonny Willoughby Mrs. Manningtree endlich einen Vorwand gab, ihr zu kündigen.

Sie nahm ihn an der Tür in Empfang. »Wie schön, Sie zu sehen, Mr. Manningtree. Treten Sie ein. Möchten Sie eine Tasse Tee?«

»Nein, danke, Missy. Wie geht's denn so? Sie sehen mir ein bisschen spitznasig aus.«

»Oh, mir geht's gut, danke. Wie ich höre, hat Kate den ersten Preis im Klavierwettbewerb gewonnen. Sie sind bestimmt sehr stolz auf sie.«

»Bin auf alle drei Kinder stolz. Sie haben ihnen eine gute Grundlage gegeben, Missy, haben ihnen das Lernen beigebracht.« Er trat ans Fenster und spähte über die Spitzengardine hinweg, die die untere Hälfte bedeckte. »Das Geschäft läuft wie am Schnürchen, nicht wahr? Aber wissen Sie, als Ihr Gatte sein Herrenbekleidungsgeschäft eröffnete, hätte ich keinen Pfifferling dafür gegeben. Wahrscheinlich haben Sie ihn dann mit nicht gar so ausgefallener Kleidung auf den Boden der Tatsachen zurückgeholt.«

»Na, ich weiß nicht.« Sie lächelte.

»Aber ich, und Sie kennen mich ja, Missy: Ich rede nicht um den heißen Brei herum. Und dann haben Sie Damenbekleidung eingeführt. Und nun läuft das Geschäft blendend, wie?«

»Ja. Wir hatten Glück.«

»Und jetzt verlassen Sie uns?«

Sie seufzte. »Ja, es ist Zeit, etwas Neues anzufangen. Aber ich werde Maryborough nie vergessen. Unsere Freunde werden mir fehlen.«

Er zog sich einen hohen Hocker heran und hockte sich auf die Kante der Sitzfläche. »Sie haben noch keinen Käufer gefunden?«

»Nein.«

»Der Preis ist zu hoch.«

»Clive ist anderer Meinung.«

»Ich nicht. Ich warte darauf, dass Sie hinsichtlich des Preises ein bisschen Entgegenkommen zeigen.«

»Sie? Sind Sie interessiert?«

»Ich nicht. Die Missus.«

»Mrs. Manningtree?« Emilie schluckte.

Er grinste. »Ja, so heißt sie meines Wissens. Nachdem sie Kinder jetzt alle weg sind im Internat, hat sie sich in den Kopf gesetzt, dieses Geschäft zu besitzen. Schätze, sie glaubt sich dann im Himmel, mit Gratis-Kleidern und einem ganzen Laden für sich allein ...«

Emilie hörte all das mit großen Vorbehalten. Violet Manningtree, die Hexe mit dem schlechtesten Modegeschmack, den man sich vorstellen konnte, wollte Besitzerin des Kaufhauses werden? War das ein Witz?

»... und da dachte ich mir, ich rede am besten mal mit Ihnen. Clive und ich, wir haben uns ja nie so richtig verstanden.«

Emilie erinnerte sich an sein Schulterzucken, als sie ihre Verlobung bekannt gegeben hatten: »Weiß nicht, was Sie an ihm finden, Missy.«

»Schätze, wir könnten zu einer Einigung kommen«, fuhr er jetzt fort, »Sie und ich. Schauen wir uns zuerst einmal die Zahlen an. Ich kaufe ihr den Laden, setze aber einen

Geschäftsführer ein, der die Kontrolle behält. Wir sehen uns an, was das Aktienkapital wert ist, wie hoch der jährliche Umsatz ist ... mal sehen, was da zu machen ist.«

Gemeinsam gingen sie die Bücher durch, beide machten sich Notizen, bis er plötzlich einen Blick auf die Uhr warf. »Emilie, ich komme zu spät zu einer Sitzung. Kann ich morgen um die gleiche Zeit noch einmal vorbeikommen? Verkaufen Sie inzwischen aber bloß nicht an jemand anderen, sonst reißt Violet mir den Kopf ab.«

An der Tür drehte er sich noch einmal um. »Sie sollten sich etwas schonen, Missy. Sie sehen müde aus; gehen Sie jetzt nach Hause.«

Emilie freute sich trotz allem über die Aussicht, endlich doch verkaufen zu können, zumal ihre Preisvorstellungen höchstens um gut vierzig Pfund auseinander lagen.

Dann fiel ihr ein, dass auch das Haus verkauft werden musste. Und danach – blieb ihr gar keine andere Wahl, als die Einrichtung einzupacken und zu Clive nach Cairns zu reisen? Das war weiß Gott keine angenehme Aussicht.

Die Kontenabgleichung sollte vormittags um elf in der *Bank of New South Wales* erfolgen.

Emilie konnte angesichts dessen, was sie vorschlagen wollte, böse Vorahnungen nicht unterdrücken, sagte sich aber, dass sie es eben wagen musste. Sie verließ das Geschäft und überquerte die Straße zur Bank, wo sie ein Konto auf ihren Namen eröffnete.

Der Bürgermeister war wie üblich pünktlich und in leutseliger Stimmung, als er das Bankgebäude betrat, streng darauf bedacht, alle Schalterbeamten zu begrüßen und den Bankkunden die Hand zu schütteln, bevor er dem Geschäftsführer in dessen Büro folgte, wo Emilie bereits wartete.

Es gab jede Menge Gesprächsstoff. Maryborough war im Begriff, den fünfundzwanzigsten Jahrestag seiner Gründung zu begehen.

»Das wird eine regelrechte Galavorstellung«, strahlte Manningtree. »Eine ganze Woche wird gefeiert, angefangen mit Pferderennen und Sportveranstaltungen am Sonnabend, und zum Abschluss gibt es einen großen Ball in der Nacht des darauf folgenden Sonnabends.«

»Erstaunlich, dass die Stadt erst fünfundzwanzig Jahre alt ist«, bemerkte der Bankdirektor. »Wir sind weiß Gott vorangekommen, und das haben wir in erster Linie Ihrer guten Amtsführung zu verdanken, Bert.«

»Stimmt«, pflichtete der Bürgermeister ihm bei, und Emilie lächelte und sagte sich, dass ihr früherer Arbeitgeber sich wohl nie ändern würde.

Sie saß still da und versuchte ihre Nerven zu beruhigen, während die Männer über Straßendekorationen sprachen, bis der Bürgermeister schließlich vorschlug, zum geschäftlichen Teil zu kommen.

Der Vertrag wurde studiert und unterzeichnet; der Bankdirektor diente als Zeuge.

»Nun, Missy, auf welchen Namen soll ich den Scheck ausstellen?«, fragte Manningtree.

»Oh. Bitte auf meinen, auf E.M. Hillier. Ich werde Clive gewisse Summen überweisen müssen und benötige Geld für den Umzug nach Cairns.«

Während er die Summe eintrug, blickte er zu ihr auf. »Ich verstehe nicht, warum Sie fortziehen. Ich dachte, Ihnen gefällt es hier, Emilie.«

»Ja, ich bin gern hier. Natürlich. Aber ... nun, Clive ist ehrgeizig, und er hat sich ein neues Geschäft in Cairns in den Kopf gesetzt.«

Die Angelegenheit war so schnell erledigt, dass sie sich unversehens auf der Hauptstraße wiederfand. Das große Kaufhaus ging sie nichts mehr an. Das Geld lag auf der Bank.

Sie hatte noch keine Lust, nach Hause zu gehen, und kehrte im Riverside Café ein, wo sie sich Tee und Scones gönnte.

Gut, dachte sie und blickte auf den trägen Fluss hinaus, es ist an der Zeit, Clive mitzuteilen, wie die Dinge stehen. Sie nahm ein Notizbuch und einen Stift zur Hand und fing an, Zahlenkolonnen zusammenzurechnen. Dann nickte sie. »Ja, das ist nur gerecht.«

Am nächsten Tag besuchte Emilie den Bankdirektor noch einmal.

»Ich muss meinem Mann so schnell wie möglich Geld überweisen. Wie gehe ich dabei vor?«

»Ganz einfach, meine Liebe. Wie viel wollen Sie ihm überweisen?«

»Zweitausendfünfzig Pfund.«

Er notierte den Betrag. »Kein Problem. Sie unterschreiben den Beleg über die Summe, die Sie Ihrem Konto entnommen haben, und ich schreibe Ihnen die Postanweisung für Clive. Der Postweg ist völlig sicher. Ich streiche nur ›Überbringer‹ durch, um sicherzustellen, dass das Geld nur Clive persönlich ausgehändigt wird. Er freut sich bestimmt zu hören, dass das Geschäft verkauft ist.«

»Ja.«

»Das Kaufhaus befindet sich zumindest in guten Händen. Unser Bürgermeister ist ein cleverer Geschäftsmann.«

Emilie bezweifelte, dass Violet Manningtree eine gute Hand fürs Geschäft haben würde, äußerte sich jedoch nicht dazu. Geduldig wartete sie, während der Bankdirektor mit Feder und Tinte und Löschsand hantierte und ihr dann schließlich mit den besten Wünschen der Bank die Anweisung in einem neuen braunen Umschlag überreichte.

Wenig später schickte Emilie das Geld per Post an Clive ab und legte einen Begleitbrief bei, der die Einzelheiten über den Verkauf des Kaufhauses enthielt und dazu die Aufteilung des Kapitals in zwei gleiche Teile:

Deine fünfzig Prozent aus dem Verkauf: 2 000 Pfund.

Verkauf des Wohnhauses samt Einrichtung: 55 Pfund.

Erläuterung: Da ich das Geld für die Anzahlung auf die Hillier-Läden eingebracht habe, indem ich mein Haus am Fluss verkaufte, und stets mit Dir zusammen im Geschäft gearbeitet habe, gedenke ich meinen Anteil zu behalten und überweise Dir entsprechend Deinen oben genannten Anteil.

Ich selbst habe unser Haus zu einem fairen Preis gekauft, wie Du siehst, und überweise Dir auch diesen Betrag.

Nimm bitte zur Kenntnis, dass ich nicht zu Dir nach

Cairns komme. Aus Gründen, die Dir bekannt sein dürften, möchte ich nichts mehr mit Dir zu tun haben und werde deshalb die Scheidung beantragen.

Als sie das Postamt verließ und nach Hause ging, in das Haus, das jetzt ihr gehörte, hatten sich ihr Unbehagen verflüchtigt. Letztendlich hatte die Schwangerschaft sie, statt sie zu behindern, mit der nötigen Antriebskraft für ihre Entscheidung ausgestattet. Jetzt, da ein neues Leben in ihren Haushalt eintreten wollte, musste die Gewalt ein Ende haben.

»Um des Kindes willen darf ich es nicht riskieren, Clive noch länger in meiner Nähe zu dulden«, sagte sie zu sich selbst. »Mir bleibt jetzt keine Wahl mehr. Ich muss so schnell wie möglich die Scheidung einreichen.«

Dann lächelte sie. »Ich muss nicht mehr zur Arbeit gehen. Ich habe Geld auf der Bank. Endlich kann ich selbst über meine Zeit verfügen. Ich bekomme ein Kind und fühle mich ausgesprochen gut. Und es ist ein herrlicher Tag!«

Emilie summte ein Liedchen, als sie ihr Haus betrat.

Nellie, ihr Dienstmädchen, streifte sie mit einem Blick. »Sie sind guter Laune, Mrs. Hillier.«

»Und ich habe jeden Grund dazu.« Emilie seufzte. »Ich habe beschlossen, nicht nach Cairns umzuziehen. Und ich behalte dieses Haus. Hier ist also immer noch ein Platz für Sie, falls Sie bleiben möchten.«

Nellie war begeistert. »Aber natürlich möchte ich! Ich ... danke, da bin ich aber erleichtert! Aber was ist geschehen? Hat er sich gegen das Kaufhaus in Cairns entschieden?«

»Nein, ich habe mich entschieden. Ich ziehe nicht zu ihm nach Cairns.«

»Wie bitte?« Nellie arbeitete seit drei Jahren für die Hilliers. Sie war ein schüchternes Mädchen, aber keinesfalls dumm. Sie wandte sich ab und sagte leise: »Das wurde aber auch Zeit!«

Emilie gab vor, nichts gehört zu haben. »Mr. Hillier kommt nicht zurück, Nellie. Bitte packen Sie seine Sachen. Wir müssen sie ihm schnellstens nach Cairns schicken.«

Eleanor Plummer fühlte sich ziemlich ausgeschlossen, während alle Welt über *Apollo Properties* redete. Es war ihr Pech, dass Plummers Plünderung der Konten ihre finanzielle Situation erheblich beeinträchtigt hatte, und ausgerechnet zu einer Zeit, da sie Geld brauchte, um in dieses großartige Unternehmen investieren zu können. Es ärgerte sie außerdem, dass Lyle Horwood die Führung übernommen hatte. Sie würde es abscheulich finden, wenn er herausfand, dass sie sich den Kauf von Aktien nicht leisten konnte, und deshalb tat sie das Gerede lässig ab und sagte allen, die es hören wollten, dass sie in erster Linie daran interessiert war, ein anständiges Haus in Cairns zu finden.

Sie schrieb noch einmal an ihre Freundin Gertrude in Brisbane und teilte ihr mit, dass sie ein Haus zu kaufen gedachte und dass ein Mr. Jesse Field sie an diesem Nachmittag zu einem Besichtigungstermin begleiten wolle.

»Männer sind geschickter in solchen Dingen«, schrieb sie, »und ich bin ihm dankbar für seine Hilfe. Die Leute in dieser Stadt sind sehr entgegenkommend, und ich hoffe, dass du, wenn ich eine passende Wohnung gefunden habe, mich baldmöglichst besuchen kommst.«

Gertrude war betroffen über Eleanors plötzlichen Entschluss, in der fremden Stadt zu bleiben. Sie begriff nicht, dass ihre Freundin sich nach dem Debakel ihrer Ehe ihre Unabhängigkeit beweisen musste. Es erschien Eleanor tausendmal besser, als zu Gertrude zu laufen und sich unter deren Fittiche zu begeben, wie ihre erste Reaktion es ihr eingegeben hatte. Und sie hatte bereits einige gute Freunde in der Stadt.

»Ich kann mich glücklich schätzen«, schrieb sie weiter, »weil ich die *China Belle*-Katastrophe überlebt habe und in einer so schönen Stadt gelandet bin. Es kommt mir vor, als hätte alles so sein müssen.«

Das Haus trug den Namen *Shalimar.* Jordan Kincaid, ein wohlhabender Viehzüchter, der weit draußen im Westen riesige Zuchtstationen besaß, hatte es gebaut. Es war als Sommerresidenz der Familie gedacht, doch in ihrem ersten

Urlaub am Meer erkrankte seine Frau an Scharlach und starb. Jordan war so tief betrübt, dass er Anweisungen gab, das Haus zu verkaufen, und mit seiner Familie zurück in den Busch ging.

»Kincaid bestand immer auf dem Feinsten vom Feinen«, erzählte Jesse Mrs. Plummer, als er sie die Straße entlang bis zum Tor begleitete. »Es ist ein schönes Haus, vielleicht allerdings ein bisschen zu groß für Ihren Geschmack.«

»Mag sein.« Sie nickte. »Aber die anderen Häuser, die ich hier gesehen habe, sind Arbeiterwohnungen und zu klein.«

Sie blieb stehen und betrachtete das Haus. Es war nicht so imposant, wie sie erwartet hatte. Das weiße Holzgebäude war ganz entzückend und verfügte über getrennte Veranden vor den beiden Zimmern zur Straße hin und zu beiden Seiten des Eingangs.

»Das wirkt sehr romantisch, nicht wahr?«, bemerkte sie.

»Ja.« Jesse lächelte. »Man nennt so etwas eine Julia-Veranda, soviel ich weiß. Und die dekorativen Holzschnitzereien rund ums Haus gelten als sehr modern. Was sagen Sie, Mrs. Plummer?«

»Sie sind wunderschön ausgeführt. Geradezu prachtvoll.«

Sie stiegen die breiten Steinstufen hinauf, betraten ein gefliestes Foyer und gingen durch bleiverglaste Doppeltüren in einen lang gestreckten Flur. Eine Tür auf der einen Seite führte in ein gemütliches Wohnzimmer, die nächste in ein Musikzimmer mit Klavier und drei Büsten alter Meister.

»Das Haus ist hinreißend!«, rief Eleanor aus. »Hinreißend! Ich wusste ja gar nicht, dass es möbliert ist. Noch dazu so wunderschön.«

»Ja. Ich muss eingestehen, dass ich Jordan beschworen habe, es nicht so schnell aufzugeben. Dass er besser daran täte, es erst einmal für eine Zeit zu vermieten, für ein Jahr oder so ...«

»Du liebe Güte! Er hat doch nicht etwa auf Sie gehört?«

»Leider nicht. Ich war der Meinung, es wäre furchtbar schade ...«

»Ja, es ist schade, es ist eine Schande, ein Haus aufzugeben, das mit so viel Liebe und Sorgfalt gebaut worden ist, aber wenn es traurige Erinnerungen enthält, ist es verständlich.«

Sie schritten durch die übrigen Räume, betrachteten das vornehme Speisezimmer, die geräumigen Schlafzimmer und ein plüschiges Wohnzimmer im rückwärtigen Teil des Hauses.

Die Küche war groß und blitzsauber, mit einem Holzherd ausgestattet und mit kühlen Speisekammern, und gegenüber, auf der anderen Seite eines mit Kopfstein gepflasterten Hofs, befanden sich die Wohnungen für die Dienstboten sowie die Schuppen und Stallungen.

Schließlich stieß Eleanor enttäuscht den Atem aus. »Es ist einfach ideal, Mr. Field. Zu perfekt. Ich kann mir ein solches Haus leider nicht leisten. Allein die Möbel sind ja ein Vermögen wert.«

Jesse war verblüfft. Neville Caporn hatte ihm zu verstehen gegeben, dass die deutsche Dame unermesslich reich wäre.

»Keine Sorge.« Er lächelte. »Diese Hausbesichtigung ist schon interessant, nicht wahr? Ich schätze, es wird eine Weile dauern, bis jemand in dieser Stadt etwas Vergleichbares baut. *Shalimar* ist offenbar seiner Zeit voraus.«

Er ging ihr voran zur Haustür hinaus, als Eleanor glaubte, hinter sich ein Geräusch zu hören. Sie warf einen Blick zurück, blieb stehen und spähte in eines der Zimmer.

»Ist da jemand?«, rief sie, und Jesse drehte sich zu ihr um.

»Das glaube ich nicht, Mrs. Plummer. Haben Sie etwas gehört? Doch hoffentlich keine Ratten?«

»Oh nein. Du liebe Güte, nein. Es wird der Wind gewesen sein. Heute geht ja eine ziemlich kräftige Brise.«

Zurück im Foyer, öffnete Eleanor die Haustür und blickte hinaus in einen gepflegten, sauberen Garten.

»Vermutlich kennen Sie Mr. Kincaid gut?«

»Ja, er ist ein alter Freund.«

»Dann können Sie ihn vielleicht, falls ich mir den Kauf

jetzt noch nicht leisten kann, dazu überreden, mir das Haus zu vermieten. Ich wäre eine gute Mieterin, Mr. Field. Ich weiß, dass ich mich noch vor wenigen Minuten anders dazu geäußert habe, aber jetzt muss ich es entweder mieten oder ganz verzichten. Verstehen Sie?«

»Kann nicht schaden, wenn ich ihn frage«, sagte er und nahm ihren Arm.

»Bitte erklären Sie dem Herrn, dass ich auch eine begeisterte Gärtnerin bin und seinen Garten vorbildlich in Ordnung halten würde. Es wäre mir ein Vergnügen.«

Er schloss die Haustür hinter ihnen, und Eleanor betrachtete das Innere des Hauses ein letztes Mal durch das Türfensterchen. Sie glaubte, eine Bewegung gesehen zu haben, sagte aber nichts, aus Angst, Mr. Field könnte sie für verrückt halten. Wahrscheinlich ein Vogel, sagte sie sich. Ein Vogel mochte sich ins Haus verirrt haben und jetzt einen Weg ins Freie suchen.

Zurück im Hotel erwähnte sie *Shalimar* mit keinem Wort. Sie ertrug die Vorstellung nicht, dass jemand anderer das Haus kaufen könnte. Es war jetzt nur noch eine Frage der Zeit, alles hing von Mr. Fields Überredungskünsten ab.

Clive hatte bereits beschlossen, Neville Caporns Rat zu folgen und sich durch Investitionen in *Apollo Properties* abzusichern, während er den Bau seiner eigenen Geschäftshäuser fortsetzte.

Neville hatte Recht. Der Besitz von Einzelhandelsgeschäften im Stadtzentrum war augenscheinlich eine gesunde Investition. Immerhin war es schließlich seine Idee. Aber *Apollo* war ein viel größeres Unternehmen, plante zu den Geschäften gehörige Wohnungen und würde entschieden mehr einbringen.

Zu Neville hatte er gesagt: »Anfangs kann ich höchstens ein paar Hunderter locker machen, aber wenn der Bau abgeschlossen ist, kann ich mich ganz auf *Apollo* konzentrieren. Wann lassen Sie die Firma eintragen?«

»Noch diese Woche, würde ich sagen. Lyle drängt darauf, die Sache in trockenen Tüchern zu haben, bevor er nach

Brisbane aufbricht, um sich ehren zu lassen. Wir haben für das Grundstück schon ein Angebot vorgelegt, und er will unsere vorläufigen Pläne der Behörde vorlegen, bevor wir uns in Unkosten stürzen und einen Architekten einstellen.«

»Einen Architekten? Ist das denn notwendig?«, fragte Clive. »Ich habe dem Baumeister einfach meine Pläne in die Hand gedrückt, und er hat sich an die Arbeit gemacht.«

»Ja, und er hat gute Arbeit geleistet, aber in einer Firma ist es wichtig, darauf zu achten, dass die Meinung jedes Einzelnen berücksichtigt wird und wir die bestmöglichen Berater haben.« Er lächelte. »Verstehen Sie, diese Geschäfte sollen dem Niveau, das Sie hier anstreben, entsprechen, Clive, und ich schätze, wir dürfen dann sehr stolz auf unser Stadtzentrum sein.«

Das war am Freitag. Am Montagmorgen traf Emilies Brief ein, zwar mit genügend Geld, um die Bauarbeiten wieder aufnehmen und, wie versprochen, ein paar Hundert in *Apollo Properties* investieren zu können, aber wo war der Rest? Er las den Brief noch einmal, verstand überhaupt nichts und lief zurück in das Zimmer, das er gemietet hatte, um nachzudenken.

War sie verrückt geworden? Wovon redete sie überhaupt? Behielt einfach ihre Hälfte der Verkaufssumme! Und kaufte ihm für fünfundfünfzig Pfund das Haus ab!

»Aus Gründen, die Dir bekannt sein dürften ...« Was zum Teufel sollte das heißen? Sie will nichts mehr mit mir zu tun haben? So, wie das blöde Weib redet, könnte man glauben, ich wäre ein Verbrecher. Als würde ich ihren guten Namen besudeln. *Ihren* Namen? Lächerlich. Nachdem sie Sonny Willoughby nach Brisbane nachgelaufen war und sogar einen Anwalt genommen hatte, um ihn rauszuboxen. Das hat ordentlich für Gerede gesorgt. Ihre Umtriebe hatten Maryborough bei Laune gehalten. Und dann hatte Willoughby sie fallen lassen.

Er spähte aus dem Fenster in die sich zusammenballenden Wolken und knurrte: »Möchte wetten, dass du das erste Schiff nach Cairns nehmen würdest, wenn du wüsstest, dass Willoughby hier war, du verdammtes blödes Weib!«

Er seufzte und blickte wieder auf die Bankanweisung. »Bringe ich es eben auf die Bank«, murmelte er. »Ich schicke die Leute wieder an die Arbeit, und dann schreibe ich ihr und verlange, dass sie unverzüglich mit dem restlichen Geld hierher kommt. Tut sie das nicht, muss ich runterfahren und sie eigenhändig holen. Verdammt noch mal! Diese Lästigkeiten brauche ich nicht auch noch! Sie soll lieber ganz schnell aus ihrem Schmollwinkel rauskommen und sich zusammenreißen, sonst will ich wissen, was genau los ist!«

Nachdem das Geld auf der Bank lag und seine unmittelbaren finanziellen Nöte damit behoben waren, fühlte Clive sich besser, doch dann traf er Caporn und Horwood auf der Straße.

»Wollen Sie noch investieren?«, fragte Neville.

»Ja, natürlich. Warum nicht jetzt gleich? Ich könnte mich jetzt auf der Stelle einkaufen. Zweihundert hatten wir gesagt, nicht wahr?«

»Tut mir Leid, Clive, aber wir hatten uns auf ein Minimum von fünfhundert Pfund geeinigt.«

Lyle Horwood an seiner Seite nickte und stieß mit seinem Spazierstock nach einem Hund, der an einem Baumstamm schnupperte.

Clive war schockiert, konnte es sich diesem Paar gegenüber aber nicht erlauben, das Gesicht zu verlieren. Er zuckte mit den Schultern und ging zurück in die Bank, um fünfhundert Pfund von seinem kostbaren Guthaben abzuheben.

»Ich hätte mich von diesen Lumpen nicht überreden lassen sollen«, knurrte er vor sich hin, als er wieder auf die Straße trat, aber jetzt war es zu spät, und so setzte er ein freundliches Lächeln auf und überreichte das Geld.

»Willkommen an Bord«, sagte Neville und schüttelte ihm die Hand. »Gleich morgen früh gebe ich Ihnen die Empfangsbestätigung.

»Haben Sie Constance gesehen?«, fragte Lyle die beiden

Männer, und als sei verneinten, seufzte er schwer. »Falls Sie sie sehen, sagen Sie ihr, ich warte im Hotel auf sie. Es ist verdammt heiß geworden, zu heiß, um hier herumzustehen.«

Clive verabschiedete sich und suchte ein Pub in einer Nebenstraße auf, wo er in Ruhe einen Schluck trinken und die Wirrnisse des Tages überdenken konnte. Er wünschte, er hätte den Mut aufgebracht, Neville zu sagen, dass er es sich anders überlegt hatte, was seine Investition in jene Ladenzeile anging. Er war doch niemanden eine Erklärung schuldig! Und Emilie! Um Himmels willen, was zum Teufel faselte sie überhaupt in ihrem Brief? Ihr Anteil am Geschäft? So einen Blödsinn hatte er noch nie gehört.

Wutschnaubend trank er seinen Whisky und bestellte sich gleich einen weiteren. Wie war es überhaupt so weit gekommen? Apropos: Wo war Willoughby? War er etwa in Maryborough? Bei Emilie? War das der Grund für ihr Schlampengehabe? Wollte nichts mehr mit ihrem eigenen Ehemann zu tun haben! Er sollte auf der Stelle zurück nach Maryborough reisen, aber er hatte schon zu viele Verzögerungen hinnehmen müssen. Die Geschäfte mussten fertig gestellt und so schnell wie möglich eingerichtet werden.

Donner grollte in den Hügeln über der kleinen Stadt, und Clive schauderte. Er war ein gut aussehender Mann – distinguiert, würde man sagen. Gebildet, selbstbewusst, so hatte er bisher sein Leben ohne größere Sorgen gemeistert. Jetzt aber war er nervös und verwirrt. Emilie hatte ihn in Verwirrung gestürzt. Er wusste nicht, wie er der Lage Herr werden konnte, ohne einen Riesenskandal heraufzubeschwören. Denn wenn sie ihn tatsächlich verlassen wollte, wäre das ein entsetzlicher Skandal. Er spürte, wie ihm die Glut ins Gesicht stieg. Er würde niemals zulassen, dass sein Ruf beschmutzt wurde. Es musste etwas geschehen.

10. Kapitel

Das Krankenhaus von Cooktown lag seitlich an einen Hügel gebaut, nahezu verborgen hinter dicken Palmen und üppigem Regenwald, der entschlossen schien, das Territorium zurückzuerobern.

Raymond sah Joseph, dem Gärtner, gern bei der Arbeit zu, und die trockenen Kommentare des Burschen interessierten ihn. »Zu Hause in England habe ich gepflanzt und gepflanzt und auf gute Ergebnisse gehofft. Hier arbeite ich mit der Gartenschere, schneide ständig nur zurück.«

Jeden Morgen, ob es regnete oder die Sonne schien, rollten die Krankenschwester Raymond hinaus auf die Veranda, um sich dann um andere Patienten zu kümmern und die Zimmer auszukehren, und meistens vergaßen sie ihn draußen. Doch er hatte nichts dagegen einzuwenden; da er nichts anderes zu tun hatte, stellte sich eine Faszination für die einheimische Pflanzenwelt ein und auch für das Wissen dieses Mannes. Wann immer er konnte, brachte Joseph ihm seltene, farbenfrohe Exemplare, die Raymond gern zwischen zwei Buchseiten presste, um eine private Sammlung anzulegen.

An diesem Tag jedoch war Joseph woanders beschäftigt und versäumte daher den großartigen Anblick einer Wolke von blauen Schmetterlingen, Tausende und Abertausende, die sich aus dem Tal erhoben. Raymond war so hingerissen, dass er wütend schimpfte, als jemand in sein Blickfeld trat.

»Weg da! Auf der Stelle! Los! Weg da!«

Wäre der Mann ihm näher gewesen, hätte er ihn zur Seite gestoßen.

»Einen schönen guten Morgen auch«, erwiderte Sergeant Gooding, doch Raymond neigte sich zur Seite, in der Hoffnung, einen letzten Blick auf das herrliche Schauspiel zu erhaschen.

»Bitte«, sagte er. »Augenblick. Diese Schmetterlinge ...«

Doch als Gooding sich umdrehte und in die falsche Richtung blickte, verblassten die Schmetterlinge wie blauer Dunst in weiter Ferne.

»Was ist damit?«

»Ach, schon gut«, antwortete Raymond gereizt.

»Na gut. Und wie geht's Ihrem Bein?«

»Sie haben das Geschwür entfernt, aber es hat ein Riesenloch in meinem Bein zurückgelassen, und es will einfach nicht heilen.«

»Ach ja, so etwas braucht seine Zeit. So etwas können Sie nicht einfach zunähen, Sie können es nur vor Infektionen schützen und müssen warten, bis die Haut nachwächst. Trotzdem wird Ihnen da ein Stück vom Muskel fehlen.«

»Das sagte man mir bereits.«

»Aber Sie werden gut versorgt?«

»Ja, sie tun, was sie können. Das Krankenhaus ist heillos überbelegt.«

»Die Stadt ebenfalls.« Gooding zuckte mit den Schultern. »Die verdammten Goldgräber strömen täglich zu Hunderten herein. Gestern ist mit der einlaufenden Flut ein Schiff gekentert, eine Ketsch, war den ganzen weiten Weg von Melbourne hergekommen, und drei Passagiere sind ertrunken. Es war überfüllt wie alle Schiffe, die diesen kleinen Hafen anlaufen. Übrigens, wussten Sie, dass der Premierminister Blitzwahlen ausgerufen hat?«

»Wie bitte?«

»Ja. Nicht, dass das irgendjemanden hier interessiert. Unser Wahlbezirk hier heißt Cook, und Bill Murphy ist unser Repräsentant. Haben Sie den schon kennen gelernt?«

»Ja, ich habe ihn in Brisbane getroffen. Ich hatte keine Ahnung, dass er diesen Bezirk repräsentiert, aber Moment mal. Diese Wahl. Woher wissen Sie das?«

Gooding zog eine zusammengelegte Zeitung aus der Tasche. »Da haben Sie's. Es steht im *Brisbane Courier.*« Er fing an zu lesen. »Premierminister Douglas hat zum 4. November Wahlen ausgerufen, um den Streiks ein Ende zu machen, die nicht nur die Wirtschaft und die Agrargemeinden bedrohen ... Was heißt Agrargemeinden?«

»Landwirtschaft«, sagte Raymond geistesabwesend. »Zeigen Sie her.«

Gooding reichte ihm die Zeitung. »Die Sache ist die, Mr. Lewis. Ich schätze, wir haben jetzt hier eine Bevölkerung von fast zehntausend, einschließlich der Gegend um den Palmer, und was ist, wenn die wählen wollen? Was soll ich dann tun?«

Raymond starrte auf das Datum der Zeitung. »Die ist älter als drei Wochen! Diese Zeitung ist längst überholt.«

»Tja, Sie glauben doch wohl nicht, dass wir hier die Zeitung von gestern kriegen. Wir können froh sein, wenn überhaupt eine ankommt. Und haben Sie gelesen, dass die Gewerkschaften jetzt bei den Chinesen den Daumen draufhalten?«

Raymond hörte nicht zu. Er hielt die Taktik des Premierministers für halsbrecherisch. »Der Trottel«, sagte er leise. »Tom McIlwraiths Partei wird ihn in Grund und Boden stampfen.«

Das interessierte Gooding. »Sie glauben, McIlwraith wird der neue Premier?«

»Ja.«

»Sind Sie für ihn oder für Douglas?«

»Für keinen von beiden«, antwortete Raymond mit tonloser Stimme. »Ich habe die Nominierung versäumt. Ich hätte das Wahlbüro von meiner Absicht, mich wieder als Kandidaten aufstellen zu lassen, informieren müssen, schriftlich und unter Zeugen, und zwar bis letzten Donnerstag. Der Zeitpunkt ist verpasst.«

Gooding zuckte die Schultern. »Na ja. Schätze, es ist kein toller Job, ständig im Parlament zu sitzen und sich Reden anzuhören.«

»Es ist verdammt noch mal besser, als hier mit einem halb abgeschnittenen Bein herumzusitzen«, fuhr Raymond ihn an, als seine Enttäuschung in Wut überging.

»Mist, dabei fällt mir ein«, sagte Gooding. »Wo zum Teufel steckt Ihr Hilfspolizist, dieser Snowbridge?«

»Woher soll ich das wissen?«

»Nun, er ist mit Ihnen hergekommen und stand unter ihrer Befehlsgewalt. Die Jungs in Maytown sagen, er lässt sich Kost und Logis immer noch aus Polizeimitteln bezahlen, vertreibt sich aber die Zeit mit Goldschürfen. Wie soll ich mich da verhalten?«

»Erschießen Sie ihn, wenn Sie wollen«, sagte Raymond wild, und Gooding lachte über die krasse Veränderung im Benehmen des Parlamentariers.

»Oh ja, wie ich zu sagen pflege, dieser Treck durch Schlamm und Blut macht hart.«

Als er gegangen war, versuchte Raymond, die Situation einzuschätzen. Er nahm noch einmal die Zeitung zur Hand und entdeckte einen Leserbrief mit dem Titel: »Jenseits des Steinbocks. Die Wildnis im Norden.«

Der Schreiber, ein Reverend Buck Wiley, legte dar, dass der Wendekreis des Steinbocks das zivilisierte Queensland von der Barbarei des nördlichen Teils der Kolonie trennte:

> Tausende von Goldgräbern, Kriminellen, Prostituierten, Dieben und Spielern bilden die Bevölkerung der Palmer-Goldfelder, doch um dorthin zu gelangen, müssen sie ein Spießrutenlaufen angesichts der mörderischen Attacken schwarzer Horden auf sich nehmen. Letzte Woche fielen zweihundert Schwarze über Goldgräber in einer Gegend namens Höllentor her und wurden schließlich verscheucht, doch acht Goldgräber fanden den Tod. Und als wäre das noch nicht genug, erhöhen Kämpfe zwischen europäischen und chinesischen Goldgräbern auch noch die Zahl der Opfer, sodass es zum Alltag gehört, auf dem Treck über Leichen zu stolpern.
>
> Es liegt an Bill Murphy, dem für diesen Schandfleck zuständigen Abgeordneten, in Cooktown und dem Palmer-Distrikt unverzüglich die Ordnung des Gesetzes und die Prinzipien des Christentums einzuführen.

Der Journalist drängte darauf, alle Heiden und schwarzen Wilden vom Militär zusammentreiben und in Lager sperren zu lassen.

Angewidert schleuderte Raymond die Zeitung zu Boden. Sobald die Goldfelder ausgebeutet waren, überlegte er, würde der Urwald die Gegend zurückerobern, und jenseits des Steinbocks würde wieder Ruhe herrschen. Doch dann fiel ihm ein, dass die aufblühende Stadt Cairns ebenfalls jenseits des Steinbocks und an der Grenze zu den Goldfeldern lag. Er fragte sich, ob die landeinwärts gelegenen Viehstationen ertragreich genug sein würden, um den Hafen zu erhalten, wenn das Gold ausging.

Doch all diese Probleme konnten erst zu einem anderen Zeitpunkt in Angriff genommen werden. Jetzt beschäftigten sie ihn nur, um ihn vom drohenden Selbstmitleid abzuhalten. Er hätte von Lavinia über die politische Situation erfahren müssen. Sie, oder doch wenigstens sein Vater, hätten sehen müssen, was bevorstand, und darauf bestehen müssen, dass er seine Aufstellung rechtzeitig anmeldete. Selbst hier herrschte eine gewisse offizielle Regelung. Seit Wochen hatte er nichts aus Brisbane gehört, wenngleich er Lavinia von seinen Problemen geschrieben hatte, nämlich dass er im Augenblick nicht reisefähig war. Sein Bein brauchte Ruhe, um vernünftig heilen zu können, und die Zustände in diesem Krankenhaus waren grauenhaft. Was er nicht hinzufügte, war, dass er sich einsam fühlte. Nie im Leben war er so schrecklich einsam gewesen. Er sprach auch nicht davon, dass er sich durch seine Bettlägerigkeit hässliche wunde Stellen an der Kehrseite zugezogen hatte.

Am nächsten Tag begann Raymond, während er darauf wartete, dass der Arzt zur Visite kam, eine Entgegnung auf die empörenden Ansichten dieses angeblich so christlichen Herrn zu verfassen, der die Lehre Christi offenbar nie verstanden hatte. Die Beschreibung der Schönheit dieser Gegend hielt er für einen guten Einstieg – eine schreckliche Schönheit, wie er zugeben musste, dank der Unfähigkeit des Menschen, zu leben und leben zu lassen. Doch die Wälder hier, so führte er aus, sind prachtvoll, und die Tierwelt ist erstaunlich. Auf seinen Reisen durch die Berge hatte er so viele ungewöhnliche Tiere gesehen ... »Immerhin«, so schrieb er, um Humor bemüht, »wie viele Menschen wurden schon krank zum Palmer River und wieder zurück transportiert?«

Sehr wenige, wenn überhaupt einer, dessen war er sicher. Doch die langsame Genesung hatte ihm Gelegenheit gegeben, in Muße Flora und Fauna zu studieren. Mehrmals hatte er sogar Kasuare gesehen, große Vögel, ähnlich den Emus, aber bedeutend farbenfroher. Wie der Gärtner behauptete, stritten manche Leute die Existenz der Kasuare immer noch ab.

Er seufzte. Wenn er es sich in den Kopf setzte, könnte er zu diesem Thema einen äußerst interessanten Brief verfassen ... Doch dann überkam ihn ein Gefühl der Verlegenheit. Wen interessierte die Beschreibung der Regenwälder aus der Feder eines Mannes, der mittlerweile längst zum Gespött geworden war? Ein Parlamentarier, der aus dem dämlichsten aller Gründe seinen Sitz verlieren würde: Weil er nämlich versäumt hatte, sich rechtzeitig aufstellen zu lassen.

Raymond kannte die Presse. Er wusste, dass die Reporter sich nicht für seine Gründe interessieren würden; die Gelegenheit, einen Politiker zu verunglimpfen, war zu verlockend. Er stöhnte auf. Karikaturisten! Die hätten dann ihren großen Tag.

Wie auf ein Stichwort, um sich in seine Gedanken an Brisbane zu mischen, brachte eine Krankenschwester ihm einen Brief.

»Sieht aus wie die Handschrift einer Dame«, bemerkte sie. »Ihre Frau, wie?«

»Nein. Ich bin Witwer«, antwortete er unwillig.

»Ach so. Hoffentlich sind es gute Nachrichten.«

»Ja, sicher.« Er entließ sie mit einem Kopfnicken und dachte über die Annahme nach, ein Brief, ähnlich wie ein Telegramm, könnte wichtige Nachrichten enthalten.

Dieser Brief barg jedoch mehr Schrecken als Nachrichten. Lavinia regte sich furchtbar auf, weil er immer noch in Cooktown weilte, weil er seine Kandidatur versäumt hatte. Der Premierminister war wütend auf ihn, weil er ihn im Stich gelassen hatte, während er doch dringend die Zahlen brauchte, um im Amt zu bleiben.

»Daran hätte er denken sollen, bevor er Wahlen ausrief«, knurrte Raymond.

Die Einstellung seiner Schwester stellte ihn vor ein Rätsel. Lavinia sollte doch wenigstens ein bisschen Mitleid für ihn aufbringen. Bestürzt schüttelte er den Kopf über ihre Tiraden, wonach es verantwortungslos wäre, sich auf Goldfeldern herumzutreiben und den Sheriff zu spielen, während Regierungsgeschäfte seine Aufmerksamkeit erforderten.

Erst als er die letzten Zeilen las, begann er zu verstehen.

»Und kein Wort von Dir«, schrieb Lavinia erbost. »Kein verdammtes Wort, außer Deiner Mitteilung, dass Du auf der aussichtslosen Suche nach irgendwelchen Meuterern in diese Stadt namens Cooktown zurückwillst, die nicht einmal auf einer Landkarte verzeichnet ist. Und darüber informierst Du mich, nachdem ich Dir einen drängenden Brief nach Cairns geschickt habe, um Dich zur Eile zu mahnen, weil der Premierminister mit Wahlen droht.«

Raymond seufzte. Diesen Brief nach Cairns hatte er offensichtlich verpasst. Und anscheinend hatte auch keiner der Briefe, die er von den Goldfeldern und in jüngster Zeit vom Krankenhaus aus geschickt hatte, sein Ziel erreicht. Das überraschte ihn nicht angesichts des Chaos´ hier, doch das Wissen darum, dass die Briefe verloren gegangen waren, half ihm auch nicht weiter.

Der Schmerz pochte in seinem Bein. Jetzt schon war der Tag drückend heiß. Die Wolken hingen niedrig, verwandelten die Stadt in ein Dampfbad, und um ihn herum schwatzten alle fröhlich über die Regenzeit, die jetzt jeden Tag anbrechen musste. Raymond fand den Sommer in Brisbane seit jeher als Last, und daher fürchtete er den Sommer tausend Meilen näher am Äquator noch mehr.

Er sah, dass Lavinia ein Postskriptum hinzugefügt hatte,

um ihm mitzuteilen, als wäre er ein kleiner Junge im Internat, dass sein Vater enttäuscht von ihm war und sich beim Premierminister dafür entschuldigt hatte, dass er, Raymond, nicht planmäßig zurückgekehrt war.

Raymond erwog, an Lavinia zu schreiben, zu erklären, sich zu entschuldigen, seine Probleme mit dem Geschwür zu schildern, doch hätte das einen Sinn? Es kränkte ihn, dass sie glaubten, er würde seine Pflicht absichtlich vernachlässigen. Er war kein launischer Mensch; er nahm seine Verantwortung sehr ernst, immer schon. So gut musste sie ihn doch kennen.

Zweifel meldeten sich. Er war immer der brave Sohn gewesen – ziemlich verschlossen vielleicht, doch er hatte stets sein Bestes gegeben. Und was verriet dieser elende Brief ihm jetzt – nicht über Lavinia, nicht über seinen Vater, sondern über ihn, Raymond Lewis?

Er kannte die Antwort und drehte bekümmert den Kopf zur Seite.

Raymond Lewis mochte sich als den vorbildlichen Bürger betrachtet haben, doch in seiner Familie zollte man ihm offenbar keinen Respekt. Der Brief wies auf eine tief verwurzelte Missachtung hin, und das fand Raymond überaus traurig.

Die Tage vergingen, und er brachte es nicht fertig, auf Lavinias Brief zu antworten, wenngleich er mehrere Versuche unternahm, bis ihm schließlich bewusst wurde, dass es ihm inzwischen gleichgültig war. Sowohl Lavinias Meinung als auch das diktatorische Verhalten seines Vaters und die verdammte Wahl. Und zusehends ärgerte ihn die sorglose Haltung Dr. Madisons.

»Sie haben gesagt, das Geschwür müsste bis jetzt längst verheilt sein«, griff er ihn an, doch Madison schüttelte den Kopf.

»Gehofft habe ich es. Aber die Infektion hat weiter um sich gegriffen.«

»Wieso?«

»Was soll das heißen: wieso? Sie hat eben um sich gegriffen.«

»Es muss doch einen Grund dafür geben. Wird das Geschwür nicht vernünftig steril gehalten?«

»Wir tun, was wir können!«

»Das kann ich nicht bestätigen. Meiner Meinung nach ist die Behandlung hier sehr nachlässig. An manchen Tagen wird die Wunde überhaupt nicht gereinigt.«

»Das schadet nichts.«

Verstimmt ging Madison weiter, und Raymond wurde wie üblich auf die Veranda gebracht.

Als Joseph kam und berichtete, er hätte mit eigenen Augen gesehen, wie ein Heer von Ameisen Blattläuse gegen Spinnen verteidigte, zeigte Raymond kaum Interesse.

»Und wissen Sie, warum sie das tun?«, fragte Joseph.

Raymond schüttelte matt den Kopf.

»Weil die Blattläuse sie mit dem Honig versorgen, den sie für ihren Nachwuchs brauchen.«

»Verstehe.« Raymond nickte.

»Das glaube ich nicht, alter Freund. Was ist los?«

»Ach ... wer weiß? Alles Mögliche! Entschuldigen Sie, Joseph, ich habe nicht richtig zugehört. Es liegt an meinem Bein. Ich fürchte, sie können hier nicht verhindern, dass die Entzündung sich ausbreitet, die Wunde ist tief und, wie ich befürchte, brandig, auch wenn sie es nicht zugeben.«

»Ja, da kann ich verstehen, dass Sie Angst haben. Hören Sie, ein Freund von mir könnte Ihnen vielleicht helfen. Soll ich ihn fragen?«

»Ist er Arzt?«

»Nein, aber er ist sehr klug. Er hat mich von meinem Fieber geheilt.«

Um den Gärtner nicht zu kränken, willigte Raymond ein, wenngleich er nicht viel davon erwartete.

An diesem Nachmittag döste er vor sich hin, als ein großer Chinese mit langem grauen Bart auf der Veranda auftauchte. Er trug einen langen Brokatmantel und einen bestickten krempenlosen Hut tief in die glatte Stirn gezogen. Der übliche Zopf hing ihm lang über den Rücken.

»Sie sind der hochwürdige Mr. Raymond Lewis, Sir?«, fragte diese Erscheinung, und Raymond konnte in seiner

Verblüffung nur bejahen, statt darauf hinzuweisen, dass er Regierungsmitglied war, kein Priester, und deshalb nicht als Hochwürden angesprochen werden musste.

Der Chinese verbeugte sich und faltete die Hände, die aus weiten Ärmeln herausragten. »Ich bin Li Weng Kwan. Unser gemeinsamer Freund Joseph hat mich gebeten, Sie aufzusuchen, doch wenn der Zeitpunkt Ihnen nicht genehm sein sollte, bitte ich um Vergebung. Dann ziehe ich mich unverzüglich zurück.«

»Mr. Li, es ist sehr freundlich von Ihnen, mir einen Besuch abzustatten, aber wie Sie sehen, bin ich nicht in der Lage, Sie mit der gebührenden Höflichkeit zu empfangen.«

»Dann möchten Sie mich vielleicht in meinem bescheidenen Haus aufsuchen?«

»Wohl kaum. Ich sitze hier fest. Das Bein, verstehen Sie?«

Mr. Li warf einen Blick auf das dick verbundene, auf einem Hocker ruhende Bein und seufzte. »Offensichtlich bereitet es Ihnen großes Unbehagen, Mr. Lewis.«

»Allerdings«, seufzte Raymond.

»Selbst Krokodile können umziehen«, sagte der Chinese mit feierlichem Ernst.

Raymond erschrak. »Wie bitte?«

»Im Fluss lebte ein gefräßiges Krokodil. Die Leute wollten, dass es getötet würde, aber ein Mann wollte es für seinen Privatzoo haben und forderte seine Diener auf, dem Tier die Schnauze zuzubinden und es gefesselt auf einen Wagen zu legen. So konnte es umziehen.«

Raymond lachte. »Ich glaube nicht, dass jemand etwas dagegen einzuwenden hätte, wenn ich mich für ein paar Stunden verabschieden würde.«

»Dann hole ich ein paar Diener und einen Wagen.«

Binnen einer Stunde wurde Raymond wieder einmal durch die Stadt transportiert, doch diesmal ruhte er in einem Meer von bunten Kissen. Zwei Diener hielten einen großen Schirm über seinen Kopf, um ihn vor der Sonne zu schützen, und hinter ihm saß der merkwürdige Mr. Li mit dem Kutscher.

Das Pferd zog den Wagen zur Stadt hinaus und trottete

einen Hügel hinauf, der zum Vorgebirge über der Flussmündung gehörte. Dann ging es bergab auf einem Weg in den Busch hinein, bis sie Mr. Lis Behausung erreicht hatten.

Es war ein außergewöhnliches Haus, auf Pfählen an einem steilen Hügel errichtet. Es besaß drei Stockwerke – das sah Raymond bereits vom Wagen aus, denn zu seiner Verwunderung hatte das Haus anscheinend keine Mauern.

»Das Klima verlangt eine luftige Bauweise«, erklärte Mr. Li, als die Diener Raymond die Stufen zum untersten Stock hinauftrugen. »Und den Blick aufs Meer versage ich mir nicht. Deshalb gibt es keine Hindernisse.«

»Wie zum Beispiel Wände?«, fragte Raymond. »Aber wenn es regnet?«

»Der Regen in dieser Gegend ist schwer. Er fällt einfach. Drinnen bleibt es trocken.« Er lachte verhalten. »Wenn aber ein Hurrikan mit Regen kommt, werden wir sowieso alle nass. Ist bisher jedoch noch nicht passiert.«

Auf einem Sofa ausgestreckt trank Raymond Tee mit Mr. Li, der ihn über sein Geschwür und dessen derzeitigen Zustand befragte.

»Ich habe ein wenig Erfahrung mit Tropengeschwüren«, erklärte sein Gastgeber. »Wenn Sie es wünschen, könnte ich Sie untersuchen.«

Raymond stimmte zu; vermutlich würde es nicht schaden, und außerdem pochte der Schmerz nach den Erschütterungen durch die Fahrt wieder in der Wunde. Er hoffte, dass Mr. Li eine schmerzstillende Salbe zur Verfügung hatte.

Während er darauf wartete, dass Mr. Li mit dem nötigen Verbandmaterial zurückkam, schaute Raymond sich in dem Haus um. Die Bodendielen wie auch das Dach über ihm bestanden aus Zedernholz, der Fußboden war mit Teppichen bedeckt. Dieses Stockwerk bildete offenbar ein kleines Wohnzimmer. Sämtliche Möbel waren so ausgerichtet, dass man den Ausblick genießen konnte, doch weiter hinten neben einer Treppe stand ein breites Bett, fast völlig verborgen unter einem Moskitonetz, das von der Mitte aus einen Baldachin bildete.

Unvermittelt fühlte Raymond sich benachteiligt und schwelgte in Selbstmitleid. Was hätte er nicht für ein Moskitonetz gegeben und dafür, es irgendwo in diesem von Insekten verseuchten Krankenhaus aufhängen zu können.

Er lehnte sich zurück in die Polster und fühlte sich so behaglich wie schon seit langer Zeit nicht mehr. So schlummerte er ein. Mr. Li ließ offenbar lange auf sich warten.

Als er aufwachte, war Raymond orientierungslos. Er wusste nicht, wo er sich befand, bis hinter einem weißen Vorhang eine Stimme laut wurde, die Joseph gehörte.

Er zog das Moskitonetz zurück. »Was zum Teufel geht hier vor? Wo bin ich?«

»Entschuldigen Sie, Mr. Lewis, Sie sind in Mr. Lis Haus.«

»Allmächtiger Gott! Sagen Sie bloß, ich bin jetzt auch entführt worden?«

Joseph lachte. »Nein. Nichts dergleichen. Aber drüben im Krankenhaus habe ich gehört, was die Schwestern reden. Sie sagen, Sie müssten noch einmal operiert werden. Dr. Madison und die Oberschwester sind der Meinung, man kann sonst nichts mehr für Sie tun.«

»Was soll das heißen?«, fragte Raymond benommen.

»Ihr Bein. Sie wollen Ihnen das Bein abnehmen.«

»Was?«

Mr. Li erschien an der anderen Seite des Betts. »Sie dürfen sich nicht so aufregen. Es wird nicht geschehen.«

Er erklärte, dass der Tee, den Raymond getrunken hatte, ein Schlafmittel enthielt. So hatte er Raymond untersuchen können, ohne ihm Schmerzen zuzufügen.

»Wir haben die Wunde gereinigt, Sie gewaschen und Ihren Dekubitus behandelt.«

Raymond errötete, doch dann überfiel ihn wieder die Angst vor der Amputation. »Gott im Himmel, sind Sie sicher, dass sie mir das Bein abnehmen wollen?«

»Nicht, wenn Sie hier bleiben«, sagte Joseph.

»Aber ich kann doch nicht ...«

»Mr. Li half Raymond, sich aufzurichten, und stopfte ihm Kissen hinter den Rücken. »Wie fühlen Sie sich?«

»Eigentlich ganz gut. Durst habe ich ...«

»Und das Bein?«

»Im Augenblick schmerzt es nicht.«

»Infektionen beeinträchtigen den gesamten Körper. Eine Wunde infiziert die andere, deshalb war es notwendig, alle zu behandeln. Das muss zweimal pro Tag geschehen.«

»Im Krankenhaus ist das nicht möglich«, seufzte Raymond.

»Aber Mr. Li wird dafür sorgen, falls Sie hier bleiben«, warf Joseph ein.

Li nickte. »Sie sind mir willkommen, Mr. Lewis. Die Infektionen müssen bekämpft werden, und wichtig ist auch, dass Sie sich behaglich fühlen. Die schmerzenden Stellen sind mit Kräutern behandelt worden, und die Wirkung hält vor, bis wir die Wunden frisch verbinden müssen.«

Raymond benötigte ein wenig Zeit, um sich auf die Situation einzustellen, doch zuerst musste er Näheres über den geheimnisvollen Mr. Li erfahren.

Offensichtlich stammte er aus Tientsin und war mit seinem Bruder nach Cooktown gekommen.

»Und wo hält dieser Herr sich jetzt auf?«, wollte Raymond wissen.

Li lächelte. »Er ist mit einer ganzen Reihe von Kulis landeinwärts gezogen, um nach Gold zu graben.«

»Und er hat Sie hier zurückgelassen? Ihre offensichtlichen Medizinkenntnisse könnten dem Herrn an diesem grauenhaften Ort sehr dienlich sein.«

»Stimmt.« Li seufzte. »Aber in meinem Alter mochte ich die beschwerliche Reise nicht auf mich nehmen.«

Raymond fand diese Regelung reichlich merkwürdig, und Li war seine Verwunderung offenbar nicht entgangen.

»Außerdem«, fügte er hinzu, »hatte ich lediglich zugestimmt, meinen Bruder bis hierher zu begleiten. Es ist Li

Wang Sus Expedition. Inzwischen betreibt er mehrere Goldminen – überaus erfolgreich, wie er sagt -, aber er bedarf hin und wieder dieses friedlichen Hauses zur Erholung seiner Seele.«

»Daran zweifle ich nicht eine Sekunde«, bemerkte Raymond finster.

Letztendlich schrieb er dann einen Brief an Dr. Madison, dankte ihm für seine Dienste und teilte ihm seinen Aufenthaltsort mit, für den Fall, dass jemand nach ihm fragte. Joseph erbot sich, den Brief zu überbringen und Raymonds Habseligkeiten aus dem Krankenhaus zu holen.

Am Abend genoss Raymond die Gesellschaft seines charmanten Gastgebers und seit Wochen die erste anständige Mahlzeit. Da seine Reisen durch China ihm noch ziemlich frisch im Gedächtnis waren, interessierten ihn die Gespräche mit Mr. Li ungemein, der seinerseits mehr über die australischen Kolonien und ihre politischen Systeme zu erfahren wünschte.

Die beiden Männer wurden enge Freunde, und innerhalb einer Woche heilte unter Mr. Lis gewissenhafter Behandlung der Dekubitus, und die Infektion der tiefen Beinwunde ließ immerhin nach.

Trotzdem hatte Raymond seine Mission nicht vergessen. Er bat Mr. Li, die Beschreibung der gesuchten Mörder an seinen Bruder weiterzuleiten und ihn zu bitten, nach diesen Männern Ausschau zu halten.

Mr. Li nickte. »Zurück zu den Goldfeldern zu gehen, das sollten Sie nicht riskieren. Das lässt ihr Gesundheitszustand nicht zu.«

»Ich weiß. Aber jetzt aufgeben zu müssen, ist ausgesprochen ärgerlich. Ich habe das Gefühl, in jeder Hinsicht versagt zu haben.«

»Aber Sie haben Ihr Bein noch.«

Raymond lachte. »Ja, natürlich!«

Die Midas-Mine, im Besitz eines Bankbeamten aus Sydney, beschäftigte über hundert Männer. Der Beamte und sein Partner hatten in der ersten Wochen am Palmer mehr als sechshundert Unzen Gold geschürft und waren zu einer nahe gelegenen Schlucht weitergezogen, wo sie ein Vermögen an Goldkörnern aus dem Grundgestein gruben. Beide waren inzwischen reiche Männer und beschlossen nun, ihrer eigenen Wege zu gehen. Sie teilten den Fund gerecht auf, und der Partner brach mit seinem Gold zur Küste auf, während der Beamte neue Claims absteckte und noch mehr Arbeiter einstellte. Er war entschlossen zu bleiben, bis er der reichste Mann auf den Goldfeldern war, und so fügte er seinen bisherigen Unternehmungen den Bau zweier Hotels in Maytown hinzu, sodass die Stadt nunmehr über insgesamt siebzehn Hotels und ein Dutzend Spielhöllen in den florierenden Budenstädten verfügte. Bis dahin hatten drei Banken eröffnet, und der Goldschätzer war der meistbeschäftigte Mann in der Gegend. Außerdem gab es mehrere Kaufhäuser und chinesische Läden und sogar eine Zeitung mit dem Namen *Golden Age*.

Bartie Lees Verbrechen war unbemerkt geblieben. Die Leichen lagen noch immer tief in der eingestürzten Mine begraben, von der jeder wusste, dass sie sowieso nichts eingebracht hatte, doch seine Taten nährten eine Heidenangst vor den Behörden. Statt einen neuen Claim abzustecken und registrieren zu lassen, nahm Bartie Arbeit in der Midas-Mine an, wo er für seine Schufterei bezahlt und ernährt wurde. Das war ihm zunächst ganz recht, bis er einen Weg gefunden hatte, an Gold heranzukommen. Es gab so viel davon, er hatte so viel gesehen – Goldbarren, Goldkörner, eimerweise Goldstaub –, das er bei dem Gedanken, leer ausgehen zu müssen, beinahe weinte. Er hatte erfahren, dass seine chinesischen Schiffskameraden verhaftet worden waren, ein weiterer Grund, außer Sichtweite von Inspektoren jeglicher Art zu bleiben, aber da war immer noch Jake Tussup. Er musste Jake finden. Seinen Kumpel Jake. Alle anderen konnte er vergessen.

»Jake, er hatte von Anfang an Recht«, sagte Bartie zu sich selbst, während er seine Spitzhacke in die felsigen Schründe auf der westlichen Seite der Midas-Mine hieb. »Ja verdammt, er hatte Recht. Überall hier gibt es Massen von Gold.«

Bartie selbst hatte sogar schon mit Gold versetztes Quarzgestein ausgegraben, Quarzgestein, das allerdings dem Boss gehörte. Das war grausam. Es tat weh, das Gold fortgeben zu müssen. Und nach jeder Schicht wurden die Arbeiter durchsucht; keine Chance, auch nur ein Körnchen zu stehlen. Bartie war noch im Besitz seines eigenen Beutelchens voller Gold, das er gut versteckt hielt, aber es war nur ein paar Pfund wert. Es musste doch eine Möglichkeit geben, mehr zu bekommen.

Er konnte Jake zu seinem Partner machen, dann brauchte er sich nicht mit den Behörden herumzuschlagen. Das konnte Jake übernehmen. Aber wo steckte Jake? Bartie beschloss, die gesamte Gegend gründlich abzusuchen, Zentimeter für Zentimeter, wenn es sein musste. Er würde ihn finden.

Sie steckten einen größeren Claim ab und nannten ihre Mine *die Herzogin*, und sie war ihnen gewogen. Theodore Tennent hatte Recht gehabt, sie waren auf eine Ader gestoßen. Er und Jake alias Rory Moore arbeiteten jeden Tag, bis die Erschöpfung sie zum Aufhören zwang. Sie bezahlten dem Brecher zwei Pfund zehn Shilling pro Tonne und die gleiche Summe als Fuhrlohn. Der Brecher gab ihnen zehn Unzen pro Tonne heraus, also nahmen sie bei vier Pfund pro Unze für jede Tonne, die sie aus der Mine holten, fünfunddreißig Pfund ein. Mehr, als jeder von ihnen je in einem Jahr verdient hatte.

Jedes Mal, wenn der Brecher sie auszahlte, legten sie ihr Geld auf getrennte Bankkonten und kauften getrennt ihren Proviant, doch diese glücklichen Unterbrechungen in ihrer Routine machten Theodore allmählich zu schaffen. Er hatte das Bedürfnis zu feiern, mit seinem wachsenden Konto zu prahlen, Geld auszugeben und fröhlich zu sein.

Jake hatte keine Einwände. Theodore konnte mit seinem Geld machen, was immer er wollte, solange er beim Morgengrauen wieder zur Arbeit antrat.

Sein Partner schaffte das. Der schwer arbeitende, drahtige kleine Mann hatte, ganz gleich, wie viel er in der Nacht zuvor getrunken hatte, immer schon das Feuer angezündet und den Kessel aufgesetzt, bevor Jake noch aus dem Zelt gekrochen war.

Alles ging gut bis zu der Nacht, als Theodore eine Freundin mitbrachte. Eine vollbusige Frau mit Namen Maisie, die nach Gin und billigem Parfüm stank.

Am nächsten Morgen lag sie immer noch auf Theodores Pritsche. Jake schüttelte sie und befahl ihr abzuhauen.

»Ich gehe nicht weg«, jammerte sie verschlafen. »Teddy hat mich eingeladen. Er hat gesagt, ich kann hier bei ihm bleiben.«

»Genau das kannst du nicht. Heb deinen fetten Hintern hier heraus, das Zelt gehört auch mir, und ich habe keinen Platz für Nutten.«

Theodore erschien ihm Zelteingang. »Was ist hier los?«

»Die da hast du gestern Nacht mit nach Hause gebracht, und jetzt denkt sie, sie könnte bleiben.«

»Sie bleibt. Maisie ist mein Mädchen, nicht wahr, mein Schatz?«

Sie nickte und lächelte über das ganze runde Gesicht. »Er wollte mich rausschmeißen.«

»Ah, das geht aber nicht, Rory. Weißt du, ich wohne hier auch. Maisie und ich, wir wollen für immer zusammenbleiben.«

»Ja, klar, nachdem du sie ganze vierundzwanzig Stunden kennst«, sagte Jake. »Sei nicht so blöd, verdammt noch mal. Sie hat's nur auf dein Geld abgesehen.«

»Wer ist hier blöd?«, fragte Theodore drohend, doch Jake wusste ohnehin, dass die Hure diese Runde gewinnen würde. Er fing an, seine Sachen zu packen.

»Du. Aber behalte sie nur, wenn es das ist, was du willst. Ich gehe zurück in mein altes Lager.«

»Wie du meinst.«

Es lag auf der Hand, dass Jakes Auszug den beiden zupass kam, trotzdem machte er sich Sorgen. Alles war bisher so gut gelaufen, dass er das Eindringen dieser Frau als schlechtes Omen wertete. Für Jake war Glück, wie für die meisten

Goldgräber auch, ein kostbarer Besitz. Man musste sehr auf der Hut sein, damit die empfindliche Waage nicht zur falschen Seite ausschlug, und deshalb wurde jeglicher Aberglaube, der mit Glück und Pech zu tun hatte, ernst genommen. Hufeisen, vierblättrige Kleeblätter, Hasenpfoten und Tausende ähnlicher Talismane wurden gut gehütet. Magische Zeichen wurden angebracht, alle Dinge und Menschen, die als glücklos galten, wurden tunlichst gemieden, und Glückspilze mussten sich ständig von weniger Glücklichen berühren lassen, in der Hoffnung, dass ihr Glück ansteckend sei.

Jake kreuzte jedes Mal, wenn Maisie ihm über den Weg lief, hinter dem Rücken die Finger, aber es nützte nichts. Die Ader begann, sich zu erschöpfen, das Quarzgestein gab immer weniger Gold her. Obendrein hatten Maisie und Theodore sich angewöhnt, wegen ihrer Geldausgaben zu streiten, wenn sie betrunken waren; sie konnte Straßenhändlern mit ihren Hüten und Tüchern und Schmuckstücken nicht widerstehen, und ganz gleich, wie viel Geld ihr Liebhaber ihr gab, sie brauchte oder wollte immer mehr.

Nach ein paar Wochen sah Jake sich gezwungen, sich in eine ihrer spontanen Streitereien einzumischen, als sie sich an den Haaren zogen, schlugen, kratzten, kreischten und traten – in einem Wirbel von hochgeschlagen Röcken, was Publikum anlockte und ihnen eine Menge Applaus einbrachte.

Und in diesem Publikum befand sich, breit grinsend, kein anderer als Bartie Lee. Seine Suche nach Jake Tussup hatte ein Ende.

»Schätze, diese Mine ist so ziemlich ausgeschöpft«, sagte Theodore, und Jake musste ihm zustimmen. »Zeit, einen neuen Claim abzustecken, aber dann will Maisie, dass wir durch drei teilen. Sie will auch mit anpacken, verstehst du. Wir sind also zu dritt, ich, Maisie und du, Rory.«

»Keine Chance. Begreifst du denn nicht, dass sie dich ausnimmt?«

»Jetzt hör mal zu, Rory. Ich mag Maisie. Sie und ich, wir haben viel Spaß miteinander. Was schadet es, wenn ich in letzter Zeit ein bisschen mehr ausgebe? Hier gibt es noch Gold genug.«

»Du redest Unsinn. Erst verprügelst du sie wegen ihrer Verschwendungssucht, und jetzt sagst du, sie ist schon in Ordnung.«

»Und ich habe dir schon mal gesagt«, erklärte Theodore drohend, »dass du dich um deine eigenen Angelegenheiten kümmern sollst, so wie ich mich um meine kümmere.«

»Dann sorg dafür, dass sie mein Zelt nicht mehr betritt. Ich hab sie schon ein paar Mal dabei erwischt, dass sie dort rumschnüffelt.«

»Glaubst du, meine Maisie ist eine Diebin?« Theodore packte die Wut. Er schlug mit dem Axtstiel nach Jake, doch Jake war schneller; er packte die Waffe, entriss sie Theodore und schlug sie ihm in die Kniekehlen, sodass er zu Boden stürzte.

»Versuch so was nie wieder«, knurrte er. »Ich gebe dieser Mine noch eine Woche, und das war's dann.«

»Mach deinen Kram doch allein«, schniefte Theodore. »Ich weiß wohl, wann ich nicht mehr erwünscht bin. Ich und Maisie hauen heute ab. Du hältst dich für den großen Boss – tja, wer braucht dich schon? Wir jedenfalls nicht! Verdammt!«

Jake stapfte davon, griff sich eine Spitzhacke und eine Brechstange und verschwand im Stollen, wo er stundenlang arbeitete, bis er sicher sein konnte, dass die beiden endgültig verschwunden waren. Dann ging er zurück, drehte den Docht in der Laterne hoch und betrachtete die Felswände knapp über dem Boden.

Seit Tagen hatte er so eine Ahnung, das in diesem Bereich Gold zu finden wäre, doch dieses Mal dachte er nicht daran, mit Theodore und seiner Schlampe zu teilen. Kniend begann er, die Wand mit kleinerem Werkzeug abzuklopfen und zu behauen, er suchte mit aller Sorgfalt, rieb, bis das vertraute Glimmen auftrat. Er lächelte zufrieden.

Innerhalb weniger Tage hatte er die Mine erneut registrieren lassen. Er dachte an die fröhliche Party an Bord der *China Belle* anlässlich der Überquerung des Äquators. Sie war ein derartiger Erfolg, dass Kapitän Loveridge versprach, eine weitere Party zu organisieren, wenn sie auf dem Weg nach Brisbane den Wendekreis des Steinbocks überquerten. Damals hatte Jake gegrinst, wohl wissend, dass der Großteil der Mannschaft das Schiff verlassen haben würde, lange bevor sie den Steinbock erreichten. Sie würden an Land sein und nach Gold graben. Doch Steinbock klang sympathisch, ein unscheinbares Sternbild, und es hatte sich als Glückszeichen erwiesen. Die *Herzogin* also wurde abgeschafft, und der *Steinbock* nahm ihre Stelle ein.

Jake begann jetzt, in einer anderen Richtung zu graben, und deswegen musste er sein Zelt woanders aufschlagen und mit seinem Hausstand umziehen. Erst bei dieser Gelegenheit stellte er fest, dass Verschiedenes fehlte: sein Kompass, eine Dollarmünze mit Loch, ein schmaler Ledergürtel, zwei Halstücher und ein gutes Taschenmesser, eine Gabe der *Oriental Line*. Es war das beste, das er je besessen hatte, mit allen möglichen Werkzeugen ausgestattet, und es trug das Abzeichen der *China Belle*. Solche Taschenmesser wurden häufig gewissen Herren als Geschenk überreicht, doch die Offiziere achteten streng darauf, dass sie selbst auch zu ihrem Recht kamen. Sogar Loveridge liebte sein Taschenmesser mit dem roten Emaillegriff.

»Verfluchtes Weib«, knurrte er, war jedoch erleichtert, dass er seine Brieftasche immer gut versteckt hielt. Doch jetzt musste er über die Steinbock-Mine nachdenken. Sollte er sich einen neuen Partner suchen oder ein paar Arbeiter einstellen? In dieser halsabschneiderischen Umgebung behagte ihm weder der eine noch der andere Plan, schon gar nicht, wenn nicht einmal banalste Gegenstände sicher vor Diebstahl waren.

Maisie prahlte gern mit ihrem Taschenmesser, besonders mit den albernen kleinen Werkzeugen vom Korkenzieher bis zur Nagelfeile, einem extrem kleinen Messerchen, einem Pfeifenreiniger und ein paar weiteren Utensilien.

»Hat es auch eine Mundharmonika?«, fragte ein Spaßvogel in einer Bar.

»Nein«, antwortete sie. »Du vielleicht?«

Er lachte. »Zeig mal her.«

Maisie überreichte es ihm voller Stolz, und er wog es in der Hand. »Wertarbeit, weiß Gott.« Dann betrachtete er das Wappen. »Wer ist *China Belle*?«, wollte er wissen.

»Ich natürlich«, zwitscherte sie, zog mit den Fingern die Augen zu Schlitzen und stolzierte mit den Hüften wackelnd durch die Bar. »Ich bin die Schönste des Abends, Gott verdammich.«

Die Männer brüllten vor Lachen, als sie kehrtmachte, um zurückzustolzieren, über die groben Bodendielen stolperte und auf die Nase fiel.

Ausgerechnet Hector Snowbridge trat vor und half ihr beim Aufstehen.

»Danke, Kumpel«, sagte sie. »Bekomme ich jetzt bitte mein Taschenmesser zurück?«

»Ja. Sicher. Schönes Teil. Woher hast du das?«

»Hab's von irgend ´nem Kerl gekauft.«

»Hat er noch mehr davon? Ich hätte selbst gern so eins.«

»Nee, er hatte nur das eine.«

»Wer war er? Ich könnte ihn ja mal fragen.«

»Ich sag's doch. Mehr hat er nicht.«

Ein kleiner Mann kam hinzu. »Was treibst du da? Machst dich mal wieder lächerlich?«

»Nein«, antwortete Maisie mit Nachdruck. »Ich bin über die blöden Dielen gestolpert, und dieser Herr hat mir aufgeholfen. Er ist ein richtiger Gentleman.«

»Dann soll er abhauen.«

»Wer soll hier abhauen?«, schnauzte Hector und baute sich vor dem Neuankömmling auf.

»Ich bin Theodore Tennent«, erwiderte er mit gewichtiger Miene. »Suchst du Streit? Ich war früher Boxer. Ich würde dich zu Hackfleisch verarbeiten, du Bauernlümmel.«

Gründlich verärgert, aber nicht bereit, um seiner Ehre willen Schmerzen zu erleiden, zog Hector sich in eine Ecke der Bar zurück, ließ die beiden jedoch nicht aus den Augen.

»Wer ist sie?«, fragte er eine Frau in seiner Nähe.

»Tennents Hure.«

»Wer ist Tennent?«

»Ach, dem gehört die Mine Herzogin drüben beim Eins-Drei-Hügel. Er und sein Partner haben ziemlich viel Glück, aber für Theodore bleibt bestimmt nichts übrig, wenn Maisie mit ihm fertig ist. Dieser Esel.«

»Wer ist sein Partner?«

»Keine Ahnung.«

Hector war der Meinung, er sollte sich diese Mine mal ansehen, um zu erfahren, wer Tennents Partner war. Dass ihm dieses Taschenmesser von der *China Belle* unter die Augen gekommen war, konnte man nur als Glückstreffer bezeichnen. Er hätte auch die Hure verhaften und ausquetschen können, aber was war, wenn dieser Partner ein Mitglied der Besatzung der *China Belle* war? Er wollte ihn schließlich nicht aufschrecken.

Gespannt stapfte er hinüber zum Eins-Drei-Hügel, konnte aber die Herzogin-Mine nicht finden, bis ihn jemand informierte, dass sie jetzt Steinbock-Mine hieß.

Diese Mine hatte er bald gefunden, und er rief in den Schacht hinunter. Eine Antwort erhielt er nicht, aber es war auch schon kurz vor Einbruch der Dämmerung, und die Leute liefen durcheinander. So konnte er sich abseits halten, ohne Aufmerksamkeit zu erregen, und darauf warten, dass dieser Partner in Erscheinung trat. Wenn er nun einer der Kerle vom Schiff war? Ein Chinese oder gar der Offizier? Das wäre ein Fang! Aber ob er jemals so viel Glück haben würde?

Hector hatte die Namen der Chinesen und Malaien vergessen, doch den des Offiziers wusste er noch. Jake Tussup. Als seine Ungeduld übermächtig wurde, fing er an, die Besitzer von Zelten und Läden in der Nähe zu fragen, ob sie einen Jake Tussup kannten.

Bartie Lee gab seine Arbeit auf und fing an, Jake zu überwachen. Als der dünne Mann und die dicke Frau ihre Sachen packten und gingen, schürfte Jake ein paar Tage lang allein weiter, dann deckte er den Schacht mit einer Plane ab und verließ seine Mine in Richtung Stadt. Um sich die Zeit zu vertreiben, ging Bartie zu einem Barbier und ließ sich den Schädel kahl rasieren, und währenddessen hörte er diesen großen Klotz von einem Kerl fragen, ob irgendwer einen Jake Tussup kannte.

Er war zu clever, um den Kopf zu heben und zu antworten, doch er setzte seine kleine japanische Mütze auf, die er in letzter Zeit gern trug, und hatte den Mann, der gefragt hatte, bald eingeholt.

»Ich, ich bin Japanermann«, log er. »Mein Herr, großer, reicher japanischer Boss, will wissen, warum Sie Mr. Tussup suchen.«

»Weil ich das Gesetz bin, Kumpel. Ich bin Hilfspolizist, deswegen. Wenn du also weißt, wo er steckt, spuckst du's jetzt besser aus, sonst verhafte ich dich.«

»Nein, nein. Mein Herr ist ein ehrenwerter Mann. Wenn Mr. Tussup ein Verbrecher ist, dann ist das schlecht.« Bartie Lee verneigte sich. »Mein Herr wird sich über diese Information freuen. Er schickt Mr. Tussup weg. Will nichts mit Kriminellen zu tun haben. Nie! Danke, Sir.«

Bartie wandte sich zum Gehen, doch der Hilfspolizist hielt ihn zurück. »He, Moment mal! Du sagst, dein Herr kennt Tussup?«

»Jetzt nicht mehr«, antwortete Bartie Lee und hielt den Blick gesenkt, um seine Belustigung zu verbergen. Typisch für diese Weißen: Sie konnten nicht mal einen Chinesen von einem Japaner unterscheiden, geschweige denn einen echten Malaien erkennen, selbst, wenn er vor ihnen stand. »Mein Herr jagt ihn weg, Sir.«

»Nein, nein! Das darf er nicht. Ich komme mit zu deinem Herrn, und er kann mir Tussup zeigen. Er ist ein Krimineller, das kannst du mir glauben. Dein Herr würde nur seine Bürgerpflicht tun, wenn er uns hilft, ihn zu verhaften. Ja, ich komme jetzt gleich mit. Schnell. Vielleicht sollte ich zurückgehen und den Sergeant holen ...«

Bartie verharrte in seiner demütigen Haltung. Er wollte den Kerl nicht drängen, aber er musste ihn von Jakes Mine fortlotsen. Und er sollte nun wirklich nicht noch einen zweiten Polizisten hinzuholen. Langsam schlurfte er davon.

»Warte. Wohin gehst du?«, fragte der Hilfspolizist.

»Ich sag meinem Herrn Bescheid.«

»Gut, ich komme mit. Wo ist er?«

»Er besitzt ein schönes Haus in den Burrows.«

»Ah ja.« Der Hilfspolizist sah ein, dass ein japanischer Herr wohl dort logieren würde, aber er freute sich keineswegs darüber. Burrows war der Name einer dicht besiedelten asiatischen Enklave.

»Sie haben doch keine Angst vor japanischen Leuten, Sir?«

»Nein, natürlich nicht. Aber warum müssen wir deinen Herrn aufsuchen? Warum bringst du mich nicht selbst zu Tussup?«

»Ich weiß doch nicht, wo er wohnt, Sir. Ich bin nur ein Diener.«

»Schon gut. Wie heißt dein Herr?«

Bartie Lee bewahrte die Ruhe. Er kannte keine japanischen Namen, wusste aber auch, dass er nicht zögern durfte. »Tokyo-san«, sagte er stolz und marschierte los. »Mein Herr ist ein Prinz. Aus bester Familie.«

Der Hilfspolizist folgte ihm. »Ein Prinz, sagst du? Ein richtiger Prinz? Tja, man weiß nie, wer auf diesen Goldfeldern auftaucht. Ich selbst bin mit einem Regierungsabgeordneten hergekommen, einem echten. Viel höher kann man in diesem Land gar nicht aufsteigen.«

Bartie nickte und stapfte weiter, dankbar für die japanischen Sandalen, die er erst vor ein paar Tagen von einem Karren gestohlen hatte. Sie gaben ihm ein gewisses Gefühl der Authentizität.

Bis zu den Burrows mussten sie mehr als zwei Meilen laufen, aber Fußmärsche hatten Hector noch nie abgeschreckt. Er pflegte zu sagen, dass Füße eben dafür geschaffen seien, und er lachte über Kerle, die zu Pferde zum Pub ritten. Was ihn wiederum daran erinnerte, dass er sein Pferd im Hof hinter dem Cock-and-Bull-Pub zurückgelassen hatte, wo er die Frau mit dem *China-Belle*-Messer getroffen hatte. Das war die heißeste Spur ... Er genoss den Begriff »heiße Spur« und kam sich vor wie einer von diesen Detektiven, die Kriminalfälle lösten.

Er beschloss, so vorzugehen, dass er Tussup über Mr. Tokyo-san zu fassen bekam, und falls es dann nicht Tussup war ...

»Aber es kann doch nur Tussup sein, oder?«, brummte er vor sich hin, ohne den dunklen Japaner vor ihm aus den Augen zu lassen.

»Ich denke schon«, gab er sich selbst die Antwort. »Aber wenn nicht, dann weiß der Partner von diesem Ziegenbock Tennent vielleicht noch was. Er muss das *China-Belle*-Messer doch gesehen haben. Oder er hat es ihr sogar verkauft, bei Gott!«

Die Begeisterung beschleunigte seine Schritte, als sie auf einen Weg und dann auf eine von Asiaten jeglicher Herkunft bevölkerte Straße einbogen, und er tippte dem Diener auf die Schulter.

»Lauf nicht so weit voraus. Ich bin nicht den ganzen Weg hierher gekommen, um dich dann aus den Augen zu verlieren.«

Er war froh über seine guten Stiefel – der Weg war so ausgetreten, dass überall spitze Steine herausragten -, doch der Diener bedeutete ihm, ihm einen steilen Abhang hinunter zu folgen, was ihm rutschend und stolpernd und mit einem todesmutigen Sprung in die Tiefe schließlich auch gelang.

Wütend schrie er seinen Führer an, doch dann erkannte er, dass sie eine Art Abkürzung genommen hatten; während der Weg sich in Serpentinen nach unten wand, waren sie bereits am Rande der Ansammlung von Hütten und Bretterbuden angelangt.

»Gut, wie?« Der Diener grinste. »Hat uns viel Zeit erspart. Wir gehen jetzt schneller.«

Als sie in die gedrängt vollen Gassen eintauchten, hielt Hector den Diener erneut zurück. »Wir gehen schneller?

Hier können wir nicht schnell gehen. Was treiben all diese Leute hier? Können wir nicht einen anderen Weg nehmen?«

Nie im Leben hatte Hector solche Menschenmassen erlebt! Sie ergossen sich aus jeder Abzweigung und von jeder Ecke her, sie standen in Massen vor Straßenständen, sie saßen am Wegesrand, sie drängten sich an schwankenden Bündeln auf Stöcken vorbei, zwangen ihn zum Ausweichen, wenn er sich nicht ein Auge ausstechen lassen wollte. Es war wie ein Waten gegen den Strom, gegen die steigende Flut. Er sah den Diener weiter vorn und rief nach ihm, erhielt zur Antwort aber nur ein fröhliches Winken, und so drängte er weiter, beeilte sich, so gut er konnte, Schritt zu halten, bis nicht mehr zu leugnen war, dass er den Mann aus den Augen verloren hatte. Dass er wohl in eine Gasse abgebogen war, deren Einmündung er, Hector, übersehen hatte. Er machte kehrt und drängte in die Gasse hinein, stolperte über Körbe und Eimer, taumelte gegen offene Bretterbuden, verfing sich in Streifen von Rindfleisch, die über der Gasse aufgehängt waren, erzwang sich wütend den Zugang zur nächsten Abzweigung, in eine weitere bevölkerte Gasse.

Hector hatte sich verirrt. Er drehte sich ärgerlich um die eigene Achse, verfluchte den dämlichen Diener, der nicht einmal fähig war, eine so simple Aufgabe zu bewältigen, und hielt Passanten an, fragte sie nach dem Weg, nach der Wohnung des Mr. Tokyo-san.

Einige lächelten, die meisten ignorierten ihn, doch er verlangte beharrlich nach einer Wegbeschreibung, bis eine Frau wütend wurde, ihn anschnauzte und fortjagte. Da stand er in der Menge und sah zu, wie ein Chinese auf blinkenden goldenen Waagschalen Alluvialgold abwog, und er fragte sich, ob auch dieser Bursche falsche Gewichte benutzte wie so viele auf den Goldfeldern.

Eine Frau verkaufte heiße, in Zeitungspapier gewickelte Klöße, und sie rochen gut. Hector erstand zwei und schob sich, die Klöße balancierend, durch die Menge in Richtung einer Reihe von rechteckigen Wäschekörben, von denen ihm einer als Sitzplatz dienen sollte, doch da stieß ihn jemand in den Rücken, heftig! Sein Körper bäumte sich auf, er taumelte umher, verstört, stolperte ein paar Schritte weiter, war plötzlich sehr müde ... schwindlig ..., schaffte es bis zu dem ersten Korb und ließ sich erleichtert darauf niedersinken. Er hob einen Kloß zum Mund und schaffte es fast bis zum Kinn, während die Soße tropfte, und dann spürte er etwas Nasses am Rücken, ein kaltes Rinnsal, und während er noch zu verstehen versuchte und glaubte, einer der Wäscherei-Arbeiter hätte Wasser über ihm ausgegossen, schlug der Schmerz zu. Er kam so unvermittelt und heftig, dass ihm keine Zeit zum Schreien blieb. Die Klöße rollten in den Staub. Hector rang in Todesangst nach Luft. Er spürte noch, wie er von dem Korb herabglitt, glaubte zu ertrinken, den Kopf hochhalten zu müssen, klammerte sich an das Rohrgeflecht und tat, über den Korb geneigt, seinen letzten Atemzug.

Er sah aus wie ein Schlafender. Leute blickten zu ihm hinüber und gingen weiter. Einige hielten ihn für betrunken. Ließen ihn in Ruhe, damit er seinen Rausch ausschlief. Er war niemandem im Wege. Schnüffelnd kam ein Hund vorbei, verschlang die Klöße, leckte das Zeitungspapier an, beschnupperte den Mann und stahl sich davon. Ein heimtückischer Dieb durchsuchte seine Taschen. Innerhalb von Sekunden hatte ein weiterer sich seiner Stiefel bemächtigt. Irgendwann kam eine Frau aus der Wäscherei, schrie den stinkenden Betrunkenen an, er solle abhauen, versetze ihm einen Stoß, um ihren Worten Nachdruck zu verleihen, und rannte dann ins Haus, um zu berichten, was sie gesehen hatte, was da vor ihrer Tür lag.

Rasch hoben sie ihn auf, trugen ihn ins Haus und packten ihn, ein kleines Polster unter seinem Kopf, auf eine Bank. Versuchten, ihn wiederzubeleben, legten ein Handtuch über die Messerwunde, doch sie alle wussten, dass es zu spät war. Und so riefen sie einen bedeutenden Mann, einen Chinesen von großem Einfluss, und fragten ihn, was sie tun sollten.

Die Verwaltung in den Burrows konnte sich derlei Vorkommnisse nicht leisten. Die Asiaten, insbesondere die Chinesen, die die Mehrheit ausmachten, hatten genug Ärger mit den Weißen und dachten nicht daran, noch mehr Zorn auf ihre Häupter zu laden, indem sie einen Mord anzeigten. Den Mord an einem weißen Mann mitten im Chinesenviertel! Wenn das bekannt wurde, würde es zu einem Aufstand kommen, würden die Feindseligkeiten noch mehr angestachelt. Es würde zahlreiche Asiaten das Leben kosten, und dann die übliche willkürliche Ausweisungswelle von Seiten der Einwanderungsbehörde!

Sie begruben Hector auf dem einsamen Friedhof außerhalb der Burrows und versahen das Grab mit einem Stein, der sich kaum von den anderen unterschied. Die Inschrift ließ die Welt wissen, dass hier ein Kaukasier im Alter von dreißig Jahren heimgegangen war zu seinem Schöpfer. Und diese Inschrift war, wie sämtliche Inschriften auf den übrigen Grabsteinen, in Chinesisch verfasst.

Bartie Lee saß auf einer verbeulten Teekiste am Eingang zur Mine, als Jake auftauchte.

»Scheinst ordentlich Glück zu haben, wie, Jake?«

»Ich heiße Rory. Rory Moore. Was willst du hier?«

»Dachte, wir sollten mal reden.«

»Tja, da hast du dich geirrt. Es gibt nichts, worüber wir reden müssten.« Jake wusch sich in einem Eimer Gesicht und Hände und trocknete sich mit einem grauen Handtuch ab, das an einem Nagel in einer der Holzstützen hing.

»Siehst gut aus ohne Bart«, bemerkte Bartie Lee. »Und hast dir den Kopf geschoren wie ich. Hatten wohl beide den gleichen Gedanken, was?«

Er fand sich selbst ausgesprochen witzig, doch Jake war nicht amüsiert. »Hau ab. Ich hab zu arbeiten.«

Barties dunkle Augen wurden schmal. »Ich sag, wir reden, Boss. Besser für dich, wir gehen in dein Zelt und plaudern.« Er streichelte seinen dünnen Bart.

»Was soll dieser dämliche Bart?«

»Ah. Bin jetzt Japaner. Dieser Bart hier wird lang. Wie findest du meine schwarzen Japaner-Kleider?«

Jake schüttelte gereizt den Kopf. »Sieht aus wie ein Schlafanzug.«

»Nein, ist alles echt japanisch.« Bartie sprang auf die Füße, schmeichelte dienernd, in einem Versuch, japanische Höflichkeit zu imitieren. »Siehst du wohl, bin ein echter Japaner.« Sein schwarzseidener kleiner krempenloser Hut fiel ihm vom Kopf, und er hob ihn flink auf, staubte ihn ab und stülpte ihn sich wieder auf den Schädel. Jake musste zugeben, dass er für ein ungeübtes Auge als Japaner durchgehen würde.

»Sprichst du auch Japanisch?«, fragte er, doch Bartie Lee zuckte nur grinsend mit den Schultern. »Du bist verrückt, verdammt noch mal. Wie kannst du den Japaner spielen, wenn du nicht mal die Sprache beherrschst?«

»Sprech eben Englisch«, entgegnete Bartie Lee abweisend. »Hier sprechen alle Englisch.«

Da er nicht den Eindruck erweckte, als würde er sich bald verabschieden, nahm Jake ihn mit zu seinem Zelt. »Jetzt sag mir, was du willst. Ich habe nicht viel Zeit.«

»Du und ich, wir sind jetzt Partner.«

»Sind wir nicht. Wo sind deine Kameraden?«

»Alle weg. Polizei hat Mushi geholt. Die anderen sind weggelaufen. Die Chinesen hat auch die Polizei geholt.«

»Ich weiß. Das stand in der Zeitung.«

»Hat in der Zeitung auch was über die Frau gestanden?«

»Über welche Frau?«

Bartie Lee lachte. »Welche Frau? Na, Mrs. Reiche-Frau-Huren-Wood. Du hast sie uns weggenommen, hast sie der Polizei gegeben.«

»Nein. Ich hab sie nach Cooktown gebracht, sonst nichts. Fort von Mushi.«

»Ein Mann aus Cooktown – ich hab gehört, wie er sagte, seine Schwester hat die Belohnung gekriegt. Hunnert Pfund! Die hätte ich kriegen müssen. Du hast sie gestohlen!« Er stieß mit dem Zeigefinger nach Jake. »Du hast genug. Gib mir die hundert Pfund.«

»Von mir kriegst du keine hundert Pfund. Es war von vornherein idiotisch, die Frauen zu entführen.«

»Hätte zweihundert Pfund dafür kriegen können.«

»Quatsch nicht über Geld. Sie hätten dich gehängt. Kann immer noch passieren.«

Mit einem tückischen Lächeln beugte Bartie sich vor. »Du auch, Jake. Dich hängen sie auch, wenn ich das will.«

»Wie bitte?« Jake reagierte sofort. Plötzlich hielt er den zuvor unter seiner Pritsche versteckten Revolver in der Hand und richtete ihn auf Bartie Lee. »Willst du mir drohen?«

»Wer spricht von Drohen? Ich, ich bin als Freund gekommen. Ich werde jetzt dein Partner sein, verstehst du?«

»Den Teufel wirst du.«

»Die Mine da – die läuft gut. Ich pass auf, aber du brauchst einen Partner ...«

»Und du wirst ganz bestimmt nicht mein Partner sein.«

»Ja, wir arbeiten tüchtig, holen jede Menge Gold heraus. Oder ich sag den Polizisten, du bist Jake Tussup von der *China Belle*. Die Chinesen haben sie gekriegt, dich kriegen sie auch.«

»Dich auch!«

»Keine Sorge. Weißt du, ich habe ein bisschen Gold. Kann aber den Schreibkram nicht allein machen. Sogar zum Goldwaschen braucht man Papiere. Am besten werde ich dein Partner, sonst gehe ich. Dann sag ich's der Polizei. Lass mir vielleicht von irgendwem einen Brief schreiben, was?« Er schaute sich versonnen im Zelt um. »Nicht schwer, dich anzuschwärzen, Jake. Ganz leicht. Dich hängen sie wegen Mord, und ich bin weg.«

»Du Schwein.« Jake blickte auf den Revolver herab. »Ich hätte dich umbringen sollen, als ich die Chance hatte.«

»Welche Chance? Nein, du bringst mich nicht um. Ich bin dein Freund. Hör zu. Du bleibst der Boss, in Ordnung? Ist dir das recht? Verstehst du, ich kann hart arbeiten. Ich, ich habe lange in der großen Midas-Mine gearbeitet, nachdem meine Leute weggelaufen sind. Aber hier ist es besser. Verstehst du, Jake, wir werden reich.«

»Ich überleg es mir.«

»Nein. Wir fangen heute an. Weißt du, dass gestern einer von der Polizei – er hat jedenfalls gesagt, er wäre Polizist – da unten beim Barbier war?«

»Na und?«

»Er hat nach Jake Tussup gefragt. Hat überall rumgefragt. Ich hätte dich verraten können, ihn zu dieser Mine schicken können.«

»Du lügst!«

»Von wegen. Frag doch den Barbier. Wenn du dich traust.«

Jake traute sich nicht. Und er wusste, dass er geschlagen war. Er sah keine Möglichkeit, diesen Mistkerl loszuwerden. Jedenfalls im Augenblick noch nicht. Es war Wahnsinn, mit ihm zusammen zu bleiben. Einer von ihnen musste weg. Aber jetzt wusste er wenigstens, dass Mrs. Horwood es geschafft hatte, zur Polizei zu gehen. Gott sei Dank, sie war in Sicherheit. Es tat ihm aufrichtig Leid, dass sie in diesen Schlamassel hineingezogen worden war, und wenn sie auch nicht verstand, dass er auf ihrer Seite war, war sie doch eine besonders liebenswerte Dame. Damals am Strand hatte er sie sehr genau betrachtet und sich gewünscht, dass die Umstände anders wären. Sie war zu schön, hatte einen viel zu schönen Körper, verdammt noch mal, um mit Horwood, diesem alten Ziegenbock, verheiratet zu sein.

Jake zuckte mit den Schultern. Schade drum, dachte er, und wandte sich wieder dem Handel mit Bartie Lee zu.

Als es Zeit wurde, sich zu verabschieden, konnte Raymond Mr. Li nicht genug danken.

»Ich weiß nicht, wie ich Ihnen die gute Betreuung und Ihre Freundlichkeit jemals vergelten kann. Mein Bein ist fast vollständig verheilt. Ich habe das Gefühl, meinen Besuch zu lange ausgedehnt, die Genesungszeit zu meinem Vergnügen hier ausgenutzt zu haben.«

»Das Vergnügen war ganz auf meiner Seite, Mr. Lewis. Unsere Gespräche werden mir fehlen.«

Raymond blickte hinaus auf das saphirblaue Meer. »Und mir wird dieser prachtvolle Ausblick fehlen.«

»Ah ja. Dieses kleine Haus ist nur eine vorübergehende Unterkunft. Ich erwäge, eines Tages an dieser Stelle ein festeres zu bauen. Es wäre ein wunderbarer Rückzugsort mit Blick über die Palmen und Urwaldpflanzen hinweg aufs Meer. Das alles hat mich enorm inspiriert.«

»Sie bleiben vielleicht für immer hier?«

Mr. Li nickte. »Wie es aussieht, werden sich viele von unserem Volk, die entweder von den Goldfeldern geflohen sind oder sie erfolgreich verlassen haben, in dieser Gegend ansiedeln. Das Land ist fruchtbar und gut bewässert, ideal für Landwirtschaft. Ich fühle mich verpflichtet, bei ihnen zu bleiben.« Er lächelte schalkhaft. »Man könnte mich als Missionar bezeichnen, der sich um ihr leibliches Wohl bemüht.«

Diese Bemerkung überraschte Raymond nicht. Er hatte viele Chinesen den Hügel hinauf zu Mr. Li kommen sehen, der oftmals unter einem Bambusgehölz beim Tor Hof hielt. Doch da war auch noch die finanzielle Seite der Unternehmungen seines Gastgebers. Mehrmals hatte Raymond von seinem Aussichtspunkt aus schwer bewaffnete chinesische Reiter zum Haus kommen und in einem Seiteneingang verschwinden sehen, und er vermutete, das sie Goldlieferungen für Li brachten. Sie sahen aus, als wäre nicht mit ihnen zu spaßen, eindeutig Mitglieder der Militärkaste, entschieden höher gestellt als die trägen Wachtposten, die die Regierung zum Schutz ihrer Grundstücke beschäftigte.

Was die Frage aufkommen ließ, wo Hector stecken mochte.

»Ist wahrscheinlich auch dem Lockruf des Goldes erlegen«, bemerkte er Gooding gegenüber.

»Wahrscheinlich. Wer immer ihn als Hilfspolizist eingestellt hat, muss schon in arger Bedrängnis gewesen sein. Er hat es nicht einmal mehr für nötig gehalten, sich bei mir zum Rapport zu melden. Ach, übrigens, vom Krankenhaus wurde das hier geschickt, die Pferdedecke. Sie sagen, Sie hätten sie vergessen.«

»Danke. Ich dachte, ich hätte sie verloren. Ein Freund hat sie mir geschenkt, und ich habe sie schätzen gelernt, als ich Fieber hatte.«

Er dachte an Mal Willoughby und hätte gern gewusst, wo er sich aufhielt. Gooding jedoch zeigte mehr Interesse an dem Geschwür an Raymonds Bein.

»Li hat Sie geheilt, bei Gott! Das hätte ich nie gedacht. Gibt einem zu denken, was?«

»Ich staune selbst und bin diesem Herrn auf ewig dankbar. Er ist ein überaus kultivierter Mensch.«

»Er vielleicht, aber es heißt, sein Bruder sei ein Kriegsherr. Führt sein Lager wie eine Kaserne, hat es zu einer Festung ausgebaut. Aber eines muss man ihm lassen: Wir haben keinerlei Probleme mit ihm oder seinen Männern.«

Raymond äußerte sich nicht zu diesem Thema. »Ich bin froh, dass Sie gekommen sind, Sergeant. Morgen reise ich ab. Die *Torrens* ist ja längst über alle Berge, aber ich habe einen Platz auf einem Küstendampfer nach Brisbane.«

Mr. Li kam zum Hafen, um Raymond sicher an Bord gehen zu sehen, und als er sich verabschiedet hatte und sich zum Gehen wandte, kam ein anderer Chinese den Kai entlanggeschritten. Er war eine bemerkenswerte Erscheinung, fand Raymond und bemühte sich, ihn nicht so aufdringlich anzustarren. Der Mann war jünger und größer als Mr. Li, und er trug die elegante, gestärkte Jacke der Oberschicht, dazu einen mit Perlen bestickten krempenlosen kleinen Hut, doch was Raymond besonders ins Auge stach, war das reich verzierte Schwert, das an seiner Hüfte hing.

»Tja, so etwas sieht man nicht oft in diesem Land«, sagte Raymond zu einem Seemann, der in der Nähe arbeitete, doch dann sah er zu seiner Verwunderung, wie Mr. Li sich umwandte und mit dem Neuankömmling sprach. Nach zahlreichen Verbeugungen verließen sie gemeinsam den Kai.

Raymond wünschte sich, ein paar Tage länger geblieben zu sein. Der Bursche hatte so interessant ausgesehen. Diese faszinierenden Menschen würden ihm fehlen, wenn er jetzt ins alltägliche Leben zurückkehrte – und wie sah dieses Leben aus? Er war Ex-Politiker und Anwalt ohne jegliches Interesse an seinen Klienten aus der Stadt und ihren banalen Problemen. Und er war auch nicht darauf versessen, nach Hause zurückzukehren, weswegen er auch so lange bei Mr. Li geblieben war und sich auf mindestens einen Tag Aufenthalt in Cairns freute, um sich von seinen neuen Freunden das Neueste berichten zu lassen.

»Das nennt man schwänzen«, sagte er zu sich selbst und hätte gern gewusst, was Mr. Li von dieser Diagnose halten würde.

11. Kapitel

Der Regen fiel in dicken Tropfen, prasselte auf das Blechdach und tünchte die Bucht in ein bleiernes Grau. Dampf stieg aus den Straßen auf, schwül nach Jasmin duftend. Einige Pelikane schwebten durch den schweren Dunst und landeten an der grasigen Küste. Drei Reiter in glänzendem Ölzeug ritten die Straße entlang. Die Krempe hing schlapp an den nassen Hüten, doch die Männer nahmen den Regen genauso gleichgültig hin wie die Pelikane.

Esme saß auf einem Hocker auf der Veranda und blickte himmelwärts. »So, wie es regnet, könnte ich glauben, ich wäre in Hongkong«, sagte sie zu ihrem Bruder Arthur. »Solange ich nicht nach unten schaue. Weil da unten nämlich nichts ist. Kein Mensch. Nein, das ist gelogen. Ein paar Reiter sind vorbeigekommen. Sie sahen aus wie Gespenster, graue Gespenster, und vielleicht waren sie auch welche, wer weiß. Die Geister verlorener Seelen, die in dieses Land gekommen und mitten auf der Straße gestorben sind, was erst am Markttag bemerkt wurde.«

Sie kicherte, griff nach der Flasche und dem Glas, das sie beides auf einem Tischchen abgestellt hatte, und schenkte sich noch einen Whisky ein.

»Trink aus, Brüderchen. Wie war noch dieser Witz, den wir immer erzählt haben? Warum ist der Herzog in den Ententeich gesprungen?«

»Ja, warum?« Neville stand an der Tür zu ihrem Schlafzimmer.

Sein plötzliches Auftauchen ließ sie zusammenzucken. »Ich weiß nicht«, murmelte sie feindselig.

»Bisschen früh am Tag für so harte Sachen, meinst du nicht auch, mein Schatz?«

Esme hob die Schultern. »Ist das nicht völlig egal?«

»Wahrscheinlich, wenn man bedenkt, dass auf der anderen Seite des Globus´ Nacht ist. Ich habe dich reden gehört. Hast du wieder mit Arthur gesprochen?«

Sie wandte sich ab und verweigerte ihm die Antwort.

»Weißt du, Schatz«, sagte er nach einer Weile. »Die Sache ist die: Ich mache mir Sorgen um dich. Ich glaube nicht, dass es dir gut tut, wenn du ständig mit Arthur redest.«

»Wieso nicht? Ich liebe meinen Bruder.«

»Natürlich. Er war auch mein Freund. Aber es ist ziemlich sinnlos. Arthur ist tot.«

»Das weiß ich«, sagte sie leise.

»Manchmal bin ich mir dessen nicht so sicher, Es. Manchmal habe ich den Eindruck, du hast vergessen, dass er tot ist. Gestern hast du gesagt, er käme zum Mittagessen.«

»Stimmt ja gar nicht!«, sagte sie böse.

Statt zu widersprechen, nahm er sie in den Arm. »Weißt du, was ich mir wünsche, Es? Dass du mit mir redest.«

»Du bist eifersüchtig auf Arthur!«

»Das kann durchaus sein. Ich bin auf alle eifersüchtig, die zu viel von der kostbaren Zeit meines Lieblings für sich beanspruchen. Wie dieser Ladenbesitzer Hillier. Er wird in letzter Zeit reichlich aufdringlich.«

»Er mag mich.« Sie lächelte frech, und Neville küsste sie traurig.

»Ich mag dich auch.« Er fragte sich, wie viel sie schon getrunken haben mochte. Es war erst halb zwölf, und sie hatte einen Schwips.

Nein, berichtigte er sich. Keine Schönfärberei. Sie war betrunken. Er hatte zu lange tatenlos zugesehen. Als sie in Cairns ankamen, hatte sie jeden Grund, unter Schock zu stehen und verwirrt zu sein, und es hatte ihn nicht gestört, dass sie mehr als gewöhnlich trank, um unter dem Eindruck so vieler Fremder ihre Nerven zu beruhigen. Die Sache mit Arthur hatte ihn anfangs ein wenig geängstigt, wenn er sich plötzlich in einem vermeintlichen Dreiergespräch wiederfand, doch er glaubte, es würde vergehen, wie ihre Verletzungen heilten und ihr Haar nachwuchs.

Arme Es, dachte er und führte sie zurück in ihr Zimmer. Sie gibt sich solche Mühe, unter Menschen fröhlich und glücklich zu sein, und verbirgt diese Seite ihrer Geschichte. Aber warum? Was ist mit ihr geschehen?

Er küsste sie liebevoll. »Schlaf ein wenig, Liebling, während ich die Zeitung lese. Und dann gehen wir zum Hafen und essen schön in diesem Fischrestaurant, wo sie die heimischen Fische genauso zubereiten, wie du es magst.«

Sie nickte zustimmend und stieg müde ins Bett, und Neville zog sein Jackett aus.

»Die Runde geht an mich«, sagte er zu sich selbst. Das Fischrestaurant hatte keine Schankerlaubnis. Er musste sich überlegen, wie er Esme ablenken konnte, um Arthur und den Schnaps abzuwehren. »Irgendwie, mein Schatz«, sagte er, »kriegen wir das hin. Wir müssen einfach viel mehr reden, wenn es das ist, was du brauchst.«

Clive Hillier betrat das Hotel *Alexandra* und spähte in den Speisesaal, in der Hoffnung Mrs. Caporn dort zu sehen, doch sie war nicht da, und er wandte sich zum Gehen.

Er begegnete Lyle Horwood, der ihn wissen ließ, dass er einen Platz gebucht hatte, auf einem Küstendampfer nach Brisbane, der in Kürze in Cairns eintreffen sollte.

»So bald schon wollen Sie abreisen? Sie werden uns fehlen, Sir.«

»Ich komme ja wieder zurück, habe nur einen wichtigen Termin mit dem Gouverneur in Brisbane«, erklärte Horwood mit einem verschwörerischen Schmunzeln. »Ich weiß nicht genau, wann das sein wird. Muss abwarten, wie es seiner Exzellenz in den Kram passt, sozusagen.«

Clive ging weiter und zog eine Grimasse. »Ich war immer der Auffasung«, sagte er zu sich selbst, »dass eine Erhebung in den Adelsstand bis zur offiziellen Bestätigung vertraulich behandelt wird, aber die Zeiten haben sich wohl geändert.« Wie auch immer ... Horwoods Ritterschlag war das am schlechtesten gehütete Geheimnis, von dem er je erfahren hatte.

In diesem Zusammenhang kam ihm in den Sinn, dass es,

gesellschaftlich gesehen, vielleicht ein kluger Schachzug wäre, die Horwoods auf ihrer Reise nach Süden zu begleiten, eine gute Gelegenheit, sie richtig kennen zu lernen, und vielleicht konnte er ihnen sogar eine Einladung zur feierlichen Erhebung in den Adelsstand abluchsen. Das würde bestimmt eine große Gala, ein Stelldichein der bedeutendsten Einwohner von Queensland. Und außerdem, so erinnerte er sich, steuerte der Dampfer auch Maryborough an. An diesem wichtigen Mündungshafen – der bald von Cairns übertroffen werden würde, dachte er glücklich – fuhr kein Schiff vorüber, ohne anzulegen. Ich sollte mit den Horwoods an Bord gehen, die Woche in ihrer Gesellschaft zubringen, und dann in Maryborough an Land gehen. Dort habe ich einiges zu erledigen. Weiß Gott. Sie soll bloß nicht glauben, sie könnte mich berauben und einfach so beiseite schieben. Hat das Haus gekauft! Den Teufel hat sie!

Lyle lief geschäftig in der kleinen Stadt umher; er ließ sein Haar nicht etwa schneiden, nein: stutzen ließ er es, ebenso den schönen grauen Oberlippenbart. Dann bat er die Frau des Hoteliers, schwarze Socken für ihn zu kaufen, da Constance sich noch immer wie eine Kranke aufführte und sich gelegentlich auch einen schlimmen Anfall von Hysterie leistete. Er unterschrieb in seiner Eigenschaft als Schatzmeister von *Apollo Properties* ein paar Dokumente, wobei Esme Caporn, die Sekretärin des Unternehmens, als Zeugin fungierte. Natürlich nur pro forma. Als Frau hatte sie ja keine Ahnung, was sie da unterschrieb. Aber alles lief wie am Schnürchen. Er ließ das Gepäck hinauf ins Zimmer bringen, legte eine geruhsame Pause in der Bar ein und trank als Aperitif vor dem Essen einen Sherry, während er das Problem mit seiner Frau überdachte, die nicht mehr gesellschaftsfähig war.

In gewisser Weise verstand er ihre Weigerung, unter fremden Menschen zu sein, nachdem sie so lange Zeit mit dieser Mörderbande verbracht hatte. Wahrscheinlich wusste sie, dass sie das bevorzugte Klatschobjekt war, und dieser Klatsch war nicht immer angenehm. Es war sicher schwer für sie, wenn Leute sie anstarrten und sich fragten, was da im Urwald wohl vorgefallen sein mochte. Aber ... es reichte nun. Sie musste sich eben damit abfinden. Musste sich zusammenreißen und ihre Pflicht erfüllen. Es störte ihn nicht, dass sie kein Interesse an Sex hatte; unter diesen Umständen ging es ihm genauso, und er war ohnehin bald darüber hinweg. Aber es war äußerst wichtig, dass sie wieder repräsentierte. Nicht unbedingt hier, in diesem Kuhdorf, aber in Brisbane! Im Umfeld des Gouverneurs! In der jungen Kolonie entstand eine neue Gesellschaft, und Lyle war entschlossen, eines ihrer führenden Mitglieder zu sein. Er bezweifelte, dass die diesjährige Liste für Brisbane mehr als ein oder zwei Männer nannte, und demnach würden er und Constance im Zentrum der Aufmerksamkeit stehen.

Er schauderte. Seine Frau, einen Speichelfaden im Mundwinkel, nervös inmitten festlich gestimmter Honoratioren, zu faul, sich auch nur allein zu frisieren, unfähig zur Unterhaltung – es war eine Katastrophe, und die Zeit lief ihm davon.

Wie er vermutet hatte, war sie völlig außer sich, weil in der Zimmerecke die Koffer standen.

»Wir reisen ab?«

»Ja. Ich habe dir doch gesagt, dass wir nach Brisbane fahren. Wir können nicht ewig hier bleiben. Ich habe die Fahrkarten bereits. Am Sonntag gehen wir an Bord des Dampfers, und deshalb bitte ich dich jetzt, dich endlich zusammenzureißen. Ich weiß, dass es dir schlecht ging, aus nahe liegenden Gründen, aber bitte, wenn schon nicht um deinet-, dann um meinetwillen ...«

»Ich komme nicht mit.«

»Was?«

»Ich will nicht nach Brisbane.«

»Red keinen Unsinn, Frau. Am Sonntag gehst du mit mir an Bord. Und jetzt solltest du dich zurechtmachen, damit wir hinunter zum Essen gehen können. Wir speisen mit Mrs. Plummer. Sie ist deine Freundin, sie ist nett zu dir, und du hast nichts zu befürchten. Was nicht heißt, dass die anderen nicht nett zu dir wären. Ist dir nicht aufgefallen, dass, wenn wir spazieren gehen, alle dich anlächeln und sich verbeugen? Constance, du wirst Lady Horwood. Dann bist du wirklich wer! Entschädigt dich das nicht für alles?«

Sie griff nach ihrem Handarbeitskorb und entnahm ihm die Damastserviette, an der sie stickte. »Ich kann nicht mitkommen, Lyle. Ich kann es einfach nicht. Das weißt du doch.«

»Ich weiß nichts dergleichen. Kommst du jetzt mit zum Essen?«

»Ich habe keinen Hunger.«

»Aber ich, und ich wünsche, dass du mich begleitest.«

»Ich kann nicht.« Sie wischte sich ein Speicheltröpfchen vom Mundwinkel ab, und er wandte sich angewidert zum Gehen.

Später am Abend klopfte Lyle an die Tür der Caporns.

»Wirklich, Neville, tut mir Leid, dass ich Sie störe, alter Freund, aber Sie haben nicht zufällig Constance gesehen?«

Neville, im Pyjama, blieb bestürzt an der Tür stehen. »Mrs. Horwood? Ist sie nicht im Hotel?«

»Nein. Ich habe das Dienstmädchen gefragt. Nein, sie ist nicht im Hotel.«

»Vielleicht ist sie bei Mrs. Plummer.«

»Die spielt im Wohnzimmer Karten mit den Kassels.«

»Wo könnte sie dann sein?«

»Das fragte ich Sie, Sir.« Er versuchte, an Nevilles kräftiger Gestalt vorbeizuspähen, doch Esme kam zur Tür.

»Was gibt's?«

»Constance wird spazieren gegangen sein«, antwortete Neville.

»Um diese Zeit?« Esme wandte sich Lyle zu. »Tut sie das öfter?«

»Sie geht manchmal allein spazieren, ja. Aber niemals so spät am Abend.«

»Wohin geht sie, wenn sie das Haus einmal verlässt? Wen besucht sie?«

»Niemanden, soviel ich weiß. Ich rate ihr, lieber spazieren zu gehen als immer nur im Zimmer herumzusitzen. Im Hotel zu wohnen ist zermürbend, da geht es Ihnen sicher ähnlich. Keine Privatsphäre. Ich kann es kaum erwarten, wieder zu Hause zu sein.«

»Ja«, sagte Neville. »Aber es ist ja nur vorübergehend.« Er furchte die Stirn. »Wenn Ihre Frau nicht im Hotel ist, sollten wir sie besser suchen. Warten Sie, ich ziehe mir etwas an, es dauert nur ein paar Sekunden ...«

»Wirklich anständig von Ihnen«, sagte Lyle leise, als die Tür sich schloss und er verwirrt und ziemlich verärgert allein im dunklen Flur zurückblieb. War die Frau einfach nur spazieren gegangen oder tat sie das absichtlich, um ihn zu ärgern? Wenn ja, dann war es ihr gelungen. Er würde ihr gehörig die Meinung sagen, wenn sie zurückkam. Was für ein idiotisches Spielchen! Idiotisch war das richtige Wort; seit Lewis sie zurückgebracht hatte, führte sie sich auf wie eine Idiotin. Er hätte sie lassen sollen, wo sie war, verdammt!

Caporn, in weitem Hemd, Hose und Schuhen, kam bald aus dem Zimmer, und gemeinsam stiegen sie leise die Treppe hinunter und sahen nach den Kartenspielern, bevor sie auf die Straße traten.

»Eines ist merkwürdig in dieser Stadt«, bemerkte Neville. »Es gibt nirgendwo Schlösser. Im Hotel gibt es kein Nachtpersonal, und trotzdem ist es nie abgeschlossen.«

»Schlösser haben uns auf der *China Belle* verdammt wenig nützt«, erwiderte Lyle gereizt. »Sehen Sie sie irgendwo?«

»Nein. Am besten gehen wir an der Vorderseite entlang. Es ist sehr heiß; vielleicht will sie nur Luft schnappen.«

Lyle nickte. »Verdammt blöde Idee, wenn Sie mich fragen.«

Sie gingen die Esplanade entlang, bis sie zu den Mangroven kamen, überquerten die Straße und gingen auf dem Pfad an der Bucht entlang zurück zum Hafen. Auch hier trafen sie keine Wachen an. Sie suchten das Hafengebiet ab, bevor sie in die Stadt zurückkehrten und die Straßen abgingen, in denen in Pubs und Spielhöllen gelärmt wurde. Weiter unten war das berüchtigte Bordell *Blue Star* hell erleuchtet und wartete auf Kundschaft.

Lyle blieb zurück, während Neville die Damen dort höflich fragte, ob sie eine ziellos umherwandernde hochgewachsene Frau gesehen hatten. Sie verneinten, versprachen jedoch, die Augen offen zu halten.

»Sie wird schon wieder auftauchen, Mister«, rief eine der Huren. »Kommt ihr beide doch rein und habt ein bisschen Spaß mit uns.«

»Heute Abend nicht.« Neville lächelte.

»Frechheit«, sagte Lyle empört.

»Es würde mich nicht wundern, wenn Mrs. Horwood inzwischen zurück wäre. Sie ist sicher nur einmal um den Block gegangen.«

»In dieser Stadt dauert es aber nicht Stunden, wenn man einmal um den Block geht.«

Aber Constance war nicht zurück, und die Kassels mussten informiert werden. Mrs. Plummer erfuhr es also zwangsläufig auch. Lyle war übel vor Beschämung. Er bestellte einen Brandy, nahm im Wohnzimmer in Türnähe Platz und wünschte sich, er wäre im Zimmer geblieben und hätte gewartet, bis Constance freiwillig zurückkam.

Esme Caporn, inzwischen sehr besorgt, kam im Morgenrock nach unten. »Haben sie sich gestritten?«, flüsterte sie Eleanor zu.

»Ich weiß es nicht, meine Liebe. Und wir können ihn wohl kaum danach fragen.«

»Ich sehe lieber selbst noch einmal nach«, sagte Franz Kassel. »Ich durchsuche den Garten und die Ställe und gehe noch einmal durch die Stadt, falls Sie hier bei meiner Frau bleiben würden, Mr. Horwood. Die anderen können schlafen gehen, danke. Mehr ist hier nicht zu tun.«

Lyle blieb also mit Mrs. Kassel zurück, die unablässig mitleidige Kommentare von sich gab, was ihn noch mehr verärgerte. Er wünschte sich Schlösser an den Türen. Dann hätte er seine idiotische Frau aussperren können. Sollte sie doch die Nacht draußen verbringen! Sie schmollte wahrscheinlich, weil sie nicht nach Brisbane wollte, aber was war das für ein Blödsinn? Sie hatten geplant, sich in Brisbane niederzulassen, dort zu leben. In Brisbane würde sein Adelstitel Wertschätzung erfahren. Cairns hingegen war eine Grenzstadt, tausend Meilen nördlich von Brisbane. Investieren konnte man hier, es war reichlich Potenzial vorhanden, aber man wollte hier doch nicht leben. Was sollte das heißen: Sie würde nicht mitkommen?

Mrs. Kassel schenkte ihm noch einen Brandy ein, und er war eingeschlummert, als Franz zurückkam und den Kopf schüttelte.

»Ihr wird doch nichts zugestoßen sein?«, flüsterte seine Frau.

»Bestimmt nicht«, antwortete er nervös.

Eine bronzefarbene Sonne erhob sich im Dunst aus dem Meer und kündigte einen weiteren heißen Tag an, während dunkle Wolken im Westen mit Gewitter drohten.

Mr. Horwood schlief noch im Wohnzimmer, als die Kassels in die Küche schlichen, um ihr Tagewerk zu beginnen.

»Ihr muss etwas passiert sein«, sagte Mrs. Kassel. »Solltest du nicht besser Sergeant Connor holen?«

»Lass uns warten, bis Mr. Horwood aufwacht.«

Gegen Mittag zeigte Sergeant Conner sich sehr besorgt, weil eine weiße Frau in seiner Stadt spurlos verschwunden war – und ausgerechnet handelte es sich um Mrs. Horwood.

Er rief mehrere Männer zusammen und unternahm eine Razzia im Lager der Aborigines. Bei Einbruch der Nacht wurden die Schwarzen stets aus der Stadt gejagt, aber ein paar könnten sich wieder eingeschlichen haben, insbesondere Frauen. Doch es waren die Männer, die er verhörte; mit Peitsche und Schlagstock verlangte er zu wissen, was sie mit der Frau gemacht hatten, wer sie überfallen und in den Busch geschleppt hatte. So ein Übergriff war in der Stadt noch nie vorgekommen, aber er und seine Helfer dachten sich, es könnte so geschehen sein, und es erschien ihnen als sehr wahrscheinlich, da die gründliche Durchsuchung der Stadt ergebnislos geblieben war.

Am Ende, als mehrere Schwarze blutend und zerschlagen neben ihren Hütten lagen, kam Connor zu dem Schluss, dass sie wohl doch nicht wussten, was aus der Frau geworden war, und er befahl zwei schwarzen Fährtensuchern, den Busch um die Stadt herum abzusuchen.

Er ging zurück ins Hotel, um sich mit Mr. Horwood zu besprechen, der dem Zusammenbruch nahe war und sich zu Bett begeben hatte.

»Der arme Mann«, sagte Mr. Kassel. »Er ist krank vor Sorge um sie. Er war die ganze Nacht auf den Beinen, und das fällt einem Mann in seinem Alter weiß Gott schwer. Sie sollten ihn nicht stören, es sei denn, Sie bringen gute Nachrichten.«

»Wir vermuten, dass sie sich im Busch verlaufen hat. Sie muss aus der Stadt hinaus und in den Busch gewandert sein. Menschen wie sie verlieren dabei leicht die Orientierung. Ich habe Fährtensucher in den Busch geschickt.«

»Die Leute denken, sie könnte ertrunken oder erneut entführt worden sein. Sie sagen, wilde Schwarze könnten sie geschnappt haben, falls sie zu tief in diesen Busch eingedrungen ist.«

Connor nickte. Ihm fiel auf, wie gut besucht die Bar heute war, da alle an der Aufregung teilhaben wollten. »Ich habe Leute losgeschickt, die den Hafen überprüfen. Sie könnte ins Wasser gefallen sein, aber die Möglichkeit, das sie wieder entführt wurde, ist eher gering.«

Mrs. Kassel sog schockiert die Luft ein. »Sie glauben doch nicht, sie könnte ins Wasser gegangen sein? Das würde sie doch niemals tun!«

»Wer weiß? Es könnte immerhin sein. Bei Flut wäre sie untergegangen wie ein Stein. Wie auch immer, erklären Sie Mr. Horwood, dass wir im Busch suchen. Wir werden sie schon finden.«

Er wandte sich zum Gehen, doch Jesse Field trat ihm in den Weg. »Gibt's was Neues?«

»Nein.«

»Was hatte sie an?«

»Ach, du liebe Güte, Jesse, wen interessiert das? Sie ist die einzige Vermisste in der Gegend.«

»Unsere Leser wollen das wissen. Frauen interessiert diese Frage sehr. Haben Sie Spurenleser angeheuert?«

»Ja, habe ich. Sie werden sie finden, tot oder lebendig.«

»Warum ist sie fort? Ich meine, wie ist es dazu gekommen?«

»Ich weiß es nicht. Fragen Sie ihren Alten.«

Er fragte ihn. Horwood lag vollständig bekleidet auf dem Bett. Er hatte nicht die geringste Ahnung, warum Constance das Hotel verlassen haben könnte.

»Sie war nicht mehr im Zimmer, als ich spät am Abend wieder nach oben kam.«

»Sie waren allein beim Abendessen?«

»Ja. Sie wollte hier im Zimmer allein bleiben.«

»Warum? Sie ist eine attraktive Frau. Man möchte doch meinen, sie würde gern mit Ihnen und Ihren Freunden zusammen speisen.«

»Meine Frau nicht. Sie ist ein sehr zurückgezogener Mensch.«

»Wie war sie denn gekleidet?«

»Ich weiß es nicht.«

»Es ist wichtig, Sir, für die Suche. Was hatte sie denn an, als Sie zum Essen hinuntergingen?«

»Na gut, lassen Sie mich überlegen. Ein blaues Kleid. Aus Baumwolle, nichts Modisches.« Er blickte um sich. »Ich sehe es hier nirgends, und sie hätte es nicht in den Schrank gehängt, wenn es schon getragen war. Es wäre zum Waschen gegeben worden. Also wird sie es anhaben.«

»Gut. Sehr gut. Einen Hut trug sie vermutlich nicht?«

»In der Öffentlichkeit tragen Damen Hüte, und meine Frau wird einen Hut getragen haben, es sei denn, sie wäre jetzt völlig verrückt geworden.«

Jesse verstand den Hintersinn. »Glauben Sie, das könnte das Problem sein? Dass sie vielleicht nervlich nicht stabil ist oder irgendwie zur Hysterie neigt?«

»Ganz sicher nicht. Wie können Sie es wagen, so etwas über meine Frau zu behaupten?«

»Das, was sie durchgemacht hat, die Entführung, es könnte doch Auswirkungen haben. Sie muss ja Todesängste ausgestanden haben.«

»Mrs. Horwood ist jung und gesund. Manche andere Frau hätte das niemals ausgehalten. Es ist nun mal geschehen, aber ihr wurde kein Haar gekrümmt. Also reden wir nicht mehr darüber.«

»Gut. Haben Sie eine Ahnung, warum sie zu so später Stunde in einer Stadt in der Wildnis wie Cairns einen Spaziergang machen würde? Es ist nicht eben die Park Lane, oder?«

»Damen gehen auch auf der Park Lane nicht am späten Abend allein spazieren, das können Sie mir glauben.«

Jesse blickte durch die Fenstertüren hinaus auf die düsteren Wolken, bevor er seinen Hut nahm und sich anschickte, das Zimmer zu verlassen. »Dieses Verhalten ist offenbar völlig untypisch für Mrs. Horwood, und deshalb wäre es äußerst wichtig, die Beweggründe zu ermitteln. Können Sie sich vorstellen, dass sie vor etwas davongelaufen ist?«

»Wovor denn wohl?«

Jesse zuckte die Schultern, als wollte er sagen: »Das genau will ich ja von Ihnen wissen.«

»Davongelaufen? Blödsinn. Verdammt kindisch, einfach wegzugehen und sich dann zu verirren.« Lyle wedelte gereizt mit den Händen. »Typisch für blöde Frauen. Sie wissen es nicht zu schätzen, wenn es ihnen gut geht. Mr. Field, würden Sie jemanden beauftragen, mir frischen Tee heraufzubringen? Und etwas zu essen. Ich komme um vor Hunger.«

»Gern, Sir.«

Jesse besuchte Mrs. Plummer, bevor er das Hotel verließ, doch auch sie hatte nicht die geringste Vermutung, wo Mrs. Horwood sich aufhalten könnte.

»Ich bin in großer Sorge um das Mädchen, aber ich kann Ihnen wirklich nicht helfen. Ich kenne Lyle schon lange, habe Mrs. Horwood aber erst auf dem Schiff kennen gelernt, am Tag der Meuterei. Und seit Mr. Lewis sie zurückgebracht hat, verkriecht sie sich in ihr Schneckenhaus. Wir sehen sie nicht oft.«

»Was ist mit Mrs. Caporn? Beide sind doch von den Meuterern angegriffen worden. Pflegen sie Kontakt?«

»Nein. Esme Caporn hat mehrmals versucht, Mrs. Horwood zu besuchen, doch ihr Mann sagt, sie sei nicht in der Lage, Gäste zu empfangen.«

»Glauben Sie, er lässt keinen Besuch zu ihr?«

»Zuerst habe ich es geglaubt«, sagte sie, »aufgrund von Erfahrungen, die hier nicht wichtig sind, aber die Dienstmädchen sagen, das sei überhaupt nicht der Fall. Sie sagen, Mrs. Horwood will niemanden sehen, und allein das Ankleiden sei schon zu viel der Mühe für sie. Er würde versuchen, sie aufzumuntern, so sehr, dass er manchmal böse wird, aber sie konzentriere sich nur auf ihre Handarbeit.«

Jesse dachte kurz über diese Information nach und fragte dann: »Mrs. Plummer, sind Sie der Meinung, dass Mrs. Horwood völlig gesund ist?«

»Ich glaube, das Mädchen leidet noch sehr unter ihren schlimmen Erlebnissen.«

»Aber der Arzt war mehrmals bei ihr, soviel ich weiß, und hat ihr Beruhigungsmittel verschrieben.«

Sie lächelte matt. »Ach ja. Das neueste Allheilmittel. Wenn es nur so einfach wäre, Mr. Field. Übrigens, was ich Sie fragen wollte: Stört es Sie, wenn ich mir das Haus noch einmal ansehe?«

»Aber nein. Ich müsste bald von Kincaid hören.«

»Danke. Ich bete – auch für Mrs. Horwood.«

Der Sonnabend kam, und noch immer war keine Spur von Mrs. Horwood gefunden. Einige Bürger, fest überzeugt, dass sie von Schwarzen entführt worden sei, griffen zu den Waffen und drohten, die Schwarzen im Umland auszulöschen. Daraufhin verließen viele Schwarze überstürzt ihre Lager längs der Küste. Sie flohen landeinwärts, um Unterschlupf bei Stammesangehörigen zu suchen, die empört waren, dass die Weißen friedliche Familien bedrohten, und Hunderte von Lagerfeuern in den Bergen über Cairns ansteckten, zum Zeichen, dass sie dieses Verhalten nicht einfach hinnehmen würden.

In dieser dunklen Nacht blinkten die Feuer wie Sterne über der Stadt – drohende Sterne.

»Wie dumm muss man sein, um diese Mistkerle gegen uns aufzuhetzen?«, kanzelte Connor die Mitglieder der Möchtegern-Bürgerwehr ab. »Die sind kein bisschen anders als ihr. Irgendwen gelüstet es immer nach einem Kampf. Also kümmert euch jetzt um eure eigenen Angelegenheiten und überlasst die Sache mir.«

Nachdem Connor den Trupp aufgelöst hatte, musste er sich Mr. Horwood stellen, der ihn der Unfähigkeit bezichtigte und den Polizeisergeanten gleichzeitig verblüffte, indem er darauf bestand, am Sonntag den Küstendampfer nach Brisbane zu nehmen.

»Und das werde ich tun, bei Gott«, bekräftigte er seinen Entschluss an der Tür zur Polizeistation und schlug mit seinem Spazierstock gegen die Wand, um seinen Worten Nachdruck zu verleihen. »Und wenn ich dort bin, gehe ich auf direktem Weg zum Gouverneur und informiere ihn, dass meine Frau zum zweiten Mal entführt wurde, Ihnen direkt unter der Nase weg! Ich werde ihn wissen lassen, dass Sie kaum das Recht haben dürften, sich Sergeant zu nennen. Was tun Sie denn? Nichts! Reiten wie ein Zinnsoldat in der Stadt herum! Die Bürger dieser Stadt haben ein Anrecht auf Schutz, und ich werde dafür sorgen, dass sie ihn bekommen. Merken Sie sich das ...«

Connor ließ ihn, nicht zum ersten Mal, einfach reden. Das war einfacher, als sich mit ihm zu streiten, doch als Horwood seine Tirade beendet hatte und mit den Caporns die Straße entlangstürmte, wandte er sich an Jesse Field.

»Haben Sie das gehört? Er will den Dampfer nach Brisbane nehmen. Was meinen Sie, fährt er tatsächlich ohne seine Frau?«

»Ich kann es mir kaum vorstellen, aber, ehrlich gesagt, es hörte sich ganz so an.«

»Für mich hörte sich's an, als drehte er durch. Die Belastung vielleicht.«

»Kann sein. Seine Frau ist schon seit zwei Tagen fort. Man glaubt mittlerweile, sie wäre ertrunken.«

»Ich weiß. Ich lasse die Bucht absuchen, aber schreiben Sie das nicht, um Himmels willen. Ich möchte es dem Alten nicht noch schwerer machen.«

Esme nahm ihren Mann beiseite, als sie im Hotel angelangt waren. »Will er tatsächlich abreisen? Er hat mich gebeten, mich um seine Frau zu kümmern, wenn sie sie finden. Er sagte, er kommt so schnell wie möglich zurück.« Sie war fassungslos. »Das hat er wirklich gesagt ...«

Neville grinste. »Tja, er ist ganz versessen darauf, sich adeln zu lassen, ob es nun regnet, hagelt oder seine Frau vermisst wird. Es würde mich überhaupt nicht wundern, wenn er morgen an Bord geht, ob wir Constance nun finden oder nicht.«

»Das kann er nicht tun!« Esme war empört.

»Ich glaube schon, dass er es tut. Er muss in Erfahrung bringen, welche Vorkehrungen für die große Zeremonie getroffen werden, und er muss sicherstellen, dass er anwesend ist, um die Hand zu heben, wenn sein Name aufgerufen wird.«

Im Grunde hoffte Neville, dass der Alte nach Brisbane fuhr. Seine Pläne gestalteten sich außerordentlich positiv. Das gesamte Geld des engsten Kreises und einiger anderer lokaler Investoren war eingegangen, mehr als fünftausend Pfund, sein bisher größter Fischzug. Und so einfach. Nach und nach hatte er den Großteil der Mittel aus dem *Apollo Properties Trust* abgezogen, indem er wiederholt Beträge abhob, angeblich um Unternehmenskosten zu begleichen, einschließlich der Dienstleistungen des Bauunternehmers, der die Pläne zeichnete und Baumaterial kaufte, das größtenteils aus Brisbane angeliefert wurde. Einer weiteren hohen Geldentnahme hatte Lyle selbst zugestimmt. Diese Summe sollte zur Bezahlung des Grundstücks für das Einkaufszentrum dienen, neu erschlossene Grundstücke, die von den örtlichen Behörden gekauft werden mussten. Stattdessen floss das Geld in Nevilles Brieftasche, von der niemand etwas wusste und die er im Reisekoffer aufbewahrte. »Weil ich die Grundstücke nicht bezahlen werde«, so erklärte er Esme.

»Aber du musst doch bezahlen«, sagte sie. »Werden die Aktionäre denn nicht misstrauisch?«

»Nein. Ich kann noch nicht bezahlen, weil ich mit den Angestellten der Behörde noch keine Einigung über den Landkauf erzielt habe.«

»Warum nicht?«

»Weil ich ihnen immer wieder unmögliche Forderungen vorlege, und sie müssen immer wieder die Bestimmungen studieren, um herauszufinden, ob ich Recht habe oder nicht. Wir brauchen noch ein wenig Zeit. Sobald Horwood die Stadt verlassen hat, können wir abreisen, Es. Wir fahren als freie Menschen nach Hause.«

Er betete dafür, dass Constance im Busch verirrt gefunden wurde, damit sie und Lyle abreisen und die Caporns das erste Schiff nach Süden nehmen konnten, die Taschen voll gestopft mit herrlichem Geld.

»Wo ist unser Zuhause, Nev?«, fragte Esme müde.

»Aha. Ich denke, wir sollten Brisbane streichen, wenn Horwood sich da herumtreibt, und lieber die großen Städte aufsuchen. Unser nächster Aufenthaltsort wird Sydney sein. Wenn wir in einer hinterwäldlerischen Stadt wie Cairns so viel Geld einnehmen können, dann stell dir nur vor, was uns in Sydney erwartet!«

»Ich rede nicht von einem Zwischenstopp, Nev, sondern von zu Hause. Wo ist das?«

»Zu Hause? Wo immer du willst. Du hast die Wahl, sobald wir genug Geld haben, um uns zur Ruhe zu setzen. Wir könnten uns in Sydney ein Haus kaufen, falls du nicht mehr im Hotel leben möchtest. Das könnte unser Zuhause sein, bis unsere Geschäfte dort erledigt sind.«

»Ich hätte lieber ein Haus in Hongkong.«

»Warum nicht? Wenn wir genug Geld haben, kaufen wir dort eines. Ich will, dass du glücklich bist, ich weiß, dass du dich hier nicht wohl fühlst. Wenn wir abreisen, wird es dir gleich besser gehen. Komm, wir gehen hinauf ins Zimmer und ruhen ein wenig aus.«

Auf dem Weg die Treppe hinauf war Esme sehr still. Sie sagte nichts, bis die Tür sich hinter ihnen geschlossen hatte.

»Ich habe nachgedacht, Neville. Ich fühle mich hier so elend, weil ich schreckliches Heimweh nach Hongkong habe.«

»Dann werde ich mein Bestes tun, um dich binnen eines Jahres nach Hongkong zu bringen. Einverstanden? Gib mir ein Jahr. Ohne Geld können wir nicht zurück nach Hongkong.«

Esme setzte sich in den Lehnstuhl und schlüpfte aus ihren Schuhen. »Es steckt noch mehr dahinter, Lieber. Du hast gesagt, wir sollten miteinander reden, also gut. Ich habe das Gefühl, in der Falle zu sitzen wie ein verletztes Kaninchen.«

»Warum um alles in der Welt ...«

»Nein.« Sie hob die Hand. »Lass mich ausreden. Die Leute hier sind nett zu uns. Sie achten uns. Das ist eine angenehme Abwechslung für mich, aber es ist mir auch peinlich. Wir leben am Rande der Gesellschaft, Nev. Wir sind Taschenspieler, Betrüger. Diebe ...«

»Also wirklich, das geht ein bisschen zu weit.«

»Bitte, sieh doch ausnahmsweise mal der Wahrheit ins Gesicht. Mir ist wohl bewusst, warum ich gern wieder in Hongkong sein möchte. Weil ich mich dort verstecken kann. Ich kann durch die Stadt gehen, ohne dass mich jemand kennt.«

Sie brach in Tränen aus, und er ließ sich auf die Knie sinken und versuchte, sie zu trösten. »Liebling, ich ertrage es nicht, dich so zu sehen. Aber was soll ich tun? Bitte, sei nicht so hart zu dir selbst. Zu uns. Ich mache alles wieder gut.«

»Was willst du denn gutmachen?«, fragte sie ärgerlich. »Du bist nichts als heiße Luft. Verstehst du nicht, dass ich das Leben, das wir führen, verabscheue? Ich schäme mich, denn ich möchte so leben wie die anderen.«

»Wie wer denn zum Beispiel? Die verrückten Horwoods? Möchtest du jetzt in die gehobene Gesellschaft aufsteigen?«

»Versuch nicht, mich mit deinen Argumenten einzuwickeln, Nev«, weinte sie. »Das ist ein Scheinargument, und das weißt du genau. Hier gibt es jede Menge normale Menschen, Menschen, die für ihren Unterhalt arbeiten und sich für ihre Freunde einsetzen. Die Sorte Menschen, die wir ausbeuten.«

Neville war erschrocken und verärgert. »Ich weiß nicht, was in dich gefahren ist! Zu viel Gin vielleicht. Mutters kleiner Helfer.« Er erhob sich, entnahm einer Schublade ein Taschentuch und reichte es ihr. »Höchste Zeit, dass du mit dem Alkohol aufhörst, Es, sonst wird es noch schlimmer, dein Selbstmitleid.«

»So geht es immer«, schluchzte sie. »Ich sage dir, wie ich mich fühle, und du beschimpfst mich als Trinkerin. Immer schiebst du die Schuld auf andere.«

Er ging zur Tür. »Niemand hat Schuld«, sagte er ruhig. »Wir sind, wer wir sind, Es. Das ist der Kernpunkt. Ruh dich aus, ich gehe in die Stadt und kaufe diesen rüschigen weißen Sonnenschirm, der dir so gut gefallen hat.«

Ein paar Viehtreiber von der Viehstation der Kincaids kamen in die Stadt und wurden von Connor belagert, der den neuesten Klatsch aus dem Outback hören wollte.

»Nichts Außergewöhnliches«, sagten sie. »Endlich kriegen wir ein paar anständige Regenschauer, und die Flüsse führen reichlich Wasser. Die Schwarzen gehen der Landplage aus dem Weg ...«

»Welcher Landplage?«

»Die verdammten Goldgräber, die sich überall rumtreiben. Ein paar von denen sind bei Jacob's Crossing ertrunken, unter anderem eine Frau.«

»Eine junge Frau?«, fragte Connor eifrig.

»Nein, ein altes Mütterchen. Hätte genug Verstand haben sollen, um da draußen herumzuhumpeln. Schwarze von der Station haben die Leichen gefunden.«

»Hey, Connor«, rief einer der Männer, als er vom Pferd stieg. »Haben Sie Jesse Field gesehen?«

»Ja. Er kommt später vorbei.«

»Gut. Sagen Sie ihm, Kincaid ist einverstanden: Die alte Dame kann das Haus mieten.«

»Welche alte Dame?«

»Weiß ich nicht. Ich spiele nur den Papagei.«

»Schon gut.«

Die alte Dame, Mrs. Plummer, war auf dem Weg, dem schönen Haus noch einen Besuch abzustatten, im Glauben, es wäre ihre letzte Gelegenheit, es zu genießen, bevor der Besitzer ihre Bitte abschlägig beantwortete.

Sie öffnete das Tor, schüttelte den Kopf über das dichte Gestrüpp, das unterstützt von der Hitze und den heftigen Regenfällen der letzten Tage den Garten zu überwuchern drohte. Sie hielt inne, um dicke Ranken abzureißen, die einen roten Grevillea-Strauch erstickten. Dann zupfte sie Unkraut im Blumengarten, bis ihr einfiel, dass ihr das nicht zustand. Hastig sammelte sie das Unkraut vom Weg auf und warf es unter einen Busch. Dann ging sie, die Hände mit Erde verschmiert, zur Rückseite des Hauses, wo sie sie in der Waschküche reinigte.

Als sie wieder in den Garten trat, sah sie erschrocken, dass die Küchentür offen stand.

Sie hatte Angst, als Störenfried zu kommen. Womöglich besichtigte gerade jemand das Haus – vielleicht sogar, was traurig wäre, ein Käufer.

»Ist da jemand?«, rief sie. Als keine Antwort kam, stieg sie die Stufen hinauf und spähte in die Küche. »Bitte, ist da jemand?«

Behutsam trat sie ein, durchquerte den Raum und rief noch einmal, vermutete dann aber, als sie nichts hörte, dass der Letzte, der zur Besichtigung gekommen war, die Tür offen gelassen hatte.

Wirklich? Eleanor spürte ein Kribbeln im Nacken und erinnerte sich, dass sie bei ihrem letzten Besuch geglaubt hatte, irgendjemanden oder irgendetwas gesehen zu haben. Nervös, bereit, beim geringsten Anzeichen davonzulaufen, spähte sie ins Wohnzimmer und dann in eines der Schlafzimmer. Da ihr dort nichts Ungewöhnliches auffiel, wandte sie sich um, überlegte es sich dann aber anders und ging weiter, in der Absicht, einen Blick auf die dem Zimmer vorgelagerte Veranda zu werfen.

Kaum hatte sie den Raum betreten, hörte sie ein Scharren und wusste, dass jemand im Zimmer war und sich auf der anderen Seite des Betts auf dem Boden versteckte.

»Kommen Sie raus«, forderte sie den Burschen auf, mit einer Stimme, die entschieden kraftvoller wirkte, als sie sich fühlte. »Was tun Sie da, Sir?«

Das Gesicht, das dann auftauchte, erschreckte sie. Es war kein Mann, sondern eine Frau! Es war Constance Horwood, und sie sah aus wie etwas, das die Katze angeschleppt hatte.

»Gütiger Himmel!«, rief Eleanor. »Was tun Sie hier?«

Sie war so angewidert von der verschmutzten Frau, die in einem Nest aus Wolldecken auf dem Boden kauerte, dass sie ein paar Minuten benötigte, um Mitleid aufbringen zu können.

»Constance«, flüsterte sie und näherte sich ihr. »Meine Liebe. Fehlt Ihnen was?«

Als sie keine Antwort erhielt, ließ Eleanor sich auf den Wolldecken nieder. »Du liebe Zeit, Sie haben mir vielleicht einen Schrecken eingejagt. Ich dachte, eine Maus wäre im Zimmer. Welch eine Erleichterung, stattdessen Sie vorzufinden.«

Sie streckte die Hand aus und strich Constance das wirre Haar aus dem Gesicht. »Ich dachte immer, Sie haben so schönes blondes Haar. Haben Sie keinen Kamm mitgenommen?«

»Nein«, sagte Constance, faltete die Hände und wandte den Blick ab.

»Ich habe auch keinen. Aber das ist jetzt gleichgültig. Warum sind Sie hier in Mr. Kincaids Haus?«

Constance schüttelte den Kopf, versuchte, ihr zerknittertes Baumwollkleid glatt zu streichen und blickte Eleanor dann hilflos an. »Ich weiß es nicht.«

»Ah, verstehe.« In Wirklichkeit verstand Eleanor freilich überhaupt nichts. Sie überlegte, was sie tun konnte, um die Frau nicht noch mehr zu verängstigen. Mrs. Horwood wirkte über alle Maßen aufgewühlt.

»Möchten Sie eine Tasse Tee?«, fragte Eleanor munter.

»Ja, bitte.«

»Gut. So machen wir's. Wir brühen uns jetzt eine Tasse Tee auf.«

Eleanor richtete sich auf, strich ihren Rock glatt und reichte Constance die Hand, um ihr aufzuhelfen, doch als die Frau zurückschrak, versuchte sie es mit Strenge. »Los, Constance, stehen Sie auf.«

Sie hatte Erfolg. Sie wartete geduldig, bis Constance sich sehr langsam und mit sichtbarem Widerstreben zuerst auf die Knie erhob und dann aufstand und mürrisch und traurig stehen blieb.

»Wo sind Ihre Schuhe?«

»Ich weiß nicht.«

»Meine Güte, die Schuhe? Wo könnten sie sein?« Eleanor suchte das Zimmer ab, bis sie sie fand, drückte Constance aufs Bett und zog ihr die Schuhe an. Dann half sie ihr, aufzustehen – sie hatte den Eindruck, es mit einem verschlafenen Kind zu tun zu haben, das sie zum Gehen bewegen wollte.

»Gehen wir!«

An der Küchentür sperrte Constance sich plötzlich. »Nein!«, schrie sie. »Ich gehe nicht nach draußen!«

Der plötzliche Schrei ließ Eleanor zusammenfahren. »Gütiger Gott!«, sagte sie verärgert. »Tun Sie das nicht noch einmal! Sie haben mir einen Höllenschrecken eingejagt. Hier gibt es keinen Tee, also müssen wir ihn woanders trinken.«

»Ich bleibe lieber hier.«

»Nun gut, dann setzen Sie sich an den Küchentisch und nennen Sie mir den Grund.«

Eine Zeit lang saßen sie schweigend da. Eleanor besorgte ein Glas Leitungswasser aus dem Hahn in der Küche, etwas Essbares fand sie jedoch nicht.

»Wie lange sind Sie schon hier?«, fragte sie, obwohl sie die Antwort kannte.

»Seit Tagen.«

»Sie müssen doch umkommen vor Hunger. Ist es da draußen so schlimm, dass Sie lieber verhungern wollen?«

»Ich habe mich dabei nicht wohl gefühlt.«

Schließlich gelang es Eleanor doch noch, sich aus Constances Antworten so viel zusammenzureimen, um zu verstehen, dass die Frau nach ihren schmerzlichen Erlebnissen die Öffentlichkeit scheute ... »Ständig starren die Leute mich an und stellen peinliche Fragen.«

Aus dem gleichen Grund verabscheute sie auch das Leben im Hotel.

»Und deshalb sind Sie weggelaufen?«

Constance nickte.

»War Ihnen denn nicht klar, dass die gesamte Stadt nach Ihnen suchen würde? Dass Suchtrupps überall nachforschen würden?« Mit einiger Mühe gelang es Eleanor, ein gutes Wort für ihren alten Feind zu finden. »Lyle macht sich große Sorgen, meine Liebe. Sehr große Sorgen.«

»Warum? Mir geht es gut hier.«

»Aber nein. Hier werden Sie verhungern, haben Sie das schon vergessen?«

»Nicht, wenn Sie mir Tee und etwas zu essen besorgen. Bitte, Mrs. Plummer, lassen Sie mich hier bleiben. Ich habe Sie und Mr. Field hier gesehen und hätte Sie da schon fragen können, aber ...«

»Das Haus gehört mir nicht, Constance. Sie begehen Hausfriedensbruch. Sie können hier nicht bleiben. Wir beide müssen jetzt gehen.«

»Nein. Ich gehe nicht zurück ins Hotel. Ich gehe nicht.«

»Oh je, was soll ich nur mit Ihnen machen?«

Constance saß schmollend da, während Eleanor sich auf der Suche nach einer Lösung den Kopf zerbrach. »Was haben Sie hier überhaupt gemacht?«

»Auf meinen Spaziergängen hatte ich das Haus gesehen, und es sah so hübsch aus. Ein paar Mal habe ich mich hineingeschlichen und mich umgesehen, und als es passierte und ich weglaufen musste, da wusste ich, dass ich hier glücklich sein könnte.«

»Oh Gott, als was passierte?«

»Nichts.«

Eleanor hätte sie im Haus zurücklassen und Hilfe, am liebsten die Polizei, holen können, aber sie fürchtete, dass Constance dann wieder fortlief und dieses Mal in ernsthafte Schwierigkeiten geraten könnte. Hinter dem Grundstück fing das Buschland an ...

»Sehr schön, ich weiß, wohin wir gehen können, um eine Tasse Tee zu bekommen«, sagte Eleanor. »Zwar ist er überaus aufdringlich, aber er ist ein guter Mensch. Wir gehen zu Mr. Field, drüben an der nächsten Straße. Kommen Sie.« Sie stand bereits wieder. »Wir haben keine Zeit zu verlieren.«

»Nein, weiß Gott nicht«, sagte sie zu sich selbst und half Constance die Stufen hinunter. »Mrs. Horwood, die zweite Mrs. Horwood, ist schwach und benommen vor Hunger und gehört in ein Krankenhaus.«

Jesses Haushälterin kreischte vor Freude, als sie Mrs. Horwood erkannte, und nachdem sie den Frauen Tee und Käsebrötchen serviert hatte, die Constance unverzüglich verschlang, eilte sie davon, um ihren Arbeitgeber zu holen.

»Bitte noch kein Sterbenswörtchen zu irgendwem außer ihm«, mahnte Eleanor, doch ihre Bitte stieß offenbar auf taube Ohren. Kurz nachdem Jesse heimgekommen war, folgte Lyle Horwood mit Sergeant Connor und dem Arzt, und trotz Eleanors Bitte, sich Constance behutsam zu nähern, fielen die drei Männer geradezu über sie her.

Eleanor seufzte und sah zu, wie Constance sich schreiend in eine Zimmerecke drückte, sich weigerte, mit ihrem Mann zu reden, sich weigerte, mit einem der beiden anderen Männer zu reden.

Als sie versuchten, sie zu beruhigen, rief Constance nach Eleanor. »Mrs. Plummer, helfen Sie mir!«

»Kann sie sich irgendwo hinlegen?«, wandte Eleanor sich an Jesse, der sie rasch in sein Schlafzimmer führte.

»Ich habe nur ein Schlafzimmer«, entschuldigte er sich. »Aber hier kann sie sich ausruhen. Übrigens, bevor ich es vergesse: Kincaid ist einverstanden, dass Sie das Haus mieten.«

»Oh! Wunderbar!«

Irgendwann schlief Constance ein und blieb ruhig, und Eleanor ging zurück zu den Männern, um zu sehen, was dort vor sich ging.

»Ich hatte Sie doch gebeten, sie nicht zu erschrecken«, sagte sie. »Mrs. Horwood muss ins Krankenhaus.«

»Ausgeschlossen«, sagte der Arzt. »So krank ist sie nicht. Unser Buschkrankenhaus kann es sich nicht leisten, Kurgäste aufzunehmen. Wir sind hier nicht in der Schweiz. Vielleicht finden Sie in Brisbane ein Sanatorium, Mr. Horwood, in dem Ihre Frau Ruhe und gesunde Ernährung erhält.«

»Eine Anstalt wohl eher«, knurrte Horwood. »Tut mir Leid, Sergeant Connor, dass sie Ihnen so viel Ärger gemacht hat. Und ich wäre Ihnen dankbar, Mr. Field, wenn so wenig wie möglich von dieser Sache in Ihrer Zeitung erscheint. Besonders den Einbruch sollten Sie tunlichst nicht erwähnen. Schreiben Sie einfach, sie wäre gesund und wohlbehalten irgendwo gefunden worden. Hätte sich im Busch verirrt oder so.«

Als der Sergeant gegangen war und der Arzt Beruhigungsmittel verschrieben und sich verabschiedet hatte, nahm Eleanor Lyle beiseite.

»Ich habe gehört, dass Sie eine Anstalt erwähnten. Ich kann nur hoffen, dass das nicht Ihr Ernst ist.«

»Sie halten sich heraus. Sie haben sich schon mehr als genug eingemischt. Natürlich konnten Sie nicht ohne Aufsehen zu erregen ins Hotel kommen und mir sagen, wo sie ist! Oh nein! Sie mussten zuerst zur Presse laufen! Nur, um mich in Verlegenheit zu bringen. Sie waren schon wegen Fannie immer eifersüchtig auf mich, als wäre sie Ihr Eigentum gewesen.«

»Das hier hat nichts mit Fannie zu tun. Ihre Frau leidet noch immer unter den Auswirkungen der Entführung. Sie kann die Nähe von Menschen nicht ertragen, und das Leben im Hotel ist ihr unangenehm.«

»Glauben Sie, ich wüsste das nicht? Wo sonst sollen wir denn wohnen? Gehen Sie jetzt, und kümmern Sie sich um Ihre eigenen Angelegenheiten!«

Bestürzt griff Eleanor nach ihrer Handtasche und wollte noch einmal nach Constance sehen, doch Horwood stand an der Tür und versperrte ihr den Weg.

Als sie fort war, rief Lyle nach Field, der in seinem Büro über alten Zeitungsausgaben brütete.

»Mr. Kassel wartet draußen mit dem Wagen«, sagte er steif. »Ich bringe meine Frau jetzt ins Hotel zurück. Aber vergessen Sie nicht, was ich gesagt habe. Ich werde persönlich mit dem Herausgeber der Zeitung sprechen.«

»Nicht nötig, Mr. Horwood. Ich habe nicht die Absicht, Ihrer Frau Peinlichkeiten zu bereiten.«

»Ha! Gut! Freut mich, dass Sie Verstand genug haben, auf mich zu hören.«

»Doch nicht Ihretwegen, Sir. Es gibt auch noch Menschen mit Prinzipien.«

Sie gingen in sein Schlafzimmer, wo Lyle seine Frau weckte. »Constance ... Connie. Meine Liebe, du kannst hier nicht bleiben, das hier ist Mr. Fields Zimmer. Wir gehen zurück ins Hotel, wo du ein schönes Bad nehmen und dann ausschlafen kannst. Mrs. Kassel bringt dir dein Abendesssen aufs Zimmer.«

Sie richtete sich mit einiger Mühe auf. »Ich will nicht zurück ins Hotel.«

»Aber es muss sein, Connie. Nur für eine Nacht. Morgen brechen wir nach Brisbane auf. Ich glaube, der Dampfer liegt bereits im Hafen.«

Daraufhin fing Constance an, ihn anzuschreien. »Ich komme nicht mit! Ich gehe nicht an Bord dieses Schiffes. Ich springe über Bord, falls du versuchst, mich zu zwingen.«

Mit diesen Worten sprang sie aus dem Bett, rannte auf Strümpfen zur Haustür hinaus und die Straße entlang, um Eleanor einzuholen.

»Lieber ertrinke ich«, schrie sie und warf sich Eleanor in die Arme. »Wirklich. Ich schwöre es.«

Als er sah, dass Mrs. Horwood bei Mrs. Plummer in Sicherheit war, wandte Jesse sich wieder Lyle zu, der gerade erst schwer atmend das Tor erreicht hatte.

»Ich glaube, ich weiß eine Lösung für Ihr Problem, zumindest für diese Nacht«, sagte er. »Sie können in Kincaids Haus übernachten. Es ist sehr komfortabel. Ich beauftrage Lulu, dort zu lüften und für die beiden zu kochen.«

»Ganz sicher nicht ...«, setzte Horwood an, doch Jesse fiel ihm ins Wort.

»Hören Sie, Sie haben keine Wahl. Sie können sie nicht zwingen, im Hotel zu bleiben. Sie würden die Kassels in Verlegenheit bringen. Ihre Frau ist krank, das liegt auf der Hand, also nehmen Sie Rücksicht. Morgen früh geht es ihr bestimmt schon besser. Dann ist sie nicht mehr so verwirrt.«

»Nicht mehr so verwirrt? Ich bin derjenige, der verwirrt ist. Meine Frau führt sich auf wie eine, die aus dem Gefängnis geflohen ist, versteckt sich in fremden Häusern, und jetzt sagen Sie auch noch, sie solle dort schlafen!«

Jesse nickte. »Das geht in Ordnung. Mrs. Plummer wird jetzt in dem Haus wohnen. Sie mietet es, also begeht Mrs. Horwood keinen Hausfriedensbruch.«

»Ich will nicht, dass diese Plummer sich einmischt.«

Aufs Äußerste gereizt gab Jesse auf. »Schön, das wollen Sie also auch nicht! Was schlagen Sie dann vor?«

Horwood stapfte ein paar Schritte weiter die Straße hinauf, um die Lage zu überdenken, dann wandte er sich um. »Also gut. Sie schläft heute Nacht dort. Ich komme früh, damit sie sich bereitmacht für unsere Reise, dann gehen wir an Bord. Seien Sie streng mit ihr, Mr. Field. Ich kann nicht noch mehr von diesem Blödsinn ertragen!«

Am Morgen erschien Lyle mit einem Arzt und einer Krankenschwester in Kincaids Haus und warnte Eleanor, dass er, wenn sie sich weiterhin in seine Angelegenheiten mischte, die Polizei holen würde.

»Ich versuche lediglich, Ihrer Frau zu helfen«, sagte Eleanor. »Heute Morgen geht es ihr schon viel besser. Sie hat gut geschlafen, hat aber Angst, noch einmal an Bord eines Schiffes zu gehen ...«

»Genau!« Lyle wandte sich dem Arzt zu. »Ich sagte Ihnen ja, Mrs. Horwood ist voller Selbstmitleid, fängt immer wieder von vorn an mit den Schwierigkeiten auf der *China Belle* und so weiter. Das ist nicht gut für sie.«

»Das ist es wirklich nicht«, bestätigte der Arzt ärgerlich. »Sie sollten sie nicht noch in ihrem Verhalten ermutigen.«

Eleanor hatte diesen pummeligen kleinen Mann schon am Vortag nicht gemocht, als sie gesehen hatte, wie er vor Horwood dienerte, und jetzt mochte sie ihn noch weniger. »Wer sind Sie?«, fuhr sie ihn an und stellte sich absichtlich dumm. »Man hat Sie mir noch nicht vorgestellt.«

Er war verdutzt, und Lyle sprang unbeeindruckt in die Bresche. »Mrs. Plummer, darf ich Ihnen Dr. Fanning vorstellen? Wo ist meine Frau?«

Eleanor blieb nichts anderes übrig, als – wenn auch widerwillig – in der Eingangshalle zu warten, während die Männer und die Krankenschwester sich um Constance bemühten.

Zuerst gab es Tränen und Widerspruch, dann ruhigere Worte, und schließlich tauchte die Krankenschwester mit Constance auf, gefolgt von den beiden Männern.

Eleanor war wütend. »Moment. Sie können das arme Mädchen doch so nicht hinaus auf die Straße lassen. Gestatten Sie wenigstens, dass ich sie frisiere.«

»Das können wir in ihrer Kabine erledigen«, sagte die stämmige Schwester streng. »Kommen Sie jetzt, Mrs. Horwood, hier entlang. Braves Mädchen, ich sehe schon, wir werden uns gut verstehen.«

An der Tür drehte Dr. Fanning sich mit einem höhnischen Grinsen um. »Einen schönen Tag noch, Madam.«

Lyle marschierte zielstrebig hinaus, gefolgt von Constance, die von dem Arzt und der Schwester gestützt wurde. Tränen liefen ihr über die Wangen, aber sie wehrte sich nicht mehr.

Als sie fort waren, stand Eleanor traurig an der Tür des Hauses, das sie vorübergehend ihr Zuhause nennen würde, und schüttelte den Kopf.

»Der Einzug steht unter keinem guten Stern«, sagte sie leise. »Ich hoffe, in diesem schönen Haus wohnt kein Unglück. Ich muss ein paar Chinesen ausfindig machen, die die bösen Geister vertreiben.«

Raymond Lewis befand sich an Bord des Dampfers nach Brisbane, als dieser in Cairns anlegte. Er nutzte die wenigen Stunden Aufenthalt zu Besuchen in der Stadt, um das Neueste von seinen früheren Reisegefährten zu erfahren.

Die Horwoods packten, um sich ihm dann auf der Reise nach Süden anzuschließen. Das waren gute Nachrichten. Die Caporns hielten sich ebenfalls im Hotel auf. Sie luden ihn zum Frühstück ein, und dabei erfuhr er alles über das Unternehmen, das Lyle Horwood mit ihnen zusammen ins Leben gerufen hatte, um ein Einkaufszentrum in Cairns zu bauen – ein interessantes und wahrscheinlich erfolgreiches Konzept, dachte Raymond, lehnte das freundliche Angebot, ebenfalls in Aktien zu investieren, jedoch ab.

»Nett, dass Sie an mich gedacht haben«, sagte er freundlich zu Neville, »aber ich fürchte, ich habe das Interesse an Geschäften verloren. Ich hatte reichlich Zeit, in Ruhe über mein Leben nachzudenken, verstehen Sie? Es war ziemlich langweilig geworden.«

»Langweilig wohl kaum, seit Sie an Bord der *China Belle* gekommen sind.« Neville lachte.

»Stimmt. Vor allem die Sache mit China ... Während mein krankes Bein in Cooktown verheilte, wohnte ich bei einem erstaunlich gelehrten Chinesen und hatte einen angenehmen Aufenthalt, wirklich sehr angenehm. Habe mich der Meinung meiner Schwester nach viel zu lange dort aufgehalten, deshalb muss ich schnellstens nach Hause, bevor sie Militär ausschickt.«

Er brachte es nicht über sich, Neville gegenüber einzugestehen, dass er seinen Sitz im Parlament verloren hatte, und war froh, dass dieser Punkt nicht zur Sprache kam. Es gab zu viele andere Gesprächsthemen, nicht zuletzt die Meuterer.

»Soviel wir wissen, sind sämtliche Chinesen vom Schiff verhaftet worden, bis auf Ah Koo, doch die anderen sind untergetaucht.«

»Es ist doch so ein kleiner Ort. Ich begreife nicht, weshalb die Polizei nicht alle gefasst hat«, bemerkte Esme.

»Sie müssten das mal sehen, Cooktown und die Goldfelder. Stellen Sie sich vor, dass jedes Mal, wenn ein Schiff anlegt, mehr als tausend Ankömmlinge in die Stadt einfallen. Die Behörden können damit nicht Schritt halten, und soweit ich es beurteilen kann, ist die Regierung nicht gerade versessen darauf, Abhilfe zu schaffen.«

»Warum nicht?«, fragte Esme.

»Weil Goldrauschstädte sich rasch in Geisterstädte verwandeln können, und dann waren sämtliche Anstrengungen umsonst. Also herrscht dort das Chaos. Es ist schwer, jemanden dort zu finden, zumal es so viele Chinesen gibt und Leute mit erfundenen Namen. Aber jetzt muss ich weiter. War nett, mal wieder mit Ihnen zu reden, und es freut mich, dass Sie diese Stadt annehmbar finden.«

»Ja, wir mögen sie«, sagte Esme begeistert. »Es wäre schön, einfach hier bleiben zu können.«

»Ich dachte doch, Sie wollten sich hier niederlassen?«

Neville mischte sich rasch ein. »Tun wir ja«, sagte er hastig. »Aber Es kann sich nicht entscheiden. Sie hat Heimweh nach Hongkong.«

»Ah. Das kann ich mir vorstellen, meine Liebe. Ein riesiger Unterschied hinsichtlich des Lebensstandards. Nun ja, Sie werden sich bestimmt irgendwann entscheiden. Aber jetzt muss ich Mrs. Plummer aufsuchen.«

Später, nachdem er von Eleanors leisen Befürchtungen hinsichtlich des mangelnden Glücks im *Shalimar*-Haus gehört hatte, bot Raymond selbst an, hinüber ins Chinesenviertel zu gehen und Rat zu suchen, ein Auftrag, der ihm gelegen kam. So konnte er für sich selbst gleich eine kleine Menge Opium erwerben. Was als unabdingbare

Schmerzlinderung begonnen hatte, verabreicht von dem Arzt in Maytown, war während des Krankenhausaufenthalts zu einem Trost geworden. Joseph hatte ihm das Opium besorgt. Dann hatte Mr. Li ihn in die sinnlichen Freuden des Opiumkonsums in geruhsamer Runde eingeführt, und Raymond lernte, seine Sucht ohne die sonst üblichen Schuldgefühle zu genießen. Bevor er ging, hatte Mr. Li ihm eine kleine goldene Pillendose für seinen Vorrat geschenkt und ihm beigebracht, wonach der chinesische Kräuterkundige fragen musste. Raymond wusste, dass selbst respektable Apotheker Opium verkauften, doch er hatte keine Ahnung, wo er solche in Brisbane suchen sollte, und außerdem zog er es vor, seine Pillen aus weniger öffentlichen Quellen zu beziehen.

Er war glücklich, als er mit den Kerzen, Feuerwerkskörpern und Kräutern zurückkam, die benötigt wurden, um Eleanors böse Geister zu verjagen, und alle kamen zum Schiff, um ihn zu verabschieden.

»Ich habe mich geradezu in Queensland verliebt«, sagte er zu Eleanor. »All diese Erfahrungen haben meinen Horizont erweitert. Meinen Beruf als Anwalt werde ich wohl jetzt viel zu öde finden, eingesperrt in düstere Büros voller muffiger Akten, und immer nur diese endlosen banalen Streitereien ...«

»Vielleicht denken Sie anders darüber, wenn Sie wieder zu Hause sind, im Lehnstuhl mit Pfeife und Pantoffeln.« Sie lachte. »Es ist gar nicht so einfach, alles hinzuwerfen und ein neues Leben zu beginnen. Ich versuche genau das ...«

»Entschuldigen Sie, meine Liebe. Ich wusste nicht, dass ...«

»Schon gut. Sie sehen ja, wo ich hineingeraten bin! Scheußliche Probleme. Die Meuterei! Es ist gefährliches Terrain, Raymond, also geben Sie Acht auf sich.«

»Das werde ich tun. Und passen Sie gut auf sich auf. Was auch immer geschieht, ich komme bestimmt zurück und statte Ihnen allen eines Tages einen Besuch ab.«

Als der Dampfer in die Bucht auslief, war von Constance und der Krankenschwester keine Spur zu sehen, doch drei Herren standen auf dem Achterdeck und blickten zurück auf die kleine Stadt, die sich in die Schatten dunstiger grüner Berge schmiegte.

»Welch herrlicher Anblick«, sagte Raymond.

Clive Hillier stimmte ihm zu. »Bemerkenswert. Diese malerische Bucht hat mich schon beeindruckt, als ich sie zum ersten Mal sah, und ich werde nicht müde, sie zu bewundern.«

»Wie ich hörte, gehen Sie in Maryborough an Land?«, fragte Raymond.

»Ja. Ich habe dort noch Besitztümer, die ich verkaufen muss, bevor wir uns endgültig in Cairns niederlassen.«

Lyle Horwood fuhr zu Clive herum. »Warum machen wir dort Halt?«

»Maryborough ist ein bedeutender Hafen, Sir. Das Tor zu den reichen Vieh- und Schafzuchtstationen im Landesinneren.«

»Nie gehört!«, sagte Horwood mürrisch. »Aber hören Sie, Lewis, ich würde gern mit Ihnen reden, nachdem Sie nun von Ihren Reisen zurück sind. Wenn wir in Brisbane angekommen sind, muss ich dem neuen Premierminister vorgestellt werden. Und sagen Sie, bleibt der Gouverneur der Kolonie derselbe, obwohl die Regierung gewechselt hat?«

»Ja.«

»Da bin ich aber froh. Hillier, wenn Sie aus dieser Stadt, in der Sie an Land gehen, zurück sind, sollten Sie sich die Grundmauern der *Apollo*-Geschäfte mal genauestens ansehen und sich vergewissern, ob sie stabil genug sind. Ich dulde keine schlampige Arbeit, und ich will, dass nur bestes Bauholz verwendet wird. Auch dafür können Sie sorgen. Kommen Sie, Lewis, spielen wir eine Runde Cribbage?«

»Warum nicht?« Raymond seufzte. Er hasste Cribbage und fragte sich, wann er endlich mit der großen Erneuerung seines Lebens beginnen würde. Offenbar war der Zeitpunkt noch nicht gekommen.

12. Kapitel

Im Flusshafen von Maryborough herrschte freudige Geschäftigkeit. Die Fünfundzwanzig-Jahrfeier war ein großer Erfolg gewesen, und die Landbevölkerung, die häufig Hunderte von Kilometern gereist war, um an den Festlichkeiten teilzunehmen, dehnte ihren Besuch noch um mehrere Wochen aus, sodass man in der Stadt alle Hände voll zu tun hatte.

Clive hatte ein eindeutig mulmiges Gefühl, als er an Land ging und die Menschenmassen sah. In den Straßen drängten sich Kutschen und Karren, die Hotels waren überfüllt, und unzählige Passanten schlenderten unter den Markisen der Läden dahin. Wenn man Maryborough betrachtete, konnte man nicht leugnen, dass Cairns nichts weiter war als eine verschlafene Siedlung an einer malerischen Bucht, ein Provinznest, das vielleicht nie so wunderbar gedeihen würde wie diese Stadt. Doch was würde dann aus ihm werden? Clive schauderte bei dieser Vorstellung.

»Cairns wird es schaffen«, sagte er sich dann. »Das muss es einfach. Da bin ich ganz sicher.«

»Hallo, Clive«, sprach ihn ein Viehhändler auf der Straße an. »Was höre ich da? Sie wollen uns verlassen?«

»Ja, ich ziehe nach Norden.«

»Nach Cairns, wie es heißt.«

»Richtig.«

»Ein verrückter Plan. Das ist doch viel zu weit nördlich. In irgendeiner dunklen Nacht werden die Wilden sich das Land zurückholen.«

»Das bezweifle ich«, entgegnete Clive spitz und marschierte an den Passanten, die die Herrenhemden im

Schaufenster des Modehauses Hillier begutachteten, vorbei in die Damenabteilung, wo ihm ein Ständer mit gewaltig aufgebauschten Abendroben in verschiedenen Rot- und Lilatönen ins Auge stach. Beim Anblick dieser atemberaubenden Geschmacklosigkeit blieb Clive stehen und starrte hin, machte sich dann aber klar, dass er hier inzwischen nicht mehr das Sagen hatte. Als er sich gerade anschickte, das Geschäft wieder zu verlassen, wurde er von zwei Damen, ehemaligen Kundinnen, abgefangen, die ihn mit Fragen bestürmten und unbedingt aus erster Hand alles über seinen anstehenden Umzug wissen wollten.

»Soweit ich im Bilde bin, plant Mrs. Hillier in unserer schönen Stadt zu bleiben.« Eine der Damen ließ diese Bemerkung ins Gespräch einfließen, bevor Clive sich aus dem Staub machen konnte. Doch er tat so, als hätte er es nicht gehört, erging sich stattdessen in einer leidenschaftlichen Schilderung der malerischen Landschaft um Cairns und der Bucht und verglich diese mit dem schlammigen Mary River, bis die Damen ungeduldig ihrerseits mit den Füßen scharrten und sich nach einer Möglichkeit umsahen, seinen Erzählungen zu entkommen.

»Ich wünsche Ihnen noch einen schönen Tag, meine Damen«, verkündete Clive schließlich, zog den Hut und ging davon.

»Dumme Kühe«, murmelte er und fragte sich, was für ein Märchen Emilie wohl in die Welt gesetzt hatte. Was hatte der Filialleiter der Bank dazu gesagt, dass sie ihrem Ehemann nur die Hälfte des Geldes aus dem Verkauf des Ladens überwiesen hatte. Clive spürte, wie ihm die Zornesröte ins Gesicht stieg, und er zog den Panamahut tiefer in die Stirn, um nicht erkannt zu werden und weitere ärgerliche Begegnungen zu vermeiden. Im nächsten Moment jedoch fiel ihm ein, dass er diesem Städtchen ja bald für immer den Rücken kehren würde und sich deshalb weder bei Kunden noch bei sonst jemandem beliebt zu machen brauchte. Maryborough, so fand er, da er nun wieder hier war und Bilanz ziehen konnte, hatte den Höhepunkt seiner Entwicklung erreicht, während Städte wie

Cairns gewiss bald das Tor zur Welt sein würden. Er hatte die richtige Entscheidung gefällt und bereute nichts.

Nachdem er einige Geschäfte in der Stadt erledigt hatte, würde er Emilie zur Rede stellen.

Als er in die Straße einbog, sah er das Haus so gepflegt wie immer hinter einer Hibiskushecke stehen. Der Jacaranda-Baum, der im Garten aufragte, stand in voller Blüte. Clive bewunderte den Anblick, während er die Straße überquerte, denn der prächtige Jacaranda-Baum hatte ihm schon immer gefallen und war unter anderem ein Grund gewesen, genau dieses Haus zu kaufen.

Clive betrat das Haus durch die Vordertür und zögerte kurz, bevor er seinen Koffer auf dem gebohnerten Boden abstellte. Etwas stimmte da nicht. Möbelstücke waren verstellt worden. Die braunen Vorhänge, die eigentlich im Flur hätten hängen sollen, um den Eingangsbereich vom hinteren Teil des Hauses zu trennen, waren verschwunden. Der Ledersessel aus dem Salon befand sich nun in der Vorhalle neben einer großen Topfpalme, und die Flurgarderobe wirkte richtiggehend leer. Der Sonnenhut aus Stroh, das einzige Stück am Haken, gehörte Emilie.

Er hängte seinen Hut dazu und zog die Jacke aus, um sie ebenfalls an der Garderobe zu deponieren. Da sich niemand zeigte, begab Clive sich in die Küche, wo Nellie fleißig an der Arbeit war.

»Was gibt es zum Abenessen?«, fragte er, worauf Nellie zusammenzuckte und eine Backform klappernd zu Boden fiel.

»Oh, Mr. Hillier! Haben Sie mich aber erschreckt!« Dann fügte sie verdattert stammelnd hinzu: »Äh, Irish Stew, Sir, Irish Stew. Mit Backpflaumen ...«

»Gut. Ich mag Irish Stew. Wo ist meine Frau?«

»In der Waschküche, Sir.« Nellie wies mit dem Kopf in besagte Richtung. »Soll ich ihr sagen, dass Sie da sind?«

»Ja. Ich bin im Salon.«

Die Kristallkaraffen standen noch auf der Anrichte, waren aber leer, ebenso wie der Schrank darunter. Clive knallte die Tür zu. Kein Tropfen Alkohol im Haus. Nicht einmal Sherry.

Emilie erschien in der Tür. Sie trug eine Schürze über einem Baumwollkleid. Ihre dunklen Locken waren, bis auf ein paar Strähnen, unter einer Putzkappe verborgen. Clive grinste. »Ich muss sagen, du siehst mit dieser Kappe wirklich reizend aus. Was machen wir denn gerade? Frühjahrsputz?«

»Ich wasche die Gardinen. Und was willst du hier, Clive?«

Er ließ sich in dem großen Ledersessel, seinem Lieblingsplatz, nieder. »Ich wohne in diesem Haus, falls dir das noch nicht aufgefallen sein sollte. Wahrscheinlich gibt es auch keinen Sherry in der Speisekammer.«

»Nein.«

»Tja, ist nicht weiter schlimm. Ich dachte, du hättest inzwischen alles gepackt.«

Sie blieb in der Tür stehen. »Warum?«

»Damit wir die Sachen nach Cairns bringen lassen können. Ich muss sobald wie möglich zurück.«

Emilie trat hinter einen runden Tisch. »Deine Sachen sind bereits unterwegs nach Cairns. Das Haus gehört jetzt mir. Du weißt ganz genau, dass ich nicht mit nach Cairns komme. Das habe ich dir in meinem Brief erklärt. Spiel also bitte nicht den Ahnungslosen, Clive. Unsere Ehe ist Geschichte. Es tut mir wirklich Leid, aber mein Entschluss steht fest. Daran gibt es nichts mehr zu rütteln.«

»Gut«, entgegnete er ruhig. »Setz dich doch bitte. Sonst bekomme ich noch einen steifen Hals. Du musst mich anhören, das ist nur recht und billig.«

Nachdem sie tief aufgeseufzt hatte, nickte sie und nahm auf der Kante des Sofas am Fenster Platz. »Wenn es unbedingt sein muss«, erwiderte sie, und Clive bemerkte, wie angespannt sie war.

Er beugte sich vor. »Also gut. Fangen wir ganz von vorn an. Du machst es dir zu einfach, Emilie, und verhältst dich außerdem absolut albern. Zum Beispiel, was dieses Haus betrifft: Die Grundbucheintragung lautet immer noch auf meinen Namen.«

»Ich weiß. Das werde ich ändern lassen ...«

»Ich verkaufe dir das Haus aber nicht. Ich war und bin nicht dazu bereit. Das Haus wird an den erstbesten veräußert, weil ich das Geld brauche. Aber damit musst du dich nicht befassen; ich werde alles Nötige veranlassen, deshalb bin ich ja hier. Außerdem habe ich eine Spedition bestellt, die unsere Möbel verpacken wird. Sie kommt morgen. Was ist sonst noch? Ach, ja, ich habe mit dem Filialleiter der Bank gesprochen. Er bedauert, dass wir wegziehen. Ich habe das restliche Geld vom Konto abgehoben ...«

»Das darfst du nicht! Es war mein Konto!«

»Was darf ich nicht?« Clive schmunzelte. »Und das von einer Frau, die versucht hat, mir das Haus wegzunehmen. Ich bin dein Ehemann. Was dir gehört, gehört auch mir, und umgekehrt. Wir teilen alles, meine Liebe.«

Ihr Gesicht war kreideweiß.

»Und was den Rest angeht, Emilie, bin ich dir nicht böse. In Ordnung? Ich verstehe ja, dass du Angst hast, in eine fremde neue Stadt zu ziehen, aber in Cairns ist es wirklich sehr nett. Es wird dir gut gefallen.«

»Ich ziehe nicht nach Cairns«, stieß sie mit zusammengebissenen Zähnen hervor.«

»Mach dich doch nicht lächerlich. Natürlich kommst du mit.«

»Nein, Clive, wirklich nicht. Du behandelst mich einfach schändlich. Ich habe dich gewarnt. So will ich nicht weiterleben.«

Er stand auf, ging auf sie zu, setzte sich neben sie, ergriff ihre Hand und hielt sie sanft. »Weißt du denn nicht, wie sehr ich dich liebe? Dein Brief hat mir fast das Herz gebrochen. Hast du unser Eheversprechen vergessen? Und die zärtlichen gemeinsamen Stunden?«

Emilie errötete. Als sie die Hand wegziehen wollte, ließ Clive das nicht zu. »Du bist so schön«, fuhr er fort und küsste sie zart auf die Wange. Am liebsten hätte er sie in die Arme genommen und sie hier und jetzt auf dem Sofa geliebt, so eine Leidenschaft entfachte sie nach der wochenlangen Trennung in ihm.

Währenddessen redete Emilie weiter. Sie protestierte. Plapperte ununterbrochen. Hielt ihm Vorträge. Doch Clive konnte nur an ihren warmen Körper denken. Als er den Arm um sie legte, reagierte sie unwillig, sodass er ihn wieder wegzog. Dann schob er wie im Scherz die Hand unter ihr Kleid, um ihre Schenkel zu liebkosen.

»Lass das!«, schimpfte sie. »Hör auf damit!« Sie versuchte ihn wegzustoßen, aber sie war ein zierliches Persönchen. Lachend und ohne auf ihren Widerstand zu achten, hob er ihr den Rock hoch. In diesem Augenblick kam Nellie herein.

»Oh«, meinte sie. Und dann noch einmal: »Oh.« Diesmal ein wenig tadelnd. »Das Essen ist fertig«, fügte sie spöttisch hinzu.

Clive benahm sich, als wäre nichts geschehen und als hätte Emilie den Brief niemals geschrieben. Ihre Drohung, sie würde ihn verlassen und fordere Unterhalt von ihm, tat er als leeres Geschwätz ab. Außerdem benahm er sich überaus reizend, sodass Emilie mit ihren Vorhaltungen auf taube Ohren stieß. Er hörte ihr einfach nicht zu. Und was noch schlimmer war: Er hatte ihre Pläne vereitelt. Wie sollte sie sich nun von ihm trennen? Er wollte nichts von einer Scheidung wissen und offenbar auch keinen Penny herausrücken. Während Emilie sich durch die Mahlzeit quälte, wurde ihr zunehmend klar, dass sie sich zum Narren gemacht hatte. Wie hatte sie so naiv sein und glauben können, dass er ihr freiwillig das Haus verkaufen würde? Warum hatte sie nicht das Geld genommen und war geflohen, solange das noch möglich gewesen war? Denn nun war es zu spät.

»Weil ich gerne in dieser Stadt wohne, hier Leute kenne und rasch wieder ein normales Leben hätte führen können. Mit dem Baby. Weil ich zu große Angst hatte und zu feige war, um davonzulaufen, um in der Fremde allein zu sein«, antwortete sie sich im Stillen.

Da Emilie hoffte, dass noch eine Chance auf eine Einigung bestand – denn schließlich war er beim Essen nett zu ihr gewesen –, verhielt sie sich trotz Nellies Stirnrunzeln so höflich wie möglich. Tief in ihrem Herzen jedoch wusste sie, dass es hoffnungslos war. Und während sie befürchtete, dass er womöglich über Nacht bleiben würde, plauderte er über die neue Kopfsteuer von zehn Pfund für chinesische Einwanderer und den Sieg der Kolonisten gegen die englische Mannschaft beim letzten Cricket-Heimspiel und Nellies hervorragendes Irish Stew.

»Ich weiß, dass du noch wütend auf mich bist, Emilie«, meinte er später. »Obwohl du gute Miene zum bösen Spiel machst. Deshalb werde ich im Gästezimmer schlafen. Falls du nicht lieber ...«

»Nein«, sagte sie rasch. »Besser nicht.«

»Also gut.« Er zuckte die Achseln. »Zerbrich dir nicht weiter dein hübsches Köpfchen. Ich werde mich wie ein mustergültiger Ehemann benehmen, du wirst schon sehen. Alles wird gut, Em. Wir machen einen wundervollen Neuanfang.«

In jener Nacht wünschte Emilie, sie hätte die Schlafzimmertür abschließen können. Doch zu ihrem Erstaunen verzichtete Clive darauf, sie zu belästigen. Er stand früh auf, reparierte das Scharnier an der Seitentür und machte sich auf die Suche nach Farbe, um den Zaun am Vorgarten für die Kaufinteressenten »ein bisschen zu verschönern«.

Beim Frühstück sprühte er vor Begeisterung. »Wir dürfen jetzt keine Zeit verlieren, Em, sondern müssen sofort mit dem Packen anfangen. Wenigstens hast du einen Teil meiner Sachen schon losgeschickt«, fügte er ohne einen Funken Zorn hinzu. »Das spart uns Zeit.«

»Clive«, widersprach sie. »Wie ich dir schon gesagt habe: Ich komme nicht mit.«

»Natürlich kommst du mit. Du kannst doch nicht ewig schmollen, Em. Wir haben eine wunderschöne Reise vor uns. Das wird wie ein Urlaub, und Cairns gefällt dir sicher. Also, Kopf hoch. Wenn du deinen Kaffee ausgetrunken hast, soll Nellie das Wohnzimmer zusammenpacken. Die Familienporträts müssen abgehängt werden. Und alle Leisten an den Wänden. Die lassen wir nicht hier.«

Das Haus wurde verkauft, und die Hilliers verabschiedeten sich von ihren Freunden. Mrs. Mooney, die Besitzerin des Hotels *Prince of Wales*, veranstaltete eine Überraschungsparty für sie, auf der sich alle großartig amüsierten. Während der Feier nahm Mrs. Mooney Emilie beseite.

»Verzeih mir meine Neugier, aber wir sind ja alte Freundinnen, und ich habe dich sehr gern, Missy«, begann Mrs. Mooney und benutzte dabei den Spitznamen, den Emilie von Mr. Manningtree hatte. »Hast du nicht gesagt, du würdest nicht nach Cairns ziehen? Oder habe ich mir das nur eingebildet?«

Emilie war das alles sehr peinlich. »Ich habe mir überlegt, ob ich hier bleiben soll. Ich möchte eigentlich nicht aus Maryborough fort, aber anders geht es nicht. Cairns ist zu weit weg.«

»Mehr steckt also nicht dahinter?«, hakte Mrs. Mooney nach. »Hast du wirklich keine Angst, die falsche Entscheidung zu treffen?«

»Oh, nein«, seufzte Emilie. »Ich bin nur sehr traurig, sonst nichts.«

»Du weißt ja, dass du immer zurückkommen kannst. Ich habe oben genug Platz.«

»Schon gut.« Emilie küsste sie auf die Wange und floh zurück an den Tisch, bevor sie wegen Mrs. Mooneys Freundlichkeit und des offensichtlichen Verdachtes der Freundin noch in Tränen ausbrach.

Sie hoffte, dass Clive sich geändert hatte und sich bessern würde. Schließlich war das ja möglich. Außerdem liebte er sie. Noch nie war er netter und aufmerksamer zu ihr gewesen als in den letzten Tagen. Und in der vergangenen Nacht war er zu ihr ins Bett gekommen, voller Entschuldigungen und so zärtlich wie früher.

Trotzdem brachte sie es nicht über sich, ihm von dem Baby zu erzählen. Noch nicht. Nellie hatte ihr beim Abschied ins Gesicht gesagt, dass sie sich wie eine gottverdammte Närrin aufführte. Und Emilie war zu stolz gewesen, um zuzugeben, dass sie keine andere Wahl hatte.

»Es wird sich zeigen«, hatte sie geseufzt.

Das Schiff glitt den Fluss entlang und in die Bucht hinaus. Am anderen Ufer lag Fraser Island, die große sandige Insel, über die sie gelaufen war, um Sonny zu sehen. Er campierte auf dem breiten Strand, und zwar an einer Stelle, die er Orchid Bay nannte. Dort hatten sie endlich ein ernstes Gespräch geführt. Und sie hatte ihm eröffnet, dass sie Clive heiraten würde.

Wehmütig lächelnd erinnerte sie sich an seine traurige Reaktion: »Tja, wahrscheinlich könntest du es schlechter treffen, indem du zum Beispiel mich heiratest.« Obwohl er gekränkt war, nahm er es wie immer mit Humor.

Wer konnte sagen, was in ihm vorging? Sonny war so anders als die übrigen Menschen, die Emilie kannte; er gehörte in die wilde Landschaft und in den Busch. Sonny suchte nicht nach Abenteuern, sondern stolperte einfach darüber; sie kamen eben so auf ihn zu. Zusammen mit ihm hätte sie ein Leben abseits der Gesellschaft und ohne deren Regeln geführt. Clive hingegen stammte aus ihrer Welt, in der es berechenbar zuging und in der feste Vereinbarungen galten. Ein hübsches Haus. Nette Freunde. Sonntags zur Kirche. Keine Gefahren. Für diese Welt hatte Emilie sich entschieden. In letzter Zeit jedoch dachte sie wegen der täglichen Meldungen über die Meuterei häufig an Sonny. Sie hatte in der Zeitung von der Tragödie gelesen und großes Mitleid mit ihm, weil sie wusste, wie sehr ihm der Tod seiner Frau zu schaffen machen würde. Sonny war ein Mensch, der sich alles zu Herzen nahm.

Emilie drehte sich um und ging in den Speisesalon, um Fraser Island nicht mehr sehen und nicht mehr an Sonny denken zu müssen. Oder an Clive. Sie fühlte sich erschöpft und beschloss, das Beste aus dieser Reise zu machen.

13. Kapitel

Seine Ankunft mit dem Dampfer *Morrison,* der mehrere hundert Goldgräber an Bord hatte, wurde beobachtet, seit er den ersten Fuß an Land gesetzt hatte. Man sah, wie er in der Stadt umherschlenderte und eine Straße hinauf- und die nächste wieder hinunterging, als müsse er sich mit dem Grundriss des Stadtplans vertraut machen. Anschließend suchte er den großen chinesischen Laden in der Charlotte Street auf, wo er Decken, eine Plane, einen wetterfesten Mantel und einen Hut aus ungegerbtem Leder erstand. Seine Einkäufe ließ er zurücklegen, um sie später abzuholen.

Nachdem er eine Zeitung gekauft hatte, setzte er sich in die Bar des Hotels *Digger´s Rest,* las, trank dazu einen halben Liter Bier und verspeiste eine Rindfleischpastete. Außerdem stellte er in ruhigem, höflichem Tonfall eine Menge Fragen und erfuhr zu seinem Erstaunen, dass es inzwischen eine Telegrafenverbindung zwischen Brisbane und Cooktown und sogar eine zwischen Cooktown und den Goldfeldern am Palmer River gab.

»Ich werd verrückt!«, wunderte er sich und verließ das Hotel, um zuzusehen, wie sechs Pferde vor die regelmäßig nach Maytown fahrende Kutsche gespannt wurden.

Er war ein Fremder in einer Stadt, in der es von Fremden wimmelte. Während der nächsten Stunde gab es nichts Nennenswertes über ihn zu berichten. Er saß auf einer Bank vor dem Hotel, betrachtete die Stadt und sah sich Reiter und Fußgänger an.

Sergeant Gooding ging zwar in Uniform an ihm vorbei, aber sie wechselten kein Wort.

Der Fremde mietete sich im Hotel ein und machte sich

in der Abenddämmerung auf den Weg, um die Stadt noch einmal zu erkunden. Diesmal stellte er Nachforschungen im Chinesenviertel an. Er fragte nach Männern aus Malaysia, nach malaiischen Seeleuten und malaiischen Kulis, die von den Chinesen leichter erkannt wurden als von den Weißen. Und überall, wohin er auch kam, sogar in den Spielhöllen, verteilte er Geld, löchrige Dollars und hin und wieder einen Sovereign. Ohne Scheu kam er hereinspaziert, sprach die Gäste an und schaute sich um. Er saß in Straßencafés, rauchte und trank chinesischen Wein. Manchmal lächelte er breit und schläfrig, doch meistens war er ganz ernst und hörte jedem Mann, der mit neuen Einzelheiten zu ihm kam, aufmerksam zu.

»Aha!« Mr. Li bedankte sich bei dem Diener, der den Fremden verfolgt hatte, bis dieser in sein Hotelzimmer zurückgekehrt war. »Das hast du gut gemacht. Es handelt sich tatsächlich um unseren Mr. Willoughby. Obwohl es aussieht, als verplempere er nur seine Zeit, weiß er genau, was er will. Morgen beschattest du ihn wieder.«

Am nächsten Tag konnte Mr. Li zu seiner Freude ein Telegramm an seinen Freund Mr. Lewis in Brisbane schicken, indem er ihm mitteilte, die erwartete Person sei in Cooktown eingetroffen. Diskreterweise erwähnte er den Namen nicht, da Mr. Willoughby weder Polizei noch Presse informiert hatte. Allerdings war er ausgesprochen überrascht, als besagter Mr. Willoughby höchstpersönlich seinen Gartenweg entlangmarschiert kam, während Mr. Lis Diener verdattert am Tor zurückblieb.

»Sind Sie Li Weng Kwan?«

»Das ist richtig. Was kann ich für Sie tun?«

»Sie könnten mir zum Beispiel erklären, warum Sie mich verfolgen lassen. Ihr Diener da hinten heftet sich an meine Fersen, seit ich in der Stadt bin.«

Mr. Li trat zurück, verbeugte sich und vollführte eine ausladende Begrüßungsgeste. »Es ehrt mich, dass Sie mein bescheidenes Haus besuchen, Mr. Willoughby. Möchten Sie einen Tee mit mir trinken?«

»Nein danke.«

Mr. Li bemerkte, dass sein Besucher heute bewaffnet war. An seiner Hüfte hing, halb verborgen von der Drillichjacke, ein Revolver in einem Halfter.

»Keine Sorge«, erwiderte er. »Ihr Freund Mr. Lewis hat mich gebeten, ein Auge auf Sie zu haben.«

»Lewis? Mr. Lewis – der Politiker? War er hier?«

»Ja. Er suchte nach den Meuterern, erkrankte aber an tropischen Geschwüren, sodass er nach Hause zurückkehren musste. Er ist untröstlich, dass er die Rädelsführer nicht aufstöbern konnte.«

Willoughby nickte. »Schön für ihn. Aber das ist noch lange kein Grund, mir nachzuspionieren. Was wollen Sie von mir?«

»Reine Neugier. Es hat mich interessiert, ob Sie mit Ihren Nachforschungen weiterkommen. Bis jetzt sind lediglich die chinesischen Meuterer gefasst worden.«

»Ich weiß. Alle bis auf Ah Koo, den Koch. Haben Sie vielleicht eine Vermutung, wo er stecken könnte?«

»Nein.«

»Dann nichts für ungut. Und pfeifen Sie Ihren Diener zurück. Ich brauche keine Gesellschaft. Einen schönen Tag noch, Sir.« Willoughby zog den Hut und marschierte den Hügel hinunter.

Mal warf einen Blick zurück auf das Haus, das mit den üblichen Laternen, Vorhängen und leise klimpernden Windspielen geschmückt war.

»Die Chinesen wissen zu leben«, murmelte er anerkennend und erinnerte sich an Mr. Xius traumhafte Dschunke, die zur Zeit des Gympie-Goldrausches im Mary River vor Anker gelegen hatte. »Die reichen zumindest.«

Gegen die Tasse Tee, die Li ihm sicher angeboten hätte, hätte Mal nichts einzuwenden gehabt, doch es war noch zu früh, sich mit diesem Burschen einzulassen. Zuerst musste er mehr über ihn in Erfahrung bringen.

Nachdem er in der vergangenen Nacht mit einigen Chinesen gesprochen hatte, war ihm klar geworden, wer ihn da auf Schritt und Tritt verfolgte: Der Arbeitgeber des Mannes war der wohlhabende Mr. Li, der oben auf dem Hügel wohnte. Einige zusätzliche halbe Sovereigns verschafften Mal schließlich weiteres Wissen: Lis jüngerer Brüder Wong Su war Besitzer und Verwalter der großen Mine *Moonflower* und des Quetschwerks am Palmer und beschäftigte etwa dreihundert Kulis.

Nach seiner Begegnung mit Li, dem älteren Bruder, verstand Mal, wie die beiden ihre Geschäfte betrieben. Li war fürs Finanzielle zuständig. Er besorgte die Kulis und was sonst noch gebraucht wurde, und kümmerte sich um die Ausfuhr des Goldes, was eine heikle Angelegenheit war, da die Zollinspektoren Jagd auf jeden Penny machten, der ihnen zu entgehen drohte. Mal hatte gehört, dass viele Chinesen ihr Gold außer Landes schmuggelten, was ihn weder erstaunte noch sonderlich interessierte. Keine Minute hatte er geglaubt, dass Li ihn nur im Auftrag von Raymond Lewis im Auge behielt. Ganz bestimmt steckte mehr dahinter. Mal wünschte, Lewis wäre gegenüber dieser Bande nicht so vertrauensselig gewesen, denn auf weitere Verwicklungen hätte er gut verzichten können. Es war nicht festzustellen, ob Li und sein Bruder Freunde oder Feinde der Familie Xiu oder sogar deren Geschäftspartner waren. Womöglich schmuggelten sie auch noch andere Dinge als Gold, denn die Nachfrage nach Opium blieb ungebrochen. Außerdem hatten die Lis in dieser Stadt ausgesuchte Grundstücke erworben, das hieß, sie suchten vielleicht nur einen neuen Stützpunkt. Angesichts der Unruhen in ihrem Heimatland war das keine schlechte Idee, obwohl ihre Machenschaften den Interessen der Kolonie Queensland und denen der Aborigines ganz und gar nicht dienten. Allerdings kümmerte Mal auch das nur wenig, solange sie ihn in Ruhe ließen.

Inzwischen hatte er einen Ansatzpunkt, denn einige Chinesen hatten ihm von einer Gruppe Malaien erzählt, die am Palmer eine eigene Mine bewirtschafteten. Nein, ein Weißer sei nicht dabei. Seine Informanten konnten zwar nicht mit Namen aufwarten, doch Mal erklärte ihnen, das spiele keine Rolle, da die Gesuchten ohnehin unter falschem Namen aufträten. Er müsse lediglich die genaue Lage der Mine kennen.

Das Gespräch führte er mit einigen Männern, die das Goldschürfen aufgegeben und stattdessen eine Gemüsegärtnerei am Stadtrand eröffnet hatten; wie Mal bereits festgestellt hatte, ließen sich mit Lebensmitteln astronomische Gewinne erzielen. Einige Männer glaubten zu wissen, dass einer der Malaien wegen Vergewaltigung verhaftet worden sei.

Das war zwar eine wichtige Information, doch Mal interessierte sich hauptsächlich für die Mine. Schließlich händigte man ihm eine sorgfältig gezeichnete Karte aus, auf der sie genau eingetragen war.

Das neue Polizeirevier in Cooktown, das über vier Räume und eine Veranda verfügte, wurde ohne großes Brimborium seiner Bestimmung übergeben. Während missmutige Bürger schon Schlange standen, um ihre Beschwerden loszuwerden, schleppten Sergeant Gooding und seine beiden Constables Kisten voller Papiere über die Straße und luden billige Möbelstücke vom Wagen einer Spedition.

»An die Fenster müssen unbedingt Jalousien«, stellte Gooding fest, nachdem er das grelle Licht in den neuen Räumen mit dem Halbdunkel in seinem Zeltbüro verglichen hatte. »Sonst werde ich hier noch blind.«

»Wir könnten die Scheiben anstreichen«, schlug ein Constable vor.

»Warum nageln wir nicht gleich ein paar Bretter davor?«, fauchte der Sergeant ihn an. »Bringen Sie die Kisten ins hintere Zimmer und räumen Sie den Inhalt dort in den Schrank. Ich gehe zu Tilly Yeung; sie hat Jalousien aus Bambus in ihrem Schaufenster. Vielleicht kann sie uns welche besorgen.«

Während er die Straße entlangschritt, dachte er über ein Problem nach, das ihn schon länger beschäftigte. Wo steckte Snowbridge, dieser Witzbold? Seit Wochen war er nicht gesehen worden. Jemand hatte gesagt, Hector habe sich dem neuen Goldrausch auf den Goldfeldern von Hodgkinson angeschlossen, da am Palmer bald nicht mehr viel zu holen sein würde. Gooding traute ihm das zwar durchaus zu, allerdings hätte der Mann doch niemals sein Pferd zurückgelassen. Denn das hatte vor dem *Cock and Bull*, einem Pub im Herzen der Goldfelder von Palmer gestanden.

Zum Glück trug das Pferd das Brandzeichen der Polizei, sonst wäre es wohl schon am nächsten Morgen verschwunden gewesen. Auch an der Satteltasche hatte sich niemand zu schaffen gemacht. Sie enthielt ein paar Kartoffeln, Tee, Salz, ein Messer, einen Löffel, ein blaues Unterhemd, ein paar Lumpen, ein Ermächtigungsschreiben der Polizei in Cairns, das Snowbridge zum Hilfssheriff auf Zeit machte, Antragsformulare für Schürfgenehmigungen und einige Dosen Tabak. Nichts, was auf seinen Aufenthaltsort hingewiesen hätte.

»Ich muss ihn als vermisst melden«, murmelte Gooding, wohl wissend, dass die Polizei in Cairns diese Nachricht nicht mit Begeisterung aufnehmen würde. Warum hatten sie einen Trottel wie ihn überhaupt hergeschickt?, überlegte er weiter. Lewis meinte, er sei »schwierig«, was eine freundlichere Beschreibung war, als die, die er von anderen zu hören bekommen hatte. Die Männer im Polizeirevier von Palmer glaubten, er könnte in eine Schlägerei geraten und dabei unterlegen sein.

Gooding trat vor den Laden von Chinesen-Tilly und musterte interessiert die Bambusrollos, als er das große Plakat an der Wand bemerkte. Darauf waren zwei Männer abgebildet, einer ein Asiate, der andere ein Weißer, beide glatt rasiert. Der Sergeant betrachtete sie, erkannte aber keinen von ihnen, obwohl er ihre Namen schon einmal gehört hatte: Jake Tussup und Bartie Lee. Die Belohung belief sich auf eintausend Pfund.

»Was wird hier gespielt?«, fragte er sich verdattert. Das Kleingedruckte war auf Chinesisch, doch unten auf der Seite stand noch ein Name: M. Willoughby.

»Du heiliger Strohsack!«, rief er aus und drängte sich auf der Suche nach Tilly durch das Menschengewühl im Laden.

»Wissen Sie was über das Plakat da draußen?«

»Oh, ja«, antwortete sie wie aus der Pistole geschossen. »Netter Mann. Spricht Chinesisch! Schönes Bild, was? Und eintausend Pfund! Ohgottohgott!«

»Wo ist er jetzt?«

»Weiß nicht. Papier sagt, man muss mit Informationen über die bösen Männer gleich zur Polizei gehen und sich Geld abholen.«

Gooding vergaß die Jalousien. Überall in der Stadt hingen die Plakate auf Chinesisch und Englisch. Offensichtlich waren sie in einer Druckerei hergestellt worden, und in Cooktown gab es keinen Betrieb, der solche Arbeiten ausführte. Also hatte Willoughby die Plakate sicher von außerhalb mitgebracht. Willoughby! Man hatte ihn gewarnt, dass dieser Kerl früher oder später hier auftauchen würde. Doch eigentlich hätte er erwartet, dass er sich zuerst bei ihm meldete. Gooding wurde von der unangenehmen Erkenntnis beschlichen, dass er es hier mit einem Fall von Selbstjustiz zu tun hatte. Als er zum Polizeirevier zurückhastete, wurde er Zeuge, wie zwei Chinesenjungen sorgfältig Plakate an der Fassade seines neuen Gebäudes anbrachten.

»He!«, rief er. »Sofort aufhören!«

Einer der Jungen schnappte sich die Tasche mit den Plakaten und ergriff die Flucht. Doch Gooding gelang es, den anderen am Kragen zu packen.

»Wer hat dich dafür bezahlt?«

»Weißer Boss. Er sagt, kein Problem. Lassen Sie mich los!«

»Wann hat er dich bezahlt?«

»Gestern.«

»Das habe ich mir gedacht. Mach sie ab, alle bis auf eines, verstanden? Wenn nicht, sperre ich dich ein.«

Der Kleister, angerührt aus Mehl und Wasser, war noch feucht. Gooding überließ den Jungen seiner Aufgabe und stürmte ins Revier.

»War ein Bursche namens Willoughby hier?«

Die Constables und die Leute in der Warteschlange

sahen ihn verständnislos an. Dann jedoch trat ein Mann aus der Schlange und rief: »He, Jungs! Schaut euch das an! Die Kerle schnapp ich mir! Mein Gott, die werden wegen Mordes gesucht!« Er wandte sich an Gooding. »Heißt das, einen Tausender pro Mann?«

»Keine Ahnung«, knurrte der Sergeant. »Wo steht denn ›wegen Mordes‹?«

»Gleich da unten!«

Gooding ging wieder hinaus, um die englische Plakatversion zu studieren. »Verdammter Idiot. Ich habe keine Zeit für sowas!«

Als er die Straße entlangblickte, sah er seine schlimmsten Befürchtungen bestätigt: Eine Reihe von Männern und Frauen hasteten auf das Polizeirevier zu, mit gut auswendig gelernten Lügen bewaffnet und unverhohlener Geldgier in den Augen.

»Willoughby, du Mistkerl!«, fluchte der Sergeant und rief dann Constable Hicks zu sich. »Kommen Sie rein, damit ich Ihnen alles über die Meuterei auf der *China Belle* erklären kann. Anschließend sollen die Leute sich anstellen, es werden sicher noch mehr. Sie verhören jeden einzeln. Ordnen Sie an, dass sie sich an den Zaun setzen, und wenn sich einer über die Wartezeit beschwert, umso besser; sagen Sie demjenigen einfach, er soll verschwinden.«

Er machte kehrt und zog Hicks in sein Büro. »Das heißt allerdings nicht, dass sie so rasch lockerlassen werden. Nicht, solange Willoughbys Belohnung die Sonne überstrahlt.«

Mal, der tief im Regenwald sein Lager aufgeschlagen hatte, wurde von beharrlichem Vogelgezwitscher geweckt. Er lag da, lauschte und versuchte, die jeweiligen Sänger zu bestimmen. Der melodische Gesang der Würger war leicht zu erkennen, und im Hintergrund hörte er das glockenartige Lied des Königspapageis. Geringere Angehörige der Papageienfamilie flitzten kreischend durch die Baumwipfel, und das »tuwhip« des Sittichs gellte durch die Luft. Mal hörte mehr als ein Dutzend einzelne Mitglieder dieses

Buschorchesters heraus, betrachtete das Blätterdach über sich und beobachtete ein rosagraues Kakadu-Pärchen, das Rinde von einem Baum abriss, um die schmackhaften Insekten darunter freizulegen.

Mal seufzte auf. Schon immer hatte er diese feuchtgrünen Berge erkunden wollen, und nun war er hier – allerdings nicht unter den günstigsten Umständen. Dieser Regenwald mit seinen fremdartigen Pflanzen und den sonderbaren Blüten war wirklich wunderschön. Er wünschte, Jun Lien wäre dabei gewesen, damit er ihr alles zeigen und ihr die Vögel und all die anderen winzigen Geschöpfe hätte vorführen können, von denen es hier nur so wimmelte.

»Aber sie ist nicht da«, sagte er schließlich. »Ganz im Gegensatz zu Jake Tussup. Er befindet sich auf der anderen Seite dieses Berges. Denk immer an deinen Auftrag.«

Bald ritt er wieder, ein Packtier an sein Pferd gebunden, den Pfad entlang. Er hatte sich einer Gruppe von Männern angeschlossen, die den ganzen Weg aus Neuseeland hergekommen waren, in der Hoffnung, dass das Gold reichen würde, damit auch sie ihr Glück machen konnten.

Mal war sich bewusst, dass Tussup und seine Komplizen Palmer womöglich längst verlassen hatten. Doch ganz gleich, wo sie sich auch aufhielten, er würde sie finden; und wenn die Plakate ihn nicht weiterbrachten, würde er eben bei den Malaien anfangen.

Die auf gegenseitiges Misstrauen begründete Geschäftspartnerschaft war erfolgreich. Für die Nachbarn war Bartie Lee »Moores« Kuli, und er hatte nichts gegen dieses Arrangement einzuwenden. Mit seinem kurzen Versuch, den Boss zu spielen, war er nicht nur grandios gescheitert, sondern er lebte seitdem auch in Todesängsten, wenn er an seine ehemaligen Mitstreiter dachte. Obwohl ihn wegen der Umstände ihres Todes nicht der Funke eines Schuldgefühls plagte, malte er sich in seinem Aberglauben immer wieder aus, wie sie sich aus ihren Gräbern im Tunnel erhoben und mit dem Finger auf ihn zeigten. Und dann würden weiße

Männer mit einem Seil kommen und ihn an einem der hohen, mageren Bäume aufknüpfen.

Bartie Lee hatte Geld, mehr Geld, als er je im Leben zu Gesicht bekommen hatte; bei der letzten Zählung waren es einhundertachtzig Pfund gewesen. Jake besaß dank seiner früheren Geschäftspartnerschaft mit dem hageren weißen Burschen noch viel mehr als das, und Bartie wollte sich am liebsten aus dem Staub machen. Aber Jake weigerte sich aufzugeben, solange sich noch Gold finden ließ.

»Wir sind doch jetzt reich, Jake. Lass uns abhauen.«

»Nein«, hatte Jake erwidert. »Das Geld ist rasch ausgegeben, und was dann? Wir müssen so viel rausholen, wie wir können, solange das noch möglich ist. Wenn du nicht mehr willst, dann geh. Ich hindere dich nicht daran.«

Also hielt Bartie weiter durch. Wenn er ehrlich war, verließ er sich inzwischen auf Jake, was das schwierige Geschäft des Goldschürfens und das Umtauschen ihrer Ausbeute in Bargeld anging. Jake war es, der entschieden hatte, dass sich in ihrer letzten Mine nichts mehr finden ließ, weshalb sie zur nächsten weitergezogen waren, die einen steten Ertrag abwarf. Jake füllte die Formulare aus, brachte das Gold zum Quetschwerk und kaufte die nötige Ausrüstung. Allerdings wich Bartie ihm dabei nicht von der Seite und sah aufmerksam zu, wenn ihr Gold in Geld gewechselt wurde. Jake brachte seinen Anteil zur Bank, aber Bartie Lee wollte davon nichts wissen. Er nahm seinen Verdienst und verstaute ihn, zusammen mit den Goldklumpen aus ihrer ersten Unternehmung, in einem Lederbeutel. Außerdem war da noch etwas, das Bartie Lee Jake gegenüber nie zugegeben hätte, damit sein Partner nicht noch mehr Macht über ihn bekam: Bartie fühlte sich sehr verunsichert und fehl am Platz. Als hätte er sich verirrt. Er hatte tatsächlich keine Ahnung, wo er sich befand, denn mit Landkarten hatte er nie viel anfangen können. Früher hatte er auf dem Reisfeld gearbeitet, später auf Schiffen, und zwar hauptsächlich unter Deck. Wenn das Schiff in einem Hafen anlegte, ging Bartie Lee mit seiner Heuer an Land, um sich zu amüsieren, und taumelte irgendwann betrunken wieder an Bord.

Aber hier! Nie würde er sein Entsetzen vergessen, als sie auf dem Weg zu den Goldfeldern den Gipfel des Berges erreicht hatten; endlich hatte er einen freien Blick über die Landschaft gehabt und bis zum Rand der Erde sehen können! Als er begann, zur See zu fahren, hatte der Horizont ihm Angst gemacht, doch seine Kameraden hatten ihm erklärt, sie würden nie so weit segeln. Damals war Bartie Lee zum ersten Mal aufgefallen, dass er gar nicht wusste, in welchem Teil der Erde er sich überhaupt befand. Geschweige denn, in welchem Land. Er war völlig ahnungslos. Dann hatte er die Weißen darüber spotten hören, wie ungebildet viele chinesische Kulis seien, sodass man ihnen sogar weismachen könnte, sie wären auf dem Mond. Und es war Bartie Lee sehr peinlich gewesen, dass auch er zu diesen Leuten gehörte.

Deshalb hatte er sich geschworen, so lange wie möglich bei Jake zu bleiben. Es war zwar eine kleine Enttäuschung gewesen, als er erfahren hatte, dass Jake sein Geld auf der Bank aufbewahrte. Aber andererseits hatte es auch eine beruhigende Wirkung, da Bartie Lee so nicht in Versuchung geraten würde, seinen Partner zu töten, um alles Geld einzustreichen. Für den nun wohlhabenden Bartie war Jake gleichzeitig sein Herr und sein Diener. Inzwischen wartete er nur noch darauf, dass Jake endlich aufgab, damit sie gemeinsam von hier verschwinden konnten.

Und dann sah Bartie Lee das Plakat. Obwohl er weder Englisch noch Chinesisch konnte, waren die Abbildungen unverkennbar.

Wie vom Donner gerührt stand er da und starrte auf das Plakat. Zum Glück verbarg sein ausladender, spitz zulaufender Hut seine entsetzte Miene, denn das Gesicht auf dem Bild glich ihm bis hin zu dem dunklen Schnurrbart und dem langen, zu einem Knoten geschlungenen Haar. Er bemerkte, dass der Zeichner die Narbe an seiner rechten Augenbraue vergessen hatte, doch das Erstaunen blieb, wie der Mann das Porträt ohne seine, Bartie Lees, Anwesenheit überhaupt hatte anfertigen können. Er wollte sich schon umdrehen und jemanden fragen, worum es hier ging, als ihm einfiel, dass er solche Plakate schon öfter gesehen hatte. Aber wo?

Dann erinnerte er sich, und er schlug bestürzt die Hände vors Gesicht: »Im Polizeirevier! An der Pinnwand vor dem Polizeirevier in Maytown! Verdammt! Bilder von bösen weißen Männern. Allerdings kleiner als das hier.«

Rasch blickte Bartie sich um, riss dann das Bild vom Baum, stopfte es unter sein Hemd und rannte wie von wilden Furien gehetzt zurück zur Mine.

Jake kochte gerade Eintopf am Lagerfeuer und wartete auf die Kartoffeln, die Bartie besorgen sollte. Als er sah, wie sein Kumpan mit leeren Händen auf ihn zugestürmt kam, runzelte er die Stirn.

»Was ist passiert?«

»Komm her«, rief Bartie und machte einen Satz in Jakes Zelt. »Sieh dir das an!«

Er hielt Jake das Plakat hin. »Mein Gott!«, stieß dieser hervor, nachdem er einen Blick darauf geworfen hatte. »Wo hast du das her. Gütiger Himmel! Das sind ja wir beide. Und er hat mich sogar ohne Bart zeichnen lassen.«

Bartie starrte den glatt rasierten Tussup an. »Du hast doch auch gar keinen Bart, Jake.«

»Früher hatte ich aber einen! Verdammt, wir müssen hier verschwinden!«

»Von wem ist dieses Bild, Jake?«

»Willoughby.«

»Wer ist Willoughby?«

»Er war auf dem Schiff. Ein Passagier. Du Idiot hast versucht, seine Frau zu entführen. Das Chinesenmädchen. Wenn du sie in Ruhe gelassen hättest, würde er uns jetzt nicht verfolgen.«

Die Abbildungen faszinierten Bartie. »Wer hat das gezeichnet, Jake? Wer weiß, wie wir beide aussehen? Wie konnte er uns zeichnen?«

»Ich sagte doch schon, es war Willoughby. Ist doch egal, wie er es angestellt hat. Er hat eine Belohnung von tausend Pfund auf uns ausgesetzt. Gottverdammte tausend Pfund. Wir müssen abhauen.«

»Wie will er uns kriegen, Jake? Wo ist er?«

»Hier steht, wer Informationen über uns hat, soll sich bei der Polizei von Maytown melden. Bestimmt treibt sich Willoughby irgendwo in dieser Gegend rum und will uns aufscheuchen.«

»Dann suchen wir ihn eben und machen ihn kalt, bevor er uns die Polizei auf den Hals hetzt.«

»Red keinen Unsinn, und pack deine Sachen. Wir müssen uns trennen. Leih mir ein bisschen Geld, Bartie, ich kann jetzt nicht zur Bank.«

Bartie überlegte fieberhaft und versuchte, die plötzliche Wendung zu begreifen. »Nein, ich gehe mit dir. Du kannst mich nicht hier zurücklassen.«

»Ich lasse dich doch nicht zurück.« Jake schüttete den Eintopf auf den Boden und trat das Feuer aus. »Du musst dich vor der Polizei verstecken. Und jetzt pack deinen Kram, und gib mir Geld. Vierzig Pfund. Das müsste eine Weile reichen.«

»Ich soll dir Geld geben, damit du mich im Stich lassen kannst?«, kreischte Bartie. »Du warst doch so neunmalklug, alles zur Bank zu bringen, du Schlaukopf. Du bist ein Idiot, Jake. Ja, wir hauen hier ab, aber du bleibst bei mir, dann brauchst du kein Geld, nur deine Kanone.«

Jake drängte sich an ihm vorbei. »Ich lasse dich nicht im Stich. Es ist nur sicherer, wenn wir nicht zusammenbleiben. Zum Teufel, hier auf diesem Plakat steht, dass wir zu zweit sind. Ein Duo! Ein Paar! Also müssen wir uns trennen!« Er riss die Zeltstangen aus dem Boden und zerrte die Plane herunter. »Und jetzt gib mir Geld und verschwinde!«

»Wo soll ich hin?«

»Wo du hin sollst?« Jake zögerte und versuchte, seine Panik zu unterdrücken. Er musste Bartie Lee loswerden. Aber wie sollte das gehen, wenn sie beide in dieselbe Richtung flohen?

»Wohin?«, wiederholte er. »Nach Cooktown natürlich, verdammt.«

»Da treffen wir uns, richtig, Jake? Wir treffen uns am

Hafen und gehen auf ein Schiff wie richtige Passagiere. Und dann sind wir weg.«

»Ja, so machen wir es.« Jake wickelte alles Notwendige in eine Decke und band sie mit einem Riemen zusammen. Nachdem er das kleine Zelt zu einem festen Bündel gefaltet und die Flinte darin verstaut hatte, befestigte er es am Sattel. Dann rief er Bartie zu: »Lass alles liegen, was wir nicht in die Mine mitnehmen, damit es nicht aussieht, als hätten wir uns in aller Eile verdrückt. Schließlich wollen wir nicht ...«

Als von Bartie keine Antwort erfolgte, lief er zu dessen Unterstand hinüber. Doch er fand nichts weiter vor als den üblichen Müll, der auf der Lichtung herumlag.

In der Hoffnung, dass Bartie sich irgendwo verkrochen hatte, lief er um die grob gezimmerte Hütte herum; aber bald wurde ihm klar, dass sein Partner verschwunden war. Mitsamt dem Geld.

»Oh, Gott«, murmelte Jake verzweifelt. »Ohne Geld werde ich nicht weit kommen. Gütiger Himmel. Dann werde ich wohl das Risiko eingehen müssen, dass man mich auf der Bank erkennt.«

Beim Aufräumen des Lagerplatzes stieß er wieder auf das Plakat, griff danach und wollte es schon in Stücke reißen. Dann jedoch las er es.

»Verdammter Mist!«, rief er aus, und die Erkenntnis traf ihn wie ein Blitzschlag: *Mord.* Da stand ja *Mord,* gesucht wegen *Mordes.*

»Ich habe niemanden ermordet, zum Teufel«, stammelte Jake entsetzt. »Das ist nicht wahr. Die Mannschaft hat Matt Flesser umgebracht. Das können sie doch nicht mir in die Schuhe schieben, verflucht.«

Vor lauter Entsetzen gab Jake das Aufräumen auf und schleppte seine wenige Habe hinüber zu der Baumgruppe, wo sein Pferd angebunden war. Dabei musste er ständig daran denken, dass man ihn des Mordes beschuldigte, und er schüttelte ungläubig den Kopf: »Bartie, meinetwegen. Aber ich doch nicht. Zur Hölle mit ihnen! Ich werde nicht für ein Verbrechen hängen, das ich nicht begangen habe.«

Jake sattelte das Pferd und belud es mit Zelt, Stangen, Wasserflasche, Bratpfanne und Wasserkessel. Da er befürchtete, jemand auf der Bank könnte ihn erkennen, rieb er sich in dem verzweifelten Versuch, sich zu tarnen, das Gesicht mit Schlamm ein, ließ ihn trocknen, und zog den Hut tief in die Stirn.

In der Menschenmenge, die sich in der Schalterhalle drängte, wirkte er nun wie ein ganz gewöhnlicher, verdreckter Goldgräber, der an der Theke Schlange stand. Der Kassierer war ein mürrischer Kerl, der seinen Beruf hasste und die Goldgräber um ihren reichen Fund beneidete. Schon lange spielte er mit dem Gedanken, selbst sein Glück zu versuchen, konnte sich aber einfach nicht dazu aufraffen.

Es war kurz vor Geschäftsschluss, und er sah, wie die Männer sich in die Bank drängten, um noch in letzter Minute an die Reihe zu kommen. Also zog er den grünen Sonnenschutz über die Augen und kommandierte die Kunden herum wie eine Herde Schafe. »Der Nächste«, brüllte er mit scharfer Stimme, obwohl der Betreffende bereits dicht vor ihm auf der anderen Seite der Theke stand. Er zählte und stempelte, zählte und stempelte, und versuchte, alle so schnell wie möglich abzufertigen, damit er die Bank pünktlich schließen konnte, ohne sich Beschimpfungen von zu spät gekommenen Kunden gefallen lassen zu müssen.

Als Jake dran war, schlurfte er mit gesenktem Kopf näher, reichte das Formular hinüber und murmelte: »Alles.« Den Kassierer wunderte das nicht weiter; er zählte und stempelte, knallte die Banknoten auf die Theke, sortierte Münzen, schob sie Jake zu, rief: »Der Nächste!« und entließ ihn, ohne ihn eines Blickes gewürdigt zu haben.

Jake, der es mächtig eilig hatte, stopfte das Geld in seine Hosentasche und sprang aufs Pferd. Nachdem die Abzweigung nach Cooktown hinter ihm lag, ritt er durch Maytown und weiter nach Westen.

Bartie Lee verstand die Welt nicht mehr. In seiner Verwirrung hatte er bis auf sein Geld nichts aus dem Lager mitgenommen und einfach wie von wilden Furien gehetzt die Flucht ergriffen. Nun aber musste er sich an Jakes Anweisung halten und Cooktown auf der anderen Seite der Berge erreichen. Allerdings diesmal nicht zu Fuß, sagte er sich, als er sich an den anstrengenden Marsch bergauf erinnerte. Jetzt hatte er ja Geld, und zwar mehr als genug.

Er kaufte sich eine rote Jacke aus bestickter Seide und eine glänzende schwarze Hose, wie reiche Chinesen sie trugen, trug aber weiterhin den Hut eines Kulis, um sein Gesicht zu tarnen. Anschließend nahm er das erste Pferd, das ein Händler ihm anbot, und dazu noch einen guten Sattel und Zaumzeug. Doch als er sich anschickte, Maytown zu verlassen, kamen ihm Jakes Instruktionen plötzlich merkwürdig vor; irgendetwas stimmte da nicht. Aber schon im nächsten Moment lachte er laut auf. Diesmal hatte er Jake einen Denkzettel verpasst. Er hatte ihn zum Narren gemacht und ihn ohne Geld sitzen gelassen. Vielleicht zweifelte er ja nur, weil das eine ungewohnte Situation war.

Nur um auf Nummer sicher zu gehen – und möglicherweise auch, um die lange und Angst einflößende Reise nach Cooktown noch ein wenig hinauszuzögern –, beschloss Bartie Lee, sich zwischen ein paar Karren gegenüber von Jakes Bank zu verstecken.

Die Mühe zahlte sich aus, denn kurz darauf erkannte er Jake, der in der Bank Schlange stand, um sein Geld abzuheben. Bartie kicherte in sich hinein. Jake hatte gar keine andere Wahl gehabt. Nur ein Wahnsinniger kehrte Palmer den Rücken, ohne sein Geld mitzunehmen. Oder ein Toter.

Inzwischen fühlte Bartie Lee sich schon viel wohler. Vermutlich hatte Jake Recht: Sie durften nicht zusammen gesehen werden. Allerdings bedeutete das nicht, dass er Jake nicht verfolgen und ihn im Auge behalten konnte. Die Vorstellung, dass er dann nicht ganz allein sein würde, hatte eine beruhigende Wirkung auf ihn. Denn was war, wenn er sich in den Bergen oder im Dschungel verirrte? Oder wenn er von Schwarzen angegriffen wurde? Bartie erschauderte. An die Wilden wollte er lieber gar nicht denken.

Jake eilte aus der Bank, stieg auf und galoppierte aus der Stadt. Bartie heftete sich an seine Fersen.

Aber was war das? Jake hatte die Abzweigung verpasst! Er ritt einfach geradeaus weiter in Richtung Flussauen. Bartie kam da nicht ganz mit. Doch er trieb sein Pferd zur Eile an und folgte.

Als er sah, dass Jake Halt machte, um Proviant zu kaufen, seufzte er erleichtert auf. Er hätte auch etwas Essbares mitnehmen sollen, doch weiter unten an der Straße gab es ebenfalls Läden, wo er sich alles Nötige besorgen konnte. Wie dumm von Jake, die anderen Geschäfte links liegen zu lassen, nur um hier einzukaufen, obwohl er es doch eilig hatte! Jetzt würde er sicher umkehren und nach Maytown zurückreiten müssen.

Aber weit gefehlt; Jake ritt weiter, überquerte den Fluss und setzte den Weg in westlicher Richtung fort. Barties Verwirrung wuchs. Er verstand einfach nicht, wohin Jake wollte ... bis ihm dämmerte, dass dieser Weg gewiss zu dem neuen Goldfeld führte. Jake, der Mistkerl, wollte ihn aufs Kreuz legen! Er hatte Bartie Lee auf eine belebte Straße geschickt, wo er bestimmt bald gefasst worden wäre, während er selbst sich auf stillen Pfaden davonschlich. Tja, da hatte er sich aber getäuscht. Ein folgenschwerer Irrtum. Jake hatte die Rechnung ohne Bartie Lee gemacht!

Als er zum Fluss hinunterritt, war ihm bei dem Gedanken, das schlammige Wasser durchqueren zu müssen, ziemlich mulmig. Offenbar teilte das Pferd seine Befürchtungen, denn es scheute und gab Bartie damit Gelegenheit zum Nachdenken. Nachdem er das Pferd beschimpft hatte, fühlte er sich ein bisschen besser; außerdem ließ seine Angst wegen der Wut auf Jake vorübergehend nach. Irgendwo in diesem gewaltigen menschenleeren Land – an jenem Tag oben in den Bergen hatte er von seinem Aussichtspunkt aus weder ein Haus noch eine Farm oder einen Zaun und Straßen gesehen, nur vereinzelte Bäume – gab es ein Goldfeld. Doch wollte er wirklich allein in diese Leere hineinreiten, nur um Jake zur Rede zu stellen? Vielleicht lebten da draußen noch mehr Wilde oder sogar Ungeheuer, bösartige Geschöpfe aus der Unterwelt. Gerade noch konnte er einen Schreckensschrei unterdrücken.

Als er sich abwandte und das Pferd das von unzähligen Goldgräbern durchwühlte Flussbett hinauftrieb, rief ihm ein Mann, der auf einem beladenen Karren stand, etwas zu: »He da, Kuli! Ja, dich meine ich! Komm her!«

Argwöhnisch ritt Bartie näher. »Was wollen Sie?«

»Los, hilf mir. Ich brauche jemanden, der die Seile gespannt hält damit mir der Kram nicht runterrutscht, während ich die Pferde lenke.«

»Über den Fluss?«

»Natürlich über den verdammten Fluss. Da wolltest du doch auch hin, oder? Binde dein Pferd an den Wagen.«

»Mein Pferd?«, wiederholte Bartie, hin- und hergerissen zwischen dem Wunsch, Jake aufzuspüren, und seiner Angst vor Ungeheuern. Vielleicht würde er Jake ja auch gar nicht mehr einholen. Aber andererseits durfte er ihm nicht durchgehen lassen, dass er versucht hatte, ihn reinzulegen.

»Ja, das verdammte Pferd, du Trottel!«, schrie der Weiße. Doch Bartie Lee war jetzt ein reichter Mann und hatte genug von seiner Angst und von den Grübeleien. Nachdem er dem Weißen auf dem Wagen ein paar Verwünschungen entgegengeschleudert hatte, wandte er sich vom Fluss ab und ritt zurück nach Maytown.

Mal saß vor dem Polizeirevier von Maytown und war mit der Reaktion auf seine Plakate sehr zufrieden. Zahllose Männer verlangten, mit einem Polizisten zu sprechen, und jeder behauptete lautstark, die gesuchten Männer zu kennen. Wahrscheinlich herrschte im Polizeirevier in Cooktown ein ähnlicher Tumult. Allerdings hatte Mal kein Mitleid mit den Polizisten, die es sicher viel Zeit kosten würde, mit dem plötzlichen Ansturm fertig zu werden. Mal Willoughby war nämlich kein besonderer Freund von Polizisten, nicht seit er festgenommen und wegen eines Mordes eingesperrt worden war, den er nicht begangen hatte. Trotz des anschließenden Freispruchs hatte er nach diesem schrecklichen Erlebnis eine Weile gebraucht, um sein

Selbstbewusstsein wiederzugewinnen. Ein guter Grund, weshalb sich seine Abneigung gegen Polizisten hartnäckig hielt.

Einige Leute schwenkten Fetzen des Plakats, und Mal lächelte finster, als er sich erinnerte, wie oft er gleich nach dem Verschwinden der Männer von der *China Belle* diese beiden Gesichter gezeichnet hatte, bis das Kunstwerk richtig geglückt war.

Bei seiner Rückkehr aus China hatte er die Plakate in Brisbane drucken lassen, wo er sich beim Polizeichef erkundigt hatte, ob die Fahndung nach den Meuterern schon Fortschritte machte. Zu seiner Enttäuschung hatte der Mann ihm nicht viel zu berichten. Eigentlich hätte er sich das Gespräch sparen können.

»Also haben Sie ein paar Kulis erwischt«, schimpfte Mal. »Nach all dieser Zeit sind Ihnen keine Rädelsführer ins Netz gegangen. Typisch. Tja, es sieht fast so aus, als müsste ich Ihnen die Arbeit abnehmen. Ich werde Ihnen keine Ruhe lassen.«

Man gestattete ihm, die chinesischen Matrosen des Schiffes zu besuchen, und nach einer Unterhaltung mit ihnen kehrte er ins Büro des Polizeichefs zurück.

»Wussten Sie«, begann er ärgerlich, »dass auf den Goldfeldern Mörder frei herumlaufen? Oder ist Ihnen das gleichgültig?«

»Wir nehmen Ihre Bedenken wirklich ernst, Sir. Wie ich bereits sagte ...«

»Dann ist Ihnen sicher auch bekannt, dass der Koch der *China Belle*, ein Chinese namens Ah Koo, unweit des Endeavour River mit einer Machete getötet wurde.«

Der Polizeichef war entsetzt. »Woher haben Sie denn diese Räuberpistole?«

»Von dort, wo Sie sie sich auch hätten beschaffen können: Aus Ihrem Gefängnis. Ah Koo wurde von einem Burschen namens Mushi ermordet, der ebenfalls bei Ihnen einsitzt, und zwar unter dem Namen Lam Fry. Wie dämlich sind Ihre Leute denn, dass ihnen dieser erstunkene und erlogene Name nicht verdächtig erschienen ist? Sie haben

Mushi zwar wegen Vergewaltigung eingesperrt, aber er ist auch ein Mörder, und man hat mir erzählt, der erste Matrose Bartie Lee sei einfach daneben gestanden und habe dem Mord an Ah Koo zugeschaut. Dieser Mann ist nicht minder gefährlich.«

»Ich verstehe«, erwiderte der Polizeichef in gönnerhaftem Ton. »Vielleicht sollten Sie diese Einzelheiten dem Sergeant am Empfang erklären.«

»Was? Haben Sie mir gerade nicht richtig zugehört? Sagen Sie es ihm doch selber!«

Mal marschierte den Flur entlang und vorbei am Empfangstisch, hinaus in die sonnendurchfluteten Straßen von Brisbane.

»Nächste Station Cooktown«, nahm er sich vor, während er eine Zeitung kaufte und sich dann auf den Weg zur Druckerei Ace machte.

Die chinesischen Goldgräber, die er in Cooktown kennen gelernt hatte, behielten Recht. Als Mal das Schürfrechts-Register für den kleinen Bezirk einsah, entdeckte er sofort die verlassene Mine, die die Malaien nach ihrer Trennung von den chinesischen Matrosen gepachtet hatten. Anschließend erkundigte er sich bei den Nachbarn, wohin die Malaien verschwunden seien. Aber niemand schien etwas zu wissen.

»Es waren mehrere«, sagte er sich. »Bestimmt ist es jemandem aufgefallen, wenn sie irgendwo in der Nähe erneut nach Gold gegraben haben.«

Da er so nicht weiterkam, kehrte er ins Registeramt zurück, um die Namen zu überprüfen, die Bartie Lee und seine Männer angegeben hatten.

»Es sind alles falsche Namen«, erklärte er, »aber trotzdem wichtig. Könnten Sie nachsehen, welche Schürfrechte die Männer als Nächstes angemeldet haben? So kann ich sie aufspüren.«

»In diesem Buch stehen Tausende von Namen, junger Mann. Aber wenn Sie alles durchsehen wollen, tun Sie sich keinen Zwang an.«

»Danke, ich brauche sie nur ab diesem Datum.« Er nannte dem Beamten das Datum von Mushis Verhaftung, das er vom Metzger, dem Vater des Opfers, auf seiner Tour durch die Minen erfahren hatte.

Das Ergebnis der Suche war enttäuschend. Offenbar hatten die Verbrecher die Schürfrechte unter einem weiteren falschen Namen angemeldet. Über die geheimnisvollen Asiaten und ihre Tätigkeit als Goldgräber gab es keine Aufzeichnungen mehr.

Mal lehnte sich an einen Zaun und zündete eine Zigarette an. Er überlegte, ob er später dem Polizeirevier einen Besuch abstatten sollte, um sich nach den Hinweisen aus der Bevölkerung zu erkundigen. Es machte ihm einen Heidenspaß, den Polizisten bei der Arbeit zuzuschauen. Die Schlange war inzwischen sogar noch länger geworden. Die Gesetzeshüter würden noch stundenlang beschäftigt sein, was Mal die Zeit gab, einen Happen zu essen. Sein Proviant hatte gerade für die dreitägige Reise auf einer Straße genügt, die inzwischen als »ausgebaut« galt.

»Davor muss sie die Hölle gewesen sein«, sagte er sich, als er sich auf den Rückweg ins Hotel *Shamrock* machte, wo er sich ein Zimmer genommen hatte. Es handelte sich um den ersten Pub, den man an der Straße zu den Goldfeldern sah, und wie Mal sich erinnerte, war er für alle müden Reisenden, die hier ankamen, ein willkommener Anblick. Das Lokal war stets überfüllt, und es ging immer hoch her. Doch das störte Mal nicht, solange er nur ein Bett und einen Stall für sein Pferd bekam.

Auf seinem Weg zum *Shamrock* begegnete er einigen Reitern, unter ihnen ein Chinese mit einer auffälligen Seidenjacke, zu der er jedoch den Hut eines Kulis trug.

Mal schmunzelte. Typisch, dachte er sich. Hier draußen ist alles möglich. Beinahe hätte er sich, immer noch belustigt über diese nicht merkwürdige Aufmachung, abgewandt. Und beinahe wäre ihm deshalb die vertraute, gedrungene Gestalt gar nicht weiter aufgefallen. Aber eben nur beinahe!

»He da!«, rief er. »Haltet diesen Kerl auf! Den mit dem Kulihut! Haltet ihn!«

Die Leute wandten die Köpfe. Auf der Straße gab es mehrere Männer mit solchen Hüten. Einer von ihnen drehte sich um, und zwar der Reiter mit der roten Jacke. Erschrocken sah er Mal an. Ihm nächsten Moment hatte er ihn erkannt und rannte mit gesenktem Kopf los.

»Der in der roten Jacke!«, schrie Mal. Aber seine Beute war schon losgeprescht und um eine Häuserecke verschwunden.

Mal rannte zum Hotel und eine Seitengasse entlang zum Stall. Erstaunte Passanten aus dem Weg stoßend, stürmte er über den Hof, um sein Pferd zu holen.

»Wo ist mein Sattel?«, brüllte er einen Pferdepfleger an. »Ich hatte ihn hier in die Ecke gelegt.«

»Haben Sie auch, junger Mann«, erwiderte der ältere Mann in aller Seelenruhe. »Jetzt regen Sie sich mal nicht so auf. Er ist nicht gestohlen. Ich habe Ihre Sachen in den Lagerraum gebracht. Eine so wertvolle Ausrüstung lässt man nicht einfach rumliegen.«

»Wo ist der verdammte Lagerraum?«

»Da drüben.« Der Mann wies mit dem Finger in die betreffende Richtung, und Mal eilte an ihm vorbei.

Er griff nach seinen Sachen, entrollte seine Decke und holte Munition und ein Gewehr heraus. Dann hastete er nach draußen, um sein Pferd zu satteln.

Wenige Minuten später stoben die Männer auf dem Hof auseinander, als Mal durch das offene Tor auf die Straße hinausgaloppierte und hinter Bartie Lee herjagte.

Während Mal sich an die Fersen des Malaien heftete, versuchte er, sich den Mann und sein Pferd in allen Einzelheiten vorzustellen. Es war ein brauner Haflinger, der um die Augen und am Maul ein paar weiße Flecken aufwies. Doch eigentlich spielten nur drei Tatsachen eine Rolle: Der Reiter war allein. Das Pferd war nicht mit Proviant beladen. Eine Waffe war nirgendwo zu sehen.

Für Mal bedeutete das, dass der Mann nicht für den Ritt über die Berge nach Cooktown ausgerüstet war. Vielleicht hatte er ja geplant, sich später mit allem Notwendigen einzudecken. Und da er nun enttarnt worden war, würde er sich sicher damit beeilen.

Mals Pferd war ein Vollblut, das eigentlich keine Schwierigkeiten hätte haben dürfen, Bartie Lees Haflinger einzuholen. Doch nachdem er ihn vergeblich einige Kilometer weit verfolgt hatte, kam er zu dem Schluss, dass der Malaie sich irgendwo im Gebüsch versteckt haben musste. »Gewiss wagt er es nicht, an einem der wenigen Kolonialwarenläden am Stadtrand von Maytown Halt zu machen, solange ich ihm auf den Fersen bin«, überlegte Mal und beschloss umzukehren. Auf dem Rückweg suchte er einige Lichtungen und Seitenpfade ab und fragte Passanten, Straßenarbeiter und Leute, die am Straßenrand ihr Lager aufgeschlagen hatten, ob sie einen Asiaten in einer roten Seidenjacke gesehen hätten. Obwohl niemand dem Gesuchten begegnet war, ließ Mal nicht locker. Und als er sich mit einigen Straßenarbeitern unterhielt, erinnerte sich einer von ihnen tatsächlich an Bartie Lee, und zwar nur deshalb, weil der Malaie ihm gleich zweimal über den Weg gelaufen war.

»Was?«, verwunderte sich Mal. »Wann denn?«

»Das erste Mal, es war noch früh, ist er die Straße entlanggehetzt. Und dann, das ist noch nicht lange her, habe ich ihn mit ein paar anderen Chinesen unten am Buschpfad gesehen.«

»Ist er gelaufen oder geritten?«

»Gelaufen – das Pferd hatte er am Zügel.«

»Danke«, erwiderte Mal. »Falls Sie ihm noch mal begegnen, schnappen Sie ihn sich. Auf seinen Kopf ist eine hohe Belohnung ausgesetzt.«

»Gehört er zu den beiden auf dem Plakat?«

»Ja.«

»Oh Gott! Und wir haben ihn entkommen lassen!«

Mal nahm sich nicht die Zeit, den Mann zu bemitleiden. Stattdessen eilte er den überwucherten Pfad entlang und schob niedrig hängende Äste und Schlingpflanzen, so dick wie Taue, beiseite, bis er auf ein heruntergekommenes Lager stieß, in dem Kulis hausten. Er stieg ab und starrte fassungslos auf die Haufen aus Wellblechstücken, Planen und Rinde, die in dieser ärmlichen Siedlung offenbar als Behausungen dienten. Er musste sich die Nase zuhalten, denn offenbar hatte niemand hier an die Einrichtung von Latrinen gedacht.

Abgemagerte Kulis schlurften apathisch umher und nahmen Mal gar nicht zur Kenntnis, als er sich, das Pferd am Zügel, der ersten Gruppe von Hütten näherte. Doch eine alte Frau kam herausgestürzt, um ihn fortzujagen. »Verschwinden Sie! Hier gibt es keine Mädchen. Gehen Sie weg!«, kreischte sie.

Mal antwortete ruhig auf Chinesisch: »Verzeihung, Mutter. Ich suche keine Mädchen, sondern einen bösen Mann. Einen Malaien. Wenn er herkommt und Sie es mir sagen, gebe ich Ihnen Geld.«

Ihre dunklen Augen leuchteten auf. »Bezahlen Sie jetzt sofort?«

Mal schüttelte grinsend den Kopf. »Erst müssen Sie reden.«

Sie spuckte aus. »Er versucht, sich als reicher Chinese auszugeben. Trägt eine rote Jacke ...«

»Das ist er!« Als Mal in die Tasche griff und mit Münzen klimperte, erbot sich die Alte rasch, ihm die Stelle zu zeigen.

»Einen Moment«, sagte er. »Was ist das hier für eine Siedlung?« Er hatte ein schlechtes Gewissen, weil er sofort auf ein Lager der Kulis getippt hatte, obwohl ihm noch nie eines untergekommen war, und er ahnte, dass man derartige Ansiedlungen wohl stets im Busch versteckte. Offenbar war er auf einen selten benutzten Hintereingang gestoßen.

»Hier wohnen die Kulis. Sie arbeiten in der großen Moonflower-Mine und kommen und gehen Tag und Nacht.«

»Und was machen Sie hier?«

»Hier gibt es einige Frauen, die ihnen zu Diensten sind. Nicht ich natürlich.« Sie kicherte. »Ich passe auf die Frauen auf, damit ihnen nichts zustößt.«

So kann man das auch nennen, dachte Mal und gab ihr einen halben Sovereign.

Da saß er, hockte im Schneidersitz auf einer Matte und spielte mit zwei Männern Würfeln. Sein dunkles Gesicht war unverkennbar. Die rote Jacke hatte er ausgezogen, sodass sein nackter, verschwitzter Oberkörper zu sehen war. Ein leichtes Ziel für eine Kugel.

Mal beobachtete die Männer, versteckt hinter dichtem Gestrüpp auf einer kleinen Anhöhe, von der man die fragliche Ecke des Lagers im Blick hatte. Er hörte sie plaudern, während Münzen klimpernd auf die Matte fielen und Hände gierig danach griffen.

Obwohl sein Gewehr auf den Mörder seiner Frau gerichtet war, konnte er nicht abdrücken.

Im Busch summten schrill die Insekten. Ein Kakadu pfiff. Die Nachmittagssonne sorgte für eine schwüle Hitze, und der Gestank des Lagers verbreitete sich in der näheren Umgebung. Um Mal herum welkten die Blätter, während er sich den Schweiß aus den Augen wischte und sich befahl, es endlich hinter sich zu bringen. Dann jedoch fiel ihm Jake Tussup ein. Dieser Kerl konnte ihn sicher zu Jake Tussup führen. Er musste wissen, wo Tussup steckte. Also setzte Mal sich in Bewegung, um sich Bartie Lee zu schnappen und ihn in seine Gewalt zu bringen. Die Kulis würden bestimmt die Flucht ergreifen. Und dann würde er Bartie Lee zur Polizei schaffen. Aber zuerst würde er ihm eine ordentliche Abreibung verpassen und die gewünschten Informationen aus ihm herausprügeln.

Plötzlich entstand auf dem Pfad hinter ihm Tumult. Mal hörte rasche Schritte und laute Männerstimmen. Verärgert über diese Störung, drehte Mal sich um, doch bevor er etwas erkennen konnte, drangen Rufe wie »Greift ihn euch!«, »Beeilt euch, Jungs!« und »Du bist ein verdammter Idiot, Davey!« an sein Ohr. Mal wurde klar, dass es sich um die Straßenarbeiter handelte. Sie waren hinter Bartie Lee und der Belohnung her.

Lee ahnte noch nicht, dass das Geschrei auf dem Pfad

vor dem Lager ihm galt. Er und die Kulis blickten sich verdattert um, als Mal das Gewehr weglegte, auf die Hütte zuschlich und aus dem Busch sprang. Allerdings reagierte Bartie blitzschnell. Er machte einen Satz und rannte los, während Mal die Hütte umrundete und sich an die Verfolgung machte. Auch die erschrockenen Kulis, die das Ganze für einen der üblichen willkürlichen Überfälle bewaffneter Weißer hielten, fingen an zu laufen.

Das Tohuwabohu breitete sich rasch aus, und die Lagerbewohner stoben panisch in alle Richtungen auseinander. Bartie Lee hastete weiter, schlug wahnwitzige Haken um die Hütten, rempelte Hindernisse beiseite und überhäufte die Leute, die ihm im Weg standen, mit Verwünschungen. Mal schaffte es, ihn nicht aus den Augen zu verlieren, wurde jedoch von Verzweiflung ergriffen, als er feststellte, dass Bartie Lee auf den Busch zuhielt, wo es ihm nicht schwer fallen würde, ein Versteck zu finden. Also trieb er sich noch mehr zur Eile an und war Bartie Lee dicht auf den Fersen, als der Malaie über einen kleinen Graben sprang und über eine vorstehende Baumwurzel stolperte.

Mal packte ihn noch im Fallen und war nicht im Mindesten überrascht, als ein Messer vor seinem Gesicht aufblitzte und Lee wieder hochschnellte. Er nahm Lees Arm und verdrehte ihn, bis sein Gegner vor Schmerz aufschrie. Dann bohrte er ihm sein eigenes Messer in den Rücken.

»Lass das Messer fallen, Lee, oder ich schneide dich in Stücke.«

Lee fing an zu wimmern. »Was soll dieser Name? Das bin ich nicht, Sir. Ich nix Chinese.«

»Ich weiß genau, wer du bist, du Schwein«, entgegnete Mal. »Lass das Messer fallen.«

Sein Gefangener gehorchte. Das Messer fiel zu Boden, und Mal stieß es mit dem Fuß weg. Im gleichen Moment jedoch wirbelte Bartie Lee herum und versetzte Mal einen heftigen Tritt in den Bauch, sodass diesem die Luft wegblieb. Aber Mal ließ Barties Arm noch immer nicht los. Als er sich keuchend krümmte, zog er den Malaien mit sich herunter, bekam wieder das Messer zu fassen und hielt es ihm an den Hals.

»Keine falsche Bewegung«, keuchte er.

Bartie begann erneut zu wimmern und lag, das Gesicht im Staub, reglos da. Rasch drückte Mal ihn mit den Knien zu Boden, bis er wieder Luft bekam. Inzwischen war ihm klar, dass Lee sehr kräftig war und es nicht leicht sein würde, ihn zum Lager zurückzuschleppen, wenn er nicht zu drastischen Maßnahmen griff.

»Ich könnte dem Schwein die Kehle durchschneiden«, murmelte er vor sich hin.

Bartie hatte ihn gehört. »Nicht weh tun, Sir. Ich hab nichts gemacht. Hör mich an, bitte ...«

»Halt´s Maul. Du bist Bartie Lee, ein gottverdammter Mörder von der *China Belle*. Und du redest nur, wenn du gefragt bist. Also ... wo ist Jake Tussup?«

Bartie Lees Stimmung hellte sich bei diesen Worten schlagartig auf. »Wenn ich Ihnen sage, wo Jake ist, lassen Sie mich dann frei?«

»Ja.«

»Dann suchen Sie also Jake. Er ist ein sehr böser Mann.«

»Wo ist er?« Mal kitzelte ihn mit dem Messer am Hals und stieß ihm sein Gesicht fester in die feuchte Erde.

»Aaah. Ich blute! Jake ist über den Fluss geritten. Runter zu den anderen Goldminen.«

»Wann?«

»Heute.«

»Was? Heute? Er ist gerade erst fort?« Mal hätte sich ohrfeigen können, weil ihm die beiden bei seiner Suche durch die Lappen gegangen waren. Inzwischen verstand er, mit welchen Schwierigkeiten Mr. Lewis und die Ortspolizei zu kämpfen gehabt hatten.

»Heute ist er fort, Sir. Er hat die Bilder gesehen.«

»Ha! Du hast die Bilder auch gesehen, richtig, du Dreckskerl? Wo wolltest du hin?«

Bartie gelang ein Achselzucken. »Jake ist jetzt ein reicher Mann. Er hat viel Gold gefunden. Ich bringe Sie zu ihm, ja? Und dann bezahlen Sie mich.«

»Ja. Was für Goldfelder? Wo?«

»Weiß nicht. Komischer Name. Auf der anderen Seite des Flusses. Alle Goldgräber wollen jetzt dorthin.«

»Wo sind deine Kumpane? Die anderen Matrosen?«

Bartie Lee schüttelte den Kopf. »Das sind böse Menschen. Mushi ist im Gefängnis.«

»Das weiß ich selbst.«

»Warum nennen Sie mich dann einen Mörder. Mushi hat den Bootsmann getötet, nicht ich.«

»Wo sind deine anderen Freunde?«

»Die sind auch böse. Sie sind davongelaufen und haben mir mein ganzes Geld gestohlen und mich gezwungen, als Kuli in den Midas-Minen zu arbeiten.«

»Richtig. Und jetzt nimm den Gürtel ab.«

»Dann fällt mir die Hose runter.«

»Nimm den Gürtel ab. Für den Moment haben wir genug geredet.«

Nachdem Bartie den Gürtel aus ungegerbten Leder abgenommen hatte, fesselte Mal ihm damit die Hände hinter dem Rücken. Dass dabei die weite Hose herunterrutschte und Bartie nackt dastand, kümmerte ihn nicht.

»Sie haben gesagt, Sie würden mich freilassen.«

»Einen Teufel werd ich tun. Geh los. Ich habe immer noch mein Messer, und es ist sehr scharf.«

Er führte Lee zurück ins Lager, weil er Hilfe brauchte, um den Kerl der Polizei zu übergeben. Etwa ein Dutzend Kulis kam, um zu gaffen, und die Männer kicherten beim Anblick von Barties misslicher Lage. Doch das Lachen blieb ihnen im Halse stecken, als Bartie auf Chinesisch mit starkem Akzent zu rufen begann: »Helft mir. Dieser weiße Mann wird mich umbringen und euch ebenfalls. Ich habe viel Geld. Ich bezahle. Ihr wisst doch, dass ich jetzt reich bin. Ihr habt mein Pferd gesehen. Es gehört mir. Ich schenke es euch ...«

»Nein, nein!«, versuchte Mal ihn in gebrochenem Chinesisch zu überschreien. »Das ist nicht wahr! Nein. Er lügt. Er ist ein Mörder!« Doch Bartie war den Kulis persönlich bekannt, und sie näherten sich Mal mit Stöcken bewaffnet.

Mal benutzte Bartie als Schutzschild und hielt ihm dabei weiter das Messer an die Kehle. Währenddessen überlegte er, ob er es wohl schaffen würde, rasch sein Gewehr zu holen, das immer noch im Busch versteckt war.

Doch die Zeit reichte nicht. Er musste Bartie wegstoßen, um sich zu verteidigen, als die Kulis ihn angriffen. Dann jedoch knallte ein Schuss, und alle, auch Mal, gingen in Deckung, obwohl er glaubte, dass ihm vielleicht die Straßenarbeiter zur Hilfe gekommen waren. Als keine weiteren Schüsse folgten, rappelten sich die Kulis wieder auf. Aber Mal stürmte bereits durch den Busch, griff nach seiner geladenen Waffe und eilte zurück, um seinen Gefangenen in Gewahrsam zu nehmen.

»Jetzt habe ich bessere Chancen«, murmelte er und schob das Messer zurück in den Lederhalfter am Knöchel.

»Alle mal herhören!«, brüllte er. »Tretet zurück! Wo ist der verdammte Malaie?«

Allerdings schien sich niemand mehr für ihn zu interessieren. Stattdessen wiesen die Kulis auf den nackten Bartie Lee, der auf dem Boden lag und aus einer Brustwunde blutete.

»War das der Schuss von gerade eben? Wurde er getroffen?«, rief Mal und fiel auf die Knie, um sich zu vergewissern. Doch Bartie Lee war sofort tot gewesen.

»Wer zum Teufel war das?«, schrie Mal die Kulis an, die nun zurückwichen.

»Das spielt doch keine Rolle, Mr. Willoughby«, meinte da eine ruhige, Mal vertraute Stimme. »Er war nichts weiter als Abschaum.«

Blinzelnd blickte Mal zu dem hoch gewachsenen Chinesen mit dem dünnen Schnurrbart und dem langen, dicken Zopf auf, der merkwürdigerweise westliche Kleidung trug: eine saubere Drillichhose, ein kariertes Hemd und Reitstiefel. Da sich die Ereignisse überstürzt hatten, dauerte es eine Weile, bis Mal klar wurde, dass er den Chinesen kannte.

»Gütiger Himmel! Das sind ja Sie, Chang! Was zum Teufel tun Sie hier? Haben Sie ihn erschossen? Verdammt, ich wollte ihn doch noch befragen ...«

»Guten Tag, Mr. Willoughby.« Chang verbeugte sich. »Ich freue mich, dass Sie bei guter Gesundheit sind.« Nachdem er leise ein paar Worte an die Umstehenden gerichtet hatte, schickten diese sich an, die Leiche fortzubringen.

Aber Mal hielt sie zurück. »Ich möchte, dass diese Leiche zur Polizei von Maytown geschafft wird, Chang.«

»Wie Sie wollen.«

»Ich muss das melden«, verkündete Mal unverblümt.

»Ja, dass Sie ihn in Notwehr erschossen haben.«

»Was? Ich habe ihn nicht erschossen. *Sie* waren es! Oder etwa nicht?«

»Warum die kleinliche Streiterei? Es war unvermeidlich.«

»Das ist nicht wahr, verdammt! Aber jetzt ist es zu spät. Sie können der Polizei ja erzählen, dass Sie gezwungen waren zu schießen.«

»Es tut mir sehr Leid, Mr. Willoughby, aber das geht nicht. Für Chinesen ist es gefährlich, an irgendwelchen Schießereien beteiligt zu sein. Die hiesigen Gesetze sind in höchstem Maße unvernünftig. Sie hingegen müssten sich nicht verantworten. Und dazu noch die vielen Zeugen. Lassen Sie uns ein paar Schritte gehen. Es ist nicht besonders hübsch hier.«

Auf dem Rückweg zur Straße, wo er sein Pferd zurückgelassen hatte, erfuhr Mal, dass Chang als Aufseher bei der Moonflower-Minengesellschaft arbeitete.

»Und das soll ich glauben?«

»Natürlich. Ihre Geschichten über die Goldfelder haben mich fasziniert. Und deshalb habe ich beschlossen, mir das alles selbst anzusehen. Allerdings hatte ich keine Lust, die großen Unbequemlichkeiten zu erdulden, vor denen Sie mich gewarnt haben. Deshalb war es nötig, ein Gehalt zu beziehen, während ich mir ein Bild von der Lage mache. Verstehen Sie?«

»Nein. Ich denke, dass Sie mich verfolgen.«

»Das ist nicht richtig. Ich habe in Tientsin Erkundigungen eingezogen und wurde an die Familie Li verwiesen. Diese war bereit, mich für meine Dienste angemessen zu entlohnen. Und Sie hatten Recht. Das Goldschürfen selbst ist Arbeit für Kulis, so beneidenswert die Ergebnisse auch häufig sein mögen.«

»Und wie kommen Sie ausgerechnet jetzt hierher?«

»Sie meinen, in dem Augenblick, als Sie mich brauchten, Mr. Willoughby?« Chang lächelte. »Weil ich die Plakate gesehen habe. Und weil die Leute erzählten, der Mann hätte in der Midas-Mine gearbeitet. Dann hörte ich, Sie seien im Lager der Kulis, und bin deshalb rasch hergekommen.«

»Ach, ja?«, entgegnete Mal argwöhnisch. »Dann haben Sie offenbar das andere Gesicht auf dem Plakat nicht gesehen. Das Gesicht von Jake Tussup. Sie haben in Ihrem Wahn, mich beschützen zu müssen, gerade den einzigen Menschen erschossen, der mir hätte sagen können, wo ich den Schweinekerl finde. Und auch die übrigen malaiischen Matrosen. Jetzt muss ich wieder ganz von vorn anfangen.«

Chang zuckte die Achseln. »Wie bedauerlich.«

»Ja, verdammt bedauerlich. Ich muss zurück nach Maytown, um Bartie Lees Tod bei der Polizei zu melden. Vermutlich sollte ich mich bedanken, weil Sie mir zur Hilfe gekommen sind ...«

»Das ist nicht nötig. Vielleicht haben Sie ja Lust, die Mine zu besichtigen. Mein Büro ist sehr gemütlich, und wir haben einen ausgezeichneten chinesischen Wein.«

Mal grinste. »Das glaube ich Ihnen gern. Kann sein, dass ich Ihnen irgendwann einen Freundschaftsbesuch abstatte. Wenn ich Tussup habe, und der Kerl hinter Gittern sitzt.«

Sergeant Gooding betrachtete seine Akte zu der Meuterei auf der *China Belle*. Endlich waren seine Untergebenen mit der Vernehmung von Hunderten von angeblichen Zeugen fertig geworden, die es auf die Belohnung abgesehen hatten. Allerdings hatten sie nur wenig in Erfahrung bringen können. Eine junge Hure behauptete, sie habe Tussup, der sich Rory Moore genannt habe, den Bart abrasiert. Diesem Hinweis wurde nachgegangen, und die Polizei von Maytown stellte fest, dass unter diesem Namen mehrere

Schürfrechte angemeldet worden waren. Am interessantesten dabei war, dass »Moore« bei den letzten beiden Minen einen Kuli beschäftigt hatte. Diese Information stammte von Goldgräbern, die »Moore« nie persönlich kennen gelernt hatten. Er sei ein Eigenbrötler gewesen, habe aber ganz in der Nähe geschürft, sodass sie die beiden bei der Arbeit hätten beobachten können.

»Durchaus möglich«, murmelte Gooding. Die letzte Mine war nämlich Hals über Kopf aufgegeben worden. »Moore« und der Kuli hatten sich beide in Luft aufgelöst.

Ein Goldgräber, der behauptete, nie ein Gesicht zu vergessen, berichtete, Tussup habe ihm vor einem Pub das Pferd gestohlen. Doch da die Befragung ergab, dass der Mann zu dem betreffenen Zeitpunkt betrunken gewesen war, schenkte man seinem Bericht ebenso wenig Glauben, wie den vielen anderen Aussagen, Tussup sei gesehen worden. Ein gewisser Theodore Tennent erklärte, er sei kurz der Geschäftspartner von »Moore« gewesen, und zwar mit Betonung auf »war«. Das brachte allerdings niemanden weiter, und Tennent wurde aus dem Revier geworfen, als er für diese nutzlose Information die tausend Pfund Belohnung forderte. Madeleine, die Prostituierte, war die Einzige, die möglicherweise Anspruch auf ein paar Pfund hatte.

Doch es gab auch interessantere Nachrichten. Zwei der chinesischen Matrosen waren im Gefängnis von Brisbane erstochen worden, wo sie auf ihren Prozess warteten. Und die erfreulichste Neuigkeit war, dass Willoughby den Schurken Bartie Lee aufgespürt und in einem harten Kampf bei dem Versuch, ihn in einem Lager der Kulis festzunehmen, erschossen hatte. Offenbar bedrückte es Willoughby, dass er gezwungen gewesen war, den Malaien in Notwehr zu töten, da er gehofft hatte, von seinem Gefangenen etwas über Tussups Aufenthalt zu erfahren. Lee hatte ihm nur noch sagen können, dass Tussup zu einem anderen Goldfeld weitergezogen sei.

»Schön, dass wir ihn los sind«, seufzte der Sergeant. »Jetzt treiben die Burschen wenigstens nicht mehr in meinem Bezirk ihr Unwesen. Wenn Tussup nach Süden zu den

Goldfeldern von Hodgkinson gezogen ist, kann sich die Polizei von Cairns mit ihm befassen.«

Jedoch hatte er, was die Plakate anging, seine Zweifel, und zwar wegen des Mordvorwurfs. *Gesucht wegen Mordes*. Soweit er es beurteilen konnte, war Bartie Lee vermutlich wirklich der Mörder des Bootsmanns. Aber Tussup? Vielleicht konnte man ihm ja Beihilfe vorwerfen. Es machte ganz den Eindruck, als ob Willoughby allen gemeinsam die Schuld am Tod seiner Frau gab, obwohl Jun Lien sämtlichen Berichten zufolge auf der Flucht vor den Meuterern ertrunken war. Schließlich war sie ja über Bord gesprungen.

»Ach, ich wünsche ihm alles Gute«, murmelte er und klappte die Akte zu.

In Changs Kopf hingegen war eine ungeschriebene Akte weit aufgeschlagen. Nachdem er sich vor Mr. Willoughby verbeugt hatte, machte er sich mit einem spöttischen Lächeln auf den Weg. Sein Freund hatte das Recht, schlecht gelaunt zu sein. Kein Problem. Er würde sich schon wieder beruhigen.

Als sein Diener ihm Lees Pferd brachte, entdeckte Chang zu seiner Freude einen Lederbeutel mit Geld und kleinen Goldklumpen, der unter dem Sattel versteckt gewesen war. Ein kleiner Bonus für die Mühen des heutigen Tages.

Chang hatte Mr. Willoughby die Wahrheit gesagt. Dank seiner guten Beziehungen hatte er erfahren, dass es für ihn durchaus eine standesgemäße Beschäftigung in den sagenumwobenen Goldfeldern gab. Und so hatte er, ausgerüstet mit diesem Wissen, keine Zeit verloren und war sofort in dieses fremde Land gereist, wo er von Mr. Li Weng Kwan im Empfang genommen wurde. Der reizende Herr hatte ihm seine Aufgaben erläutert.

»Bei uns gibt es Tätigkeitsbereiche, in denen Ihre Englischkenntnisse sehr vorteilhaft sein werden. Bis jetzt habe ich mich selbst um die Lohnbuchhaltung der Arbeiter gekümmert, doch das wird mir inzwischen zu anstrengend. Ich habe ja gar nicht geahnt, was für eine Unmenge von Gesetzen und Vorschriften man bei jedem Kuli einhalten muss. Deshalb beauftrage ich Sie, sich umgehend zu den Goldfeldern zu begeben ...«

Chang wusste noch, dass er angesichts dieser verheißungsvollen Aussicht nicht mit der Wimper gezuckt hatte.

»... um alle Kulis zu überprüfen und sicherzugehen, dass sie registriert sind und die Steuern für sie abgeführt werden. Mein Bruder leitet die Minen. Er und seine Mitarbeiter sind für die Löhne und alles weitere zuständig.«

Chang hatte diese Pflichten mit einer Verbeugung übernommen.

»Außerdem«, fuhr Mr. Li fort, »findet zurzeit eine spannende Veränderung statt. Diese Goldfelder werden als Palmer River bezeichnet. Nun ist an einem anderen Fluss weiter im Süden, dem Hodgkinson, noch mehr Gold entdeckt worden. Deshalb haben viele Goldgräber ihre Minen verlassen und sind dorthin gezogen. Wir haben beschlossen, bis auf weiteres zu bleiben. Die Moonflower-Minen sowie einige andere große Minen werfen noch gute Erträge ab. Inzwischen ist mein Bruder sehr beschäftigt mit den kleinen Minen, die von ihren Besitzern, die so schnell wie möglich zu den neuen Goldfeldern wollten, aufgegeben wurden. Er glaubt, dass sie möglicherweise noch Gold enthalten. Ihre Aufgabe besteht darin, Männer zur Arbeit in diesen verlassenen Minen einzuteilen, sie wieder zu eröffnen und sie bei den Behörden anzumelden. Nicht in allen wird Gold zu finden sein, doch mein Bruder meint, dass es in einigen noch etwas zu holen gibt. An Arbeitskräften besteht kein Mangel. Sie werden für jede Mine einen Vorarbeiter bestimmen, der Ihnen Bericht erstatten wird.«

Nachdem sie dieses Vorhaben eine Weile erörtert hatten, verbeugte sich Chang. »Ich fühle mich geehrt, dass man mir so viel Verantwortung überträgt. Die Frage ist nur, welche zusätzlichen Vergütungsansprüche entstehen könnten, falls eine der wieder eröffneten Minen, die ich zu diesem Zweck ausgewählt habe, tatsächlich noch Gold enthält.«

Mr. Li dachte lange über diese Anmerkung nach, ging leise durch den Raum und betrachtete eine üppige Pflanze, die vor dem Fenster wuchs.

»Schauen Sie sich die riesigen Blätter dieser Pflanze an. Sie wächst hier wild und heißt *monstera deliciosa.* Man sagte mir, ihre Früchte riechen sehr süß und schmecken köstlich. Aber bis jetzt ist mir dieser Genuss noch versagt geblieben. Hmmm. Falls die Minen noch mal florieren, gibt es auch wieder Belohnungen. Wir werden sehen.«

Bis jetzt hatte Chang vier Minen wieder eröffnet. Eine warf bereits ordentliche Erträge ab, und er erhielt dafür einen Bonus von zwei Prozent, was er als jämmerlich empfand. Allerdings tröstete er sich mit dem Gedanken, dass es Hunderte weiterer Minen gab, deren Untersuchung noch ausstand.

Er hatte mit Mr. Li außerdem ein anderes Thema besprochen.

»Ich habe einen Brief für Sie, Herr«, sagte er. »Von der Dame Xiu Ling Lu.«

»Ach, ja. Eine vornehme Dame und eine liebe Freundin. Ihr Vater hat sie doch an unsere Kontaktleute in Tientsin empfohlen, richtig?«

»Richtig.«

»Setzen Sie sich. Ich werde Erfrischungen für Sie kommen lassen.«

Li nahm den Brief und zog sich zurück, während zwei Diener eine sehr willkommene Schale mit Huhn und Bohnen und eine Karaffe Wein servierten.

Chang hätte Herrn Li von der Tragödie erzählen können, die Xiu Ling Lu befallen hatte, doch er hielt es für unhöflich, dem Brief in irgendeiner Form vorzugreifen. Fragen konnte er schließlich auch später beantworten.

Und sein erschrockener Gastgeber wollte tatsächlich noch einiges von ihm wissen.

»Ihre Tochter ist ertrunken?«, rief Li aus, als er wieder ins Zimmer geeilt kam.

»Ja, Herr.«

»Worin liegt Ihre Verbindung mit der Familie Xiu und meinen Geschäftspartnern in Tientsin.«

»In Jun Liens Tod.«

»In dem Brief steht, die Umstände seien zu schmerzlich,

um sie niederzuschreiben, weshalb Xiu Ling Lu diese traurige Aufgabe gern an Sie übertragen möchte.«

»Ja, Herr.« Chang berichtete ihm von der Meuterei, wie Mr. Willoughby es ihm erzählt hatte. Herr Li schnappte nach Luft.

»Wir haben hier davon gehört! Die junge Frau, die ertrunken ist. Das war ...«

»In den Zeitungen war vermutlich von einer Mrs. Willoughby die Rede. Das war Jun Lien. Sie war mit einem Australier verheiratet.«

Entsetzt schlug Li die Hände vors Gesicht. »Ich bin erschüttert und wusste nicht, dass es sich bei dieser jungen Dame um die Enkelin meines Freundes Herr Xiu handelte. Ach, es ist so traurig.«

Chang setzte seinen Bericht fort.

»Während wir uns in der Nähe des Anwesens der Xius befanden, nahm ich mir die Freiheit, der Dame Xiu mitzuteilen, dass ich eine Reise in dieses Land beabsichtigte, von dem ich schon so viel gehört hatte. Ich wolle meinen Horizont erweitern und möglichst auch meine Finanzen aufbessern, da es dort Gold geben solle. Die Familie Xiu hat sich mit Ihren Geschäftspartnern in Verbindung gesetzt, da sie wusste, dass Sie in diesem Teil der Welt tätig sind.«

»Ich verstehe.«

»Wissen Sie vielleicht, ob Mr. Willoughby schon hier eingetroffen ist?«

»Ich glaube nicht. Aber ich werde mich erkundigen. Die Dame Xiu bittet Sie als Gegenleistung für ihre Unterstützung um einen Gefallen. Wissen Sie, worum es sich handelt?«

Chang nickte.

»Also gut. Wenn Sie Ihre Bitte erfüllen, werden Sie durch unser Büro in Maytown eine Vergütung erhalten. Sind wir uns darin einig?«

»Ja. Wann werde ich zu den Goldfeldern aufbrechen?«

»Am Morgen. Sie bekommen eine Eskorte. Bis dahin sind Sie in meinem bescheidenen Haus willkommen. Ich besitze viele Bücher über dieses Land, die Sie vielleicht interessieren werden.«

»Es wäre mir eine Ehre, Herr.«

Willoughby war noch nicht bis nach Cooktown gekommen. Er hatte die Route über Brisbane nehmen müssen, während Chang auf einem Dampfer, der Lis Geschäftspartnern gehörte, auf direktem Wege die Küste entlang nach Cooktown gefahren war. Das Schiff hatte viele Kulis an Bord. Auf dem Rückweg würde es mit Gold beladen sein und aus Angst vor Piraten schwer bewaffnete Wachen mitführen.

Chang befahl seinem Diener, Bartie Lees Pferd und das Sattelzeug zu verkaufen, während er etwas Geschäftliches erledigte. Sein Anliegen führte ihn in das Büro von Herrn Li, dem Jüngeren, wo er geduldig auf eine Audienz wartete.

Der junge Herr Li war ein rundlicher und fröhlicher Mensch, wie es sich nach Changs Ansicht auch für einen Mann gehörte, dem die Reichtümer dieser Erde zu Füßen lagen. Allerdings sah man seiner Umgebung nicht an, wie viel Geld die Familie Li scheffelte. Das Büro bestand aus einem Wellblechschuppen ohne den geringsten Komfort und war nur wenige hundert Meter von dem gewaltigen hämmernden Quetschwerk entfernt. Offenbar fanden die Brüder, dass das hübsche Anwesen in Cooktown genug Luxus für Menschen war, die nicht ewig hier bleiben wollten.

Endlich wurde er von dem großen Mann empfangen. Dieser stellte ihm einige Fragen über die neuen Minen und erkundigte sich dann, was er ihm denn Wichtiges mitzuteilen hätte.

Chang, der stehen geblieben war, entschuldigte sich für die Störung, da normalerweise Herr Lis Steuerberater für derartige Anliegen zuständig war.

»Bei unserer ersten Begegnung habe ich Sie über die Wünsche der Dame Xiu in Kenntnis gesetzt.«

»Ach, ja«, meinte sein Arbeitgeber traurig. »Ein tragisches Ereignis. Und noch dazu ist es in hiesigen Gewässern geschehen. Wir sind immer noch bestürzt.«

Dann beugte er sich vor und musterte Chang forschend. »Haben Sie Glück gehabt? Ich möchte gern derjenige sein, der der Dame Xiu Bericht erstattet. Ich hatte sie immer sehr gern. Also, Chang, gibt es etwas Neues?«

»Der malaiische Obermatrose, der Jun Lien entführt hat, ist tot.«

»Wie? Wo?«

»Ich habe ihn erschossen. Vor zwei Stunden.«

»Haben Sie? Gut gemacht. Haben Sie die Leiche beseitigt?«

»Das war nicht nötig. Jun Liens Ehemann Mr. Willoughby übernimmt die Verantwortung. Notwehr, sagt er.«

»Warum sollte er das tun?«, fragte Li argwöhnisch. »Ich möchte die Dame nicht belügen.«

»Weil er weiß, wie hart die Behörden durchgreifen, wenn ein Chinese beteiligt ist. Ich könnte in ernsthafte Schwierigkeiten geraten, obwohl der Mann ein gesuchter Verbrecher war.«

Li nickte. »Ich verstehe. Ein noble Geste, aber das Mindeste, was ihr weißer Ehemann tun konnte. Ich werde sofort veranlassen, dass Sie bezahlt werden.«

Chang verabschiedete sich in bester Stimmung. Die Goldfelder erwiesen sich für einen Mann mit seinen Talenten als sehr profitabel.

Unten an der Straße wurde er von seinem Vorarbeiter erwartet. »Herr, wir haben in einer Mine, die wir gerade geöffnet haben, einen entsetzlichen Fund gemacht. Tote Männer! Da drinnen sind Leichen. Ach, es ist grausig! Kommen Sie und sehen Sie selbst.«

»Nein, noch nicht. Zuerst verständige ich die Polizei. In diesem Land müssen wir uns wie mustergültige Bürger benehmen. Also: Immer zuerst die Polizei und das Gesetz.«

14. Kapitel

In diesem Jahr hatte es nicht genug geregnet, viel zu wenig, um den langen, trockenen Winter zu überstehen, wie sich die Rinderzüchter beklagten. Doch jetzt im März, als der Sommer allmählich zu Ende ging, kam ein gewaltiges Unwetter auf, und jeden Tag prasselten sintflutartige Niederschläge auf Cairns herab.

Niemand störte sich daran. So war es während der Regenzeit, und wenn sie in diesem Jahr ein wenig spät kam, war das immer noch besser als Trockenheit. Die Wassertanks wurden bis zum Rand gefüllt, und die Leute schworen, dass die Gräser fast einen halben Meter pro Tag wuchsen. In den Häusern wurde es dampfig, und die Frauen bekämpften den Schimmel an den Wänden und in den Schränken. Die Straßen verwandelten sich in Schlammkuhlen, sodass Abordnungen von Bürgern den neu gewählten Stadtrat aufforderten, sie so bald wie möglich trockenzulegen.

Zum Glück war das Dach von Clive Hilliers Haus schon fertig, und die vier Läden mit ihren erhöhten, überdachten Stegen aus Holz davor machten bereits einen viel versprechenden Eindruck. Angesichts des Zustands der Straßen wurden diese Stege von dankbaren Fußgängern gern benutzt, weshalb Ted Pask sofort loseilte, um sich bei Mr. Caporn zu erkundigen, ob die Läden von *Apollo Properties* ebenso Schutz vor Regen und Morast bieten würden.

»Aber selbstverständlich«, antwortete Neville lächelnd. »Die Stege werden sogar breiter sein als die vor Hilliers Gebäude. Ich habe auf eine erhöhte Promenade aus Holzbohlen und eine Wellblechüberdachung bestanden. Daran können die Ladenbesitzer große Leinenmarkisen befestigen, um die Fußgänger nicht nur vor einem Wetter wie heute zu schützen, sondern auch vor der Sonne.«

Um den Filialleiter der Bank zu beeindrucken, hätte er noch hinzufügen können, dass die Stege zudem über Stiefelkratzer, Schirmständer und Pfosten zum Festbinden der Pferde verfügen würden, aber er beschloss, es mit seinem Märchen nicht zu übertreiben.

»Gut, dass wir noch nicht mit dem Bau begonnen haben«, meinte Pask, als sie von der Hotelhalle aus in den prasselnden Regen hinausblickten. »Dieses Wetter würde alles ruinieren.«

»Ja, doch wir können gewiss anfangen, wenn der Boden wieder trocken ist«, erwiderte Neville, obwohl er insgeheim hoffte, dass es noch mindestens einen Monat weiterregnen würde. Esme war zurzeit recht schwierig und weigerte sich, Cairns jetzt schon zu verlassen. Das Problem war, dass sie selbst nicht wusste, was sie eigentlich wollte. Im einen Moment verlangte sie, nach Hongkong zurückzukehren, im nächsten beschloss sie dann, lieber hier zu bleiben – beides unerfüllbare Wünsche.

Neville befürchtete, sie könnte – ein wenig zu spät – ihr Gewissen entdeckt haben. Allerdings kam er nicht dahinter, was sie in diesem Zusammenhang von ihm erwartete. Er hatte versucht, ihr zu erklären, dass sie keine Betrüger seien. Sie schadeten niemandem. Kein Mensch erlitte einen Nachteil. Die Leute kauften ihnen Waren ab oder investierten bereitwillig in ihre Bauvorhaben. Niemand würde dazu gezwungen. Außerdem handle es sich bei den Investoren um Personen, die sich dies auch leisten könnten. So sei es eben im Geschäftsleben. Auch Ladenbesitzer kassierten Wucherpreise. Und schließlich sei es an der Tagesordnung, dass Unternehmen bankrott machten und Geschäftsanteile an Wert verlören.

»Dein so genanntes Gewissen, mein Schatz, hat dich ganz durcheinander gebracht. Wenn du dich unbedingt schuldig fühlen willst, schau doch aus dem Fenster und sieh dir die armen Schwarzen an, die unter den Bäumen da drüben Schutz suchen. Bis vor kurzem war dies noch ihr Land. Sie waren hier zu Hause. Dann wurden sie abgeschlachtet, vertrieben, all ihrer Habe beraubt und dem Hungertod preisgegeben. Und durch wen? Durch die Leute, die diese Stadt gegründet haben. Und kümmert diese Leute das? Nicht die Spur. Warum also hast du ein schlechtes Geissen, wenn wir die Weißen hier um ein paar Pfund erleichtern? Ich wette, die Schwarzen würden uns zujubeln.«

Sie hatte ihm diesen Einwand zwar nicht ganz abgenommen, war aber ein wenig beruhigt.

»Vermutlich macht sich jeder in der ein oder anderen Weise schuldig«, erwiderte sie traurig.

»Nein. Nur wenn man es darauf anlegt, sich selbst und seinen Mitmenschen den Tag zu verderben.«

»Ich verderbe dir also den Tag?«

»Offen gestanden, ja. Wir amüsieren uns nicht mehr. Es muss an dieser Stadt liegen. Es gibt nichts zu tun, und der verdammte Regen schlägt einem aufs Gemüt. Wenn wir hier weg sind, wirst du dich besser fühlen. Was hältst du davon, im besten Hotel von Sydney Town zu übernachten? Wir können uns das leisten.«

Zum ersten Mal seit einer Ewigkeit sah er einen Funken in ihren traurigen Augen aufblitzen. »Wir kaufen dir ein wunderschönes Kleid«, fuhr er deshalb fort. »In welcher Farbe?«

»Gold«, antwortete sie kühn. »Ich will ein goldenes Kleid. Goldener Satin mit Rüschen aus goldenem Tüll. Und dann schwebe ich auf goldenen Schuhen dahin.«

»Du wirst hinreißend aussehen. Natürlich bekommst du dazu auch in Gold gefasste Diamantohrringe.«

Es war ein Spiel, das sie häufig spielten, um sich aufzumuntern: Sie malten sich in allen Einzelheiten einen traumhaften Abend aus – das Essen, die Kellner, die Musik. Diesmal ließ Neville seiner Phantasie freien Lauf, denn nun war es wirklich möglich. Sie hatten genug Geld, um sich in Sydney nach Herzenslust zu amüsieren.

Esmes Stimmung besserte sich. Sie lachte sogar, als er den eingebildeten Champagner mit der Beschwerde, er sei bereits »abgestanden«, zurückgehen ließ. Dann jedoch hielt sie plötzlich inne. »Meinst du das ernst?«

»Alles bis hin zu dem goldenen Kleid, mein Schatz.«

»Kann ich dir etwas sagen?«

»Was gibt es?«

»Clive Hillier hat mir eine Stelle als Einkäuferin für die Damenabteilung angeboten. Er findet, dass ich einen ausgezeichneten Geschmack habe. Ich könnte auf seine Kosten nach Brisbane und nach Sydney fahren, um die Kleider auszuwählen. Wäre das nicht ein Traum? Er sagt, alle Warenhäuser hätten Einkäufer, und das hört sich für mich sehr glaubhaft an.«

Neville merkte auf. Dieser Hillier war ein aalglatter Bursche. Da noch einige Zeit vergehen würde, bis die Frauen in diesem Städtchen im Busch mehr brauchten als Röcke, Blusen und Schnürstiefel, war der Vorschlag dieses Dreckskerls nichts weiter als ein Luftschloss und weckte Nevilles Argwohn.

»Was wohl seine Frau davon halten wird?«, fragte er deshalb. »Zweifellos eignest du dich wegen deines ausgezeichneten Geschmacks vorzüglich für diese Aufgabe. Aber vielleicht möchte Mrs. Hillier den Einkauf ja selbst übernehmen.«

Esme runzelte die Stirn. »Wie ich gehört habe, Nev, ist sie auf ihre Weise recht hübsch, kleidet sich aber schrecklich unscheinbar. Angeblich hat sie nie etwas anderes an als die hiesige Uniform aus Bluse, Rock und einem langen, scheußlichen Regenmantel.«

»Warum laden wir die beiden dann nicht zum Essen ein, damit wir alles besprechen können?«

»Glaubst du, er meint es nicht ernst?«, gab sie zurück.

»Ganz im Gegenteil. Ich wette, er würde es gern tun, wenn er könnte, weil du einen guten Geschmack hast. Und er ebenfalls.«

Sie sah ihn eine Weile verständnislos an und brach dann in Gelächter aus. »Du bist ein schlauer Bursche. Gut, dann lade sie ein. Aber du darfst dich nicht aufregen, wenn er mir schöne Augen macht. Ich brauche ein bisschen Spaß, das hast du doch selbst gesagt.«

Neville war es zufrieden. Denn im Augenblick empfand

er Hilliers Interesse an seiner Frau als ein Geschenk des Himmels.

Seit ihrer Ankunft in Cairns war Emilie todunglücklich. Sie hatten eine vorübergehende Unterkunft in einer Arbeiterhütte gefunden; vor ihnen hatten Landvermesser darin gewohnt, die weitergezogen waren, nachdem sie den Grundriss der Stadt entworfen hatten. Das winzige Häuschen mit den zwei Zimmern hätte Emilie nicht gestört, denn schließlich sollte es nicht für immer sein, und es war außerdem noch nichts anderes zu bekommen. Der ständige Regen machte ihr ebenfalls nichts aus; auch in Maryborough regnete es zuweilen heftig. Allerdings hatte sich Clive verändert, sobald sie an Land gegangen waren. Vom ersten Moment hatte er Emilie seine wahren Gefühle wegen ihres Versuchs, sich von ihm zu trennen, spüren lassen: Er war außer sich vor Wut und zudem empört und fest entschlossen, seine Frau für diese Demütigung zu bestrafen. Immerhin hatte sie ihm sein Geld wegnehmen wollen!

Sämtliches Mobiliar, ihre übrige Habe und auch die Sachen, die Emilie ihm bereits zugeschickt hatte, ließ er in ein Lagerhaus am Hafen bringen.

»Jetzt ist alles beisammen, Emilie, richtig? So, wie es sich gehört. Und so wird es auch bleiben.«

Als sie in der Tür des Lagerhauses verharrte und nur mit dem Kopf nickte, packte er sie am Arm und zerrte sie nach draußen.

»Du antwortest gefälligst, wenn ich mit dir rede. Verstanden? Ich dulde in meinem Hause keine Meuterei mehr. Und jetzt sag etwas.«

Sie zuckte zusammen, als sein Griff fester wurde. »Ja«, flüsterte sie. »Ja.«

Während des ganzen Weges vom Hafen und durch die Straßen der regennassen Stadt fuhr er fort, sie zu beschimpfen, ihr zu drohen und sie davor zu warnen, ihn noch einmal aufs Kreuz legen zu wollen.

Emilie, die sich unter einen Regenschirm duckte und

mühsam mit ihm Schritt hielt, war flau vor Angst. Sie gab sich selbst die Schuld dafür, dass sie sich in diese Lage begeben hatte. Warum war sie so dumm gewesen, ihn hierher zu begleiten? Schließlich hätte er sie schlecht gewaltsam aufs Schiff schleppen können. Dann jedoch hielt sie sich vor Augen, dass sie wohl kaum hätte bleiben könnten. Er hatte alles Geld an sich genommen und ihr das Haus über dem Kopf weg verkauft. Wie so oft ließ sie seine Tiraden schweigend über sich ergehen und dachte dabei an etwas anderes. Diesmal war es das Wort »Meuterei«, das sie aufmerken ließ.

Meuterei. Ein seltsamer Ausdruck in diesem Zusammenhang. War er in Gedanken weiterhin bei der Meuterei auf der *China Belle*? Befand sich Sonny Willoughby noch hier?

Emilie begann zu weinen, doch der Regen auf ihrem Gesicht verbarg ihre Tränen. Sie wäre vor Scham im Erdboden versunken, hätte Sonny sie in diesem Moment getroffen und gesehen, wie sie ihr Leben verpfuscht hatte. Sie erinnerte sich an seine Worte, sie hätte es schlimmer treffen können ... ein Scherz. Nur dass ihr inzwischen das Lachen vergangen war. Emilie war überzeugt davon, dass es viel schlimmer gar nicht mehr möglich war.

Das Haus befand sich zwei Straßen vom Ufer entfernt und bestand nur aus einem Schlafzimmer und einer Küche.

»Sieh doch, wohin du uns gebracht hast!«, brüllte Clive und stieß sie hinein. »Wenn du mir gleich mein Geld geschickt hättest, und zwar alles, hätte ich ein richtiges Haus bauen können.«

Während er den Großteil ihres Gepäcks ins Schlafzimmer warf, schlüpfte sie aus dem durchweichten Regenmantel, nahm den Hut ab und wollte in die Küche gehen. Aber Clive hielt sie zurück.

»Jetzt hör mir mal gut zu, Emilie ...«

»Nein«, erwiderte sie und machte sich los. »Ich habe dir den ganzen Weg vom Schiff hierher zugehört, und jetzt muss endlich Schluss sein. Wir sind hier in einer neuen Stadt und können noch mal von vorn anfangen. Aber du musst dich beruhigen, Clive, und versuchen, dich ein wenig freundlicher zu verhalten. Ich dulde nicht, dass das wieder anfängt.«

Er versetzte ihr einen heftigen Schlag ins Gesicht, sodass sie zurücktaumelte und sich an einem Stuhl festhalten musste. Doch dieser kippte um, und sie stürzte zu Boden.

»Meinetwegen fangen wir von vorn an«, schrie er sie an. »Aber erst, wenn du begreifst, dass ich dich genauso gut auf die Straße hätte werfen können. Du hast hier gar nichts zu dulden! Du hast dich wohl etwas im Ton vergriffen. Und jetzt steh auf, und lass das Theater.«

Als Emilie sich mühsam aufrappelte, tat er nichts, um ihr zu helfen.

»Mach Feuer«, befahl er. »Neben dem Ofen liegt trockenes Holz, und in der Ecke steht eine Kiste mit Proviant. Ein bisschen plötzlich, wenn ich bitten darf. Ich will nachsehen, wie die Bauarbeiten vorankommen.«

Sie war froh, ihn wenigstens eine Weile los zu sein. Ihr Gesicht brannte, und ein Zahn wackelte.

»So darf das nicht weitergehen«, schluchzte sie. »Nicht mit dem Baby. Ich muss ihm erzählen, dass ich ein Baby erwarte, wenn er zurückkommt. Dann wird er bestimmt nicht mehr so gewalttätig sein. Er hat doch so oft gesagt, wie sehr er sich einen Sohn wünscht.«

Nachdem sie ein Feuer angezündet hatte, hängte sie ihre nassen Kleider an die Haken an der Wand, wodurch die Luft im Raum noch dampfiger wurde. Dann ging sie zur Hintertür und betrachtete die trübe Umgebung. Durch den Nebel war nichts als dichtes graues Buschland zu sehen.

Am nächsten Tag nahm Clive Emilie mit zur Baustelle in der Abbot Street, einen Häuserblock von der Esplanade entfernt. Obwohl erst die äußere Fassade stand, war Emilie beeindruckt. Die beiden Läden – »Hilliers für Ihn« und »Hilliers für Sie« – waren durch einen offenen Torbogen verbunden. Ebenso wie bei dem Laden in Maryborough gab es im hinteren Teil des Gebäudes ein Zwischengeschoss für die Büros.

Während sie die Baustelle besichtigten, erschienen die

Glaser, um die Fensterscheiben einzupassen, was bedeutete, dass man bei den restlichen Arbeiten keine Rücksicht mehr auf das Wetter würde nehmen müssen. Clive war begeistert. Er heftete sich an die Fersen der Handwerker, die die Scheiben ausluden, und warnte sie aufgeregt, bloß aufzupassen und nicht auf dem mit Sägemehl bedeckten Boden auszurutschen. Auf Schritt und Tritt redete er auf sie ein, bis sich einer der Glaser umwandte.

»Hören Sie zu, alter Junge, wir entbinden hier keine Babys. Es sind nur Glasscheiben. Und jetzt gehen Sie uns aus dem Weg.«

Erstaunlicherweise trat Clive den Rückzug an und trollte sich zu Emilie auf die Veranda.

»Die Läden sind viel größer und luftiger, als ich gedacht habe«, meinte sie zu ihm.

»Das liegt daran, dass ich höhere Decken verlangt habe. Und Fenster fürs Zwischengeschoss.«

»Was machen wir mit den Vorhängen?«

»Gar nichts. Läden müssen keine Vorhänge haben. Damit können wir noch eine Weile warten.«

Sie fand das zwar ziemlich seltsam, aber nicht so wichtig. Es würde ohnehin schwierig werden, in ihrem winzigen Haus Vorhänge zu nähen. Offenbar brauchten die Landvermesser in den neuen Siedlungsgebieten für ihr Nomadenleben nur Platz zum Kochen und zum Schlafen. In dem Haus gab es keine Wandschränke, und das Schlafzimmer war so klein, dass das Bett den gesamten Raum vollstellte, was ein Auspacken unmöglich machte; ständig mussten sie über ihre Koffer klettern.

»Ja, die Vorhänge können warten«, meinte sie. »Aber mich würde interessieren, ob du dir schon ein Grundstück für unser Haus ausgesucht hast.«

»Habe ich. Es liegt einen großen Häuserblock weiter die Straße hinunter. Wenn die Arbeiter mit dem Laden fertig sind, können sie mit dem Haus anfangen.«

»Das ist schön.« Emilie hätte gern gewusst, wo genau das Haus stehen würde, war aber fest entschlossen, keinen Streit zu riskieren. Sie würde es schon noch herausfinden.

Sie schlenderten auf die andere Straßenseite, um das Gebäude von dort aus in Augenschein zu nehmen, und da Clive so ruhiger Stimmung war, nahm sie ihn am Arm.

»Ich freue mich über das Haus, denn wir werden bald mehr Platz brauchen. Ich bekomme nämlich ein Baby, Clive.«

Überrascht sah er sie an und nickte dann. »Wurde langsam Zeit! Ich muss die Verputzer finden und sie für morgen herbestellen, da die Fenster nun eingesetzt sind. Du kannst eigentlich schon nach Hause gehen.«

Mit diesen Worten winkte er den Handwerkern zu und marschierte davon.

Emilie seufzte auf. Wahrscheinlich sollte sie zufrieden sein. Gleichgültigkeit war allemal besser als schlechte Laune oder noch Schlimmeres.

Allerdings kehrte sie nicht sofort zu der Hütte zurück, sondern erkundete die Stadt und stellte erfreut fest, dass sich seit ihrer Entscheidung, ein Bekleidungsgeschäft zu eröffnen, keine Konkurrenz am Ort niedergelassen hatte. Sie kaufte Lebensmittel ein, bat, alles zur Hütte zu liefern, und ging am Ufer entlang nach Hause. Noch nie war Emilie so weit im Norden gewesen. Aus England war sie direkt nach Maryborough gekommen, das sich in jeglicher Hinsicht von diesem Städtchen hier unterschied. Und trotz des grauen, nebligen Tages war sie fasziniert von ihrer ersten Begegnung mit den Tropen.

Als Clive zum Mittagessen zu Hause erschien, schob er ihr die Rechnungen des Glasers, des Zimmermanns, des Holzhändlers, des Dachdeckers und der übrigen Handwerker hin und wies sie an, alles zu bezahlen und über die Ausgaben Buch zu führen.

»Dein Haushaltsgeld eingeschlossen«, sagte er. »Und zwar auf einem gesonderten Blatt.« Dann lachte er auf. »Das Gute an diesem Drecksloch hier ist, dass es kaum Miete kostet.«

Es machte ihr Spaß, die Buchführung für den neuen Laden einzurichten, da sie so wenigstens etwas zu tun hatte. Clives Papiere zu ordnen, die Rechnungen herauszusuchen und zu ermitteln, welche davon noch bezahlt werden mussten, dauerte nicht lang. Allerdings entdeckte sie zwischen den Unterlagen eine Quittung über fünfhundert Pfund, die an *Apollo Properties* ausgezahlt worden waren. Emilie verstand nicht, worum es hierbei ging. Mit dem neuen Haus konnte es nichts zu tun haben, da in dieser Stadt ganze Häuserblocks ja nur zwei oder drei Pfund kosteten. Deshalb waren sie schließlich hier. Den langen Häuserblock im Stadtzentrum hatten sie für lediglich fünfzehn Pfund gekauft. Fünfhundert! Das musste ein Irrtum sein. Am besten war es wohl, wenn sie im Büro von *Apollo* vorsprach, um sich danach zu erkundigen. Doch die Adresse war, wie hier üblich, nur mit »postlagernd« angegeben, denn es gab noch keinen Zustelldienst. Und – wie Emilie sich vor Augen hielt – auch kein Wasserwerk, keine Schule, keine Bibliothek ... Sie erinnerte sich daran, wie sie sich nach den Bequemlichkeiten in London erst an das Leben in einer australischen Provinzstadt hatte gewöhnen müssen. Und ihr wurde klar, dass das nun wieder von vorn losgehen würde, denn das Land hier musste erst noch erschlossen werden.

Die Quittung war mit E. Caporn unterschrieben.

Emilie beschloss, Clive zu fragen, und legte die Quittung bis dahin beiseite.

Als Clive nach Hause kam, brachte er Neuigkeiten mit. »Ich möchte, dass du aus deinem Koffer ein schickes Kleid für den Samstagabend heraussuchst. Die Caporns haben uns ins Hotel *Alexandra* zum Essen eingeladen. Da sie auch aus England stammen, haben wir wenigstens etwas gemeinsam. Die beiden sind sehr wohlhabend und elegant, und ich will mich mit dir nicht schämen müssen. Was ist mit dem Seidenkostüm? Dem blauen mit den Spitzensäumen? Schließlich ist es nur ein Abendessen, und im Speisesaal des *Alexandra* geht es ziemlich locker zu. Also darfst du es auch nicht übertreiben.«

»Ja, gut. Wie nett von diesen Leuten, uns so bald einzuladen«, sagte Emilie, die sich wirklich auf diesen Abend freute. »Ich ziehe das Seidenkostüm an ...« Sie schmunzelte. »Solange ich noch hineinpasse. Ist Mr. Caporn übrigens der E. Caporn, dessen Unterschrift ich auf einer Quittung gesehen habe, die ich nicht verstehe? Du solltest mal einen Blick draufwerfen. Ich glaube, er hat einen Fehler gemacht.«

Aus der Kiste, die ihr als provisorischer Aktenschrank diente, holte sie die Quittung von *Apollo Properties* heraus. Doch Clive winkte ab, bevor sie sie ihm zeigen konnte.

»Lass sie. Das ist schon in Ordnung.«

»Wie kann das sein? Was wird denn hier quittiert?«

Er seufzte. »Das ist eine Investition. Ich habe in eine Baufirma investiert, die von Mr. Lyle Horwood geleitet wird und *Apollo Properties* heißt. Alle wichtigen Leute in der Stadt fördern das Wirtschaftszentrum Cairns. Schließlich ziehen immer mehr Menschen hierher. Da dürfen wir nicht zurückstehen.«

»Aber fünfhundert Pfund, Clive! Das ist ein Vermögen! Wir sollten zurzeit nicht so viel ausgeben. Wir brauchen ...«

Er schlug mit der Hand auf den Tisch. »Ich wusste, dass du so reagieren würdest. Immer siehst du nur das Negative. Es ist schon schlimm genug, mir jeden Tag deine Leichenbittermiene ansehen zu müssen, ohne dass du mich auch noch mit deinen dümmlichen Einwänden belästigst. Ich halte Anteile im Wert von fünfhundert Pfund an dieser Firma. Und ich kann sie jederzeit verkaufen – kriegst du das in deinen Schädel? Das Geld ist nicht ausgegeben, wie du offenbar glaubst. Wenn die Bauvorhaben erst einmal beendet sind, sind meine Anteile doppelt oder sogar dreimal so viel wert.«

»Das verstehe ich sehr wohl, Clive«, erwiderte sie ruhig. »Aber ist es nicht eine ziemlich hohe Summe in unserer augenblicklichen ...«

»Es reicht! Ich lasse mir von dir nicht in meine geschäftlichen Entscheidungen dreinreden.«

»Es ist ein Familienbetrieb, Clive.«

»Oh, nein. Durch deinen Versuch, meine Pläne für die

neuen Läden zu durchkreuzen, hast du jedes Recht auf Beteiligung an dem Geschäft verwirkt. Du wolltest mir das Geld stehlen, das ich als Startkapital brauchte, und nun wagst du es, mein Geschäft als Familienbetrieb zu bezeichnen! Lass mich eines klarstellen: Ich leite das Geschäft, und zwar beide Abteilungen. Dich will ich dort nicht sehen. Ich vertraue dir nicht.«

Emilie war wie vor den Kopf geschlagen. In ihrem letzten Laden hatte sie die Damenabteilung geleitet und die Bücher geführt.

»Da du jetzt ein Kind bekommst, wirst du sowieso zu Hause bleiben wollen«, fügte er hinzu. »Außerdem gehört es sich nicht, dass eine schwangere Frau in der Öffentlichkeit herumläuft.«

Emilie wurde klar, dass sie sich durch ihren Versuch, das Geld aufzuteilen, selbst in diese Lage gebracht hatte. Und sie hatte auch nichts gegen ein Leben als Hausfrau einzuwenden. Allerdings machte sie sich Sorgen um das Geschäft. Clive hatte noch nie ein Händchen für Zahlen gehabt, und ihm fehlte die Geduld, sich in Details zu vertiefen. Bevor sie die Buchführung übernommen hatte, hatte es in den Büchern von Ungereimtheiten nur so gewimmelt. Dann jedoch beschloss sie, gute Miene zum bösen Spiel zu machen. Irgendwann würde er sie schon wieder um Hilfe bitten. Das hatten sie schon öfter durchgespielt.

»Du schaffst es ganz sicher«, meinte sie deshalb freundlich. »Wahrscheinlich ist es das Beste, wenn ich zu Hause bleibe. Ich könnte ja immer noch den Einkauf übernehmen. Die Vertreter, die uns besuchen, kannst du ja zu mir schicken.«

»Das ist nicht nötig«, gab er von oben herab zurück. »Ich komme auch ohne dich zurecht.«

Esme empfing Clive und seine Frau an der Tür und bat sie rasch herein, da es draußen immer noch heftig regnete.

»Was für ein scheußliches Wetter!«, rief sie aus. »Es hätte mich nicht gewundert, wenn Sie abgesagt hätten. Geben Sie mir Ihren Mantel, Mrs. Hillier.«

Der durchweichte Kapuzenmantel eignete sich offenbar ausgezeichnet für dieses Wetter, denn das Äußere der Besucherin hatte nicht durch den Regen gelitten. Esme musste einräumen, dass sie sogar erstaunlich gut aussah. Bis jetzt hatte sie angenommen, dass sein »kleines Frauchen«, wie er sie bezeichnete, dieser Beschreibung auch entsprach, also klein, rundlich und unscheinbar war. Doch weit gefehlt. Mrs. Hillier war zwar wirklich nicht sehr groß, doch das dunkle, im griechischen Stil aufgesteckte Haar mit dem blauen Band betonte ihre tiefblauen Augen und die helle Haut. Sie trug eine hellblaue Seidenjacke, aufgelockert durch einen weiße Georgetterüsche am Ausschnitt, und dazu einen passenden Rock mit einem kurzen, leicht gerafften Überrock.

Nicht unbedingt die neueste Mode, dachte Esme – während Mrs. Hillier sich für ihre Stiefel entschuldigte -, aber sehr kleidsam. Ja. Ausgesprochen hübsch.

»Sie brauchen sich doch nicht zu entschuldigen«, sagte sie. »Bei diesen schlammigen Straßen hat man doch keine andere Wahl. Ich hätte an Ihrer Stelle auch welche angezogen.«

Esme fand, dass ihr eigenes Kleid, das dunkelblau war und einen Stehkragen und eine schmale Taille hatte, gut zu dem hellblauen von Mrs. Hillier passte.

Clive nahm die nassen Mäntel und hängte sie zum Trocknen an die Tür, während Neville aus der Hotelbar gestürmt kam, um die Gäste zu begrüßen.

»Wie schön, dass Sie es einrichten konnten, Clive«, rief er aus. »Und wir sind begeistert, Sie endlich kennen zu lernen, Mrs. Hillier. Mein Gott, sie ist ja reizend, Clive. Wie konnten Sie sie vor uns geheim halten, Sie alter Schurke! Kommen Sie, kommen Sie. Mrs. Kassel sagt, heute gebe es nicht sehr viele Vorspeisen. Doch sie hat ein schönes Menü für uns geplant. Ein Glück, dass das Hotel kurz vor unserer Ankunft eröffnet wurde.«

Es herrschte eine angenehme Stimmung. Esme fand, dass Mrs. Hillier zwar ein wenig schüchtern, aber sehr charmant war. Clive redete ununterbrochen von seinem Laden, der bald fertig sein und ein großer Gewinn für die Stadt sein würde.

»Dasselbe gilt natürlich für *Apollo Properties,* aber ich bin der Erste. *Apollo* wird mit mir Schritt halten müssen.«

»Wir können von Ihnen lernen, Clive. Sie sind ein Mann mit Erfahrung.«

»Was genau will *Apollo Properties* denn bauen?«, fragte Mrs. Hillier, worauf Clive ihr sofort ins Wort fiel. »Ich hatte noch keine Zeit, es meiner Frau zu erklären. Aber Neville erzählt dir sicher alles, Schatz.«

»Mit Vergnügen.« Während die beiden Männer begeistert von der Firma – der nicht existenten Firma, wie Esme dachte – berichteten, verzog Clives Frau besorgt das Gesicht, saß da und zwang sich zu einem interessierten Lächeln.

Als man sich an Schweinebraten mit viel Kruste und Mrs. Kassels Bratkartoffeln, die Neville so gern mochte, gütlich tat, kam das Gespräch irgendwann auf die *China Belle*. Mrs. Hillier blickte erstaunt auf.

»Oh. Waren Sie etwa auf diesem Schiff? Ach, Sie Armen. Das wusste ich gar nicht. Es muss schrecklich gewesen sein.«

»Das war es«, erwiderte Neville. »Esme hat es am schlimmsten getroffen, abgesehen natürlich von der bedauernswerten ...«

»Haben Sie eigentlich von Lyle gehört, Neville?«, unterbrach Clive.

»Das haben wir in der Tat. Wir sind zur Zeremonie in Brisbane eingeladen«, meinte er mit einem liebevollen Lächeln an seine Frau, die es wortlos erwiderte. Sie hörte das zum ersten Mal.

»Was für eine Zeremonie ist das denn?«, erkundigte sich Mrs. Hillier.

»Unser Freund Lyle soll zum Ritter geschlagen werden«, antwortete Neville. »Erheben Sie sich, Ritter – oder heißt es Sir Lyle? Jedenfalls fahren wir in ein paar Tagen nach Brisbane, um an diesem großen Tag im Regierungspalast dabei zu sein. Das wollen wir uns auf keinen Fall entgehen lassen. Sir

Lyle und Lady Horwood in ihrer größten Stunde. Ich glaube, anschließend gibt es einen Empfang. Bestimmt wird es ein schönes Fest, von allem nur das Beste! Apropos: Hat jemand Lust auf ein edles Tröpfchen? Mrs. Hillier, Champagner?«

»Oh, ich weiß nicht.« Sie sah Esme an. »Was meinen Sie?«

Esme war wütend auf Neville, weil er sich wieder ein neues Märchen ausgedacht hatte. »Das möchte ich nicht selbst entscheiden. Mein Mann schimpft mich in letzter Zeit öfter, ich könnte nicht Maß halten. Erlaubst du mir ein Schlückchen Champagner?«

»Selbstverständlich, Liebling. Wir trinken alle Champagner zum Dessert.«

Hillier wollte mehr über die Horwoods wissen und schien gekränkt zu sein, weil man ihn übergangen hatte. »Ist sonst noch jemand von hier eingeladen?«

»Wohin eingeladen?«, entgegnete Neville mit Unschuldsmiene, und Esme wusste, dass er den Mann auf den Arm nehmen wollte.

»Nach Brisbane. Um dabei zu sein, wenn Lyle zum Ritter geschlagen wird.«

»Ach, lassen Sie mich sehen. Lewis fährt hin. Er war mit Ihnen auf dem Schiff. Sie drei sind doch gemeinsam losgefahren. Hatten Sie übrigens eine gute Reise? Ich habe ganz vergessen, mich danach zu erkundigen.«

»Ja, ausgezeichnet, danke. Leider musste ich in Maryborough von Bord gehen, obwohl ich mir überlegt habe, die Einladung anzunehmen und bis zur Hauptstadt mitzufahren.«

Esme bemerkte, dass Mrs. Hillier blinzelte, und fragte sich, ob das der Wahrheit entsprach oder ob Clives Frau einfach nichts von seinen Absichten geahnt hatte. Lächelnd warf sie Mrs. Hillier einen Blick zu, während der Champagner eingeschenkt wurde.

»Kennen Sie Brisbane gut?«

»Eigentlich nicht. Als ich mit meiner Schwester in die Kolonie kam, sind wir in Brisbane an Land gegangen und haben eine Weile dort verbracht. Wir waren Gouvernanten.«

Clive lachte auf. »Auf der Suche nach Ehemännern. Darauf haben es doch alle Gouvernanten abgesehen.«

Esme stellte fest, dass Mrs. Hillier errötete, und sie versuchte, sich ein Bild von dieser Ehe zu machen. Sie kam zu dem Schluss, dass sie die Frau sympathischer fand als den Mann. »Ich war früher auch Gouvernante«, log sie und hatte einen Heidenspaß, als Neville die Augenbrauen hochzog. »Ja, ich habe zwei reizende Kinder unterrichtet. Aber obwohl ihr märchenhaft reicher *Père*, der ein Witwer war, mich anflehte, ihn zu heiraten, bin ich lieber ledig geblieben. Bis mein Neville kam, natürlich.«

»In Hongkong wäre es vermutlich anders gewesen«, platzte Clive heraus, während Neville sein Champagnerglas hob.

»Ich wünsche uns allen viel Glück!«

Sie waren fast mit dem Nachtisch fertig, als Neville einfiel, sich bei Clive nach dem Fortschritt beim Bau seiner Läden zu erkundigen.

»Es läuft ausgezeichnet. Wenn die Bauvorhaben von *Apollo* auch so erfolgreich sind, haben wir nichts zu befürchten.«

»Und wann wollen Sie eröffnen?«

»In etwa einem Monat. Bis dahin sollte die bestellte Ware da sein.«

»Sie haben die Einkäufe bereits erledigt?«

»Nicht ganz«, antwortete Clive zögernd und schob sich eine schlaffe, blonde Haarsträhne aus der Stirn. »Nur für den Anfang.«

»Da bin ich aber erleichtert. Esme hat sich schon so auf ihre neue Aufgabe gefreut. Möchten Sie sie immer noch als Einkäuferin für Damenmode einstellen?«

»Ja«, murmelte Clive. »Ja, natürlich.«

Mrs. Hillier ließ den Blick ruhig über den Tisch schweifen und schwieg.

»Sie könnte sich ja erkundigen, was in Brisbane auf dem Markt ist, wenn wir schon einmal dort sind«, schlug Neville vor.

Aber Esme hatte genug von diesem Thema. Sie zwinkerte Mrs. Hillier zu. »Vielleicht wäre es das Beste, wenn Sie und ich zum Einkaufen nach Hongkong fahren und die Männer ihren Bauvorhaben überlassen.«

»Eine wunderbare Idee«, meinte Mrs. Hillier spöttisch. »Ich war noch nie in Hongkong. Erzählen Sie mir davon. Es muss eine faszinierende Stadt sein.«

Die beiden Frauen hatten ein gemeinsames Gesprächsthema gefunden und plauderten angeregt, während sie Mrs. Kassels köstlichen Kaffee tranken. Neville und Clive hingegen waren sich nicht in allem einig und debattierten über die Ausstattung der *Apollo*-Läden. Ihr Gestreite verärgerte Esme, die wusste, dass die ganze Diskussion sinnlos war, da *Apollo* diese Läden niemals bauen würde. Sie war kurz davor, die beiden aufzufordern, das Thema zu wechseln und sich über etwas Interessanteres zu unterhalten, als Neville aufblickte. Gerade waren zwei Männer in den Speisesaal getreten.

Neville zuckte zusammen. »Oh, Gott! Sieh mal, wer da ist!«

Esme erkannte Mr. Field, den Reporter; der andere Mann war Mal Willoughby!

Neville stand bereits und hatte die Hand zur Begrüßung ausgestreckt, während Esme aufsprang und quer durch den Raum auf Mal zulief. »Wir sind ja so froh, Sie zu sehen. Geht es Ihnen gut? Haben Sie Ihre geliebte Frau in ihre Heimat überführt? Wir haben davon gehört. Nach China ...« Esme brach in Tränen aus und weinte, als könnte sie nie wieder damit aufhören. Sie konnte all die seit diesem schrecklichen Tag aufgestauten Gefühle nicht mehr unterdrücken. Mals Anblick machte es ihr möglich, endlich zu weinen, nicht so sehr wegen ihres eigenen Schicksals, sondern um seinetwillen – er hatte schließlich seine Frau verloren.

Er legte die Arme um sie und drückte sie an sich.

»Jetzt ist alles gut, Esme«, murmelte er. »Alles ist vorbei. Sie hat zu Hause die ewige Ruhe gefunden.«

Als Esme seine vertraute Stimme hörte, wurde ihr klar, dass sie sich nicht nach dem Trost ihres verstorbenen Bruders sehnte. Nicht Arthur konnte ihr über ihren Kummer hinweghelfen, sondern dieser Mann. Jun Liens plötzlicher Tod war ihr damals sehr nahe gegangen, und das zu einem Zeitpunkt, an dem sie ein schreckliches Ereignis in ihrem eigenen Leben hatte verarbeiten müssen. Deshalb hatte sie sich die Geschehnisse sehr zu Herzen genommen. Esme hatte das dringende Bedürfnis, mit Mal zu sprechen, ihm ihre Unterstützung anzubieten, sich bei ihm auszuweinen und ihm zu sagen, wie Leid ihr das alles tat. Auch wenn sie es nicht richtig in Worte fassen konnte. Doch nun stand er unerwartet vor ihr. Und seine Worte, dass alles in Ordnung sei, erlösten sie von ihren Schmerzen.

Jetzt war es möglich, die Trauer zu verarbeiten, dachte sie, während Neville voller Freude, Mal wiederzusehen, näher kam.

Ganz sanft und behutsam nahm er Esme beiseite.

»Mals Anblick hat dir einen Schock versetzt«, meinte er. »Weine nicht, Es. Alles ist gut.«

Esme wollte ihm erklären, dass ihr eigenes Leid wieder hochgekocht und dass sie nun endlich davon befreit worden sei. Aber als sie einen Blick auf Mal warf, bemerkte sie, dass er Mrs. Hillier, ein freundschaftliches Lächeln auf den Lippen, anstarrte. Offenbar kannten sich die beiden.

»Gütiger Himmel! Emilie! Wie geht es dir?«

Mrs. Hillier strahlte und schien froh, ihn zu sehen. Gewiss waren sie alte Freunde.

»Und Clive!« Mal streckte die Hand aus. »Was tut sich so bei dir?«

Esme beobachtete, wie Clive aufstand und Mal die Hand gab; allerdings wirkte er nicht so erfreut wie Neville vorhin. Als Mal sich umdrehte, um Jesse Field vorzustellen, verzog Clive sogar finster das Gesicht.

»Mal wohnt bei mir«, erklärte Jesse. »Er wollte sich unbedingt bei Ihnen melden. Außerdem kann ich Ihnen mitteilen, dass zwei der drei Männer, die wir verfolgt haben, nicht mehr unter den Lebenden weilen. Der Malaie Mushi wurde in Brisbane gehängt, und der andere, Bartie Lee, ...«, Esme bemerkte Mals leichtes Stirnrunzeln, ehe er fortfuhr, »... wurde bei der Festnahme erschossen.«

»Da bin ich aber erleichtert«, sagte Neville. »Was ist mit Tussup, dem Offizier?«

»Der befindet sich noch auf freiem Fuß.«

Während die Männer sich unterhielten, setzte sich Esme wieder zu Mrs. Hillier, die ziemlich blass aussah.

»Ich hatte keine Ahnung, dass Sie Mr. Willoughby kennen«, meinte sie.

»Oh, ja, er ist ein alter Freund.«

Zu Esmes Erleichterung unternahm Mrs. Hillier keine Anstalten, ihre Antwort weiter auszuführen, denn sie war inzwischen sehr müde und nicht sehr gesprächig. Als sie Mal betrachtete, der dastand und mit den anderen Männern plauderte, spürte sie immer noch seine Wärme. Dann jedoch kehrte Clive zurück und ließ sich auf einen Stuhl fallen.

»Welchen Spitznamen hatte er noch mal?«, fragte er seine Frau in schneidendem Ton.

Sie schwieg. Ängstlich, wie Esme dachte.

»Keine Ahnung«, erwiderte Emilie ausweichend, doch Clive blieb beharrlich.

»Sonny! Sie nannten ihn Sonny. Wegen seines unschuldigen Kindergesichtes. Wussten Sie das, Esme?«

»Nein.«

»Aber meine Frau weiß es. Als er in Schwierigkeiten geraten war, ist sie sofort losgelaufen, um ihm zu helfen. Sie hat den armen, kleinen Unschuldsengel gerettet, richtig, meine Liebe?«

Mrs. Hillier zog es vor, nicht darauf zu antworten. Esme wünschte, Neville würde endlich zurückkommen.

»Tja, ich könnte Ihnen Dinge erzählen.« Clive goss den letzten Rest Tischwein in sein Glas. »Er ist nicht der harmlose Bursche, als den meine Frau ihn darstellt. Wissen Sie, wer Bartie Lee erschossen hat? Er war es! Mr. Willoughby, der Heilige.«

Mrs. Hillier wirkte erschrocken, als traue sie ihren Ohren nicht. Doch Esme glaubte Clive aufs Wort. Sie sandte ihm einen tadelnden Blick zu.

»Bravo, ich muss schon sagen! Bravo. Ich finde dieses Gerede nicht sehr erquicklich, Clive.«

Kurz darauf verkündete Clive, er und Emilie würden jetzt gehen. »Wir hatten einen sehr schönen Abend«, sagte er, während er seine Frau zur Tür scheuchte. »Bestimmt haben Sie noch viel miteinander zu besprechen.«

Jesse erbot sich, sie wegen des immer noch sintflutartigen Regens in seiner Kutsche nach Hause zu fahren, aber Clive wollte nichts davon hören.

»Die beiden werden nass bis auf die Haut«, meinte Neville, aber Esme zuckte die Achseln.

»Das wäre wahrscheinlich nicht das Schlimmste.«

»Was soll das heißen?«

»Nichts.«

Als sie hörte, wie Mal erzählte, er werde nur ein paar Tage bleiben, war sie enttäuscht.

»Sie wollen wieder fort? So bald? Wohin denn?«, fragte sie.

Er zuckte die Achseln und lächelte sie wehmütig an, als würde er sich die Antwort lieber ersparen. Dann jedoch ließ er sich erweichen und sagte: »Ich will für eine Weile in den Busch, Esme. Aber ich komme wieder.«

Am liebsten hätte sie ihm unter Tränen gestanden, dass sie dann nicht mehr hier sein würden. Dass sie und Neville planten, so bald wie möglich zu verschwinden – vermutlich mit dem nächsten Schiff, da das Märchen von Lyles Einladung nach Brisbane ein ausgezeichneter Vorwand war, um Cairns zu verlassen, ohne Argwohn zu erregen. Vielleicht hatte Neville sich die Geschichte ja schon vor dem Abendessen zurechtgelegt.

Und sie würde Mal nie wiedersehen.

Emilie hatte es vorausgeahnt und deshalb sogar überlegt, ob sie Clive bitten sollte, wegen des Regens doch lieber im Hotel zu übernachten. Aber er wäre damit ohnehin niemals einverstanden gewesen.

Von dem Moment an, als Mal zur Tür hereinspaziert kam, hatte sie damit gerechnet. Und da Clive immer gemeiner zu ihr wurde, konnte sie auch keine Gnade erwarten. Sie hatte am Tisch gesessen und versucht, all ihren Mut zusammenzunehmen, um Mal unauffällig um Hilfe zu bitten. Schließlich war Mal ihr Freund. Ein leises Wort von ihr hätte genügt.

»Tu es«, sagte sie sich. »Es ist doch egal, ob du dich blamierst. Du kennst diese Leute nicht.«

Aber letztlich hatte ihr die nötige Courage gefehlt. Nachdem sich die klapperige Tür hinter ihnen geschlossen hatte, zündete Clive in der Küche, wo es inzwischen kräftig durch das Dach tropfte, die Lampe an. Währenddessen stand Emilie zitternd im Schlafzimmer und wagte es nicht, den tropfnassen Mantel auszuziehen, da dieser wenigstens ein bisschen Schutz bot.

Doch er riss ihr das Kleidungsstück vom Leibe und drosch mit dem Streichriemen auf sie ein, ohne auf ihr Flehen wegen des Babys zu achten. Als sie um Hilfe schrie, bearbeitete er ihr Gesicht und ihren Körper mit Fäusten, um sie zum Schweigen zu bringen. Niemand hörte sie. Emilie krümmte sich auf dem Boden und bettelte um Gnade. »Mein Arm ist gebrochen«, schluchzte sie.

»Und ich breche dir auch noch den anderen, wenn ich dich je wieder dabei erwische, wie du mit diesem Willoughby sprichst.«

Emilie tat jeder Knochen im Leibe weh. Da sie Angst hatte aufzustehen, blieb sie einfach liegen. Sie gab sich selbst die Schuld, weil sie Clives Versprechungen geglaubt hatte, und machte sich Vorwürfe. Warum hatte sie keine Waffe im Haus, um ihr ungeborenes Kind zu schützen? Nach einer Weile musste sie das Bewusstsein verloren haben, denn als sie erwachte, war es heller Tag. Der Regen prasselte aufs Dach, und sie hatte Blut im Mund. Da Clive, wie immer nach seinen gewalttätigen Ausfällen, verschwunden war, machte sie sich wie üblich an die Aufgabe, sich zu säubern. Nur dass es ihr angesichts des gebrochenen Unterarms diesmal schwerer fiel als sonst. Emilie war klar, dass sie ins Krankenhaus musste, um den Bruch schienen zu lassen, doch wie sollte sie das in ihrem Zustand schaffen? Nachdem sie einen Schal zu einer Schlinge gebunden und ihren Arm hineingelegt hatte, setzte sie sich erschöpft auf einen Stuhl. Sie wusste, dass sie nicht die Kraft hatte, zu Fuß zum Krankenhaus zu gehen. Draußen waren die Straßen wegen des unablässigen Regens menschenleer, und eine Unheil verkündende Stille hatte sich über die kleine Stadt gesenkt. Da niemand da war, der ihr helfen konnte, rollte Emilie sich auf dem Bett zusammen und schloss die Augen, um das Elend nicht mehr mitansehen zu müssen.

»Ich frage mich, was Mal Willoughby jetzt wohl vorhat«, meinte Esme zu Neville, als sie beim morgendlichen Tee in der Hotelhalle saßen.

Er blickte aus dem Fenster, abgelenkt vom Anblick des pausenlosen Regens und der vom Wind abgerissenen Blätter, die auf der Straße lagen. »Verzeihung, Es. Was hast du gesagt?«

»Ich frage mich, was Mal jetzt vorhat.«

»Er wollte doch in den Busch. Ist dir klar, was das bedeutet? Er ist hinter Jake Tussup her.«

»Oh, nein! Warum überlässt er das nicht der Polizei? Woher kommt er eigentlich? Wo ist er zu Hause?«

»Lyle hat erzählt, er sei in irgendeinem Provinznest aufgewachsen. Auf den Goldfeldern von Gympie hat er ein Vermögen verdient und sich anschließend auf den Weg gemacht, um mit einem Freund, den er dort kennen gelernt hatte, China zu erkunden. Dieser Freund war zufällig ein wichtiger Mann und Mitglied der Familie Xiu.« Neville breitete die Hände aus. »Geld kommt immer zu Geld. Manche Leute haben eben Glück.«

»Und so ist er Jun Lien begegnet?«

»Ja. Am besten bleibst du hier, Es. Ich will mich mal draußen umschauen.«

»Warum? Was gibt es denn da zu sehen?«

»Ich habe so ein komisches Gefühl. Woran erinnern dich denn dieser Regen und die Feuchtigkeit?«

Esme war verdattert. »Ich weiß nicht.«

»Doch, tust du schon. Überleg mal. Damals haben wir im Keller des Tennisclubs in Hongkong abgewartet, bis es vorbei war.«

»Oh, mein Gott. Meinst du, es könnte einen Wirbelsturm geben? Kommt so etwas hier überhaupt vor?«

»Ich glaube ja. Weil mir gestern bereits mulmig war, habe ich mich erkundigt. Hier heißen solche Stürme Zyklone. In den letzten zehn Jahren gab es vier davon an dieser Küste. In anderen Städten zwar, aber allmählich habe ich den Verdacht, dass Cairns sein erster bevorsteht.«

»Könnte es nicht nur ein Monsun sein?«, fragte Esme voller Hoffnung.

»Vielleicht. Doch ich hole jetzt besser meinen Mantel, mache einen Spaziergang zum Hafen und plaudere mit ein paar Seeleuten.«

Das Meer peitschte gegen die Ufer der Bucht, und die hohen Wellen schlugen gegen die mit Gras bewachsenen Abhänge. Die Palmen bogen sich in den warmen Windböen, die Regenwirbel vor sich hertrieben, als Neville die durchweichten Holzbohlen des Bootsstegs erreichte.

»Zieht da draußen ein Sturm auf?«, sprach er einen alten Fischer an, der gerade Krabbentöpfe einsammelte.

Der Mann nickte. »Kann sein.«

»Einige meinen, es könnte ein Zyklon werden.«

»Diese Leute könnten Recht haben, junger Mann. Aber manchmal drehen die Mistdinger. Der Sturm könnte hier oder siebzig Kilometer weiter südlich oder nördlich zuschlagen. Vielleicht fällt er auch auf dem Meer zusammen. Es hat keinen Sinn, sich darüber den Kopf zu zerbrechen.«

Doch Nevilles Sorge legte sich nicht. Als er am menschenleeren Ufer entlangging, spürte er, wie stark der Wind geworden war, und er hatte den Eindruck, dass er in den letzten Minuten sogar noch zugenommen hatte. Er hielt sich an einem Mangobaum fest, um nicht weggeblasen zu werden, und blickte auf das Meer hinaus. Dabei fragte er sich, welche Gefahren wohl jenseits der Bucht und des großen Riffs auf dem wilden Pazifik lauerten. »Ballen sich die gewaltigen Winde bereits zusammen und sammeln sich in rasender Wut, um sich auf uns zu stürzen?«, schoss es ihm durch den Kopf.

Trotz der Gelassenheit des Fischers hatte Neville das Gefühl, dass er etwas unternehmen musste.

Er eilte zurück ins Hotel und traf dort Mrs. Kassel an. Ihr Mann sei, so sagte sie, zum Metzger gegangen.

»Ich glaube, ein schwerer Sturm zieht auf«, meinte Neville zu ihr.

»Er zieht auf?«, wiederholte sie. »Er ist doch schon da. Ich kriege die Wäsche einfach nicht trocken. Die Ställe sind überschwemmt. Überall herrscht Durcheinander. Heute hatte ich nicht einmal Gäste.«

»Es kommt noch schlimmer. Da bin ich sicher. Es liegt in der Luft. Ich kann Ihnen den Grund zwar nicht erklären, aber Sie müssen Vorsichtsmaßnahmen treffen. Die Treppe ist stabil. Darunter können die Leute Schutz suchen. Der Wind wird vom Meer her wehen. Deshalb müssen Sie die hinteren Fenster und Türen öffnen, um den Druck zu vermindern.«

»Ach, du meine Güte, Mr. Caporn, da lassen wir ja das Wetter ins Haus!«

»Das kommt so oder so. Bitte, Mrs. Kassel. Meine Frau und ich haben im Fernen Osten einige solche Stürme mitgemacht, einen besonders schlimmen in Hongkong.«

»Soll das heißen, dass wir einen Wirbelsturm kriegen?«

»Ich glaube ja.«

»Warum warnt uns denn niemand? Ich muss Franz Bescheid sagen. Ich muss ihn holen ...«

Neville hielt sie zurück. »Das übernehme ich. Sie rufen die Dienstboten und alle anderen ins Haus und verstecken sich unter der Treppe. Was ist mit der Molkerei im Hof? Die ist doch aus Backstein? Da sollen auch so viele Leute wie möglich unterkriechen.«

Er eilte zur Tür des Salons und rief nach Esme. »Ich denke, ein Hurrikan zieht auf. Du versteckst dich unter der Treppe. Ich gehe Franz suchen. Seine Frau braucht ihn.«

»Aber ich brauche dich«, erwiderte sie und kam näher. »Verlass bei diesem Wetter nicht mehr das Haus. Du hörst doch, dass es schlimmer geworden ist.«

Neville küsste sie. »Es dauert nicht lang. Ich habe es ja nicht weit.«

Der Wind wurde stärker. Ein Baum auf der anderen Straßenseite fiel um. Das ganze Hotel schien missmutig zu ächzen und zu stöhnen. Als eines der Hausmädchen loslief, um die Hintertür zu schließen, rief Esme sie zurück und wies das Küchenpersonal an, sich zu verstecken.

»Das Wetter wird sich verziehen, Madam«, protestierte die Köchin. »Sie brauchen sich keine Sorgen zu machen. Möchten Sie eine Tasse Tee?«

»Nein, möchte ich nicht! Und Sie kommen jetzt sofort mit!«

Es dauerte eine Weile, bis Esme auch die drei anderen Gäste gefunden und im Abstellraum unter der Treppe versammelt hatte.

»Wir werden hier drinnen ersticken«, beschwerte sich jemand.

»Lassen Sie fürs Erste die Tür offen«, erwiderte Esme. »Wo ist Mrs. Kassel?«

»Sie vorn rausgegangen, um ihren Mann zu suchen.«

»Oh, nein!« Esme rannte los und zerrte die sich sträubende Frau ins Haus.

Den Rest der Nacht hatte Clive im Rohbau seines Ladens verbracht und auf den Planen geschlafen, die die Maler zurückgelassen hatten. Als er aufwachte, fühlte er sich steif, und jeder Knochen im Leibe tat ihm weh. Wie immer nach einem seiner Wutausbrüche wurde er von Furcht ergriffen.

Nachdem er sich aufgerappelt hatte, starrte er missmutig auf die regennasse vom Wind durchtoste Straße hinaus und sagte sich, dass alles nur Emilies Schuld war, denn schließlich hatte sie ihn ja provoziert. Allerdings war es vermutlich das Beste, wenn er sich bei ihr entschuldigte. Um des lieben Friedens willen. Außerdem gab es hier im Laden vor der Eröffnung noch eine Menge zu tun. Er brauchte ihre Hilfe.

Nachdem er sich mit der Hand durchs Haar gefahren war, um einen einigermaßen vorzeigbaren Eindruck zu machen, griff er nach seinem Mantel. Dabei stellte er fest, dass Wasser an der hinteren Wand herablief.

Mit einem Schreckensschrei lief er los, um der Sache auf den Grund zu gehen. Da das Wasser offenbar aus dem Zwischengeschoss kam, hastete er die Treppe hinauf, wo er fassungslos den Wasserfleck an Decke und Wand betrachtete. Dann hörte er ein Poltern über sich. Ein Stück Wellblech hatte sich gelöst und stieß mit zerstörerischer Wucht gegen die Holzbohlen.

Clive war außer sich. Der Schaden musste unbedingt behoben werden. Wenn das Stück Blech sich endgültig losriss, würde bald das gesamte Gebäude unter Wasser stehen. Verzweifelt sah er sich nach einer Leiter um, und als er keine fand, holte er eilig seinen Mantel und rannte los, um den Dachdecker zu alarmieren.

Der Mann war nicht zu Hause.

»Er ist losgefahren, um einem Freund zu helfen«, erklärte seine Frau. »Ein Baum ist in sein Haus gestürzt.«

»Aber es ist dringend. Er muss mein Dach flicken.«

»Ich schicke ihn vorbei, sobald er zurück ist.«

»Das ist zu spät. Haben Sie eine Leiter?«

»Die hat er mitgenommen. Auf seinem Karren. Er wird sie brauchen, Mister. Möchten Sie reinkommen und auf ihn warten?«

»Nein, ich gehe zum Verputzer. Der hat sicher eine Leiter.«

Clive legte die sechs Häuserblocks im Eiltempo zurück, handelte sich aber wieder eine Absage ein.

»Ich weigere mich, bei diesem Sturm draußen auf eine Leiter zu steigen. Und Sie sollten es besser auch bleiben lassen, alter Junge. Wenn Ihr Haus ein bisschen nasse Füße bekommt, ist das doch kein Weltuntergang. Das lässt sich reparieren. Besser ein Loch in der Wand als eines im Kopf. Ich sag Ihnen was. Sobald der Wind nachlässt, komme ich zu Ihnen und nagle es wieder fest. Und jetzt sollten Sie besser reinkommen, und einen Rum mit mir trinken. An einem scheußlichen Tag wie heute kann man nichts weiter tun.«

Als der Sturm noch stärker wurde, statteten Jesse und Mal Mrs. Plummer in ihrem neuen Zuhause einen Besuch ab, um nach ihr zu sehen. Sie war so entzückt, Mal wiederzusehen, dass sie darauf bestand, die beiden zum Kaffee einzuladen. Obwohl sie eigentlich vorgehabt hatten, sich im Stadtzentrum zu vergewissern, dass der Sturm keine größeren Schäden angerichtet hatte, beschlossen sie, dass eine halbe Stunde mehr oder weniger auch keine Rolle spielte.

Unterwegs waren sie Clive begegnet. Doch dieser hatte mit gesenktem Kopf gegen den Wind angekämpft und sie nicht bemerkt.

»Heute ist kaum eine Menschenseele unterwegs«, meinte Jesse zu Mrs. Plummer. »Das wird die Ladenbesitzer gar nicht freuen.«

»Da bin ich nicht so sicher«, erwiderte sie. »Wenn die Leute vernünftig sind, legen sie vor so einem Sturm sicher Vorräte an. Das mache ich immer so. Aber jetzt erzählen Sie, Mal. Wie geht es Ihnen mein Lieber? Und wenn ich mir diese Frage erlauben darf: Wie sind Sie mit der Familie Ihrer geliebten Frau ausgekommen?«

Mal seufzte auf. »Mir geht es gut, danke, Mrs. Plummer. Den Umständen entsprechend. Allerdings muss ich zugeben, dass ich mich mit der Familie nicht sehr gut verstanden habe.«

»Nein?«, murmelte sie. »Ich habe mir Sorgen um Sie gemacht.«

»Aber wie Sie sehen, habe ich es überlebt, und Jun Lien liegt jetzt in einem wunderschönen Garten im Anwesen ihrer Eltern.«

»Ach, möge sie in Frieden ruhen. Aber jetzt können Sie mir beim Tisch decken helfen. Jesse, auf der Anrichte liegt das Buch über den Anbau chinesischer Kräuter und Gewürze, dass Sie sich ansehen wollten.«

Der Kaffee war aufgesetzt und der Tisch mit Tischtuch und Porzellan gedeckt. Ein Tablett mit Kuchen und Plätzchen stand bereit, das Mal gerade ins Esszimmer bringen wollte, als der Sturm Angst einflößend aufheulte.

»Ich bin froh, dass Sie hier sind«, meinte Eleanor. »Das ist wirklich ziemlich beängstigend.«

An diesem Märzvormittag um halb zwölf zog der Zyklon, der sich vor der Küste zusammengebraut hatte, in einer gewaltigen Front auf das Land zu. Er raste über das Riff, über die Trinity Bay und fiel mit nachtschwarzer Urgewalt über Cairns her.

Die Gebäude am Ufer mussten die volle Wucht des Angriffs ertragen. Gewaltige, aufgepeitschte Wogen brausten über den Hafen hinweg. Einige Lagerhäuser und die Zollstation brachen in sich zusammen; die donnernden Wellen packten die Trümmer und schleuderten sie wie Streichhölzer ans Ufer.

Der Sturm ergriff das Hotel mit solcher Macht, dass die Menschen, die sich unter die Treppe kauerten, schon glaubten, das ganze Gebäude würde in sich zusammenbrechen. Doch da es standzuhalten schien, blieben sie in ihrem Versteck und lauschten angstvoll dem Getöse. Weder Neville noch Franz waren vor Ausbruch des Sturms zurückgekehrt, und Mrs. Kassel war außer sich vor Sorge. Obwohl Esme ihr Bestes tat, um sie zu trösten, war sie selbst voller Angst und betete zu Gott, dass die Männer in Sicherheit waren.

Ein Stück weiter die Straße hinunter drückte der Sturm die Palmen zu Boden und entwurzelte Bäume. Trümmer segelten durch die Luft. Der Kolonialwarenladen, die Fischbude und einige andere Gebäude – auch Hilliers neue Läden – wurden dem Erdboden gleichgemacht. Überall in der Stadt stürzten Häuser ein. Einige, bei denen man wegen des Windes sämtliche Fenster und Türen verrammelt hatte, implodierten buchstäblich; zu ihnen gehörte auch die winzige Hütte der Landvermesser, wo Emilie Hillier zuletzt gesehen worden war.

Der Zyklon wütete mehr als eine Stunde lang und versetzte die Einwohner von Cairns in Angst und Schrecken, bis er zu einem leichten Wind abflaute, dem leichter Regen folgte. Die Menschen kamen aus den Häusern, um die Schäden in Augenschein zu nehmen.

Zum allgemeinen Entsetzen war das Dach des Hotels *Alexandra* abgerissen worden, sodass die Zimmer im ersten

Stock den tosenden Elementen ausgesetzt waren und das Wasser bis ins Parterre hinabfloss. Die Leute starrten entgeistert auf das verwüstete Geschäftszentrum entlang der Esplanade und in den Straßen dahinter, wo nur ein paar Schornsteine stehen geblieben waren.

Plötzlich waren Schüsse zu hören. Es knallte zweimal. Alle suchten hastig Schutz, obwohl es eigentlich nichts mehr gab, wohinter man sich hätte verstecken können. Dann jedoch verkündete Sergeant Dan Connor, man habe zwei verletzte Pferde von ihren Leiden erlösen müssen, und die Leute atmeten erleichtert auf.

Franz und Neville, die sich bis zum Nachlassen des Sturms in der *Bank of Australia* versteckt gehalten hatten, kamen endlich ins Hotel getaumelt. Auf dem Rückweg hatten sie über Schutthaufen hinwegklettern müssen. Beim Anblick seines zerstörten Hotels brach Franz zusammen, worauf hilfreiche Hände ihn in die Vorhalle trugen, in der Mrs. Kassel verstört auf und ab lief.

»Ich glaube, er ist nur in Ohnmacht gefallen«, erklärte ihr Neville, während Franz schon wieder zu sich kam. Neville hoffte, dass der Wirt nicht gleich wieder die Besinnung verlieren würde, wenn er das Innere seines Hotels sah. Doch da kam Esme auf ihn zugelaufen.

»Ich habe mir Sorgen um dich gemacht«, rief sie.

»Ich mir auch um dich. Ich war außer mir vor Angst, aber wir konnten nicht auf die Straße. Ist alles in Ordnung, Es? Keine Beulen und blauen Flecke?«

»Nur gequetschte Zehen; die Köchin ist mir auf den Fuß getreten. Unter der Treppe war es verdammt heiß. Ich muss mich unbedingt waschen.«

In diesem Moment war zu hören, wie Sergeant Connor die Leute mit einem Megaphon, dessen Klang über die unwirklich stille Hauptstraße hallte, um Aufmerksamkeit bat.

»Ich möchte, dass sich alle gesunden Männer hier versammeln, damit wir die Gebäude gründlich durchsuchen können. Es tut mir Leid, Ihnen sagen zu müssen, dass wir einen Todesfall hatten. Tom Panhaligan wurde heute Morgen von einem umherfliegenden Ast getroffen und getötet. Unser tiefstes Mitgefühl gilt Mrs. Panhaligan. Einige Menschen wurden verletzt, aber zum Glück ist das Krankenhaus kaum beschädigt und kann behandlungsbedürftige Personen aufnehmen. Also, Kameraden«, wandte er sich an die Männer, die sich um ihn scharten, »wir fangen unten an der Straße beim ersten Haus an. Jedes zerstörte Gebäude muss eingehend durchsucht werden, um festzustellen, ob Menschen darin eingeschlossen sind. Bevor Sie sich dann um das nächste Haus kümmern, erstatten Sie mir Bericht. Die Straßen brauchen Sie noch nicht freizuräumen. Zuerst möchte ich sichergehen, dass niemand vermisst wird. Und noch etwas: Beeilen Sie sich. Wir müssen so schnell wie möglich fertig werden, denn es ist noch nicht ausgestanden. Der Sturm kommt wieder zurück.«

»Was?« Einige Leute lachten auf. Andere betrachteten die Schäfchenwolken, zwischen denen bereits blaue Lücken sichtbar wurden.

»Er hat Recht«, rief Neville. »Wir befinden uns im Auge des Sturms. Das Wetter ist ruhig. Zu ruhig. Gleich wird uns die andere Seite des Wirbels treffen.«

Die Menschen murrten immer noch ungläubig, doch Connor hatte keine Zeit, sich mit ihnen herumzustreiten. »Mr. Caporn hat es Ihnen klipp und klar gesagt. Mir ist es gleichgültig, ob Sie ihm zustimmen, solange Sie jetzt endlich mit der Arbeit anfangen.«

Mal und Jesse hatten sich bereits, unterstützt von mehreren Helfern, ans Werk gemacht und sägten die Äste von dem riesigen Baum, der auf Jesses Haus gestürzt war.

»Du musst zugeben: Das dichte Laubwerk hat verhindert, dass dir die ganze Bude weggeflogen ist«, meinte Mal grinsend. »Versuch die Sache positiv zu sehen.«

»Und Sie haben jetzt genug Brennholz für die nächsten hundert Jahre«, ergänzte ein Mann, während er einen schweren Ast hinunterwarf. »Die Stadt ist völlig verwüstet«, fügte er hinzu. »Es wird ein schönes Stück Arbeit werden, alles aufzuräumen und wieder aufzubauen.«

Der Himmel verfärbte sich eigenartig gelb, und wieder zog Bewölkung auf. Es begann erneut zu regnen. Doch Clive bemerkte nichts davon. Er stand in der Ruine seines Ladens und warf verzweifelt einige Trümmer beseite, damit das Wasser, das sich auf den Parkettböden gesammelt hatte, abfließen konnte.

Keiner seiner Läden hatte das Unwetter überstanden. Bis auf den Torbogen zwischen der Herren- und der Damenabteilung, der nun dastand wie ein gewaltiger Schlund, waren sämtliche Wände eingestürzt. Wie benommen stolperte er durch das Trümmermeer, während unter seinen Füßen Glas – die neuen Fensterscheiben! – knirschte. Er trat nach Putzbrocken und hob hie und da eine Wellblechplatte hoch, in der Hoffnung, dass darunter vielleicht etwas heil geblieben sein könnte. Aber was? Er ahnte, dass all seine Mühe vergebens war: Alles war dahin!

Wie ein Schlafwandler griff Clive nach einer Schaufel und machte sich an die Arbeit. Als könne man den Schaden ungeschehen machen, indem man so schnell wie möglich zur Tat schritt. Er hatte das Hemd ausgezogen und schippte gerade Glasscherben zu einem Haufen zusammen, als einige Männer erschienen.

»Ist hier alles in Ordnung?«, rief einer ihm zu. »Keine Schäden?«

Verständnislos starrte Clive ihn an. »Wie würden Sie das hier sonst nennen?«, brüllte er wütend. »Kommen Sie, und helfen Sie mir.«

Aber die Männer gingen weiter, und Clive bemerkte endlich, dass der Pub nebenan ebenso verschwunden war wie das Immobilienbüro auf der anderen Straßenseite. Es war kaum festzustellen, wo die Nachbargrundstücke aufhörten und sein eigenes begann. Voller Wut über die sinnlose Zerstörung seiner wunderschönen Läden, schaufelte Clive – stets entlang einer Linie, die er in den Schlamm gezogen hatte, um bloß keine Mühe auf die Probleme seiner Nachbarn zu verwenden – weiter. Doch als es erneut zu regnen anfing, und ein Wind aufkam, der die ganze Plackerei der letzten Stunde wieder zunichte machte, setzte er sich an den Rand seiner eingesackten Veranda und brach in Tränen aus.

Zwei Männer, die ihn dort sitzen sahen, hielten ihn für einen Verwundeten und brachten ihn in die einsturzsichere Bank, während der Wind sich wieder zu einem Sturm steigerte.

Kurz zuvor hatte ein Trupp Helfer die Ruine der Landvermesser erreicht. Als die Männer eine leise Stimme hörten, begannen sie mit der Suche. Stück für Stück räumten sie den Schutt beseite, bis sie auf eine Frau stießen, die eingeklemmt unter dem Bett lag. Sie trugen sie einige Straßen weiter ins Krankenhaus, wo sie zu den anderen Verletzten gelegt wurde – in die Stallungen aus Backstein, die John Kincaid für seine Vollblüter gebaut hatte.

»Es tut mir Leid, Mrs. Hillier«, meinte die Oberschwester zu ihr. »Bleiben Sie einfach liegen, und ruhen Sie sich aus. Wir kümmern uns um Sie, sobald wir können.«

Anfangs hatte Emilie sich über den Sturm gefreut, da sie so wenigstens einen Grund hatte, im Bett zu bleiben und sich in die weichen Daunen zu kuscheln. Der Regen prasselte aufs Dach, doch Emilie störte sich nicht daran, da sie dieses Geräusch mochte. Insbesondere dann, wenn es nicht von Angst einflößendem Donner und von Blitzen begleitet wurde.

Der Wind war stark, und sie hörte, wie er durch den Busch heulte. Hin und wieder knackte ein Ast, der dem Druck nicht standgehalten hatte. Dann jedoch begannen die Schindeln auf dem Dach der Hütte zu klappern, und Emilie betete mit stockendem Atem, dass sie nicht weggeblasen werden würden. Aber der Wind war zu stark. Als die Schindeln davonflogen, strömte der Regen in die Hütte.

»Oh, nein!« Immer noch in die Daunendecke gewickelt, setzte Emilie sich auf und fragte sich, was sie nur tun sollte, um ihre Habe vor der Sintflut zu retten. Allerdings wurde ihr bald klar, dass sie absolut machtlos war, als die Hütte im nächsten Moment zu explodieren schien.

Ohne lange nachzudenken, machte Emilie einen Satz

unter das Bett; doch sie hatte ihren gebrochenen Arm vergessen, und ein heftiger Schmerz durchfuhr sie. Die Bettdecke über den Kopf gezogen, lag sie auf der Seite und versuchte, das schauerliche Dröhnen des Sturms und das Gepolter auszublenden, während die Hütte über ihr einstürzte und sie unter den Trümmern begrub. Es regnete immer weiter. Eine Hälfte des Doppelbettes war zusammengebrochen, und die andere bot ihr ein wenig Schutz. Allerdings nicht vor dem Wasser, das durch die Matratze sickerte und sie so rasch durchweichte, dass Emilie bald in einer Schlammpfütze lag.

Als sie versuchte, sich zu befreien, und dabei mit den Füßen gegen die Wände ihrer kleinen Höhle drückte, geriet zu ihrem Entsetzen ein schwerer Gegenstand – womöglich ein Dachbalken – ins Rutschen, worauf sich die kleine Nische mit weiterem Schutt füllte.

Emilie zwang sich, vernünftig nachzudenken: Sie hatte nur ein paar zusätzliche blaue Flecken davongetragen und bekam genug Luft. Nach den Geräuschen zu urteilen, hatten die Wände bereits nachgegeben, sodass nicht mehr viel da war, was sonst noch auf sie hätte herunterfallen können. Und da draußen weiterhin der Sturm tobte, war es wohl das Beste, einfach die Ruhe zu bewahren, bis das Unwetter nachließ. Oder es zumindest zu versuchen.

Emilie unterdrückte die Tränen. Auf keinen Fall durfte sie jetzt in Selbstmitleid versinken. Wenn das Heulen des Windes verstummte, würde sie um Hilfe rufen. Dann würde Clive kommen. Jemand würde sie hören. Schließlich saß sie ja nicht in einem tiefen Kerker. Nun konnte sie ihren Arm schienen lassen und ihre Verletzungen auf den Sturm schieben, um Peinlichkeiten zu vermeiden. Und was kam danach?

Vermutlich würde sie in ein Hotel ziehen müssen, bis eine Rückkehr nach Maryborough möglich war. Diesmal würde sie Clive keine zweite Chance mehr geben. Nie wieder würde sie diesen Fehler machen. Sie würde so viel Geld von ihm verlangen, dass es für die Reise nach Maryborough reichte. Er würde es ihr geben müssen. Auf keinen

Fall würde sie sich von ihm einschüchtern lassen. Und sie würde sofort die Scheidung einreichen ...

So sehr war Emilie mit Pläne schmieden beschäftigt, dass sie das Abflauen des Sturms erst bemerkte, als sie Männerstimmen hörte. Sie holte tief Luft und rief um Hilfe, überrascht, dass sie überhaupt eine so laute Stimme hatte. Wieder und wieder rief sie, bis jemand antwortete.

»Halten Sie durch, gute Frau, wir holen Sie da raus!«

Es schien eine Ewigkeit zu dauern, den Schutt Stück für Stück wegzuräumen, doch dann sah Emilie endlich, endlich wieder Tageslicht, und ein Mann blickte auf sie hinab.

»Fehlt Ihnen was?«

»Es geht schon. Ich habe mir nur den Arm gebrochen.«

»Ach, Sie armes Ding. Also, Jungs, ihr müsst sehr vorsichtig sein. Die arme Frau hat einen gebrochenen Arm.«

Die fremden Männer waren so gütig und freundlich, dass Emilie am liebsten in Tränen ausgebrochen wäre. Dann wurde es schwarz um sie, und sie wachte erst wieder auf, als die Oberschwester sie aufforderte, sich auszuruhen, und eine Frau kreischte, der Sturm käme zurück und sie müssten nun alle sterben.

Emilie hielt die Frau für hysterisch. Schließlich war der Sturm doch vorbei. Aber schon im nächsten Moment begann der sintflutartige Regen von neuem, und der Wind wurde stärker. Die Frau kreischte immer weiter, bis jemand sie anbrüllte, sie solle endlich den Mund halten, worauf sie schlagartig verstummte und nur noch laut vor sich hinschluchzte.

Der Backsteinstall überstand auch den nächsten Angriff, während Emilie völlig verwirrt auf ihrer Pritsche lag. Sie verstand die Welt nicht mehr, und als ein Arzt, begleitet von mehreren Krankenschwestern, hereineilte, um nach den Patienten zu sehen, lautete ihre erste Frage: »Kommt der Sturm jetzt noch einmal wieder?«

»Nein, nun ist es endgültig vorbei«, erwiderte der Arzt. »Wir bringen Sie jetzt ins Trockene und in ein warmes Bett. Anschließend schiene ich Ihren Arm. Die Schwester wird Ihre Daten aufnehmen und sich um Sie kümmern. Sie waren sehr tapfer. Tut mir Leid, dass wir Sie vorhin nicht gleich versorgen konnten, aber das holen wir nun alles nach. Versprochen.«

Emilie lächelte. »Die Leute sind so gut zu mir«, sagte sie zu der Schwester.

Sobald der Wirbelsturm ein für allemal weitergezogen war, eilte Jesse Field zum Krankenhaus, wo sich ein müder Dr. Fanning gerade im Büro der Oberschwester ausruhte.

»Möchten Sie eine Tasse Tee?«, fragte Fanning und zündete sich eine Zigarette an.

»Da hätte ich nichts dagegen.«

»Bedienen Sie sich. Was kann ich für Sie tun?«

»Ich wollte mich nur erkundigen, wie es bei Ihnen steht. Der zweite Sturm war so stark wie der erste. Ich hätte nie gedacht, dass er mit einer solchen Gewalt wiederkommt.«

»Aber so war es. Wir haben noch einige Patienten dazubekommen. Ein paar Leute hat es am Kopf erwischt, manche haben sogar eine Gehirnerschütterung. Zwei Jungen, die barfuß herumgelaufen sind, haben sich übel die Füße zerschnitten. Und Joey Bryants Zustand ist ziemlich ernst. Sein Pferd hat gescheut und ihn gegen den Kopf getreten. Außerdem wird auf der *Jupiter* ein Seemann vermisst. Man glaubt, er sei über Bord gegangen.« Fanning rümpfte die Nase. »Man glaubt! Ich meinerseites glaube, dass alle betrunken waren und keine Ahnung haben, was dem Mann zugestoßen ist.«

»Ich kümmere mich darum. Wo ist Joey?«

»Die Oberschwester ist bei ihm. Sie können ihn noch nicht besuchen.«

»Gut. Dann komme ich eben später wieder. Am besten gehe ich zuerst zur *Jupiter* und erkundige mich, ob sie den Burschen schon wieder gefunden haben. Wie heißt er denn?«

»Weiß ich nicht. Aber wir haben noch einen merkwürdigen Fall. Es ist eine Frau, die auf der Abteilung für die Sturmopfer liegt. Man hat sie unter der alten Landvermesserhütte gefunden und vor der zweiten Welle des Sturms hergebracht. Sie hat eine Menge blauer Flecke abgekriegt. Außerdem hat sie einen gebrochenen Arm, den ich geschient habe. Auf Bitte der Oberschwester habe ich mir auch ihre anderen Verletzungen angesehen.«

»Aha«, meinte Jesse höflich. Diese Frau war doch nur eine von vielen.

»Lassen Sie mich weiter erzählen«, fuhr Fanning fort. »Die Frau hat diese Verletzungen nicht alle beim Sturm davongetragen. Sie wurde verprügelt, und zwar ziemlich heftig. Striemen von einem Streichriemen sind mir in meinem Beruf schon häufig untergekommen, und unsere Patientin ist ein klassisches Beispiel.«

»Und wer hat sie geschlagen?«

»Jetzt wird es interessant. Ihrer Aussage nach wurde sie während des Sturmes verletzt, was heißt, dass es weder ein Überfall noch ein Einbruch gewesen sein konnte, denn das hätte sie uns doch sicher erzählt. Ich fresse einen Besen, wenn der Streichriemen nicht auf den Ehemann hinweist.«

»Schweinekerl! Wer ist es?«

»Dreimal dürfen Sie raten.« Grinsend zündete Fanning sich die nächste Zigarette an. »Unser vorbildlicher Neubürger Mr. Hillier! Clive Hillier! Er war heute Morgen hier, voller Angst um sie und der Inbegriff eines liebenden Gatten. Er hat seine Frau bemuttert wie eine Glucke.« Fanning lachte auf. »Die Oberschwester meint, jemand sollte ihm eins mit dem Nudelholz überbraten. Sie hat ihn sofort vor die Tür gesetzt. Doch die Frau schweigt weiterhin und wiederholt nur, die Hütte sei über ihr zusammengestürzt.«

Jesse machte sich Sorgen um Emilie. »Wie geht es ihr jetzt?«

»Sie ist erschöpft und am Ende ihrer Kräfte. Ich habe Anweisung gegeben, sie ein paar Tage lang hier zu behalten. Aber wagen Sie es nicht, mich in dieser Sache in Ihrem Artikel zu zitieren, Jesse.«

»Keine Angst, wir berichten nicht über Familienstreitigkeiten. Und wie sieht es sonst im Krankenhaus aus? Wie viele zusätzliche Patienten mussten Sie schätzungsweise wegen des Zyklons behandeln?«

»Ich glaube, es sind zweiundzwanzig. Einer ist tot, einer wird vermisst. Wir sind noch mal mit einem blauen Auge davongekommen.«

»Danke. Dann mache ich mich jetzt auf den Weg.« Jesse eilte hinaus, blieb auf dem Flur stehen und überlegte, was er nun tun sollte. Eigentlich war ihm Emilies missliche Lage wichtiger als die reißerischen Artikel über den Wirbelsturm, die er so bald wie möglich abgeben musste. Am liebsten hätte er Emilie sofort besucht, um ihr seine Hilfe anzubieten und ihr Gesellschaft zu leisten. Dann jedoch entschied er sich anders. Ganz bestimmt brauchte sie jetzt vor allem Ruhe.

Aber was war mit Hillier? Hatte er sie wirklich geschlagen? Obwohl Jesse nicht an dem Urteil des alten Dr. Fanning zweifelte, war es unvorstellbar für ihn, wie jemand diese reizende junge Frau schlagen könnte. Sie war so sanft, so zurückhaltend ... Konnte man Clive so etwas tatsächlich zutrauen?

Und dann fiel ihm Mal ein. Emilie war vor ihrer Ehe seine Freundin gewesen. Und wenn Jesse sich recht erinnerte, war Clive nicht sonderlich glücklich gewesen, seinen alten Freund im Hotel zu sehen.

Ob er Mal von Emilies Lage erzählen sollte? Schließlich war Mal mit ihr gut bekannt. Er würde schon herauskriegen, was wirklich geschehen war.

»Ja, und die Lage noch verschlimmern«, murmelte er dann. Warum war es nur so schwierig, bei ehelichen Auseinandersetzungen eine Lösung zu finden?

Gerade wollte Jesse zur Hintertür hinausschlüpfen und über die Koppeln die Abkürzung zur Zeitungsredaktion nehmen – bis auf ein paar Fensterscheiben und die Eingangstür aus Glas hatte sie den Sturm überstanden –, als er an der Krankenhauspforte einen Tumult vernahm. Sofort änderte er seine Pläne und eilte los, um nachzusehen, was geschehen war. Die Oberschwester hastete vor ihm her.

Jemand rief nach dem Arzt. Er müsse unbedingt kommen, und zwar schnell.

Das Hotel *Alexandra* lag zwar in Trümmern, aber man war besser vorbereitet, als der Sturm das zweite Mal zuschlug. Der Boden des Schutzraums unter der Treppe war trockengewischt worden, und man hatte Decken über die feuchten Dielenbretter gebreitet. Ein Krug Wasser und ein Schöpfbecher standen wegen der Hitze bereit, und als die Feuerglocke der Stadt zur Warnung zu läuten begann, fanden sich alle Hausbewohner im Versteck ein.

»Wo ist meine Frau?«, rief Franz, als sie sich wieder in der Dunkelheit zusammendrängten.

»Sie sitzt hinten«, erwiderte Esme. »Ich habe sie selbst mitgebracht.«

»Nein, tut sie nicht«, widersprach eines der Hausmädchen. »Sie hat die Hühner vergessen und ist rausgelaufen, um sie einzusperren.«

Esme traute ihren Ohren nicht. Schließlich hatte sie Mrs. Kassel mehr oder weniger gewaltsam von ihrer Arbeit in der Küche wegholen und sie zu den anderen in den Schutzraum zerren müssen. »Sind Sie hier, Mrs. Kassel?«, fragte sie deshalb und rechnete ganz sicher mit einer Antwort.

Als nichts zu hören war, wollte Franz das Versteck verlassen. Aber Neville hielt ihn zurück. »Nein, bleiben Sie hier. Ich bin am nächsten bei der Tür. Ich hole sie.«

Er war fort, ehe jemand ihn zurückhalten konnte. Das Heulen des Windes übertönend, rief er Esme zu, sie solle die kleine Tür schließen.

Als Neville den Flur entlang in die Küche lief, fühlte er sich wie bei einem Erdbeben. Der Sturm tobte mit beängstigender Macht. Schon in der Küche war es kaum auszuhalten, weil das gesamte Gebäude wackelte, aber draußen konnte er nur einen Wirbel aus Trümmern und Wassermassen erkennen. Unwillkürlich duckte er sich in die kleine Speisekammer, die ein wenig mehr Schutz bot als die große offene Küche mit den zerbrochenen Fenstern, wo das Wasser von der Decke tropfte.

Er hoffte, dass Mrs. Kassel sich in die Molkerei geflüchtet hatte, auch wenn es dort vermutlich ziemlich eng war.

Als die Glocke geläutet wurde, hatte Neville einige Frauen und Kinder aus den Nachbarhäusern dort hingeschickt. Dann jedoch hörte er die Wirtin rufen und rechnete deshalb damit, dass sie jeden Moment in der Küche erscheinen würde. Als das jedoch nicht geschah, spähte er aus dem Fenster der Speisekammer.

»Dummes Frauenzimmer, bei diesem Wetter Hühner zu jagen«, murmelte er, als Mrs. Kassel weiterhin nicht zu sehen war. »Wahrscheinlich werden die Viecher jetzt herumgeblasen wie Federbälle und lernen das Fliegen auf die harte Tour«, sagte er sich grinsend, während er sich die Szene bildlich vorstellte. Allerdings war ihm klar, dass er Mrs. Kassel suchen musste. Doch in der Speisekammer war er in Sicherheit. Warum also sollte er da draußen in dem Inferno seinen Hals riskieren? Das war ja, als spazierte man unbewaffnet auf einem Schlachtfeld umher! Nevilles Blick fiel auf einen schweren Ledermantel, den Franz gewiss aus Deutschland mitgebracht hatte, denn in diesem Klima brauchte man so ein Kleidungsstück nicht. Von diesem Sturm einmal abgesehen, sagte er sich ärgerlich. Es war, als fordere der Mantel ihn dazu auf, hineinzuschlüpfen.

Neville tat es und versuchte lieber nicht daran zu denken, was für ein Wahnwitz es war. In den Mantel gehüllt, lief er in die Küche, von wo aus er einen besseren Blick auf den Hof hatte. Und da sah er sie, Mrs. Kassel, die Hühnerjägerin, die sich an einen dicken Baum am Tor klammerte. Sie befand sich nicht in der Nähe der Molkerei aus Backstein, sondern nur wenige Meter entfernt von der Küche. Der Baum schwankte wild; seine abgerissenen Äste wirbelten durch die Luft, und er drohte, jeden Moment den Halt seiner Wurzeln zu verlieren.

Neville rief Mrs. Kassel zu, sie solle den Baum loslassen und losrennen, bevor es zu spät sei. Doch die Wirtin hielt wegen des heftigen Regens den Kopf gesenkt, und er bezweifelte, dass sie ihn überhaupt gehört hatte. Also rief er noch einmal, und zwar lauter.

»Lassen Sie los, verdammt. Der Baum hält nicht mehr lange. Kommen Sie her. Schnell.«

War sie taub? Starr vor Angst? An dem verdammten Baum festgewachsen? Obwohl Neville wusste, dass es Wahnsinn war, setzte er sich ohne nachzudenken in Bewegung. Geduckt rannte er gegen den Wind an, und ihm wurde schlagartig klar, warum Mrs. Kassel nicht loslassen konnte. Er fühlte sich, als würde er sich einer Welle entgegenwerfen, und hatte Mühe, die zweihundert Meter zurückzulegen, die ihn von der Gestrandeten trennten. Dabei schoss ihm durch den Kopf, dass ein so langsamer Sprint, wohl noch nie gestoppt worden war.

»Kommen Sie«, keuchte er beim Versuch, sie zur Eile anzutreiben.

»Nein«, kreischte Mrs. Kassel, während ihre Arme weiter den Baumstamm umschlangen. »Ich kann nicht, ich kann nicht.«

»Sie müssen aber«, erwiderte Neville und hielt sich wegen des Windes, der an ihm zerrte, an einem dicken Ast fest. »Sie dürfen nicht hier bleiben. Es ist zu gefährlich.«

»Loslaufen wäre noch gefährlicher«, schluchzte sie; das nasse Haar klebte ihr im Gesicht.

»Das stimmt nicht«, widersprach er ärgerlich.

Dann jedoch nahm der Baum ihnen die Entscheidung ab: Er knirschte bedrohlich. Zwar stand er noch, aber wie lange noch? Neville spürte den Druck, als ob der wilde Wind sich den Baum als Opfer auserkoren hätte und ihn nicht mehr freigeben würde. Wieder ächzte der Baum kläglich. Mrs. Kassel sah Neville an und blickte sich dann verzweifelt nach einem vielleicht näher gelegenen Halt um.

»So laufen Sie schon!«, rief er. Da rannte sie endlich los, und zwar auf die Küche zu. Durch ihren nassen langen Rock geriet sie immer wieder ins Stolpern, und sie musste sich gegen den Wind stemmen. Doch Neville folgte ihr auf den Fersen und stieß sie immer weiter, bis sie schließlich genug Schwung bekam, sodass sie den Rest des Weges allein zurücklegen konnte.

Mit einem erleichterten Aufseufzen richtete er sich auf und eilte weiter.

Neville sah sie kommen, die Wellblechplatte, die wie ein fliegender Teppich durch die Luft segelte und hierhin und dorthin schwebte, sodass sich schwer abschätzen ließ, wo sie letzendlich landen würde. Da er befürchtete, das gefährliche Stück Metall könnte auf ihn stürzen, hob er schützend die Arme, aber es war zu spät. Das Wellblech näherte sich blitzschnell, und Neville spürte einen Schlag auf dem Kopf. Im nächsten Moment lag er im weichen, feuchten Morast. Der Regen ist angenehm kühl, dachte er noch. Hoffentlich ist Es in ihrem Versteck unter der Treppe sicher. Bestimmt wird sie Mrs. Kassel ordentlich die Leviten lesen. Die gute alte Es. Eine Frau zum Pferdestehlen.

Neville lächelte. Ja. Er würde ihr das goldene Kleid kaufen. *Es* ...

Als Neville und Mrs. Kassel nicht zurückkehrten, machten die anderen sich Sorgen. Allerdings vermutete Esme, dass sie den Weg quer durchs Hotel und zur Treppe vielleicht nicht geschafft und sich deshalb anderswo in Sicherheit gebracht hatten.

»So wie Sie und Neville beim letzten Mal«, meinte sie zu Franz, der das auch für wahrscheinlich hielt.

Allerdings hatten sich Esmes Befürchtungen nicht völlig gelegt: »Der Sturm hört sich viel schlimmer an als vorhin.«

»Nein, das stimmt nicht«, widersprach die Köchin. »Der erste Sturm war zehn Mal so schlimm. Ich hatte eine Todesangst. Bilde ich es mir ein, oder wird der Boden wirklich immer nasser?«

»Das Wasser fließt unter der Tür durch«, erwiderte Esme in einem fröhlichen Ton, der nicht ihrer tatsächlichen Verfassung entsprach. »So besteht wenigstens keine Gefahr, dass wir uns hier drin häuslich einrichten.«

Und so warteten sie – angespannt, besorgt und gereizt –, bis der Wind irgendwann nachließ und das Gebäude zu knirschen aufhörte. Als es so weit war, krochen die Hausbewohner aus ihrem Versteck, streckten ihre Glieder und nahmen das nun noch mehr verwüstete Hotel in Augenschein.

Franz und Esme schoben Trümmer beiseite und hasteten zum hinteren Teil des Gebäudes, während das Personal versuchte, das Ausmaß des Schadens abzuschätzen.

»Die Kassels werden das Hotel Brett um Brett wieder aufbauen müssen, damit wirklich keine Einsturzgefahr mehr droht«, meinte die Köchin. »Und lauter neue Möbel müssen sie auch kaufen. Die alten sind restlos hinüber.«

»Sämtliche Bettwäsche hat Schlammflecken«, stellte ein Zimmermädchen bedrückt fest. »Sogar die guten Laken in der Mangel. Jetzt müssen wir alles noch einmal waschen, und selbst dann glaube ich nicht ...«

Als sie Franz rufen hörten, liefen sie, das Schlimmste befürchtend, den Flur entlang in die Küche. Doch es stellte sich heraus, dass Mrs. Kassel sich auf den Boden in der Speisekammer gekauert hatte. Sie war zwar schmutzig und von oben bis unten mit Schlamm beschmiert, aber Franz und Mrs. Caporn halfen ihr beim Aufstehen, umarmten sie, erklärten ihr, welche Angst sie um sie gehabt hätten, und küssten sie ab. Dann erkundigte sich Mrs. Caporn nach ihrem Mann.

»Der ist in Sicherheit«, erwiderte Mrs. Kassel und lehnte sich Hilfe suchend an Franz. »So ein guter Mensch. Er hat mich hereingeholt und mir geholfen. Er war dicht hinter mir.«

»Und wo steckt er jetzt?«, fragte Esme erleichtert.

»Ich konnte nicht mehr und bin einfach hier liegen geblieben. Mr. Caporn ist bestimmt weitergelaufen. Zur Treppe.«

Die anderen sahen sich an. »Nein, ist er nicht«, erwiderte Esme.

Mrs. Kassel blickte aus dem Fenster und stieß einen Schrei aus. »Sehen Sie. Der Baum ist umgestürzt. Der, an dem ich mich festgehalten habe.« Sie bekreuzigte sich. »Oh, Franz, dem Himmel sei Dank für Mr. Caporn. Wenn er mich nicht geholt hätte, würde ich jetzt unter diesem Baum liegen. Oh, mein Gott, noch nie im Leben hatte ich solche Angst. Es war ein Albtraum! Ich muss mich setzen, ich fühle mich ganz schwach.«

»Ich hole ihr einen Brandy«, erbot sich die Köchin. »Ich könnte selbst auch ein Schlückchen vertragen.«

Esme war vor das Hotel gelaufen, um Neville zu suchen. Als sie auf die Straße hinausspähte, sah sie ein paar Leute umhergehen. Zwei Männer begannen bereits, den Schutt von der Straße zu räumen. Im nächsten Moment kam ein halbes Dutzend riesiger Rinder mit spitzen Hörnern um die Ecke gestürmt und raste in wilder Jagd an Esme vorbei, sodass sie erschrocken zurücksprang.

Nachdem sie im verwüsteten Salon, in der Bar, im Büro und schließlich im Speisesaal nachgesehen hatte, kam sie durch die Flügeltür zurück in die Küche.

»Haben Sie ihn gefunden?«, wollte Franz wissen. Als er am Küchenfenster vorbeiging, zuckte er zusammen. »Nanu? Was macht denn mein Mantel da draußen?«

Er marschierte hinaus, um ihn zu holen. Niemand achtete auf ihn, denn ein im Regen liegen gelassener Mantel war angesichts der Verheerung ein zweitrangiges Problem.

»Neville ist nicht im Hotel«, sagte Esme zu Mrs. Kassel. »Warum hätte er noch mal rausgehen sollen? Wo könnte er stecken?«

Esme spürte einen kalten Lufthauch in der geräumigen Küche, wo sich alle um den langen sauber geschrubbten Tisch mit dem marmornen Schneidebrett auf der Seite, wo sich der Herd befand und wo die Köchin arbeitete, versammelt hatten. Schweigen erfüllte den Raum, als wäre die Zeit stehen geblieben. Esme begriff nicht, warum es auf einmal totenstill wurde, als sie sich langsam von der Gruppe löste und hinaustrat, wo ihr Hitze entgegenschlug. Die zerbrochenen Stufen hinunter, ging sie zu der Stelle hinüber, wo Franz kniete, und zwar neben einem Mantel, der offenbar so wichtig für ihn war, dass Esme unbedingt wissen musste, was sich darunter verbarg. Sie musste es erfahren.

»Meine Liebe ...«, begann Franz, ihr die traurige Wahrheit zu eröffnen. Aber Esme wollte es nicht hören.

»Nein, das ist nicht wahr!«, kreischte sie. »Er lebt!« Sie

wirbelte herum und schrie das Hausmädchen an, das hinter ihr stand. »Er lebt! Holen Sie einen Arzt. Los! Sofort! Holen Sie einen Arzt!«

Ehe jemand das Hausmädchen aufhalten konnte, eilte die junge Frau los und rannte über den Hof und zum Tor hinaus, um in diesem Notfall bloß nichts falsch zu machen. Sie musste Mr. Caporn retten! Noch nie im Leben hatte sie so viel Verantwortung getragen. Wie gut, dass sie so eine gute Läuferin war. Ihr Dad hatte immer gesagt, sie könne rennen wie der Wind. Und dass der arme Mr. Caporn nun da auf dem Boden lag, in Mr. Kassels Ledermantel, der jetzt hinten am Rücken aufgerissen und voller Blut war, bot ihr eine ausgezeichnete Gelegenheit, ihre Fähigkeiten unter Beweis zu stellen. Sie sprang über einen umgestürzten Baum, den schwarzen Rock gerafft wie ein leichtes Mädchen, und hastete weiter. Dabei dachte sie an Mr. Caporns blasses Gesicht, das sie nur zur Hälfte hatte sehen können. Er hatte eine Abschürfung auf Nase und Stirn, als wäre er in eine Prügelei geraten. Aber auf seinen Lippen stand ein leichtes Lächeln, was ihr Hoffnung gab. Mr. Caporn verließ sich darauf, dass sie Hilfe holte, bevor es zu spät war. Also stürmte sie, vorbei an einer umgestürzten Kutsche, die Auffahrt des Krankenhauses hinauf, sprang auf die Veranda, ohne auf das zerrissene Vordach am Haupteingang zu achten, und begann, nach Dr. Fanning zu rufen.

Da Mal wusste, dass das Hotel *Alexandra* einiges abbekommen hatte, ging er am Ufer entlang dorthin, um sich zu erkundigen, ob man Hilfe brauchte.

In der ganzen Stadt roch es modrig. Es war ein abgestandener muffiger Gestank, der einem den Atem raubte, als hätten die Winde und die umgestürzten Bäume uralte Höhlen freigelegt. Alles war schief – das hieß, die Dinge, die überhaupt noch standen.

»Ein widerwärtiger Wind«, murmelte Mal schmunzelnd und hob eine reife Mango auf, die mit Dutzenden anderer unter einem Baum lag.

Er schälte die saftige Frucht und biss hinein, ohne darauf zu achten, dass der Saft ihm auf das zerrissene Hemd tropfte. Bevor seine Reisen ihn in den Norden geführt hatten, hatte er noch nie eine Mango gegessen, und er mochte diese Frucht sehr. Er beschloss, einen Eimer aus dem Hotel zu holen und alle Mangos vom Boden aufzusammeln, bevor sie dort verfaulten. Doch als er gerade die Straße überqueren wollte, kam eine Rinderherde in wilder Jagd um die Ecke gestürmt, gefolgt von einem Reiter mit knallender Peitsche.

Mal sprang beiseite und erkannte dabei Esme Caporn vor dem Hotel. Aber als die rasende Rinderherde vorbei war, war Esme bereits wieder im Gebäude verschwunden.

Sie sieht traurig aus, dachte er. Aber dazu hat sie in einem verwüsteten Hotel ohne Dach ja allen Grund.

Auch das Innere des Hotels bot einen beklagenswerten Anblick. Da niemand in Sicht war, spähte Mal in die Bar, wo alles klatschnass war. Putzstücke von der Decke lagen herum wie weggeworfenes Geschirr. Die bunte Flaschensammlung war aus den verspiegelten Regalen verschwunden. Hoffentlich war sie noch so heil wie die Spiegel selbst, in denen nur noch die zerbrochenen Fensterscheiben zu sehen waren.

Geistesabwesend stellte Mal einen umgefallenen Stuhl auf, trat hinaus in die Hotelhalle und betrachtete die solide Treppe, inzwischen ohne Läufer und Messingbeschläge, als er Schreie hörte. Es waren die Schreie einer Frau.

So vorsichtig wie möglich trugen er und Franz den verletzten Neville ins Haus und legten ihn auf ein Sofa in dem kleinen Aufenthaltsraum neben der Küche, was nicht eben einfach war.

Währenddessen versuchte Mrs. Kassel, Esme zurückzuhalten, die ihren Mann einfach nicht loslassen wollte. Sie klammerte sich an Neville und beteuerte dabei unablässig, dass alles gut werden würde. Der Arzt würde gleich hier sein. Dann küsste sie ihn und flehte ihn an, doch aufzuwachen. Sie nahm das feuchte Tuch, das Mrs. Kassel ihr reichte, wischte ihm den Schmutz vom Gesicht, redete immer weiter auf ihn ein und beharrte darauf, dass er aufwachen müsse. Sie rief, Franz habe sich geirrt. Neville sei doch offenbar nur besinnungslos. Nachdem alle eine Ewigkeit hilflos daneben gestanden hatten, erschien endlich Dr. Fanning.

»Oh, Gott sei Dank, dass Sie da sind!«, begrüßte sie ihn. »Es geht ihm sehr schlecht. Er hat viel Blut verloren.«

Fanning schob sich an Esme vorbei, um ihren Mann zu untersuchen, und ließ sich dabei aus reiner Güte mehr Zeit, als eigentlich nötig gewesen wäre. Mal vermutete, dass er die Frau damit beruhigen wollte. Aber nach einer Weile blieb auch dem Arzt nichts anderes übrig, als das Stethoskop abzunehmen und den Kopf zu schütteln.

»Es tut mir Leid, Mrs. Caporn, aber es ist vorbei. Er hat einen schweren Schlag abbekommen, und zwar am Kopf und am Hals. Er hat nicht gelitten. Gott schenke seiner Seele Frieden.«

Mal musste Esme überreden, den Leichnam freizugeben und einer Überführung in die Leichenhalle zuzustimmen. Nach einer Weile gab sie nach, bestand aber darauf, hinter dem Wagen herzugehen.

»Ich kann ihn noch nicht hergeben. Es ist zu früh«, schluchzte sie. »Es ist noch nicht so weit, Mal. Ich brauche noch etwas Zeit.«

»Das stimmt. Es war sehr plötzlich für Sie beide. Ich begleite Sie zur Leichenhalle. Es ist nicht sehr anheimelnd dort, glauben Sie mir.«

Es gab so viel zu tun, und alle waren derart beschäftigt, dass Esme sich mit ihrer Trauer allein gelassen und vom Rest der Menschheit ausgeschlossen fühlte. Man brachte ihre Habe in ein Schlafzimmer im Untergeschoss und ging davon aus, dass sie ihre Kleider selbst sortieren würde, um aus den durchweichten Haufen zu retten, was noch zu retten war. Aber Esme saß nur da und starrte teilnahmslos auf das Tohuwabohu. Was spielte das jetzt noch für eine Rolle?

Wen interessierten schon Kleider? Außerdem hatte sie keine Ahnung vom Wäschewaschen und davon, wie man verdorbene Stoffe wieder herrichtete.

Als Mal am zweiten Abend kam, um Esme zu besuchen, kauerte sie auf dem Bett und rauchte Nevilles Pfeife.

Er schien das Durcheinander, den modrigen Geruch, ja, selbst die Pfeife nicht zu bemerken. »Wie geht es Ihnen?«

»Den Umständen entsprechend«, erwiderte sie tonlos. »Miserabel.«

Er nickte. »Ja«, meinte er und blickte aus dem Fenster. »Die Handwerker haben fast alle Trümmer aus dem oberen Stockwerk entfernt und fangen morgen mit dieser Etage an. Das Haus ist unbewohnbar.«

»Muss ich ausziehen?«

»Die Kassels müssen auch raus. Aber Mrs. Plummer lädt Sie ein, bei ihr zu wohnen. Was halten Sie davon?«

Esme konnte keinen klaren Gedanken fassen, und sie wusste auch nicht, was sie davon halten sollte. Außerdem war es ihr eigentlich egal. Also zuckte sie mit den Achseln.

»Gut, dann wäre das geklärt. Mal schob ein Kleiderbündel von einem Stuhl auf den Boden, damit er Platz nehmen konnte. Esme blinzelte erschrocken.

»Ich weiß nicht, was ich mit diesen Sachen machen soll«, meinte sie, weil sie glaubte, irgendetwas sagen zu müssen. »Wahrscheinlich ist alles ruiniert.«

»Mrs. Plummer wird Ihnen beim Sortieren helfen. Stört es Sie, wenn ich rauche?«

»Wohl kaum.«

Immer wieder entstanden kurze Pausen in ihrem Gespräch, weil sie sich beide keine große Mühe gaben, die Unterhaltung fortzusetzen. Esme fand, dass jetzt nicht der richtige Zeitpunkt zum Reden war, und Mal war ohnehin ein schweigsamer Mensch, der die Stille gut aushielt und deshalb keine Anstalten machte, sie zu füllen. Auch Esme sah keinen Grund dafür.

»Ich habe mich gefragt«, begann Mal nach einer Weile dennoch, »ob Sie mir vielleicht einen Gefallen tun könnten.«

»Worum geht es denn?«

»Erinnern Sie sich an Mrs. Hillier? Clives Frau? Sie haben sie letztens am Abend kennen gelernt.«

»Ja.«

»Sie liegt im Krankehnhaus. Hat einiges abgekriegt ... sie wurde aus einem eingestürzten Haus gerettet.«

»Das tut mir aber Leid. Sie war sehr nett.«

»Ja. Das Problem ist, dass sie sehr niedergeschlagen ist und sich elend fühlt ...«

Esme sog ärgerlich an der Pfeife. »Immerhin hat sie noch einen Mann.«

Mal nickte nachdenklich. »Ja, das stimmt. Zerbrechen Sie sich nicht den Kopf darüber. Das besprechen wir später. Zuerst sollten wir über Nevilles Beerdigung reden.«

»Nein.« Esme nahm die Füße vom Bett und stellte sich mit Nachdruck auf den Boden. »Ich will nicht.«

Mal seufzte auf. »Es muss aber sein, Esme. Soll ich mich darum kümmern?«

»Nein«, schluchzte sie, und die Tränen, die sie so mühsam unterdrückt hatte, begannen wieder zu fließen, während Mal geduldig daneben saß. Wie ein Wächter, dachte sie. Immer auf der Hut. Und als sie sich schließlich die Tränen abwischte, hatte sie ihre Meinung geändert.

»Es tut mir Leid. Das heißt, ja, ich würde mich freuen, wenn Sie das mit der Beerdigung für mich erledigten. Ich könnte das einfach nicht.«

»Gut, ich kümmere mich darum. Morgen, Esme? Wäre Ihnen morgen recht?«

»Oh, Gott ...« Wieder brach sie in Tränen aus. »So bald?«

»Es ist das Beste so.«

Esme hob den Kopf. »Neville war mein bester Freund, Mal«, sagte sie mit leiser Stimme. »Mein einziger Freund. Ich weiß nicht, wie ich es ohne ihn schaffen soll.«

Während sie das aussprach, sah sie Nevilles Dokumentenmappe neben dem offenen Schrankkoffer stehen, und sie wäre beinahe vor Schreck in Ohnmacht gefallen. Die Mappe war voller Geld. Zumindest, als sie sie das letzte Mal geöffnet hatte. Geld, das *Apollo Properties* gehörte!

»Oh, Gott«, wiederholte sie; Mal musterte sie besorgt.

»Sie sind ja plötzlich so blass, Esme. Ist Ihnen nicht gut?«

Ihr war tatsächlich ganz flau, aber sie durfte sich nichts anmerken lassen. »Ich fühle mich nicht ganz wohl«, erwiderte sie. »Ich glaube, ich lege mich hin, Mal, wenn Sie nichts dagegegen haben.«

»Kein Problem. Ich mache mich auf den Weg. Es tut mir so Leid wegen Neville. Alle finden, dass er ein Held ist, weil er Mrs. Kassel gerettet hat.«

»Wirklich?«, entgegnete Esme mit schwacher Stimme. »Das hätte ihn sicher gefreut.«

Ganz sicher, sagte sich Esme, nachdem Mal gegangen war.

In Sekundenschnelle sprang sie vom Bett auf, öffnete die Mappe und stellte fest, dass sich das Geld noch darin befand. Das verdammte Geld, das sie in eine wirklich unangenehme Lage brachte.

»Warum musstest du nur den Helden spielen, zum Teufel?«, schluchzte sie.

15. Kapitel

Die Oberschwester, die nur darauf gewartet hatte, sich den Ehemann vorzuknöpfen, fing Clive ab, als dieser am zweiten Tag das Krankenhaus betreten wollte.

»Könnte ich Sie kurz sprechen, Mr. Hillier?«, begann die Oberschwester.

»Wenn es um die Bezahlung der Behandlung geht, müsste ich vielleicht ...«

»Es geht nicht um die Bezahlung. Bei so einem Notfall helfen wir kostenlos. Also brauchen Sie sich darüber nicht den Kopf zu zerbrechen. Ich möchte mit Ihnen über Ihre Frau reden.«

»Ja, ich hole sie heute ab. Das Haus, das wir gemietet hatten, ist zerstört, aber ich habe uns vorübergehend eine Unterkunft im Wohnheim der Telegrafengesellschaft besorgt.«

»Sie wird heute noch nicht entlassen«, erwiderte die Oberschwester und verschränkte die Arme vor der Brust. »Es gibt also keinen Grund zur Eile. Ich wollte Sie nur fragen, wer sie so verprügelt hat.«

»Verprügelt? Wer hat meine Frau verprügelt?«

Clive wich zurück. »Was für ein Märchen hat Emilie Ihnen denn aufgetischt? Sie wurde bei dem Sturm verletzt. Kein Mensch hat sie verprügelt. Es wundert mich, wie Sie überhaupt auf so einen Gedanken kommen. Und wenn Sie mich jetzt entschuldigen wollen ...«

Er drängte sich an ihr vorbei. Die Oberschwester ließ ihn gehen. Schließlich war sie kein Richter. Auch wenn er die Tat abgestritten hatte, wusste er nun zumindest, dass man ihm auf der Spur war. Allerdings war es ihrer Erfahrung nach ratsam, etwas zu unternehmen, solange die Frau noch im Krankenhaus lag. Wenn sie erst einmal entlassen war, würde sie nichts mehr für sie tun können.

Clive stand bereits neben Emilies Bett. Seine Miene war finster und drohend und zeigte nicht die Spur von Sorge darüber, dass seine Frau Opfer eines Überfalls geworden sein könnte.

Das habe ich mir fast gedacht, sagte sich die Oberschwester, als sie sich den beiden näherte. »Ich hoffe, sie behaupten jetzt nicht, Mrs. Hillier hätte uns etwas vorgeschwindelt. Sie hat nämlich kein Wort darüber verloren. Doch die Striemen auf ihrem Rücken und auf ihren Beinen sprechen Bände.«

Sie sah, wie die Frau im Bett ängstlich zusammenzuckte. »Aber, aber, Mrs. Hillier, Sie bekommen doch ein Baby. Sie sind für das Kind verantwortlich ...«

»Ich weiß, Oberschwester«, flüsterte Emilie.

»Dann lassen Sie sich nicht einschüchtern und demütigen und verschweigen sie nicht länger, dass er gewalttätig gegen sie geworden ist. Wenn sie es aller Welt erzählen, werden Sie bald feststellen, dass er nicht so groß ist, wie er tut.«

»Wie können Sie es wagen!«, brüllte Clive, aber die Oberschwester wirbelte zu ihm herum.

»Dasselbe sollte ich eigentlich Sie fragen! Sie sollten sich schämen! Hier kommt Dr. Fanning, also verschwinden Sie jetzt am besten.«

Rasend vor Wut stürmte Clive auf die Straße hinaus. Sein Herz klopfte. Hatte er nicht schon genug Schwierigkeiten, da die zerstörten Läden nicht versichert gewesen waren? Ihre gesamte Habe in der Hütte war zerstört, ebenso ihre Möbel, da auch das Lagerhaus verwüstet worden war. Und da besaß Emilie die Frechheit, faul im Krankenhaus zu liegen, das Opferlamm zu spielen und anderen Leuten etwas über ihre so genannten Verletzungen vorzujammern! Lügen zu verbreiten, die bald die ganze Stadt hören würde. Ein Jammer, dass sie sich beim Einsturz der Hütte nicht gleich das Genick gebrochen hatte.

Aber ... ach, zum Teufel mit ihr. Woher sollte er nun das Geld nehmen, um seine Läden wieder aufzubauen und einzurichten? Er würde einen hohen Kredit aufnehmen müssen. Vielleicht war es besser, zunächst nur einen anstelle von zwei Läden zu eröffnen und darin Herren- und Damenbekleidung anzubieten. Die übrigen Räume konnte er ja vermieten. Er beschloss, sich sofort an die Arbeit zu machen.

»Unmöglich, Clive«, meinte der Bauunternehmer. »Sie kommen später dran. Wir haben den Auftrag, das Hotel *Alexandra* wieder aufzubauen, das unsere Firma selbst errichtet hat. Es bricht mir das Herz, wenn ich diese Zerstörung sehe. Anschließend kommen zuerst die Regierungsgebäude wie die Lagerhäuser und die Zollstation dran. Nach diesem Wirbelsturm gibt es hier so viel Arbeit, dass in der Stadt mindestens ein Jahr lang ein Mangel an guten Handwerkern herrschen wird. Am besten trommeln Sie gleich ein paar Leute zusammen.«

Das war leichter gesagt als getan. Alle Fachleute, die Clive fragte, standen bereits unter Vertrag. Verärgert gab er es auf und marschierte in die provisorische Bar, die neben den Ruinen des Hotels *York* eingerichtet worden war. Erst beim dritten Whisky fiel ihm ein, dass er noch nicht völlig bankrott war. Schließlich besaß er ja Anteile an *Apollo Properties*. Die würde er jetzt verkaufen. Fünfhundert Pfund. Damit konnte er sein Unternehmen wieder flottmachen und würde noch jede Menge Geld übrig haben. Wunderbar! Er war gerettet.

Das lang gezogene, niedrige Krankenhaus hatte den Sturm mit nur kleinen Schäden an den Veranden und dem Dach überstanden, das bereits von Handwerkern repariert wurde.

Der Morgen war feucht, und auf den Straßen lag noch ein Teppich aus verwehtem Laub. Doch die Sonne tat bereits ihr Bestes und schimmerte schwach durch eine Decke aus grauen Wolken.

Mal, der auf dem Weg zum Bestattungsunternehmer war,

verlangsamte seinen Schritt, als er am Krankenhaus vorbeikam. Er fühlte sich bedrückt und allgemein niedergeschlagen. Sicher wäre es das Sinnvollste gewesen, seine Siebensachen auf ein paar Pferde zu packen und sich aus dem Staub zu machen. Aber er brachte die Kraft dazu nicht auf. Und dabei wurde er hier nicht wirklich gebraucht. Die Menschen würden es auch ohne ihn schaffen, ganz gleich, wie viele Prüfungen das Schicksal ihnen auch auferlegte. Vielleicht, dachte er, lag es nur an dem trüben, bewölkten Himmel nach dem Wirbelsturm, der dafür sorgte, dass alles sich dahinschleppte.

»Ich fühle mich wie gelähmt«, murmelte er vor sich hin. »Und wenn ich mich nicht bald auf den Weg mache, verliere ich noch Tussups Spur.«

»Nein, das darfst du nicht«, protestierte eine innere Stimme. »Du musst das Schwein fassen.«

Und dann? Mal wollte lieber nicht darüber nachdenken, was er anschließend tun sollte. Alles zu seiner Zeit.

Aber er brachte es einfach nicht über sich, am Krankenhaus vorbeizugehen, ohne nach Emilie zu sehen. Jesse Field hatte ihm erzählt, was ihr zugestoßen war. Er meinte, Mal hätte es so oder so erfahren. Schließlich waren Krankenhäuser in einer kleinen Stadt wie dieser häufig eine wichtige Nachrichtenquelle – oder eine Gerüchteküche. Doch eigentlich war es unwichtig, wie man es bezeichnete. Allerdings hatte Jesse die Bedingung daran geknüpft, dass Mal nicht gleich loszog, um es Clive mit gleicher Münze heimzuzahlen.

Mal war immer noch entsetzt. Er konnte sich nicht vorstellen, dass Clive Emilie schlug. Seine Emilie. Bestimmt war er betrunken gewesen. Oder nicht ganz bei Verstand.

Mal hatte Emilie geliebt – inzwischen schien es eine Ewigkeit her zu sein -, und zwar wegen ihrer reizenden Art und ihrer Sanftheit. Die kultivierte zierliche Engländerin hatte sein Herz im Sturm erobert. Er erinnerte sich an ihre abweisende Reaktion, als er sie in Brisbane auf der Straße angesprochen hatte. Sie hatte ihm unmissverständlich mitgeteilt, dass sie nichts von Unterhaltungen mit fremden

Männern hielt – selbst wenn dieser Fremde sie nur davor warnen wollte, weiterzugehen, weil weiter vorn ein Aufruhr tobte.

Doch offenbar hatte die Vorsehung ihre Hand im Spiel gehabt, denn auch das zweite Mal war er ihr wieder auf der Straße begegnet – in Maryborough. Seine Emilie, der einzige Mensch, der an ihn glaubte, als man ihm den Diebstahl des Goldes und den Mord an den Wächtern in die Schuhe schieben wollte. Als Mal an diesen Albtraum dachte, erschauderte er.

Emilie hatte bewiesen, dass sie sich nicht so leicht unterkriegen ließ, und einen Anwalt damit beauftragt, ihn zu verteidigen. Zum Glück war es ein guter Anwalt gewesen, der zu ihm gehalten hatte, bis die Polizei endlich aufgewacht und dahintergekommen war, dass der Goldbeauftragte selbst gemeinsam mit einem Komplizen das Verbrechen geplant hatte. Schließlich wurden die beiden Täter gehängt, doch die Polizei fand das Gold nie.

Emilie erkannte die tiefe, tragende Stimme mit dem leicht nasalen Akzent sofort. Als sie zur Tür blickte, sah sie sein zerzaustes blondes Haar, sein gebräuntes Gesicht und sein Lächeln, mit dem er sie nun, in dem offensichtlichen Versuch, sie aufzumuntern, anstrahlte. Mal war früher ein wenig schüchtern gewesen, und man merkte es ihm immer noch an, als er, seinen Hut in den Händen, vor ihrem Krankenbett stand.

»Wie geht es dir, Emilie?«, fragte er verlegen.

»Inzwischen recht gut. Danke, Mal.«

»Warum bist du dann immer noch im Krankenhaus?«

»Um mich auszuruhen.«

»Aha, ausruhen. Es heißt, ein Haus wäre über dir zusammengebrochen. Das muss ein ordentlicher Schock gewesen sein.«

»Ja, war es.«

»Und wo war Clive, als es passiert ist?«

Sie spürte, wie sie errötete. »Er war weggegangen.«

»Aha. In der Stadt ist die Hölle los. Ich bin in Neusüdwales aufgewachsen und habe noch nie solch einen Wirbelsturm erlebt. Du vielleicht?«

»Nein. Es war ein erschütterndes Erlebnis.«

»Und wie geht es deiner Schwester? Sie hieß doch Ruth, richtig?«

»Ja. Sie ist nach Hause zurückgekehrt. Nach England.«

»Hast du auch schon einmal daran gedacht?«

Emilie war erstaunt. »Nein. Eigentlich nicht.«

»Möglicherweise solltest du das«, meinte er leise.

Er berührte sanft ihre Hand. »Pass auf, Em, ich muss noch ein paar Dinge erledigen. Aber in etwa einer Stunde komme ich wieder. Kann ich dir etwas mitbringen? Ich glaube, der Laden steht noch.«

Sie schüttelte den Kopf, und Tränen brannten ihr in den Augen. Er wusste es und wollte ihr Zeit geben, über alles nachzudenken.

Der einzige Bestattungsunternehmer am Ort hatte den Fichtensarg für Mr. Caporn schon vorbereitet.

»Es müsste nur jemand die Ausstattung aussuchen. Übernehmen Sie das, Mr. Willoughby?«

»Ja, ich werd´s mal versuchen.«

»Also gut. Sie können Beschläge aus Silber, aus Messing oder aus lackiertem Blei haben. Den Unterschied wird niemand bemerken. Kommt darauf an, wie viel die Witwe bezahlen möchte.«

»Nehmen Sie das Beste, das Sie haben. Ich trage die Kosten.« Chang fiel ihm ein, und er erinnerte sich an die Blumen. Nie hatte er ein Wort darüber verloren, dass er bemerkt hatte, wie viele der prächtigen Blumen rings um Jun Liens Urne künstlich gewesen waren. Denn in der Landschaft, durch die sie damals gekommen war, wuchs um diese Jahreszeit nicht einmal Unkraut.

»Mrs. Caporn hätte auch gern Blumen«, meinte er.

»Das könnte schwierig werden. Tropische Blumen welken sofort, und der Sturm hat die meisten von ihnen weggeblasen. Aber wir haben Kränze im Sortiment. Sie bestehen aus künstlichen Blättern und sind recht preisgünstig.«

»Nein, die Witwe verlangt Blumen. Ist das der Leichenwagen?«

»Ja. Ich dachte, wir könnten die Beerdigung morgen abhalten. Sagen wir, um drei?«

»Nein, lieber um sechs, da ist es kühler. Und was die Blumen betrifft: Ich möchte, dass Sie den Leichenwagen mit Blumen füllen. Bestimmt lässt sich eine Dame finden, die sie hübsch anordnet.«

»Aber wir haben keine Blumen, Sir.«

»Warten Sie«, erwiderte Mal gereizt und marschierte auf die Straße hinaus, wo einige Kinder spielten.

»Hallo, Kinder. Wir brauchen unbedingt Blumen. Auch Blüten, die von den Bäumen geweht worden sind. Zwei Pennys für jeden Eimer voll, den ihr mir bringt.«

»Was für Blumen?«, fragte ein Mädchen.

»Alle möglichen. Gänseblümchen, Wildblumen. Was ihr eben kriegen könnt.« Er klatschte in die Hände. »Also los! Beeilt euch!«

Drinnen im Beerdigungsinstitut leerte er das Kleingeld aus seinen Taschen. »Die Kinder werden die Blumen für Sie sammeln. Ich würde mich freuen, wenn Sie sie bezahlen würden. Falls es mehr kostet, setzen Sie es auf die Rechnung. Wie genau läuft die Beerdigung denn ab? Ich muss es Mrs. Caporn erklären.«

»Welcher Religionsgemeinschaft gehört sie an?«

»Ich habe ganz vergessen, sie das zu fragen. Tut mir Leid. Ich gehe zu ihr und erkundige mich.«

Anscheinend war Mal nicht der Einzige, der Mrs. Caporn suchte.

Früh am Morgen war sie in der Küche erschienen und hatte zu Mrs. Kassels Erleichterung ein kleines Frühstück zu sich genommen. Dann jedoch war sie ausgegangen. Niemand hatte gesehen, wie sie das Haus verließ.

Die Hausmädchen waren besorgt. »Mr. Kassel hat gesagt, wir sollen heute Vormittag das Zimmer ausräumen«, meinten sie zu seiner Frau.

»Ich weiß«, erwiderte die Wirtin bedrückt. Die Arbeiter

hatten bereits begonnen, die Zimmer im Parterre einzureißen. »Am besten packt ihr einfach ihre Taschen und lasst sie von den Männern in den Schuppen bringen.«

Als Nächstes kam Mrs. Plummer, um Esme abzuholen. »Ich habe ein hübsches, luftiges Zimmer für sie vorbereitet, Mrs. Kassel. Also bleibe ich einfach hier und warte, bis sie zurück ist. Wenn Mr. Kassel dann so nett wäre ...«

»Natürlich fährt er Sie nach Hause, meine Liebe. Kein Problem. Wir sind so froh, dass Sie sie bei sich aufnehmen. Das arme Ding. Der Schreck sitzt mir immer noch in den Gliedern, und ich werde ihrem verstorbenen Mann – Gott sei seiner Seele gnädig – ewig dankbar sein. Wissen Sie, wann die Beerdigung ist?«

»Ich fürchte nein. Vielleicht kümmert sich Mrs. Caporn gerade darum. Das muss es sein.«

»Ja, ganz bestimmt. Die Mädchen sollen Ihnen einen Stuhl in den Hof stellen, Mrs. Plummer, damit Sie dort warten können. Hier drinnen ist es viel zu staubig und zu schmutzig.«

Seufzend wischte sie sich die Tränen weg, die ihr plötzlich in die Augen getreten waren. »Unser schönes Hotel! Jetzt reißen sie es ab ...«

Dann traf Mr. Willoughby ein, der ebenfalls Mrs. Caporn suchte.

»Die Beerdigung ist heute Abend um sechs«, teilte er den Damen mit. »Die Einzelheiten erkläre ich Ihnen später.«

Da der Vordereingang des Hotels geschlossen war, verließ Mal das Haus durch den Hintereingang, und zwar gerade in dem Augenblick, als Clive Hillier den Hof betrat.

»Was willst du denn hier?«, fragte Mal ärgerlich.

»Ich möchte Mrs. Caporn sprechen. Obwohl dich das eigentlich gar nichts angeht. Außerdem wäre ich dir dankbar, wenn du dich von meiner Frau fernhalten würdest. Ich habe gehört, dass du vorhin im Krankenhaus warst. Du kannst wohl nicht locker lassen, was, Mal? Mir war klar, dass du dich an Emilie ranmachen würdest.«

Mal hatte keine Lust, sich mit ihm herumzustreiten. Er hatte Clives kühlen Blick und die widerwillige Begrüßung bemerkt und sich darüber gewundert, als er ihm, zum ersten Mal nach so vielen Jahren, im Hotel begegnet war. Und dabei waren sie einmal Freunde gewesen. Er selbst hatte Clive mit seiner Freundin Emilie bekannt gemacht und sie an ihn verloren. Dennoch hegte er keinen Groll gegen Clive, und dieser hatte weiß Gott auch keinen Grund dazu. Doch ganz gleich, was dahinterstecken mochte, es ging ihm auf die Nerven. Mal hielt sich vor Augen, dass er Jesse versprochen hatte, nichts gegen Clive, den Schweinekerl und Frauenschläger, zu unternehmen.

Allerdings hatte er nicht vor, mit ihm zu debattieren.

»Verzeih mir, Jesse«, sagte er und versetzte Clive einen Kinnhaken. Und zwar einen festen. Einen sehr festen, sodass sein Gegner rücklings zu Boden stürzte.

»Gütiger Himmel!«, rief Mrs. Plummer, als sie sah, dass Mal Willoughby Mr. Hillier niederschlug und dann davonmarschierte.

Mrs. Kassel beobachtete, wie Mr. Hillier sich taumelnd aufrappelte. »Was ist denn mit ihm passiert?«, erkundigte sie sich.

»Ich habe nicht die geringste Ahnung«, erwiderte Mrs. Plummer taktvoll.

Emilie freute sich zwar auf Mals Rückkehr, hatte aber auch Angst davor.

Sie hatte Clive gegenüber zugegeben, dass sie sich, was die Firmenanteile anging, geirrt hatte – auch wenn es ihr lieber gewesen wäre, das Geld zur Bank zu bringen. Nun war Clive losgegangen, um die Anteile zu verkaufen, und behauptete, sie seien inzwischen viel mehr wert als die fünfhundert Pfund, die er dafür bezahlt hatte. Allerdings löste das Emilies Problem nicht: Sie würde nicht zu ihm zurückkehren.

Er hatte eine »Unterkunft« für sie im Wohnheim der Telegrafengesellschaft gefunden. Früher hatten dort die Männer gelebt, die die Telegrafenleitungen warteten. Zwar räumte er ein, dass es zwar nicht sehr komfortabel sei, doch in der zerstörten kleinen Stadt gebe es eben keine große

Auswahl. Wieder hatte er mit ihr gesprochen, als ob nichts geschehen wäre, bis sie fast selbst glaubte, dass sie den gebrochenen Arm und die Striemen am Rücken beim Einsturz der Hütte davongetragen hatte. Aber nur fast.

Es war Emilie schrecklich peinlich gewesen, dass die Oberschwester die Ursache einiger ihrer Verletzungen erkannt hatte. Dass sie den gebrochenen Arm ebenfalls Clive verdankte, ahnte die Frau zum Glück nicht. Dennoch hatte ihr die Unverblümtheit der Oberschwester Mut eingeflößt. Und es war eine Genugtuung gewesen, mit anzusehen, wie Clive bei ihrer Gardinenpredigt ins Stottern geriet. Offenbar war Emilie über diesen Gedanken eingenickt, denn als sie die Augen aufschlug, lehnte Mal am Fensterbrett.

»Du hast sehr fest geschlafen«, sagte er, als sie sich mühsam aufsetzte. »Anscheinend warst du sehr müde. Moment, ich helfe dir. Diesen Arm mit sich herumzuschleppen, muss ganz schön lästig sein. Wie lange bleibt der Gips denn noch dran?«

»Ich glaube, ein paar Wochen wird es schon dauern.« Emilie raffte ihr Umschlagtuch über der Brust zusammen, um ihr Nachthemd zu bedecken, als er sie hochzog und ihr das dünne Kissen hinter dem Rücken zurechtklopfte.

»Du scheinst dich immer noch nicht ganz wohl zu fühlen, Em.«

»Es geht schon. Danke.«

»Ich heiße übrigens Mal.« Er grinste. »Falls du das vergessen hast. Vor ein paar Jahren hast du mir wirklich aus der Patsche geholfen, indem du mir einen Anwalt besorgt hast. Er sagte, ich hätte großes Glück, eine Freundin wie dich zu haben.«

»Mal, er hat deine Unschuld bewiesen. Er war dein Freund.«

»Ja, und ein schlauer Bursche obendrein. Lanfield, so war doch sein Name? Lanfield.« Mal holte sich einen Stuhl aus der Ecke und stellte ihn neben ihr Bett. Nachdem er Platz genommen hatte, ergriff er mit leiser Stimme das Wort. »Also, Em. Ein Freund ist ein Freund. Wir müssen über die Sache mit Clive reden.«

»Oh, bitte nicht.«

»Doch. War es das erste Mal, dass er dich geschlagen hat? Und sag mir die Wahrheit, Missy, sonst wächst dir eine lange Nase.«

Als Emilie nichts erwiderte, stöhnte Mal auf. »Verdammt! Warum hast du ihn nicht längst verlassen?«

Endlich fand Emilie die Sprache wieder. Weshalb verstanden die Leute nur nicht, dass das nicht so einfach war? Ihre Versprechen hatten sie daran gehindert. Die Angst vor einer öffentlichen Blamage. Eine ganze Menge von Dingen, einschließlich ...

»Womit denn?«, zischte sie. »In der Ehe bestimmt der Mann über die Finanzen. Ich konnte nicht gehen.«

Mal war ehrlich erschrocken. »Gütiger Himmel, das wusste ich gar nicht. Zumindest habe ich nie darüber nachgedacht. Das ist ein bisschen, als säße man in der Falle, richtig?«

Emilie musterte ihn finster. »Das ist nicht nur ein bisschen wie in einer Falle, Mal, sondern wie im Gefängnis, wenn du es genau wissen willst.«

Eine Weile saßen sie da und dachten über Emilies Lage nach. Emilie war klar, dass Mal von ihr eine Antwort erwartete. Er verlangte, dass sie eine Entscheidung traf, und war bereit, ihr dabei zu helfen. Also packte sie den Stier bei den Hörnern.

»Mal, ich würde dich nicht darum bitten, wenn ich nicht so verzweifelt wäre. Falls es nicht geht, ist es auch kein Problem, aber könntest du mir bitte etwas Geld leihen?«

»Ja, natürlich. So viel du willst. Was hast du vor?«

»Du hast mich an Mr. Lanfield erinnert. Ich werde nach Brisbane fahren und ihn bitten, die Scheidung für mich einzureichen.«

Mal stieß einen Pfiff aus. »So schlimm ist es? Meinst du nicht, du solltest das erst mit Clive besprechen?«

»Er hat mir den Arm gebrochen«, entgegnete Emilie heftig.

»Um Himmels willen! Warum denn?«

»Das spielt jetzt keine Rolle mehr.«

Mal stand auf und küsste sie auf die Wange. »Mach dir keine Sorgen, Em. Du bleibst hier, während ich mich nach einer Schiffspassage erkundige. Es tut mir wirklich schrecklich Leid für dich.«

Emilie blickte ihm nach, als er hinausging. Er wirkte ein wenig verdattert, so als könne er sich nicht vorstellen, wie es in ihrer Ehe so weit hatte kommen können.

Offen gestanden fiel es ihr selbst auch nicht leicht.

Allerdings war Mal weniger verwirrt als wütend. Er führte ein kurzes Gespräch mit der Oberschwester, um sicherzugehen, dass Mrs. Hillier zu ihrer eigenen Sicherheit bis auf weiteres im Krankenhaus bleiben konnte.

»Können Sie verhindern, dass Mr. Hillier sie besucht?«, fragte er.

»Nicht ohne eine von ihr unterschriebene polizeiliche Anordnung.«

»Das würde sie nie tun.«

»Nein, das glaube ich auch nicht. Dann würden zu viele Menschen davon erfahren, und es würde an die Öffentlichkeit kommen. Und ich weiß, dass sie ein sehr zurückhaltender Mensch ist. Aber wir passen auf sie auf, Mr. Willoughby. Sie kehrt doch nicht etwa zu diesem Schläger zurück?«

»Nein. Ich versuche, sie in ein Schiff nach Brisbane zu setzen, bevor er bemerkt, dass sie fort ist.«

»Ausgezeichnet«, erwiderte die Oberschwester strahlend.

Esme hatte sich im Park neben dem Bankgebäude versteckt. Nevilles Dokumentenmappe drückte sie an die Brust, als befürchtete sie, jemand könne sie ihr im Vorbeigehen entreißen. Die Bäume ringsherum hatten wieder zu blühen begonnen, und die Büsche bekamen dank der Hitze und des Regens frische grüne Triebe, die Esme an die sorglosen Tage in Singapur erinnerten.

Da sie es satt hatte, herumzulungern, als führe sie etwas Böses im Schilde, ließ sie sich auf einer schattigen Parkbank nieder, wo sie wirkte wie eine junge Dame, die in aller

Seelenruhe die schöne Aussicht genoss. Sie trug ihre besten Sachen – einen großen schwarzen Hut mit Satinbändern und ein schwarzes, mit Rosenknospen besticktes Teekleid aus Seide. Sie hatte ein Hausmädchen gebeten, das Kleid für sie zu bügeln, und nicht auf das missbilligende Zungenschnalzen geachtet, als die Hotelangestellte anmerkte, der Rock habe Wasserflecken abbekommen.

»Das spielt keine Rolle«, hatte Esme ungeduldig erwidert. »Bügeln Sie es einfach. Die Leute werden denken, dass das zum Muster gehört.«

»Als würden die überhaupt jemals denken«, murmelte sie, nachdem sie das Mädchen mit dem Kleid endlich aus dem Zimmer geschoben hatte.

Nun jedoch musste sie diese Bemerkung einschränken, denn inzwischen war sie sich wohl bewusst, wie sehr sie darauf achten musste, einen guten Eindruck zu machen. Schließlich neigten besagte Leute dazu, sich eine Meinung zu bilden, was sich katastrophal für sie auswirken konnte. Insbesondere jetzt.

Zum sicher hundertsten Mal grübelte Esme darüber nach, welche Möglichkeiten ihr offen standen. Sie konnte sich mit dem Geld aus dem Staub machen und an Bord des erstbesten Schiffes gehen, das in eine x-beliebige Richtung fuhr. Da es sich um eine beträchtliche Summe handelte, würde sie genug Zeit haben, um ihren nächsten Schritt zu planen.

»Eigentlich«, sagte sie sich, »ist das der einzig vernünftige Weg. Schließlich gibt es keine Firma namens *Apollo Properties*. Irgendwann wird das bestimmt jemandem auffallen. Und dann bin ich am besten nicht mehr hier.«

Doch was war, wenn jemand ihre Flucht mitbekam und mit einem Telegramm die Polizei verständigte? Womit sollte sie ihren Aufbruch erklären? Dass sie vorübergehend nach Brisbane wollte, um den Feierlichkeiten zu Horwoods Erhebung in den Adelsstand beizuwohnen – vorausgesetzt, dass ihr Schiff überhaupt dorthin fuhr?

Aber mit den Firmengeldern?

Verdammt! Sie würde ein Schiff nehmen müssen, das

nach Norden fuhr, rasch die australischen Gewässer verließ und Kurs nach Fernost nahm. Ein solches Schiff zu finden, würde eine Weile dauern. Vielleicht war es deshalb das Beste, sofort zum Hafen zu gehen und Erkundigungen einzuholen. Allerdings fand heute Nevilles Beerdigung statt. Die Leute würden sie erkennen und sich fragen, was zum Teufel sie da trieb.

Die Tasche immer noch fest umklammernd, wiegte Esme sich auf der harten Bank hin und her. Nevilles Beerdigung! Ihr gesamter Körper wurde von Schluchzern erschüttert. Wie sollte sie das nur ertragen? Niemals durfte sie zulassen, dass man ihn einfach so im Boden versenkte! Nein, nicht Neville.

»Mein Gott, Neville wollte noch nicht sterben!«, rief sie unter Tränen aus. »Er hatte so viele Pläne. Für uns beide. Was soll ich denn jetzt bloß tun?«

Esme ließ die Mappe auf ihren Schoß rutschen. Sie wollte mit diesem Geld nichts zu tun haben, das sie nur in ernsthafte Schwierigkeiten bringen würde, ganz gleich, was sie auch damit anfing. Sie hatte genug von diesem Spiel und das Lügen gründlich satt.

Die Witwe Esme Caporn stand auf, rückte ihren Hut zurecht, zog sich den schwarzen Schleier übers Gesicht und holte tief Luft. Sie hatte eine Entscheidung gefällt, auch wenn ihr Vorhaben viel Mut erfordern würde, und sie betete, dass Neville zuhörte und ihr beistand. In wenigen Minuten hatte sie einen Termin beim Filialleiter der Bank. Wie hieß der Mann noch mal? Oh, Gott, sie musste sich besser konzentrieren. Ted soundso. Ted Pask.

Mr. Pask war hocherfreut, die hübsche junge Witwe in seinem Büro begrüßen zu dürfen, sprudelte Beileidswünsche hervor und lobte den Heldenmut ihres verstorbenen Mannes.

»Danke, Mr. Pask, Sie sind ja so gütig. Ich bin gekommen, um Sie in einer geschäftlichen Angelegenheit um Rat zu fragen. Es geht um *Apollo Properties*.«

»Oh, ja. Was für ein Glück, dass wir noch nicht mit den

Bauarbeiten angefangen hatten. Alles wäre umsonst gewesen, so wie bei Hillier.«

Esme blinzelte. Sie hatte nicht gewusst, dass Clives Läden nicht mehr standen. Doch ihren Absichten kam das sehr entgegen.

»Es heißt, wir sollten die Dächer besser verankern, um die Gebäude vor Wirbelstürmen zu schützen«, fuhr er fort. »Und ich halte diese Idee für ausgezeichnet.«

»Das ist sie sicher«, erwiderte Esme traurig. »Das müssen Sie tun. Da Lyle Horwood fort ist, sind Sie der Einzige, an den ich mich wenden kann.«

Sie tupfte sich die Augen mit einem Spitzentaschentuch ab. »Ich bin, wie Sie wissen, Geschäftsführerin der Firma, und da mein lieber Mann nun verstorben ist, bin ich ganz auf mich allein gestellt.« Inzwischen flossen die Tränen heftig. »Vermutlich muss ich dieses Geld an die Handwerker auszahlen«, sagte sie und legte die Bündel mit den Banknoten auf den Schreibtisch, »aber ich weiß nicht, an wen. Ich erinnere mich, dass Mr. Caporn sehr ungehalten war, dass er zwar das Geld abgehoben hatte, damit die Handwerker endlich mit der Arbeit anfingen, und die Landbehörde dann alles verzögerte. Ich glaube, das war das Problem ...« Sie redete immer schneller und atemloser und wirkte völlig überfordert.

Pask starrte sie an. Er griff nach den Bündeln, legte sie wieder weg und blätterte sie durch, um sich zu vergewissern, dass sie wirklich aus Banknoten bestanden.

»Was soll ich denn damit?«, erkundigte er sich verdattert.

»Es wieder in *Apollos* Schließfach legen«, erwiderte sie, Unwissenheit vorspiegelnd.

»Sie meinen wohl das Konto von *Apollo?*«

»Wenn Sie es sagen. Ich möchte nicht für dieses Geld verantwortlich sein. Was, wenn es im Sturm fortgeweht worden wäre? Nicht auszudenken, Mr. Pask. Das ist zu viel für mich. Sie können die Geschäfsführung übernehmen.«

Er begann, das Geld zu zählen.

»Es ist noch alles da«, jammerte sie. »Hoffentlich glauben Sie nicht, dass ich auch nur einen Penny angerührt habe.«

»Aber, nein, gute Frau. Ich zähle es nur, damit ich Ihnen den Empfang bestätigen kann. Es dauert nicht lang. Ein Kassierer wird Ihnen sofort eine Quittung ausstellen.«

Als er aus dem Büro hastete, sah er durch die fehlenden Lamellen der Jalousien am Fenster Clive Hillier vorbeimarschieren. Er fragte sich, wie es inzwischen wohl seiner Frau ging. Mal hatte ihm erzählt, sie sei im Sturm verletzt worden.

Mr. Pask eilte wieder herein und reichte Esme mit einem taktvollen Hüsteln die Quittung. »Ich weiß, dass der Zeitpunkt ziemlich ungünstig ist, um derartige Dinge anzusprechen, aber was ist mit dem Kredit, den Ihr Mann aufgenommen hat, Mrs. Caporn? Er war mit den Ratenzahlungen ziemlich im Verzug. Vielleicht könnten Sie in den nächsten Tagen noch einmal zu mir kommen, damit wir darüber sprechen können.«

Gütiger Himmel! Esme hatte doch gleich gewusst, dass es ratsamer gewesen wäre, auf dem erstbesten Schiff die Flucht zu ergreifen. Und zwar mit dem wundervollen Geld. Den verdammten Kredit hatte sie ganz vergessen. Sie besaß nur noch etwa vierzig Pfund. Und sie schuldeten der Bank sechzig.

»Ja, natürlich«, entgegnete sie dennoch ruhig und griff nach der Quittung. »Wenn ich mich ein wenig besser fühle, kümmern wir uns darum. Kann ich in der Zwischenzeit an Lyle schreiben und ihm mitteilen, dass Sie die Geschäftsführung übernehmen?«

»Nein, Mrs. Caporn, ich werde stellvertretender Vorsitzender. Meine Frau kann Geschäftsführerin werden.«

»Einverstanden«, antwortete Esme und rauschte aus der Bank. Mit wild klopfendem Herzen eilte sie die verwüsteten Straßen entlang, um sich in ihr Zimmer zu flüchten. Doch das Zimmer gab es nicht mehr.

»Keine Angst«, meinte Mrs. Kassel. »Sie kriegen jetzt ein viel hübscheres Zimmer. Bei Mrs. Plummer. Ich fahre Sie hin.«

Esme fühlte sich, als würde sie ins Gefängnis gebracht. Jetzt hatte sie alles vermasselt. In Mrs. Plummers reizendem Haus wurde sie von Mal erwartet, der die Beerdigung und den Gottesdienst mit ihr besprechen wollte. Als Nächstes erschien ein Geistlicher, Pastor Lawder, um die Messe zu erörtern. Er wurde von seiner Frau begleitet, die sich erbot, mit Esme zu beten, doch Mrs. Plummer komplimentierte die beiden hinaus, nachdem alles geklärt war. Esme glaubte, dass dieser grässliche Tag nie enden würde.

»Können Sie das alles nicht absagen?«, rief sie Mrs. Plummer aus ihrem neuen Schlafzimmer zu. »Ich gehe nicht hin. Neville hätte nie so eine dämliche Beerdigung gewollt. Er hat so einen Firlefanz gehasst.«

»Ich koche Ihnen etwas zum Mittagessen. Dann halten Sie ein kleines Nickerchen, und anschließend nehmen Sie ein schönes kühles Bad. Sie müssen doch hübsch sein, wenn Sie Mr. Caporn treffen.«

»Ich habe nichts anzuziehen.«

»Doch, haben Sie schon. Ich habe Ihr schwarzes Kleid für Sie gewaschen. Das mit den Jetperlen. Es hat mir schon immer gut gefallen. Und der Hut, den Sie heute aufhatten, ist ein Traum. Inzwischen sind wir nur noch drei vom Schiff und müssen einen guten Eindruck machen. Mal begleitet uns. Ich habe ihm gesagt, er soll ein ordentliches weißes Hemd mit steifem Kragen ...«

Mrs. Plummer schmunzelte. Das arme Mädchen war in dem hübschen Himmelbett mit dem Moskitonetz aus Musselin eingeschlafen. Auch sie hatte heute eine Nachricht erhalten, aber niemanden damit behelligen wollen: Ihr Anwalt in Hongkong hatte eine einvernehmliche Scheidung für sie erwirkt, und zwar mit der Begründung, ihr Mann habe in betrügerischer Absicht seine wahre Identität verschleiert. In drei Monaten würde sie nach Aussage ihres Anwalts offiziell wieder ledig sein.

Er war nicht unbedingt ein taktvoller Mensch, denn er hatte geschrieben: »Wenn erst Gras über den Klatsch und die Gerüchte gewachsen ist, können Sie zurückkommen, Eleanor, und wieder unter Ihren Freunden leben. Ich finde es ziemlich überstürzt, dass Sie Ihr Haus verkauft haben, aber wir werden für Sie schon eines finden, das in gleicher Weise geeignet ist.«

Eleanor wollte ihm morgen antworten, sich für seine ausgezeichneten Dienste bedanken und sich erkundigen, was sie tun musste, um wieder ihren Mädchennamen – von Leibinger – annehmen zu können. Außerdem war noch ein Brief von Lyle Horwood eingetroffen, der Eleanor mitteilte, dank seiner Stellung bei der *Oriental* und seiner Beharrlichkeit würden die Passagiere der *China Belle* eine angemessene Entschädigung erhalten ...

»Einschließlich deiner eigenen Person«, merkte sie spöttisch an.

»... werden alle verloren gegangenen Schmuckstücke vollständig und umgehend ersetzt. Ein weiterer Ersatz wird nicht geleistet.«

Esme hielt den Gottesdienst, die quälend lange Predigt des Pastors und die Reden der örtlichen Würdenträger durch, die sich bemüßigt fühlten, vorzutreten und den Helden zu loben, der für eine Dame in Gefahr sein Leben geopfert hatte. Sie war erstaunt über die vielen Trauergäste. Die kleine Kirche war brechend voll, und die beliebten Kirchenlieder, die Esme in ihrer Heimat gelernt hatte, wurden in dieser kleinen Buschstadt am anderen Ende der Welt mit solcher Inbrunst gesungen, dass es ihr ans Herz ging. Sie wünschte, dass Neville es hören könnte.

Der Sarg war elegant und mit einem prachtvollen Blumenmeer bedeckt, und die Trauergäste brachten weitere Sträuße mit. Die Blumen schmückten die Kirche, als wollten sie mit ihren bunten Farben über den traurigen Anlass hinwegtäuschen. Esme starrte darauf, um zu verhindern, dass sie vollends zusammenbrach.

Am Grab jedoch konnte sie nicht mehr an sich halten. Weinend nahm sie von Neville Abschied, während Mrs. Plummer sie mütterlich umarmte. Mal stand, scheinbar gleichmütig, daneben, fühlte sich aber sicher mindestens so elend wie sie. Und dann war es endlich vorbei.

Am nächsten Morgen schlief Esme aus. Beim Aufwachen fand sie auf ihrem Nachtkästchen drei Briefe vor. Zwei waren Kondolenzschreiben von Einwohnern der Stadt, der dritte Brief stammte von Lyle Horwood. Ihr stockte der Atem. Warum schrieb der Direktor von *Apollo Properties* an sie?

Doch als sie den Brief öffnete, blieb ihr fast das Herz stehen. Esme schnappte nach Luft. Der Schmuck! Die unglaubwürdige Liste »gestohlener« Schmuckstücke, die sie frei erfunden hatte. Hatte sie die Aufstellung je abgegeben? Esme konnte sich nicht erinnern. Aber offenbar hatte Neville sie Lyle übergeben, damit der sie bei der Versicherung einreichte.

Und die war bereit zu bezahlen.

»Oh, mein Gott, ich glaube, ich habe behauptet, mein Schmuck wäre tausend Pfund wert gewesen.«

Esme erschauderte und wusste nicht, ob sie lachen oder weinen sollte. Sie griff nach dem Foto von Neville in einem Silberrahmen, das Mrs. Plummer ihr in ihrer Güte auf die Frisierkommode gestellt hatte.

»So viel zum Thema Ehrlichkeit«, sagte sie zu ihm. »Das kann ich nicht ablehnen.«

Das Schiff fuhr direkt nach Brisbane.

»Wirst du dort bleiben oder nach Maryborough zurückkehren?«, wollte Mal von Mrs. Hillier wissen.

»Ich warte in Brisbane, bis ich dank deiner Hilfe geschieden bin. Ich fasse es nicht, wie großzügig du bist, Mal. Das werde ich dir nie gutmachen können.«

»Das hast du bereits, Emilie. Wir sind quitt. Was hast du anschließend vor?«

»Ich glaube, ich kehre nach England zurück. Meine Schwester wohnt noch in unserem alten Haus.«

»Sehr gut. Aber wir bleiben in Kontakt. Du gibst mir Bescheid, wo du bist und wie es dir geht. Schreib mir an Jesses Adresse. Er wird die Briefe an mich weiterleiten, bis ich mich irgendwo häuslich niedergelassen habe.«

Emilie lachte auf. »Du und häuslich?«

»Ja. Findest du nicht, dass es langsam Zeit wird?«

»Wahrscheinlich schon. Was hast du vor?«

»Ich weiß nicht genau. Mein Geschäft in China habe ich ja verkauft ...«

Sie redeten und plauderten und waren ein wenig verlegen, weil sie wussten, dass Mal jede Minute würde von Bord gehen müssen. Emilie war zurückhaltend. Am liebsten hätte sie ihn umarmt und ihm für alles gedankt, doch sie wollte sich ihm nicht aufdrängen, denn schließlich trauerte er immer noch um seine Frau.

Mal war so anders als die meisten Menschen, die sie kannte. Er nahm nie ein Blatt vor den Mund, sodass man stets wusste, woran man bei ihm war. Und dennoch hatte sie bereits Geheimnisse vor ihm. Sie hatte ihm verschwiegen, dass sie schwanger war, damit er sich nicht noch mehr Sorgen um sie machte. Vielleicht hätte er sich sogar Vorwürfe gemacht, weil er sie zur Trennung vom Vater des Kindes ermutigt hatte.

Am Morgen hatte ihr zu ihrer Überraschung Mrs. Caporn einen Besuch abgestattet. Sie hatte ihr einen kleinen Koffer mit einigen Kleidern und Kleinigkeiten für die Reise gebracht und erklärt, Mal schicke sie. Sie war nicht lang geblieben und hatte gemeint, sie sei zurzeit nicht besonders gesprächig. Emilie hatte Verständnis dafür.

Nachdem sie fort war, traten Emilie wegen Mrs. Caporns Verlust und Mals Güte die Tränen in die Augen.

Als sie den Koffer durchsah, war sie beeindruckt, wie genau Mrs. Caporn ihre Größe geschätzt hatte. Sogar die Knöpfstiefel passten. In einer Seitentasche entdeckte Emilie einen Umschlag, der eine Fahrkarte für ein Schiff nach Brisbane enthielt, das noch heute Nachmittag ablegen würde. Außerdem einige Banknoten und eine sehr bedeutsam wirkende Urkunde, die sich als Kreditbrief an die *Bank of Australasia* in Brisbane entpuppte, ausgestellt auf ihren Namen und den Betrag von eintausend Pfund.

Emilie erschrak. Diese Summe war viel zu hoch. Doch das war typisch für Mal. Er musste es immer übertreiben. Wie mit seinem plötzlichen Aufbruch nach China.

Und dann war da noch das Gold. Sie war immer neugierig gewesen, was aus der Beute aus dem Raub geworden war. Mal hatte das Gold nicht gestohlen, so viel stand fest. Die beiden Täter hatten schließlich gestanden. Allerdings war die Beute nie gefunden worden. Einer der Männer hatte sich selbst aufgehängt, der andere noch auf dem Weg zum Galgen geprahlt, er werde als reicher Mann sterben und sich weigern, das Versteck preiszugeben.

Es hätte Emilie nicht gewundert, wenn Mal den Schatz aufgestöbert hätte. Es handelte sich um Regierungseigentum. Nie entdeckt. Ein Vermögen.

Als Clive zu Besuch kam, war der Koffer gut verstaut. Clive freute sich zu hören, dass Emilie das Krankenhaus noch am Nachmittag würde verlassen können, wenn der Arzt einverstanden war.

»Ich komme später wieder«, meinte er.

»Das ist nicht nötig; es ist ja nicht weit, ich kann zu Fuß gehen.«

»Sehr gut. Ich habe nämlich viel zu tun. Ich versuche, die Firmenanteile zu verkaufen.«

»Warum behältst du sie nicht und lässt die Läden von der Firma aufbauen. Dann kannst du den einen vermieten und sparst dir die Mühe mit den Bauarbeiten.«

»Ach, ich verstehe. Ich soll wohl zuerst ein Haus für dich bauen. Das ist offenbar das Wichtigste für dich. Tja, da hast du dich aber geschnitten.«

Er gab ihr zwei Shilling, um auf dem Heimweg Lebensmittel einzukaufen, fragte, wie lange sie noch einen Gips würde tragen müssen, verspeiste das Brötchen, das auf ihrem Tablett lag, und marschierte, den anderen Damen im Vorbeigehen einen guten Tag wünschend, aus dem Krankensaal.

Emilie empfand nichts mehr für ihn. Ihr fiel es nicht leicht, so viel Geld von Mal anzunehmen, und sie war fest entschlossen, ihm alles zurückzuzahlen, auch wenn das bei diesem riesigen Betrag Jahre dauern würde. Rasch zog sie sich an, meldete sich im Krankenhaus ab und ging mit ihrem Koffer zum Hafen, wo die *SS Mangalore* lag.

Mal, der weniger zurückhaltend war als sie, drückte sie fest an sich.

»Ich muss jetzt los. Hör mir gut zu, Missy. Das Geld war kein Darlehen, und ich will nicht, dass es zur Belastung für dich wird. Sei einfach glücklich, und vergiss den alten Clive. Eigentlich müsste ich ein schlechtes Gewissen haben, weil ich euch zwei einander vorgestellt habe.«

»Aber nicht doch.« Sie schmunzelte. »Verrat mir eines, Mal. Glaubst du, dass das Gold je gefunden wurde?«

»Welches Gold?«, gab er zurück, während sie über das Deck schlenderten.

»Du weißt schon. Hast du es zufällig entdeckt?«

Er schob sich ein blondes Haarbüschel aus dem Gesicht. »Ich? Wenn ich es gefunden hätte, hättest du mich gezwungen, es zur Polizei zu bringen.«

»Du meinst, für den Fall, dass ich dich geheiratet hätte?«

»Aha.« An der Gangway blieb Mal stehen und machte anderen Leuten Platz, die an Land gehen wollten. »Aber du hast mich nicht geheiratet.« Er grinste. »Gute Reise. Das Schiff macht einen netten Eindruck.«

Mal war traurig, als das Schiff in See stach und die Vergangenheit und alles, was hätte sein können, mit sich forttrug. Doch das wirkliche Leben fand in der Gegenwart statt. Er musste wieder ganz von vorn anfangen, sich ein paar gute Pferde beschaffen und Proviant in den Läden besorgen, die zurzeit nicht besonders gut sortiert waren.

Jesse traf ihn auf dem Pferdemarkt an, wo er, nicht sonderlich beeindruckt vom Angebot, die wenigen zum Verkauf stehenden Tiere musterte.

»Samstag«, erklärte ihm Jesse. »Die Händler bringen sie am Samstag her, damit sie sich in der Nacht zum Sonntag so richtig voll laufen lassen können. Dann wirst du ein paar gute Pferde finden.«

»Ich kann nicht bis Samstag warten. Ich bin ohnehin schon viel zu lange in der Stadt.«

»Wo willst du hin?«

»Zu den Goldfeldern westlich von hier. Ich habe immer

noch einen Vorsprung vor Tussup, weil ich ein Schiff genommen habe. Zu Pferd wird er von Cooktown aus mindestens einen Monat bis hierher in den Süden brauchen. Und das auch nur dann, wenn er Glück und gute Pferde hat – sofern er unterwegs nicht tot umfällt. Die Gegend ist absolut menschenleer, richtig?«

»Es gibt dort nur ein paar Rinderfarmen, und die Leute da sehen es gar nicht gern, wenn sich Goldgräber, ganz gleich welcher Hautfarbe, auf ihrem Land herumtreiben.«

»Ihrem Land? Man könnte die gesamte britische Armee über eines dieser Güter marschieren lassen, ohne dass die Farmer etwas davon mitbekommen.«

Jesse betrachtete stirnrunzelnd die dicht bewaldeten Berge, die über Cairns aufragten. »Es wird zwar kein Spaziergang, aber ich bin zu allem bereit. Diese Jagd lasse ich mir nicht entgehen.«

»Welche Jagd? Du kommst auf keinen Fall mit.«

»Irrtum. Du besorgst mir meine Schlagzeilen, Sonny. Wenn du den Rädelsführer der Meuterer schnappst, wird es auf allen Titelseiten stehen. Aus der Geschichte der *China Belle* lässt sich noch etwas machen.«

Mal tätschelte ein Pferd, das niedergeschlagen am Tor stand. »Dieser Bursche hier kommt als Einziger meiner Vorstellung von einem Packpferd annähernd nahe. Er ist nur ein bisschen zu alt. Und das Gleiche gilt für dich, Jesse. Du bleibst zu Hause und schreibst deine Artikel. Aber lass mich da raus. Ich will nicht in die Zeitung. Und nenn mich nie wieder Sonny. Ich bin doch nicht mehr zehn.«

»Ich bin besser in Form, als du glaubst«, protestierte Jesse, als sie den Pferdemarkt verließen.

»Du kommst nicht mit. Wenn Tussup nicht in den Goldfeldern ist, muss ich in die Berge, und das ist, soviel ich weiß, unwegsames Gelände. Hoffentlich genießt Tussup die Reise«, fügte Mal mit finsterer Miene hinzu.

»Dann lass mich wenigstens bis zu den Goldfeldern mitkommen. Ich muss einfach. Ich darf nicht zulassen, dass mir jemand die Geschichte vor der Nase wegschnappt.«

Sie steuerten auf Jesses Haus zu, als ihnen einfiel, dass Mrs. Plummer sie zum Abendessen eingeladen hatte.

»Nein«, meinte Mal sofort. »Entschuldige mich bitte bei ihr.«

»Warum? Sie hat sich so auf dich gefreut.«

»Weil ich keine Lust habe. Ein andermal.«

»Esme sagt, sie sei eine großartige Köchin. Und sie macht sich eigens wegen dir besondere Mühe. Es gibt Roastbeef mit Karfoffeln und Pudding ...«

»Also gut.«

Mrs. Plummer war hocherfreut, dass ihre erste kleine Abendeinladung so ein Erfolg geworden war. Seit vielen Jahren hatte sie nicht mehr selbst gekocht. »Aber wie man eine einfache Mahlzeit zubereitet, vergisst man nicht«, teilte sie ihren Gästen mit.

»Ein typisch englisches Gericht«, sagte Esme. »Obwohl ich zugeben muss, dass die Kartoffeln bei Ihnen besser schmecken als daheim. Eine nette Abwechslung nach der ständigen asiatischen Küche, finden Sie nicht, Mal?«

»Ja. Früher dachte ich immer, aus Reis macht man nur Pudding. Aber inzwischen habe ich mich daran gewöhnt.«

Eleanor hatte Mitleid mit den beiden. Als sie an Bord der *China Belle* gegangen waren, hätte niemand erwartet, dass sie beide so bald den Ehepartner verlieren würden. Nun betrachtete sie die jungen Leute – den blonden, blauäugigen Witwer und die Witwe mit dem dicken roten Haar und den sanften braunen Augen – und kam zu dem Schluss, dass sie ein reizendes Paar abgaben. Wer weiß?, dachte sie, als sie alle zum Kaffeetrinken auf die Veranda scheuchte und dafür sorgte, dass Mal und Esme nebeneinander auf dem Sofa saßen. Sie haben viel gemeinsam. Trauer, Verlust und ein gemeinsames Erlebnis. Eine gute Mischung.

Sie war froh, dass Esme bei ihr wohnte, und bot ihr an, zu bleiben, solange sie wollte. Eleanor hatte gern Gesellschaft. Allerdings brauchte ein Mädchen wie Esme einen zuverlässigen, starken Ehemann, der sich um sie kümmerte. Und es schien fast, als hätte sie den Richtigen schon gefunden. Hatte er sich nicht um die Beerdigung gekümmert, all die wundervollen Blumen besorgt und sogar alles bezahlt? Außerdem kannte Jesse Field ihn als aufrichtigen Menschen.

Auch wenn Mal Willoughby und Esme noch trauerten, heilte die Zeit doch alle Wunden. Und dann würden sie hoffentlich füreinander da sein.

Deshalb war Eleanor sehr enttäuscht, als Mal verkündete, er werde am Samstag in den Busch aufbrechen.

»So bald?«

Esme war ebenfalls überrascht. »Sie wollen doch nicht etwa hinter Tussup her?«

Mal zuckte die Achseln und war nicht bereit, seine Pläne zu erörtern.

»Sie haben schon genug getan«, beharrte Esme. »Warum überlassen Sie die Jagd nach diesem Verbrecher nicht der Polizei? Sie wird ihn sicher finden. Sein Bild war ja in allen Zeitungen.«

Als Mal schweigend den Kopf schüttelte, ergriff Jesse das Wort.

»Keine Sorge, Mal ist in guten Händen. Ich begleite ihn nämlich.«

Schicksalsergeben zog Mal die Augenbrauen hoch. »Hoffentlich kannst du schwimmen«, gab er zurück. »Die Flüsse werden nach dem großen Regen rasen wie Dampflokomotiven.«

Am nächsten Tag hatte Esme einen Grund, Mal aufzusuchen. Sie wollte nicht, dass er ging, denn sie befürchtete, ohne seine Unterstützung zusammenzubrechen. Niemand wusste, wie sehr sie sich davor fürchtete, dass die Sache mit *Apollo* auffliegen und die Polizei bei ihr vorsprechen könnte. Zwar konnte Mal auch nur wenig dagegen unternehmen, aber er würde sicher weder schockiert noch empört reagieren, wenn die Wahrheit über die Caporns ans Licht kam.

»Ich muss dringend mit Ihnen sprechen«, begann Esme. »In der Stadt habe ich Clive Hillier getroffen. Er ist außer sich, weil seine Frau verschwunden ist. Als er erfuhr, ich sei bei ihr im Krankenhaus gewesen, hat er mir tatsächlich vorgeworfen ...«

»Oh, Gott, den habe ich ganz vergessen«, erwiderte Mal. »Am besten gehe ich in die Stadt und erzähle es Jesse, damit er es noch in der Zeitung unterbringt. Mrs. Hillier hat die Stadt gestern an Bord der *SS Mangalore* verlassen.«

»Ohne es ihrem Mann zu sagen?«

»Zu ihrer eigenen Sicherheit«, entgegnete Mal. »Aber das muss unter uns bleiben. Wir werden es dabei belassen. Sie ist fort, und Clive kann sich seinen Reim darauf machen.«

»Habe ich ihr deshalb die Kleider gebracht?«

»Ja«, antwortete er grinsend. »Doch mit der Verschwörung an sich haben Sie nichts zu tun.«

»Wie aufregend. Erzählen Sie mir irgendwann den Rest?«

»Vielleicht. Wenn Sie brav sind. Kommen Sie, ich begleite Sie in die Stadt zurück.«

Mit aufgespanntem Sonnenschirm schlenderte Esme neben ihm her. »Was werden Sie tun, wenn Sie all diese Verfolgungsjagden hinter sich haben? Kommen Sie dann zurück?«

Mal nickte. »Ja. Also seien Sie ein liebes Mädchen, und passen Sie auf Mrs. Plummer auf. Wenn Sie eine Freundin brauchen, Esme, werden Sie nur schwer eine bessere finden als sie. Nur wenige kennen so viel von der Welt wie sie.«

»Ja, wahrscheinlich haben Sie Recht. Tut mir Leid, dass ich so ein Trauerkloß bin.«

»Sie brauchen sich nicht zu entschuldigen. Sie sind doch kein Trauerkloß.« Er lächelte ihr zu. »Mrs. Plummer ist nicht die Einzige, die Ihre Gesellschaft genießt. Wir haben Sie alle sehr gern. Sie müssen sich nur ein wenig Zeit lassen.«

»Einverstanden.«

Er bemerkte, wie hübsch ihr kupferrotes Haar schimmerte, und erinnerte sich daran, wie schändlich sie auf dem Schiff behandelt worden war. Ohne nachzudenken, zog er sie an sich.

»Sie haben viel durchgemacht, meine Liebe«, meinte er.

»Es war sehr schwer für Sie. Ich wünschte, ich könnte Ihnen sagen, dass es leicht ist, die Vergangenheit zu vergessen, doch wenn es auch noch schwer für Sie ist, so ist es zumindest einen Versuch wert.«

Er blickte auf sie hinab. »Also los. Lächeln Sie. Und jetzt verbreiten wir die Nachricht, dass dem alten Clive die Frau weggelaufen ist. Das verdirbt ihm sicher endgültig den Tag.«

»Mit Vergnügen«, entgegnete Esme und fragte sich, woran es nur lag, dass sie sich in Mals Gegenwart besser, ja, fast ein bisschen glücklich fühlte – und das, obwohl sie gerade erfahren hatte, dass er auf unabsehbare Zeit fortwollte. Sie hoffte, dass er sein Versprechen halten und zurückkommen würde. Hoffentlich würde er das unterwegs nicht vergessen.

16. Kapitel

Der jüngere Herr Li war von Chang, dem neuen Mitarbeiter, sehr beeindruckt und hätte ihn gern für seine eigene Mannschaft abgeworben, wäre der Verwalter nicht von seinen Verpflichtungen gegenüber der edlen Dame Xiu so in Anspruch genommen worden. Bei der Wiedereröffnung der Minen waren seine Leistungen äußerst lobenswert gewesen, doch das war auch nicht weiter schwer, denn jeder von Mr. Lis Vorarbeitern hätte die Anweisungen genauso gewissenhaft ausgeführt. Changs Vorzug bestand eher darin, dass er gut mit Menschen umgehen konnte. In den entsprechenden Kreisen machte er einen gebildeten und charmanten Eindruck, während er als Boss kein Pardon kannte und seine Kulis und Vorarbeiter einem festen Zeitplan unterwarf. Auch was den Leichenfund in der Mine betraf, hatte er alles mit der Polizei geregelt, ohne seine Brötchengeber damit zu behelligen, wofür Herr Li ihm sehr dankbar war. Die hünenhaften weißen Polizisten mit ihren lauten Stimmen und ihrer Macht lösten stets ein unangenehmes Gefühl ihn ihm aus, und sein oberster Haushofmeister bekam sogar jedes Mal einen Hautausschlag, wenn ein Uniformierter im Büro erschien. Chang hingegen ließen die Weißen kalt. Ihn konnte die Polizei nicht aus der Ruhe bringen, und er beherrschte sogar ihre Sprache.

Deshalb war der jüngere Herr Li nicht weiter erstaunt, als man ihm mitteilte, Chang wünsche ihn in einer persönlichen Angelegenheit zu sprechen.

»Mr. Willoughby, der Schwiegersohn der edlen Dame, hat die Stadt verlassen, Herr Li«, verkündete Chang. »Das heißt, dass auch der Anführer der Mörder, der als Jake Tussup bekannt ist, verschwunden sein muss.«

»Ich verstehe. Und Ihre Pflicht ist es, ihn zu verfolgen?«

»Ja, Herr. Ich bin gekommen, um Sie demütig um Erlaubnis zu bitten.«

»Wissen Sie, wo er ist?«

»Ich glaube schon. Vermutlich hat er den Weg durchs Landesinnere zu den neuen Goldfeldern weit im Süden genommen. Jene Abbaufelder mit dem unaussprechlichen Namen, die man auch Hod nennt.«

»Aha.« Der jüngere Herr Li dachte darüber nach, während er einen verkrusteten Goldklumpen betrachtete, der ihm erst an diesem Morgen übergeben worden war. »Natürlich werden Sie mir über die Entwicklungen Bericht erstatten.«

»Gewiss, Herr. Ich habe gesehen, dass einige unserer Mannschaften zum Aufbruch in die Hod-Felder vorbereitet werden.«

»So ist es.«

»Wäre es vermessen von mir, um Erlaubnis zu bitten, mich ihnen anschließen zu dürfen? Soweit ich im Bilde bin, ist es eine lange und anstrengende Reise.«

»Ja, es wäre vermessen. Ich möchte nämlich nicht, dass meine Vorarbeiter Zeugen Ihrer Umtriebe werden. Also halten Sie sich von meinen Leuten fern. Und verraten Sie mir noch etwas: Hat dieser Mr. Willoughby dieselbe Straße genommen?«

»Nein, Herr, er ist mit dem Schiff gefahren.«

»Genau, wie Sie es tun werden.« Der jüngere Herr Li seufzte auf, als wäre das eine noch größere Schinderei als der Landweg. »Also wird er Ihren Mann zuerst erwischen?«

»Vielleicht nicht. Es kann sein, dass ich ihn vor dem Hod-Fluss einhole.«

Der jüngere Herr Li nickte weise. »Ich habe Ihre Meldung, was die Leichen angeht, erhalten. Sie sagten, es seien Malaien?«

»Ja, und die Polizei war sehr erfreut darüber. Die Polizisten meinten, es handle sich um Seeleute, die zweifellos zur Mannschaft der *China Belle* gehört haben.«

»Das ist eine gute Nachricht. Kann ich das der edlen Dame als Tatsache mitteilen?«

»Ja, Herr. Nun ist nur noch der Offizier Tussup übrig.«

Sie erörterten noch weitere Angelegenheiten, unter anderem auch, wie man Chang in Zukunft sein Gehalt zukommen lassen sollte. Dann forderte Herr Li ihn zum Gehen auf.

Als er sah, dass Chang zögerte, bevor er sich mit einer Verbeugung aus dem staubigen Büro zurückzog, schmunzelte er. »Zahlungen werden für erledigte Aufträge geleistet«, sagte er sich. »Ich gebe das Geld der edlen Dame nicht für Unfälle aus. Die Mine ist eingestürzt. Chang ist für den Tod dieser Männer nicht verantwortlich. Soll er den weißen Mann finden. Das ist eine würdige Aufgabe.«

Die Fahrspur trocknete nach dem Regen aus, sodass sich der angesammelte Schlamm zu harten Wellen aufwarf. Die meisten Reiter mieden deshalb lieber die Straße, bis der Querverkehr die Furchen eingeebnet haben würde. Stattdessen ritten sie über das offene Grasland, wo zunächst hin und wieder ein Baum Schatten bot; nach einer Weile jedoch verwandelte sich die Landschaft in eine Einöde aus unwirtlichen Hügeln und reißenden Flussläufen. Die Route durch das Landesinnere war weniger gefährlich als die durch die feuchtwarmen Dschungel, die die Hügel bedeckten. Doch als Jake nach nur einer Woche diesen Teil des Landes erreichte, war kein Pfad zu erkennen, sodass er aus Sorge um seine Pferde sein Tempo drosseln musste und deshalb weit hinter seinen Zeitplan zurückfiel.

Es waren weniger Goldgräber unterwegs als erwartet. Manchmal begegnete Jake tagelang keiner Menschenseele, doch das kam ihm sehr zupass. Hier war er in seinem Element. Niemand erwartete von einem einsamen Reisenden im Busch, dass er Gesellschaft oder die Gelegenheit zu einem Gespräch suchte; ein Mann hatte ein Recht darauf, allein zu sein, und dieser Grundsatz verschaffte auch Jake eine Verschnaufpause. Außerdem ritt er gern und glaubte, sich nach all der harten Arbeit auf den Goldfeldern ein bisschen Spaß verdient zu haben.

Willoughby, der Schlaumeier, hatte offenbar erraten, dass er sich den Bart abnehmen würde, und deshalb eine Zeichnung von ihm mit glatt rasiertem Gesicht verbreitet. Dank des dunklen Bartes, der inzwischen wieder sein Aussehen veränderte, fühlte Jake sich ein wenig sicherer, war aber immer noch auf der Hut. Wie er wusste, bestand die wirkliche Gefahr hier draußen darin, dass er sich verletzte oder ein Pferd verlor; zu Fuß kam man in dieser Hitze nicht weit, und Fahrzeuge waren hier kaum unterwegs. Deshalb ritt er in gemächlichem Tempo und musterte dabei interessiert die Umgebung. Ihn faszinierten die Tafelberge, die sich in der Ferne erhoben, die artenreiche Tierwelt, die Emus und Kängurus, die gewaltigen Vogelschwärme und die Rinder – die freilich nicht zu den heimischen Tierarten zählten! Besonders die Rinder behielt er im Auge, da er vermutete, dass es irgendwo in der Nähe ein Farm oder zumindest eine Stationshütte geben musste, was im Notfall von Vorteil sein konnte.

In der zweiten Woche seiner Reise stieß Jake auf einige tote Rinder, die erst vor kurzem getötet worden waren. Entgeistert starrte er auf die Kadaver und fragte sich, welcher Wahnsinnige wohl Vieh auf diese Weise niedermetzelte, anstatt zu erprobten Methoden des Schlachtens zu greifen. Dann jedoch sah er einige Dingos auf sich zulaufen, die vermutlich den Blutgeruch gewittert hatten, riss sein Pferd herum, und trat, das Packpferd am Zügel, rasch den Rückzug an. Offenbar hatten Aborigines die Rinder aus reiner Boshaftigkeit mit ihren Speeren niedergestreckt, um den Weißen eine Lektion zu erteilen, weshalb es das Beste war, sich eilig zu verdrücken. Während Jake davongaloppierte, bedauerte er es, das frische Fleisch zurücklassen zu müssen. Die Schwarzen hatten sich zwar nicht die Mühe gemacht, ihre Beute zu zerlegen, doch er wusste, dass die Dingos ihn nie an ihr Festmahl heranlassen würden, wenn er sie nicht alle erschoss.

In der dritten Woche gingen ihm die Vorräte aus, sodass

er sich von Wildgeflügel und Zwergkängurus ernähren musste. Zu seinem Erstaunen gab es am Straßenrand keine Hütten, in denen man Proviant verkaufte. Er hatte Packpferde beobachtet, die von einen beladenen Wagen zogen, aber dieser wurde einigen Reitern begleitet, die das Gefährt über das schwierige Gelände lotsten. Am liebsten hätte Jake die Männer angesprochen und ihnen ein paar Lebensmittel, und sei es nur Mehl und Tee, abgekauft, wenn ihm das nicht zu gefährlich erschienen wäre. Schließlich hätte Willoughby unter ihnen sein können.

Einige Tage später ritt er – vorbei an alten Felsenformationen und gewaltigen Bäumen, die sich in den blauen Himmel erhoben – in ein Tal hinab. In der Ferne erkannte er eine lange Reihe von Kulis, die den Pfad entlang zu einem Fluss trotteten. Wieder überlegte er, ob er sich ihnen nähern und ihnen etwas Reis abkaufen sollte, doch wiederum widerstand er der Versuchung. Es wäre Leichtsinn von ihm gewesen, sich bei Chinesen blicken zu lassen, wo er schon von weitem auffallen würde. Willoughby würde ihn sofort entdecken oder zumindest von seiner Anwesenheit hören. Gewiss war ihm klar, dass Jake Tussup die Gegend so schnell wie der Blitz verlassen hatte, sobald sein Bild an sämtlichen Hauswänden hing. Und auch, dass er nicht so dumm sein würde, die Küstenstraße zu nehmen, wo Polizisten und berittene Einheiten patrouillierten. Er fragte sich, ob Bartie Lee wohl inzwischen geschnappt worden war. Es war himmlisch gewesen, diesen Mistkerl endlich los zu sein und ihn nicht länger auf dem Hals zu haben. Damit hatte Willoughby ihm einen großen Gefallen getan. Nun war es wohl ratsam, dass er Willoughby in einen Hinterhalt lockte, ehe dieser ihm vielleicht noch zuvorkam.

Schließlich war es Willoughby zu verdanken, dass er, Jake, nun von der Polizei und vermutlich auch von der gesamten Bevölkerung wegen Mordes gesucht wurde. Am liebsten hätte er den Schweinekerl höchstpersönlich abgeknallt, um diese Lüge ein für allemal aus der Welt zu schaffen. Doch dazu war es zu spät, denn das Gerücht war bereits in der Welt. Deshalb war es wohl das Beste, sich an drei Regeln zu halten: Erstens durfte er sich nicht blicken lassen, zweitens musste er den Hodgkinson erreichen, und drittens war es wichtig, mehr Gold zu finden. Mit Geld konnte er sich Sicherheit erkaufen und irgendwie gegen diese Mordanklage angehen. Was die Meuterei betraf, so handelte es sich um eine Frage des Seerechts, von dem diese Hinterwäldler ohnehin nichts verstanden. Diesen Vorwurf konnte Jake jederzeit widerlegen, indem er einfach behauptete, die Asiaten hätten ihn gezwungen, das Schiff zu verlassen. Aber solange Willoughby ihn und Bartie Lee des Mordes am Bootsmann bezichtigte, steckte er in ernsthaften Schwierigkeiten. Mit Mord kannte sich die Buschpolizei nämlich aus, denn es handelte sich dabei in diesem Land, in dem ein Menschenleben keinen Pfifferling wert war, um ein allzu häufiges Verbrechen. Jake Tussup erschauderte: Bei der Rechtsprechung wurde hier nicht lange gefackelt. Er hatte mit eigenen Augen gesehen, wie ein Pferdedieb in einer Siedlung am Rande der Goldfelder am Palmer an einem Baum aufgeknüpft worden war. Und was das Verhältnis zu den Aborigines betraf, so konnte man das nach seinen Beobachtungen nur als Kriegszustand bezeichnen, ganz gleich, wie die anderen es auch nennen mochten.

Seit einer Weile schon hörte er in der Ferne einen Fluss rauschen. Die Pferde, die das Wasser witterten, wurden schneller. Aber als sie schließlich das Ufer erreichten, schüttelte Jake verzweifelt den Kopf. Das war kein Fluss, sondern eine regelrechte Flut! Wegen des Glitzerns, das aus der riesigen Wasserfläche aufstieg, musste er die Augen zusammenkneifen. Er blickte flussabwärts, wo eine Fähre die Reisenden zum anderen Ufer brachte.

»Was jetzt?«, fragte er sich, während er die Pferde am Flussufer trinken ließ. »Wie komme ich auf die andere Seite, ohne mich zu zeigen und Gefahr zu laufen, dass jemand mich erkennt?«

Natürlich gab es keinen anderen Weg, und so beschloss er, an Ort und Stelle sein Lager aufzuschlagen, bis zur Abenddämmerung zu warten, dann unauffällig zur Fähre zu reiten und sich zuvor nicht am belebten Ufer sehen zu lassen.

Auf den Goldfeldern hatte er sich an die alten Kochrezepte von seiner Mutter erinnert, die bei den Menschen, denen er auf seinen Reisen durch Asien begegnete, unbekannt waren. Sie hatte aus Mehl, Wasser, einer Prise Salz, einem Stück Butter und einer Hand voll Korinthen so genannte Damper, den im Busch beliebten Brotersatz, gebacken. Auf diesem Ritt war an Butter natürlich nicht zu denken, die Korinthen gingen bald aus, und inzwischen hatte Jake auch den letzten Rest Mehl aufgebraucht, das ihn bei seinem Aufbruch aus Maytown die astronomische Summe von zehn Pfund für einen halben Sack gekostet hatte. Also kaute er an einem hart gewordenen Damper, eingetunkt in Sirup aus der Dose, und sparte sich die Mühe, in der Dämmerung ein Feuer anzuzünden, denn der Tee war ebenfalls aufgebraucht. Wie er so am Fluss saß, dachte er, wie absurd es im Leben häufig zuging: Er hatte Ersparnisse im Wert von fünfhundert Pfund bei sich und keine Möglichkeit, das Geld auszugeben. Ein Zwischenfall am Palmer fiel ihm ein, als ein Goldgräber, die Taschen voller Gold, beim Überqueren eines Flusses ertrunken war.

Ein Fisch sprang aus dem silbrigen Fluss. Ein Falke, der sich wie ein Stein aus dem blauen Himmel herabstürzte, griff sich den nächsten Fisch, der aus dem Wasser aufsprang, erhob sich eilig wieder und flog über den dichten Wald am anderen Ufer davon.

Jake, dem beim Anblick des Fisches das Wasser im Munde zusammenlief, wandte sich neidisch ab, um die Lage stromabwärts in Augenschein zu nehmen. Obwohl er nur die Fähre sehen konnte, die sich über den Fluss quälte, hörte er das Schlagen einer Axt, nahm den Duft von Gebratenem war und bemerkte das Rauchgekräusel von Lagerfeuern. Es musste sich um eine wichtige Kreuzung handeln, an der sich alle Straßen zur Fährstation trafen.

»Vielleicht ist das ja gar nicht so schlecht«, überlegte er. »Inmitten einer Menschenmenge falle ich weniger auf, als würde ich ganz allein dort auftauchen.«

»Haben Sie vor, die Krokodile zu füttern?«, fragte da eine

Stimme. Als Jake erschrocken herumfuhr, stand ein Mann mit wettergegerbtem Gesicht hinter ihm.

»Krokodile?«

»Ja. Das sind hier Riesenviecher. In dem Fluss gibt es jede Menge dieser Ungeheuer, die einen Burschen wie Sie in einem Bissen verspeisen würden.« Der Mann streckte eine schmutzige Hand aus. »Ich heiße Auguste. Wohin des Wegs, Mister?«

»Ich warte auf eine Überfahrt. Mein Name ist Tom Smith. Ich wollte mich nur kurz ausruhen. Der Weg vom Palmer hierher war ganz schön weit.«

»Glück gehabt?«

»Nein«, log Jake. »Ich bin zu spät gekommen. In Hodgkinson klappt es sicher besser. Sind Sie Goldgräber?«

»Aber nein. Ich glaube daran, dass der Herr für die Seinen sorgt. Dazu braucht man seine Erde nicht in Stücke zu reißen. Ich arbeite beim Fährmann.«

Jake war immer noch argwöhnisch. »Ich habe noch ein paar Shilling übrig. Kann man hier irgendwo was zu essen kaufen?«

»Kaufen? Vergessen Sie´s. Diese Wucherer da unten würden ihnen eine gebratene Schlange für ein Pfund verhökern, und die Kerle, die hier ankommen, sind so ausgehungert, dass sie darauf reinfallen. Doch ich bin nicht so. Ich würde einem hungrigen Reisenden nie das Essen verweigern, so wahr ich Auguste heiße. Kommen Sie mit, alter Junge«, fuhr er fort, während er einen Eimer in den Fluss tauchte. »Ihr Lager hier sieht auch ziemlich kläglich aus, ich muss schon sagen.«

Jake packte seine Sachen und folgte, die Pferde am Zügel, seinem neuen Freund zu einem Lager neben dem Pfad, der zur Fähre führte. Da er sich so dicht an der Zivilisation ziemlich mulmig fühlte, hielt er sich im Schatten der Bäume und kehrte den vorbeiziehenden Reisenden den Rücken zu, während er hungrig zusah, wie Auguste Kartoffeln und ein Stück Rindfleisch in eine Pfanne gab.

»Kann ich hier irgendwo Proviant für die Reise kaufen?«, erkundigte er sich.

»Nicht, dass ich wüsste«, erwiderte Auguste gleichmütig.
»Woher kriegen denn die Fährleute ihren Proviant?«
»Hauptsächlich aus Kincaid Station.«
»Und die geben nichts ab?«
»Ich füchte nein. Aber einmal pro Woche kommt ein Händler mit verschiedenen Lebensmitteln von den Goldfeldern und verkauft sie zu einem Preis, der den Teufel erröten lassen würde. Morgen müsste er hier wieder aufkreuzen, alter Junge. Aber falls Sie nur ein paar Shilling übrig haben, würde ich mir keine großen Hoffnungen machen. Wenn ich ein bisschen Kleingeld übrig hätte, würde ich Ihnen gern aus der Patsche helfen, doch ich bin zurzeit selber ziemlich klamm.«
»Glauben Sie, dass er morgen kommt?«
»Wenn ich bedenke, dass er schon zwei Tage überfällig ist, kommt er entweder gar nicht mehr oder morgen.«
»Dann ist es wohl besser, dass ich warte. Ohne Proviant kann ich nicht weiter.« Als ihm klar wurde, dass er ja angeblich kein Geld hatte, fügte er hinzu: »Ich lasse mir was einfallen. Vielleicht kann ich ja das Packpferd verkaufen.«
»Das dürfte kein Problem werden. Die meisten Verrückten, die hier auftauchen, haben ihre Pferde nämlich aufgefressen.«

Seit Tagen schon suchte Chang in Maytown nach einem Hinweis auf Jake Tussups Aufenthalt. Er fing bei der Mine an, die Tussup mit Lee, diesem Stück Dreck, bearbeitet hatte. Lees Freunde unter den Kulis hatten ihn zu der Mine geführt, und nun sammelten sie unter Changs Leitung alles von Lees und Tussups Habe ein, das noch dort herumlag.
Chang stieß mit dem Fuß gegen den Müllhaufen in Lees früherer Hütte.
»Elende Bedingungen«, murmelte er, während er eine Matratze beiseite schob. »Ohne eigene Kulis führt ein Goldgräber ein scheußliches Leben.«
Er bemerkte, dass die beiden in aller Eile aufgebrochen sein mussten, denn sie hatten vieles, sogar Kochtöpfe und

Kleidung, zurückgelassen. Die schweren Spaten und Spitzhacken, die sie für ihre Arbeit brauchten, lagen noch in der Grube. Bartie hatte überhaupt nichts bei sich gehabt, als er auf der anderen Seite von Maytown ergriffen worden war. Also war er offenbar auf dem Weg nach Cooktown gewesen, um dort mit dem Schiff zu fliehen.

»Ganz sicher ist der weiße Mann auch dorthin geritten«, meinte Changs Diener Wu Tin, doch Chang war nicht davon überzeugt.

»Diese weite Einöde ist zwar gefährlich«, erwiderte er, »doch ein Einheimischer wie Tussup fürchtet sich sicher nicht.«

Chang hatte sein Urteil über dieses Land schon häufig geäußert. Er verabscheute die Dschungel östlich der Berge und hatte eine Todesangst vor den schwarzen Wilden mit ihren bemalten Gesichten und den scharfen Speeren. Während er inmitten des Menschengewühls auf den Goldfeldern von Palmer in seinem Element war, sagte ihm der Blick von der Hochebene nach Westen nichts, denn er sah nur eine große weite Leere. Hier gab es nur ein paar Wilde, die im Wald lauerten, und Chang, der an Menschen gewöhnt war, erschien das gesamte Land unendlich einsam. Zu seinem Erstaunen hatte er gehört, dass sich selbst Dörfer wie Maytown und Cooktown in Geisterstädte verwandeln würden, sobald kein Gold mehr gefunden wurde. Deshalb eignete sich dieses barbarische Land nach Changs Auffassung nicht für einen Mann von Welt, und er hoffte, dass seine Mission bald beendet sein würde. Er hatte bereits eine beträchtliche Summe verdient und würde gewiss noch mehr erhalten, sodass es genügen würde, um sich in Hongkong niederzulassen. Eine verlockende Aussicht.

Nachdem Chang zu dem Schluss gekommen war, dass Tussup die Route durchs Landesinnere genommen hatte, die erst zu den neuen Goldfeldern und dann zu einem Küstenstädtchen namens Cairns führte, begann er, in den Läden Erkundigungen einzuziehen. Denn um in diese Einöde aufzubrechen, hatte Tussup bestimmt jede Menge Proviant gebraucht.

In einem Laden an einer Furt wurde Changs Beharrlichkeit endlich belohnt – ebenso wie der großzügige Anreiz, den er dem Ladeninhaber für weitere Informationen versprach. So erfuhr er, dass der Mann auf dem vorgezeigten Bild Vorräte gekauft hatte, die bis zu den Goldfeldern reichen würden. Darüber hinaus hatte er – was noch wichtiger war – zwei Pferde erstanden.

»Wie sahen die Pferde aus?«, drängte Chang.

»Moment. Eines war ein Rotfuchs, an mehr erinnere ich mich nicht. Das Packferd war grau, ein fleckiges Schmutziggrau mit einem weißlichen Rumpf.«

»Und weiter?«

»Weiter nichts, alter Junge.«

»Was hatte er an?«

»Ein kariertes Hemd. Die Farbe weiß ich nicht mehr. Ich verkaufe sie zu Hunderten. Alle hier tragen solche Hemden. Abgesehen von Ihren Leuten natürlich.«

»Und Sie glauben, dass er den Fluss überquert hat?«

»Gesehen habe ich ihn nicht, aber es ist damit zu rechnen, dass er sich dem großen Zug nach Süden angeschlossen hat.«

Chang und sein Diener folgten diesem Rat.

Sie blieben auf der belebten Straße und fragten immer wieder nach einem Mann mit zwei Pferden, eines davon schmutziggrau. Allerdings erfuhren sie in den ersten Tagen nichts. Sie beschlossen, schneller zu reiten, um Tussup vielleicht einzuholen, bis ihnen am vierten Tag ein Mann in einem leichten Wagen berichtete, er sei dem Gesuchten einige Male begegnet.

»Wie kann das sein?«, verwunderte sich Chang. »Zu Pferd kommt er doch schneller voran als Sie, Sir.«

»Das stimmt. Aber ich habe ihn dennoch gesehen. Einmal ist er das Flussbett nach rechts hinuntergeritten. Möglicherweise wollte er seine Pferde tränken. Ein großer Bursche. Er ist mir aufgefallen, weil er im Gebüsch abseits campiert hat, als er mir das erste Mal über den Weg lief. Ich fand das komisch, weil es eigentlich noch zu früh am Tag war, um Rast zu machen. Wahrscheinlich will er sich Zeit lassen. Ihr Jungs«, meinte er grinsend, »seid wahrscheinlich schon öfter an ihm vorbeigekommen.«

Chang dachte darüber nach, als sie sich wieder auf den Weg machten. Sich Zeit lassen? Warum auch nicht? Schließlich konnte Tussup damit rechnen, dass die Verfolger sich – so wie er selbst – beeilen würden.

Abseits vom Weg? Chang nickte. Natürlich. Vor Angst schlug er sich vermutlich durch den Wald wie ein schüchternes Reh, das seinen Feinden aus dem Weg ging – und anderen Menschen, also jedem, der vielleicht ein Bild von Jake Tussup gesehen hatte.

Da Chang nun wusste, wo er suchen musste, wies er seinen Diener an, in stetem Trott auf dem Pfad weiterzureiten, während er die Umgebung der Straße durchkämmte.

Nach diesem Plan gingen sie noch einige Tage lang vor, sodass Chang manchen Reisenden in langsamen Fahrzeugen mehrere Male begegnete. Allerdings hatte niemand den Flüchtigen gesehen.

Von einem Mann erhielten sie schließlich einen guten Rat: »Einen Tagesritt von hier verkehrt eine Fähre, die einzige Möglichkeit, um zu dieser Jahreszeit den großen Fluss zu überqueren. Der Fährmann kann Ihnen sicher Auskunft geben. Wenn er ihn übergesetzt hat, weiß er es.«

Die einfache Mahlzeit aus Fleisch, Kartoffeln und gekochten Zwiebeln war wie Manna für Jake, der darauf bestand, trotz Augustes Protesten ein paar Shillinge neben das Zelt auf den Boden zu legen. Er merkte seinem Gastgeber das fortgeschrittene Alter an, und nach seiner geflickten Kleidung und der mageren Ausrüstung zu urteilen, war er sicher auch nicht sehr wohlhabend. Allerdings war er gesprächig und ein guter Geschichtenerzähler.

»Zeit, dass ich mich auf den Weg mache«, verkündete Jake nach einer Weile. »Ich weiß gar nicht, wie ich Ihnen für das Essen danken soll.«

»Keine Ursache, Tom. Ich lasse Sie jetzt allein, damit Sie packen können. Ich muss wieder an die Arbeit. Werfen Sie die Teller einfach in diese Blechschüssel da. Ich kümmere mich später darum. Wir sehen uns an der Fähre.«

Er griff nach einem schweren Spazierstock. »Ich werde langsam alt«, fügte er hinzu. »Vor einer Weile habe ich mir das Bein gebrochen, und es will noch nicht so richtig.«

Jake fiel auf, dass das Bein seinen Gastgeber bis dahin nicht behindert zu haben schien, und er blickte dem Davonhinkenden grinsend nach. Auch er hatte schon häufig die Bekanntschaft von Menschen gemacht, denen jede Ausrede recht war, um sich zu drücken. Rückenschmerzen, schwache Beine, Krämpfe, alles musste herhalten, damit sie nur nicht mit Arbeit belästigt wurden. Dann jedoch schob er den Gedanken beiseite. Es war nicht sein Problem; außerdem war Auguste nett zu ihm gewesen, und zwar ohne eine Gegenleistung zu verlangen.

Anstatt herumzulaufen und zu riskieren, dass man ihn erkannte, beschloss er, sich lieber auszuruhen. Also ging er ein Stück tiefer in den Busch hinein, legte sich, seine Deckenrolle als Kopfkissen nutzend, ins lange Gras, lauschte dem leisen Vogelgezwitscher und genoss die milde Luft, als der Nachmittag sich dem Ende zuneigte. Hoffentlich würde der Händler morgen kommen, damit er Proviant kaufen und sich auf den Weg nach Süden machen konnte. In letzter Zeit hatte er immer wieder an die Farm in Goulburn gedacht. Sicher würde es schön sein, nach Hause zurückzukehren. Endlich eine Heimat zu haben. Doch dann fiel ihm Mal Willoughby ein, und das riss ihn jäh aus seinen Tagträumen. Er drehte sich zur Seite und versuchte, an etwas anderes zu denken.

Der Überfall kam so plötzlich, dass Jake gar nicht begriff, wie ihm geschah. Einen kurzen Moment blieb er trotz des heftigen Schlages auf den Kopf bei Besinnung, und es gelang ihm, sich auf die Knie zu stützen, obwohl ihm das Blut übers Gesicht rann. Dann jedoch traf ihn der zweite Schlag. Er versuchte noch, sich gegen den Angreifer zu wehren, doch er hatte plötzlich das Gefühl, in ein tiefes Loch zu stürzen, aus dem er sich nicht mehr befreien konnte.

Während er gegen die Bewusstlosigkeit ankämpfte, spürte er, wie zwei starke Hände ihm trotz aller Gegenwehr einen Stofffetzen in den Mund zwangen. Doch er war machtlos. Nach einer Weile wurde ihm klar, dass er, an Händen und Füßen gefesselt, auf dem Boden lag. Auguste kauerte vor ihm und band ihm den Mund zu. Er war nicht mehr der freundliche, geschwätzige Auguste, sondern ein schweigsamer Fremder, der eine finstere, bedrohliche Miene zur Schau trug.

Nachdem er Jake geschickt zu einem Bündel verschnürt und verhindert hatte, dass er um Hilfe rief, stieß Auguste ihn zu seinem Erstaunen einfach mit dem Fuß beiseite und ging davon. Jake konnte es kaum fassen, dass er noch seine Stiefel an den Füßen hatte, denn darin befand sich sein Geld!

Sicher hatte ihm der Kerl das Märchen von der vergeblichen Goldsuche abgekauft und geglaubt, dass er pleite war. Warum also der Überfall? Jake versuchte, den Knebel in seinem Mund loszuwerden, und wand und krümmte sich, um seine Fesseln abzustreifen. Doch die Wunde am Kopf schmerzte entsetzlich, und er hielt eine Weile inne, um zu Kräften zu kommen. Dann dämmerte er weg.

»Oh, Gott, nein«, konnte er nur murmeln, als er wieder erwachte. Erneut versuchte er, den Knebel loszuwerden, denn er wusste, dass das Tuch, mit dem er festgebunden war, sich irgendwann lockern würde, wenn er nicht aufgab. Auguste hatte sein Geld nicht gefunden, und ansonsten besaß Jake nichts Wertvolles – abgesehen von den Pferden. Hatte das Schwein ihm etwa die Pferde gestohlen, sodass er den restlichen Weg würde zu Fuß gehen müssen? Schließlich hatte der Dreckskerl selbst gesagt, dass die Männer, die ihre Pferde verloren, auf sich selbst gestellt waren. Mit anderen Worten: Es war kein Ersatz zu bekommen.

Schäumend vor Wut bemühte sich Jake, den Knebel auszuspucken, bis das Tuch nach einer halben Stunde endlich herausrutschte und er den Lumpen in seinem Mund los war. Da niemand auf seine wiederholten Hilferufe antwortete, kroch er durch das Gestrüpp langsam auf den Pfad zu.

Dabei fühlte er sich wie eine Raupe und hatte plötzlich großes Verständnis für diese Tiere, die sich so langsam fortbewegen mussten. Doch er war fest entschlossen, seine Pferde zurückzuerobern.

Jake hatte keine Ahnung, wie spät es war. Als er schließlich in einen Graben fiel, dämmerte es bereits, und es dauerte eine Ewigkeit, bis er sich auf der anderen Seite wieder hinausgearbeitet hatte, ohne sich an den spitzen Eukalyptusschösslingen aufzuspießen, die überall aus dem Boden ragten. Zwei Schlangen glitten an ihm vorbei, eine harmlose grüne Baumschlange und eine gefährliche Viper, sodass Jake lange Zeit völlig reglos und mit klopfendem Herzen liegen blieb. Als er endlich auf den Pfad getorkelt kam, war sein Gesicht blutig und zerkratzt. Wieder schrie er um Hilfe, und es schien eine Ewigkeit zu dauern, bis endlich zwei Männer aufkreuzten und ihn fragten, was ihm denn zugestoßen sei.

Sobald Jake von seinen Fesseln befreit war, rannte er taumelnd, stolpernd und immer wieder stürzend, den Hügel hinab und stürmte unter Wutgebrüll auf den Bootssteg zu. Seine Angst dass jemand ihn erkennen könnte, war auf einmal wie weggeblasen.

Doch er musste eine herbe Enttäuschung einstecken: Auf der Fähre arbeitete kein Mann namens Auguste. Aber ein gedrungener Kerl mittleren Alters hatte vorhin mit zwei Pferden übergesetzt. Und jetzt hatte Jake die letzte Fähre verpasst und musste bis morgen warten.

»Was für einen Händler meinen Sie?« Der Fährmann lachte. »Hier wird kein Proviant ausgeliefert. Bis zu den Goldfeldern sind es doch nur drei Tagesmärsche.«

Später am Abend saß der Fährmann mit einem Freund beim Bier. »Hast du mir nicht erzählt, zwei Chinamänner hätten nach einem Kerl gesucht, der auf einem Rotfuchs reitet und ein graues Packpferd am Zügel führt?«, meinte er zu seinem Kameraden.

»Ja. Ich habe ihnen gesagt, dass vor etwa einer Stunde ein Bursche durchgekommen ist, auf den ihre Beschreibung passt.«

Der Fährmann nickte. »Der Kerl muss wirklich sehr beliebt sein. Kannst du mir etwas Tabak ausborgen?«

Obwohl der Mann, der von einem grauen Packpferd begleitet wurde, ritt wie der Teufel, hatten Chang und sein Diener keine Mühe, mit ihm Schritt zu halten. Allerdings hielten sie Abstand, ließen sich Zeit und warteten auf eine günstige Gelegenheit.

Chang war aufs Äußerste angespannt. Offenbar hatte er richtig vermutet, dass Tussup, der schließlich steckbrieflich gesucht wurde, unterwegs einen Bogen um andere Menschen machen würde. Doch an der Fähre würde er gezwungen sein, sich zu zeigen, und so war es auch geschehen.

Die schmale Straße umrundete einen Felsvorsprung und führte dann, steil abfallend, in einen Wald. Chang kam das sehr gelegen, denn Tussup war nun gezwungen, sein anfänglich rasches Tempo zu drosseln und seine Pferde mehr oder weniger gemächlich den einsamen Pfad entlangtrotten zu lassen. Seit vielen Kilometern waren sie keiner Menschenseele begegnet. Da die Gegend einsam genug für Changs Vorhaben war, trieb er sein Pferd zur Eile an und machte sich an die Verfolgung seiner Beute.

»He, Tussup!«, rief er, nachdem er die Kurve hinter sich gebracht hatte.

Das Verhalten des Mannes war ein klarer Hinweis darauf, dass er etwas zu verbergen hatte: Anstatt stehen zu bleiben und den Fremden zu fragen, was er von ihm wollte, warf er nur einen kurzen Blick über die Schulter und preschte dann umso schneller den Pfad hinunter.

Chang, der mit dieser überstürzten Flucht nicht gerechnet hatte, ärgerte sich über seinen Leichtsinn. Aber da er Tussup unbedingt erwischen musste, solange sie allein waren, heftete er sich an seine Fersen.

Als Tussup klar wurde, dass Chang im Begriff war, ihn einzuholen, schnitt er das Packpferd los und preschte weiter. Chang musste ausweichen, um nicht mit dem Grauschimmel zusammenzustoßen, als dieser zurückblieb. Allerdings hatte er den Zeitverlust bald wieder wettgemacht und war fest entschlossen, die Sache jetzt zu beenden. Eigentlich hatte er sein Messer benutzen wollen, da das weniger Lärm machte, doch dazu war es nun zu spät. Tussup durfte nicht entkommen. Anschließend würde Chang dann nur noch die Leiche beseitigen und sich selbst in Sicherheit bringen müssen.

Also nahm Chang die Flinte aus dem Halfter und ließ sein Pferd langsamer laufen, damit er laden konnte. Vor Anspannung lief ihm der Schweiß über die Stirn, als er seinem Pferd erneut die Sporen gab. Er war nicht sicher, ob er es schaffen würde, und befürchtete, Tussup könnte sich umdrehen und seinerseits auf ihn schießen.

Mit zitternder Hand hob Chang die Waffe und drückte ab. Doch Tussup duckte sich tief in den Sattel und galoppierte weiter. Chang schoss noch einmal und stoppte ruckartig sein Pferd, als Tussup aus dem Sattel glitt. Anstatt zu Boden zu stürzen, blieb der Mann jedoch mit dem Fuß im Steigbügel hängen und wurde eine Weile mitgeschleift, bis sein verängstigtes Pferd endlich anhielt und zitternd am Straßenrand stehen blieb.

Vorsichtig schlich Chang näher. Tussup war tot. Sein bärtiges Gesicht war vom Schrammen über den steinigen Boden aufgerissen und blutig. Zum Glück kam kurz darauf Changs Diener, das Packpferd am Zügel, angeritten.

»Rasch, schneid ihn los«, befahl Chang. »Bring ihn in den Wald und vergrab ihn. Dann kehrst du zurück und beseitigst die Blutspuren.«

Während sein Diener sich an die Arbeit machte, stieg Chang vom Pferd, nahm dem Packtier Sattel und Zaumzeug ab und warf beides in den Busch. Nachdem sein Diener die Leiche entfernt hatte, tat er dasselbe mit Zaumzeug und Sattel des anderen Pferdes und gab den beiden Tieren einen kräftigen Klaps. Die verängstigten Pferde galoppierten davon und verschwanden hinter der nächsten Wegbiegung im Busch.

Ein Jammer, dachte Chang. Die Tiere waren sicher einiges wert, hätten aber nur den Verdacht auf ihn gelenkt, deshalb war es besser, sie laufen zu lassen. Er fragte sich, ob

Tussup wohl Geld bei sich gehabt hatte, und eilte durch das hohe Gras, um seinen Diener zu fragen.

»Ja, Herr«, erwiderte Wu Tin. »Das hier.« Chang betrachtete zweifelnd die wenigen Münzen.

»Ist das alles?«, verwunderte er sich.

»Ja, Herr. Ich habe ihn sorgfältig durchsucht.«

Chang wandte sich ab. »Also gut. Mach weiter.«

Bis jetzt hatte er gedacht, dass Tussup auf den Goldfeldern ein Vermögen verdient hatte. Wo also war sein Geld?

Auf dem Rückweg zu den Pferden schlug er sich plötzlich gegen die Stirn. Natürlich! Auf der Bank! In Maytown gab es Banken. Bestimmt hatte Tussup sein Geld zur Bank gebracht, anstatt zu riskieren, dass er es auf dem Ritt durch die Wildnis womöglich verlor. Und nun war es, unerreichbar und unwiederbringlich, in den Taschen der Bankiers gelandet!

»Ich könnte aus der Haut fahren!«, erboste sich Chang, während er auf seinen Diener wartete.

Anschließend ritten die beiden Chinesen zu den nächsten Goldfeldern, verkauften ihre erschöpften Pferde und erstanden zwei neue, bevor sie vorübergehend Unterkunft in einer chinesischen Herberge bezogen. Wu Tin machte sich auf die Suche nach einem ordentlichen Restaurant, während Chang über das Problem grübelte, das ihn beschäftigte, seit er das Büro des jüngeren Herrn Li verlassen hatte: Er hatte nämlich noch einen weiteren Auftrag auszuführen.

»Soll ich das so verstehen, dass Sie diese Aufgabe nur widerwillig erledigen?«, hatte Herr Li sich ereifert. »Glauben Sie etwa, Sie könnten sich Ihre Pflichten gegenüber Ihrer Gönnerin selbst aussuchen?«

»Nein, Herr. Allerdings kennt mich diese Person und deshalb ...«

»Das«, unterbrach ihn Herr Li, »wird Ihnen die Aufgabe erleichtern. Da Ihnen die übrigen Verbrecher unbekannt waren, mussten Sie sie selbst aufspüren. Dieser Person hingegen werden Sie immer wieder begegnen.«

»Verzeihung, Herr, doch diese Unternehmung würde mir

sehr schwer fallen. Mir war nicht bewusst, dass die Dame Xiu Ling Lu dieses Vorhaben billigt. Ich fürchte, sie könnte nicht einverstanden sein.«

»Ach, wirklich? Sie unbedeutender Tropf! Es steht Ihnen nicht zu, die Entscheidungen von Mitgliedern der Familie Xiu anzuzweifeln, insbesondere nicht die von Xiu Tan Lan, ihrem Vater. Er hat den Befehl gegeben, und Sie werden ihn ausführen. Ansonsten werde ich jemand anderen finden, der es tut.« Li schlug mit der Hand auf den Tisch und beugte sich drohend vor. »Wissen Sie nicht, dass Sie keine andere Wahl haben, Sie Dummkopf? Ihre Zögern hat den Geruch von Illoyalität! Ich verlange sofort eine Antwort. Und zwar auf der Stelle. Es wird ohnehin geschehen. Also: Werden Sie den Befehl ausführen?«

Chang sah sich gezwungen, nachzugeben; er senkte den Kopf und murmelte seine Zustimmung.

»Verschwinden Sie«, zischte Herr Li. »Erledigen Sie Ihren Auftrag, und melden Sie sich bei Herrn Li in Cooktown. Wenn Sie mich enttäuschen, wird Ihr Ersatzmann sich auch um Sie kümmern.«

Er schnippte mit den Fingern und scheuchte Chang aus dem Raum, während ein Diener mit einer Kanne duftendem Tee hereineilte.

Verärgert, als er sich an diese Demütigung erinnerte, gab Chang einem Kuli einen Halfpenny, damit dieser auf ihre Habe achtete. Danach schlenderte er aus der Herberge zu einer Bude am Straßenrand, wo er einer jungen Chinesin ein paar barsche Befehle gab. Diese brachte ihm daraufhin einen Klappstuhl, eine Flasche Wein und eine lange Zigarre. Nachdem Chang es sich gemütlich gemacht hatte, zog er Bilanz und musterte dabei die Gesichter der Passanten. Nun musste er Mr. Willoughby finden. Wie überrascht würde er wohl sein, wenn er erfuhr, dass er, Chang, seinen Erzfeind, keinen anderen als den berüchtigten Meuterer, Entführer und Mörder Jake Tussup, getötet hatte? Diesen Abschaum. Wieder war er Willoughby zuvorgekommen. Chang fragte sich, ob Willoughby wusste, dass einige der Meuterer inzwischen nicht mehr unter den Lebenden weilten und tot in der eingestürzten Mine gefunden worden waren. Es würde ein Spaß sein, ihm zu eröffnen, dass seine Mission vollendet war: Alle Meuterer waren erledigt.

Hier sah es ganz anders aus als am Palmer. Das Gelände war dichter bewaldet und uneben. Immer wieder wurden die Flusstäler von felsigen Hügeln und Vorsprüngen durchbrochen. Chang hatte im Registeramt von Maytown die Karte studiert und dabei festgestellt, dass diese Goldfelder über einen Küstenhafen verfügten – es war ein kleines Dorf, das Cairns hieß. Bis zur nächsten Stadt waren es mehrere tausend Kilometer, was Changs Verachtung für dieses unzivilisierte Land noch steigerte. Chang war in Tientsin geboren und aufgewachsen und liebte das Brodeln und den Lärm, die einen dort ununterbrochen umgaben. Hier draußen war es trotz der vielen Goldsucher, die zielstrebig an ihm vorbeimarschierten, ziemlich ruhig. Den ganzen Tag und die ganze Nacht lang konnte man die Vögel singen hören – das war zugegebenermaßen sehr angenehm, da diese Vögel ausgesprochen melodische Stimmen hatten. Allerdings hob das die Stille, für Chang meist gleichbedeutend mit Einsamkeit, nur noch mehr hervor. »Vielleicht habe ich ja Heimweh«, sagte er sich. »Obwohl: Das kenne ich nicht an mir.«

Während er an der Zigarre zog und gleichmäßig den Rauch in die Luft blies, beobachtete er vier weiße Männer, die an ihm vorbeischlenderten. Ein kräftig gebauter Rotschopf bemerkte ihn und drehte sich ärgerlich um. »Was glotzt du so dämlich, verdammter Chinese?«

Chang verzog verdattert das Gesicht, breitete die Hände aus und begann aufgeregt auf Chinesisch zu plappern – wobei es sich in Wahrheit um die in seinen Augen hier angebrachten Beschimpfungen handelte.

»Lass ihn in Ruhe«, rief einer der Freunde des Mannes, worauf der Rotschopf Chang achselzuckend auf den Stiefel spuckte und sich trollte.

Sobald die Männer verschwunden waren, kam die Dienerin mit einem Wassereimer und einem Lappen angelaufen, um Changs Stiefel zu putzen und sich bei dem verehrten Kunden für diesen schändlichen Zwischenfall zu entschuldigen. Er bedankte sich mit einem Nicken. Als er aufblickte, sah er Wu Tin heraneilen. Er brachte die Nachricht, es gebe hier kein geeignetes Restaurant, worauf Chang ihn anwies, in der Nähe ein Lager aufzuschlagen und sich wegen der Mahlzeiten mit dem Dienstmädchen abzusprechen.

»Aber, Herr, das hier ist eine Schnapsbude.«

»Das Mädchen ist doch sicher nicht allein hier, sondern mit seiner Familie. Sag ihr, sie soll mir warme Mahlzeiten liefern, und ich bezahle sie gut dafür.«

Nachdem das geklärt war, ließ Chang sich sein Pferd bringen und ritt los, um die Gegend zu erkunden. Zu seiner Überraschung waren die Straßen ordentlich angelegt und es wimmelte von Menschen. Die Cowboys, hoch zu Ross, behandelten die Fußgänger ebenso herablassend wie vorhin der Rotschopf ihn. Gut gekleidete Herren mit sauberen breitkrempigen Hüten fuhren, begleitet von ihren Familien, in geschlossenen Kutschen winkend nach Westen – ins Nichts, wie Chang säuerlich dachte.

Chang bemerkte einen Wegweiser zum Barron River und einen anderen nach Barron Falls. Doch beides sagte ihm nicht viel, außer dass es sich um mögliche Hindernisse auf seinem Weg zur Küste handelte. Er beschloss, besser am nächsten Morgen zurückzukehren, um diesen Weg zu erkunden, damit er, wenn der Zeitpunkt gekommen war, ohne Verzögerung an die Küste zum Hafen reiten konnte.

Wenn der Zeitpunkt gekommen war! Chang erschrak. Obwohl die Gesellschaft ihm diesen Status nicht zugestand, hielt sich Chang für einen Gentleman und hatte sich unter großer Mühe dessen Sprechweise, Verhalten und Manieren angeeignet. Eigentlich fand er, dass er das Prädikat Gentleman mehr verdiente als viele Männer, die er kannte. Auch wenn er nicht in die richtige Familie hineingeboren war, wie er sich seufzend sagte. Das Privileg der hohen Geburt war und blieb für seinesgleichen eben unerreichbar. Dennoch – und das war Changs Ansicht nach sehr wichtig – berechtigte einen das noch lange nicht herumzulaufen und unschuldige Menschen umzubringen. Wahre Helden und Gentlemen hatten die Pflicht, die Welt vom Abschaum zu befreien, wofür es eine Reihe von gesellschaftlich anerkannten Methoden gab. Ein Auftragsmord hingegen kam nicht in Frage, das war nur etwas für Kriminelle. Beim bloßen Gedanken daran hätte Chang laut losschreien können. War er in den Augen der Familie Li und von Herrn Xiu etwa nichts weiter als ein billiger Killer? Als Chang versuchte, diese beängstigende Vorstellung zu vertreiben, wurde sie sogleich von einem anderen Bild abgelöst: Es zeigte einen Mann, ob nun Gentleman oder nicht, der seinem Herrn und Meister nicht gehorchte und dadurch sein eigenes Schicksal besiegelte.

Chang versuchte, Ruhe zu bewahren, obwohl seine innere Stimme laute Klagetöne ausstieß. Am Ufer angelangt, stieg er vom Pferd. Hunderte von Menschen, junge und alte, wuschen in den Buchten geduldig Gold, und Chang kauerte sich auf den Boden, um sie zu beobachten. Diese Arbeit hatte ihn schon immer fasziniert, und bald ließ er sich von der allgemeinen Aufregung anstecken.

So gebannt starrte er auf die funkelnden Goldklümpchen in einem breitmaschigen Sieb, dass er den Mann gar nicht wahrnahm, der sich ihm näherte und sich einen Weg durch die Menschenmenge am Ufer bahnte. Er bemerkte Mr. Willoughby erst, als dieser ihm auf die Schulter klopfte.

»Wo kommen Sie denn her?«, fragte er, womit er Chang einen ordentlichen Schrecken einjagte.

»Sehen Sie«, erwiderte dieser, ohne sich etwas anmerken zu lassen. »Ich glaube, der Mann dort hat ein paar Goldklümpchen im Sieb. Man möchte fast selbst mit dem Goldwaschen anfangen. Haben Sie es schon mal versucht, Mr. Willoughby?«

»Einmal. Aber unter Tage hatte ich mehr Glück. Was haben Sie vor?« Er betrachtete Changs sauberes schwarzes Hemd und seine schwarze Hose. »Sieht nicht aus, als wären Sie unter die Goldgräber gegangen.«

»Nein, so tief bin ich noch nicht gesunken.« Er riss sich

von dem faszinierenden Anblick des Goldes los und wandte seine Aufmerksamkeit Mal zu. »Schön, Sie zu sehen. Wir haben eine Menge zu besprechen.«

»Was zum Beispiel?«, gab Mal mürrisch zurück.

»Viele Dinge. Aber nicht hier. Möchten Sie mich in meinem Lager besuchen?«

»Nicht unbedingt. Dort hinten neben dem Bambushain gibt es einen Pub.«

Er nahm es Chang immer noch übel, dass dieser Bartie Lee erschossen und sich auf diese Weise geschickt aus der Affäre gezogen hatte. Allerdings war er neugierig, was der Chinese wohl nun wieder im Schilde führte. »Wie sind Sie hergekommen?«, fragte er, als sie die hohe Uferböschung hinaufkletterten.

»Mit dem Pferd. Eine interessante Reise, auch wenn ich dem Busch in Ihrem Land nur wenig abgewinnen kann.«

Als Jake schließlich an der Fähre zusammenbrach, nahmen sich die Holzfäller, die ihn an der Straße gefunden hatten, seiner an. Sie reinigten seine Wunden, verbanden ihm den Kopf, bemitleideten ihn wegen seines Pechs und des Verlusts der Pferde und trösteten ihn mit Whisky.

Nachdem er sich die ganze Nacht lang schlaflos vor Sorge herumgewälzt hatte, stand er am nächsten Morgen bei Sonnenaufgang auf und stolperte aus dem Zelt, wo sich die Männer zum gemeinsamen Frühstück an einem großen Tisch versammelt hatten. Sie begrüßten ihn freundlich und gaben ihm Tipps, was er als Nächstes unternehmen sollte.

Einige schlugen vor, er solle zu Fuß zur Kincaid Station marschieren und sich dort ein Pferd kaufen, sofern er sich das leisten könne. Ein anderer meinte, es wäre besser zu warten und sich vom nächsten Wagen mitnehmen zu lassen.

»Aber Vorsicht: Die Leute hier mögen keine Fremden«, fügte er hinzu.

»Aus verständlichen Gründen«, erwiderte Jake bedrückt.

»Ich persönlich würde mir ja ein Pferd beschaffen, wenn

du zu den Goldfeldern am oberen Hodgkinson willst, Kumpel«, riet ein Mann. »Zwischen hier und Cairns kann das Gelände ganz schön unwegsam werden. Dass heißt, falls du überhaupt auf Goldsuche bist.«

»Nein.« Jake war selbst überrascht, wie überzeugend seine Antwort klang. »Davon habe ich genug. Ich verschwinde aus dieser Gegend. Cairns hat doch einen Hafen, richtig?«

»Ja, es ist ein nettes kleines Städtchen. Aber warum wartest du nicht noch ein paar Tage, wenn du dorthin willst? Ein paar von uns reiten bald nach Cairns, um ein wenig auszuspannen, Proviant zu bestellen und unseren Lohn abzuholen. Du kannst ja mitkommen. Wir nehmen die Abkürzung über die Berge.« Er lachte auf. »Runter geht es schneller als rauf, das kannst du mir glauben.«

»Ich wäre euch sehr dankbar«, entgegnete Jake. »Aber was ist mit einem Pferd?«

»Wir leihen dir eins. Auf dem Rückweg nehmen wir es als Packpferd.«

In den nächsten Tagen machte sich Jake ein wenig nützlich, indem er im Lager anfallende Arbeiten erledigte. Obwohl er wusste, dass er nie im Leben so geschickt mit einer Axt würde umgehen können wie diese Männer, machte es ihm Spaß, ihnen beim Fällen der riesigen Zedern zuzusehen. So neigte sich der angenehme Aufenthalt bei den Holzfällern rasch dem Ende zu, und Jake befand sich auf dem Weg zurück zur Küste. Hätte er gewusst, wie gefährlich die Reise war, die sogar den Ritt über die Berge zum Palmer River in den Schatten stellte, so hätte er sich nie bereit erklärt, die Holzfäller zu begleiten. Sie kämpften sich durch Wälder mit geschlossenem Blätterdach, über Schluchten und reißende Flüsse hinweg und mussten die Pferde oft kilometerweit am Zügel führen. Jake, der nicht so gut in Form war wie die anderen, hielt sie immer wieder auf und musste beim Erklimmen glitschiger Dschungelpfade angeseilt und mitgezogen werden.

Doch seine neuen Freunde störte das nicht. Sie rächten sich nur, indem sie ihn gnadenlos hänselten und sich vor

Lachen ausschütteten, als er einmal vom Pferd fiel und in einem tiefen, erstaunlich kalten Bach landete.

Obwohl der Ritt seine Kondition auf eine harte Probe stellte, fand Jake, dass das Abenteuer interessant und er in bester Gesellschaft war. Diese Männer, die monatelang in der Abgeschiedenheit der Wälder verbrachten, interessierten sich mehr für die Umtriebe der Wilden in ihrem Gebiet als für die Geschehnisse in der Welt da draußen. Von der *China Belle* hatten sie vermutlich nie gehört. Sie nahmen Jake in ihrer Mitte auf und boten ihm sogar Arbeit als Holzfäller an – »Aus dir werden wir schon noch einen Mann machen, alter Junge.« –, aber er hatte inzwischen eine Entscheidung getroffen und musste schnell handeln. Als er mit seinen acht Begleitern in die Stadt ritt, war er nicht von den Männern mit den dichten Bärten zu unterscheiden, wie sie hin und wieder aus den umliegenden Holzfällerlagern hier erschienen.

Die Neuankömmlinge steuerten schnurstracks den nächsten Pub an, tränkten ihre müden Pferde, setzten sich an einen mit schäumenden Biergläsern beladenen Tisch und ließen es sich gut gehen.

In einem anderen Pub in den Goldfeldern von Hodgkinson hatte Chang gerade seine Version der Ereignisse geschildert.

»Was haben Sie?« Mal traute seinen Ohren nicht. »Sie haben Jake Tussup gefunden und ihn erschossen? Ich fasse es nicht. Sie wollen mich wohl auf den Arm nehmen. Wie haben Sie ihn aufgestöbert? Und dann wollen Sie ihn erschossen haben? Mein Gott, Chang. Was reden Sie da?«

Allmählich dämmerte Mal, dass seine erneute Begegnung mit Chang kein Zufall sein konnte.

»Sind Sie etwa meinetwegen aus Maytown hergekommen?«, fragte er.

»Ja, ich wollte Ihnen von Tussup erzählen.«

»Halt, nicht so schnell. Noch mal ganz von vorn. Haben Sie zuerst Tussup verfolgt und sich anschließend auf die Suche nach mir gemacht?«

»Ja.«

»Sie haben Ihre Arbeit im Stich gelassen, um Tussup zu verfolgen? Warum?«

»Um Ihnen zu helfen. Sie wussten, dass er in diese Richtung wollte, und sind deshalb mit dem Schiff gefahren. Ich habe mich an seine Fersen geheftet, damit wir ihn in die Zange nehmen können. Ganz einfach, finden Sie nicht?« Chang öffnete eine Dose mit kleinen Zigarren und bot Mal, der geistesabwesend zugriff, eine an.

»Wie gütig von Ihnen«, murmelte er, als er sich die seltene Köstlichkeit, der beste Tabak, der in dieser Gegend zu haben war, ansteckte.

»Mir war klar, welchen Schmerz Ihnen dieser Dreckskerl zugefügt hat. Und als ich ihm unterwegs begegnet bin, konnte ich ihn doch nicht laufen lassen. Wenn ich Alarm geschlagen und diesen Mann des Mordes bezichtigt hätte, hätte mir bestimmt niemand geglaubt. Die Weißen hätten vermutlich eher mich gehängt.«

»Ich verstehe.« Mal nickte. »Und jetzt verraten Sie mir, wer Sie bezahlt.«

Chang war das Sinnbild der Empörung. »Sie müssen verstehen, wie sehr Ihre Geschichte mich angerührt hat. Außerdem habe ich Ihnen wahrscheinlich zum zweiten Mal das Leben gerettet. Wenn Tussup Sie hier gesehen hätte, hätte er nicht wie Bartie Lee die Flucht ergriffen. Er war bewaffnet und hätte sie auf der Stelle erschossen. Ein Glück, dass ich ihn zuerst erwischt habe.«

»Wer bezahlt Sie?«, wiederholte Mal in drohendem Ton, während er Chang, vorbei an den anderen Gästen am Tresen, in ein Hinterzimmer stieß. »Sind es die Gebrüder Li?«

Chang schmollte, als habe Mal eine gute Tat verschmäht. »Meinetwegen, wenn Sie unbedingt darauf bestehen. Die Gebrüder Li bezahlen mich für meine Arbeit. Doch ursprünglich wurde ich von der Dame Xiu Ling Lu angeheuert, um die Männer zu beseitigen, die ihre Tochter entführt haben.«

»Oh, Gott. Also stand Bartie auch auf der Liste.«

»Natürlich.«

»Also gut.« Mal setzte sich schwer auf einen Stuhl neben einen Kartentisch. »Und jetzt alles der Reihe nach. Juns Mutter ist einfach so vor die Tür ihrer Villa getreten und dort zufällig über sie gestolpert. Und da hat sie Ihnen diesen Auftrag gegeben?«

Chang nickte gelassen und blickte aus dem Fenster.

»Oder war es eher umgekehrt?«

»Was soll diese Fragerei?«, ereiferte sich Chang. »Ich dachte, Sie würden sich freuen. Ist es denn so schlimm, wenn ich für mich ein paar Vorteile herausgehandelt habe? Schließlich haben Sie selbst mir von den Goldfeldern erzählt. Das musste ich mir einfach persönlich ansehen. Deshalb habe ich den Geschäftspartnern von Xiu gegenüber fallen gelassen, ich plane eine Reise in diesen Teil der Welt, und habe ihnen meine Dienste angeboten.«

»Als bezahlter Mörder? Haben Sie völlig den Verstand verloren?«

»Ich sagte nur, ich hätte ihnen meine Dienste angeboten.«

»Um Himmels willen.«

Mal steckte den Kopf aus der Tür, bestellte beim Barmann zwei Whiskys und blieb wie ein Wächter auf der Schwelle stehen, bis die Getränke serviert wurden.

»Ich laufe Ihnen schon nicht weg.« Grinsend nahm Chang sein Glas entgegen.

»Darauf können Sie Gift nehmen. Also alles noch mal: Ich will die ganze Geschichte hören.«

Chang seufzte. »Warum? Es geht Sie nichts an. Die Sache ist erledigt. Tussup ist tot, glauben Sie mir. Er ist draußen an der Straße begraben. Bestimmt wird bald jemand die Leiche entdecken, wenn die wilden Tiere sie nicht vorher wegschleppen. Aber es wird schwierg sein, ihn zu identifizieren, weil er weder Papiere noch Geld bei sich hat.«

»Warum? Haben Sie ihn etwa auch noch beraubt?«

»Natürlich nicht! An seiner Person wird nichts zu finden sein, was der Polizei weiterhilft. Doch Sie wissen, dass er tot und Ihre Suche sich damit erledigt hat. Also ist es in Ihrem eigenen Interesse, sich rauszuhalten, wenn Sie nicht wollen, dass man Sie des Mordes an ihm verdächtigt. Woher sonst sollten sie nämlich das Versteck der Leiche kennen?«

»Weil Sie es mir verraten haben, Sie Wahnsinniger.«

Schmunzelnd schüttelte Chang den Kopf. »Was verraten? Mein Diener, der mich hierher begleitet hat, kann bezeugen, dass ich hier bin, um mit Herrn Lis Goldgräbern zusammenzutreffen, bevor ich meine Reise zur Küste fortsetze. Der Mann, von dem Sie reden, ist uns nicht bekannt. Sie waren doch derjenige, der ihn überall gesucht hat. Aber keine Sorge, darüber brauchen Sie sich nicht den Kopf zu zerbrechen. Wir verlassen dieses Land und kehren zurück nach China, so schnell der Wind uns trägt.«

Erbost sah Mal den hoch gewachsenen Mann an, dessen Miene so ruhig war, als hätte er gerade in der Sonntagsschule ein Gebet aufgesagt.

»Woher wussten Sie, dass es Tussup war, wenn er keine Papiere bei sich hatte?«

»Weil ich ihn verfolgt habe, seit er sich in Maytown mit Vorräten eingedeckt hat. Er hatte ein Packpferd bei sich, das mir der Ladenbesitzer, dankbar für ein bisschen Kleingeld, gern beschrieben hat. Und als ich ihn endlich vor mir hatte, habe ich ihn mit seinem Namen angesprochen. Es war Tussup, da können Sie sicher sein. Der Bart konnte ihn nicht tarnen.«

Mal war entsetzt. »Sie haben ihn tatsächlich erschossen?«, keuchte er.

»Wie oft soll ich das noch wiederholen? Machen Sie nicht so ein trauriges Gesicht. Er war Abschaum, ein Mörder. Die Welt kann froh sein, dass sie ihn los ist.«

Mal stürzte seinen Whisky in einem Schluck hinunter. Tussup ein Mörder?

»Was habe ich nur getan?«, fragte er sich entgeistert. »Ich war so besessen von meiner Rache, dass ich alle Beteiligten, die Mannschaft und Tussup, über einen Kamm geschoren habe. Wir wissen, dass Tussup den Bootsmann nicht umgebracht hat. Es war entweder Bartie Lee oder Mushi Rana. Tussup hatte Jun im Boot. Sie ist von selbst gesprungen. Er hat sie nicht gestoßen. Sie ist gesprungen.«

»Übrigens«, fuhr Chang fort, »hat man einige der malaiischen Matrosen tot in einer eingestürzten Mine gefunden …«

»Seien Sie endlich still!«, zischte Mal.

Die ganze Zeit über war er davon überzeugt, dass Tussup mitschuldig am Tod seiner Frau war – er hatte alles angestiftet und war deshalb ein Komplize der Meuterer. Nun jedoch musste er feststellen, dass seine Rede weit reichende Konsequenzen gehabt hatte. In seiner Wut hatte er Tussup öffentlich als Mörder bezeichnet. Bartie Lee und Jake Tussup: Mörder. Und er konnte die Augen nicht davor verschließen, dass seine wahnwitzige Anschuldigung nicht folgenlos geblieben war. Was hatte er getan? Zornig stieß er seinen Stuhl weg und stürmte hinaus.

17. Kapitel

Zu seinem Entsetzen hatte Raymond Lewis erfahren, dass Cairns von einem Wirbelsturm verwüstet worden war. Voller Angst um seine Freunde stürmte er aus dem Haus, um eine Zeitung zu kaufen, und las dort, dass drei Menschen bei dem Sturm ums Leben gekommen waren, unter ihnen Mr. Neville Caporn, ein Gentleman aus Hongkong.

Sein Sozius Gordon McLeish blickte auf, als Raymond durch die Vorhalle der Kanzlei hastete. »Was ist denn geschehen?«

»Der Zyklon in Cairns. Ein Freund von mir wurde getötet.«

»Das tut mir Leid, alter Junge.«

»Der Himmel weiß, wie sie die Sache dort überstehen werden. Er war ein netter Bursche. Hinterlässt eine junge Frau, reizendes Mädchen. Keine Ahnung, wie sie sich finanziell steht. Hier heißt es, ein Großteil der Stadt sei dem Erdboden gleich. Mir ist vor lauter Schreck ganz schwach.«

»Die Sekretärin soll Ihnen einen Tee bringen.«

»Nein, lassen Sie nur. Ich glaube, ich gehe nach Hause. Nein, wahrscheinlich sollte ich besser Sir Lyle ...«

Verärgert drehte sich Gordon, der schon in sein Büro hatte zurückkehren wollen, noch einmal um. »Raymond, Sie haben um zehn einen Termin mit einem Mandanten – Mr. Mortensen.«

»Oh, Gott, richtig. Sprechen Sie mit ihm, Gordon. Sie kennen den Fall ja. Ich muss wirklich weg.«

Er schickte sich an, den kleinen Flur entlangzueilen, aber Gordon rief ihn zurück.

»Moment, so geht das nicht. Als Sie mir sagten, Sie wollten Ihren Mandantenstamm reduzieren und sich bald zur Ruhe setzen, war ich einverstanden. Allerdings war mir nicht klar, dass das hieß, Sie würden Termine nicht wahrnehmen und einfach hinausspazieren, wenn es Ihnen beliebt. Das ist absolut unprofessionell, Raymond, und setzt auch mich in ein schlechtes Licht. Ich werde das nicht dulden. Sie sollten besser einen Tag für ihren Abschied festsetzen und mit diesem Zickzackkurs aufhören. Ich weiß nicht, was plötzlich in Sie gefahren ist, alter Junge.«

Raymond nickte. »Tut mir Leid, Gordon. Sie haben Recht. Ich schaffe es in letzter Zeit einfach nicht, dem Job viel Begeisterung abzugewinnen.«

»Ich habe den Eindruck, dass das schreckliche Erlebnis auf der *China Belle* Ihnen mehr zugesetzt hat, als Sie ahnen. Seit Ihrer Rückkehr sind Sie nicht mehr derselbe. Schließlich werden Sie auch nicht jünger.«

»Genau das ist es ja! Es liegt nicht an der Meuterei, Gordon, oder an meinen Erfahrungen auf den Goldfeldern, sondern eher an dem Gefühl, dass ich ein langweiliger alter Knacker werde. Verstehen Sie, was ich meine?«

Gordon zuckte mit den Achseln. »Ich kann nicht behaupten, dass ich großes Verständnis für Ihre Haltung aufbringe. Als Gentlemen müssen wir unsere Pflicht erfüllen. Wir tragen Verantwortung, und wenn wir sie ernst nehmen, kann man das wohl kaum als langweilig bezeichnen.«

»Aber ich habe das Gefühl, dass mir mein Leben davonfliegt ...«

»Das geht uns allen so. Aber der Verantwortung aus dem Weg zu gehen, ist wohl kaum das Mittel der Wahl. Ich würde ein solches Verhalten eher als ein Abgleiten in eine zweite Kindheit bezeichnen. Ich verlange eine Antwort, Raymond.«

»Also gut. Ich werde versuchen, alles bis zum Ende des Monats ... der Woche abzuschließen.«

»Und Mortensen?«

»Meinetwegen. Ich empfange ihn.«

Raymond hatte ein schlechtes Gewissen. Ihm war klar, dass er aufgrund seiner Angewohnheit immer schlechter mit den Anforderungen des Alltags zurechtkam. Deshalb versuchte er, die festgesetzte Tagesration von zwanzig Gran Opium pro Tag nicht zu überschreiten, auch wenn ihm das sehr schwer fiel. Der Plan, sich viermal täglich je fünf Gran zu genehmigen, wurde zumeist von der Versuchung vereitelt, sodass gegen Nachmittag das Meiste aufgebraucht war und er Nachschub für den Abend auftreiben musste. Da er im Grunde seines Herzens ein schüchterner Mensch war, war die angenehm träumerische Wirkung des Opiums unwiderstehlich für ihn ... ein Schutzwall gegen die Unsicherheit, die ihn stets belastet hatte. Es war allgemein bekannt, dass sein Vater ihm den Sitz im Parlament beschafft hatte, einem Marktplatz der Eitelkeiten, auf dem Raymond nie hatte brillieren können – ebenso wenig wie im Gerichtssaal. Doch damit war es jetzt endgültig vorbei. Fröhlich rief er sich ein paar Zeilen aus dem Chester-Cathedral-Gebet ins Gedächtnis: »Mach, dass ich mich nicht zu viel sorge um das unzulängliche Ding mit dem Namen Ich.«

Es verwunderte ihn immer noch, dass seine »Medizin« ausgerechnet wegen der grässlichen tropischen Geschwüre in sein Leben getreten war.

»Alles hat auch seine gute Seite«, sagte er sich feierlich. »Der liebe Gott hat mir beigestanden.«

Unverzüglich suchte Raymond Sir Lyle in seinem neuen Haus in Fortitude Valley auf. Es war ein riesiges gesichtsloses Anwesen mit einem großen Garten, den überladene Brunnen und kitschige Statuen zierten. Eigentlich hatte Raymond erwartet, dass die Horwoods den Garten irgendwann von all den Engeln und Putten säubern würden, doch stattdessen hatten sie noch weitere angeschafft. Außerdem war da noch Lyles ganze Freude und Stolz: ein steinerner Lehnsessel, der verdächtig an einen Thron erinnerte. Lavinia hatte sich die unfreundliche Bemerkung nicht verkneifen können, der Garten würde einem Friedhof immer ähnlicher.

Raymond traf Horwood, der inzwischen auf die Anrede Sir Lyle bestand und jegliche Abweichung davon gnadenlos korrigierte, umgeben von Bücherkisten in seiner Bibliothek an.

»Sie kommen wie gerufen, Lewis«, verkündete er. »Ich ertrinke im Chaos und habe niemanden, der mir hilft, diese Bücher zu sortieren. Die verdammten Dienstboten haben angefangen, sie nach Farben in die Regale zu stellen, sodass ich einschreiten musste. Ich wollte sie alphabetisch ordnen, aber diese Trottel beherrschen das ABC nicht. Außerdem sollen die lesbaren Werke auf dieser Seite des Raums hinter meinem Sofa und die unlesbaren auf der anderen stehen, damit ich keine Zeit verliere. Schauen Sie sich das an«, er tippte auf ein in Leder gebundenes Buch. »Der duftende Garten. Das kommt auf die unlesbare Seite – unter B für Burton. Mit solcher Blümchenpoesie gebe ich mich nicht ab. Das ist etwas für Waschlappen.«

Er reichte Raymond das Buch, der es mit einem Grinsen gehorsam ganz nach oben auf die »unlesbare Seite« stellte.

»Na, das ist eher nach meinem Geschmack!«, rief Sir Lyle aus und hielt einen Bücherstapel hoch. »Kennen Sie die? Von William Kingston. Tolle Abenteuergeschichten. *Peter der Walfänger* ist die beste. Stellen Sie das auf meine Seite. Wahrscheinlich werde ich die Regale ›meine Seite‹ und ›ihre Seite‹ nennen. Die Bücher in dieser Kiste gehören alle ihr. Byron und die Brontë-Weiber, lauter solches Zeug eben. Meine Frau liest so etwas. Stellen Sie das zu den unlesbaren Büchern.« Er lachte auf. »Es muss wohl am Buchstaben B liegen.«

»Ja.« Raymond schmunzelte, nahm den Hut ab und legte ihn mit dem Stock auf eine Kommode. »Eigentlich bin ich hier, Sir Lyle, um Ihnen von dem Zyklon zu erzählen.«

»In Cairns.« Keuchend förderte Horwood weitere in Leder gebundene Wälzer zutage und stellte sie auf den polierten Tisch. »Ich habe davon gehört. Passen Sie auf, ich rufe die Dienstboten wieder herein. Sie sollen alles auf dem Tisch ausbreiten, und ich sortiere dann weiter. Eigentlich wäre das ja die Aufgabe meiner Frau, aber weil sie nicht da ist, muss ich mich selbst darum kümmern.« Er zog an einer langen Kordel, und kurz darauf kam ein Diener herein.

»Packen Sie das alles aus, und verteilen Sie es auf dem Tisch. Wenn ich die Bücher aus den Kisten hebe, verrenke ich mir den Rücken. Wo waren wir stehen geblieben, Raymond? Ach, ja, Cairns. Trinken Sie ein Schlückchen mit mir?«

Als sie endlich mit einem Glas Whisky im Salon saßen, erbot sich Raymond, seine Schwester für die Aufgabe des Büchersortierens zu gewinnen, damit man ihn nicht wieder damit belästigte.

»Lavinia wäre sicher überglücklich, Sir Lyle.«

»Ausgezeichnet. Ich nehme gern an. Ich mag Lavinia sehr. Kann sie morgen kommen?«

»Vermutlich schon. Sie sagten, Constance sei nicht da. Dürfte ich fragen ...?«

»In einem Sanatorium, alter Junge. Die Lungen, Sie wissen schon. Aber das soll sich nicht überall herumsprechen. Sie ist im St. Clement´s Hospital.«

»Oh, das tut mir Leid. Ich hatte ja keine Ahnung. Sollen wir sie besuchen, Lavinia und ich? Wir könnten sie etwas aufmuntern ...«

»Nein, nein, jetzt noch nicht. Warten Sie, bis sie sich besser fühlt.«

Raymond war ehrlich bestürzt, dass Constance offenbar an Schwindsucht erkrankt war. Doch er ärgerte sich auch, weil Horwood ihm nicht Bescheid gegeben hatte. Die meisten Leute sprachen, so wie Horwood jetzt, nur hinter vorgehaltener Hand über diese Krankheit, was Raymond für höchst rückschrittlich und zudem für ungerecht und grausam gegenüber den Patienten hielt.

»Geht es ihr so schlecht?«, erkundigte er sich in einem angespannten Ton. Aber Horwood versicherte ihm, sie schwebe nicht in Lebensgefahr. Allerdings hätten die Ärzte ihr absolute Ruhe verordnet.

»Aber ein Besuch würde sie doch gewiss aufheitern.«

»Nach Auffassung der Ärzte würde sie das nur aufregen.

Also lassen sie es gut sein, alter Junge. Und was den Wirbelsturm betrifft ... es heißt, es hätte stark gestürmt und geregnet. Nun, sie werden es schon überstehen. Zum Glück hatten sie mit den Bauarbeiten für unser neues Ladenzentrum in der Stadtmitte noch nicht begonnen. Aber jetzt können sie loslegen – gerade jetzt. Wussten sie, dass die neuen Läden, die Clive Hillier bauen ließ, dem Erdboden gleichgemacht wurden?« Er hob sein Glas. »Ein böser Wind, was?«

»Und Neville Caporn wurde getötet«, ergänzte Raymond spitz.

»Was?« Horwood fuhr hoch. »Um Himmels willen! Ist das wahr? Der arme Mann. Woher wissen Sie das?«

»Es steht heute in der Zeitung.«

»Gütiger Himmel! Ich habe mich schon gefragt, warum Ted Pask, der Filialleiter der Bank, mir das Telegramm wegen *Apollo Properties* geschickt hat. Ein guter Mann. Offenbar hat er die Zügel in die Hand genommen ...«

»Aufgrund des vorzeitigen Ablebens von Mr. Caporn, wie ich vermute. Der auch ein Freund war. Hat er geschrieben, wie es Mrs. Caporn geht?«

»In einem Telegramm? Natürlich nicht. Das werden wir schon noch erfahren. Ich glaube, das Hotel *Alexandra,* das einzige gute Haus am Platz, wurde ebenfalls zerstört. Also werde ich in nächster Zeit wohl nicht dorthin reisen.«

»Selbstverständlich nicht«, zischte Raymond. »Ich glaube, ich muss mich jetzt auf den Weg machen.«

»Ich esse gleich zu Abend. Möchten Sie mir nicht Gesellschaft leisten?«

»Nein, danke. Ich werde erwartet.«

Kochend vor Wut marschierte Raymond hinaus zu seiner wartenden Kutsche. Er fragte sich, warum er den Mann überhaupt aufgesucht hatte. Wahrscheinlich hatte er sich nach einem Leidensgenossen gesehnt, der mit ihm um Neville Caporn trauerte. Die Horwoods waren außer ihm selbst die Einzigen in der Stadt, die den Verstorbenen gekannt hatten.

Seufzend ließ Raymond die Zügel knallen, sodass das

Pferd gemächlich die Straße entlangtrabte. »Eine falsche Entscheidung«, murmelte er. »Eine verdammt falsche Entscheidung.«

Lavinia hingegen war voller Mitgefühl. »Wie entsetzlich«, sagte sie. »Der bedauernswerte Mann hat eine Meuterei überstanden und ist dann doch ums Leben gekommen, als er wohlbehalten wieder an Land war.«

»Seiner Frau wurde auf dem Schiff sehr übel mitgespielt. Die Dreckskerle haben sie geschlagen und misshandelt und ihr sogar die Haare abgeschnitten. Und dabei hat sie so hübsches, rotes Haar.«

»Ach, die arme Frau!«

Beim Sherry vor dem Essen sprachen sie über Cairns und die Auswirkungen einer solchen Verheerung auf die Bevölkerung. Doch Raymonds Ärger auf Horwood hatte sich noch nicht gelegt.

»Dieser Mann kreist nur um sich selbst«, schimpfte er. »Es ist praktisch unmöglich, ein Gespräch mit ihm zu führen. Ich war froh, als ich mich wieder aus dem Staub machen konnte.«

»Aber, aber, Raymond, was redest du da? Wir alle kreisen in gewisser Hinsicht um uns selbst. Schließlich müssen wir überleben. Ich mag Sir Lyle und finde ihn sehr charmant.«

»Ein Glück für dich, denn mir ist gerade eingefallen, dass ich ihm deine Dienste beim Einrichten seiner Bibliothek angeboten habe.«

»Das übernehme ich natürlich gern. Sicher wird es sehr interessant. Wo ist denn Constance?«

»Hmmm. Eigentlich darf ich es dir ja nicht verraten. Sie liegt in diesem neuen Sanatorium – St. Clement´s. Angeblich leidet sie an Schwindsucht. Die Arme.«

»Wo ist sie?«

»Im St. Clement´s.«

»Das ist doch kein Sanatorium, Raymond. Wie kommst du denn darauf? Es ist eine Anstalt für Geisteskranke.«

Raymond war entsetzt. »Das kann nicht sein. Lyle sagte, sie habe es auf den Lungen. Das klang für mich wie

Schwindsucht, weil er so ein Geheimnis daraus gemacht hat.«

»Tja, aber es ist trotzdem eine Anstalt für Geisteskranke. Deshalb möchte er vermutlich auch nicht, dass sie Besuch bekommt. Ich bin schockiert, weil er dir etwas vorgeschwindelt hat. Der Mann muss doch wissen, was für ein Krankenhaus das ist. Und dann macht er dir weis, Constance hätte die Schwindsucht. Möglicherweise hat er ihretwegen gelogen.«

»Oder seinetwegen, was wahrscheinlicher ist«, erwiderte Raymond erbittert. »Sein mangelndes Interesse an seiner Frau oder sonst jemandem ist eine Schande. Als ich ihm erzählt habe, Neville Caporn sei umgekommen, hat er nicht mal mit der Wimper gezuckt. Und außerdem glaube ich auch nicht, dass Constance verrückt ist. Sie hat nur einen Schock erlitten. Als diese Burschen sie verschleppt haben, muss sie den Schreck ihres Lebens bekommen haben.«

»Bei wem wäre das nicht so? Mich schaudert beim bloßen Gedanken daran, was die Arme mitgemacht hat.«

Nachdem Raymond den restlichen Abend über Constances Schicksal gegrübelt hatte, fällte er eine Entscheidung: »Ich werde Lady Horwood aufsuchen.«

»Du kannst nicht einfach in so eine Anstalt hineinspazieren. Diese Einrichtung wird von der Regierung betrieben. Man wird dich nicht einlassen.«

»Oh, doch. Schließlich bin ich ihr Anwalt und möchte, dass sie mir einige Papiere unterzeichnet. Staatsbedienstete lieben Formulare, und ich kann mit einem ganzen Stapel davon aufwarten.«

»Das ist empörend! Um nicht zu sagen ungehörig. Sir Lyle wird dir das nie verzeihen.« Lavinia raffte die Röcke und rauschte auf die große Veranda hinaus. »Jetzt ist es so viel kühler geworden. Ich liebe den Herbst hier«, meinte sie geistesabwesend und drehte sich dann zu ihrem Bruder um.

»Ich mache mir ebenfalls Sorgen um das Mädchen, Raymond. Und ich hätte bestimmt bessere Chancen, zu ihr vorgelassen zu werden als du.«

»Wie das?«

»Schließlich bin ich die Vorsitzende der Frauenliga für Gesundheit und Wohlfahrt. Wie du weißt, sammeln wir für karitative Zwecke. Und nichts öffnet einem rascher die Türen, als der süße Duft des Geldes. Ich schreibe der Oberschwester einen Brief und bitte um einen Termin, um die Anstalt zu besichtigen. Ich könnte ja ankündigen, dass wir eine jährliche Zuwendung an St. Clement´s erwägen.«

»Ein ausgezeichneter Gedanke. Aber wenn du dich als Vorsitzende einer Wohltätigkeitsorganisation vorstellst, darfst du nur sagen, dass ihr über eine Zuwendung nachdenkt. Und du darfst nicht so tun, als würdest du im Namen der Organisation sprechen.«

»Schon gut. Überlass das nur mir. Ich komme schon nicht ins Gefängnis.«

Die Antwort fiel positiv aus: Miss Lewis wurde eingeladen, die Anstalt am Donnerstag während der Besuchszeiten zu besichtigen.

»Gut, ich komme mit«, sagte Raymond. »Wir nehmen die Kutsche. Die Anstalt liegt ziemlich weit draußen vor der Stadt.«

»Sie können eine Irrenanstalt ja wohl kaum an die Queen Street bauen!«

»Vermutlich nicht«, murmelte Raymond. Er war froh, dass Lavinia die Initiative ergriff, denn sie konnte ihren Willen besser durchsetzen als er. Genau genommen hatte sie sogar jede Menge Übung darin, wie er sich bedrückt sagte.

Und das war auch gut so.

St. Clement´s entpuppte sich als eine von einem hohen Lattenzaun umgebene ehemalige Kaserne. Es war ein freudloser Ort, und niemand hatte sich die Mühe gemacht, auf dem nackten Boden Rasen anzusäen oder ein paar Schatten spendende Bäume zu pflanzen. Die wenigen Besucher, die zu sehen waren, schlenderten, in Begleitung von Patienten im Pyjama, den ehemaligen Appellplatz entlang, als müssten auch sie etwas für ihre Gesundheit tun.

Alle schienen so ins Gehen versunken, dass nach Raymonds Ansicht nur noch die Gebetsperlen fehlten.

»Warum tragen die Patienten Pyjamas?«, fragte Lavinia, als sie, zwischen den lang gestreckten Holzbaracken hindurch, in Richtung Verwaltung schritten.

»Weil sie krank sind. Warum auch nicht? Schließlich ist das hier ein Krankenhaus.«

»Eher ein Militärlazarett! Außerdem sind Geisteskranke normalerweise nicht bettlägerig.«

»Keine Ahnung«, erwiderte Raymond gereizt. »Wo ist denn dieser verdammte Haupteingang?«

»Wie du sehen kannst, gibt es keinen. Also ist vermutlich das Verwaltungsgebäude der Mittelpunkt. Da sind wir ja schon. Hier die Stufen hinauf und dann dort entlang.«

In der kahlen Vorhalle wurden sie von einer jungen Frau empfangen, die sie zur Oberschwester führen sollte. »Sie freut sich so darauf, Sie zu sehen, Miss Lewis«, sprudelte sie hervor.

Oberschwester Bassani war eine gedrungene Frau mit einem breiten Lächeln, das ein fehlender Schneidezahn aus dem Gleichgewicht brachte. In dem offensichtlichen Versuch, sich beliebt zu machen, brachte sie die Besucher in einen kleinen, bedrückenden Salon neben ihrem Büro, wo sie ihnen Tee und Obstkuchen servierte.

»Ich bin ja so froh, dass Sie hier sind, Miss Lewis«, sagte sie beim Einschenken. »Ich habe von Ihrer Hilfsorganisation und der wichtigen wohltätigen Arbeit, die Sie leistet, gehört und kann Ihnen sagen, dass wir hier jeden Penny dringend nötig haben. Die Regierung tut zwar ihr Bestes, und wir dürfen uns eigentlich nicht beklagen. Doch mit zusätzlichem Personal könnten wir noch viel mehr für unsere Patienten tun.«

Sie wandte sich an Raymond. »Ist Ihre Frau auch Mitglied der Liga?«

»Mein Bruder ist verwitwet«, erwiderte Lavinia. »Verraten Sie mir, Oberschwester, warum tragen die Patienten um diese Uhrzeit Nachtkleidung?«

Die Oberschwester blickte sie an, blinzelte und lachte

dann gönnerhaft auf. »Weil sie Patienten sind, meine Liebe. Sagen Sie mal, Mr. Lewis, was machen Sie denn beruflich?«

»Ich bin Anwalt, Madam.«

Die Oberschwester kicherte. »Ach, du meine Güte, so ein wichtiger Mann. Hoffentlich nehmen wir Ihre kostbare Zeit nicht allzu sehr in Anspruch. Ich bewundere Anwälte und den Mut, mit dem sie uns vor kriminellen Elementen schützen.«

»Ich dachte, das wäre eher die Aufgabe der Polizei«, meinte Lavinia herablassend.

»Ach, aber sobald die Übeltäter in Haft sind, ist ein juristisch geschulter Verstand nötig, der dafür sorgt, dass sie sich nicht wieder herauswinden. Ich gehe oft zu Gerichtsverhandlungen, um mir die Dramen dort anzusehen. Demnächst werde ich Ausschau nach Ihnen halten, Mr. Lewis. Sicher ist es aufregend, einen Menschen, den man kennt, vor dem Richter und den Geschworenen zu sehen.«

»Hmm, ja«, brummte Raymond und erntete dafür einen strafenden Blick von seiner Schwester. »Ob wir uns jetzt einmal umschauen könnten, Oberschwester?«

»Aber gewiss, Mr. Lewis. Doch ich muss Sie warnen. Einige unserer Patienten leiden unter Zuständen, um es einmal so zu nennen.« Sie wandte sich an Lavinia. »Miss Lewis, Sie könnten das als verstörend empfinden. Möchten Sie lieber hier warten, während ich Mr. Lewis ...«

Lavinia leerte ihre Teetasse. »Zerbrechen Sie sich meinetwegen nicht den Kopf, Oberschwester. Ich komme gern mit.«

Als sie sich auf dem Weg machten, schritt die Oberschwester mit Raymond vorneweg, so dass Lavinia wutschnaubend die Nachhut bilden musste.

Zuerst zeigte man ihnen einen Aufenthaltsraum, wo sich apathische Patienten im Nachtgewand versammelt hatten. Einige standen nur herum, manche saßen auf schmucklosen Stühlen und Sofas, und andere hatten sich auf dem Boden niedergelassen oder lehnten an der Wand. Es waren bemitleidenswerte Gestalten, ungepflegt und schmutzig und mit verwirrten und verzerrten Gesichtern. Die Besucher schienen sie gar nicht wahrzunehmen.

»Sie sind so ruhig«, flüsterte Lavinia, worauf die Oberschwester strahlte.

»Finden Sie das auch? Wie Sie sehen, werden sie gut versorgt und sind deshalb zufrieden.«

Erstaunlich, was eine kleine Dosis Laudanum so alles bewirken kann, dachte Raymond, während er den Raum nach Constance absuchte.

Nebenan befand sich ein menschenleerer Speisesaal. Ein paar Stufen tiefer lag die bemerkenswert saubere Küche, wo einige Frauen an der Arbeit waren. Im nächsten Gebäude, einem riesigen, ebenfalls menschenleeren Schlafsaal, waren die Betten ungemacht, und es stank nach Tabak und Urin.

»Das ist der Männerschlafsaal«, verkündete die Oberschwester, anscheinend ohne Lavinias offensichtliche Missbilligung zu bemerken. »Es ist schon schwierig genug, normalen Jungen Ordnung beizubringen, ganz zu schweigen von Geisteskranken. Mit dem Bettenmachen haben sie Schwierigkeiten, ja, sie verabscheuen diese Arbeit richtiggehend. Aber welcher Herr muss schon selbst sein Bett machen? Sie tun das sicher auch nicht, Mr. Lewis.«

»Nein«, räumte er ein.

Sie kamen in den Frauenschlafsaal, wo es noch schlimmer aussah. Ein übler Geruch schlug ihnen entgegen, als die Tür aufging und dahinter weiteres Tohuwabohu und herumliegendes Bettzeug zu sehen waren.

»Wie Sie sehen«, verkündete die Oberschwester, ohne mit der Wimper zu zucken, »sind die Patientinnen angemessen untergebracht. Sie haben ein Dach über dem Kopf und erhalten drei Mahlzeiten täglich, was besser ist, als auf der Straße zu leben. Aber kommen Sie, wir haben auch Einzelzimmer, die ich Ihnen zeigen kann. Ein Stück weiter hinter dem Drahtzaun stehen zwei Gebäude ein wenig abseits. Dort bringen wir die gefährlichen Patienten, also die tobsüchtigen Kranken, unter. Dort ist der Zutritt verboten.«

Lavinia lief es kalt den Rücken hinunter, als zwei Wärter auf sie zukamen. Sie zerrten einen älteren Mann zwischen sich her, der beim Anblick der Besucher anfing, Verwünschungen zu brüllen.

»Kümmern Sie sich nicht um ihn«, meinte die Oberschwester lächelnd. »Das ist Mr. Hannerly. Es ist Zeit für sein wöchentliches Bad, und das mag er gar nicht. Er glaubt, wir wollten ihn ertränken.«

»Warum waschen Sie ihn dann nicht mit dem Schwamm?«, erkundigte sich Lavinia.

»Wir sind hier schließlich kein Kurbad«, gab die Oberschwester zurück. »Aber wir tun unser Bestes. Ich persönlich halte ein Wannenbad für wohltuend und beruhigend. In vielen Krankenhäusern haben die Patienten Glück, wenn sie ab und zu mal mit einem feuchten Schwamm abgetupft werden. Natürlich gibt es bei uns immer noch Patienten, die sich an die alten Sitten klammern und das Baden für ungesund halten. In diesem wunderbar warmen Klima gibt es dafür jedoch keine Entschuldigung, nicht wahr, Mr. Lewis?«

»Äh? Wie bitte?« Raymond hatte eine Gruppe von Frauen beobachtet, die sich auf einer Veranda versammelt hatten. Sie waren damit beschäftigt, Äpfel zu verspeisen, die eine Krankenschwester schälte, in Stücke schnitt und ihnen reichte. Constance war nicht unter ihnen.

»Stammen Sie aus Brisbane?«, fragte Ramond.

»Nein, ich komme aus Tasmanien im Süden. Ich fürchte, Mr. Lewis, wir sind dort in der Behandlung von Geisteskranken viel weiter als hier.«

»Dann haben wir ja Glück, dass Sie beschlossen haben, zu uns zu ziehen.« Als Raymond sich verbeugte, kicherte die Oberschwester erfreut.

Die Einzelzimmer befanden sich in einer weiteren lang gestreckten Baracke und führten alle auf eine Veranda hinaus. Wie bei sämtlichen anderen Gebäuden waren auch hier die Fenster vergittert. Lavinia und Raymond sparten sich eine Bemerkung darüber und warfen nur verstohlene Blicke auf diese Fenster. Dabei gingen sie neben der Oberschwester her und lauschten ihrem Vortrag über neue Behandlungsmethoden für die Frauen in diesem Gebäude.

»Was tun Sie?«, entsetzte sich Lavinia.

»Es ist sehr wirksam, Mrs. Lewis. Da sie geistig aus dem Gleichgewicht geraten sind, werden sie eine halbe Stunde pro Tag kopfüber aufgehängt. Sie ...«

»Verzeihung«, unterbrach Raymond. »Hoffentlich halten Sie mich nicht für unverschämt, Oberschwester, aber ich glaube, ich habe in diesem Zimmer Lady Horwood gesehen.«

»Wen?«, rief Lavinia in gespieltem Erstaunen aus. »Lady Horwood?«

»Richtig.« Die Oberschwester strahlte, offenbar nicht bemüht, die Identität ihrer prominenten Patientin zu verschweigen. »Wie ich schon sagte: Wir haben viele Damen und Herren der besseren Gesellschaft in unserer Obhut.«

»Ob ich wohl ein Wort mit ihr sprechen und ihr einen guten Tag wünschen dürfte?«, fragte Raymond, doch die Oberschwester verzog unwillig das Gesicht.

»Ich weiß nicht so recht. Ich glaube nicht ...«

Lavinia beugte sich vor und flüsterte ihr zu: »Mein Bruder war ebenfalls Passagier auf der *China Belle*, als diese schreckliche Meuterei stattfand. Er hat die schwere Zeit gemeinsam mit Constance und Lyle Horwood überstanden und ist wirklich ein enger Freund der Familie. Sie werden es doch nicht übers Herz bringen, ihm diese Bitte zu verweigern.«

»Meinetwegen. Ein paar Minuten, Mr. Lewis, obwohl ich das eigentlich nicht erlauben sollte. Allerdings nicht unter vier Augen. Sie könnte einen Rückfall erleiden.«

Die Oberschwester schloss die Tür auf: »Sie haben Besuch, meine Liebe. Hier ist ein Besucher für Sie.«

»Ich bekomme nie Besuch«, entgegnete Constance, die auf dem Bett lag, müde.

»Aber dieser Herr kennt Sie. Es ist Mr. Lewis.«

»Wer?«

»Ich bin es, Raymond Lewis«, erwiderte er. Als Constance diese Worte hörte, eilte sie zur Tür. Ein blauer Morgenmantel aus Seide bauschte sich über einem langen Nachthemd.

»Raymond. Sie sind es wirklich! Wo waren Sie so lange? Ich habe auf Sie gewartet. Kommen Sie. Hinter der Tür steht ein Stuhl. Nehmen Sie Platz. Ich setze mich aufs Bett.«

»Sie können gehen«, meinte sie zur Oberschwester, offenbar ohne die andere Besucherin in der Tür zu bemerken. »Ich möchte mich gern ungestört mit Mr. Lewis unterhalten.«

»Ich fürchte, das ist nicht möglich. Sie wissen schon, die Vorschriften ...«

»Hinaus!«, rief Constance, schob die beiden Frauen weg und schloss die Tür.

»Tut mir Leid, Raymond«, sagte sie dann. »Sie halten mich für verrückt, und meinetwegen sollen sie das ruhig weiter glauben. Stört es Sie, mit einer Verrückten hier eingeschlossen zu sein?«

»Ganz und gar nicht.« Aus dem Augenwinkel bemerkte er, wie die Oberschwester durchs Fenster spähte. »Ich bin eher überrascht, wie gut Sie aussehen.«

»Besser als damals, als Sie mich in Cooktown fanden.«

»Sie waren in einem schrecklichen Zustand. Was nachvollziehbar war, wie ich hinzufügen muss.«

»Ja, es ging mir schrecklich. Ich war todkrank und verwirrt.« Constance raffte den Morgenmantel zusammen, band den Gürtel enger und ließ sich am Fußende des niedrigen Betts nieder. »Nicht gerade ein Palast hier.«

»Ziemlich kahl.«

»Es könnte nicht kahler sein. Finden Sie wirklich, dass ich gut aussehe?«

»In der Tat. Allerdings mache ich mir Sorgen um Sie. Man zwingt Sie doch nicht etwa, auf dem Kopf zu stehen?«

Constance seufzte auf. »Es hat, wie ich festgestellt habe, seine Vorteile, wenn einem plötzlich ein Adelstitel in den Schoß fällt. Wenn Lady Horwood ruft, springen alle. Ich muss weder Kopfstand machen noch vor neun Uhr frühstücken. Aber reden wir nicht über die anderen. Wie Sie sehen, sabbere ich noch immer und habe ein Zucken im Mundwinkel, gegen das ich machtlos bin. Lyle findet das widerwärtig und peinlich. Ich bringe ihn in Verlegenheit.«

»Aber, aber ...«

»Doch zerbrechen Sie sich nicht den Kopf darüber. Ich muss mit Ihnen sprechen.«

Raymond lauschte geduldig, während Constance ihm ihre Lage schilderte, und er fragte sich, was diese Frau in einer Irrenanstalt verloren hatte. Doch da er kein Freund voreiliger Schlüsse war, schob er den Gedanken beiseite.

Offenbar war sie von einem Arzt in Cairns unter Betäubungsmittel gesetzt und anschließend auf ein Schiff nach Brisbane gebracht worden. Narkotisiert hatte man sie deshalb, weil sie sich nach dem schrecklichen Erlebnis auf der *China Belle* geweigert hatte, noch einmal einen Fuß an Bord eines Schiffes zu setzen.

»Sie waren ebenfalls an Bord«, meinte sie.

»Ich weiß. Und die Sache war mir auch nicht ganz geheuer. Aber Sie hatten ja eine Krankenschwester bei sich.«

»Schon gut. Immer wieder bekam ich diese Panikattacken, die mich völlig hilflos machten, obwohl längst keine Gefahr mehr drohte. Ich dachte, wenn ich wieder auf ein Schiff muss, verliere ich den Verstand. Aber, siehe da, ich habe die Schiffsreise überstanden, ohne seekrank zu werden, und der Himmel ist mir auch nicht auf den Kopf gefallen. Dann wohnten wir bis zu Lyles Erhebung in den Adelsstand – Sie waren übrigens auch dabei – in einem Hotel. Es war ein Albtraum. Ich wollte nicht zu der Feier gehen, aber Lyle bestand darauf und verlangte, dass ich einen Schleier trug, damit niemand das Zucken sah.

Ein Arzt hier sagt, ich würde an einer ganzen Reihe von Krankheiten leiden, unter anderem an Hysterie. Das immerhin gestehe ich zu. Ich habe eine Todesangst, in die Öffentlichkeit zu gehen. Wie Sie sich erinnern, habe ich die Ernennung im Regierungspalast zwar durchgestanden, aber ich habe die Hände zusammengekrampft, bis sie bluteten – so sehr habe ich die Fingernägel ins Fleisch gebohrt.

Deshalb konnte ich auch nicht zum Empfang kommen.«

»Das tut mir Leid.«

»Eine Kleinigkeit. Danach hat Lyle das Haus in Fortitude Valley gekauft; allerdings wurde es immer schlimmer zwischen uns. Lyle glaubt immer noch, dass ich vergewaltigt worden bin oder eine sonstige sexuelle Beziehung zu meinen Entführern hatte.«

»Gewiss nicht! Daran hat niemand auch nur im Traum gedacht!«

»Sie sind ein netter Mensch, Raymond. Ich danke Ihnen für Ihr Taktgefühl. Aber Lyle ist überzeugt davon. Und das Schrecklichste ist, dass mich immer wieder wildfremde Leute unverblümt fragen, was damals wirklich passiert ist. Unsere neue Haushälterin war erst eine Woche bei uns, als sie die Frechheit besaß, sich danach zu erkundigen. Ganz besorgt wollte sie wissen, ob mich diese Asiaten wirklich ›angerührt‹ hätten. Ich habe sie sofort vor die Tür gesetzt.«

»Selbstverständlich«, erwiderte Raymond empört.

Wieder ein Seufzer. »Ja, doch Lyle war da anderer Ansicht. Er fand, ich hätte mich mit der Frau zusammensetzen und in ihrer Gegenwart auf die Bibel schwören müssen, dass dieses Gerücht nicht stimmt ... Und so hat er immer weiter auf mich eingeredet, bis ich vor lauter Verzweiflung losgeschrien habe. Ich habe gedroht, ihn zu verlassen. Um es kurz zu machen: Lyle rief einen Arzt, da ich es offenbar an den Nerven hätte, und so bin ich hier gelandet.«

»Freiwillig? Ich meine, waren Sie einverstanden damit?«

»Mit einer Irrenanstalt? Nein. Schließlich weiß ich, dass ich nicht verrückt bin. Ich hatte nur Schwierigkeiten, im Alltag zurechtzukommen. Aber sie haben mich trotzdem eingewiesen, und Lyle drohte, für den Fall, dass ich mich wehre, eine polizeiliche Anordnung zu besorgen.«

»Ach, du meine Güte!«

Oberschwester Bassani steckte den Kopf zur Tür hinein. »Die Besuchszeit ist um, Mr. Lewis.«

Raymond stand auf und ging zur Tür. »Oberschwester, ich brauche noch ein paar Minuten. Wenn Sie bitte so freundlich wären ... Lady Horwood hat mich gerade als Rechtsbeistand verpflichtet. Deshalb habe ich das Recht, den Grund ihrer Einweisung in diese Einrichtung mit ihr zu erörtern.« Er sah die Oberschwester mit finsterer Miene an, während er besondere Betonung auf den letzten Satz legte. »Und zwar solange ich will.«

»Gut gemacht.« Constance lächelte. »Ich hatte ganz vergessen, dass Sie Anwalt sind.«

»Ihnen zu Diensten, Mylady.«

»Ausgezeichnet. Doch darüber möchte ich nicht mit Ihnen reden. Obwohl ich eigentlich nicht hierher wollte, stört es mich im Grunde genommen nicht. Offen gestanden ist es ein Vorteil, ein wenig Distanz zu Horwood zu gewinnen. Hier habe ich die Zeit, herauszufinden, was wirklich mit mir nicht stimmt, denn ich bin sicher, dass die Ärzte ebenso im Dunkeln tappen wie ich. Manchmal, so wie heute, bin ich ganz klar. Dann wieder nicht, und ich habe festgestellt, dass das mit meinen melancholischen Anfällen zusammenhängt. Wissen Sie, Raymond«, fuhr sie atemlos fort. »Ich bin ein gesunder Mensch, und ich ...«

»Moment!«, rief er. »Warten Sie. Ich fürchte, so schnell kann ich Ihnen nicht folgen.«

Ihre Miene verdüsterte sich. »Halten Sie mich etwa auch für verrückt?«

»Nein, nein, nein! Ganz im Gegenteil, Sie schlagen sich wacker. Es liegt an mir. Ich komme nicht mehr mit. Also versuchen wir es einmal so: Sind Sie bereit, mich als Rechtsbeistand zu verpflichten?« Raymond wusste, dass Constance sich in dieser Situation eigentlich keinen Anwalt nehmen konnte, da man sie vor ihrer Einlieferung nach St. Clement´s sicher als »geistig unzurechnungsfähig« eingestuft hatte. Aber so würde er ihr wenigstens Mut machen.

»Ja, bitte. Gern.«

»Was halten Sie dann davon, dass ich morgen um drei wiederkomme? Dann haben Sie genug Zeit, sich zu überlegen, was Sie tun wollen. Heute habe ich Sie ja ziemlich überrascht.«

»Ja, das haben Sie. Doch es war eine angenehme Überraschung, glauben Sie mir. Möchten Sie mich ein paar Tage lang beobachten, Raymond, um sicherzugehen, dass meine Geschichte sich auch mit der Wahrheit deckt?«

Raymond nickte. Es tat ihm weh, so offen sein zu müssen. »Da Sie hier, soweit ich es beurteilen kann, nicht misshandelt werden, ist es vermutlich das Beste, wenn wir uns Zeit lassen. Ich sehe keinen Grund, die Dinge zu überstürzen. Jedenfalls komme ich morgen um drei wieder. Kann ich Ihnen etwas mitbringen?«

»Ich hätte gern etwas Obst. Obst gibt es hier nie. Und ein paar Bücher.«

Als er aufstand, schüttelte sie ihm die Hand. »Ich bin zu dem Schluss gekommen, dass mir nur zwei Menschen auf der Welt helfen können. Sie sind einer von ihnen. Was für ein glücklicher Zufall, der Sie zu mir geführt hat.«

Raymond schmunzelte. »Das war kein glücklicher Zufall. Lavinia und ich haben uns Sorgen um Sie gemacht.«

Ihre Augen füllten sich mit Tränen, und als er das Zimmer verließ, bereute er diese letzte Bemerkung. Offenbar befand Constance sich in einem aufgewühlten Zustand. Seufzend fragte er sich, warum er sich den Satz nicht verkniffen und sie in dem Glauben gelassen hatte, dass es wirklich nur Zufall gewesen war.

»Aber nein«, murmelte er. »Du musstest dich mit deinen guten Werken brüsten. Dein Selbstbewusstsein aufpolieren. Der Held sein, der ihr zur Rettung eilt. Nur dass dieser Held außerdem neugierig auf sie und auch ein wenig böse auf ihren Ehemann ist.«

Auf dem Heimweg erwähnte er seinen Ausrutscher gegenüber Lavinia, die das nicht überraschte.

»Du gehst zu streng mit dir ins Gericht, Raymond. Seit du wieder zu Hause bist, erforschst du dein Gewissen wie ein Inquisitor. Und ich habe fast den Eindruck, dass das arme Mädchen genauso verfährt. Wie kann man lieber in einer Anstalt bleiben wollen! So etwas habe ich ja noch nie gehört. Ist ihr überhaupt klar, was das für ihren Ruf bedeutet? Du solltest zu Horwood gehen und von ihm verlangen, dass er seine Frau dort rausholt.«

»Das kann ich nicht. Ich bin nicht einmal sicher, ob ich ihr ohne seine Zustimmung helfen kann.«

»Das ist der Tropfen, der das Fass zum Überlaufen bringt!«, verkündete Gordon, als sein Partner ihm mitteilte, er müsse sich den Nachmittag freinehmen, um eine Mandantin im Krankenhaus aufzusuchen. »Ich verlange, dass wir einen Termin vereinbaren, Raymond, damit wir unsere Angelegenheit ein für alle Mal klären können. Nennen Sie mir eine Uhrzeit, und seien Sie pünktlich!«

»Ja, meinetwegen. Es tut mir Leid, dass ich Ihnen Umstände mache, Gordon. Aber in letzter Zeit bin ich mit dem Herzen nicht in der Kanzlei. Ich möchte reisen und mehr von der Welt sehen, und ich werde es nicht länger hinauszögern. Was halten Sie von morgen Früh – um neun? Haben Sie Zeit?«

»Ja, um neun. Bis dahin habe ich die Bücher fertig. Ich werde allein in diesen Räumen weitermachen; wir müssten nur noch die ausstehende Miete untereinander aufteilen.«

»Es ist nicht schlimm, wenn ich ein paar Monate zu viel Miete gezahlt habe. Behalten Sie das Geld. Da ich Ihnen eine so kurze Frist gesetzt habe, verzichte ich auf eine Erstattung.«

Gordon schüttelte den Kopf. »Besten Dank auch, Raymond – aber *Sie* haben Schulden bei *mir.*«

Als die Kanzlei LEWIS & McLEISH um zwölf Uhr schloss, eilte Raymond zum Mittagessen nach Hause und machte sich anschließend auf den Weg nach St. Clement´s. Er hatte für zwei Uhr einen Termin mit Oberschwester Bassani im Beisein eines Arztes vereinbart, um sich offiziell vorzustellen und den Rat des Mediziners einzuholen.

Die Oberschwester servierte wieder Tee; diesmal standen dünne Kanapees und ein Orangenkuchen auf dem Tisch, doch von einem Arzt war nichts zu sehen.

Auf seine Fragen antwortete sie, Lady Horwood litte an wiederkehrenden Anfällen von Wahnsinn infolge von Hysterie.

»... ein Zustand, der bei Damen der besseren Gesellschaft nicht selten vorkommt. Sie sind wie Gewächshausblumen, Mr. Lewis, und absolut außerstande, auch nur die kleinsten Enttäuschungen zu verkraften. Ich habe einmal von einer Frau gehört, die beim Anblick einer Biene völlig den Verstand verloren hat.«

»Ist das dokumentiert oder ein Gerücht?«

»Ach, das steht sicher irgendwo.«

»Und Sie halten Lady Horwood für eine Gewächshausblume?«

Verunsichert durch seinen Tonfall, machte die Oberschwester einen Rückzieher. »Ach, du meine Güte, so würde ich das nun auch wieder nicht nennen, aber sie setzt gern ihren Willen durch. Allerdings sind die Behandlungen, die sie verweigert, nicht verpflichtend.«

»Lady Horwood hat im Rahmen dieser Meuterei Schreckliches durchgemacht«, wandte er ein, und die Oberschwester stimmte zu.

»Ich weiß. Das habe ich alles schriftlich. Doch ihr Mann sagt, ihre Erfahrungen seien nicht schlimmer gewesen als die der anderen beiden Frauen.« Sie schlug eine Akte auf, blätterte um und las die Namen. »Mrs. Caporn. Und sogar eine ältere Dame war dabei, eine Mrs. Plummer.«

»Das ist nicht wahr. Ich fürchte, Sie kennen nur die Hälfte der Geschichte«, setzte Raymond gerade zu einer Erklärung an, als ein hoch gewachsener Mann mit grauem schütterem Haar und einem dünnen Bärtchen hereinkam. Er bedachte Oberschwester Bassani nur mit einem knappen Nicken und wandte sich dann sofort an den Besucher. »Sie sind Mr. Lewis?«

»Ja.« Raymond erhob sich und streckte dem Mann zur Begrüßung die Hand entgegen. Doch der Arzt ging nicht darauf ein.

»Ich bin Dr. Shakell, der Chefarzt. Sie, Sir, begehen Hausfriedensbruch. Ich fordere Sie auf, sich auf der Stelle zu entfernen.«

»Aber, Herr Doktor, dieser Herr hat einen Termin mit mir«, wandte die Oberschwester ein.

»Ihre privaten Verabredungen können Sie in Ihrer Freizeit treffen, aber nicht hier im Krankenhaus.«

Während sie puterrot anlief, ergriff Raymond das Wort.

»Mit Ihrer Unhöflichkeit dienen sie der Sache nicht, Herr Doktor. Ich bin Anwalt und ein persönlicher Freund von Sir Lyle und Lady Horwood. Ich habe ein Recht, hier zu sein.«

»Haben Sie nicht. Lady Horwood darf keine Besucher empfangen. Ihr Gatte und ich sind uns darin einig.«

Nachdem sie eine Weile herumgestritten hatten, erklärte Raymond sich mit Shakells Forderungen einverstanden, allerdings nur, wenn er zuvor den Abschnitt von Constances Krankenakte einsehen könnte, den die Oberschwester gerade erwähnt hatte.

Erwartungsgemäß lehnte Dr. Shakell rundheraus ab.

»In diesem Fall werde ich die Gesundheitsbehörden in Kenntnis setzen, dass ich rechtliche Schritte gegen Sie einleite, Dr. Shakell. Nicht gegen diese Einrichtung, sondern gegen Sie ganz persönlich, und zwar wegen Pflichtverletzung.«

»Wovon zum Teufel reden Sie?«

»Sie haben mich sehr wohl verstanden. Ich verlange Einblick in diese Unterlagen.«

»Was wollen Sie damit beweisen?«

»Vielleicht, dass ich mich geirrt habe und dass man Ihnen keinerlei Versäumnisse nachweisen kann.«

»Dazu brauche ich Ihre Belehrung nicht. Ich gestatte Ihnen nicht, die Unterlagen einzusehen. Bitte gehen Sie jetzt. Ihr Wunsch, mit Lady Horwood zu sprechen, ist abgelehnt. Sollten Sie die Dame zu einem anderen Zeitpunkt besuchen wollen, können Sie das mit schriftlicher Genehmigung ihres Ehemannes tun. Haben Sie mich verstanden?«

»Ja, ich bedauere, falls ich Sie unabsichtlich verärgert haben sollte«, entgegnete Raymond rasch und änderte seine Taktik. »Allerdings mache ich mir Sorgen um meine liebe Freundin Lady Horwood. Als ich gestern mit ihr reden konnte und sie mir sagte, sie sei recht zufrieden hier, war ich sehr erleichtert.«

Das Kompliment stimmte Shakell ein wenig versöhnlicher. »Hin und wieder wird unsere Arbeit auch geschätzt«, murmelte er.

»Dann beantworten Sie mir bitte nur eine Frage. Ich weiß, wie Lady Horwood in den Händen der Bestien auf der *China Belle* leiden musste, denn ich war selbst dabei. Ein Teil dieser Geschichte ist in Ihren Unterlagen verzeichnet. Ich nehme an, der Rest steht anderswo. Damit meine ich die Schilderung ihrer Entführung.«

Der Arzt schüttelte ungeduldig den Kopf. »Welcher Entführung?«

»Lady Horwood wurde von der Mannschaft entführt und an Land verschleppt. Der kurze Blick, den ich in die Akte werfen konnte, sagte mir, dass das dort nicht erwähnt wird.«

»Davon weiß ich nichts.«

»Finden Sie nicht, dass Sie als ihr Arzt darüber im Bilde sein sollten?«

Rasch schob Shakell ihn in das Büro der Oberschwester, wo er an ihrem Schreibtisch Platz nahm, ihr gestattete, sich in eine Ecke zu setzen, und Raymond aufforderte, sich auf dem Stuhl ihm gegenüber niederzulassen.

»Was hat das alles zu bedeuten, Lewis? Sie haben Lady Horwood gesehen und sich vergewissert, dass sie in guten Händen ist. Warum machen Sie also Schwierigkeiten? Und was soll das mit dieser Entführung?«

Als Raymond ihm alles ausführlich erklärte, war er entsetzt, was seine Patientin Schreckliches durchgemacht hatte, und blätterte seine Akte durch, als hätte er die Informationen versehentlich verlegt.

»Ich bin sicher, dass mir nie jemand davon erzählt hat«, meinte er schließlich. »Das begreife ich nicht.«

»Es stand in der Zeitung«, wandte die Oberschwester ein. »Allerdings wusste ich nicht, dass es sich bei der Dame, die von den Mädchenhändlern entführt wurde, um Lady Horwood handelt. Es war von einer Mrs. Soundso die Rede, der Name fällt mir nicht mehr ein.«

»Es waren keine Mädchenhändler, Madam«, erwiderte Raymond gereizt. »Und das, Herr Doktor, ist vermutlich einer der Gründe, warum Sir Lyle und Lady Horwood nicht über dieses Erlebnis sprechen wollen. Ich bin zwar kein Arzt, aber ich finde, Sie sollten es erfahren.«

Shakell war aufgebracht. »Ich war bis vor kurzem in Westaustralien tätig. Dort haben wir kaum Nachrichten aus dem Osten bekommen. Von der *China Belle* habe ich erst gehört, als das Schiff in Zusammenhang mit diesem Fall erwähnt wurde. Und ich hatte wirklich keine Ahnung, was da alles dahintersteckt. Die arme Frau! Sicher wurde sie schrecklich gedemütigt.«

»Genau.«

»Ich muss gründlich darüber nachdenken, insbesondere deshalb, weil die Patientin kein Wort über die Entführung oder darüber, dass Sie sie in diesem Drecksnest weit im Norden gefunden haben, fallen lässt. Ich fürchte, ich habe Sie falsch eingeschätzt, Mr. Lewis.«

»Könnte ich jetzt Lady Horwood für ein paar Minuten sehen?«

»Ein paar Minuten. Ich begleite Sie.«

Constance verhielt sich in Gegenwart des Arztes freundlich, aber argwöhnisch. Raymond überreichte ihr das Obst und einige Bücher von Dickens, die sie wegen der traurigen Handlung zurückwies. Allerdings freute sie sich sehr über die Unterhaltungsromane, die Lavinia mit in den Korb gepackt hatte.

Da sie anscheinend nicht so offen mit Raymond sprechen wollte wie am Vortag, saßen sie zu dritt auf der Veranda und plauderten über das Wetter und über die Notwendigkeit, auf dem Gelände einen hübschen Garten für die Patienten anzulegen. Zu Lady Horwoods Freude erklärte sich Raymond sogar bereit, als Startschuss für das Projekt einhundert Pfund zu spenden.

»Sie sind heute so guter Stimmung«, meinte Shakell zu seiner Patientin, als er sich erhob, um sich zu verabschieden.

»Das liegt nur an Mr. Lewis. Er hat eine so erfrischende Wirkung auf mich«, erwiderte sie, und es gelang ihr, Raymond zurückzuhalten, als der Arzt ging.

»Es gibt da noch jemanden, den ich unbedingt sehen muss. Sie müssen ihn finden.«

»Wer ist es?«

Sie umklammerte seinen Ärmel. »Bitte, Raymond, ich muss mit ihm sprechen. Er ist der Einzige, der beweisen kann, dass ich nie körperlichen Kontakt mit einem dieser Männer hatte. Jake Tussup wird das bestätigen – er kann gar nicht anders. Ich flehe Sie an, Raymond. Wenn ich je wieder erhobenen Hauptes unter die Menschen gehen soll, müssen Sie ihn aufspüren.«

»Was wollte Sie von Ihnen?«, erkundigte sich Shakell.

»Verraten Sie mir eines: Müssen die Patienten bei Ihnen auf dem Kopf stehen?«, fragte Lewis.

»Ich habe diesen Unsinn verboten, aber es dauert eine Weile, bis sich in solchen Einrichtungen etwas ändert. Warum?«

»Weil das Leben meiner Freundin in Ihren Händen liegt. Ich muss wissen, ob Sie Interesse an einer vernünftigen Lösung für ihr Problem haben, da ihr selbst offenbar sehr viel daran liegt.«

»Sie ist eine willensstarke Frau und in einem Labyrinth gefangen. Dort irrt sie umher und versucht, den Ausgang zu finden. Ich denke, ich kann ihr helfen, wenn man mich über sämtliche Hintergründe aufklärt. Es erschüttert mich ziemlich, dass Sir Lyle von mir eine Behandlung seiner Frau erwartet und mir gleichzeitig wichtige Informationen vorenthält.«

»Vielleicht ist er ja derjenige, der hierher gehört.«

»Eine Schande«, erboste sich Lavinia, als Raymond ihr von Constances Bitte erzählte.

»Was ist eine Schande? Dass Tussup ein gesuchter Verbrecher ist?«

»Nein. Dass die Leute, einschließlich des elenden Wichts, der sich ihr Ehemann schimpft, eine unschuldige Frau so demütigen, dass sie sich erst wieder aus dem Haus wagt, wenn jemand für ihren guten Ruf bürgt. Soll dieser Horwood doch seine Bibliothek selbst sortieren.«

»Tja, nun liegt alles bei Dr. Shakell. Es ist unmöglich, dass sie mit Tussup spricht.«

»Warum?«

»Weil der Mann auf der Flucht vor dem Gesetz ist. Zuletzt wurde er auf den Goldfeldern gesehen, und er geht der Polizei ziemlich geschickt aus dem Weg.«

»Dann such du ihn doch.«

»Was?«

Lavinia seufzte auf. »Raymond, irgendwann werden sie ihn fassen. So ist es immer. Wollen wir nur hoffen, dass sie ihn nicht gleich erschießen. Er ist ihre einzige Chance, auch wenn es nur ein Wunschtraum ist, denn wer wird ihr zuhören oder sich für die langweilige Wahrheit interessieren? Wenn sie Tussup schnappen, braucht er einen Anwalt, und dann bist du sofort zur Stelle.«

»Constance ist hier offenbar nicht die Einzige, die träumt ...«, knurrte er.

»Was hat der Mann eigentlich groß getan? Er ist lediglich vom Schiff desertiert. Die Frauen hat er nicht entführt. Außerdem hat er Constance vor den Schuften gerettet und wohlbehalten nach Cooktown gebracht.«

»Wohlbehalten? Du hättest sie sehen sollen. Sie war kaum noch bei Verstand.«

»Was hätte er sonst tun sollen? Sie höchstpersönlich bei der Polizei abliefern?«

»Bitte lass das! Du weißt nicht, wovon du redest.«

In jener Nacht jedoch überlegte er, ob er nach Cairns zurückkehren sollte, wenn auch nur, um zu sehen, wie seine Freunde den Wirbelsturm überstanden hatten. Wie ging es wohl Mrs. Plummer? Eine beeindruckende Frau. Und natürlich war da noch die arme junge Witwe Mrs. Caporn. Und Mal Willoughby, der immer für eine Überraschung gut war.

Ein beängstigender Gedanke beschlich ihn. Hoffentlich war Mal inzwischen zur Vernunft gekommen und dachte nicht mehr an Rache. Schließlich bestand immer die Gefahr, dass er Tussup erschoss und im Gefängnis landete. Und dann würde er es sein, der einen Anwalt brauchte.

18. Kapitel

Die Goldgräber, die zum Oberlauf des Hodgkinson wollten oder von dort kamen, machten auch weiterhin im großen Basislager am malerischen Barron River Station. Sie lieferten Jesse Field genug Stoff, um seinen Chefredakteur zufrieden zu stellen, wodurch ihm der Aufenthalt an diesem reizenden Fleckchen Erde zu einem regelrechten Vergnügen wurde. Jesse lernte Männer kennen, die sich als glückliche Gewinner auf den Rückweg nach Cairns machten. Andere wiederum waren gescheitert, gesundheitlich zerrüttet und zermürbt von der Hitze und den unwirtlichen Bedingungen. Der Journalist beobachtete, wie von Pferdegespannen oder Ochsen gezogene Wagen, beladen mit den seltsamsten Gütern, ins Landesinnere aufbrachen. Andere Gefährte steuerten, Wolle und Leder an Bord, die Häfen an. Täglich wurden Tote und Sterbende gebracht, und Jesse schrieb Berichte über Gewalt, Krankheiten, Unfälle und Verzweiflung. Er befragte die Erfolgreichen, die – im siebten Himmel schwebend, wie er es nannte – ihren neuen Reichtum mit zahlreichen Freunden und Bekannten feierten. Andere hielten ihr Glück lieber geheim und machten sich schleunigst aus dem Staub, ohne sich auch nur von einem Klümpchen ihres hart erarbeiteten Goldes zu trennen.

An diesem Tag war ein Trupp wichtiger Herren, angeführt von Sir Arthur Kennedy, dem Gouverneur von Queensland, nebst einem offiziellen Fotografen im Lager eingetroffen; von dort aus sollte es auf eine Erkundungsreise zu dem gewaltigen Wasserfall gehen, der bei den Aborigines Dinden hieß, auf den Landkarten jedoch als Barron Falls verzeichnet war.

Während die Reisegesellschaft sich auf die Kletterpartie

vorbereitete, sah Jesse Mal Willoughby, begleitet von zwei Chinesen, die Straße entlangreiten. Der eine, ein kräftiger Bursche mit dünnem Schnurrbart, war – zumindest für diese Gegend – elegant gekleidet. Der andere, der ihnen folgte, war offenbar dessen Diener.

»Hallo, hier drüben bin ich, Mal!«, rief Jesse. »Beim Gouverneur und seinen Leuten. Wir werden Barron Falls besichtigen. Möchtest du mitkommen?«

Mal stieg ab. »Tut mir Leid, ich kann nicht. Wir reiten nach Cairns. Aber vorher muss ich mit dir sprechen. Es ist dringend.«

»Warum? Was ist passiert? Hast du Tussup gefunden?«

»Nicht ganz.«

Jesse lachte auf. »Was meinst du mit ›nicht ganz‹?« Als er aber Mals warnenden Blick auffing, fügt er hinzu: »Ist bei dir alles in Ordnung, alter Junge?«

»Ja. Prima. Alles bestens.«

»Warum wartest du dann nicht auf mich? Das da ist der Gouverneur mit seinem Gefolge. Ich bin eingeladen, ihn zu begleiten, eine ausgezeichnete Gelegenheit, ihm einige Fragen zu stellen.«

Schmunzelnd wandte Mal sich zu dem ersten Chinesen um. »Sehen Sie, Chang? Das ist unser Gouverneur, der da neben dem Zelt steht.«

»Nein!« Der Chinese traute seinen Augen nicht. Wie konnte ein derart wichtiger Mann sich so ungezwungen unter die Menschen begeben? Während Chang die Szene begaffte, hatte Mal Gelegenheit, Jesse zuzuflüstern: »Es ist etwas geschehen. Ich erzähle es dir, wenn du zurück bist.«

Ohne seine Begleiter vorzustellen, schwang er sich wieder in den Sattel, und sie ritten davon.

Jesse überlegte kurz, ob er ihnen folgen sollte, um herauszufinden, was Mal bedrückte. Doch die Chance, Kennedy persönlich kennen zu lernen, durfte er sich einfach nicht entgehen lassen. Er hatte so viele Fragen auf dem Herzen, insbesondere die, warum die staatliche Hilfe für Cairns nicht schneller geleistet wurde, damit die Stadt nach dem Wirbelsturm wieder auf die Beine kam.

Chang platzte fast vor Neugier. »Ihr Freund kennt den Gouverneur?«

»Ja«, erwiderte Mal.

»Wo sind denn seine Diener?«

»Irgendwo in der Nähe. Bei diesen Erkundungsreisen in den Busch geht es nicht sehr förmlich zu.«

»Wo schläft der Gouverneur?«

»In einem Zelt.«

»Um Himmels willen! Das darf doch nicht wahr sein! Und Dienerinnen hat er gar keine bei sich?«

»Nein.«

Chang wollte noch einmal am Lager des Gouverneurs vorbeireiten und jubelte, er würde nach seiner Heimkehr berichten können, er habe den Herrn über das ganze Land gesehen. Mal tat ihm den Gefallen und sparte sich die Mühe, ihm den Unterschied zwischen einer Kolonie und dem gesamten Land zu erklären. Die Ablenkung kam ihm sehr gelegen, und er wünschte, er hätte Zeit gehabt, Jesse von den jüngsten Entwicklungen zu erzählen.

Chang Selbstgefälligkeit war ein Anblick für sich. Hoch erhobenen Hauptes und ohne mit der Wimper zu zucken, trabte er an zwei berittenen Polizisten vorbei, felsenfest davon überzeugt, dass Mal ihn nicht verraten würde.

»Sei dir da bloß nicht so sicher«, murmelte dieser.

Während Wu Tin das Lager aufschlug, begann Mal wieder, Chang zu befragen. »Wer bezahlt Sie?«

»Herr Li wird mich bezahlen, wenn ich auf dem Heimweg nach Cooktown komme. Die Familie bezahlt ihrerseits Herrn Li. Ganz einfach also.«

»Wie wollen Sie beweisen, dass Sie Tussup getötet haben?«

»Das habe ich doch schon gesagt: Wu Tin kann es bezeugen.«

»Sie könnten doch mit ihm unter einer Decke stecken, um die Belohnung zu kassieren.«

»Und riskieren, dass man mir die Kehle durchschneidet? Auf keinen Fall.«

Mals Magen krampfte sich zusammen. Er wünschte sich verzweifelt, Chang würde gestehen, dass er gelogen hatte. Doch ganz gleich, wie oft er unterwegs auch versucht hatte, ihn bei einem Widerspruch zu ertappen, er blieb bei seiner Geschichte.

Er überlegte, ob er Jesse bitten sollte, ein paar Nachforschungen dahingehend anzustellen, ob im Busch unweit von Merthyr´s Ferry eine Leiche gefunden worden sei. Aber das war nicht möglich. Außerdem war es vermutlich auch noch zu früh, denn hier draußen gab es keine Telegrafenleitungen. Und eigentlich spielte es gar keine Rolle. Er würde Chang und Wu Tin, seinen Komplizen, bei der Polizei abliefern müssen, die daraufhin Ermittlungen einleiten würde. Wenn man die Leiche nicht fand – oder wenn es gar keine gab – würde man das Verfahren einstellen. Wenn doch, würde man die beiden Chinesen wegen Mordes aufknüpfen.

»Ich gehe rüber zum Pub«, verkündete Mal, marschierte los und wünschte, Chang und Wu Tin würden aus seinem Leben verschwinden.

Der Pub war nur eine Bretterhütte auf der anderen Straßenseite. Von seinem Platz an der offenen Tür konnte Mal sehen, dass Wu Tin in einem Kessel über dem Lagerfeuer Teewasser kochte. Chang lehnte rauchend an einem Baum.

Nun musste Mal sich entscheiden. Ich liefere sie aus, dachte er, während er sich noch ein Bier holte. Ganz bestimmt. Aber noch nicht jetzt. Erst wenn ich sicher weiß, dass sie Tussup wirklich auf dem Gewissen haben und es sich nicht um eine Lügengeschichte handelt, mit der Chang sich wichtig machen will. Sobald man die Leiche findet und die Nachricht in Cairns eintrifft.

Bis dahin hatten die zwei sich jedoch vielleicht schon längst aus dem Staub gemacht und das nächstbeste Schiff bestiegen.

»Außerdem«, so sagte Mal sich, »glaubst du doch nicht im Ernst, dass Chang diese Geschichte nur erfunden hat. Du weißt, dass er der Mörder von Tussup ist. Du suchst nur nach Ausflüchten. Warum? – Weil du nicht ins Gefängnis willst!« Fast hätte er es laut herausgerufen. »Er kann dich erpressen. Du hast Angst, dass man dich wieder wegen einer Tat einsperrt, die du nicht begangen hast. Du hast eine Todesangst vor dem Gefängnis, und deshalb bist du wie gelähmt. Du wagst nicht, dich zu rühren, und bringst es nicht über dich, zur Polizei zu gehen und zu riskieren, dass diese beiden Schweinekerle einander ihre Unschuld bestätigen. Warum grübelst du also ständig darüber nach? Tussup ist tot. Es ist nicht dein Problem. Vergiss es.«

Ein Mann kam auf ihn zu und sprach ihn an. »Hallo, alter Junge. Sind Sie nicht Sonny Willoughby, der vor ein paar Jahren fast wegen Goldraubs unschuldig am Galgen gelandet wäre?«

»Nein«, zischte Mal, schob den Mann beiseite und schritt in den grellen Nachmittag hinaus. Sein Kopf schmerzte, als er die Straße entlangging, in der Hoffnung, dass sich der Gouverneur und seine Leute noch auf der Lichtung am Fluss befanden. Doch es war niemand mehr da. Nur die schimmernden neuen Zelte waren, bewacht von ein paar Dienstboten, stehen geblieben. Er beobachtete einige Kängurus am Rand des Regenwaldes, während in den dichten Palmen über ihnen die Vögel kreischten. Auf einmal hatte er diese Gegend satt. Er hatte genug vom Dschungel, von schwülen Nächten und Regen zur falschen Jahreszeit und von den gottverdammten Insekten. Er vermisste die geschwungenen Hügel und die frische Luft des Südens, das weite Land und die kühle Brise, die vom Pazifik herüberwehte.

»Zeit, nach Hause zurückzukehren«, sagte er sich. »Und wieder ein normales Leben zu führen.«

Eigentlich hatte er vorgehabt, eine Schaffarm am Condamine River zu kaufen, eine Gegend, die er gut kannte. Dort hatte er mit Jun Lien leben wollen. »Und sie waren glücklich, bis an ihr Lebensende«, höhnte er. Nach ihrem Tod hatte er diesen Plan aufgegeben. Doch was sollte er sonst tun – außer ziellos durch das Land zu streifen? Er hatte keine Familie, an die er sich hätte wenden können. Seine Schwester hatte sich von ihm abgewandt, als er in Not gewesen war, und sein eigener Onkel hatte ihn sogar an die Polizei verraten, um die Belohnung zu kassieren. In den letzten Jahren hatte er davon geträumt, ein gutes Stück Land zu besitzen, auf dem reinrassige Schafe weideten. Vielleicht war es ja das Beste, eine Zucht zu beginnen ... Merinos ... das war doch eine gute Idee.

»Eine sehr gute sogar«, sagte er sich. »Also fang endlich damit an.«

Als er zum Lager zurückkehrte, waren Chang und Wu Tin dabei, sich heftig zu streiten.

»Was ist los?«, erkundigte sich Mal.

»Der Narr will in diesem Land bleiben«, antwortete Chang. »Er möchte mich nicht zur Küste und zurück nach China begleiten, sondern allein auf die Suche nach Gold gehen. Ich habe ihm erklärt, dass er Eigentum der Herren Li ist und tun muss, was ihm befohlen wird.«

»Ich dachte, er wäre Ihr Diener.«

»Er wurde mir von den Herren Li zugeteilt.«

»Sie stehen offenbar hoch im Kurs.«

»Muss wohl so sein«, entgegnete Chang grinsend.

»Sagen Sie ihm, dass wir morgen sehr früh nach Cairns aufbrechen.«

Jesse machte sich Sorgen um Mal. Der hoch gewachsene Chinese, der bei ihm war, hatte ganz und gar keinen guten Eindruck auf ihn gemacht. In den Augen des Mannes stand ein hochmütiges Funkeln, und er hatte auf ihn und auf Mal heruntergeblickt, als hielte er sie für minderwertig. Jesse fragte sich, ob wohl der Chinese hinter Mals Schwierigkeiten steckte. Und je länger er über die drei nachdachte, desto mehr wuchs seine Angst. Was hatte Mal nur so dringend mit ihm zu besprechen?

Als sie die Wasserfälle erreichten, hatte er bereits Gelegenheit gehabt, einige kurze Gespräche mit dem Gouverneur zu führen. Jesse freute sich schon auf weitere Unterhaltungen, als er erfuhr, die Reisegesellschaft habe beschlossen, weiter zu den Goldfeldern zu reiten.

»Ich dachte, es sei nur ein Ausflug mit einer Übernachtung«, meinte Jesse zu einem Adlatus. »Vom Hodgkinson war nicht die Rede.«

»Wir haben umdisponiert. Der Chef findet, dass wir eigentlich auch weiterreiten können, da wir nun schon so weit gekommen sind. Und weil ihn der Weg über die Berge nicht anzustrengen scheint, dürfen wir uns ebenfalls nichts anmerken lassen.«

Jesse hingegen konnte einem Ritt durchs Gebirge überhaupt nichts abgewinnen, insbesondere deshalb, weil es inzwischen eine einfachere Route zu den Goldfeldern gab. Außerdem hatte er das mulmige Gefühl, dass Mal Ärger drohte. Deshalb beschloss er am nächsten Morgen, nicht mit dem Gouverneur weiterzureisen, und bat einen Aborigine-Führer, ihn zurück ins Basislager zu begleiten.

Wie erwartet, waren Mal und die Chinesen bereits aufgebrochen. Also folgte er ihnen, ohne Zeit zu verlieren, denn er wusste, dass er Mal bestimmt in Cairns treffen würde, falls er ihn auf der Küstenstraße verpasste.

Wu Tin war bedrückt. Sein Pferd lahmte, und Chang war wütend auf ihn, weil er es angeblich nicht richtig versorgt hatte. Allerdings wusste Wu Tin nicht, wie er den Schaden hätte verhindern können.

»Lass es zurück«, befahl Chang. »Steig ab, und geh zu Fuß. Den Sattel kannst du mir geben.«

Aber da griff Mr. Willoughby ein und brüllte Chang an – die beiden stritten sich bereits seit ihrer Begegnung am zweiten Goldfluss – und führte alle drei Pferde zu einem nahe gelegenen Bach, um sie zu tränken.

»Was hat er gesagt?«, erkundigte sich Wu Tin bei Chang.

»Dass du ein Misthaufen und eine Last für uns bist.«

»Das ist eine Lüge. Ich habe es seinem Gesicht angesehen. Ich glaube, er hat gesagt, auf Ihrem Pferd können auch zwei reiten. Sie lügen auch, was ihn angeht. Und zwar schon die ganze Zeit. Ihr Freund will uns zur Polizei auf der anderen Seite des Hügels bringen, damit wir aufgehängt werden, weil wir den Mann umgebracht haben.«

Chang blickte sich um. Willoughby war in den Bach hineingewatet, um sich abzukühlen. »Ich habe dir doch schon zehnmal erzählt, dass er so etwas nie tun würde. Er hat Tussup gehasst und ist froh, dass wir ihn erschossen haben.«

»Warum ist sein Gesicht dann immer so wütend, wenn der Name Tussup fällt? Und weshalb sprechen Sie davon, dass wir ihn erschossen haben? Sie waren es, nicht ich.«

Wu Tin steigerte sich immer mehr in seine Angst hinein. Unterwegs waren sie berittenen Polizisten in schwarzen Uniformen mit silbernen Knöpfen begegnet, und Willoughby hatte angehalten, um mit ihnen zu reden. Obwohl Chang ständig beteuerte, bei ihren Streitereien ginge es nur um Belanglosigkeiten, war Wu Tin sicher, dass er log. Er hatte die beiden Männer beobachtet und war zu dem Schluss gekommen, dass Chang falsche Augen hatte. Willoughby war zwar ein Weißer, hatte aber einen ehrlichen Blick. Außerdem malte sich eindeutig Trauer darin. Der Diener glaubte keine Minute an Changs Version. Nein, der weiße Mann befürchtete nicht, selbst angeklagt zu werden, wenn er die beiden anzeigte. Wie sollte er auch? Schließlich gehörte er zur Oberschicht, das hatten sie doch gerade selbst gesehen. Der große Herr und Gouverneur hatte nur wenige Schritte von ihnen entfernt gestanden!

Je mehr Wu Tin sich das Hirn zermarterte, desto größer wurde seine Besorgnis. In letzter Zeit strotzte Chang nur so vor Selbstbewusstsein. Er überschätzte sich und tat, als wäre er Willoughbys bester Freund, während dieser lediglich Zeit gewinnen wollte. Warum? Bald jedoch ging Wu Tin ein Licht auf: Warum sollte Willoughby ihn und Chang sofort festsetzen, was bedeutet hätte, dass er sie gewaltsam zur Küste würde schleppen müssen? Stattdessen ließ der schlaue Fuchs sie aus freien Stücken ins Verderben reiten.

Wu Tin schwitzte, als er Reisig sammelte, um Feuer für den Tee zu machen, den Chang ununterbrochen in sich hineinschüttete. Willoughby gab sich tagsüber mit Wasser zufrieden. Er sah, wie Chang Jacke und Hemd auszog, diese an einen Ast hängte, und selbst den Pfad entlang zum Bach ging. Plötzlich flog ein großer schwarzer Vogel dicht an Wu Tins Gesicht vorbei und ließ sich unter grässlichem Gekreische dicht vor ihm nieder. Der entsetzte Wu Tin deutete das als böses Omen. Morgen würden sie am Hafen sein, nur noch ein Tag trennte sie vom Gefängnis. Wollte der schwarze Vogel ihm sagen, dass dies heute der letzte Tag seines Lebens in Freiheit war? Vor Angst zitternd und bebend, packte Wu Tin ein scharfes Messer und hielt Ausschau nach weiteren Unheil verkündenden Zeichen an diesem einsamen Ort. Und da erschien wie aus dem Nichts Willoughby, und zwar genau an derselben Stelle, wo gerade noch der schwarze Vogel gesessen hatte. Wu Tin griff an.

»Was zum Teufel soll das?«, brüllte Willoughby, als das Messer seinen Hals anritzte. Er holte mit dem Stiefel aus, sodass Wu Tin zurückgeschleudert wurde. Doch der Chinese war sehr gelenkig und stürmte sofort wieder los, um den Mann zu töten, der ihn an den Galgen bringen wollte.

Chang hörte Willoughbys Rufe und Wu Tins Geschrei. Also schlich er sich durch den Busch und kehrte, nachdem er einen kurzen Blick auf die beiden geworfen hatte, zum Bach zurück. Sollten sie sich doch gegenseitig den Garaus machen. Dann gab es wenigstens niemanden mehr, der seinen Mord an einem weißen Mann bezeugen konnte.

Als das Getöse verebbte, schlenderte Chang heran und an den Pferden vorbei, wo er Wu Tin auf dem Boden liegen sah.

»Er hat versucht, mich zu töten!« Willoughby hatte ein Taschentuch um den Hals gewickelt, um den Blutfluss am Hals zu stoppen; er konnte es immer noch nicht fassen.

»Ist er tot?«

»Nein, aber ich musste ihn mit einem Holzscheit abwehren. Er ist nur bewusstlos. Was zum Teufel hat das zu bedeuten?«

»Er hat den Verstand verloren.« Chang zuckte die Achseln. »Am besten erledigen Sie ihn, solange Sie noch können. Sonst greift er Sie vielleicht wieder an.«

»Warum?«

»Weil er glaubt, dass Sie ihn ins Gefängnis bringen wollen«, erwiderte Chang lässig. »Ich habe ihm erklärt, dass Sie so etwas nie tun würden, aber er glaubt mir nicht.«

»Und Sie haben seelenruhig zugeschaut, wie er mich überfallen hat.«

»Ich wusste, dass Sie gewinnen würden.«

Willoughby überschüttete Wu Tin mit Wasser, um ihn zu wecken, und fesselte ihn dann mit einem Strick.

»Was haben Sie mit ihm vor?«, fragte Chang.

»Vermutlich werde ich ihn den Behörden übergeben.«

»Wie? Sein Pferd lahmt.«

»So schlimm ist es nicht. Wenn wir langsam reiten und hin und wieder ausruhen, kann es ihn tragen.«

»Ich halte das für keine gute Idee. Ich würde vorschlagen, ihn gleich an Ort und Stelle zu beseitigen. Er wird reden. Über Tussup. Und das dürfen wir nicht zulassen.«

»Das heißt wohl, Sie dürfen das nicht zulassen.« Willoughby hatte sich beim Sprechen Chang zugewandt und sah den Revolver, den dieser beim Vorbeigehen an den Pferden geistesgegenwärtig aus seiner Packtasche genommen hatte.

»Es tut mir Leid«, sagte Chang bedrückt. Und er meinte es wirklich so. Das Problem war nur, dass Wu Tin vielleicht doch Recht hatte. Möglicherweise ging sein Freund Mr. Willoughby tatsächlich das Risiko ein, sich an die Polizei zu wenden und alles auszuplaudern, bevor er, Chang, sich in Sicherheit gebracht hatte und wohlbehalten unterwegs nach China war – mit einem hübschen Beutel Gold in der Tasche, aller Pflichten ledig und ohne die Familie Xiu weiter fürchten zu müssen. Dann jedoch sah er einen Reiter auf sie zukommen.

»Zu spät«, sagte er rasch. »Ich kann ihn nicht erschießen. Wir haben Besuch.«

»Ich hatte eher den Eindruck, dass Sie mich erschießen wollten, Sie Dreckskerl.«

»Das ist ein bedauerlicher Irrtum, und ich bin tief gekränkt.«

»Geben Sie mir die Pistole.«

Achselzuckend gehorchte Chang. Eine Waffe war so gut wie die andere. Allerdings war er erleichtert, denn eigentlich wollte er Herrn Xius Befehl gar nicht ausführen. Schließlich hatte er den Vertrag mit dessen trauernder Gattin geschlossen. Willoughby hatte nichts Böses getan. Selbst jetzt verhielt er sich wie ein Ehrenmann. Und sehr leichtsinnig.

Der Reiter war Jesse Field. Da er unterwegs einige berittene Polizisten getroffen und von ihnen erfahren hatte, Mal und seine chinesischen Begleiter seien nur ein kurzes Stück voraus, hatte er sein Pferd zur Eile angetrieben, um sie einzuholen.

»Was ist hier passiert?«, wunderte er sich, als er feststellte, dass einer der Chinesen gefesselt war und der andere einen Revolver in der Hand hielt, den er Mal unvermittelt reichte.

»Wir hatten eine kleine Meinungsverschiedenheit«, erwiderte Mal. »Sieh dir bitte meinen Hals an.«

Jesse stieg vom Pferd, um die Verletzung zu untersuchen, während Mal nach dem Wasserkessel griff. »Damit kannst du sie auswaschen.«

»Der Schnitt ist nicht tief«, meinte Jesse und reinigte die Wunde. »Moment, ich hole ein wenig Teebaumöl, um sie zu desinfizieren.«

Nachdem das erledigt war, stellte Mal die beiden Chinesen vor und erklärte, wer sie waren.

Jesse war erfreut, den Mann kennen zu lernen, der Mal in China eine solche Hilfe gewesen war. Zu seiner Erleichterung war der ausgesprochen selbstbewusste Chinese Mals Freund, weshalb sein erster Eindruck von ihm offenbar falsch gewesen war.

Sie teilten ihren Proviant und genehmigten sich ein Mahl aus Gemüsekuchen mit Reis und Pökelfleischfrikadellen. Dazu gab es schwarzen Tee und eine Flasche guten Wein aus dem Keller des Gouverneurs. Jesse befragte Chang zu seinen Ansichten über dieses Land und erfuhr zu seiner Freude, dass dieser es als wundervoll, schön und Ehrfurcht gebietend empfand. Der Chinese bedauerte, nun, da seine Arbeit beendet war, in seine Heimat zurückkehren zu müssen, weshalb er keine Zeit mehr haben würde, weitere Städte zu besichtigen.

»Was machen Sie denn beruflich?«

»Ich war als Minenverwalter für die hoch geschätzten Gebrüder Li tätig, die über viele Minen und zahlreiche Kulis gebieten. Doch inzwischen gibt es kaum noch Gold in den Goldfeldern am Palmer.«

Bald waren sie wieder unterwegs. Mal hatte seinem Angreifer – der noch benommen war und eine dicke Beule auf der Stirn hatte – die Fesseln abgenommen, ihn auf sein Pferd verfrachtet und ihm die Hände an den Sattel gebunden. Weil das Tier lahmte, kamen sie nur langsam voran. Die ganze Zeit wartete Jesse darauf, dass Mal ihm verriet, was er ihm so dringend hatte anvertrauen wollen. Doch da sein Freund schwieg, nahm er an, dass sein Bericht nicht für die Ohren ihrer Begleiter bestimmt war.

»Wirst du diesen Kerl anzeigen?«, fragte er mit einer Kopfbewegung zu Wu Tin.

»Nein«, entgegnete Mal.

»Aber er hat doch versucht, dich umzubringen.«

»Nein, hat er nicht. Wir haben uns nur geprügelt.«

Die Straße, die durch die Ebene nach Cairns führte, schlängelte sich durch taillenhohes Gras, uralte Farne und müde aussehende Palmen. Sie kamen an Farmen, platt gedrückten Maisfeldern und überfluteten Gemüsegärten vorbei, aber die einsam gelegenen Häuser selbst schienen das Unwetter überstanden zu haben. Ein Stück weiter stießen sie auf die ersten zerstörten Gebäude, und in Cairns selbst säumten Ruinen die Straßen. Einige Häuser waren jedoch weitgehend unzerstört, und andere wurden bereits wieder aufgebaut. Allerdings schienen die Menschen, die ihren Geschäften nachgingen, müde einherzuwanken, als hätten auch sie persönlich Schäden davongetragen.

Auf dem Weg in die Stadt fand Chang einen Ausdruck für die allgemeine Verheerung, die Jesse sehr amüsierte. Der Chinese meinte, Cairns sei »krank« und brauche einen »guten Arzt«.

»Das können Sie laut sagen«, erwiderte Jesse lachend. Doch gleichzeitig fiel ihm auf, dass die beiden Chinesen Mal argwöhnisch beäugten.

Als Wu Tin Chang etwas zurief, war sein Tonfall verängstigt.

»Was hat er gesagt?«, wollte Jesse von Mal wissen.

»Keine Ahnung.«

»Ich dachte, du sprichst Chinesisch.«

»Schon, aber diesen Dialekt kenne ich nicht.«

»Er fragt, ob Sie ihn jetzt ins Gefängnis bringen«, übersetzte Chang.

»Nein. Antworten Sie ihm, dass ich ihn auf kürzestem Weg dorthin begleite, wo Sie Fahrkarten kaufen können, um dieses Land zu verlassen.«

»Sehr gut.« Mit einem selbstzufriedenen Grinsen lehnte Chang sich zurück. Jesse, der nicht genug über die Situation informiert war, um sie beurteilen zu können, beobachtete alles schweigend.

Sie ritten zum Hafen, wo eines der Lagerhäuser wieder aufgebaut worden war. Ein langer Wellblechschuppen beherbergte nun den Zoll, die Einwanderungsbehörde und die Büros der Schifffahrtsgesellschaften.

Mal sah Jesse an. »Haben sie sich jetzt alle gemeinsam eingerichtet?«

»Ja. Die Pläne für größere und komfortablere Gebäude lagen schon lange auf dem Tisch, und dank des Sturms werden sie jetzt in die Tat umgesetzt. Sagt zumindest der Gouverneur.«

»Ausgezeichnet!« Mal nickte den Chinesen zu. »Wir sind da, Chang. Hier können Sie Ihre Fahrkarten kaufen. Haben Sie genug Geld?«

»Ja.« Der Chinese sprang aus dem Sattel und ging zu Wu Tin hinüber. »Entschuldige dich bei Mr. Willoughby. Du hattest Glück, dass er dich nicht angezeigt hat. Er ist ein gütiger Mann und hat Verständnis für deine Befürchtungen.«

Mit einem Stöhnen stieg Wu Tin ab, verbeugte sich zitternd vor Mal, band die Pferde an ein Geländer und eilte

Chang nach, der eine kleine Ledertasche geschultert hatte und schon in das Gebäude ging.

»Hier, nimm das«, meinte Mal und schob Jesse einige Unterlagen zu.

»Was ist das?«

»Changs Papiere.«

»Aber er wird sie brauchen.«

Mal zwinkerte. »Ich weiß. Jetzt muss ich weg.«

»Wohin?«

»Ich reite zurück.«

»Was?«

»Ich muss noch mal zum Hodgkinson, um etwas zu überprüfen.«

»Jetzt?«

»Ja, jetzt. Es wäre klüger, wenn du dich auch aus dem Staub machst. Andererseits würdest du mir einen Gefallen tun, wenn du die beiden im Auge behältst, während ich unterwegs bin. Ich muss wissen, wo sie sich rumtreiben.«

»Ohne Papiere kommen sie nicht weit.«

»Los, verschwinden wir.«

Er ritt an der offenen Tür vorbei und rief Chang zu: »Wir sehen uns später.«

Chang winkte zurück. Mit einer majestätischen Geste, um den beiden Beamten an dem Brettertisch gegenüber der Tür zu zeigen, dass er sich in der Gesellschaft ortsansässiger Herren befand, von denen einer überdies ein Freund ihres Gouverneurs war.

»War das nicht Willoughby?«, fragte der eine Beamte den anderen. Doch Chang antwortete an seiner Stelle.

»Ja, das ist mein Freund, Mr. Willoughby.«

»Und wer sind Sie?«

»Ich bin Chang Soong, und das hier ist mein Diener Wu Tin. Wann fährt das nächste Schiff nach Cooktown?«

»Papiere bitte.«

»Ich möchte zwei Fahrkarten kaufen, Sir.«

»Ihre Papiere«, wiederholte der Beamte gleichmütig. »Die Büros der Schifffahrtsgesellschaften sind gleich dort drüben. Aber zuerst muss ich Ihre Papiere sehen.«

»Meine Papiere habe ich bei mir. Doch mein Diener Wu Tun besitzt leider keine Papiere. Er ist als Kuli von Herrn Li ins Land gekommen.«

»Wer ist Herr Li?«

Während der Befragung wühlte Chang in seiner Tasche nach den Papieren. Die Tasche enthielt zwei von Banknoten überquellende Geldbörsen, chinesische Dokumente, Lesestoff, das wertvolle Empfehlungsschreiben der Dame Xiu, Changs Arbeitstagebücher und die gelegentlichen Aufzeichnungen über seine Reisen, ordentliche Auflistungen seiner Finanzen und Außenstände, Schreibpapier und Pergament, Tinte, Pinsel und weiteren Kleinkram, einschließlich einiger Goldringe, die er verarmten Goldgräbern abgekauft hatte. Doch die Einreisepapiere – zwei Seiten auf Englisch und unterzeichnet von den Behörden, die ihm eine vorübergehende Aufenthaltserlaubnis für zwei Monate erteilt hatten – konnte er einfach nicht finden. Was war nur mit ihnen geschehen?

»Haben Sie Gold bei sich?«, erkundigte sich der wartende Beamte.

»Nein.«

»Sieht aus, als hätten Sie ziemlich viel Geld. Woher haben Sie das?«

»Mein Gehalt, Sir. Ich war Minenverwalter.«

»Und was machen wir jetzt mit Ihrem Kumpel hier? Keine Papiere, keine Schiffsreise, verstanden?«

Chang suchte weiter, breitete seine Habe auf dem Betonboden aus und überlegte, wo er die Papiere nur hingetan haben mochte.

Vielleicht hatte er sie ja in der Tasche eines Kleidungsstücks vergessen. Seit er die Papiere bei seiner Ankunft in Cooktown zuletzt gesehen hatte, war eine Ewigkeit vergangen. Seitdem hatte er sie nicht mehr gebraucht. Er schrie Wu Tin an, und beschuldigte ihn, sie verloren oder versehentlich weggeworfen zu haben, da sein Diener schließlich weder Chinesisch noch Englisch lesen und schreiben konnte.

»Ich bedaure, Sir, aber ich kann sie nicht finden. Ist es möglich, dass ich mir neue kaufe?«, fragte er.

Den Beamten schien das alles nicht anzufechten. Er seufzte nur auf. »Schon wieder zwei ohne Papiere. Passen Sie auf, Mr. Chang. Sie können keinen neuen Papiere kaufen. Wir schreiben an die Einwanderungsbehörde in Cooktown, die Ihre Daten und sicher auch die Ihres Freundes im Archiv hat. Sobald wir Ihre Nummern bekommen haben, die beweisen, dass Sie sich nicht illegal im Land aufhalten, können Sie abreisen. Bis dahin ...« Durch die Finger stieß er einen schrillen Pfiff aus, der zwei kräftig gebaute Wachmänner von der Einwanderungsbehörde herbeirief.

Chang protestierte, jammerte und verlangte, Mr. Willoughby um Rat fragen zu dürfen.

»Der kann Ihnen auch nicht helfen. Oder soll er Ihre Papiere herzaubern?«

»Wohin bringen Sie uns?«, schrie Chang, als die Wachmänner begannen, sie nach Waffen zu durchsuchen.

»Sie kommen zu den anderen in die Festung, bis wir wissen, was los ist. Ohne Papiere können Sie in Cooktown ohnehin nicht an Land gehen.«

Wu Tin, der nun sicher war, ins Gefängnis zu müssen, fing an zu brüllen und beteuerte, nicht er, sondern Chang habe Tussup auf dem Gewissen. Doch Chang starrte ihn nur finster an, bis er den Mund hielt. Von den übrigen Anwesenden hatte sowieso niemand ein Wort verstanden.

»Was ist mit unseren Pferden?«, erkundigte Chang sich höflich, überzeugt, dass er dank der Fürsprache seiner wichtigen Freunde – oder, wenn nötig, auch durch Bestechung – nicht lange in dieser Festung, oder was immer das auch sein mochte, würde bleiben müssen.

»Wenn Sie das Land verlassen wollen, ist es ohnehin das Beste, wenn Sie die Pferde verkaufen«, sagte eine der Wachen zu Chang, als sie abgeführt wurden. »Ich heiße Wiley und könnte sie für ein Pfund Beteiligung losschlagen, wenn Sie möchten. Bis dahin werden sie im Polizeipferch untergestellt. Dort können sie immer ein paar Ersatzpferde gebrauchen.«

Ihre Siebensachen auf dem Rücken, wurden die beiden Chinesen einige Straßen weit stadtauswärts eskortiert und von bewaffneten Wärtern in ein von einem hohen Zaun umgebenes Lager eingelassen, wo sich bereits Hunderte ihrer Landsleute befanden. Wu Tin verschwand sofort in der Menge, während Chang am Zaun entlangging und sich nach einer sicheren Ecke umsah. Er war unbewaffnet und hatte eine Menge Geld bei sich. Das war ziemlich gefährlich, und er sagte sich erbittert, dass er es mit einem echten Gefängnis wohl besser getroffen hätte. Er musste sich so schnell wie möglich mit Willoughby in Verbindung setzen. Ihm war klar, dass es sich bei diesem scheußlichen kahlen Pferch nur um eine Übergangslösung handelte, und es bestand durchaus die Möglichkeit, dass Willoughby nichts für ihn tun konnte. Aber er sollte wenigstens auf sein Geld aufpassen. Willoughby war sein Freund und absolut vertrauenswürdig.

Chang kauerte sich an den Zaun, um seine Habe zu ordnen und dabei noch einmal nach den kostbaren Papieren zu suchen. Als er sie immer noch nicht finden konnte, begann er, sein Pech verfluchend, sich aller Gegenstände zu entledigen, die nicht unbedingt notwendig waren. Er ließ die große Ledertasche und den Großteil der zusätzlichen Kleider und Decken, die er unterwegs gebraucht hatte, liegen und ging ein Stück weiter.

Innerhalb weniger Augenblicke hatten die übrigen Insassen die Sachen an sich gerissen. Obwohl Chang wusste, dass er seine Besitztümer auch hätte verkaufen können, hielt er es inmitten so vieler hungriger Menschen für ratsamer, nicht bei der Entgegennahme von Geld beobachtet zu werden.

Chang schlenderte zu dem schweren Tor aus Holzbohlen hinüber und rief einen Wachmann zu sich.

»Entschuldigen Sie, Sir.«

Sein höflicher Tonfall erregte die Aufmerksamkeit des Wachmanns.

»Was willst du?«

»Bitte richten Sie Mr. Wiley aus, dass ich mein Pferd verkaufen möchte.«

Ein Pferd, hatte er gesagt, nur ein Pferd, damit Wiley kam, um ihn zu überzeugen, alle beide loszuschlagen. Dann würde Chang ihn auffordern, das Geld Mr. Willoughby auszuhändigen, um sicherzugehen, dass es nicht in Wileys Taschen landete.

Nachdem das erledigt war, zog Chang sich zu der Stelle am Zaun zurück, die er sich ausgesucht hatte. Sie befand sich gegenüber einem überdachten Teil des Hofes, der offenbar als primitive Schlafstätte diente. Anscheinend erwartete man von ihm, dass er die Nacht Seite an Seite mit Kulis verbrachte. Er konnte das Meer riechen. Eine sanfte Brise wehte von der blaugrünen Bucht, die er vom Hafen aus gesehen hatte, in seinen Affenkäfig herüber und gab ihm Kraft in dieser misslichen Lage. Allerdings musste dieser kurze Blick, den er auf diese Schönheit hatte erhaschen können, vorerst genügen, auch wenn er ihm zumindest neuen Stoff für seine Tagträume bot. Was seine vorübergehende Gefangenschaft betraf, kam Chang achselzuckend zu dem Schluss, dass dies kein Weltuntergang war. Er hatte schon Schlimmeres durchgemacht.

Durch seine halb geschlossenen Lider beobachtete er zwei Kulis, die nun schon zum zweiten Mal an ihm vorbeispazierten. Zweifellos hatten sie es auf die Sachen abgesehen, die er nicht weggeworfen hatte. Einer der beiden hielt einen kurzen, dicken Stock in der Hand.

Als die Männer ein drittes Mal vorbeikamen, warf der eine Chang Erde ins Gesicht, während der andere sich auf seine Habe stürzte.

Aber Chang reagierte blitzschnell und gnadenlos. Zwei Finger mit harten Nägeln bohrten sich in die Augen des einen Gegners und fuhren ihm das wettergegerbte Gesicht entlang, während er den anderen zwischen die Beine trat, sodass er – wild mit den Armen rudernd – zurückgeschleudert wurde.

Später am Tag erschien Wiley, um sich zu erkundigen, warum Chang nicht alle beiden Pferde verkaufen wollte.

»Das möchte ich doch, Sir. Es ist Ihnen falsch ausgerichtet worden. Kennen Sie Mr. Willoughby?«

»Nein.«

»Dann kennen Sie sicher Mr. Jesse Field.«

»Er schreibt für die Lokalzeitung. Ja, der Name sagt mir etwas.«

»Könnten Sie das Geld für die Pferde und die Sättel dann bitte Mr. Field aushändigen, damit er es für mich aufbewahrt? Hier ist es nicht sicher.«

»Einverstanden«, stimmte Wiley widerstrebend zu. »Zwei Pferde. Dann ziehe ich Ihnen zwei Pfund vom Verkaufspreis ab, bevor ich Field das Geld gebe.«

Chang nickte. »Und sagen Sie meinem Freund Mr. Field, dass ich hier bin und dringend seine Hilfe brauche.«

Der Journalist kam der Aufforderung am folgenden Tag nach und gab sich erstaunt über die Behandlung, die Chang und Wu Tin widerfahren war.

»Wiley hat mir das Geld für die Pferde überbracht«, verkündete er. »Was soll ich damit machen?«

»Geben Sie es Mr. Willoughby. Erklären Sie ihm, dass ich hier bin und er für meine Freilassung sorgen soll.«

»Willoughby hat die Stadt verlassen.«

Chang war entsetzt. »Er ist fort? Wohin denn?«

»Keine Ahnung.« Das entsprach sogar der Wahrheit, dachte Jesse. Aus irgendeinem Grund wollte Mal, dass diese beiden Burschen eine Weile festsaßen.

»Wann kommt er zurück?«

Jesse schüttelte den Kopf. »Das kann ich leider auch nicht sagen. Schließlich ist er hier nicht zu Hause. Er ist einfach losgeritten. Vielleicht wollte er für eine Weile in seine Heimatstadt.«

Entgeistert sah Chang sich um. »Ich bin irrtümlich eingesperrt. Meine Papiere sind in Ordnung, ich habe sie nur verloren. Bestimmt hat Wu Tin sie gestohlen, um mir eins auszuwischen. Er ist derjenige ohne Papiere, doch ich wollte ihn nach Cooktown mitnehmen, damit sein Arbeitgeber sich für ihn verwenden kann. Sie müssen mir helfen, Mr. Field. Ich zahle ...«

Geduldig hörte Jesse zu und versprach, zu tun, was in seiner Macht stand. Freilich wusste er, dass es Wochen dauern konnte, bis die Einwanderungsbehörde eine Antwort aus Cooktown erhielt. Dass Changs Papiere sich in seinem Besitz befanden, weckte sein schlechtes Gewissen, und um es zu beruhigen, bot er dem Chinesen seine Hilfe an.

»Danke, Sir. Könnten Sie bitte dieses Päckchen zusammen mit dem Geld für die Pferde für mich aufbewahren?«

»Es ist doch nicht etwa Gold darin? Gold muss nämlich angemeldet werden.«

»Nein. Nur mein Verdienst und ein paar Wertgegenstände. Hier sind die Sachen nicht sicher, verstehen Sie? Wäre es nicht möglich, dass Sie mit Ihrem Freund, dem Gouverneur, sprechen, Mr. Field? Sagen Sie ihm, dass ich ein rechtschaffener Mann bin. Ein Unschuldiger, der nicht hierher gehört.«

»Ich sehe, was sich tun lässt«, antwortete Jesse wieder. Er hatte nur zu gern gewusst, was Mal im Schilde führte, und verstand einfach nicht, warum sein Freund es so eilig gehabt hatte, umzukehren, insbesondere deshalb, weil Zeitmangel auf dem Weg hierher offenbar nicht das Problem gewesen war.

»Ach, das werde ich schon noch erfahren«, sagte er sich achselzuckend und machte sich auf den Weg, um über den Beginn der Bauarbeiten an dem neuen Einkaufszentrum zu berichten. Ted Pask, der Direktor von *Apollo Properties,* hatte den Bürgermeister zum ersten Spatenstich verpflichtet, und die Witwe Mrs. Caporn würde Ehrengast bei dem zu diesem Anlass ausgerichteten Mittagessen sein. Es hieß, man rechne auch mit dem Erscheinen von Sir Lyle und Lady Horwood, aber sie waren noch nicht eingetroffen, weshalb Pask und der Bürgermeister ausreichend Gelegenheit erhalten würden, sich in den Vordergrund zu drängen. Der Empfang, bei dem Hilda Kassel für die Bewirtung zuständig war, sollte in der Stadthalle stattfinden, die immer noch kein Dach hatte; doch zum Glück schien die Sonne wieder heiß vom Himmel. Jesse hatte zwar eine Abneigung gegen solche gesellschaftlichen Anlässe, freute sich aber auf Hildas Küche.

Und natürlich auch auf einige Anwesende, verbesserte er sich, als er Eleanor Plummer und Esme Caporn erkannte. Die beiden Frauen standen schüchtern in der Tür, während die anderen Gäste sich schon in den geschmückten Saal drängten.

»Meine Damen, Sie sehen hinreißend aus. Gönnen Sie mir das Vergnügen, Sie zu Tisch geleiten zu dürfen?«

»Oh, Jesse, ein Glück, dass Sie hier sind«, flüsterte Esme. »Eleanor wollte nicht allein hineingehen, und ich habe keine Lust, am Ehrentisch zu sitzen und mich anstarren zu lassen.«

»Dann kommen Sie mit«, erwiderte Jesse. »Ich besorge Plätze für uns drei. Apropos: Sind Sie eigentlich immer noch Geschäftsführerin der Gesellschaft, Esme?«

»Aber, nein. Mr. Pask hat das übernommen. Ich bin sehr erleichtert, mich nicht mehr damit befassen zu müssen. Seit wann sind Sie zurück, Jesse?«

»Seit gestern.«

»Und ist Mal bei Ihnen?«

»Nein. Kaum waren wir hier, da ist er schon wieder umgekehrt und davongeritten.«

»Er ist fort?«, rief Eleanor aus. »Ohne uns zu besuchen?«

»Ich glaube, weit weg ist er nicht. Doch offen gestanden kann ich nicht sagen, was er zurzeit im Schilde führt.«

»Hat er Tussup aufgespürt?«, erkundigte Esme sich ängstlich.

»Das weiß ich auch nicht. Er hat nicht viel erzählt.«

In diesem Augenblick rauschte der Bürgermeister auf sie zu, der mit dunklem Anzug und Melone ziemlich nervös und erhitzt wirkte. »Kommen Sie, meine Liebe«, sagte er und packte Esme am Arm. »Verzeihen Sie die Verspätung. Also gehen wir hinein!«

»Ich möchte lieber nicht dort oben sitzen ...«, protestierte Esme, doch er achtete nicht darauf.

»Unsinn. Ohne Ihren lieben verstorbenen Gatten wären wir heute alle nicht mehr hier.«

Während er Esme wegzog, drehte Eleanor sich zu Jesse um. »Auf dem Podium wird sie sich nicht sehr amüsieren.«

»Es dauert ja nicht lang. Außerdem steht ihr noch einiges bevor. Man hat in der Stadt gesammelt, um Nevilles Witwe ein kleines Zeichen der Dankbarkeit zukommen zu lassen. Sie wird eine gravierte Rosenvase aus Silber mit einem kleinen Umschlag darin bekommen.« Er schmunzelte. »Dieser enthält fünfzig Pfund.«

»Eine hübsche Idee.« Eleanor raffte ihre Röcke. »Am besten gehen wir jetzt hinein. Dann können Sie mir ja erzählen, was Sie und Mal so getrieben haben.«

Jake übernachtete mit den Holzfällern in einer Schlafbaracke hinter dem Pub. Nachdem er ein Billett für eine Fahrt mit einem Küstendampfer erworben hatte, der in zwei Tagen nach Brisbane aufbrechen sollte, kehrte er in den Pub zurück, wo er sich erschöpft gab und den Rest des Tages auf seiner Pritsche verbrachte. Abends gesellte er sich zwar zu seinen Freunden, um eine Mahlzeit und ein paar Getränke unter dem Sternenhimmel zu sich zu nehmen. Doch als der Alkohol wieder in Strömen floss und unter den Männern Streit ausbrach, zog er sich wieder diskret zurück.

Am nächsten Morgen erfuhr er, dass die Polizei gerufen worden war, um für Ruhe und Ordnung zu sorgen. Allerdings war niemand verhaftet worden. Seine Kameraden saßen in der Schlafbaracke und kurierten ihren Kater mit Rum, als jemand Jake eine Zeitung zuwarf.

Entgeistert starrte Jake auf das Foto von Mrs. Plummer und Mrs. Caporn – zwei der Frauen vom Schiff -, das bei einer Veranstaltung in der Stadt aufgenommen worden war. In dem Artikel stand weiter, der *verstorbene* Mr. Caporn habe eine Firma gegründet, die den Bau von Läden in der Stadt finanzierte. Unterstützt werde das Vorhaben von Sir Lyle Horwood ...

»Gott Allmächtiger!«, murmelte Jake. »Sind sie etwa alle hier? Was haben sie in dieser Stadt verloren? Wenn ich das gewusst hätte, hätte ich nie einen Fuß in dieses Drecksnest gesetzt.«

»Ich glaube, ich brauche jetzt doch einen Schluck Rum«, meinte er, und man reichte ihm die Flasche.

An diesem Tag schlief Jake Tussup sich gründlich aus. Als es dunkel wurde, verabschiedete er sich von seinen Freunden, begab sich unauffällig zum Hafen und ging an Bord des Schiffes, das bei Anbruch der Flut am frühen Morgen in See stechen würde. Er hatte eine Kabine in der ersten Klasse gebucht, wo er sich bis zur Ankunft in Brisbane versteckt halten konnte. Dort würde er einige ernste Entscheidungen treffen müssen. Dass er weiter zur See fuhr, kam nicht in Frage, und er hatte nur wenig Lust, den Rest seines Lebens auf der Flucht zu verbringen. Nun blieb ihm nur noch übrig zu beten, dass keiner aus der Mannschaft des Dampfers ihn erkennen würde.

Jesse saß in der Redaktion und war mit einer Fülle von Nachrichtenmeldungen beschäftigt, als sein Chefredakteur hereinschneite und verlangte, dass er einen weiteren Artikel über die schweren Sturmschäden in der Stadt verfasste. Es sollte ein Artikel werden, der ans Herz ging, und zwar über einen kleinen Jungen, der während des Unwetters sein Haustier, eine Teppichschlange, verloren und zum Entsetzen seiner Eltern als Ersatz eine giftige Tigerotter mit nach Hause gebracht hatte.

Bald jedoch huschte sein Stift wieder übers Papier, und er berichtete von der erfolgreichen Einrichtung einer Telefonverbindung zwischen Sydney und Maitland, dem ersten Tennisturnier Australiens, das auf dem Cricketfeld von Melbourne ausgetragen worden war, und dem angedrohten sechswöchigen Streik der Seeleute, die gegen die Beschäftigung chinesischer Matrosen protestierten. Außerdem war die Kelly-Bande für vogelfrei erklärt worden. Für ihre Ergreifung, ob tot oder lebendig, hatte man eine Belohnung von fünfhundert Pfund pro Kopf ausgesetzt.

»Puh!«, stöhnte Jesse. »Das ist aber viel!« Jesse hatte nämlich eine Schwäche für die verwegenen Kelly-Burschen.

Er lehnte sich zurück, um den Hintergrund zu dieser Geschichte zu lesen, die ein Korrespondent seiner Zeitung aus Melbourne geschickt hatte, als Mal in die Redaktion spaziert kam.

»Hast du eine Minute Zeit für mich?«

»Aber natürlich. Komm rein. Setz dich.« Er sprang auf, nahm einen Papierstapel von einem Stuhl und legte ihn zu einem anderen auf den Boden. »Seit wann bist du denn zurück?«

»Seit dieser Minute«, erwiderte Mal und zog die staubige Jacke aus. »Hast du Changs Papiere noch?«

»Ja. Soll ich sie dir geben? Ich habe sie irgendwo hier in einer Schublade ...« Er beugte sich vor, um sie zu suchen, doch Mal bat ihn, damit einen Moment zu warten.

»Ich muss mit dir reden. Ich war noch mal am Hodgkinson. Allerdings nicht am Oberlauf, doch das war auch gar nicht nötig. Unterwegs bin ich mit der Polizei ins Gespräch gekommen: Endlich habe ich erfahren, was ich wollte.«

»Und was war das?«

»Dass im Wald auf dem Weg nach Merthyr´s Ferry eine Männerleiche gefunden wurde.«

Jesse zog den Bleistift hinter seinem Ohr hervor. »Eine Leiche? Wessen Leiche? Wie ist der Mann gestorben?«

»Der Tote«, entgegnete Mal müde, »ist Jake Tussup. Er wurde hinterrücks erschossen.«

»Was? Gott steh uns bei! Das bist doch nicht etwa du gewesen, oder?«

»Nein. Ich habe das Gerücht aufgeschnappt, dass auf dieser Straße ein Mord passiert ist, und das hat mir zu denken gegeben. Deshalb bin ich auch umgekehrt. Ich wollte wissen, ob was Wahres dran ist.«

Jesse zündete sich in aller Seelenruhe eine Pfeife an. Dann warf er Mal einen Blick zu und nickte. »Ich verstehe. Das Gerücht deckte sich also mit der Wirklichkeit: Es gibt tatsächlich eine Leiche, und es ist zufällig die von Jake Tussup.«

»Ja.«

»Und mehr ist bei deinen spontanen Ermittlungen nicht herausgekommen?«

»Doch. Da steckt noch viel mehr dahinter.«

»Das will ich auch hoffen«, brummte Jesse und fuhr sich mit der Hand durch das buschige, stahlgraue Haar. »Hast du einen Augenblick Geduld? Ich muss hier noch etwas erledigen, aber es dauert nicht lange.«

»Ist mir recht. Dann wasche ich mich, esse irgendwo einen Happen und komme wieder.«

»Wehe, wenn nicht. Ich räume extra deinetwegen meinen Schreibtisch frei.«

Als Mal zurückkam, hatte er für Jesse ein Frikadellenbrötchen, ein paar eingelegte Zwiebeln und eine Flasche Bier dabei.

»Es könnte eine Weile dauern«, erklärte er. »Also greif zu.«

Während Jesse das Brötchen verspeiste, schilderte Mal ihm seine letzte Begegung mit Chang und das, was der Chinese ihm erzählt hatte.

»Er war sehr zufrieden mit sich!«, rief Mal verzweifelt aus. »Er dachte, ich würde mich freuen, dass er mir die Arbeit abgenommen hat. Wu Tin sollte es bezeugen. Sie haben Tussup vom Palmer her verfolgt, ihn schließlich eingeholt und ihn erschossen.«

Mal klatschte in die Hände und breitete dann hilflos die Handflächen aus. »Einfach so.«

»Sie haben ihn ermordet?«

»Ohne mit der Wimper zu zucken. Aus diesem Grund bin ich ja umgekehrt. Ich wollte herausfinden, ob die zwei die Wahrheit sagen.«

»Also hast du sie hierher in die Festung gelockt, um Zeit zu gewinnen.«

»Richtig. Aber jetzt wird es heikel. Chang ist kein Narr. Er hat mich bereits gewarnt, er würde alles abstreiten, falls ich ihn der Polizei übergebe. Stattdessen würde er behaupten, dass es genau andersherum war: Ich hätte Tussup getötet und damit geprahlt, dass ich es ihm endlich heimgezahlt hätte. Weißt du, er würde einfach vorgeben, er hätte gar keinen Grund gehabt, Tussup zu verfolgen und zu töten. Doch das stimmt nicht, Jesse. Er ist nämlich dafür bezahlt worden, Tussup aufzuspüren und ihn zu beseitigen, und zwar von Jun Liens Familie in China.«

»Du heiliger Strohsack! Woher weißt du das alles?« Jesse griff nach der Flasche und einem Zinnkrug. »Möchtest du einen Schluck?«

»Danke, nein.«

Während sie die Einzelheiten von Tussups Ermordung erörterten, stellte Jesse zu seiner Überraschung fest, dass Mal sich Vorwürfe machte. »Bei meiner Rückkehr aus China war ich so außer mir, dass ich alle Beteiligten für Mörder hielt. Ich habe Plakate drucken lassen, auf denen ich Bartie Lee und Jake Tussup als Mörder bezeichnete. Das waren sie in meinen Augen damals auch. Für mich trugen sie die Schuld an Jun Liens Tod.«

»Verständlicherweise.« Jesse seufzte. »Aber die Uhr lässt sich nicht zurückdrehen. Du kannst nichts mehr daran ändern.«

»Du machst es dir zu einfach. Immerhin habe ich dem Mann die Meute auf den Hals gehetzt und bin im Grunde genommen für seinen Tod verantwortlich. Erinnerst du dich an Constance Horwoods Worte, Tussup habe sein Leben riskiert, indem er sie aus Bartie Lees Lager hinausgeschmuggelt, ihr Kleider besorgt und sie über den Fluss nach Cooktown gebracht hatte? Doch ich habe mich davon nicht beeindrucken lassen. So verhärtet war ich, dass es mir auch egal gewesen wäre, wenn er sie wohlbehalten in Cairns abgeliefert hätte.«

»Du gehst zu streng mit dir ins Gericht. Meinetwegen bereue es, Mal, wenn es unbedingt sein muss. Schuldgefühle brauchst du jedoch keine zu haben. Tussup war auf der Flucht vor dem Gesetz, nicht vor dir. Oben im Norden sind die Leute nicht zimperlich. Genauso gut hätte ihn die Polizei erschießen können.«

»Spar dir die Mühe, Jesse, ich kann die Tafel nicht einfach blank wischen. Ich werde Chang und Wu Tin der Polizei übergeben und eine Aussage machen, die ihnen mildernde Umstände zugesteht. Siehst du, ich habe im Gefängnis etwas gelernt.« Er lächelte. »Ich werde erklären, dass ich die Schuld an dieser Tragödie trage.«

»Nein!«, rief Jesse, der vor Schreck beinahe vom Stuhl

gefallen wäre, aus. »Nein, genau das erwartet Chang doch von dir! Mein Gott, Mal, willst du diesen ganzen Justizwahnsinn etwa noch einmal über dich ergehen lassen? Du wärst für die Polizisten der Hauptverdächtige. Die Chinesen würden bestenfalls wegen Mittäterschaft angeklagt werden. Schlimmstenfalls könnte es sogar heißen, du hättest sie angestiftet, dir die Drecksarbeit abzunehmen. Begreifst du nicht, was Chang dir mitteilen wollte? Es wird ihm nicht reichen, dir die Schuld zuzuschieben. Nein. Er droht dir, dass du mit ihnen zusammen untergehen wirst!«

»Ich weiß.«

»Dann lass dir eines gesagt sein, mein Freund: Wenn du wieder vor Gericht stehst, werden die Leute sich fragen, ob du damals wirklich nicht an dem Mord und dem Goldraub beteiligt gewesen bist. Mir ist klar, dass du es nicht warst und zurecht freigesprochen wurdest, aber etwas bleibt immer hängen, Mal. Und wenn du dich jetzt zu weit aus dem Fenster lehnst, ist es endgültig vorbei mit dir.«

Da Jesse trotz seiner überzeugenden Einwände befürchtete, in dieser Meinungsverschiedenheit zu unterliegen, versuchte er, Zeit zu gewinnen. »Ich möchte, dass du nichts unternimmst, bevor die Leiche eindeutig identifiziert wurde.«

»Es ist Jake Tussup.«

»Was ist, wenn das nicht stimmt. Die beiden könnten dich auch belogen haben.«

»Haben sie nicht.«

Jesse räusperte sich. »Du hast dich umgehört. Die Polizei hat erklärt, sie hätte eine Leiche gefunden. Hast du angeboten, sie zu identifizieren?«

»Nein. Wie ich gerade sagte, habe ich es in einem Pub aufgeschnappt.«

»Wer hat den Toten denn identifiziert?«

»Niemand.«

»Und woher wollen sie dann wissen, dass es Tussup ist?«

»Sie wissen es nicht. Im Gegensatz zu mir. Sie haben keine Ahnung, wer der Mann ist ... war.«

»Also gut. Jetzt ist aber Schluss. Du kannst die beiden Vögel ja im Käfig lassen, bis ich herausgefunden habe, um wen es sich bei dem Toten wirklich handelt. Bis dahin, Sonny, unternimm um Himmels willen nichts. Mach dich nicht lächerlich, indem du behauptest, eine Leiche identifizieren zu können, die du nie gesehen hast.«

Das Herumstreiten hatte Jesse ermüdet. »Ich muss noch arbeiten. Du gehst jetzt nach Hause und ruhst dich aus. Wir sehen uns später. Du könntest auch den Damen einen Besuch abstatten. Eleanor und Esme. Schließlich bist du doch ihr Liebling.«

»Ich? Seit wann das? Ich dachte, du gibst hier den Romeo?«

Jesse begleitete Mal zum Haupteingang der *Cairns Post* und blickte ihm nach, als er davonritt. Nachdem er sich vergewissert hatte, dass sein Freund außer Sichtweite war, eilte er die Straße hinunter, um mit seinem Freund Sergeant Connor ein ernstes Gespräch zu führen.

»Ich habe Neuigkeiten für dich. Unweit von Merthyr´s Ferry hat es einen Mord gegeben.«

»Wer behauptet das?«

»Der Buschtelegraf. Deine Leute haben die Leiche noch nicht identifiziert, doch ich finde, du solltest es wissen, bevor sie den Toten begraben und dann das Gedächtnis verlieren.«

»Wenn sie so etwas noch mal tun, dann gnade ihnen Gott«, murmelte Connor. »Ich schicke sofort jemanden hin.«

»Ja, wir müssen dem Anlass gerecht werden und dem Ermordeten zu einem christlichen Begräbnis verhelfen«, verkündete Jesse.

»Und dir zu Stoff für einen Artikel! Weißt du, wer es war?«

»Nein, ich hörte nur, er sei hinterrücks erschossen worden. Aber ich möchte dich um einen Gefallen bitten. In der Festung sitzt ein kleiner Chinese namens Wu Tin. Er ist nur ein Diener, den die Gebrüder Li ins Land gebracht haben. Wenn du nichts dagegen hast, würde ich gern an Sergeant

Gooding in Cooktown telegrafieren und ihn bitten, sich das von den Lis bestätigen zu lassen und mir die Nummer seiner Einreisegenehmigung zu besorgen.«

»Klar, nur zu. So spare ich mir Arbeit, und die Telegrammgebühren übernimmt die *Post.*«

Jesse hastete zum Postamt, wo er ein sorgfältig formuliertes Telegramm abschickte. Für die Antwort bezahlte er im Voraus, um sich bei Gooding beliebt zu machen. Anschließend kehrte er an seinen Schreibtisch zurück, wo er Changs Einreisepapiere aus dem Schreibtisch holte, sich die Daten notierte und die Dokumente wieder in der Schublade verstaute.

Als er seine Bemühungen Revue passieren ließ, seufzte er zufrieden auf. »Du hast mich gebeten, auf seine Papiere zu achten, Mal«, murmelte er. »Und sie bleiben auch hier in meinem Gewahrsam. Allerdings hast du mir nicht verboten, sie abzuschreiben.«

Danach verließ er die Redaktion und ging zum Büro der Schifffahrsgesellschaft, wo er zwei Billetts dritter Klasse auf einem japanischen Schiff erwarb. Es war das einzige Schiff im Hafen, das nach Norden fuhr, und sollte am Samstagvormittag in See stechen und zuerst Cooktown und anschließend Singapur anlaufen.

Das wird Chang und seinen Kumpan freuen, dachte Jesse. Mal hingegen würde ziemlich verärgert sein, aber es war nur zu seinem Besten. »Tussup kann ich nicht wieder lebendig machen«, sagte er sich. »Doch wenn ich die beiden Chinesen außer Landes schaffe, haben sie nicht mehr die Möglichkeit, ihn des Mordes zu beschuldigen. Jetzt kann ich nur hoffen, dass Mal nicht schwach wird und sie anzeigt und dass das wachsame Auge des Gesetzes nicht in ihre Richtung blickt, bevor sie weg sind.«

Um Chang zu beruhigen, begab Jesse sich zur Festung und teilte dem Chinesen mit, dass er und Wu Tin mit ein wenig Glück am Freitag wieder auf freiem Fuß sein würden.

Chang war überglücklich und bedankte sich überschwänglich für Jesses Güte. »Ist Mr. Willoughby schon zurück?«, erkundigte er sich dann.

»Ja. Er hat mich gebeten, all das in die Wege zu leiten. Er ist zu Hause und fühlt sich nicht wohl. Er hat Fieber.«

»Ich dachte, Sie hätten gesagt, er lebe nicht in dieser Stadt.«

»Das ist richtig, Chang. Aber wenn er sich vorübergehend hier aufhält, wohnt er bei mir.«

»Aha. Ist es Ihr eigenes Haus? Kommt der Gouverneur zu Ihnen auf Besuch?«

»Nein, ich fürchte nicht. Ich bin nur ein einfacher Journalist.«

»Sie sind ein sehr guter Mensch, Sir.«

»Du weißt ja gar nicht, wie gut, du Dreckskerl«, knurrte Jesse unhörbar, als er davonging.

Gooding hatte ihm Wu Tins Daten geschickt, sodass nun alles in Ordnung war. Jesse beabsichtigte, die Chinesen am Freitagabend aus der Haft zu holen und aufs Schiff zu bringen. Da es erst Donnerstagnachmittag war, würde er sich noch über vierundzwanzig Stunden gedulden müssen. Falls Mal auf den Gedanken kam, den beiden in der Festung einen Besuch abzustatten, würde nichts aus ihren Reiseplänen werden. Also musste Jesse sich nun etwas ausdenken, um Mal bis dahin von dort fernzuhalten und ihn zu beschäftigen.

Als er nach Hause kam, war sein Freund mit Lulu hinter dem Haus und versuchte, den Gemüsegarten wieder auf Vordermann zu bringen.

»Der Regen hat ziemliche Schäden angerichtet«, meinte er zu Jesse, »aber einige Kohlköpfe könnten sich wieder erholen.«

»Sie sind total verdreckt!«, brummte Lulu. »Alles kaputt.«

»Das lässt sich abwaschen«, erwiderte Mal vergnügt.

»Ich habe mit Franz Kassel gesprochen«, sagte Jesse. »Sie haben mit dem Wiederaufbau des Hotels angefangen, haben aber zu wenig Leute. Glaubst du, du könntest ihnen ein paar Tage lang zur Hand gehen?«

Mal stand auf. »Ja, ich denke schon. Irgendwelche Neuigkeiten von Sergeant Connor?«

»Noch nicht. Es ist zu früh. Am Samstagabend wissen wir sicher mehr.«

Da es ihm darauf ankam, Mals Zeit zu verplanen, verkündete er, er habe Eleanor und Esme für diesen Abend zum Essen eingeladen, was Lulu in Panik versetzte. Sie hastete in die Küche und ließ sich auch nicht beruhigen, als die beiden Männer ihr folgten und ihre Hilfe anboten.

»Sie wollen helfen?«, entsetzte sie sich. »Das kommt gar nicht in Frage. Raus mit Ihnen!«

Jesse lachte auf. »Dann haben wir ein bisschen Freizeit. Du stellst den Kartentisch auf die Veranda, Mal, ich kümmere mich um die Drinks. Ein Glück, dass ich die beiden eingeladen habe. Eleanor sagte, sie hätte heute Abend etwas zu feiern.«

»Was denn?«

»Das wollte sie uns erst später verraten.«

Nach einem ausgezeichneten Abendessen, serviert von einer gelassen lächelnden Lulu, rückte Eleanor endlich mit der Sprache heraus.

»Ich bin jetzt wieder eine allein stehende Frau und habe mich aus einer gescheiterten Ehe befreit. Finden Sie nicht, dass das ein Grund zum Feiern ist?«

Alle stimmten zu.

»Was nun?«, fragte Mal dann. »Kehren Sie nach Hongkong zurück oder nach Brisbane, wie ursprünglich geplant?«

»Oh, ich bleibe hier. Der Mietvertrag für Mr. Kincaids Haus läuft noch ein Jahr. So habe ich genug Zeit, um mich zu entscheiden. Und im nächsten Monat, mein lieber Freund, kommt Gertrude mich besuchen. Die Winter hier sollen ja sehr angenehm sein.«

»Richtig«, pfichtete Jesse ihr bei. »Ein wunderschöner Anblick. Du solltest auch bleiben, Mal.«

»Nein, ich will zurück in den Süden. Ich mag kühle Luft und ein Feuer im Kamin.«

Esme, die ihnen zuhörte, lächelte und wusste nicht, was sie dazu sagen sollte. Sie fühlte sich wohl und geborgen hier. Allerdings war die Stadt sehr klein; die Menschen begegneten ihr auf Schritt und Tritt mit einer übertriebenen Freundlichkeit und wagten kaum, sie anzusprechen. Esme war die Witwe des Helden. Hoffentlich würde sich das irgendwann legen.

Auch sie hatte sich von einigem Ballast befreit. Neville hatte sich mit seiner Äußerung geirrt, sie könnten nun einmal nicht aus ihrer Haut und seien und blieben eben ein Betrügerpärchen. Er hatte sich schlichtweg geweigert, die Chancen zu ergreifen, die es ihnen ermöglicht hätten, ehrlich zu werden. Neville hatte das Risiko geliebt und Spaß daran gehabt, seine Mitmenschen auszutricksen. Wahrscheinlich hätte er sich zu Tode gelangweilt, hätte er sich durch rechtschaffene Arbeit ernähren müssen. Und so war er zu guter Letzt zu waghalsig geworden und hatte sein Leben aufs Spiel gesetzt, um dieses verdammte Frauenzimmer zu retten.

So ist mein Neville schließlich als Held gestorben, dachte Esme. »Wer hätte das gedacht? Schließlich hatte er nie viel für Helden übrig. Und ich bin gerade noch rechtzeitig aus der betrügerischen Baufirma ausgestiegen. Nur dass das für mich nicht das Ende ist, sondern ein Neuanfang. Ich muss mir eine Arbeitsstelle besorgen. Verdammt. Ich weiß nicht, ob ich schon bereit dazu bin.«

»Sie sind so still heute«, sagte Jesse zu ihr, worauf Esme ihr erprobtes strahlendes Lächeln aufsetzte.

»Nicht wirklich. Ich habe mich nur gefragt, wann Mal uns erzählen wird, ob er Tussup gefunden hat.«

»Es dauert noch, Es«, erwiderte Mal, ohne zu bemerken, dass er ihren Namen genauso abkürzte wie Neville es getan hatte. Neville hatte ihren Namen nie gemocht, und auch ihr selbst gefiel er nicht sehr. Aber sie hatte sich aus reinem Starrsinn geweigert, ihn zu ändern. »Wir verfolgen Spuren, allerdings noch ohne Ergebnis. Doch die Landschaft war die Reise wert. Sie ist sehr malerisch, nicht wahr, Jesse?«

»Ja, ich habe an einer Besichtigungstour zu den Wasserfällen teilgenommen, und zwar als Mitglied von Kennedys Gefolge.«

Esme zuckte erschrocken zusammen, als Jesse ein Kartenspiel vorschlug. »Spielen Sie, Eleanor?«

»Oh, ja, leidenschaftlich gern. Was ist mit Ihnen, meine Liebe?«, erkundigte Mrs. Plummer sich bei Esme, die schluckte und nickte.

»Was spielen wir?«, fragte Mal. »Wir sind zu viert. Kennen die Damen Hasenpfeffer?«

Esme stieß ein zittriges »Ja« hervor und dachte dabei, dass sie wahrscheinlich mit jedem der Menschheit bekannten Kartenspiel vertraut war. Sie beherrschte sogar ein neues namens Whist, das sich allmählich durchsetzte, und war eine ausgezeichnete Kartenspielerin, die meist gewann.

»Oh, Gott«, sagte sie sich besorgt. »Jetzt muss ich wirklich aufpassen, damit ich ja nicht betrüge.«

Obwohl Esme diese neue Herangehensweise an das Kartenspielen sehr ernst nahm und keine der Gelegenheiten nutzte, die sich ihr in dieser freundschaftlichen Runde boten, hatte Mal allen Grund zur Begeisterung.

»Denen haben wir es ordentlich gezeigt, Partner!«, jubelte er nach dem Spiel und umarmte Esme. Jesse stellte erleichtert fest, dass offenbar alles nach Plan lief.

19. Kapitel

Jake Tussup sehnte sich nach dem Tag, an dem er endlich nicht dauernd über die Schulter würde blicken müssen. Als er in Brisbane an Land ging, dachte er gerade darüber nach, dass er heute ein reicher Mann sei, hätte er sich nicht mit Bartie Lee und dessen Leuten eingelassen. Man hätte ihm lediglich zum Vorwurf machen können, dass er vom Schiff desertiert war, ein häufiger Vorfall in Häfen mit direktem Zugang zu den Goldfeldern. Wäre er in der Lage gewesen, sich frei zu bewegen, hätte er, mit der richtigen Ausrüstung und beraten von Fachleuten, weiter am Palmer geschürft und sich an einer Genossenschaft beteiligt, die über die Mittel verfügte, tiefer zu graben. Anschließend wäre er zu den neuen Goldfeldern weitergezogen, während sein Bankkonto von Tag zu Tag wuchs, und zu guter Letzt ... Er seufzte auf. Es war zwecklos, darüber nachzudenken. Jake Tussup machte sich auf den Weg in die Stadt.

Nachdem er sich in einem Hotel an der breiten Hauptstraße eingemietet hatte, suchte er einen Herrenausstatter auf, wo er eine anständige Garderobe und einen eleganten Koffer aus Schweinsleder erstand. Beim Barbier nebenan ließ er sich den Bart stutzen, ohne auf den Rat des Mannes zu hören, Gesichtsbehaarung sei längst nicht mehr in Mode.

Zurück in seinem Hotelzimmer, schlüpfte er in seinen neuen Anzug und musterte sich im Spiegel.

»Heute muss ich so gut aussehen wie nie«, sagte er zu seinem Spiegelbild. »Denn ich werde mit besseren Leuten zu tun haben. Das heißt, wenn sie mich nicht vorher auf die Straße werfen.«

Während er sich unter dem Vorwand, ihm sei übel, in

seiner Hütte verkrochen hatte, hatte er Zeit gehabt, sich einen Plan zurechtzulegen. Einen kühnen Plan, dessen Ergebnis – wie ein professioneller Glücksspieler wohl gesagt hätte – »Sydney oder der Busch« lautete. »Und wo soll ich anfangen?«, fragte er sich, um sich Mut zu machen, »wenn nicht ganz oben?«

Seine Nachforschungen hatten ergeben, dass sich das Parlament nur drei Straßen weiter befand. Es war ein lang gezogenes wunderschönes Sandsteingebäude am Flussufer, umgeben von Palmen und üppig grünen Bäumen – offenbar das Markenzeichen dieser Kolonie, wie Tussup im Vorbeigehen dachte.

»Ich wünsche ein Mitglied des Parlaments zu sprechen«, wandte er sich an den livrierten Portier in der Vorhalle.

»Ja, Sir. Und welchen Herrn möchten Sie gern sehen?«

»Mr. Raymond Lewis«, erwiderte Jake mit klopfendem Herzen.

»Es tut mir sehr Leid, Sir, aber Mr. Lewis gehört dem Parlament nicht mehr an. Doch seine Kanzlei ist nicht weit von hier in der Charlotte Street. Haben Sie seine Adresse?«

»Nein.« Jake war der Wind aus den Segeln genommen. Sprachlos stand er da, während der höfliche Portier die Adresse auf eine Karte schrieb und sie ihm reichte.

»Einen schönen Tag noch, Sir.«

Jake hatte die Kanzlei rasch gefunden, stand nun davor und studierte die Namen auf dem goldenen Schild an der Tür: LEWIS & McLEISH, RECHTSANWÄLTE.

Er hatte nicht erwartet, dass Mr. Lewis Anwalt war. Auf der Passagierliste war er als Parlamentsmitglied vermerkt gewesen, nicht als Jurist. Die Lage änderte sich dadurch drastisch. Was war, wenn Lewis ihn verhaften ließ, ehe er auch nur Gelegenheit hatte, den Mund aufzumachen? Und wenn er dann im nächstbesten Gefängnis landete? In neuen Kleidern und mit einer duftenden neuen, gut gefüllten Lederbrieftasche? Mein Gott! Die Knie wurden ihm weich.

Diesmal musste er sich zwingen, die Glastür aufzustoßen

und den langen, getäfelten Flur mit dem rotbraun gefliesten Boden entlangzugehen, auf dem seine Schritte nachhallten. Sein Weg führte ihn an weiteren ebenso einschüchternden Türen mit goldenen Lettern und der Aufschrift »Bitte anklopfen« vorüber, bis er endlich die erreicht hatte, auf der der gesuchte Name stand. Er gehorchte der Aufforderung und klopfte. Ziemlich schüchtern.

»Herein«, rief eine Frauenstimme. Er trat ein und schloss die Tür leise hinter sich.

»Was können wir für Sie tun, Sir?«, fragte die Frau, die an einem erhöhten Schreibtisch saß.

»Mr. Lewis«, stieß er hervor. »Kann ich Mr. Lewis sprechen?«

Die Frau war sehr attraktiv und hatte hübsch frisiertes blondes Haar und ein reizendes Lächeln. »Tut mir Leid, Sir, aber Mr. Lewis nimmt keine Mandanten mehr an. Er hat sich aus dieser Kanzlei zurückgezogen. Möchten Sie vielleicht Mr. McLeish sehen?«

»Nein, danke.« Jakes Hand, die den neuen Filzhut umklammerte, war schweißnass, und er fühlte sich beklommen, als könnte McLeish jeden Moment herausgestürmt kommen, um ihn verhaften zu lassen. »Ich bin ein Freund von Mr. Lewis, ein alter Freund. Wo kann ich ihn finden?«

Rasch notierte sie die Adresse und reichte sie ihm. »Hier können Sie Mr. Lewis erreichen, Sir.«

»Danke«, erwiderte er, zwang sich zu einem dankbaren Lächeln und hastete hinaus.

Jake ging zu Fuß zu Lewis´ Haus, das hoch auf einem Hügel in einer von Bäumen gesäumten Vorstadtstraße stand. Trotz der erhöhten Lage war das riesige weiße Haus mit der ringsum laufenden Veranda auf Stelzen gebaut, damit der Wind es auch von unten kühlte.

Er öffnete das Gartentor und machte sich auf den Weg den Pfad hinauf. Doch da kam eine hoch gewachsene Frau aus einer Seitentür und auf ihn zu.

»Ich suche Mr. Lewis«, erklärte er rasch.

»Aha. Hier entlang, die Treppe hinauf.« Während Jake der Aufforderung folgte, hörte er, wie die Frau rief: »Raymond, du hast Besuch!«

»Ich komme ...«

Jake erkannte die Stimme sofort. Es war Mr. Lewis. Nun gab es kein Zurück mehr. Obwohl Jake eigentlich gut in Form war, ging sein Atem keuchend, als er auf die Veranda des Hauses zusteuerte. Er fühlte sich wie von einer unsichtbaren Last niedergedrückt.

Raymond beobachtete, wie der Mann, zwei Stufen auf einmal nehmend, die Treppe hinaufkam. Ein schneidiger Bursche, ordentlich und ohne Schnickschnack gekleidet. Raymond war nämlich ein Feind der neuen Mode, die edelsteinbesetzte Manschettenknöpfe und Krawattennadeln auch tagsüber gestattete.

Er ging vom Wohnzimmer an die Tür, um den Fremden zu begrüßen, und fragte sich, wer es wohl sein mochte. Der Mann kam ihm bekannt vor, doch Raymond konnte ihm keinen Namen zuordnen.

Die Tür zur Veranda stand offen, und der Besucher hatte den Fußabstreifer noch nicht ganz erreicht, als Raymond vor das Haus trat.

»Guten Tag«, sagte er erwartungsvoll. »Sie möchten mich sprechen?«

»Ja, Sir.« Der Fremde blickte sich um und spähte über das Geländer, als plante er, sich mit einem Satz darüber in Sicherheit zu bringen.

»Dann treten Sie ein«, meinte Raymond fröhlich und machte dem Gast mit einer auffordernden Geste Platz. Aber dieser zögerte.

»Erkennen Sie mich nicht, Mr. Lewis?« Der Tonfall war eher ungläubig als vorwurfsvoll.

»Sollte ich das denn?« Raymond beugte sich vor. »Irgendwie sind Sie mir vertraut ...« Dann zuckte er zusammen. »Gütiger Himmel! Das ist doch nicht etwa ... Tussup. Sie sind der Erste Offizier Tussup. Was machen Sie denn hier? Ich dachte, Sie säßen inzwischen längst im Gefängnis.«

Tussup zuckte die Achseln. »Ich brauche Ihre Hilfe. Ich weiß nicht, an wen ich mich sonst wenden soll.«

»Warum ausgerechnet ich, guter Mann? Man möchte doch meinen, dass ich der Letzte wäre, mit dem Sie etwas zu tun haben wollen.«

»Mr. Lewis, ich dachte, Sie kennten sich mit Gesetzen aus, da Sie doch dem Parlament angehören. Nun habe ich herausgefunden, dass Sie Anwalt sind, und das ist sogar noch besser.«

»Soll das heißen, Sie bitten mich, Sie wegen Ihres Verbrechens zu verteidigen?« Raymond war empört. »Eine ziemliche Frechheit, ich muss schon sagen. Eigentlich sollte ich jetzt die Polizei rufen.«

Tussup lief rot an. »Was sind Sie, Richter und Geschworener in einem? Ich bin kein Mörder. Das ist nicht wahr! Doch in den Zeitungsartikeln über mich und auf den Plakaten mit meinem Gesicht steht, dass ich einer bin. Ich möchte, dass Sie mir verraten, wen ich ermordet haben soll, Mr. Lewis.«

»Sie sind nicht wegen Mordes angeklagt«, erwiderte Lewis verlegen.

»Das ist nur eine Ausflucht und würde nicht verhindern, dass irgendein Provinzpolizist mich wegen dieses Vorwurfs verhaftet. Oder dass ein Cowboy berühmt werden will, indem er den Gesetzlosen Tussup abknallt. Ich werde gejagt wie die Kelly-Brüder!«

»Sie könnten sich jederzeit stellen.«

»Das versuche ich ja gerade. Aber dazu brauche ich Ihre Fürsprache.«

»Und warum sollte ich mich für Sie verwenden?«

»Weil Sie wissen, dass ich niemanden ermordet habe. Und dennoch haben Sie keinen Finger krumm gemacht, um diesen Fehler zu berichtigen, damit ich eine faire Chance bekomme!« Inzwischen hatte Tussup die Stimme erhoben. »Ein Mann in Ihrer Position hätte doch etwas sagen und den Zeitungen erklären können, dass sie sich irren.

Auf Sie hätte man gehört. Aber nein, das hat Sie nicht interessiert. So viel zu Ihnen und zum Gesetz! Sie sind ein Scharlatan, Lewis!«

Raymond war entsetzt über diese Vorwürfe. Er sah, dass seine Schwester auf halber Höhe der Vortreppe stehen geblieben war und nicht sicher schien, ob sie weitergehen oder umkehren sollte. Tussup hatte auf dem Absatz kehrt gemacht und wollte davonstürmen.

»Warten Sie!«, rief er ihm nach. »Einen Moment bitte!«

»Warum? Damit Sie die Polizei verständigen und mich aus Ihrem Gewissen tilgen können?«

»Nein. Jetzt bleiben Sie doch endlich stehen! Sie erscheinen aus heiterem Himmel vor meiner Tür und bitten mich um Hilfe, und im nächsten Moment bezeichnen Sie mich als Schurken.«

Tussup hielt inne. Als Lavinia die Treppe hinaufeilte, machte er ihr mit einem höflichen »Ma´am« Platz, sodass sie an ihm vorbeilaufen und das Haus durch die Glastüren am anderen Ende der Veranda betreten konnte.

»Kommen Sie«, meinte Raymond mit einem übertriebenen Seufzer, als frage er sich, womit er das verdient hatte. In Wahrheit jedoch dachte er über Tussups Vorwurf nach. War er wirklich ein Scharlatan? Hätte er sich mit den Zeitungsredakteuren in Verbindung setzen und sie auf ihren Fehler hinweisen sollen? Wäre es seine Pflicht gewesen, Mal Willoughby wegen dieser Plakate ins Gebet zu nehmen? Schließlich hatte er gewusst, dass die Anschuldigungen auf einem Irrtum beruhten. Bei genauer Betrachtung wäre das wirklich das Beste gewesen, aber er war einfach nicht auf den Gedanken gekommen.

Raymond führte den Besucher in sein Arbeitszimmer statt in den Salon, um der Unterredung eine geschäftliche Note zu geben, bot ihm einen Platz vor dem Schreibtisch an und setzte sich dahinter. »Soll ich das so verstehen, dass Sie meine Dienste als Rechtsbeistand in Anspruch nehmen wollen, Mr. Tussup?«

»Ja.«

Raymond wurde mulmig zumute. Es war noch Zeit, den

Mann wegzuschicken, was wirklich das Beste gewesen wäre. Nicht auszudenken, was die übrigen Passagiere dazu sagen würden. Insbesondere Mal und Esme. Und Constance.

»Gütiger Himmel!«, murmelte er und riss sich aus seinen Grübeleien. Constance! Sie würde sich ganz sicher nicht beklagen, denn sie wollte Tussup schließlich sehen. Und zwar dringend.

»Mr. Tussup, erzählen Sie mir von der Entführung der beiden Frauen. Von Anfang an. Ich muss jede Einzelheit wahrheitsgetreu kennen, einschließlich der Umstände, unter denen Mrs. Horwood Ihren Leuten entkommen ist ... oder ihren Entführern, um es einmal so auszudrücken.«

Er griff nach Block und Bleistift, um sich Notizen zu machen, während Tussup berichtete. Seine lange und ausführliche Schilderung deckte sich bis auf ein paar Kleinigkeiten mit Constances Geschichte. Sie hatte erklärt, sie habe keine Ahnung gehabt, woher die derben Kleidungsstücke stammten. Doch Tussup füllte diese Wissenslücke, indem er schilderte, wie er die Sachen einer Frau in einem Lager abgekauft hatte. Constance behauptete, sie sei ihm in Cooktown entflohen, während Tussup erklärte, er habe sie einfach stehen lassen. Allerdings nur für wenige Minuten, denn bald habe er sich Vorwürfe gemacht, da es in der Stadt schließlich von Gesindel wimmelte. Doch als er umgekehrt sei, um sie zu holen, sei sie bereits verschwunden gewesen, und er habe sie nicht mehr finden können.

»Vermutlich waren Sie froh, sie los zu sein«, zischte Raymond.

Tussup nahm kein Blatt vor den Mund. »In gewisser Weise ja. Schließlich hatte ich schon mehr Ärger am Hals als mir lieb war. Was ist aus ihr geworden? Da ich ihren Namen später einige Male in der Zeitung las, ging ich davon aus, dass alles in Ordnung ist.«

»Das soll sie Ihnen selbst erzählen«, erwiderte Raymond spitz.

»Mrs. Horwood?« Tussup verstand die Welt nicht mehr.

»Aber vergessen wir das für den Augenblick. Ich möchte,

dass Sie ganz von vorn beginnen. Wie hat diese unerfreuliche Angelegenheit angefangen?«

Diesmal unterbrach Raymond den Bericht einige Male, da er sich ein vollständiges Bild machen wollte. Tussup musste ihm erläutern, warum Bartie Lee sein Partner auf den Goldfeldern geworden war, obwohl die beiden sich doch schon in Cooktown nicht grün gewesen waren.

»Partner?«, entgegnete Tussup heftig. »Erpresser würde es besser treffen. Seine Chinesen hatten sich aus dem Staub gemacht, und es sah ganz so aus, als hätten sich die Malaien ebenfalls verdrückt. Also hat er sich wie ein Blutegel an mich geheftet. Solange er dabei war, musste ich jede Minute auf der Hut sein, das können Sie mir glauben.«

Lavinia klopfte an der Tür. »Dein Besucher ist jetzt schon recht lange hier, Raymond. Möchtest du vielleicht Tee?«

»Ja, gern.« Raymond stand auf, entschuldigte sich, folgte Lavinia aus dem Raum und zog sie am Arm ins Esszimmer.

»Weißt du, wer das ist?«

»Nein.«

»Tussup«, zischte er.

»Wer ist Tussup?«

»Der Offizier von der *China Belle*, der Meuterer.« Er hielt inne, denn immerhin war er ja schon beinahe Tussups Verteidiger. »Ich meine, der Deserteur.«

»Was will er hier?«, flüsterte sie besorgt.

»Ich soll ihn juristisch vertreten. Er hat es satt, vor dem Gesetz auf der Flucht zu sein.«

»Ach, das hätte ich nie gedacht. Und dabei macht er einen so sympathischen Eindruck.«

Nachdem Raymond im Laufe des langen und ermüdenden Nachmittags so viele Informationen zusammengetragen hatte, wie er zu brauchen glaubte, lehnte er sich in seinem Ledersessel zurück und überlegte, welche Möglichkeiten ihm nun offen standen.

»Was soll ich tun?«, fragte Tussup.

»Ich möchte, dass Sie in Ihr Hotel zurückkehren. In welchem Hotel wohnen Sie übrigens?«

»Im *Treasury.*«

»Ah, das kenne ich. Ausgezeichnetes Essen. Ja, bleiben Sie dort. Morgen nehme ich Sie mit zu Mr. Salter, dem Polizeichef, damit wir die Angelegenheit klären.«

»Muss ich ins Gefängnis?«

»Das ist nicht auszuschließen, Mr. Tussup, aber ich werde mein Bestes tun.«

»Danke, Sir. Mehr kann ich nicht verlangen. Ich möchte nur, dass alles endlich vorbei ist. Und Sie können mir glauben, dass niemandem die Sache mehr Leid tut als mir. Mein Plan ist in jeglicher Hinsicht schief gegangen. Ich konnte ja nicht ahnen, dass sich alles so entwickeln würde.«

Raymond hatte eine neue Idee. Am folgenden Tag sprach er bei seinem Freund Jasper Salter vor und lud ihn zum Mittagessen ins Hotel *Queensland* ein, wo ein neuer italienischer Küchenchef angeblich kulinarische Wunder vollbrachte.

»Feierst du deinen Ruhestand?«, fragte Jasper, als sie an einem ruhigen Tisch am Fenster saßen, das Ausblick auf den botanischen Garten bot.

»Ach, nein. Ganz ins Privatleben habe ich mich noch nicht zurückgezogen. Ich habe einen Mandanten und brauche deinen Rat. Es handelt sich um den Ersten Offizier Tussup von der *China Belle.*«

»Das Schiff, auf dem du Passagier warst? War Tussup nicht der Rädelsführer der Meuterer?«

»Nein. Und es war auch keine Meuterei. Die Männer haben das Schiff nicht übernommen, sondern sind desertiert. Das ist doch etwas völlig anderes, findest du nicht?«

»Eine Verbrecherbande, ganz gleich, wie man es auch dreht und wendet. Es erstaunt mich, dass ausgerechnet du diesen Kerl verteidigst. Das ist doch nicht zu fassen, Raymond! Nach allem, was auf dem Schiff geschehen ist! Zwei Tote. Entführte und misshandelte Frauen. Verprügelte Passagiere. Ich habe jedes Wort darüber gelesen, weil du auf diesem Schiff warst. Meine Frau und ich haben uns solche Sorgen um dich gemacht.«

Nach einem ausgezeichneten Mittagessen begleitete Raymond den Polizeichef zu dessen Büro, wo die beiden das Thema weiter erörterten.

»Er will sich stellen, Raymond. Also hol ihn um Himmels willen erst mal her.«

»Es wäre hilfreich, wenn ich wüsste, wessen man ihn anklagen wird, denn viel kann man ihm wirklich nicht vorwerfen, Jasper. Genau genommen ist er nichts weiter als ein Deserteur. Hunderte und Aberhunderte von Männern haben in Melbourne ihre Schiffe verlassen, um auf die Goldfelder zu ziehen. Die Reeder suchten verzweifelt nach Seeleuten. Und ist je einer dieser Männer festgenommen und vor Gericht gestellt worden?«

»Vermutlich nicht. Lass mich darüber nachdenken.«

»Was Tussup zu schaffen macht, ist, dass man ihn überall für einen Mörder hält, obwohl er niemanden umgebracht hat. Außerdem hat er Lady Horwood vor dem Verbrecherpack gerettet, sobald sich eine Gelegenheit ergab.«

Jasper ließ sich in seinen Sessel sinken. »Ich glaube, ich habe zu viel gegessen. Das war wirklich eine ausgezeichnete Mahlzeit. Ich verstehe, was du mir sagen willst, und wenn sich Lady Horwood für Tussup verwendet, hat er ziemlich gute Karten.«

Raymond sparte sich die Mühe, ihm zu widersprechen und auf Constances angegriffene Gesundheit hinzuweisen. Wegen genau des Zwischenfalls vor Gericht erscheinen zu müssen, den sie und Lyle am liebsten totschweigen wollten, hätte ihr gerade noch gefehlt.

»Genau genommen«, überlegte Jasper laut, »hätte der Bursche guten Grund, auf üble Nachrede zu klagen, falls er irgendwo schriftlich als Mörder bezeichnet wird. Und Willoughby nennt ihn ja auf den von ihm verteilten Plakaten eindeutig so.«

»Setz ihm bloß keine Flausen in den Kopf«, stöhnte Raymond.

»Es wäre aber eine Möglichkeit.«

»Was ist eigentlich aus dem anderen Kerl geworden? Dem Zweiten Offizier Tom Ingleby? Er gehörte auch zu denen, die das Schiff verlassen haben, aber sein Boot kippte um. Er wurde in Cairns in Haft genommen und nach Brisbane überstellt. Gewiss hätte seine Aussage auch Einfluss auf die Bewertung von Tussups Fall.«

»Ach, ja. Eine merkwürdige Sache, wenn ich mich recht entsinne. Er saß im Wachhaus in Untersuchungshaft ...«

»Was wurde ihm eigentlich vorgeworfen? Ich erinnere mich nicht mehr. Damals ging alles ziemlich durcheinander.«

»Meuterei.« Jasper ginste. »Die Polizei in Cairns fand, dass das reichte. Doch sein Vater sitzt im Stadtrat von Brisbane und hat mit denselben Einwänden wie du eben ein großes Theater veranstaltet. Dann erschien Sir Lyle Horwood auf der Bildfläche und ließ das Verfahren gegen Ingleby einstellen. Eine Überraschung, das kann ich dir sagen. Stattdessen wurde Ingleby wegen Diebstahls eines Beibootes angeklagt.«

»Diebstahl? Man hat ihn wegen Diebstahls vor Gericht gestellt?«

»Ja, so wahr ich hier sitze. Er erhielt eine Geldstrafe, und da ihm die in Untersuchungshaft verbrachten Monate angerechnet wurden, kam er sofort auf freien Fuß. Ich hatte den Eindruck, dass der arme alte Horwood die Angelegenheit satt hatte. Er sagte mir, nach den durchgemachten Strapazen fühle er sich von einer Gerichtsverhandlung einfach überfordert.«

»Das kann ich mir vorstellen«, erwiderte Raymond bedrückt.

»Aber natürlich liegt der Fall bei deinem Mandanten nicht ganz so einfach. Der Tod einer Frau und die Entführung einer zweiten. Außerdem die auf den Goldfeldern umgekommenen Mitglieder der Mannschaft. Man sollte jetzt endlich eine offzielle Untersuchung veranstalten, um dieses ganze Durcheinander aufzuklären. Du hast doch sicherlich nichts dagegen?«

»Nein, allerdings glaube ich nicht, dass Sir Lyle und Lady Horwood kooperieren werden.«

»Warum nicht?«

»Aus den Gründen, die du eben genannt hast. Sie haben

beide genug von dieser Sache und wollen einfach nur vergessen. Der Oberstaatsanwalt wäre besser beraten, einige Ermittler auf den Fall anzusetzen und sich von ihnen einen vollständigen Bericht erstellen zu lassen. Dann könnten die Horwoods unter vier Augen mit ihnen sprechen, ohne öffentliches Aufsehen zu erregen. Außerdem würde er sich die Kosten sparen, die entstehen, wenn er sämtliche Beteiligte aus Cooktown herzitiert.«

Jasper nickte. »Vermutlich hast du Recht.«

Raymond beharrte nicht weiter auf seinem Standpunkt. Wie er wusste, stammte Tussup aus Goulburn in Neusüdwales und besaß dort sogar ein Stück Land. Falls er zu dem Schluss kommen sollte, dass er keine Lust hatte, an einem richterlichen Ermittlungsverfahren mitzuwirken, brauchte er nur die Grenze zwischen der Kolonie Queensland und seiner Heimatkolonie zu überqueren; dann würde es nahezu unmöglich sein, ihn zurückzuholen. Außerdem war ihm als Tussups Anwalt beim Gedanken an eine Gegenüberstellung seines Mandanten mit Willoughby gar nicht wohl, denn schließlich konnten Mals irrtümliche – wenn auch verständliche – Vorwürfe zu weiteren Verwicklungen führen. Nein, eine öffentliche Untersuchung musste unter allen Umständen verhindert werden. Tussup hatte in einem Gespräch mit einem Ermittler von der Staatsanwaltschaft bessere Karten.

»Außerdem«, meinte Lewis, »bezweifle ich, dass die Witwe Mrs. Caporn sehr erfreut sein würde, wenn sie vor Gericht erscheinen müsste, obwohl die Verbrecher, die sie angegriffen haben, längst tot sind. Was würde das bringen, Jasper? Genau genommen sind die wirklichen Schurken inzwischen allesamt bei ihrem Schöpfer.«

»Was soll ich jetzt tun?«, fragte Tussup, als Lewis ihm die Lage schilderte.

»Einfach abwarten. Sie dürfen die Stadt nicht verlassen. Möglicherweise dauert es eine Weile, denn derartige Dinge können sich hinziehen. Vielleicht wäre es besser, wenn Sie sich eine preiswertere Bleibe suchen.«

»Das ist nicht nötig. Außerdem gefällt es mir hier.«

»Offenbar hatten Sie Erfolg auf den Goldfeldern.«

»So könnte man es ausdrücken. Aber wäre ich nicht gejagt worden, hätte ich noch mehr verdienen können.«

»Ach, wirklich?«, zischte Raymond und widerstand der Versuchung, sein mit dicken Narben bedecktes Bein zu reiben. »Sie haben das Leben anderer Menschen ziemlich auf den Kopf gestellt. Was mich besorgt, ist, dass Sie anscheinend überhaupt keine Reue zeigen. Ihr Freund Bartie Lee hätte beinahe Mal Willoughby umgebracht.«

»Beinahe? Was ist geschehen?«

»Es hat einen Kampf gegeben. Mal Willoughby hat ihn getötet.«

»Ha!« Tussup war hocherfreut. »Also ist dieser Schweinekerl tot? Dem weint niemand eine Träne nach. Überlegen Sie mal, Mr. Lewis. Willoughby, der Junge aus dem Busch, war auf dem Kriegspfad. Wenn er mich erwischt hätte anstatt Bartie Lee, würde ich mir jetzt die Radieschen von unten ansehen. Also sagen Sie nicht, dass ich nicht gejagt wurde. Es ging um mein Leben!«

Raymond gab es auf. »Rühren Sie sich nicht von der Stelle, ohne mich zu informieren. Sonst könnte die Jagd nach Ihnen nämlich wieder von vorn anfangen. Und diesmal wären hiesige Polizisten hinter ihnen her und nicht nur ein paar überlastete Provinzschupos.«

Nachdem Raymond fort war, stieß Jake einen Freudenschrei aus. Lewis war zwar ein mürrischer alter Bursche, aber ihm verdankte er nun das Wissen, dass seine Lage doch nicht aussichtslos war. Der Anwalt konnte ihn offenbar nicht leiden. Allerdings war damit zu rechnen gewesen. Und wen kümmerte das?

Jake Tussup trat auf die Straße hinaus und ließ den Blick erfreut über die Annehmlichkeiten der Zivilisation schweifen, die ihm während des spartanischen Lebens in der Wildnis so sehr gefehlt hatten. Schließlich winkte er eine Pferdedroschke heran, um sich das Vergnügen zu gönnen, diese Hafenstadt in Ruhe zu erkunden. Verglichen mit

Cooktown, der letzten Hafenstadt, in der er gewesen war, war es hier wie im Paradies, dachte er mit einem wohligen Schaudern.

Nachdem sie einige Male durch die Stadt und die Parks am Flussufer gefahren waren, bat er den Kutscher, ihn zur Redaktion des *Brisbane Courier* zu bringen, wo er den Chefredakteur zu sprechen wünschte.

»Er ist ziemlich beschäftigt. Ist es wichtig, Sir?«, erkundigte sich ein junger Mitarbeiter, worauf Jake verkündete, er habe eine Nachricht, die den *Courier* gewiss interessieren würde.

»Worum geht es denn?«, fragte der Chefredakteur ungeduldig, als Tussup in das von Papieren übersäte Büro geführt wurde.

»Mein Name ist Jake Tussup, und ich beabsichtige, diese Zeitung auf die Summe von zehntausend Pfund zu verklagen.«

»Ach, ja? Und warum das?«

»Weil Sie mich vor einiger Zeit auf Ihrer Titelseite als Mörder bezeichnet haben und ich kein Mörder bin und auch niemals einer war oder sein werde. Also machen Sie sich auf einen saftigen Prozess wegen übler Nachrede gefasst.«

»Wann soll das denn gewesen sein?«

»Vor einigen Wochen. Ich sage Ihnen noch einmal meinen Namen: Jake Tussup, ehemaliger Erster Offizier der *China Belle*.«

Der Chefredakteur nickte zögernd. »Ach, ja, ich erinnere mich. Der Meuterer. Sie haben vielleicht Nerven, einfach hier hereinzuspazieren.«

»Passen Sie auf, was Sie sagen. Ich bin auch kein Meuterer. Das ist Verleumdung. Ich schlage vor, ich setze mich und rauche eine Zigarette, während Sie ein paar Erkundigungen einziehen.«

Als Jake sich umblickte, las er die Aufschrift James J. Boddy auf einer Urkunde an der Wand und vermutete, dass er sich in Gegenwart der damit ausgezeichneten Person befand, die nach kurzem Zögern wortlos das Büro verließ.

Bei den Mitarbeitern des Blattes siegte offenbar die Neugier, denn immer wieder erschienen einige von ihnen – ob es Reporter oder Bürokräfte waren, konnte Jake nicht sagen –, um einen Blick auf ihn zu werfen und sich dann hastig aus dem Staub zu machen.

Mr. James J. Boddy ließ sich Zeit. Er kehrte in Begleitung eines weiteren Herrn zurück, der als Mitarbeiter der Rechtsabteilung, allerdings ohne Nennung des Namens, vorgestellt wurde.

»Welche Seite meinen Sie genau?«, wollte dieser wissen.

»Alle Seiten, auf denen Sie mich erwähnen.« Jake nahm an, dass es mehr als die eine Seite gab, die er bei seinem Aufbruch aus Mayfield in einer alten Zeitung gesehen hatte. Damals hatte er nicht gewagt zu fragen, ob er die Zeitung behalten dürfe. Außerdem hatte ihn der Artikel weniger belastet als Willoughbys Plakate, da die Zeitung keine Fotos gebracht hatte. Eigentlich hatte er gar nicht mehr daran gedacht, bis er auf dem Schiff nach Brisbane untätig ins Grübeln kam.

»Ich fürchte, ich erinnere mich nicht, dass Sie irgendwo erwähnt worden wären«, sagte James J. Boddy.

»Schon gut, meine Herren. Sie haben bis morgen Zeit, um die Artikel zu finden.«

Seine Droschke wartete.

»Gibt es in dieser Stadt eine Bibliothek?«, erkundigte er sich beim Kutscher.

»Aber natürlich. Möchten Sie sie aufsuchen?«

»In der Tat«, antwortete Jake grinsend.

Der Bibliothekar war sehr hilfsbereit. Ja, man führe hier Ausgaben der verschiedenen Zeitungen. Die aktuellen Exemplare des *Courier* lägen bereit, falls der Herr diese zu lesen wünschte.

»Was ist mit älteren?«, fragte Jake und erfuhr, dass sie sich im Archiv befanden, wo sie ebenfalls zugänglich waren.

Jake bat um die Zeitungen des Datums, an dem sie das Schiff verlassen hatten. Dann ließ er sich nieder, um alles über die Ereignisse jenes Tages zu erfahren. Zu seinem Entsetzen musste er lesen, dass Mrs. Willoughby ertrunken war! Bis dahin hatte er angenommen, dass ihr Mann sie aus dem Meer gerettet hatte. Hatte er Willoughby nicht bei ihr im Wasser gesehen und beobachtet, wie er mit ihr zum Schiff zurückschwamm, bevor das Boot sich rasch dem Ufer genähert hatte?

Sie war über Bord gesprungen. Niemand hätte sie aufhalten können. So zierlich war sie gewesen, dass sie ihnen zwischen den Fingern durchgeschlüpft war. Aber ertrunken? Gütiger Himmel! Bis jetzt hatte Jake gar nichts davon geahnt. Ein kalter Schauer durchfuhr ihn, als er sich ausmalte, wie dieses reizende Geschöpf ein Raub der Fluten geworden war. Und er konnte sich bildlich vorstellen, wie verzweifelt Willoughby gewesen sein musste, als seine Rettungsversuche gescheitert waren.

Jake lehnte sich zurück und schnappte nach Luft, als sei auch er kurz vor dem Ertrinken.

»Fühlen Sie sich nicht wohl, Sir?«, fragte der Bibliothekar. »Sie sind ja ganz blass und sehen krank aus. Liegt es an dem, was Sie gelesen haben, Sir?«

Als Jake sich langsam erhob, schwindelte ihm. »Kann ich morgen wiederkommen und den Rest lesen?«

»Natürlich. Ich lege die Zeitungen für Sie beiseite.«

Jake taumelte aus der Bibliothek und ging mit zitternden Knien die Straße entlang. Nun wusste er, was Lewis mit Reue gemeint hatte und warum Willoughby ihn verfolgte. Lewis und Willoughby waren Freunde. Wie lange würde es wohl dauern, bis Lewis ihn dem trauernden Ehemann auslieferte? Wahrscheinlich hatte er ihn bereits verraten.

Jake beschloss, seine Angelegenheiten in dieser Stadt zu erledigen und die Sache so schnell wie möglich hinter sich zu bringen.

Dann kehrte er in die Bibliothek zurück und las jede auch noch so winzige Meldung, die er über das Debakel auf der *China Belle* finden konnte. Zu seinem Erstaunen erfuhr er, dass es Mr. Lewis gewesen war, der Mrs. Horwood in Cooktown aufgespürt hatte. Er las, einige chinesische Mitglieder der Mannschaft seien gefangen genommen worden; ein paar Angehörige von Bartie Lees Bande seien beim

Einsturz einer Mine ums Leben gekommen. Jake wunderte sich, warum Bartie Lee das nie erwähnt hatte.

Nach einer Weile war das Thema auf die hinteren Seiten verbannt worden und schließlich in Vergessenheit geraten. Die Geschehnisse auf der *China Belle* waren inzwischen Schnee von gestern. Jake blätterte die letzte Seite des *Courier* von heute um und stapelte alle Zeitungen ordentlich zusammen. Die gesuchte Titelseite hatte er entdeckt: »Zwei Meuterer von dem Unglücksschiff *China Belle* sollen sich in die Goldfelder am Palmer abgesetzt haben. Die beiden Mörder, Jake Tussup und Bartie Lee, sind bewaffnet und befinden sich dem Vernehmen nach in Begleitung einiger malaiischer und chinesischer Kulis.«

Zwei weitere Seiten brachten Kurzmeldungen aus Maytown. In einer hieß es, ein malaiischer Vergewaltiger sei verhaftet worden; außerdem habe man die wegen Mordes gesuchten Jake Tussup und Bartie Lee gesehen. Die Meldung wurde zwei Tage später wiederholt.

Jake erschien pünktlich zu seinem Termin und nannte James J. Boddy die Erscheinungsdaten der umstrittenen Artikel. Dann erkundigte er sich, ob das Blatt bereit sei, sich, was die üble Nachrede anging, außergerichtlich zu einigen.

»Mein Anwalt Mr. Raymond Lewis schlägt ein freundschaftliches Gespräch über diese Angelegenheit vor«, log er, »bevor er bei Gericht Anzeige wegen übler Nachrede gegen Ihre Zeitung erstattet.«

Doch Boddy war noch nicht überzeugt. »Wir haben diese Artikel in gutem Glauben veröffentlicht, Mr. Tussup; Sie haben uns noch nichts geliefert, was eine Gegendarstellung rechtfertigen würde.«

»Ach, wirklich? Dann fordere ich hier und jetzt, dass Sie zwei Zeugen benennen und mir sagen, wen ich ermordet haben soll.«

Das nun folgende Gespräch war alles andere als freundschaftlich und entwickelte sich rasch zu einem hitzigen Streit, der darin gipfelte, dass Boddy Jake aufforderte, sein Büro zu verlassen.

»Sie sind nichts weiter als ein Betrüger, der schnell zu

Geld kommen will, Mister. Doch Sie bemühen sich vergeblich. Ich lasse mich nicht von Ihnen erpressen.«

»Es geht nicht um Erpressung, sondern um meinen Ruf«, zischte Jake.

»Um Ihren Ruf? Das ist doch lächerlich, Mr. Tussup. Wo ist Ihr Schiff jetzt? Ich verrate es Ihnen: auf dem Meeresgrund. Und jetzt verschwinden Sie!«

Doch Jake weigerte sich, und draußen im Vorzimmer entstand ein Tumult, als der Justiziar der Zeitung, der auf den Namen William Perriman hörte, hereingeeilt kam.

»Ich bin sicher, dass sich das auch in Ruhe klären lässt«, sagte er.

»Aber natürlich«, gab Boddy zurück, »zum Beispiel, indem Sie diesen Hochstapler hier rausschmeißen.«

Jake schüttelte den Kopf. »Der Mann macht sich bloß wichtig und ist nicht in der Lage, auch nur einen einzigen Menschen zu nennen, den ich ermordet haben soll. Jetzt glaubt er, er könnte seine Haut retten, indem er mich vor die Tür setzt. Aber so läuft das nicht, Mr. Perriman. Beantworten Sie mir eine Frage: Wen habe ich ermordet? Denn dabei geht es doch bei diesem Streit.«

Als Perriman schließlich feststellte, dass Boddy wirklich keinen Namen angeben konnte, war er entsetzt.

»Wie ich Ihrem Freund bereits zu erklären versucht habe«, begann Jake, »hat mein Anwalt Mr. Lewis ...«

»Raymond Lewis?«

»Ja. Er schlug vor, wir sollten ein freundschaftliches Gespräch führen, bevor wir die Gerichte bemühen.«

»Da stimme ich zu«, erwiderte Perriman und wandte sich an den Chefredakteur. »Ich glaube, ich übernehme jetzt, James. Mr. Tussup und ich werden ein wenig plaudern.«

Schließlich einigte man sich darauf, dass der *Courier* eine Gegendarstellung drucken würde. Nach harten Verhandlungen wurde die Entschädigungssumme auf zweihundertfünfzig Pfund festgesetzt.

Jake hatte zwar auf viel mehr gehofft, musste aber erkennen, dass Perriman sich nicht so leicht einschüchtern ließ.

»Ich möchte eines klarstellen, Mr. Tussup«, sagte er. »Sie

beschuldigen uns, Ihren guten Ruf in den Schmutz gezogen zu haben, und ich stimme zu, dass wir falsch informiert waren, als wir Sie als Mörder bezeichneten. Allerdings haben Sie selbst, wie Mr. Lewis Ihnen sicher erklärt hat, als er zu diesem Gespräch riet, Ihrem Ruf am meisten selbst geschadet. Mr. Lewis ist ein weiser Mann, und ihm war sicher klar, dass ein Verfahren wegen übler Nachrede ihren Ruf vollends ruiniert hätte. Zweihundertfünfzig Pfund. Sie können annehmen oder ablehnen.«

»Wenn Sie die Gegendarstellung auf der ersten Seite bringen und das Wort ›unschuldig‹ darin vorkommt, erkläre ich mich mit dreihundert einverstanden. Ich bin verdammt noch mal kein Mörder! Und das soll morgen auf der Titelseite Ihrer Zeitung stehen.«

»Also gut«, entgegnete Perriman, schüttelte Jake die Hand und begleitete ihn zum Ausgang. »Richten Sie Mr. Lewis Grüße von mir aus.«

Lieber Mr. Lewis,
ich schreibe Ihnen, um Ihnen mitzuteilen, dass ich bis gestern nichts von Mrs. Willoughbys Tod durch Ertrinken wusste. Ich dachte, ihr Mann hätte sie gerettet, nachdem sie aus dem Boot gesprungen war, denn schließlich ist er mit ihr zum Schiff zurückgeschwommen. Morgen wird der *Courier* eine Gegendarstellung drucken, sich dafür entschuldigen, dass er mich als Mörder bezeichnet hat, und mich für unschuldig erklären. Ich möchte, dass Sie diese Seite Mal Willoughby zeigen. Da ich nun weiß, warum er hinter mir her war, werde ich nicht abwarten, bis er mich zu fassen bekommt, denn offensichtlich gibt er mir die Schuld an der Tragödie. Ich glaube nicht, dass die Polizei von Brisbane etwas gegen mich in der Hand hat, anderenfalls hätte man mich schon längst festgenommen. Ich danke Ihnen für Ihre Bemühungen. Ihre Rechnung schicken Sie mir bitte postlagernd nach Sydney.
Ich verbleibe als Ihr ergebener Diener
J. Tussup

Raymond schleuderte den Brief auf den Schreibtisch. »Zum Teufel mit ihm! Er hat mich zum Narren gemacht. Ich hätte nie auf ihn hören dürfen.«

Er griff nach dem Brief und marschierte damit ins Frühstückszimmer. »Wo ist die Zeitung, Lavinia?«

»Ich wollte sie dir gerade bringen. Schau dir das an; ich traue meinen Augen nicht. Hast du das veranlasst?«

Raymond blickte über ihre Schulter und las die wenigen Zeilen unten auf der Seite: »Der *Courier* entschuldigt sich bei Mr. Jake Tussup dafür, dass er ihn irrtümlich als Mörder bezeichnet hat. Der Autor des Artikels war falsch informiert. Mr. Tussup ist unschuldig.«

»Nein, das war ich nicht! Offenbar hat Tussup die Redaktion unter Druck gesetzt. Und jetzt ist der Mistkerl mir entwischt, obwohl Polizeichef Salter mich ausdrücklich gebeten hat, dafür zu sorgen, dass er die Stadt nicht verlässt.«

»Warum sollte er das tun? Du hast doch alles im Griff.«

Raymond reichte ihr den Brief.

»Ach, du meine Güte!« Lavinia schnalzte mit der Zunge. »Um Himmels willen. Glaubst du wirklich, dass Mr. Willoughby so auf Rache versessen ist?«

»Ich muss zugeben, dass ich mir deswegen Sorgen gemacht habe.«

»Und Tussup inzwischen anscheinend auch. Er hat es sicher mit der Angst zu tun bekommen. Sonst wäre er nicht geflohen, obwohl du so nah vor einer Lösung des Problems stehst. Und was ist mit Constance? Sagtest du nicht, du wolltest ihn zu ihr bringen? Es ist ihr doch so wichtig, ihn zu sehen.«

Raymond griff nach der silbernen Kaffeekanne auf der Anrichte und schenkte sich eine Tasse ein.

»Der ist bestimmt schon kalt«, meinte seine Schwester. »Soll ich frischen kochen?«

»Danke, geht schon ... Ich hatte vor, ihm heute von ihr zu erzählen. Offenbar ahnt er nicht, dass sie einen Nervenzusammenbruch hatte. Aber das haben ja nur wenige Leute mitbekommen. Ich habe keine Lust mehr, mich mit

Tussup herumzuärgern. Der kommt schon allein zurecht. Allerdings bedauere ich es sehr, Constance enttäuschen zu müssen. Wenn ich Tussup erzählt hätte, dass sie unbedingt mit ihm sprechen will, wäre er vielleicht noch geblieben.«

»Das glaube ich nicht, Raymond. Auf mich macht er den Eindruck eines ganz und gar verantwortungslosen Menschen. Der Himmel weiß, wie er es bis zum Offizier gebracht hat.«

»Er ist intelligent und hat die richtige Ausstrahlung. Und ich stimme dir zu. Der Bursche hat sich von Anfang an vor seinen Pflichten gedrückt.« Raymond stürzte den kalten Kaffee hinunter. »Wahrscheinlich gehe ich jetzt am besten in die Stadt, besuche Jasper und hole mir für all meine Bemühungen auch noch eine Gardinenpredigt ab.«

Lavinia nahm die Zeitung. »An deiner Stelle würde ich mir zuerst anhören, was Jasper zu sagen hat, bevor du mit der schlechten Nachricht herausrückst.«

»Dass Tussup um sein Leben gelaufen ist? Nicht wegen der Polizei, sondern wegen Willoughby? Damit würde ich ein neues Problem aufs Tapet bringen. Der Dreckskerl ist einfach abgehauen, ohne mir eine Erklärung für sein Verhalten zu geben. Seine Rechnung soll er haben. Eigentlich wollte ich ja nichts verlangen, aber jetzt präsentiere ich ihm eine Honorarforderung, die sich gewaschen hat. Wahrscheinlich ist es das Beste, wenn ich ihn schriftlich über die Situation auf dem Laufenden halte und fordere, dass er zurückkommt, wenn es nötig wird.«

Er marschierte zurück in sein Arbeitszimmer und starrte aus dem Fenster auf die pastellfarbenen Blüten des Magnolienbaums. »Sydney, was?«, murmelte er. »Wir wollen wohl nach Hause?«

Zu Beginn der Ermittlungen in Cairns hatte sich die Polizei nach der Herkunft der Mannschaftsmitglieder der *China Belle* erkundigt, und Kapitän Loveridge hatte ihr bereitwillig die nötigen Informationen geliefert. Wie Raymond sich erinnerte, hatte er gesagt, Tussup stamme aus Neusüdwales, und zwar aus Goulburn. »Wenn ich das gehört habe«, überlegte Raymond weiter, »hat Mal es sicher auch aufgeschnappt. Er war ebenfalls im Raum. Aber erinnerte er sich noch an dieses Gespräch?«

Raymond plante seinen Tag. Zuerst wollte er Jasper aufsuchen und anschließend zum Mittagessen nach Hause kommen. Für den Nachmittag hatten Lavinia und er einen neuerlichen Besuch bei Constance vorgesehen. Lavinia wollte sie zu sich nach Hause holen, da sie offenbar nicht erfreut von der Vorstellung war, zu Lyle zurückzukehren. Sie verstand nicht, warum Constance die Anstalt nicht verlassen wollte. Dass die Frau sich weigern könnte, sich in ihre, Lavinias, Obhut zu begeben, war undenkbar für sie. Und sie hörte auch nicht auf, ihren Bruder zu drängen, juristische Schritte einzuleiten, um Constances Entlassung zu beschleunigen. Es war eine gewaltige Aufgabe.

»Ich dachte, ich könnte einen langen Urlaub in Cairns verbringen, wenn ich erst einmal im Ruhestand bin, aber jetzt bin ich mehr beschäftigt als je zuvor«, beklagte er sich bei Lavinia, ehe er sich auf den Weg machte.

»So ein Unsinn«, gab sie zurück. »Du tust doch kaum etwas und brauchst trotzdem den ganzen Tag dafür.«

An diesem Tag hatte Mrs. Plummer ein Straßenfest organisiert. Sie verkaufte Kuchen, Pasteten und Marmelade; der Erlös war für die Opfer des Sturms bestimmt. Außerdem hatte sie einen langen Tisch aufgestellt, auf dem vom Sturm beschädigte Gegenstände und Kleidung für einen Penny pro Stück angeboten wurden. Esme bediente hinter der Theke, als Jesse erschien.

»Wie laufen die Geschäfte?«, erkundigte er sich.

»Ausgezeichnet. Möchten sie vielleicht einen Teekuchen kaufen?«

»Gütiger Himmel, nein. Lulu würde einen Anfall kriegen. Bei mir zu Hause ist sie fürs Backen zuständig.«

»Dann nehmen Sie den Kuchen eben mit in die Redaktion. Für die Frühstückspause.«

Also setzte Jesse, einen rosafarben glasierten Kuchen in der Hand, seinen Weg zum Polizeirevier fort, wo er sich nach den sechs aus Murnanes Stall gestohlenen Pferden erkundigte.

»Noch keine Spur von ihnen«, erklärte Sergeant Connor. »Aber was ist schon zu erwarten, wenn Hunderte von Durchreisenden durch unsere Stadt ziehen und hordenweise Chinesen hier campieren? Inzwischen kann ich die Einheimischen nicht mehr von den Auswärtigen unterscheiden.«

»Chinesen stehlen keine Pferde.«

»Warum nicht?«, fragte Connor ehrlich erstaunt, und Jesse lachte auf.

»Richtig, was stimmt mit unseren Pferden nicht? Hast du noch was über die Leiche im Busch erfahren? Ist es wahr? Und wer ist der Mann?«

»Du hattest vollkommen Recht. Keine Ahnung, wann ich ohne deinen Tipp den Bericht bekommen hätte. Der hirnverbrannte Constable hatte das Opfer bereits begraben. Also habe ich ihm befohlen, die Leiche zu exhumieren, einen neuen Sarg zu besorgen, und sie hierher zu schicken. Nein, niemand wusste, wer der Mann ist. Aber das werde ich schon noch rauskriegen. Vielleicht schaffen sie es heute noch, den Toten herzubringen. Soll ich dir Bescheid geben?«

Jesse wollte verhindern, dass Connor Mal aufscheuchte, bevor er die beiden Chinesen aus der Stadt geschleust hatte. »Nein, ich werde nicht zu Hause sein. Ich muss Überstunden machen. Am besten melde ich mich selbst auf dem Revier.«

»Was hast du denn da?« Connor war für seine Verfressenheit berüchtigt.

»Einen Kuchen – das siehst du doch. Hier, du kannst ihn haben.«

»Du bist ein guter Mensch, Field«, meinte Connor grinsend und nahm den Kuchen entgegen. »Der beste Mensch, den ich kenne.«

»Ein Mensch, der im Begriff ist, Tussups Mördern bei der Flucht zu helfen«, sagte sich Jesse. »Daran ist wirklich nichts Gutes zu erkennen.«

Er ließ sich Zeit bis zur letzten Minute und erreichte das Tor des Lagers, als die Wachen es gerade für die Nacht schließen wollten.

Chang und Wu Tin erwarteten ihn bereits aufgeregt, und die Erleichterung in ihren Gesichtern wurde von einem angespannten Lächeln abgelöst, als man sie durch eine Seitenpforte hinausließ.

»Wir müssen uns beeilen«, flüsterte Jesse, um den beiden klar zu machen, dass ihr Verhalten nicht unbedingt im Einklang mit dem Gesetz stand. Wie erwartet, störte das die zwei Chinesen nicht weiter. »Hier haben Sie Ihre Sachen und Wu Tins Deckenrolle. Und hier sind das Geld für die Pferde, Chang, Ihre Börse, Ihre neuen Papiere und zwei Fahrkarten. Kommen Sie mit.«

Er scheuchte die Chinesen die Straße entlang zum Hafen, wo es schon beinahe dunkel war. Zum Glück war hier im Norden die Dämmerung kurz, und als sie das Schiff erreichten, war es bereits stockfinster.

Jesse eilte vor den Chinesen die Gangway hinauf, sprach mit dem wachhabenden Offzier und zeigte die Papiere vor. »Sie sind alle in Ordnung«, verkündete er freundlich. »Die beiden sind froh, nach Hause zu fahren, und wir haben jetzt zwei Ausländer weniger, um die wir uns kümmern müssen.«

Dann kehrte er zurück und gab Chang und Wu Tin eine eindringliche Warnung mit auf den Weg: »Das Schiff sticht bei Tagesanbruch in See. Bis jetzt hat alles geklappt. Bleiben Sie an Bord. Ganz gleich, was geschieht, verlassen Sie auf keinen Fall das Schiff. Ich möchte nicht, dass Sie irgendeinem übereifrigen Beamten von der Einwanderungsbehörde in die Arme laufen.«

Während Wu Tin nervös hin- und hermarschierte, bedankte Chang sich herzlich. »Bitte richten Sie Mr. Willoughby Abschiedsgrüße von mir aus«, fügte er hinzu. »Es tut mir Leid, dass ich vor meiner Abreise nicht mehr mit ihm sprechen konnte. Hat er immer noch Fieber?«

»Ja, es geht ihm sehr schlecht. Es heißt, dass Moskitos dieses Fieber übertragen, und von denen haben wir hier ja mehr als genug.«

»Dann wünsche ich ihm gute Besserung.«

Jesse blickte Chang nach, als dieser in aller Gemütsruhe unter Deck ging und vom dem japanischen Offizier mit einem Nicken begrüßt wurde.

»Gott sei Dank, dass wir die Kerle los sind«, seufzte er und kehrte zurück in seine Redaktion.

Wu Tins Argwohn hatte sich noch nicht gelegt. Anscheinend waren sie wohlbehalten an Bord eines Schiffes angelangt, das am Morgen ablegen würde. Das hatte der weiße Boss gesagt, wie Chang erklärte. Allerdings handelte es sich um ein japanisches Schiff, und Japanern konnte man nicht über den Weg trauen. Vielleicht werfen sie uns ja über Bord, grübelte er. Wu Tin war als Diener geboren worden. Seine Familie diente der Ehrfurcht gebietenden Familie Li nun schon seit vielen Generationen und nahm ihre untergeordnete Stellung fraglos hin. Als man Wu Tin ausgesucht hatte, um ihn in ein fremdes Land zu schicken, war er starr vor Angst gewesen und hatte jede Nacht geträumt, widerwärtige Ungeheuer würden ihn grausigen Foltern unterwerfen, und böse Drachen warteten nur darauf, sich auf ihn zu stürzen und ihn in Stücke zu reißen.

Seine Frau hatte kein Verständnis für ihn und seine Albträume. Sie herrschte ihn nur an, dass sie sich für ihn schämt, und drohte sogar, ihren Namen zu ändern, denn vor dem Anwesen der Lis versammelten sich bald Hunderte von Kulis, weshalb sie überzeugt davon war, dass man ihren Mann zum Kuli herabgestuft hatte. Erst als seine Mutter sich mithilfe von Bestechungsgeldern weitere Informationen beschaffen konnte, erfuhren sie, dass Mitglieder von vierzig Familien, angefangen bei Gutsverwaltern, Kammerdienern und Köchen, bis hinunter zu einfachen Dienstboten wie Wu Tin zum Hofstaat gehören sollten.

Allerdings hörte sie bei ihren Nachforschungen auf den Fluren des Schweigens noch mehr, nämlich dass das fremde Land weit weg auf der anderen Seite des Ozeans lag. Es war so viele Kilometer entfernt, dass das Schiff (das Wort allein löste bereits klägliches Jammern aus), das sie ins

Unbekannte bringen sollte, sicher am anderen Ende der Welt herunterfallen würde.

Die Auserwählten, die nicht die Möglichkeit hatten, sich zu weigern oder auch nur nach dem Grund zu fragen, machten sich wie befohlen an die Reisevorbereitungen. Wu Tins dunkles Gesicht mit dem kantigen Kiefer und den traurigen Augen hatte schon immer einen melancholischen Ausdruck gehabt, der sich kurz vor der Abreise noch verstärkte. Seit Tagen schon überhäufte seine Frau ihn mit schrillen Verwünschungen und drohte ihm mit dem Besen, weil er ihr kein Geld zurücklassen konnte, was ihm ausgesprochen peinlich war. Seine Mutter, felsenfest überzeugt davon, dass er am anderen Ende der Erde sterben würde, zündete laut weinend Kerzen an, hüllte sich in Trauerkleidung und betete für seinen raschen Übergang in eine andere und bessere Welt.

Wu Tins Befürchtungen wurden bestätigt: Die Schiffsreise war entsetzlich, und das neue Land befand sich eindeutig dicht am Rand der Erde. In einer Dschungelstadt befahl man ihm, Changs Diener zu werden – ein Gernegroß, der sich für etwas Besonderes hielt. Wu Tin wurde gezwungen, zu Fuß Berge zu überqueren, in denen Wilde hausten. Auf den Goldfeldern gab man ihm ein Pferd und setzte einfach voraus, dass er reiten konnte. Noch nie zuvor hatte Wu Tin auf einem Pferd sitzen dürfen, und nun verstand er den Grund dafür, denn er lernte das Reiten rasch, und sein Selbstbewusstsein wuchs: Auf dem Rücken eines (wenn auch langsam dahintrottenden) Pferdes überragte ein Diener nämlich seine Standesgenossen, wodurch die Gefahr bestand, dass er sich ihnen überlegen fühlte. Obwohl Wu Tin sich nach außen weiterhin bescheiden gab, betrachtete er sich nun als Offizier von Lis Wache und als tapferen furchtlosen Mann. Und dieses verwegene Selbstbild verlieh ihm den Mut, die Augen ein Stück höher zu heben und die Welt ein wenig klarer zu sehen.

Bald kannte er die Bedürfnisse seines Herrn und las ihm jeden Wunsch von den Augen ab. Dadurch wurde einer der Adjutanten des jüngeren Herrn Li auf ihn aufmerksam, der

– wie Wu Tin bereits festgestellt hatte – eifersüchtig auf Chang war und befürchtete, der Neuankömmling könnte ihn verdrängen. Es dauerte nicht lange, und der Adjutant steckte Wu Tin Münzen zu, damit dieser seinem Herrn nachspionierte. Er warnte ihn, man könne Chang nicht vertrauen, denn dieser führe Übles im Schilde und plane, seinem Diener die Schuld dafür in die Schuhe zu schieben; daraufhin würde Wu Tin im Land der Weißen aufgehängt werden und seine Heimat nie wiedersehen.

Wenig später fand Wu Tin heraus, dass man Chang tatsächlich im Auge behalten musste. Er sah mit eigenen Augen, wie sein Herr den malaiischen Seemann tötete, und fand zu seiner Überraschung bald heraus, dass der jüngere Herr Li ihn für diesen Mord bezahlte. Als Nächstes erschien Jake Tussup auf der Bildfläche, und Wu Tin erfuhr erstaunt, dass er als Zeuge für die vom jüngeren Herrn Li angeordnete Tat würde herhalten müssen. Es war sogar wichtig, dass er alles genau beobachtete, damit Chang auch den Lohn für die Ausführung des Befehls bekam.

Dann jedoch nahmen die Ereignisse eine gefährliche Wendung, als Chang – offenbar im Blutrausch – sich des Mordes an Tussup brüstete, und zwar gegenüber einem Weißen, seinem Freund Willoughby! Und was das Schlimmste daran war: Er beschuldigte seinen Diener der Mittäterschaft!

Für den misstrauischen Wu Tin war die Entlassung aus dem Gefängnis am Hafen zu plötzlich gekommen. Warum die Heimlichkeit, wenn doch alles mit rechten Dingen zuging? Und weshalb hatte der Mann sie erst nach Einbruch der Dunkelheit an Bord gebracht? Er fragte sich, was Chang wohl diesmal im Schilde führte.

Zitternd vor Angst versteckte sich Wu Tin an Deck unweit der Gangway und beobachtete das Kommen und Gehen der japanischen Mannschaft. Chang hatte den Mann, den sie Tussup nannten, erschossen, und Willoughby war über dieses Verbrechen entsetzt und böse auf ihn. Er wollte es der Polizei melden, so viel stand fest. Hatte Chang es ihm ausgeredet? Oder ihn bestochen? Chang war so gut befreundet mit all diesen weißen Männern! Was hinderte sie daran, gemeinsam den einzigen Zeugen zu beseitigen? Geld hatte den Besitzer gewechselt. Das hatte Wu Tin an der Pforte der Festung mit eigenen Augen gesehen.

Nur eine Stunde später sah er, wie Chang sich an Deck pirschte und die Gangway hinunterschlich.

Er hatte es gewusst! Wu Tin sprang auf. Möglicherweise hatte Chang ihn ja an die Japaner ausgeliefert und sie bezahlt, damit sie ihn töteten, während er selbst sich aus dem Staub machte – mit sauberen Händen und einem wasserdichten Alibi. Rasch eilte er vom Schiff und huschte lautlos über den hölzernen Bootssteg an den Strand und die Staubstraße entlang, wobei er Chang nicht aus den Augen ließ.

Als Chang sich einer Gruppe von Männern näherte, die vor einer gut besuchten Taverne standen, hielt Wu Tin den Atem an. Doch die Männer wollten nichts von ihm. Er sah, wie sie Chang den Weg erklärten und in die angegebene Richtung wiesen. Chang machte sich gemächlichen Schrittes auf den Weg. Als ob ihm die Welt gehörte, dachte Wu Tin neidisch.

Die Nacht war sternenklar und sehr ruhig. Die Flughunde, die sich an den Früchten und Blüten in Jesses Garten labten, flatterten zirpend über den dunklen Himmel und erschreckten Lulu, die mit einem Regenschirm bewaffnet aus dem Haus kam.

»Es wird nicht regnen«, meinte Mal lachend.

»Ich weiß. Es ist wegen der verdammten Flughunde. Die fliegen einem in die Haare!«

»Aber nein. Die wollen nichts von Ihren Haaren. Die haben Besseres zu tun.«

»Es sind und bleiben Flughunde!«, beharrte Lulu und beäugte argwöhnisch den Himmel. »Bei denen muss man die Beine in die Hand nehmen.«

»Heute sind Sie außer Gefahr. Kommen Sie, ich begleite Sie zum Tor. Das ist das Mindeste, was ich für Sie tun kann, nachdem Sie mich so köstlich bekocht haben.«

Sie nickte und nahm seinen Arm. »Gut, aber wir müssen uns beeilen!«

»Wann kommt Jesse von der Arbeit nach Hause?«, erkundigte sich Mal, während er das Tor schloss.

»Er muss Überstunden machen. Vielleicht um neun, wenn er nicht in den Pub geht.«

»Sehr gut«, erwiderte Mal. »Dann warte ich noch auf ihn.«

Er kehrte zum Haus zurück, lief die Vortreppe hinauf und verscheuchte die Insekten, die die Hängelampe umschwirrten. Als er hinter sich eine Stimme hörte, war er überrascht, denn schließlich war Lulu gegangen und das Haus nun leer.

Er wirbelte herum und sah zu seinem Erstaunen Chang außerhalb des Lichtkegels auf dem Gartenpfad stehen.

Beinahe hätte Mal ihn gefragt, wie er denn freigekommen sei, biss sich aber noch rechtzeitig auf die Zunge. Offiziell wusste er ja nicht, dass die beiden Chinesen vorübergehend in der Festung gelandet waren. Jesse hatte ihm mitgeteilt, alles klappe wie am Schnürchen.

»Was tun Sie hier?«, erkundigte er sich stattdessen. Wie hatten die beiden das bloß geschafft?

»Ich möchte mich von Ihnen verabschieden, Mr. Willoughby. Morgen früh verlasse ich die kranke Stadt. Ich segle nach Norden und von dort aus über Singapur in meine Heimat China. Dort bin ich glücklicher als in diesem Land, wo ich die Lebensweise der Menschen nicht verstehe.«

»Das verstehe ich gut«, brummte Mal.

»Sie zum Beispiel wünschten Tussup den Tod. Und dann, nachdem es geschehen war, haben Sie Ihre Meinung geändert. Sie enttäuschen mich.«

»Was wollen Sie von mir, Chang?« Mal kam die Stufen hinunter auf ihn zu.

»Ich habe einen weiteren Auftrag. Meine Mission ist noch nicht erfüllt.«

Als Mal die Pistole bemerkte, die der Chinese unter seinem Hemd hervorgeholt hatte, erstarrte er kurz. »Wollen Sie mich erschießen?«

»Bedauerlicherweise ja. Wissen Sie, meine Gönner verlangen mehr von mir, als mir zu Beginn meiner Reise klar war. Wie man mir erläuterte, hat die Dame Xiu Ihnen zwar nicht verziehen, wünschte Ihnen aber nichts Böses. Ihre Befehle lauteten lediglich, die Matrosen zu beseitigen, die ihre Tochter auf dem Gewissen haben. Die Absichten des Ehemannes, Ihres Schwiegervaters also, stehen jedoch auf einem anderen Blatt. Er soll ein ungnädiger Mann sein. Nachdem wir Bartie Lee erledigt hatten, erfuhr ich, dass er Ihren Namen ebenfalls auf die Liste gesetzt hatte, weil Sie seine Tochter nicht beschützt haben.«

»Und weiter?«

»Machen Sie es mir doch nicht so schwer«, seufzte Chang. Obwohl er sich weiter im Schatten hielt, konnte Mal die Pistole schimmern sehen. »Es bedrückt mich sehr, und ich muss Ihnen als Freund gestehen, dass ich über diesen Befehl gar nicht erfreut war. Bitte glauben Sie mir, dass ich zu protestieren versucht habe.«

»Das kann ich mir denken«, höhnte Mal.

»Ja. Aber ich habe darüber meditiert und bin zu zwei Schlüssen gelangt, die ich Ihnen gern erklären möchte. Der Erste liegt auf der Hand: Wenn ich den Auftrag nicht ausführe, ist mein eigenes Leben in Gefahr. Der Zweite lautet, dass Sie seit dem Tod Ihrer geliebten Frau von geborgter Zeit gelebt haben. Vielleicht ist es so für sie besser zu verstehen, Mr. Willoughby. Zumindest wissen Sie, dass Ihre Rache erfolgreich war. Alle Verbrecher haben vor Ihnen das Zeitliche gesegnet und sind in einer anderen Welt.«

»Und Sie gehen davon aus, dass Sie mich töten und dann einfach an Bord eines Schiffes spazieren und das Land verlassen können?«

»Das ist ein Kinderspiel.«

Inzwischen hatten sich Mals Augen an die Dunkelheit gewöhnt, und als er im Gebüsch hinter Chang eine Bewegung bemerkte, blickte er in diese Richtung; er erkannte Wu Tins glänzende schwarze Pantoffeln. Allerdings konnte er nicht sagen, ob Chang von der Gegenwart seines Dieners wusste. Vielleicht war Wu Tin ja zur Verstärkung hier, aber es war einen Versuch wert.

»Und wird Wu Tin Sie begleiten?«

»Nur bis nach Cooktown. Danach brauche ich ihn nicht mehr.«

Grinsend fuhr Mal auf Chinesisch fort und betete, dass Wu Tin, der nur einen ländlichen Dialekt beherrschte, zumindest einen Teil davon verstehen würde. Bestimmt hatte er inzwischen ein wenig Hochchinesisch aufgeschnappt, auch wenn er im Englischen nicht sehr weit gekommen war.

»Meinen Sie, Wu Tin weiß zu viel über Sie, als dass Sie ihn mitnehmen könnten?«

Belustigt über den Sprachwechsel, antwortete Chang, ebenfalls auf Chinesisch. »Genau. Ich bin ein Mann, der nichts dem Zufall überlässt. In Cooktown muss er für mich als Zeuge aussagen, aber dann ...« Er zuckte die Achseln.

»Er wird dich töten, Wu Tin!«, rief Mal auf Chinesisch. »Hast du das gehört?«

Wu Tin kam aus dem Gebüsch gestürmt, doch Chang trat, die Waffe immer noch auf Mal gerichtet, so rasch beiseite, dass der Diener an ihm vorbeistolperte und wohl gestürzt wäre, hätte er ihn nicht gepackt und festgehalten.

»Was hast du hier zu suchen?«, herrschte Chang Wu Tin in dessen heimischem Dialekt an, als wäre sein Diener ein Kind. »Warum mischst du dich in meine Angelegenheiten ein?«

»Sie wollen mich töten!«, kreischte Wu Tin. »Ich habe es selbst gehört! Ich wusste es. Man hat mich gewarnt, Ihnen zu vertrauen.«

»Du hast gar nichts gehört. Wie kannst du es wagen, solche Vorwürfe gegen mich zu erheben? Du störst mich hier. Ich muss im Auftrag von Herrn Xiu etwas erledigen, und du behinderst mich dabei, du Wurm. Wenn ich das melde ...«

»Sie treffen mit diesem Mann Vereinbarungen hinter meinem Rücken.«

»Vereinbarungen mit einer Pistole, du Narr. Ich bin hier,

um ihn auf Befehl von Herrn Xiu und Herrn Li umzubringen. Und da musst du hereinplatzen ...«

Mal bemerkte, wie wütend Wu Tin war, was darauf hinwies, dass er zumindest einen Teil seiner Warnung verstanden hatte. Allerdings gelang es Chang offenbar, ihn zu beruhigen. Der Mund mit dem breiten Kiefer blieb dem Diener offen stehen, während er sich bemühte, die Vorgänge zu begreifen.

»Er wird dich auch töten!«, rief Mal Wu Tin zu. Ein folgenschwerer Fehler.

»Ha, hast du ihn gehört?«, meinte Chang herausfordernd zu Wu Tin. »Er hat ›auch‹ gesagt. Er weiß genau, dass ich ihn umbringen muss, und deshalb versucht er, sich aus der Affäre zu ziehen. Du gehst jetzt zurück zum Schiff. Verschwinde!«

Wu Tin, der den komplizierten Vorgängen nicht mehr folgen konnte, sah keine andere Möglichkeit, als zu gehorchen. Er wandte sich schon zum Gehen, drehte sich dann aber noch einmal um. »Wenn das mit Ihren Befehlen stimmt, tun Sie es doch! Dann weiß ich, dass Sie keine heimlichen Vereinbarungen mit diesem Mann treffen. Vielleicht bezahlt er Ihnen ja mehr als Herr Li, und ich könnte etwas davon abbekommen.«

»Es hat nichts mit Geld zu tun. Ich muss ihn töten.«

»Dann bringen Sie es schnell hinter sich. Warum verschwenden Sie so viel Zeit? Wir sollten das Schiff nicht verlassen. Das hat unser wahrer Freund gesagt. Der hier ist kein Freund. Erledigen Sie ihn endlich.«

»Gleich«, erwiderte Chang, und Mal wünschte verzweifelt, das Gespräch verstehen zu können. Allerdings hörte er Zweifel in Changs Tonfall. Chang und Zweifel? Seit wann denn das? Als die Waffe zu zittern begann, machte Mal sich ernsthaft Sorgen.

»Ist sie geladen?«, fragte er. Er sah Changs Finger am Abzug, spürte, wie der Schweiß ihm unter dem Hemd hinablief und hielt sich sprungbereit. Jetzt, dachte er. Jetzt!

Doch Wu Tin überraschte sie beide.

Er machte einen Satz auf die Waffe zu, aber nur Chang

begriff, was er wollte. »Wenn Sie ihn nicht töten, tue ich es!«, kreischte Wu Tin voller Angst.

»Nein, nein!«, rief Chang.

Es gab keinen Kampf; Wu Tin war zu schnell gewesen. Im selben Moment, als Mal sich zur Seite warf, bekam der Diener die Waffe zu fassen und seine kleinen, starken Finger krümmten sich um den Abzug. Er zielte auf Mal, der bereits die Flucht ergriff, drückte wieder und wieder ab und hörte auch nicht auf zu schießen, als Chang versuchte, ihm die Waffe zu entreißen. Selbst als Chang dabei in die Schusslinie geriet, feuerte er immer weiter. Chang stürzte zu Boden. Willoughby verschwand in der Dunkelheit.

Wu Tin stieß einen Schrei aus und schubste Chang mit dem Fuß an. »Stehen Sie auf!« Doch dann sah er das Blut, das sich schwarz von dem hellblauen Hemd abhob. Der Fleck wurde größer. Wu Tin drehte sich um und feuerte ins Gebüsch; er wollte unbedingt Erfolg haben, wo Chang versagt hatte, um die Gunst von Herrn Li zu gewinnen und die Belohung einzustreichen.

Die Trommel des kunstvoll gearbeiteten Revolvers mit den silbernen Verzierungen, die Wu Tin immer so bewundert hatte, war leer, weshalb er die Waffe in die Tasche steckte und losrannte. Nachdem er den ganzen Weg im Laufschritt zurückgelegt hatte, begab er sich schleppenden Schrittes an Bord, als wäre er müde. Was auch der Wahrheit entsprach.

Einem japanischen Offizier, der ihn ansprach, antwortete Wu Tin höflich und ging sofort nach unten, um nach ihrer Habe zu sehen. Zu seiner Freude war der große Schrankkoffer noch verschlossen. Chang hatte zwar den Schlüssel bei sich, aber das war nicht weiter wichtig. Wu Tin wusste, was sich in dem Koffer befand, und konnte ihn jederzeit aufbrechen. Offenbar hatten sich die Dinge zum Guten gewendet. Er war nun dank Changs Geld ein reicher Mann, und niemand konnte ihm mehr Vorschriften machen. Ein Lächeln auf den Lippen, kuschelte er sich in seine Koje. Wenn die Japaner nach Chang fragten, würde er einfach antworten, sein Herr habe es sich anders überlegt und wollte nun nicht mehr mitfahren. Sie würden schon nicht nachhaken.

Mal war alles andere als gleichgültig gestimmt. Er hatte beobachtet, wie Wu Tin nach der wilden Schießerei die Flucht ergriffen hatte. Als er anschließend zu Chang zurückgeeilt war, hatte er zu seinem Schrecken festgestellt, dass Blut aus der Brust des Chinesen quoll. Mal zog sein Hemd aus und presste es gegen die Wunde, um den Blutfluss zu stillen. Gleichzeitig rief er laut um Hilfe.

»Zu spät«, flüsterte der Chinese. »Vielleicht bin ich doch Ihr wirklicher Freund.«

»Das sind Sie. Halten Sie durch. Ich höre jemanden kommen.« Die Schüsse mussten doch irgendjemanden herbeigelockt haben, dachte er, während er Chang in die Arme nahm, um ihn zu wärmen, damit er wegen des Schocks nicht fror.

Chang hustete. »Sie wissen, ich bin ein Gentleman«, murmelte er benommen.

»Ja, und ich fühle mich geehrt«, erwiderte Mal auf Chinesisch. »Ich fühle mich sehr geehrt, einen Gentleman wie Sie zum Freund zu haben. Sehr geehrt ...« Er wusste nicht, wie viel Chang noch verstanden hatte, denn sein Körper erschlaffte, und das Leben verschwand aus seinen Augen.

Mal war verzweifelt. »Verdammt!«, rief er. »Hat denn das niemals ein Ende? Warum bist du nicht zu Hause geblieben, Chang?«

»Was ist denn da los?«, rief ein Mann vom Tor her. »Sind Sie das, Jesse? Ist alles in Ordnung?«

»Nein, ist es nicht«, erwiderte Mal.

Noch in derselben Nacht wurde Wu Tin an Bord des japanischen Schiffes verhaftet und des Mordes angeklagt. Jesse war entsetzt, dass seine Einmischung Mal fast das Leben gekostet hatte. Nun blieb ihm nichts anderes übrig, als seinem Freund ganz im Vertrauen zu erklären, er habe die beiden Chinesen außer Landes schaffen wollen, damit sie keine Bedrohung mehr für ihn darstellten.

»Wie konntest du das tun, Jesse?«, empörte sich Mal. »Sie haben Tussup ermordet. Ich habe sie aus gutem Grund in der Festung gefangen halten lassen. Nachdem die Polizei jetzt die Leiche gefunden hat, hätte man sie zum Tode verurteilt – und nicht zu einer Vergnügungsreise nach China.«

»Tut mir wirklich Leid. Aber ich hatte den Eindruck, dass sie dich in ziemliche Schwierigkeiten hätten bringen können. Tussup wäre dadurch auch nicht wieder lebendig geworden. Du hättest nichts daran ändern können. Und wenn die beiden auf ihrer Lügengeschichte bestanden hätten, sie hätten niemanden getötet ...«

»Hör auf, Jesse, bitte. Und tu mir in Zukunft nie wieder einen solchen Gefallen.«

Irgendwann zu einem späteren Zeitpunkt, dachte Jesse, würde er schon Gelegenheit bekommen, Mal zu erklären, dass es doch so etwas wie Gerechtigkeit gab. Chang war zwar dem Galgen entronnen, aber dennoch ums Leben gekommen, während seinem Diener Wu Tin nun der Strick drohte. Wie er Eleanor gegenüber anmerkte, fand er es kurios, wie schwer Mal die Sache nahm, insbesondere deshalb, da Chang schließlich vorgehabt hatte, ihn ebenfalls zu erschießen.

»Aber zu guter Letzt hat er es nicht übers Herz gebracht«, erwiderte Eleanor.

»Wer behauptet das?«

»Mal. Er wollte nicht, dass dieses Detail in die Zeitung kommt, also schreiben Sie bloß nichts darüber. Mal ist sehr niedergeschlagen und sagt, er und Chang wären wirkliche Freunde gewesen. Und ... ach, ich weiß nicht, Jesse, es ist einfach sehr traurig.«

Zwei Tage später wurde die Leiche eines Ermordeten in die Leichenhalle von Cairns überführt.

»Wir haben ihn immer noch nicht identifiziert«, meinte Connor zu Jesse.

»Ich bringe Willoughby zu ihm. Der war schließlich monatelang auf den Goldfeldern.«

»Einverstanden«, erwiderte Connor. Dann musterte er

Jesse argwöhnisch. »Ach, dein Freund Willoughby! Der scheint ein ziemlicher Pechvogel zu sein. Ständig gerät er in Schwierigkeiten.«

»Ja«, antwortete Jesse mit einem Nicken und fragte sich, wie Connor wohl reagieren würde, wenn Mal den Leichnam Tussups identifizierte. »Vielleicht sollte ich Mal besser raten, den Mund zu halten und den Ahnungslosen zu spielen, damit die Fragerei endlich aufhört. Er sollte die Sache auf sich beruhen lassen.«

»Aber ich glaube nicht, dass er meine Ratschläge zu schätzen wissen wird«, murmelte er dann. »Ich werde mich nicht mehr einmischen. Jetzt muss er allein zurechtkommen.«

Allerdings begleitete er Mal zur Leichenhalle und wartete draußen auf das Ergebnis.

Wenige Minuten später wusste er mehr.

»Es ist nicht Tussup.« Mal klang gereizt und enttäuscht. »Der Mann ... der Tote ist viel zu alt. Aber er wurde in den Rücken geschossen. Jetzt weiß ich gar nicht mehr, wie ich Changs Behauptung verstehen soll. Glaubst du, es ist der Bursche, den er erschossen hat?«

»Ich halte nicht viel von Zufällen. Er muss es sein. Wo steckt also Tussup?«

»Zum Teufel mit Tussup!« Mal warf einen Blick zurück zur Leichenhalle. »Hierher habe ich Jun Lien gebracht, und du hast mir dabei geholfen. Ich habe mich nie bei dir bedankt, Jesse.«

»Du kannst mir ein Gläschen ausgeben. Und dann berichten wir Connor wahrheitsgemäß, dass du die Leiche nicht identifizieren kannst.«

»Wahrheitsgemäß? Warum hätten wir ihm denn nicht die Wahrheit sagen sollen?«

»Schon gut.« Die Antwort erinnerte ihn an den jungen Sonny Willoughby, den er vor vielen Jahren kennen gelernt hatte. Doch diesen Mann gab es längst nicht mehr. Auf dem Weg zum Polizeirevier musterte Jesse seinen Freund verstohlen. Das blonde Haar fiel ihm immer noch zerzaust ins gebräunte Gesicht, aber die Augen waren nun wacher, der weiche, fast weibliche Mund war fester geworden, und auch der Kiefer wirkte markanter.

Eleanor hatte Neuigkeiten für sie – und zwar solche, die sie nach Esmes Meinung lieber für sich hätte behalten sollen. Doch leider hoffte sie vergeblich. Eleanor bestand darauf, sofort in die Stadt zu eilen und Jesse alles zu berichten.

»Es geht um Jake Tussup!«, rief sie aus, als sie, gefolgt von Esme, in die Redaktion gestürmt kam. »Ich weiß, wo er ist.«

»Was? Wo!« Die Bombe, die Eleanor hatte platzen lassen, zeigte die gewünschte Wirkung. »Raus mit der Sprache! Verzeihung, Esme. Wie geht es Ihnen, meine Liebe? Und jetzt beruhigen Sie sich, Eleanor, und erzählen Sie mir alles.«

»Beruhigen Sie sich doch«, erwiderte sie lachend. »Also. Es ist Folgendes passiert: Heute habe ich einen Brief von Raymond Lewis erhalten. Er geht in den Ruhestand und will uns bald besuchen kommen. Außerdem schreibt er, Lady Horwood fühle sich nicht wohl. Sie leidet sehr, wozu sie auch wirklich allen Grund hat. Die Nerven des armen Mädchens sind zerrüttet, und Lyle missachtet ihre Bedürfnisse, als wäre er der Einzige, der zählt. Bei seiner ersten Frau, meiner lieben Cousine und Freundin, hat er es genauso gemacht. Und als sie krank wurde, verbot er ihren Freunden, sie zu besuchen. Er selbst kümmerte sich nicht um sie ...«

»Ja, ja ...«, versuchte Jesse, der unbedingt mehr über Tussup erfahren wollte, ihr ins Wort zu fallen.

»Er gehört zu den Männern, die Krankheit nicht ertragen, wie die Leute sagen«, fuhr Eleanor fort. »Aber warum darf er das? Wenn Constance krank ist, muss man sich darum kümmern, dass er sie nicht einfach beseite schiebt wie damals die bedauernswerte Fanny.« In einer dramatischen Geste rang sie die Hände. »Ich werde Raymond schreiben und ihn warnen. Da ist es mir ganz egal, ob der Mann sich ›Sir‹ schimpft ...«

»Sagten Sie nicht, Mr. Lewis habe Jake Tussup erwähnt?«, hakte Jesse nach.

»Dazu komme ich noch. Ich habe den Brief mitgebracht.« Als sie begann, in ihrer riesigen Handtasche zu kramen, berührte Esme sie am Arm.

»Es genügt, wenn Sie mir alles erzählen, Eleanor.«

»Ja, ja, schon gut.« Sie blickte auf. »Tussup ist in Brisbane, und zwar als Mandant von Raymond Lewis. Es überrascht mich sehr, wie unser Freund so tief sinken konnte, ein derart widerwärtiges Subjekt zu vertreten. Das werde ich ihm auch sagen, so wahr ich hier sitze.«

»Und werden Sie es Mal erzählen?«, wollte Esme von Jesse wissen.

»Ich muss.«

In diesem Moment klopfte der Chefredakteur an die Tür. »Guten Morgen, meine Damen«, sagte er. »Bitte verzeihen Sie die Störung, aber ich dachte, das würde Sie interessieren, Jesse. Sehen Sie sich die Titelseite des *Brisbane Courier* an. Eine Entschuldigung an Jake Tussup, weil sie ihn als Mörder bezeichnet haben. Ich wette, sie mussten ihn für diese Ente außerdem finanziell entschädigen. Also passen Sie in Zukunft auf, was Sie über Tussup schreiben. Hoffentlich haben Sie ihn nicht auch einen Mörder genannt.«

»Nein, ich habe nur geschrieben, er würde von der Polizei gesucht, ohne die genauen Gründe zu erwähnen.«

»Ausgezeichnet. Ein hübscher Tag für einen Ausflug, meine Damen. Wenn Sie mich jetzt entschuldigen ...«

Jesse betrachtete die Zeitung. »Am besten schenke ich ihm gleich reinen Wein ein«, meinte er zu Esme.

»Mal fährt nach Brisbane«, teilte Esme ihrer Freundin mit, als diese aus ihrem Mittagschläfchen erwachte. »Lulu war hier, um es uns zu sagen. Sie hat uns Eier mitgebracht.«

»Ich habe mir gedacht, dass er das tun würde. Und ich habe viel über Constance nachgedacht. Und über Raymond. Und meine Freundin Gertrude, die in Brisbane wohnt. Ich habe beschlossen, dass die Gelegenheit günstig ist, um unsere wunderschöne Hauptstadt zu besuchen. Wir müssen packen.«

»Wir?«

»Natürlich kommen Sie mit. Sie können besser mit Constance sprechen als ich.«

»Eleanor, das geht nicht. Mal würde glauben, dass ich ihn verfolge.«

»Er gehört nicht zu dieser Sorte von Leuten. Bestimmt freut er sich, dass wir diese Besuche erledigen. Außerdem haben wir uns eine kleine Reise verdient. Also hören sie auf, überall Unheil zu wittern. Wie ist zurzeit wohl das Wetter in Brisbane? Jetzt können wir die Tropenkleider ablegen und unsere eleganten Sachen hervorholen.«

Mal glaubte die Küste von Queensland inzwischen wie seine Westentasche zu kennen. »Ich weiß nicht, wie oft ich hier schon entlanggefahren bin«, meinte er zu Esme, während der Dampfer über die Trinity Bay tuckerte.

»Ich wollte Ihnen noch sagen«, erwiderte sie, »dass Sie uns in keinster Weise verpflichtet sind. Dass wir an Bord sind, heißt nicht ...«

»Mit wem soll ich mich sonst unterhalten, wenn nicht mit Ihnen und Eleanor? Ich habe keine Lust, mit Fremden zu plaudern. Eigentlich hatte ich gehofft, Sie würden mich beschützen.«

Sie lachte auf. »Sie beschützen? Ich habe gerade gehört, wie sie mit den beiden Smiths ein Kartenspiel verabredet haben – noch ehe das Schiff den Hafen verlassen hatte.«

»Ich dachte, es würde Sie amüsieren ...«

»Hasenpfeffer, wie ich annehme.«

»Genau.«

»Sie gewinnen wohl gern, Mal Willoughby.«

»Oh, ja.« Seine Augen funkelten. »Mit ein wenig Hilfe von meinen Freunden.« Esme war eine ausgezeichnete Kartenspielerin und anscheinend gut in Übung, woran es nichts auszusetzen gab.

Mal fiel die unangenehme Begegnung mit Clive Hillier ein, den er getroffen hatte, als er an Bord ging.

»Ich höre, du willst nach Brisbane. Wohl hinter meiner Frau her, was?«

Er hatte Hillier nur angesehen und leise »Nein« gesagt,

obwohl er nicht übel Lust gehabt hätte, den Kerl ins Hafenbecken zu stoßen.

Die kurze Schiffsreise verlief ereignislos und angenehm. Alle vermieden es sorgsam, das Thema *China Belle* anzuschneiden. Immer wieder überlegte Mal, ob er mit Eleanor ein ernstes Gespräch über Jake Tussup führen sollte, denn schließlich war sie eine kluge und weltgewandte Frau. Doch er verkniff es sich. Gewiss hätte Eleanor ihm die vernünftige Empfehlung gegeben, endlich loszulassen. Schließlich hatte sie schon öfter derartige Andeutungen gemacht. Allerdings war Mal noch nicht bereit gewesen, ihren Rat anzunehmen. Wozu also das Ganze?

Und Esme? Konnte er mit ihr darüber reden? Vermutlich nicht. Sie war ohnehin unschlüssig. Einerseits hasste sie Tussup aus tiefster Seele, was nicht zu übersehen war, doch andererseits wollte sie nicht, dass Mal ihn sich vorknöpfte, und zwar aus einem offentlichtlichen Grund: Es würde nur Ärger geben.

Mal verbrachte viel Zeit allein in seiner Kabine und überlegte, was er tun sollte, falls er Tussup in Brisbane über den Weg lief. Changs Behauptung, er habe ihn erschossen, beschäftigte ihn immer noch. Allerdings begriff er inzwischen, dass er gegen die Blutrache der Chinesen machtlos war.

Da Raymond Tussup verteidigte – eine für ihn unbegreifliche Entscheidung –, waren sie selbstverständlich davon ausgegangen, dass der Verbrecher hinter schwedischen Gardinen saß, auch wenn das nicht in Raymonds Brief stand. Es hieß darin nur, er sei in Brisbane, und Mal hoffte, dass damit das Gefängnis gemeint war. Dann würde er zumindest nicht in Versuchung geführt werden, den Mann ordentlich zu verprügeln. Oder ihm noch Schlimmeres anzutun.

Die Frauen wurden von Aufregung ergriffen, als der Dampfer über die Moreton Bay auf die Hafeneinfahrt von Brisbane zusteuerte. Doch Mal runzelte finster die Stirn, als sie die berüchtigte Insel St. Helena passierten. Hier befand sich das Gefängnis, in dem er auf seinen Prozess gewartet hatte. Er musste sich abwenden, um die Erinnerungen an die dort erduldeten Schrecken zu verscheuchen.

»Lass das«, sagte er sich. »Hör auf damit. Vergiss es. Du hast sie für die dort verbrachten Monate bluten lassen. Die verdammte Regierung hat ihr Gold nie zurückbekommen.«

»Aber ich war noch so jung«, widersprach eine innere Stimme. »Und noch nie in Schwierigkeiten geraten. Vor kurzem erst hatte ich Emilie kennen gelernt und mich bis über beide Ohren in sie verliebt. Und dann stürzte plötzlich ein Gebirge über mir zusammen.«

»Nein!«, rief er. Es war ein lautloser Schrei, als das blaue Meer an ihm vorbeirauschte und ihn an Jun Liens grausamen Tod erinnerte. Schmerz, Leid und Verzweiflung kehrten zurück, und am liebsten hätte Mal sich in die kühlen, kristallklaren Fluten geworfen, um genauso zu enden wie sie.

Esme, die auf ihn zukam, bemerkte seinen Tränen, und wandte sich rasch ab.

Ein heftiger Wind zerrte an ihren modischen breitkrempigen Hüten, als Eleanor und Esme auf die Wharf Street traten, um die Hauptstadt der Kolonie zu erkunden. Sie stellten fest, dass Brisbane um einiges kleiner und provinzieller war, als sie es sich ausgemalt hatten.

»Nach den vielen Menschen in den Städten des fernen Ostens gewöhnt man sich nur schwer daran, dass hier nur so wenige Leute auf der Straße sind«, meinte Esme. »Ich habe das Gefühl, dass wir auffallen wie zwei Truthähne.«

Mal, der sie eingeholt hatte, hörte diese Bemerkung. »Truthähne. Ach, du meine Güte, nein. Sie sehen beide so reizend aus, dass die Leute allen Grund haben, Ihnen bewundernd nachzublicken. Das Gepäck habe ich ins Hotel *Treasury* bringen lassen. Das ist sehr elegant und nicht weit von hier gelegen.«

»Kennen Sie die Stadt gut?«, erkundigte sich Eleanor.

»Ja. Ich bin hier einmal einem berühmten Buschranger begegnet und war sehr beeindruckt.« Ständig sah Mal sich um, in der Hoffnung, mit ein wenig Glück Tussup zu erspähen. Aber vergeblich. Bald hatten sie das Hotel erreicht, wo man ihnen ihre Zimmer zeigte.

»Ich lasse Sie nun eine Weile allein, meine Damen. Ich muss einiges erledigen.«

»Sie wollen Raymond besuchen«, erwiderte Eleanor vorwurfsvoll. »Aber vermutlich können wir nicht alle gleichzeitig bei ihm hereinplatzen. Er wohnt in Paddington. Ist das sehr weit außerhalb?«

»Eigentlich nicht. Doch zu weit, um zu Fuß zu gehen. Ich werde sehen, ob ich ihn antreffe. Sicher wird er Sie unbedingt sehen wollen, wenn er erfährt, dass Sie in der Stadt sind.«

»Bis dahin«, meinte Esme, »können wir ja auspacken und im Salon einen Nachmittagstee trinken. Das wäre sicher nett.«

»Einverstanden. Aber lassen Sie sich nicht zu viel Zeit, Mal. Ich sterbe vor Neugier und muss unbedingt alles über Tussup und die arme Constance wissen.«

Mal wollte schon die Rezeption passieren, hielt dann aber, einer plötzlichen Eingebung folgend, inne und erkundigte sich beim Empfangschef, ob ein Mr. Tussup im Hotel wohnte. Er war nicht überrascht, als der Empfangschef verneinte.

Allerdings zuckte er zusammen, als er fortfuhr: »Aber er war vor einigen Wochen hier. Mr. Jake Tussup ...«

»Ja!« Mal stockte der Atem. »Tatsächlich? In diesem Hotel?«

»Jawohl, Sir«, erwiderte der Empfangschef, ein wenig verdattert.

Leise fluchend ging Mal davon. Warum hatte derReckskerl bloß immer ein paar Tage Vorsprung?

Dann jedoch kam ihm der erfreuliche Gedanke, dass Tussup vermutlich vom Hotel direkt ins Gefängnis gebracht worden war. Ins Gefängnis von Brisbane, ein heruntergekommenes, elendes Drecksloch. Da konnte Mal aus eigener Erfahrung sprechen.

Miss Lewis öffnete die Tür. »Gütiger Himmel! Es ist Mr. Willoughby, richtig? Ich erkenne Sie von den Fotos in der Zeitung. Kommen Sie herein. Raymond wird sich sehr freuen, Sie zu sehen. Ich bin seine Schwester.«

Sie brachte ihn durch die verglaste Vorhalle in einen geräumigen Salon, der mit braunen Teppichen, soliden Ledermöbeln und den Porträts streng dreinblickender Vorfahren ausgestattet war. In einer Ecke standen Farne und kleine Palmen in Übertöpfen aus Messing, die sich kaum von der dunklen Wandvertäfelung abhoben. Die Pflanzen rangen nach Luft und sonderten, offenbar als Anzeichen ihres Unbehagens, einen muffigen Geruch ab.

»Raymond ist hinten und gibt den Gärtnern Anweisungen. Ich hole ihn. Ich war sehr bestürzt, als ich vom Tod Ihrer lieben Frau erfuhr, und möchte Ihnen mein aufrichtiges Beileid aussprechen. Es war ein schrecklicher Schock. Wir haben von der Tragödie auf der *China Belle* durch ein Telegramm aus Cairns Kenntnis bekommen. Sie können sich vorstellen, welche Angst ...«

Als sie ihren Bruder hereinkommen hörte, rief sie: »Raymond. Sieh doch, wer da ist! Möchten Sie Tee, Mr. Willoughby? Oder etwas Stärkeres?«

»Tee wäre wunderbar. Danke, Miss Lewis.«

Lavinia sprang auf und läutete nach dem Hausmädchen. Offenbar hatte sie nicht die Absicht, das Zimmer zu verlassen und das höchst interessante Gespräch zu verpassen, das dieser Besuch verhieß.

Raymond war weniger erfreut über den Gast als seine Schwester. Doch Mal musste zugeben, dass er sich das nicht anmerken ließ und ihn freundlich begrüßte.

»Tee, Raymond?«, fragte Lavinia, als das Hausmädchen den Kopf zur Tür hineinsteckte.

»Nein«, erwiderte er mürrisch. »Nein. Was führt Sie zu mir, Mal?«

»Eleanors Brief. Wo ist Tussup? Ich hoffe doch, im Gefängnis.«

»Aber nein. Er steht nicht unter Anklage.« Lewis nahm

die Brille ab und polierte die Gläser mit einem großen Taschentuch.

»Sie müssen wissen, dass Mr. Tussup unangemeldet vor unserer Tür stand«, erklärte Miss Lewis. »Ebenso wie Sie heute. Raymond hat nur das getan, was er für das Richtige hielt. Mr. Tussup wollte seinen Namen wieder reinwaschen.«

»Dazu braucht er aber ziemlich viel Wasser und Seife«, spottete Mal.

»Im Großen und Ganzen betrachtet, gewiss«, erwiderte Raymond. »Allerdings machte ihm hauptsächlich zu schaffen, dass man ihn als Mörder verfolgt hat.« Er beugte sich vor. »Der Mann war verzweifelt, Mal.«

»Ach, wirklich? Haben Sie ihm die Gegendarstellung im *Courier* besorgt?«

»Nein. Darum hat er sich selbst gekümmert. Ich habe mich beim Polizeichef erkundigt, was man ihm vorwerfen würde, falls er sich stellte. Er hatte das Davonlaufen satt. Doch offenbar sind Sie sein größtes Problem, Mal.«

»Warum ich? Und weshalb hat man ihn nicht verhaftet?«

»Wegen Sir Lyle Horwood«, engegnete Miss Lewis erbost. »Er hat hinter den Kulissen ein paar Fäden gezogen und dem Polizeichef gegenüber sogar angedeutet, er könne ihm womöglich zu einer Erhebung in den Adelsstand verhelfen ...«

»Lavinia! Das hat Jasper mir im Vertrauen mitgeteilt«, tadelte Raymond.

»Und er sollte sich schämen, so ein Angebot überhaupt in Erwägung zu ziehen«, zischte sie.

»Was geht diese Sache Lyle überhaupt an?«, fragte Mal.

»Eine ganze Menge«, entgegnete Raymond widerstrebend. »Wirklich. Lassen Sie mich von Constance erzählen.«

»Ja gern. Eleanor und Esme machen sich große Sorgen um sie«, antwortete Mal. »Sie möchten sie so bald wie möglich besuchen.«

»Die beiden sind in der Stadt? Hier? Seit wann?« Raymond war verdattert und nicht wenig erfreut. Mal hatte seine liebe Not, den Anwalt dazu zu bringen, ihm die ganze traurige Geschichte zu erzählen, wie Tussup dem Gesetz ein Schnippchen geschlagen hatte und auf freiem Fuß geblieben war, während Constance in ernsthaften Schwierigkeiten steckte. Zum Glück ergriff Miss Lewis die Gelegenheit, ihrem Ärger Luft zu machen, sodass Mal bald sämtliche Einzelheiten kannte, die Raymond lieber hätte unter den Tisch fallen lassen; der Anwalt brannte nämlich darauf, das Gespräch so schnell wie möglich zu beenden, um endlich die Damen zu sehen. Insbesondere Eleanor, dachte Mal.

Schließlich war Raymonds Geduld zu Ende. »Ich hole die Kutsche und fahre Sie zurück in die Stadt«, schlug er Mal vor, der sich freute, nicht zu Fuß gehen zu müssen. Allerdings war er verärgert, weil er Tussup schon wieder verpasst hatte.

Obwohl Raymond sich auf das Wiedersehen mit Eleanor und Esme gefreut hatte, verlief die Begegung in der Hotelhalle alles andere als harmonisch. Die Frauen waren empört, weil keine Anklage gegen Jake Tussup erhoben worden war, und sehr bestürzt, als sie von Constances Aufenthaltsort erfuhren. Doch Raymond erklärte ihnen rasch, dass man in beiden Fällen nicht viel unternehmen könne.

»Wirklich gar nichts?«, ereiferte sich Eleanor. »Liegt das vielleicht daran, dass Tussup Ihr Mandant ist? Oder ist es Ihnen einfach zu mühsam, Raymond?«

»Sie sind ungerecht«, erwiderte er. »Man versucht, das Beste für alle Beteiligten zu tun. Ich habe große Anstrengungen unternommen, um Constances Interessen zu wahren. Es war nicht leicht, sie überhaupt sehen zu dürfen. Und seit wir die Erlaubnis dazu haben, besuchen wir sie regelmäßig. Lyle Horwood ahnt nichts davon, denn sonst würde er es unterbinden.«

»Und Sie haben keine rechtlichen Schritte unternommen, um Horwood daran zu hindern, so mit seiner Frau umzuspringen?«

»Constance will bleiben. Sie fühlt sich dort sicher.«

»In einer Irrenanstalt!«, rief Esme aus. »Ich würde in so einer Umgebung zugrunde gehen! Was haben Sie sich bloß dabei gedacht, Raymond? Wenn die Ärzte sie für geisteskrank halten und Sie der Ansicht sind, dass sie zurzeit nicht ganz zurechnungsfähig ist, warum nehmen Sie ihre Einschätzung der Lage dann unwidersprochen hin? Als Ihr Anwalt ist es Ihre Pflicht, die Entscheidungen zu fällen und sich nicht einfach den ihren zu beugen.«

»Versuchen Sie doch, mich zu verstehen, Esme. Juristisch betrachtet bewege ich mich auf dünnem Eis. Dem Gesetz nach dürfte ich die Anstalt gar nicht betreten. Ich habe kein Recht darauf, Constance zu besuchen.«

»Haben Sie Lyle Horwood nicht zur Rede gestellt?«

»Das ist aussichtslos, solange Constance in der Anstalt bleiben will. Aber was halten Sie von einem Glas Wein, meine Lieben? Champagner wäre sogar noch besser. Was sagen Sie dazu?«

Nicht unbedingt überschwänglich nahmen sie das Angebot an. Raymond, der versuchte, ein wenig Frohsinn zu verbreiten, klatschte vergnügt in die Hände, um den Kellner herbeizurufen, während Eleanor Mal anstieß und flüsterte: »Ich glaube, seine kleine Angewohnheit bremst ihn ein wenig, mein Lieber.«

»Was ...?« Verdattert starrte Mal sie an, aber sie zuckte nur die Achseln. Daraufhin musterte Mal Raymond, aber natürlich war ihm nicht anzusehen, dass er Opium rauchte.

Trotz seiner Verärgerung über die Wendung, die das Gespräch genommen hatte, musste Mal schmunzeln. Wer hätte das von Raymond gedacht? Er erinnerte sich an den aalglatten Burschen in Cooktown, den alten Herrn Li ... Raymond hatte gesagt, er habe bei den Chinesen gewohnt, nachdem dieser ihn vor den Schrecken eines Feldlazaretts gerettet hatte. Mal vermutete, dass Li ihm die Sorgenfalten geglättet hatte, indem er ihn an den Freuden seines Hauses teilhaben ließ – und sicher hatte er ihm auch Salben für die Geschwüre an den Beinen zur Verfügung gestellt.

Als der Champagner serviert wurde, prostete Raymond auf glückliche Zeiten an. Doch Esme wollte weiter über Tussup sprechen.

»Ich fasse es nicht«, sagte sie. »Kaum zu glauben, dass er hier in der Stadt war. Mal hat erzählt, er habe sogar in diesem Hotel gewohnt. Und dennoch haben Sie und die Polizei ihn entkommen lassen! Was haben Sie sich dabei gedacht, Raymond?«

»Erstens«, gab er empört zurück, »muss ich Sie darauf hinweisen, dass ich nicht die Polizei bin und keinen Einfluss auf ihre Entscheidungen habe. Zweitens war Tussup höchst besorgt, weil Mal ihn als Mörder gebrandmarkt hatte. Ich weiß, wie verzweifelt Mal damals war ...«

»Das ist noch untertrieben«, gab Mal barsch zurück.

»Lassen Sie mich ausreden. Es war dennoch eine dumme Idee. Ich war nie mit den Plakaten einverstanden, die Sie überall verteilt haben. Tussup hätte Sie auf jeden Penny verklagen können, den Sie besitzen.«

Mal, der angesichts dieser kläglichen Ausrede seinen Ohren nicht traute, schüttelte den Kopf. »Gut. Haben Sie ihm dazu geraten?«

»Ich habe ihn in dieser Sache nicht über seine Rechte aufgeklärt, wenn es Sie so interessiert. Auch wenn ich das als sein Anwalt eigentlich hätte tun sollen. Aber er wusste es offenbar dennoch, denn schließlich ist es ihm gelungen, den *Courier* zu einer Gegendarstellung zu zwingen.«

»Das bringt mich zu der Frage, die mich eigentlich beschäftigt«, sagte Esme. »Warum haben Sie ihn nicht sofort festgesetzt und die Polizei verständigt?«

»Weil ich über sein plötzliches Erscheinen in meinem Haus so überrascht war.«

»Sie waren nicht in der Lage, die Situation schnell genug zu erfassen?«, meint Eleanor spitz und zog, zu Mal gewandt, eine Augenbraue hoch.

»Genau. Er war gekommen, um mich als Rechtsbeistand zu verpflichten, weil ich dabei gewesen war und deshalb wusste, wie Bartie Lee und die übrigen Ganoven seinen Plan für ihre eigenen Zwecke missbraucht haben.«

»Und deshalb haben Sie den Polizeichef überredet, ihn laufen zu lassen.«

»Nicht ganz, Eleanor. Mir war klar, dass er sich vor Gericht würde verantworten müssen, und wollte nur wissen, was genau gegen ihn vorlag. Dann hörte ich, die Akte sei geschlossen worden, und zwar dank der Bemühungen von Lyle Horwood. Außerdem hatte Tussup die Stadt inzwischen schon verlassen.«

»Was für eine Überraschung«, höhnte Eleanor.

Raymond war aufrichtig erstaunt, weil alle so ungnädig zu ihm waren, und die Einstellung dieser Menschen, die er als gute Freunde betrachtete, bestürzte ihn. Schließlich hatten sie so viel zusammen durchgemacht. Er bestellte mehr Champagner, um die allgemeine Laune zu heben, und wechselte das Thema.

»Ich dachte, dass Sie nach dem Essen vielleicht Lust auf einen Theaterabend haben. Ich habe eine eigene Loge im Schauspielhaus.«

»Das wäre schön«, erwiderte Eleanor. »Ich war schon so lange nicht mehr im Theater. Was wird denn gespielt?«

»J. C. Willliams und seine Frau Maggie Moore treten in einer Komödie mit dem Titel *Der Ölfund* auf. Das Stück soll ausgezeichnet sein.«

»Ohne mich«, brummte Mal mürrisch, aber Esme konnte der Einladung nicht widerstehen. Man verabredete sich, und Raymond atmete erleichtert auf. Dann erinnerte er die Damen an eine weitere Einladung, die er gleich beim Wiedersehen im Hotel *Treasury* ausgesprochen hatte.

»Meine Schwester würde Sie gern zum Essen bei uns begrüßen, meine Damen. Sie freut sich darauf, Sie kennen zu lernen.«

»Aber, ja«, erwiderte Eleanor. »Vielen Dank. Die Freude ist ganz auf unserer Seite.«

Inzwischen fühlte Raymond sich ein wenig wohler. Obwohl er es nicht laut aussprach, gab er Mal die Schuld, weil dieser die Damen ermuntert hatte, seine Entscheidung in Frage zu stellen. Offenbar begriffen sie alle nicht, dass er sich richtig verhalten hatte. Er war fair mit Tussup umgegangen, und schließlich konnte er nichts dafür, dass ihm der elende Kerl davongelaufen war. Eleanors scharfe Worte hatten ihn sehr gekränkt, denn sie war so eine wunderbare und elegante Dame. Er hatte von Anfang an für sie geschwärmt, und eigentlich lag es nur an ihr, dass er Cairns einen Besuch hatte abstatten wollen. Raymond hatte gehofft, sie in Cairns häufiger zu sehen, da es dort ruhiger war als in Brisbane und keine weiteren Verpflichtungen seine Anwesenheit verlangten. Dann hätte sich irgendwann gewiss der richtige Zeitpunkt ergeben, um ein ernstes Gespräch über eine gemeinsame Zukunft zu führen.

Doch es war ja noch nicht aller Tage Abend, sagte er sich, als er die Damen in den Speisesaal begleitete. Schließlich hatte Eleanor die Einladung ins Theater als Erste angenommen. Vielleicht hatte sie die kleine Auseinandersetzung ja schon vergessen.

Anstatt sich zum Abendessen zu ihnen zu gesellen, ging Mal die George Street hinunter zum Parlament, wo der Sonnenuntergang den Sandstein in einen orange- und rosafarbenen Schein tauchte. Alteingesessene hatten ihm erzählt, das Gebiet habe noch vor nicht allzu langer Zeit aus dichtem Regenwald bestanden. Dahinter hätte sich bis zu den Hügeln eine mit Gras bewachsene Ebene erstreckt, in der die Aborigines lebten wie im Paradies.

Tief in Gedanken versunken, schlenderte Mal an den botanischen Gärten entlang und überquerte die kleine Halbinsel, bis er wieder am Fluss stand. Als er das Straßenschild mit der Aufschrift EDWARD STREET betrachtete, fragte er sich, woran es ihn erinnerte.

Nachdem er in diese Straße eingebogen war, hörte er Gesang aus der St.-Stephens-Kathedrale, und er verlangsamte seinen Schritt, um den hohen Stimmen eines Knabenchors zu lauschen. Fast wäre er hineingegangen, um diese seltene Freude zu genießen, als ihm ein Name durch den Kopf schoss. Ein Name! Ein Wort: *Lanfield!*

Mal schlug sich mit der Hand vor die Stirn. Ließ sein Gedächtnis allmählich nach? Was war nur los mit ihm?

Warum brütete er über Raymonds klägliche Bemühungen nach, obwohl Lanfield seine Kanzlei gleich hier in dieser Straße hatte? In der Edward Street. Worauf wartete er also noch?

Mal begann zu rennen. Es war schon spät, die Läden schlossen bereits, und Büroangestellte strömten hinaus auf die Straße. Ein Pferdegespann mit einem leeren Wagen polterte vorbei, und ein Droschkenkutscher brüllte Mal etwas nach, als dieser über die Straße zu den Victoria Chambers lief, einem weiteren beeindruckenden Sandsteingebäude, das auf ihn früher ebenso einschüchternd gewirkt hatte wie sein Anwalt Mr. Lanfield.

Lanfield, dachte er schmunzelnd, als er die schwere Glastür öffnete. Leicht reizbar. Mürrisch. Arrogant. Aber ein Genie. Die Bezeichnung ›klug‹ wurde Lanfield nicht gerecht, überlegte er, während er Platz machte, um einen Mann mit Zylinder vorbeizulassen, der gerade die Treppe herunterkam. Das würde er vermutlich als Beleidigung verstehen. Er war eben ein Spitzenanwalt. »Wer sonst hätte es geschafft, mich freizukriegen?«, fragte sich Mal. »Schließlich hat der Leiter der Goldbehörde selbst versucht, mir das Verbrechen anzuhängen.«

»Mr. Willoughby! Was machen Sie denn hier?«, wandte sich da eine strenge Stimme an ihn. Als Mal aufblickte, sah er Lanfield mit seinen Kollegen auf sich zukommen.

Er schluckte. Schon wieder ließ er sich einschüchtern. »Ich muss mit Ihnen reden, Sir.«

»Meine Kanzlei schließt pünktlich um halb sieben.«

Ja, das passt, dachte Mal. Pünktlich. Aber dann blieb Lanfield neben ihm stehen. »Ich habe über Sie in der Zeitung gelesen, Mr. Willoughby«, sagte er mit seiner hohen Stimme. »Und ich war bestürzt, zu erfahren, welche Tragödie Sie durchmachen mussten. Darf ich Ihnen mein aufrichtiges Beileid zum Tod Ihrer Frau aussprechen? Ein Jammer. Und Sie wollten zu mir?«

»Ja, Sir.«

»Dann kommen Sie morgen früh um Punkt neun wieder.« Mit diesen Worten zog der hoch gewachsene hagere

Anwalt den Hut und marschierte zur Tür, die einer der Herren ihm aufhielt.

Mal schmunzelte. Mit Beileidswünschen hätte er nicht gerechnet. Ein kleiner Hinweis darauf, dass Lanfield auch ein Mensch war. Außerdem war es eine sehr freundliche Geste.

»Ich werde mich morgen bei ihm bedanken«, sagte er sich, während er ebenfalls das Gebäude verließ.

Das Stück war sehr komisch, und alle amüsierten sich großartig. Raymond erbot sich zwar, in der Pause Erfrischungen zu holen, doch Eleanor wollte sich die Beine vertreten. Deshalb gingen sie gemeinsam in das prächtige Foyer hinaus. Weder Esme noch Raymond ahnten, dass Eleanor damit Hintergedanken verfolgte.

»Verzeihen Sie«, sagte sie zu den beiden. »Da ist jemand, mit dem ich sprechen möchte.«

»Wer könnte das sein?«, fragte Raymond Esme und bat dann einen Kellner, einen Krug eisgekühler Limonade mit drei Gläsern in seine Loge zu bringen.

»Ach, du meine Güte!« Auf den Zehenspitzen stehend, spähte Esme durch die Menge. »Es ist Lyle Horwood.«

Eleanor hatte allein mit Lyle reden wollen, nachdem sie ihn im Theater erspäht hatte; seitdem wartete sie auf eine Gelegenheit, ein paar Worte mit ihm zu wechseln. Und zwar in der Öffentlichkeit!

Als sie ihm auf die Schulter tippte, drehte er sich, ein erwartungsvolles Lächeln auf dem Gesicht, um, denn schließlich wurde man nicht alle Tage von einer attraktiven Frau angesprochen. Doch das Lächeln verflog schlagartig.

»Mr. Horwood, das gibt es doch nicht!«, rief Eleanor aus, wobei sie seinen neuen Titel absichtlich unter den Tisch fallen ließ.

Er nickte barsch. »Mrs. Plummer.«

»Wie geht es Ihnen, Lyle?«, fuhr sie fort, bevor er sich aus dem Staub machen konnte.

»Ausgezeichnet, vielen Dank.«

»Und Constance?«, hakte sie nach. »Wie geht es Ihrer lieben Frau?«

»Sie ist ebenfalls wohlauf.«

»Es freut mich, das zu hören, Lyle, denn ich weiß aus sicherer Quelle, dass es Ihrer Frau ganz und gar nicht gut geht. Ich habe sogar gehört, Sie hätten sie in eine Anstalt einliefern lassen.«

Lyles Gesicht unter dem dichten weißen Haarschopf rötete sich. »Das ist nicht wahr, Eleanor, und das wissen Sie ganz genau«, flüsterte er. »Und seien Sie bitte so gut, die Stimme zu senken.«

»Entweder Sie lügen – oder meine Informanten«, gab sie laut zurück. »Haben Sie Constance weggesperrt, als sie krank wurde, ebenso wie Ihre erste Frau?«

»Sie ist nicht weggesperrt. Außerdem bin ich nicht hier, um mit Ihnen den Zustand meiner Frau zu erörtern, Madam.«

»Aber ich!«, beharrte sie. »Ein Glück, dass ich Sie hier getroffen habe, Lyle, denn ich verlange eine Antwort: Wo ist Constance?«

Inzwischen drehten sich bereits die Leute um und spitzten die Ohren. Raymond schüttelte verzweifelt den Kopf, da er Eleanor offenbar nicht daran hindern konnte, eine Szene zu machen. Da beschloss Esme, sich einzumischen.

Sie drängte sich durch die gaffende Menge. »Verzeihung, Lyle, sprachen Sie gerade über Constance? Wo ist sie? Man sagte mir, sie sei nicht mehr zu Hause? Wo also?«

»Wie können Sie es wagen, mich so zu bedrängen? Ist Ihnen nicht klar, wer ich bin?«

»Mein guter Mann, ich weiß genau, wer Sie sind«, erwiderte Eleanor und ließ ihren Fächer aufschnappen. »Sie sind der Ehegatte unserer Freundin Constance, Lady Horwood, die offenbar verschwunden ist.«

»Sie ist nicht verschwunden«, stammelte er aufgebracht. »Sie ist zu Hause.«

»Dann werden wir sie morgen besuchen.«

»Nein, das werden Sie nicht, Madam!« Er rempelte die Zuschauer beiseite und eilte auf die Treppe zu.

»Eleanor!«, zischte Raymond, während die Menge sich zerstreute. »Welcher Teufel hat Sie denn geritten?«

»Das Bedürfnis, ihn so zu blamieren, dass er sich in Zukunft anständig benimmt«, erwiderte sie gelassen. »Er ist ein grässlicher Kleingeist und ein abscheulicher Snob.«

»Aber mussten Sie ihm gleich eine Szene machen?«

»Wir können nicht tatenlos herumsitzen, bis sich unsere Probleme von selbst erledigen, Raymond. Doch nun kommen Sie, die Kunst ruft ...«

Später an diesem Abend erläuterte sie Esme ihren Plan. »Morgen statten wir Lyle einen Besuch ab. Wir eröffnen ihm, wir wüssten, dass Constance in einer Anstalt ist, und verlangen seine Erlaubnis, sie zu sehen. Wenn er sich weigert, setzen wir ihn unter Druck. Sind Sie dabei?«

»Gute Idee! Doch womit wollen Sie ihm denn drohen?«

»Da gibt es eine ganze Menge. Zum Beispiel, dass wir überall herumerzählen könnten, er habe seine Frau zwangseinweisen lassen, was hoffentlich der richtige Ausdruck dafür ist. Wir könnten auch eine Annonce in die Zeitung setzen und um Hinweise auf ihren Aufenthaltsort bitten. Dann wird ihm sicher richtig mulmig werden. Ich glaube, mit unserem kleinen Auftritt im Theater habe ich ihn schon ordentlich weich geklopft, denn schließlich haben viele Leute zugehört. Morgen Nachmittag ist er Stadtgespräch.«

»Meinen Sie, es klappt?«

»Oh, ja. Früher oder später.«

Nach einem ärgerlichen Disput an der Eingangstür erteilte Lyle ihnen die Erlaubnis, seine Frau zu besuchen – und zwar schriftlich, weil Eleanor darauf bestand.

»Ich glaube, die Anstalt liegt ziemlich weit draußen vor der Stadt«, sagte sie. »Wir möchten ungern eigens hinfahren und abgewiesen werden.«

»Das alles ist nur Raymonds Schuld«, schimpfte er. »Ich habe ihm vertraulich mitgeteilt, wo sie ist. In letzter Zeit macht er nichts als Schwierigkeiten. Die arme Constance, es wird ihr den Rest geben, wenn man sie vor Gericht zerrt und sie zwingt, zu ihrem Aufenthalt bei diesen Verbrechern eine Aussage zu machen. Sie haben sie in den Wahnsinn getrieben. Das werden Sie ja selbst sehen. Dann lassen Sie die arme Frau sicher in Ruhe.«

»Ebenso wie Sie«, zischte Eleanor, aber Esme war sich da nicht so sicher.

Als sie, das Empfehlungsschreiben an die Oberschwester in der Tasche, mit der Kutsche zurück in die Stadt fuhren, verlieh sie ihrer Besorgnis Ausdruck.

»Sagte Raymond nicht auch, dass Constance dort bleiben will? Dass sie verzweifelt ist, weil sie glaubt, die Leute würden mit dem Finger auf sie zeigen? In diesem Fall könnte Lyle Recht haben. Die Demütigung einer Gerichtsverhandlung würde sie nicht überstehen, selbst wenn Tussup auf diese Weise seine gerechte Strafe bekäme.«

Eleanor seufzte. »Ich weiß nicht, meine Liebe. Es ist noch zu früh, um sich den Kopf darüber zu zerbrechen.«

»Also, Mr. Willoughby, nehmen Sie Platz. Was kann ich für Sie tun?«

Den Hut in der Hand, setzte sich Mal gehorsam auf den Stuhl vor Lanfields Schreibtisch. »Ich wollte mich für Ihre freundlichen Worte bedanken, Sir ...«

»Ich bezweifle, dass Worte die Trauer und Verzweiflung, die ein junger Mann wie Sie gewiss empfunden hat, auch nur annähernd lindern können. Also verzeihen Sie mir, Mr. Willoughby, wenn ich gleich zur Sache komme. Worum geht es?«

Mal betrachtete das flaumige graue Haar und die aufgeplusterten Koteletten, die so gar nicht zu den kalten grünen Augen und den schmalen Lippen des Mannes passen wollten. »Es geht um Tussup, Sir. Er war ...«

»Erster Offizier auf der *China Belle*. Ja, ich habe all die Zeitungsberichte gelesen. Aufmerksam, wie ich gestehen muss. Vielleicht aus persönlichem Interesse am Schicksal eines früheren Mandanten. Aber Sie stecken doch hoffentlich nicht wieder in Schwierigkeiten?«

»Nein, Sir. Ich bin wegen Tussup hier. Bis jetzt ist er ungeschoren davongekommen, und das halte ich für falsch. Der Polizeichef wollte ihn, wie es hieß, unter Anklage stellen. Doch dann hat ihm jemand einen Ritterschlag in Aussicht gestellt ...«

»Genug davon, Willoughby, das ist nicht unsere Sache. Bleiben Sie beim Thema.«

»Das Thema ist, dass Tussup sich weiterhin auf freiem Fuß befindet«, gab Mal zurück.

»Und was soll ich in dieser Sache unternehmen?«

»Ich weiß nicht. Sich etwas einfallen lassen, das man ihm zur Last legen kann.«

»Zum Beispiel?«

»Verschwörung. Es ist mir verboten, ihn als Mörder zu bezeichnen. Im ersten Moment habe ich es sogar bereut und gedacht, ich hätte vielleicht vorschnell geurteilt. Aber wenn meine Frau nicht in dem Boot gewesen wäre ...«

»Sie haben Recht.« Lanfields Adamsapfel zuckte über dem steifen Kragen und der Fliege. »Wenn man den Berichten Glauben schenkt, selbst denen aus jüngster Zeit, dann können Sie ihm keinen Mord vorwerfen. Möglicherweise Verschwörung«, überlegte er laut. »Doch seine Mitverschwörer sind alle tot. Das alles ist schwer zu beweisen. Die alberne Anklage, durch die der andere Bursche, dieser Ingleby, frei gekommen ist, vergessen wir am besten gleich. Raub! Wir haben keinen Beweis dafür, dass Tussup etwas gestohlen hat. Bis auf das Boot natürlich. Verstehen Sie jetzt, in welcher schwierigen Lage sich die Polizei befand? Eine Anklage wegen unerlaubten Verlassens eines Schiffes wäre in diesen goldverrückten Zeiten ihr Papier nicht wert, und Meuterei würde uns niemand abnehmen.«

»Was ist mit Beihilfe zum Mord. Schließlich hat er befohlen, den Bootsmann einzusperren, damit dieser nicht Alarm schlagen konnte. Und so hatten Mushi oder Lee die Möglichkeit, ihm die Kehle durchzuschneiden. Dafür muss Tussup doch zur Verantwortung gezogen werden.«

»Wer soll diesen Befehl vor Gericht bezeugen? Ingleby vielleicht? Der selbst Offizier und Mittäter ist? Ziemlich unwahrscheinlich. Außerdem wurde der Befehl gewiss nicht im Logbuch festgehalten. Aber das bringt mich zu einem anderen, ähnlich gelagerten Vorwurf.«

Der Anwalt spielte an einem Brieföffner aus Messing herum. »Ich denke nicht, dass wir mit Entführung weiterkommen. Ich möchte Ihnen ja keine unnötigen Schmerzen zufügen, Mr. Willoughby, aber es steht fest, dass die Malaien die beiden Damen entführt und in das Boot geschafft haben. Tussup hat protestiert, wurde aber überstimmt.«

Mal konnte nicht länger an sich halten. »Er hat protestiert?«, rief er aus. »Der Dreckskerl hatte eine Pistole! Er hätte sich weigern können, meine Frau und Constance mitzunehmen. Als er sah, dass die Frauen in Gefahr waren, hätte er die Möglichkeit gehabt, das Unternehmen abzublasen. Aber wissen Sie, was ihn dazu veranlasst hat, weiterzumachen? Die Gier! Sie sorgte dafür, dass er keinen Gedanken an die Frauen verschwendete. Dass sie ihm gleichgültig wurden. Er stand am Bug, oder wie man das sonst bei einem gottverdammten Boot nennt. Das Schwein hatte das Kommando.«

»Und da hätten wir es«, meinte Lanfield ruhig, und legte den Brieföffner parallel neben der ledernen Schreibunterlage ab.

Dann saß er, die Ellenbogen auf den Tisch und die Hand ins Kinn gestützt, da. »Freiheitsberaubung. Verstehen Sie den Unterschied? Er führte das Kommando über das Boot. Die Mannschaft erkannte das an. Die Damen wussten es. Ihre bedauernswerte Frau sprang aus dem Boot, um seinen Klauen zu entrinnen. Aber Mrs. Horwood, Lady Horwood, ist geblieben. Sie ist Ihre Zeugin.«

Mal wurde von Aufregung ergriffen. »Was tun wir jetzt? Bitten wir die Polizei, ihn anzuklagen?«

»Ich fürchte, nein. Die Akte ist geschlossen. Und selbst wenn uns das Unmögliche gelänge, wissen wir, dass Sir Lyle nicht damit einverstanden wäre, ein weiteres Erscheinen vor Gericht auf sich zu nehmen.«

Mal tat diesen Einwand ab. Er wusste zwar, dass es ein weiteres Hindernis bedeutete, Constance zu überzeugen, doch das konnte warten. Endlich sah er einen Lichtstreif am Horizont und hatte nicht die Absicht, so rasch das Handtuch zu werfen.

»Wenn die Polizei ihn nicht anklagt, möchte ich das tun. Kann ich das? Die Kosten sind mir gleichgültig. Ich muss ihm das Handwerk legen, Mr. Lanfield.«

Lanfield zuckte die Achseln. »Sie könnten ihn wegen dieser unerlaubten Handlung verklagen.«

»...?«

»Eine Zivilklage.«

Mal sprang auf. »Das geht? Dann mache ich es so. Was muss ich dafür tun?«

»Zuerst herausfinden, wo er ist. Ich habe gehört, er hätte die Stadt verlassen.«

»Das stimmt. Aber ich bin todsicher, dass ich ihn diesmal aufspüre. Bestimmt ist er in Goulburn.«

»In Neusüdwales?«

»Ja.«

»Dann befindet er sich leider nicht mehr im Zuständigkeitsbereich der Gerichtsbarkeit von Queensland.«

»Oh, nein!«

»Kein Problem. Ich stimme zu, dass dieser Schurke nicht ungeschoren davonkommen darf, Mr. Willoughby, und wenn es nur darum geht, dass Sie Ihren Seelenfrieden finden. Ich glaube, Sie müssen diese letzte Sache erledigen, bevor Sie die Tränen ablegen können, wie die Aborigines das Ende der Trauerzeit nennen.«

»Ja, davon habe ich gehört, Mr. Lanfield, aber ich habe ... es irgendwie nie auf mich selbst bezogen.«

Lanfield nickte. »Es musste einmal gesagt werden. Und nun gehen wir Tussups Rolle während der Ereignisse auf der *China Belle* noch einmal durch.«

Nachdem sie das Thema eingehend erörtert hatten, klopfte Lanfield auf den Schreibtisch. »Sehr gut. Jetzt möchte ich, dass Sie die Angelegenheit ein paar Tage lang mir überlassen. Stürmen Sie bloß nicht los, um Tussup zu suchen. Ich kenne einen Herrn in Sydney, der das für mich übernehmen wird. Es handelt sich um einen Mr. Fred Watkins, einen ausgezeichneten privaten Ermittler. Er wird zunächst Erkundigungen einziehen, ob Tussup wirklich wie vermutet in seiner Heimatstadt untergetaucht ist.«

»Es würde mich nicht wundern, wenn er sich außerhalb dieser Kolonie in Sicherheit wähnt.«

»Vermutlich ist er das auch, was unsere Polizei betrifft. Er hat am eigenen Leibe erlebt, wie hier geschlampt wird, und geht vermutlich davon aus, dass die Polizei in Neusüdwales sich noch weniger für den Fall interessiert. Aber zuerst müssen wir ihn einmal finden. Ich schreibe an einen Kollegen in Sydney, der Prozessanwalt ist. Möglicherweise ist die Gesetzeslage dort anders. Wenn alles klappt, können Sie sich an ihn wenden.«

»Gut«, sagte Mal. »Ich glaube, diesmal entwischt Tussup mir nicht.«

»Mag sein. Kommen Sie am Freitagvormittag wieder. Um dieselbe Zeit. Ich werde Mr. Watkins telegrafieren. Vielleicht weiß er bis dahin schon etwas. Also keine Alleingänge, Mr. Willoughby. Überlassen Sie bitte alles mir.«

Mal war so froh über Lanfields Hilfe, dass er beinahe Luftsprünge gemacht hätte, als er die Edward Street hinaufeilte. Endlich glaubte er, ein Licht am Ende des Tunnels zu sehen. Es gab allerdings ein Problem, und das war Constance. Nach Raymonds Worten zu urteilen, waren ihre Nerven nach den erlittenen Strapazen immer noch zerrüttet, sodass sie sich vor der Welt zurückgezogen hatte. Sie war sogar bereit, sich in eine Anstalt einsperren zu lassen, dachte Mal und fand das sehr sonderbar. Wie sollte sie denn ihre Angst vor ihren Mitmenschen überwinden, wenn sie allein in einem Zimmer saß? Ihm kam diese Behandlung eigenartig vor. Außerdem bedeutete das nichts Gutes für Lanfields Plan, der vorsah, dass sie vor Gericht aussagte.

Fast hätte es Mal geschafft, einen weiteren Zweifel beiseite zu schieben, der ihm in den Sinn gekommen war: Auch wenn Jake Tussup sich in seinem Wahn, unbedingt die Küste erreichen zu müssen, an der Entführung der beiden Frauen beteiligt hatte, so hatte er Constance immerhin bei ihrer Flucht geholfen. Das hatte sie selbst beteuert. Und zwar wiederholt.

Er beschloss, den anderen seine Unterredung mit Lanfield vorerst zu verschweigen. Möglicherweise hatte Raymond ja zur Abwechslung mal eine gute Idee.

Am folgenden Abend waren sie bei Raymond und Lavinia Lewis zum Essen eingeladen. Mal erklärte sich nur auf Esmes Drängen bereit, die beiden Damen zu begleiten.

»Es wird eine traurige Angelegenheit werden«, meinte sie. »Wie eine Totenfeier für uns beide. Aber wir müssen hin.«

»Ich nicht«, widersprach er.

»Doch. Sonst bleibe ich auch hier.«

»Also gut«, stimmte er schließlich zu. »Wahrscheinlich ist das Essen besser als im Hotel. Was die einem hier auftischen, ist noch schlimmer als der Fraß im Pub an der Ecke.«

Der Abend verlief, wie Mal zugeben musste, doch recht angenehm. Die Küche im Hause Lewis war gut und herzhaft, und Mal fand in Lavinia eine anregende Gesprächspartnerin.

Es wurde viel über Constance und ihren kläglichen Zustand gesprochen. Bei Eleanors und Esmes Besuch hatten alle drei Frauen bitterlich geweint; die Wut der Besucherinnen auf Lyle war ungebrochen.

»Sie müssen Sie da rausholen«, verlangte Eleanor von Raymond.

»Wie soll ich das anstellen? Sie wird dort medizinisch behandelt. Die Ärzte wollen sie nicht entlassen. Wo soll ich zwei andere Mediziner hernehmen, die deren Diagnose in Frage stellen? Ärzte widersprechen einander nämlich nie, das verstößt gegen ihre Standesehre.«

»Schmuggeln Sie sie raus«, witzelte Mal, und Lavinia lachte auf.

»Endlich mal ein konkreter Vorschlag. Hat jemand eine bessere Idee?«

»Ja. Wir marschieren alle zusammen bei Lyle auf.« Eleanor meinte das ernst. »Auch Sie, Lavinia. Und dann fordern wir Constances Freilassung. Auf diese Methode haben wir auch die Besuchserlaubnis bekommen. Wir müssen ihn öffentlich bloßstellen.«

»Mit solchen Methoden möchte ich nichts zu tun haben«, protestierte Raymond. »Das kommt überhaupt nicht in Frage.«

Mal hatte Spaß an dem Streit. »Wir brauchen ihn ja nicht gleich an die Wand zu stellen. Vielleicht genügt es ja, ihm die Finger zu brechen.«

»Bitte lassen Sie die Scherze«, tadelte Eleanor.

»Einverstanden. Sagten Sie nicht vorhin, einer der Gründe, warum sie dort bleiben möchte – und das leuchtet mir mehr ein als die Aussage, es gefiele ihr in der Irrenanstalt –, ist, dass sie nicht zu Lyle zurück will?«

»Das stimmt. Er schämt sich ihretwegen und lässt es sie angeblich spüren.«

»Angeblich?«, mischte sich Esme ein. »Er hat sie weggesperrt; das ist doch ziemlich eindeutig.«

»Zur Behandlung«, sagte Raymond. »Zur Behandlung. Das sagt er zumindest.«

»Welchen Sinn hat es, ihn zu zwingen, ihre Entlassung anzuordnen, wenn sie sich entschlossen hat, nicht zu ihm zurückzukehren?«, wandte Mal ein. »Das wird ihm noch peinlicher sein, und wo soll sie dann hin? Vor den Zwischenfällen auf der *China Belle* hat Constance nie einen Fuß auf dieses Land gesetzt. Außer uns kennt sie niemanden.«

»Sie kann hier wohnen«, erwiderte Lavinia. »Sie ist bei uns willkommen, so lange sie möchte.«

»Sie könnte uns auch nach Cairns begleiten«, fügte Eleanor hinzu.

Am nächsten Tag ließ Mal sich auf die Besucherliste setzen, und zwar dank Esme, die eine geschickte Fälschung von Lyles Schreiben an die Oberschwester von St. Clement´s anfertigte. Danach stattete er Constance jeden Tag einen Besuch ab.

Anfangs ging er mit Eleanor und Esme hin. Die hohen Mauern und die vergitterten Fenster hatten eine bedrückende Wirkung auf ihn, doch er kämpfte gegen das beklemmende Gefühl an.

Da es Constance unangenehm war, dass er sie in ihrem Zustand sah, wandte sie sich beim ersten Mal von ihm ab. Doch er nahm sie trotzdem in die Arme und küsste sie auf die Stirn. »Sie sehen reizend aus wie eh und je, Constance«, verkündete er. »Aber sie war ja schon immer eine Schönheit, richtig, meine Damen?«

Sie unternahmen mit ihr Spaziergänge auf dem Gelände und plauderten mit ihr über das ausgesprochen komische Theaterstück, das Picknick, das Eleanor veranstalten wollte, und die Vorzüge von Brisbane. Dabei ließen sie listige Bemerkungen über Raymonds wundervolles Haus einfließen und erwähnten, Lavinia würde sie dort gern eine Weile als Gast begrüßen. Doch Constance schien das nicht zu interessieren.

Als sie sich einmal über das Essen beklagte, gab Eleanor sofort zurück, es würde sie ja niemand zwingen, hier zu bleiben.

»Aber ich muss«, antwortete Constance. »Sie verstehen das einfach nicht. Ich muss. Ich wünschte, Sie würden das begreifen.«

»Das versuchen wir ja, meine Liebe. Die Sache ist nur, dass ein reizendes Mädchen wie Sie nach draußen in die Welt gehört.«

Bei diesen Worten verstummte Constance und sagte eine Weile kein Wort mehr. Dann jedoch erkundigte sie sich unvermittelt nach Raymond.

»Wo ist er? Ich bin enttäuscht von Raymond. Er hat mich in Stich gelassen.«

»Wie das?«, erkundigte sich Mal.

»Er hat mir versprochen, Jake Tussup zu mir zu bringen. Ich muss Jake Tussup sehen.«

»Was will Constance nur von Tussup?« Sofort nach ihrer Rückkehr in die Stadt sprach Mal Raymond darauf an.

»Ach, du meine Güte, Mal, setzen Sie sich zu mir auf die Veranda. Hier weht eine angenehm kühle Brise. Sie will ihn bitten, sich für sie zu verwenden und den Leuten zu bestätigen, dass sie von den Entführern nicht unsittlich berührt worden ist.«

»Warum denn?«

»Weil sie überzeugt davon ist, dass niemand ihr glaubt. Ich denke, nicht einmal Lyle steht ihr in dieser Frage bei.«

»Ihr eigener Ehemann? Dieser kleine Schmutzfink. Und Sie haben ihr versprochen, sich darum zu kümmern?«

»Nicht direkt. Als Tussup hier war, habe ich versucht, ein Treffen in die Wege zu leiten. Allerdings brauchte ich Dr. Shakells Erlaubnis, um Jake nach St. Clement´s mitnehmen zu können. Und dabei war ich selbst von seinem Wohlwollen abhängig. Eine ziemlich vertrackte Angelegenheit. Sie waren doch selbst dort. Sie wird nicht misshandelt ...«

Mal ließ ihn weiterreden. Offenbar wurde Tussup nun wirklich von jemandem gebraucht. Und zwar dringend. Da er selbst unter Verleumdungen und ungerechten Vorwürfen zu leiden gehabt hatte, konnte er Constances Elend gut verstehen. Sicher hatte sie die verstohlenen Blicke und das Getuschel nach ihrem schrecklichen Erlebnis bemerkt, und alles war ihr entsetzlich peinlich gewesen. Und je mehr sie sich dann bemüht hatte, ihre Mitmenschen davon zu überzeugen, dass sie die Wahrheit sagte, desto weniger war ihr geglaubt worden. »Wo Rauch ist, da ist auch Feuer«, murmelte er erbittert. »Es bleibt immer etwas hängen!«

Constances Lösung bestand darin, sich in der Anstalt zu verstecken, bis Tussup, der dabei gewesen war, allen bestätigte, dass sie nicht log.

»Und wie sah meine Lösung aus?«, fragte sich Mal.

»Ich bin nach China geflohen.«

Oh, ja, er verstand Constances Dilemma sehr wohl.

Unvermittelt verabschiedete er sich von Raymond und ging, tief in Gedanken versunken, zu Fuß zurück zum Hotel. Dort angekommen, machte er allerdings wieder kehrt, da er das Thema nicht mit den beiden Frauen erörtern wollte. Es ging ihm einfach zu nah. Sie hatten beide gehört, wie Constance nach Jake Tussup fragte, und hatten ihren Ohren nicht getraut. Ganz sicher würden sie es zur Sprache bringen.

Allerdings lebte Constance – ebenso wie Raymond – in einer Traumwelt. Selbst wenn Tussup durch ein Wunder die Möglichkeit erhalten sollte, sie zu besuchen, brachte das nichts, solange er ihre Aussage in einem vergitterten Zimmer in einer Anstalt bestätigte. Das würde Constance keinen Schritt weiterbringen. Oder planten die beiden etwa, von Tussup eine schriftliche Bestätigung zu verlangen, mit der Constance dann im kläglichen Flehen um Anerkennung ihren Mitmenschen vor der Nase herumwedeln konnte?

An den Stallungen betrachtete Mal neidisch einen prachtvollen roten Hengst, der gerade durch das Tor geführt wurde. Er vermisste Pferde und wusste nicht, wie er in dieser großen Stadt nur die Zeit totschlagen sollte. Ob Esme wohl gern ritt?

Am nächsten Tag lehnte er Eleanors Einladung, mit ihr in der Droschke nach St. Clement´s zu fahren, ab und meinte, er würde lieber reiten.

»Worauf denn?«, fragte Eleanor.

»Ich habe mir ein Pferd gemietet. In einer Droschke komme ich mir vor wie ein Idiot.«

Er stellte zwar fest, dass Esme unwillig das Gesicht verzog, doch daran war nichts zu ändern. Nun würde er Constance auch allein besuchen können.

Sie war froh, ihn zu sehen. Inzwischen freute sie sich auf die Besuche, was ein gutes Zeichen war. Er erklärte ihr, die Damen würden später kommen.

Nachdem sie sich an Tee und Gebäck gütlich getan hatten, erzählte er ihr die schreckliche Geschichte, wie er verhaftet, eingesperrt und schließlich entlassen worden war.

»Wissen Sie«, meinte er. »Eines Tages war plötzlich alles vorbei.«

»Dem Himmel sei Dank«, entgegnete sie.

»Ich hatte einen guten Anwalt.«

»Trotzdem muss es eine sehr unangenehme Erfahrung gewesen sein.«

»Nicht annähernd so schlimm wie Ihre Erlebnisse während der Entführung.«

Errötend wandte sie sich ab und rang die Hände.

»Aber Sie haben überlebt«, fuhr er unverblümt fort. »Jun Lien ist gestorben. Also freuen Sie sich darüber, so wie ich damals. Die zwei der Männer, die das Schatzamt bewachten, wurden erschossen. Ich war der dritte und hatte Glück, mit dem Leben davonzukommen. Constance, wir beide sollten froh sein, dass wir es hinter uns haben, finden Sie nicht?«

»Wahrscheinlich haben Sie Recht, Mal. Es ist nur alles so ungerecht.«

»Ja, da stimme ich Ihnen zu. Mögen Sie eigentlich Pferde?«, fragte er, um das Thema zu wechseln und ihre Niedergeschlagenheit nicht noch zu steigern.

»Ja, ich bin zu Hause viel geritten, allerdings nie in Hongkong.«

Mal war überrascht. »Zu Hause? Wo sind Sie denn zu Hause?«

»In England. Mein Vater lebt dort, und ich würde ihn gern wieder einmal sehen. Ich möchte nicht in Brisbane leben, ich hasse diese Stadt.«

Stück für Stück gewann Mal ihr Vertrauen, und jede Kleinigkeit half ihm dabei. Mit der Zeit wurde ihm klar, dass es für sie beide einen Ausweg gab.

»Wenn Lanfield es schafft«, murmelte er.

Am nächsten Tag fragte er Constance nach Jake Tussup. »Stimmt es, dass Sie ihn sehen wollen?«

»Ja. Mir ist klar, dass Sie einen Groll gegen ihn hegen, aber ich muss mit ihm sprechen. Wissen Sie, wo er ist?«

»Geben Sie mir einen oder zwei Tage Zeit. Kann sein, dass ich Ihn aufspüre.«

Constance sah ihn eindringlich an. »Meinen Sie das ernst, Mal?«

»Ich tue mein Bestes, Constance.« Er hatte Mitleid mit

ihr. Eine schöne Frau wie sie sollte sich draußen in der Welt amüsieren. Schließlich war sie erst Anfang Dreißig. Er fragte sich, warum sie Lyle geheiratet hatte. Er war ein hoch gewachsener Mann mit einer würdevollen Haltung, sie eine schlanke Blondine. Sie gaben ein hübsches Paar ab, aber er musste doppelt so alt sein wie sie.

Auf dem Rückweg in die Stadt war Mal mehr denn je entschlossen, Tussup zu finden. Hatte sich der Mistkerl je die Mühe gemacht, innezuhalten und über die entsetzlichen und weit reichenden Konsequenzen seines Handelns nachzudenken? Mal wünschte sich, ihm all das unter die Nase reiben zu können – zusammen mit einer Hand voll Schlamm.

Am Nachmittag unternahmen Mal und Esme einen Spaziergang im botanischen Garten. Sie war erleichtert, dass er sie endlich wieder als eigenständigen Menschen und nicht nur als Anhängsel von Eleanor wahrnahm. Sie mochte Eleanor zwar sehr gern und war ihr für ihre Güte ausgesprochen dankbar, wusste aber, dass sie bald weiterziehen musste, ganz gleich, welche Schwierigkeiten es dann zu meistern galt. Sie hatte sich dem angenehmen Leben als Gesellschafterin einer älteren Dame hingegeben, und das gefiel ihr gar nicht. So etwas hatte sie schon oft genug beobachtet: Allein stehende oder verwitwete Frauen tappten häufig in diese Falle und verwandelten sich in das, was Esme stets als »graues Mäuschen« bezeichnet hatte. Deshalb war sie fest entschlossen, dergleichen zu vermeiden.

Mal schlenderte die Pfade des wunderschönen Parks am Flussufer entlang und wies Esme auf einheimische Bäume und Pflanzen hin. Als er oben in einem Eukalyptusbaum einen Koala bemerkte, versuchte er, ihn herunterzulocken.

»Keine Chance«, meinte Esme lachend. »Aber ist er nicht niedlich? Darf man Koalas eigentlich als Haustiere halten?«

»Nein. Es wäre sowieso zu schwierig, sie zu ernähren. Sie fressen nichts anderes als die Blätter dieser Bäume.«

»Wie verstehen Sie sich mit Constance?«, fragte sie ihn,

ohne einen Anflug von Gereiztheit unterdrücken zu können. »In letzter Zeit sind Sie viel bei ihr.«

»Ich weiß, aber das ist notwendig. Je mehr Besuch sie bekommt, desto besser. Da kann der große Herr Doktor noch so missbilligend den Kopf schütteln.«

»Gehen Sie nicht zu streng mit ihm ins Gericht. Im Vergleich mit den Menschen, die normalerweise solche Anstalten leiten, ist er ziemlich in Ordnung.«

»Ja, aber ich glaube, er lässt seine Kundschaft nur ungern ziehen. Die Patienten sterben nicht an ihren Krankheiten, und sie werden auch nicht gesund. Ein angenehmer Arbeitsplatz, wenn Sie mich fragen. Man sitzt nur da und faselt etwas von Behandlung. Das könnte ein Papagei genauso gut erledigen. Sie muss da raus.«

»Leichter gesagt als getan.«

»Ich weiß. Wie lange wollen Sie in Brisbane bleiben, Es?«

Die Frage kam überraschend, und Esme wagte den Sprung ins kalte Wasser. »Ich kehre nicht nach Cairns zurück. Alle sind sehr nett dort, und bald wird es wieder ein reizendes Städtchen sein. Aber für mich ist das nichts.«

»Bevorzugen Sie große Städte?«

»Nicht unbedingt. Ich weiß darauf noch keine Antwort und fühle mich irgendwie ziellos. In Cairns hatte ich nichts anderes zu tun als herumzuspazieren und die feine Dame zu spielen.«

Er legte die Arme um Sie. »Und Sie spielen nicht gern die feine Dame?«

»Jedenfalls nicht dauernd.«

»Was würden Sie am liebsten tun?«

Esme lächelte zu ihm hinauf. »Im Augenblick würde mir das genügen«, meinte sie und küsste ihn zart auf die Lippen. Es war ein Risiko, denn sie wusste nicht, was sie erwartete. Eine peinliche Situation? Zurückweisung? Doch jetzt war es zu spät, die Karten lagen auf dem Tisch.

Mal erwiderte ihren Kuss leidenschaftlich und liebevoll und ohne sich auch nur im Geringsten um das missbilligende Zischen zweier Passantinnen zu kümmern. Grinsend sah er die Damen an und wünschte ihnen einen schönen Tag.

»Dein guter Ruf ist jetzt ja wohl dahin, Es«, kicherte er.

»Lass das mal meine Sorge sein.«

Arm in Arm wie ein Liebespaar, schlenderten sie zum Ende des Parks und zurück und plauderten dabei über dies und das, zum Beispiel über das Hotel und über Constance. Schließlich jedoch hielt Esme es nicht mehr aus. »Du sagst kein Wort mehr über Jake Tussup. Woran liegt das?«

»Weil ich dazu nichts zu sagen habe. Noch nicht. Wann reist Eleanor übrigens heim?«

»In etwa einer Woche. Ich glaube, sie würde gern mehr für Constance tun.«

»Warum nimmt sie Lavinias Einladung nicht an, im Hause Lewis zu wohnen?«

Sein Tonfall war belustigt, und Esme wusste nur zu gut, warum er wollte, dass Eleanor allein zu den Geschwistern Lewis übersiedelte und sie in dem Doppelzimmer im Hotel zurückließ.

»Weil Raymond für sie schwärmt und sie ihn nicht kränken will«, erwiderte sie. »Sie interessiert sich nicht für ihn.«

»Wirklich nicht?« Mal war ehrlich überrascht. »Das muss ich Jesse erzählen. Er schmachtet sie nämlich seit ihrer ersten Begegnung an, hält aber Raymond für den Favoriten.«

»Tja, dann kannst du ihm sagen, dass von dieser Seite keine Gefahr droht. Das wäre nett. Eleanor und Jesse. Sie interessieren sich beide für Literatur. Und wenn es zwischen ihnen klappt, wäre das nur ein weiterer Grund für mich auszuziehen. Ich möchte nicht das fünfte Rad am Wagen sein.«

Am Tor küsste er sie auf die Wange. »Los, sonst kommst du noch zu spät zum Abendessen.«

Am Abend spielten sie mit anderen Gästen im Salon Karten. Mal fand, dass Esme mit ihrem vorn leicht gewellten und hinten zu einer glänzenden Krone aufgesteckten Haar hinreißend aussah. Sie hatte die Frisur mit winzigen rosafarbenen Rosenknospen verziert, was auf ihn sehr romantisch wirkte, vor allem weil es den Blick auf die rosafarbene Rose im tiefen Dekolleté ihres Kleides lenkte.

Er wusste, dass er vorhin zu locker und kumpelhaft gewesen war, nachdem sie ihn geküsst hatte, und es war wirklich eine unbeschreibliche Freude gewesen, ihren Kuss zu erwidern. Dann jedoch hatte er versucht, Zeit zu gewinnen. Er hatte nicht gewusst, was er sagen sollte. Besser gesagt: Er war unentschlossen. Dass sie einander anzogen, spürte er schon seit längerem, und er hatte geahnt, dass es nur eine Frage der Zeit war, bis sich etwas daraus ergeben würde. Wie heute. Und wenn es nur für wenige Minuten war. Allerdings fragte er sich auch, ob sie einander nicht nur als Ablenkung von ihrer Trauer benutzten und ob das Bedürfnis nach Trost nachlassen würde, wenn der Schmerz allmählich verebbte. Außerdem durfte er nicht vergessen, dass Nevilles Tod noch gar nicht so lange zurücklag.

Was ihn selbst betraf, konnte er an etwas Trost nichts Schlechtes finden. Aber was war mit Esme? Er wollte ihr Vertrauen nicht missbrauchen. »Vielleicht sollte ich ein ernstes Gespräch mit ihr führen und das deutlich machen«, sagte er sich. »Und mir auch über meine eigenen Gefühle klar werden«, fügte er in Gedanken hinzu, während er die Karten austeilte.

Am nächsten Tag stattete er St. Clement´s bereits am frühen Morgen einen Besuch ab. Nachdem er aus reinem Vergnügen über die weite Ebene galoppiert war, erreichte der die Anstalt in bester Laune. Allerdings hatte eine neue Oberschwester Dienst, die es mit den Vorschriften, was die Besuchszeiten betraf, sehr genau nahm. Sie schickte Mal fort und wies ihn an, um drei Uhr wieder zu kommen.

Obwohl Mal das gar nicht passte, verabschiedete er sich höflich und ritt die Straße entlang, bis er das Ende des langen Zauns von St. Clement´s erreichte. Dann folgte er dem Zaun seitwärts von der Straße weg.

Sobald er sich vergewissert hatte, wo sich Constances Zimmer befand, band er das Pferd an einen Baum, legte

Jacke und Krawatte ab und krempelte die Ärmel hoch, sodass er von den Handwerkern, die, wie er beobachtet hatte, auf dem Gelände arbeiteten, nicht mehr zu unterscheiden war. Zu guter Letzt zog er auch die Weste aus, damit man die Hosenträger sah, und war mit seiner Verwandlung zufrieden.

Kurz darauf hatte Mal den Zaun überwunden und schlenderte unauffällig zwischen den Gebäuden umher.

Als er die Tür von Constances Zimmer erreichte, hörte er, wie sie mit einer Krankenschwester stritt. Obwohl die Auseinandersetzung recht hitzig wurde, mischte er sich nicht ein, sondern ging eine Runde um das Gebäude, bis er sah, wie die Schwester die Tür hinter sich zuknallte und über die Veranda davonmarschierte.

»Was war das denn gerade?«, fragte er, nachdem er angeklopft und den Kopf zur Tür hineingestreckt hatte.

»Ach, Mal!«, rief sie aus. »Ich bin ja so froh, Sie zu sehen. Sie haben Oberschwester Bassani gekündigt, und die neue Oberschwester hat mir sämtliche Vergünstigungen entzogen. Sie sagt, ich dürfte aufgrund meiner gesellschaftlichen Stellung keine Sonderbehandlung erwarten. Aber das kann ich sehr wohl! Schließlich bezahle ich mehr! Jetzt bekomme ich die Mahlzeiten nicht mehr in meinem Zimmer serviert und muss an den albernen Leibesübungen teilnehmen. Sogar meine Bücher haben sie mir weggenommen! Ich bin nicht bereit, das zu dulden!«

»Und das brauchen Sie auch nicht«, erwiderte Mal. »Eindeutig nicht. Wenn Sie von jetzt an so behandelt werden sollen, ist es Zeit, dass Sie von hier verschwinden. Noch nie habe ich Sie so aufgebracht erlebt.«

»Ich weiß. Und ich sehe zum Fürchten aus. Ich habe mich noch nicht einmal frisiert. Es ist noch früh am Morgen, richtig?«

»Ja. Soll ich mich darum kümmern, dass sie entlassen werden? Ich werde es versuchen.« Wie genau, wusste er allerdings noch nicht.

Aber Constance wich zurück. »Hier fortgehen? Nein, das könnte ich nicht. Nein.«

Er setzte sich zu ihr und hielt ihr den Spiegel, damit sie ihr Haar kämmen konnte. Dabei versuchte er sie zu überreden, die Anstalt zu verlassen, und nach einer Weile stand sie dem Gedanken ein wenig offener gegenüber.

»Ich kann nicht fort von hier, Mal. Ich wüsste ja nicht, wohin. Zu Lyle, der mich ständig nur beschimpft, kehre ich nicht zurück. Das kommt nicht in Frage.«

»Keine Sorge. Ich habe einen sehr guten Einfall. Warum fahren Sie nicht nach Hause zu Ihrem Vater?«

»Nach England. Das würde Lyle mir niemals erlauben.«

»Vielleicht ja doch. Soll ich mit ihm sprechen?«

»Das ist zwecklos. Ich muss wohl hier bleiben.«

»Nicht, wenn Sie nicht wollen.« Das Gespräch erinnerte ihn an das mit Emilie, die vor körperlicher Misshandlung hatte fliehen müssen. Allerdings spielten sich viele von Constances Problemen nur in ihrem Kopf ab, und er bezweifelte, dass es ihr in England auf lange Sicht besser gehen würde. Wieder fragte er sich, was Tussup für sie würde tun können. Doch im Augenblick war es das Wichtigste, sie aus dieser Irrenanstalt herauszuholen.

Schließlich erklärte sie sich bereit, die Anstalt zu verlassen, falls die Oberschwester sich weigern sollte, auf ihre Bedingungen einzugehen. Auf dem Heimweg beschloss Mal, dass es wohl das Beste war, sofort ein Wörtchen mit Lyle zu reden.

»Wie geht es Ihnen, Lyle?«, erkundigte er sich, als man ihn in das sonnendurchflutete Wohnzimmer führte.

»Das heißt jetzt ›Sir Lyle‹, guter Junge. Haben Sie es denn nicht gehört?«

»Oh, ja, Verzeihung, ich vergaß. Wie läuft es denn so bei Ihnen?«

»Nicht so gut. Ich habe den Verlust der *China Belle* geschäftlich immer noch nicht ganz verkraftet. Außerdem gibt es Schwierigkeiten bei der *Oriental*. Einer unserer Direktoren ist unerwartet verstorben, und es herrscht ein heilloses Durcheinander. Deshalb werde ich wohl für eine

Weile nach Hongkong zurückkehren müssen, gerade jetzt, da ich das Haus endlich in Ordnung gebracht habe. Ein hübsches Anwesen, finden Sie nicht? Es hat mich erstaunt, dass ich hier ein derart komfortables Haus bekommen konnte, denn ich hatte schon befürchtet, ich müsste selbst bauen. Kommen Sie, ich führe Sie herum. Anschließend können wir einen Happen essen. Ich habe nicht oft Besuch. Bin neu in der Stadt, Sie wissen ja, wie das ist.«

Lyle war nörgelig und wirkte gebrechlicher, als Mal ihn in Erinnerung hatte. Deshalb gab er sich Mühe, freundlich zu dem alten Herrn zu sein, während er ihm durchs Haus mit dem Empfangssaal, dem beeindruckenden Speisezimmer, dem gemütlichen Salon und der Bibliothek folgte und dabei den Schilderungen der Probleme mit der *Oriental Shipping Line* lauschte.

Zu Mals Erleichterung gehörte das obere Stockwerk nicht zur Besichtigungstour; zum Abschluss brachte Lyle ihn zu einer weiteren Tür am Ende des Flurs.

»Das hier ist mein ganzer Stolz. Oben habe ich noch einmal genau dasselbe. Was halten sie davon?«

Mal bewunderte das weiß geflieste Badezimmer mit der riesigen Wanne, fließendem Wasser und einem Spülklosett. »Das ist wirklich ein Schmuckstück. So etwas hätte ich auch gern in meinem Haus!«

»Sie wollen bauen? Dann, mein guter Freund, brauchen Sie nicht lange zu suchen. Gleich nebenan ist ein Grundstück frei, und zwar ein sehr hübsches. Sie sollten sofort zugreifen.«

»Danke, Sir, aber ich möchte lieber zurück in den Busch. Ich suche nach einem Stück Land für bestimmte Zwecke ... Schafzucht.«

Lyle wirkte enttäuscht. »Wie Sie meinen«, murmelte er. »Dann zeige ich Ihnen jetzt den Garten.«

Bevor sie auf eine Terrasse an der Seite des Hauses traten, gab Lyle einer Frau, die auf dem Flur erschienen war, Anweisungen fürs Mittagessen.

»Das ist meine Haushälterin«, sagte er zu Mal. »Hässlich

wie die Sünde, aber eine tüchtige Kraft. Constance konnte sie nie leiden.«

Inzwischen hatte Mal die Hoffnung fast aufgegeben, dass Lyle seine Frau erwähnen würde. Doch nun bot sich ihm endlich eine Gelegenheit.

»Lady Horwood ist in St. Clement´s«, begann er, weil ihm keine taktvollere Einleitung einfiel.

»Wer hat Ihnen denn das erzählt? Ach, da brauche ich nicht lange zu überlegen. Bestimmt war es diese Plummer, die überall herumposaunt, ich hätte meine Frau in eine Anstalt gesteckt. Ein grässliches Frauenzimmer. Seit sie das überall rumerzählt, sind die Leute richtiggehend unhöflich zu mir.«

In seiner Aufgebrachtheit vergaß Lyle sein Vorhaben, Mal den Garten zu zeigen, und ließ sich in einen großen Rattansessel auf der Terrasse fallen. Dann forderte er Mal auf, Platz zu nehmen. »Ich tue mein Bestes für meine Frau«, stöhnte er. »Es kostet mich eine Stange Geld, sie dort behandeln zu lassen. Und welchen Dank ernte ich dafür? Nichts als Klagen. Selbst Raymond steht nicht mehr auf meiner Seite.«

»Was geschieht mit Lady Horwood, wenn Sie nach China zurückkehren?«

»Nichts. Sie ist hier in guten Händen. Außerdem kommt ihr Vater aus England hierher. Er sollte bald da sein.«

»Ihr Vater?« Beinahe hätte Mal vor Erleichterung laut aufgelacht.

»Ja, er trifft in etwa einer Woche mit der *SS Liverpool* in Sydney ein.«

»Das ist aber eine gute Nachricht. Doch wahrscheinlich wird er nicht sehr erfreut sein, Lady Horwood in einer Anstalt vorzufinden.«

»Was?«, brüllte Lyle. »Wie können Sie es wagen, St. Clement´s als Anstalt zu bezeichnen?«

»Weil es eine ist, Sir«, erwiderte Mal freundlich. »Es ist und bleibt eine Anstalt. Die Leute wissen das, und sie reden darüber. Insbesondere die Mitarbeiter der Anstalt«, log er, »die gern mit einer prominenten Patientin wie Ihrer Frau prahlen.«

»Prominente Patientin!«, keuchte Lyle. »Meine Frau?«

»Ja. Und was hindert sie daran? Aber, Sir Lyle, hören Sie mir zu ... Sie wissen, dass ich von allen Menschen an Bord der *China Belle* den größten Verlust erlitten habe.«

»Guter Gott! Sagen Sie jetzt bloß nicht, sie wollten mich verklagen. *Oriental* hat ohnehin schon genug Schwierigkeiten ...«

Mal schüttelte den Kopf. »Nein, das liegt nicht in meiner Absicht. Kein Geld kann meine geliebte Frau wieder lebendig machen. Aber meine Leidensgenossen liegen mir am Herzen. Auch Sie. Wir alle haben auf die eine oder andere Weise Schlimmes durchgemacht.«

»Da haben Sie Recht«, brummte Lyle. »Und die Sache nimmt einfach kein Ende. Jetzt muss ich sogar noch einmal zurück nach Hongkong. Wir haben auch noch ernste Probleme mit der Versicherung.«

»Die Person, die nach mir am meisten in Mitleidenschaft gezogen wurde, ist Ihre Frau. Sie braucht Hilfe, aber sie ist sehr unglücklich in ... Sie wissen schon, in der Klinik. Tja ... Sie kennen doch sicher Lavinia Lewis.«

»Ja, eine sympathische Frau. Sie wollte mir mit meiner Bibliothek helfen, ist aber nie erschienen.«

»Lavinia findet auch, dass die Leute hier Sie im Stich gelassen haben. Sie hätten jemanden gebraucht, der Ihnen mit Lady Horwood hilft, und weil es da niemanden gab, haben Sie eben die bestmögliche Lösung gefunden.«

»Das ist richtig«, erwiderte Lyle vorwurfsvoll.

»Deshalb hat Lavinia sich erboten, Constance in ihrem reizenden Haus aufzunehmen und sich um sie zu kümmern. Wenn die gute Frau das tut, wäre Ihnen doch eine gewaltige Last von den Schultern genommen. Constances Vater hätte keinen Grund zur Klage, und Sie könnten sorgenfrei nach Hongkong reisen. Außer ... tut mir Leid, wenn ich zu voreilig gewesen sein sollte ... Lady Horwood hat vor, Sie zu begleiten.«

»Nein, nein, nein!« Argwöhnisch sah er Mal an. »Sie wollen mich doch nicht etwa aufs Kreuz legen?«

»Ich möchte nur einen Weg finden, der allen Beteiligten

gerecht wird. Mehr nicht. Und solange Lady Horwood in einem Irrenhaus eingesperrt ist, werden die Probleme für Ihre Familie nicht abreißen. Das wissen Sie ebenso gut wie ich, Lyle. Wann gibt es übrigens Mittagessen?«

20. Kapitel

Endlich war es Freitag. Als Mal pünktlich in Lanfields Kanzlei vorsprach, erfuhr er, dass Mr. Watkins Tussup in Goulburn aufgespürt hatte. Seinem Bericht zufolge besaß Tussup Land am Stadtrand von Goulburn, wo er vor kurzem eine unbewohnte Hütte bezogen hatte. Offenbar war er gerade dabei, das Gebäude instandzusetzen.

»Watkins ist ein sehr tüchtiger Mann«, meinte Lanfield. »Er hat mir gestern telegrafiert.«

Nachdem er einige Papiere auf seinem Schreibtisch durchgeblättert hatte, reichte er sie Mal – eines nach dem anderen. »Das ist seine Adresse in Sydney, falls Sie seine Hilfe weiter in Anspruch nehmen wollen, Mr. Willoughby. Und hier haben Sie Namen und Adresse eines Anwalts in Sydney, der Sie vertreten wird, sofern Sie beabsichtigen sollten, Tussup wegen Freiheitsberaubung anzuzeigen. Und das ist meine Rechnung.«

Mal nahm die Papiere entgegen. »Danke, Mr. Lanfield. Ich wusste, dass ich bei Ihnen gut aufgehoben bin. Ihre Rechnung bezahle ich sofort. Ich kann Ihnen nicht genug danken, und das nun schon zum zweiten Mal.«

Lanfield erhob sich und rückte seinen steifen Kragen zurecht. Dann rieb er sich hüstelnd die Nase. »Eigentlich pflege ich nicht über meine anderen Mandanten zu sprechen, doch in diesem Fall werde ich eine Ausnahme machen. Mrs. Hillier war hier.«

»Das habe ich mir gedacht. Hat sie die Scheidung eingereicht?«

»Ja. Und ich finde, Sie haben richtig gehandelt, ihr so viel Geld zu geben, obwohl es ihr sehr unangenehm war, es anzunehmen.«

Mal zuckte die Achseln. »Das braucht es nicht. Ich habe ihr doch gesagt, ich sei ihr noch etwas schuldig.«

»Genau. Sie waren ihr etwas schuldig«, wiederholte Landfield betont. »Sie hat viel für Sie getan, als Sie in Schwierigkeiten steckten.«

»Und nun ist sie wieder in England?«

»Nein. Das sollten Sie nur glauben, weil sie sich weitere Peinlichkeiten ersparen wollte. Sie ist hier in Brisbane.«

»Wo wohnt sie, Mr. Lanfield?«

»Die Adresse eines Mandanten kann ich Ihnen unmöglich nennen. Aber wenn Sie bei meinem Kanzleivorsteher bezahlen, könnten Sie das Thema ihm gegenüber erwähnen. Er plaudert recht gern.«

Nachdem Willoughby fort war, stand Robert Lanfield am Fenster seines Büros und blickte zur Kathedrale hinüber. Er war ziemlich erschrocken, als Emilie Hillier, den Arm in Gips, bei ihm erschienen war, um sich scheiden zu lassen.

Willoughby war bis über beide Ohren in sie verliebt gewesen. Mit Recht, wie Robert fand. Emilie Tissington war eine reizende junge Engländerin, gebildet und ausgesprochen sympathisch. Aber was hatte Willoughby ihr schon zu bieten? Er kam aus dem Busch, sah zwar gut aus, besaß aber weder eine nennenswerte Schulbildung noch einen festen Wohnsitz. Und dennoch war Emilie zu Lanfield gekommen und hatte ihn angefleht, Willoughby zu helfen, der im Gefängnis St. Helena saß.

Robert Lanfield, der sich als väterlicher Freund des Mädchens betrachtete, hatte den Fall übernommen, obwohl er mit der Beziehung nicht einverstanden gewesen war. Willoughby war nicht der Richtige für sie und stand nach Roberts Auffassung gesellschaftlich nicht mit ihr auf einer Stufe, was er ihr auch durch die Blume mitgeteilt hatte. Als sie sich zwischen den beiden Männern, die ihr damals den Hof machten, für Hillier entschieden hatte, war er deshalb sehr erleichtert gewesen; zum Glück hatte letzlich die Vernunft gesiegt.

Inzwischen jedoch wünschte er, die Zeit zurückdrehen

zu können. Er hatte sich geirrt. Wer hätte gedacht, dass Hillier sich als solcher Lump entpuppen würde, während Mal Willoughby sich zu einem anständigen Mann mauserte?

Dennoch wusste man bei Burschen wie Willoughby nie, woran man mit ihnen war, überlegte der Anwalt weiter. Sie hatten nun einmal die unselige Neigung, ihr Leben zu verpfuschen. Er fragte sich, ob Willoughby versuchen würde, an vergangene Zeiten anzuknüpfen. Hoffentlich nicht. Die Ehe der Hilliers war noch nicht geschieden. Diesmal jedoch musste er Willoughby eine faire Chance geben und gewissermaßen den Finger von der Waage nehmen.

Er rief seinen Kanzleivorsteher zu sich. »Hat Mr. Willoughby seine Rechnung bezahlt?«

»Ja, Sir.«

»Und ...«

»Nein. Er hat nicht gefragt.«

»Gut.«

Nachdem man Lavinia überzeugt hatte, dass sie Constance zuliebe Lyle Horwood Honig um den Mund schmieren musste, anstatt ihm Vorhaltungen zu machen, begann sie mit den Vorbereitungen. Schließlich hatte sie ein Händchen fürs Organisieren und außerdem viel Spaß daran.

Das Gästezimmer wurde vorbereitet, und man stellte eine Krankenschwester ein, die Lady Horwood tagsüber versorgen sollte. Auf der Fensterbank lagen die neuesten Zeitschriften. Zur vereinbarten Zeit machte sich Lavinia mit Raymond in der Kutsche auf den Weg, um die Patientin abzuholen. Unterwegs hielt sie ihm Vorträge, wie man Lady Horwood behandeln müsse. Außerdem erinnerte sie ihn daran, dass Lady Horwood stets mit ihrem Titel angesprochen werden müsse und niemand sie Constance nennen dürfe.

»Ich bestehe darauf«, sagte sie. »Respekt wird Wunder für ihr Selbstbewusstsein wirken. Außerdem werden wir feste Besuchszeiten einführen. Das habe ich Sir Lyle erklärt, weil ich nicht möchte, dass mein Haushalt durcheinander gerät. Zwischen drei und vier Uhr nachmittags. Und achte darauf, dass deine Freundin Mrs. Plummer nicht gleichzeitig mit Sir Lyle erscheint. Ich kann verstehen, warum sie Sir Lyle nicht leiden kann, seit sie weiß, wie er mit Lady Horwood umgesprungen ist. Aber ich kann ihre schlechten Manieren nicht dulden. Im Theater auf den Mann loszugehen und ihm eine peinliche Szene zu machen. Das ist doch wirklich die Höhe.«

»Ja, meine Liebe«, murmelte Raymond wieder, während die Kutsche über die sandige Straße holperte. Lavinia hoffte, dass er ihr auch richtig zuhörte. Seit der Ankunft der beiden Frauen war Raymond sehr verschlossen, und Lavinia war sicher, dass Mrs. Plummer ein Auge auf ihn geworfen hatte. Schließlich war sie auch nicht mehr die Jüngste, und er war eine gute Partie. Doch Mrs. Plummer konnte noch so elegant sein und noch so kultiviert plaudern, sie war und blieb eine geschiedene Frau und deshalb indiskutabel. Aber so weit Lavinia wusste, trug Raymond sich ohnehin nicht mit Heiratsplänen. Warum auch – in seinem Alter?

Lavinia rauschte in die Anstalt und wies die neue Oberschwester an, Lady Horwood und ihr Gepäck zur Rezeption zu bringen. Als die Oberschwester beteuerte, Lady Horwood habe es sich anders überlegt, tat sie das mit einer wegwerfenden Handbewegung ab und marschierte schnurstracks zum Krankenzimmer, wo sie feststellte, dass Constance wieder zu Bett gegangen war.

»Gütiger Himmel, liebes Mädchen! Stehen Sie sofort auf. Sie können mich schließlich nicht umsonst hierher zitieren. Wir hatten eine Verabredung, also hören Sie auf mit dem Unsinn.«

Während sie Constance beim Ankleiden half, redete sie ununterbrochen weiter. »Wir haben ein wunderschönes Zimmer für Sie vorbereitet. Privat. Niemand wird Sie stören. Und verstecken Sie nicht dauernd Ihr Gesicht. Sie haben einen Tick, es sind nur die Nerven, das legt sich wieder. Schätzen Sie sich lieber glücklich, dass Sie noch am Leben sind. Haben Sie denn gar kein Mitleid mit Mr. Willoughbys Frau? So ein hübsches junges Ding. Jetzt ist sie tot. Und Sie leben. Seien Sie also froh ...«

»Das hat Mal auch gesagt«, fiel Constance ihr ins Wort.

»Aber offenbar haben Sie nicht auf ihn gehört.«

»Doch.«

»Gut für Sie. Und nun kommen Sie. Hier ist Ihr Hut. Die Schwester wird Ihr Gepäck holen. Ich habe gute Nachrichten für Sie, aber das erzähle ich Ihnen erst auf dem Heimweg.«

»Hat man Jake Tussup gefunden?«

»Ja, aber das ist es nicht.«

Lavinia atmete erleichtert auf, als Raymond die Zügel schnalzen ließ und die Pferde die Auffahrt entlang und durch das Tor von St. Clement´s trotteten.

»Also«, meinte sie zu Constance. »Sie werden mir nicht unterwegs davonlaufen, wie Sie es damals in Cairns gemacht haben, oder?«

»Nein«, erwiderte Constance. »Ich möchte Ihnen aber nicht zur Last fallen, Miss Lewis.«

»Sie fallen mir nicht zur Last. Ich freue mich sehr, dass Sie bei uns wohnen wollen. Wir werden großartig miteinander auskommen. Am besten unternehmen wir ein paar Spaziergänge durchs Viertel, damit Sie sich wieder an andere Menschen gewöhnen.«

»Ich glaube, ich bin noch nicht bereit, unter Menschen zu gehen.«

»Das behaupten Sie. Doch wenn Sie nicht bald mit dem Selbstmitleid aufhören, enden Sie wieder in der Anstalt. Mal Willoughby hatte Recht. Ihr armer Vater würde einen Herzanfall bekommen, wenn er seine Tochter in einer Irrenanstalt anträfe.«

»Mein Vater?«

»Ja, er ist unterwegs nach Sydney.«

»Momentan befindet er sich auf hoher See«, fügte Raymond hinzu.

Constance brach in Tränen aus. Sie schlang die Arme um Lavinia, die sich, verlegen wegen dieser Überrumpelung, befreite und Raymond anwies, ein wenig langsamer zu fahren, »bevor die junge Dame uns noch die Kutsche umwirft«.

Allerdings schien sich Constances Zustand auch im gemütlichen Haus der Geschwister Lewis nicht zu bessern. Wenn sie sich aus dem Haus wagte, trug sie auch weiterhin einen Hut mit Schleier, und niemand konnte sie überreden, ihn abzulegen. Doch nach einer Weile »draußen in der Welt«, wie Lavinia es ausdrückte, überraschte sie alle mit einer Ankündigung.

»Ich fahre nach Sydney, um meinen Vater abzuholen, wenn sein Schiff eintrifft. Das bin ich ihm einfach schuldig. Sicher erwartet er das von mir. Wie komme ich dorthin, Raymond? Ich würde am liebsten kein Schiff nehmen. Gibt es einen Zug?«

»Nein. Es ist sehr weit, meine Liebe. Sie müssten die Hälfte der Strecke per Postkutsche zurücklegen und dann in Tamworth in den Zug steigen.«

»Wie weit ist es insgesamt?«

»Etwa fünfhundert Meilen, glaube ich. Viel zu weit also. Sie müssen mit dem Schiff fahren.«

»Gut«, antwortete sie. »Wenn es denn gar nicht anders geht.«

»Ich werde wie beim letzten Mal sämtliche Mahlzeiten in der Kabine einnehmen«, sagte sie sich. »Zumindest fühle ich mich jetzt kräftiger, weil ich beim Spazierengehen immer mit Lavinia Schritt halten muss. Außerdem ist es sehr schön hier, und ich bin Ihnen beiden ausgesprochen dankbar. Ich weiß, dass Lavinia es gut meint, und gebe mir ja Mühe, mich nicht selbst zu bemitleiden, doch ich glaube, daran liegt es nicht. Ich bin nur so schrecklich schüchtern geworden. Mein Zucken ist nur einer der Gründe. Ich bin ratlos. Dabei bin ich nicht wirklich krank. Es geht mir ja gut. Ich mag nur keine Besucher, nicht einmal Eleanor und Esme. Ich ertrage sie zwar, habe ihnen aber nichts zu sagen. Ich weiß nicht, worüber ich reden soll. Alle meiden Gespräche über die *China Belle*. Also bin ich wieder ganz am Anfang. Mal ist die einzige Ausnahme. Allerdings gehen sie dem Thema in seiner Gegenwart ebenfalls aus dem Weg. Doch das fällt ihm offenbar nicht auf. Ich habe gehört, wie er erzählte, Jake hielte sich in einer Stadt namens Goulburn auf, in der er geboren ist. Ich habe auf einer Karte nachgeschaut, wo das ist: westlich von Sydney. Obwohl ich es kaum erwarten kann, meinen Vater wiederzusehen, wird er erschrocken sein. Er hätte mich auf einen Besuch nach Hause kommen lassen sollen, als ich ihn bei seinem letzten Aufenthalt in Hongkong darum gebeten habe. Damals fühlte ich mich elend, also ist mein jetziger Zustand eigentlich nichts Neues. Auch er wird alles über das Drama auf der *China Belle* wissen wollen. Und, oh, Gott, was wird er von mir denken, nachdem ich mit all diesen Verbrechern allein war? Gut, dass kein Mensch gesehen hat, wie mir das Abendkleid in Fetzen vom Leibe hing. Vielleicht schlägt Daddy sich auf Lyles Seite und schämt sich meinetwegen.« Sie spürte, dass sie – wie so häufig – errötete.

Lyle kam, um sich zu verabschieden. Er war auf dem Weg nach Hongkong und konnte nicht genau sagen, wann er zurückkehren würde. Sie hörte, wie er Lavinia und Raymond erklärte, das Haus stehe für Constance und ihren Vater bereit; die Haushälterin würde sich um alles kümmern.

»Aber nicht, wenn ich dort wohnen soll«, murmelte Constance. Allerdings bot ihr Lyles Abwesenheit die Möglichkeit, ihre Siebensachen aus dem Haus zu schaffen.

Doch wohin sollte sie alles bringen? Tränen der Wut traten ihr in die Augen, als sie sich an ihren Frisiertisch setzte, um sich die Nägel zu polieren. Sie blickte auf und zupfte das Laken zurecht, das den Spiegel verdeckte, und warf dann einen prüfenden Blick auf den Drehspiegel. Auch dort war das Laken noch an Ort und Stelle. Mit einem zufriedenen Nicken wandte Lady Horwood ihre Aufmerksamkeit wieder ihren bis aufs Nagelbett abgekauten Nägeln zu.

Jake hatte das dichte Gebüsch gerodet, das die Hütte am Fuße des Hügels beinahe überwuchert hatte. Er hatte Bäume gefällt und die Wurzeln entfernt, sodass der Stapel Feuerholz an der Hintertür stetig wuchs. Mit einer Machete hatte er das hohe Gras und das Dornengestrupp im ehemaligen Garten gemäht, und er hatte die vermoderten Möbel aus dem Haus geschleppt und alles zusammen verbrannt. Anschließend überlegte er, ob er gleich die ganze Hütte abbrennen und wieder von vorn beginnen sollte, entschied sich aber anders: Er riss die hintere Wand ein und legte das Fundament für ein größeres Haus. Währenddessen dachte er die ganze Zeit darüber nach, wie klein ihm die Hütte inzwischen erschien. Bei seiner Rückkehr hatte e r erschrocken festgestellt, dass sie für ihn zu einem winzigen Häuschen mit einer briefmarkengroßen Veranda geschrumpft war. Diese hatte damals kaum für die beiden Stühle seiner Eltern genügt, sodass Sohn Jake auf den Stufen hatte sitzen müssen.

Der Tag, der warm und sonnig begonnen hatte, kühlte allmählich ab. Jake erinnerte sich an das Gerede der Leute, in Goulburn könne man mehrere Jahreszeiten an einem einzigen Tag erleben, was er nun am eigenen Leibe zu spüren bekam. Er ging zu dem verfallenen Zaun hinüber, wo er sein Hemd aufgehängt hatte. Gerade als er danach greifen wollte, hörte er einen Schuss und einen ohrenbetäubenden Knall; die Kugel schlug in einen Zaunpfahl ein.

Ein Reiter stand am Tor. Er trug eine Jacke aus Lammfell und hatte einen Hut aus ungegerbtem Leder auf dem Kopf. Außerdem hatte er ein Gewehr bei sich, das er anlegte und damit auf Jake zielte. Dieser starrte den Fremden entgeistert an. Er hatte gewusst, dass Willoughby früher oder später hier aufkreuzen würde; es war nur eine Frage der Zeit. Dennoch hatte er sich darauf verlassen, dass er den Mistkerl richtig eingeschätzt hatte: Willoughby, der ruhige, zurückgezogene Junge aus dem Busch, würde nie jemanden kaltblütig abknallen.

»Gut, Willoughby!«, rief er. »Sie hatten Ihren Spaß. Und jetzt verschwinden Sie.«

Sein Mut war nur aufgesetzt. Bestimmt war Willoughby nicht den ganzen Weg hierher gekommen, um sich nach einem Warnschuss wieder zu trollen. Jake ahnte, dass ihm eine Auseinandersetzung bevorstand, und er war froh, über die entbehrungsreichen Monate auf den Goldfeldern. Er war in dieser Zeit kräftig geworden, was ihm in den letzten Tagen sehr geholfen hatte. Denn das Roden war anstrengender gewesen als erwartet.

»Passen Sie auf, Willoughby ...«, begann er und machte einen Schritt vorwärts.

Er sah das Gewehr, dessen Lauf wie ein Auge funkelte. Der Finger krümmte sich um den Abzug, und dann ertönte zu seinem Entsetzen ein durchdringender Knall. Jake wurde wie eine Stoffpuppe rückwärts in den Holzstapel geschleudert.

Am Abend vor seinem Aufbruch nach Sydney – und zwar auf demselben Schiff wie Lavinia und Lady Horwood – führte Mal ein Gespräch mit Esme.

Er ließ sie reden und ermunterte sie, ihm auch die unbedeutendste Kleinigkeit anzuvertrauen – über sich selbst, über Neville und über ihre Ehe. Sie erklärte ihm, die Caporns seien arm wie die Kirchenmäuse in dieses Land gekommen, um ein neues Leben anzufangen. Sie hatten in verschiedene Unternehmen im Osten investiert, nachdem Neville aus dem Staatsdienst ausgeschieden sei. Allerdings hätten sie kein Glück dabei gehabt. Esme berichtete ihm so viel sie konnte, ohne ihn belügen zu müssen.

Sie erzählte Mal, sie wisse von Jesse sowie aus dem Album mit Zeitungsausschnitten über den Goldraub, das der Reporter angelegt hatte, bereits viel über ihn.

»Und die Morde«, ergänzte Mal. »Kein Grund, das unter den Tisch fallen zu lassen. Man hat mich auch des Mordes an den Wachen beschuldigt.«

»Ich weiß«, erwiderte sie leise. »Es muss schrecklich gewesen sein.«

»Ich habe Schlimmeres erlebt.«

Esme schluckte. »Und jetzt willst du Tussup suchen?«

»Ich habe ihn gefunden.«

»Ja, ich meinte damit nur, ob du wieder fort willst.«

»Ja.«

»Was wird aus uns beiden? Ich werde dich vermissen. Verdammt, ich liebe dich. Was erwartest du von mir?«

»Das ist ja das Problem, Es. Ich weiß es nicht. Auf meine Weise liebe ich dich auch. Ständig sage ich mir, dass ich mich häuslich niederlassen und Schafe züchten möchte. Doch ich bin mir nicht mehr sicher, ob das noch stimmt. Vielleicht mache ich mir ja etwas vor. Und du, Es? Bin ich wirklich der Mensch, den du jetzt brauchst? Ein Freund? Es könnte sich mehr daraus entwickeln.«

»Soll das heißen, es ist noch zu früh für uns?«

»Könnte sein ... ich glaube, schon ... warum lassen wir uns nicht noch ein bisschen Zeit?«

Esme war wütend. »Meinetwegen. Wenn du es unbedingt so haben willst. Doch vielleicht bin ich ja nicht mehr da, wenn du deine Meinung änderst. Verlange nicht von mir, dass ich dasitze und auf dich warte. Geh nur, und übe Rache, Mal Willoughby. Nachdem du Tussup erledigt hast, wirst du jemanden anderen finden, den du hassen kannst. Und das passt überhaupt nicht zu dir. Jetzt verschwinde, und lass mich in Ruhe.«

Als sie auf dem Absatz kehrtmachte und davonstürmte, ließ sie einen verwirrten Mal zurück. Er hatte gedacht, dass sie verstehen würde, was er ihr sagen wollte. Mit einem solchen Wutausbruch hatte er nicht gerechnet. Er überlegte, ob er ihr nachlaufen sollte, doch das würde sie vermutlich noch mehr in Rage bringen. Außerdem ... hielt sie ihn wirklich für rachsüchtig? Hatte sie möglicherweise Recht?

Mal erschauderte. War er unfähig zur Liebe? Hatte er wirklich nicht genug Gefühle für Esme? Wenn das stimmte, dann hatte sie etwas Besseres verdient.

Als er bedrückt durch die menschenleeren Straßen ging, gellte der traurige Ruf eines Brachvogels in seinen Ohren.

Mit einem langen weißen Mantel aus Shantungseide, einem breitkrempigen lackierten Strohhut und einem bunten japanischen Sonnenschirm in der Hand, erschien Mrs. Plummer, um dem Schiff nach Sydney nachzuwinken. Zu Mals Enttäuschung war Esme nirgendwo zu sehen.

»Ich fand, dass Sie und Esme so ein reizendes Paar abgeben«, meinte Mrs. Plummer zu ihm. »Aber Esme sieht wohl keine gemeinsame Zukunft für Sie beide. Natürlich freue ich mich, dass sie mit mir nach Cairns zurückkehrt.«

Mal stöhnte auf. »Nach Cairns? Ich habe gehofft, sie würde hier in Brisbane warten.«

»Worauf?«

»Auf meine Rückkehr.«

»Ich verstehe.« Mrs. Plummer zog die Augenbrauen hoch und musterte ihn. »Warum sollten Sie zurückkehren?«

Mal stieß einen entnervten Seufzer aus. »Natürlich wegen Esme. Falls sie das will ...«

»Tja, und warum haben Sie ihr das dann nicht gesagt?«

»Ich weiß nicht, Mrs. Plummer. Ich habe es versucht. Es ist so schwer festzustellen, was das Beste wäre. Und zwar langfristig betrachtet. Jetzt muss ich nach Süden, nicht nur, um ein Wörtchen mit Tussup zu reden. Ich möchte auch mehr über das Stück Land erfahren, das ich kaufen will.«

»Und wo genau ist das? Etwa noch weiter weg? Kein Wunder, dass Esme so durcheinander ist. Ständig verschwinden Sie irgendwo in der Wildnis.«

Mal nahm Mrs. Plummer bei den Händen. »Diesmal will ich nicht in die Wildnis. Vertrauen Sie mir. Das Land ist ganz in der Nähe von Brisbane.« Er grinste. »Ein Katzensprung sozusagen. Könnten Sie Esme von mir ausrichten, dass ich ihr schreiben und alles erklären werde?«

»Da müssen Sie schon etwas mehr bieten.«

»Was?«

Mrs. Plummer klappte den Sonnenschirm zu. »Ich glaube, dieses Ding nützt gar nichts gegen die Sonne.«

»Weil es aus Papier ist«, entgegnete Mal. »Die Sonne brennt eher ein Loch hinein.«

»Tja, dann sollte ich mich besser auf den Weg machen. Zeit, dass Sie an Bord gehen, Mal.«

»Moment noch, bitte warten Sie, Mrs. Plummer. Sagen Sie Esme, dass ich sie liebe. Werden Sie das für mich tun?«

»Und?«

»Und was? Oh, schon gut. Ich verspreche, so schnell wie möglich zurück zu sein. Sobald ich das richtige Stück Land gefunden habe und Gutsbesitzer geworden bin. Dann kann ich ihr ein Zuhause bieten, denn das ist es, was wir beide brauchen.«

Mrs. Plummer strahlte. »So ist es recht, mein Junge.«

Lavinia amüsierte sich großartig in Sydney. Sie und Lady Horwood wohnten bei Mr. und Mrs. Somerville in ihrer Villa mit Blick auf die Rose Bay. Die Somervilles waren die Eltern von Raymonds verstorbener Frau. Als die *SS Liverpool* in den Hafen einlief, befanden sie sich schon seit einer Woche in Sydney – und was für eine Woche das gewesen war! Julia Somerville wusste, wie man seine Gäste bei Laune hielt. Jeden Tag stand eine Unternehmung auf dem Plan: Einladungen zum Mittagessen, Ausflüge – sogar in den Zoo – und Besuche in Museen und Galerien. Die Abende waren dem geselligen Beisammensein oder Restaurantbesuchen nach dem Theater vorbehalten.

Wie erwartet weigerte sich Lady Horwood, sich daran zu beteiligen, doch das störte Lavinia nicht weiter. Sie hatte Constance als Anstandsdame nach Sydney begleitet, damit die junge Frau dort ihren Vater vom Schiff abholen konnte. Ihre Pflichten waren damit erfüllt.

Sie lächelte spöttisch, als sie sich daran erinnerte, wie sie Lyle hatte überreden müssen, seiner Frau etwas Geld zu geben.

»Der alte Schuft«, meinte sie zu Raymond. »Constance hat keinen Penny. Lass ihn ja nicht entwischen.«

»Braucht sie denn Geld? Hier hat sie doch alles.«

»Das hat nichts damit zu tun. Sie braucht Geld, und zwar nicht nur ein paar Pfund. Bring Lyle dazu, ein Bankkonto für sie zu eröffnen. Und vergiss nicht, dass ihr gesamter Schmuck auf dem Schiff gestohlen wurde. Wie soll sie in Sydney ohne Schmuck unter die Leute gehen? Um Himmels willen! Außerdem muss sie sich neue Kleider kaufen, und zwar eine ganze Menge. Und jetzt kümmere dich sofort darum!«

Raymond hatte alles erledigt – nach einer geraumen Weile, und er hatte sich lange bitten lassen. Daraufhin hatte Lavinia Reisekleidung, Abendroben und eine Auswahl von Schmuckstücken bestellt, die Lady Horwood zu Hause zur Auswahl vorgelegt wurden. Constance war nicht mit dem Herzen bei der Sache. Sie war Lavinia zwar dankbar für ihre Bemühungen und stimmte ihren Entscheidungen zu, ging jedoch mit einer enttäuschenden Gleichgültigkeit an die Sache heran. Lavinia hatte sich über ihre Einstellung geärgert; sie hatte geglaubt, dass der Anblick der hübschen neuen Kleider in Constance so etwas wie Begeisterung auslösen würde – aber weit gefehlt.

Auch in Sydney hatte sich nichts daran geändert. Der Großteil der Kleidung sowie der gesamte Schmuck hatten bis jetzt noch nicht das Tageslicht gesehen.

Mal Willoughby, der in der Stadt geblieben war, hatte Constance zwar zu einem Spaziergang zur nahe gelegenen Bucht überreden können, doch sie hatte sich geweigert, das Haus ohne Schleier zu verlassen.

»Gut gegen die Mücken«, hatte er mit einem unbeschwerten Lachen erwidert.

Dann war der große Tag da, und alle gingen zum Hafen, um Lady Horwoods Vater, einen stattlichen und charmanten Mann, zu begrüßen. Seine Tochter brach in Tränen aus und klammerte sich unter hysterischem Schluchzen an ihn. Und nachdem die Kutsche sie vor dem Haus an der Rose Bay abgesetzt hatte, blieb es Lavinia überlassen, Percy Feltham das merkwürdige Benehmen seiner Tochter zu erklären.

Der arme Mann war bestürzt und reagierte empört, als er erfuhr, dass seine Constance in einer Irrenanstalt gewesen war. Ebenso aufgebracht war er über die Nachricht, dass Lyle nach Hongkong gereist war und seine kranke Frau in einem fremden Land zurückgelassen hatte.

Lavinia lächelte. »Für uns ist es nicht fremd, und wie Sie sehen, hat Lady Horwood gute Freunde hier.«

Allerdings änderte sich nach Felthams Ankunft einiges. Constance kam ohne Hut und Schleier herunter zum Frühstück, was alle sehr erfreute. Aber nach einem warnenden

Blick von Lavinia taten alle so, als wäre das eine Selbstverständlichkeit.

Feltham verbrachte seine Tage in Gesprächen mit Constance. Wie er Lavinia später sagte, erfüllte ihn das, was er hörte, mit Entsetzen, da er sich selbst die Schuld daran gab, dass Horwood so mit seiner Tochter umgesprungen war.

»Lady Horwoods Zustand hat seinen Grund hauptsächlich in den Vorfällen auf der *China Belle*«, merkte Lavinia an.

»Darüber weiß ich inzwischen Bescheid. Horwood hat mir nach ihrer Ankunft in Cairns geschrieben und mir mitgeteilt, ich brauche mir keine Sorgen zu machen – er und Constance seien der Katastrophe unbeschadet entronnen.«

»Der elende Schuft hat gelogen!«

»Das tut mir Leid.« Feltham schüttelte den Kopf. »Ich hatte ja keine Ahnung, dass Constance entführt worden war! Mein Gott, was das arme Kind durchgemacht hat! Soweit ich im Bilde bin, hat ein Offizier, ein gewisser Mr. Tussup, sie vor den asiatischen Schurken gerettet. Ich würde mich gern bei ihm bedanken.«

»Vorsicht, Mr. Feltham. Er ist derjenige, der für den Aufstand der Mannschaft die Verantwortung trägt.«

»Wie bitte? Das hat sie mir nicht erzählt. Ich würde mich freuen, Miss Lewis, wenn Sie mir helfen könnten, diese grässliche Geschichte zu verstehen.«

Nachdem Mal alles in Sydney erledigt hatte, kam er, um sich zu verabschieden. Er hatte ein neues Pferd, einen Vollblüter, gekauft, den Mr. Somerville sehr bewunderte. Während Mal darauf wartete, dass Constance und ihr Vater von einem Strandspaziergang zurückkehrten, erwähnte er, er sei auf dem Weg nach Goulburn.

»Schöne Landschaft da oben«, meinte Somerville. »Gehe ich richtig in der Annahme, dass Sie dort Land erwerben wollen? Mit dieser Gegend haben Sie es genau richtig getroffen.«

»Das habe ich auch gehört. Aber ich bin versucht, mich wieder in Darling Downs an der Grenze zu Queensland niederzulassen. Dort kenne ich mich gut aus, und es gefällt mir. Nachdem ich mich in Goulburn um ein paar Geschäfte gekümmert habe, reite ich wieder nach Norden. Ich habe genug von Schiffen.«

Mal führte ein langes Gespräch mit dem bedauernswerten Percy Feltham, der nach der langen Seereise und auch aufgrund seiner Sorge um Constance ziemlich erschöpft wirkte.

»Ich möchte, dass meine Tochter mich nach England begleitet«, sagte er zu Mal. »Lyle soll das Haus in Brisbane und seine Dienstboten, die Constance wie ein Stück Vieh behandeln, behalten. Sie will sich scheiden lassen, und ich werde dafür sorgen, dass das reibungslos klappt und sie einen angemessenen Unterhalt bekommt. Das halte ich für die beste Lösung«, fügte er bedrückt hinzu. »Jede Frau wird zum Nervenbündel, wenn sie von einer Verbrecherbande verschleppt wird.«

»Am meisten macht ihr zu schaffen, dass sie sich schämt. Sie hat Angst, weil die Leute glauben, sie wäre unsittlich belästigt worden, da sie mehrere Nächte allein mit den Männern im Busch verbracht hat. Wenn sie das überwindet, sieht sie vielleicht wieder Licht am Horizont.«

Der Junge, der gerade auf der Hasenjagd war, hörte die Schüsse und rannte den Hügel hinunter zu dem alten Bauernhaus. Er sah den Reiter auf der Straße davonpreschen und eilte auf den Hof, wo er, zusammengesackt vor dem Holzstapel, einen Mann fand. Boysie Hume hielt den Mann für tot. So über und über mit Blut bedeckt, musste er einfach tot sein. Seine Augen, die im Schatten lagen, waren geschlossen.

Boysie war soeben zu dem Schluss gekommen, dass er sofort jemandem erzählen musste, ein Mann sei von einem Banditen erschossen worden, als der vermeintliche Tote ein Stöhnen ausstieß. Boysie machte vor Schreck einen Satz.

Dann stürmte er los. Nur schnell weg von hier und die Straße entlang. Dabei schrie er wie am Spieß.

Die Nachbarn strömten herbei. Gebannt sah Boysie zu, wie sie die blutende Wunde mit zerrissenen Bettlaken verbanden, den Mann in eine Decke wickelten, ihn vorsichtig auf einen Karren legten und ihn zum Krankenhaus von Goulburn in der Sloane Street brachten. Boysie fuhr hinten auf dem Karren mit, und als die Sanitäter mit einer Trage erschienen, um den Mann hineinzuschaffen, folgte Boysie ihnen auf den Fersen.

Doc Flaherty, der hereingehastet kam, um den Verletzten zu untersuchen, schob Boysie beiseite.

»Wer war das?«, rief er, während er die blutende Wunde in Augenschein nahm.

»Willoughby«, erwiderte Boysie. »Das hat er mir unterwegs gesagt.«

»Wer hat das getan?«, erkundigte sich der Arzt noch einmal bei dem Opfer, ohne auf Boysie zu achten.

»Willoughby«, flüsterte Jake mit schwacher Stimme.

»Sehen Sie, ich hatte Recht«, verkündete Boysie. »Willoughby ist es gewesen.«

»Wer ist Willoughby?«, wollte eine Schwester wissen, doch keiner konnte ihr das beantworten.

»In dieser Gegend gibt es keinen Willoughby«, meinte Boysie. »Bestimmt ist es ein Bandit.«

»Boysie«, erwiderte der Arzt. »Am besten verschwindest du jetzt. Wenn du dich nützlich machen willst, geh zur Polizei. Ach, Moment noch. Wie heißt denn dieser Bursche?«

»Keine Ahnung«, entgegnete der Junge und rannte los.

Er hatte es nicht weit, denn Constable Jackson band schon sein Pferd an den Lattenzaun vor dem Krankenhaus.

»Das ist verboten«, teilte Boysie ihm mit. »Hier darf man keine Pferde anbinden. Die Oberschwester kriegt einen Tobsuchtsanfall.«

Das Pferd blieb stehen, wo es war, der Constable öffnete das Tor und eilte entschlossenen Schrittes den Pfad entlang. Boysie folgte ihm.

»Sie sind doch sicher wegen der Schießerei hier.«

»Ja.« Jackson hatte die offene Eingangstür schon

erreicht, da der Zaun dicht vor dem Gebäude stand. Boysie fand übrigens, dass das Krankenhaus wie eine düstere alte Scheune aussah.

»Ich weiß, wer es war.«

»Wirklich?«

Boysie grinste selbstzufrieden. Endlich war er einmal klüger als die Polizei. »Ja. Willoughby ist es gewesen. Und ich habe ihn gesehen. Er ist weggeritten, als wäre der Teufel hinter ihm her.«

Der Polizist und der Junge warteten vor dem Operationssaal. Niemand konnte sagen, wer das Opfer war, doch Boysie erklärte, der Mann habe an dem alten Bauernhaus an der Dangar Road gearbeitet. Eine Krankenschwester gab Boysie ein Stück Kuchen und schickte die beiden weg. Sie meinte, es mache keinen Sinn, auf dem Flur herumzustehen, da der Verletzte noch stundenlang nicht ansprechbar sei. Er habe eine Kugel in der Brust, sein Zustand sei ernst.

Der Constable nahm Boysie auf seinem Pferd mit zu dem Bauernhaus, wo sie seine Habe durchsuchten. In einer Schublade fanden sie Bargeld, und zwar ein ziemlich dickes Bündel.

»Bestimmt hat er die alte Farm gekauft«, sagte Jackson. »Und jetzt bringt er hier alles in Ordnung. Ich lasse eine Plane über die Stelle hängen, wo er die Wand eingerissen hat. Der Besitzer kommt vermutlich nicht so rasch zurück. Kannst du reiten, mein Junge?«

»Aber klar doch!«

»Dann sattle sein Pferd. Du darfst es in die Stadt bringen.«

Als sie das Polizeirevier erreichten, kursierten in der Stadt bereits wilde Gerüchte über den Neuankömmling, der so kaltblütig niedergeschossen worden war.

Nachdem Constable Jackson einen Bericht geschrieben hatte, schickte sein Sergeant zwei Männer los, die die Stadt nach einem Mann namens Willoughby durchsuchen und ihn festnehmen sollten.

Da der Sergeant sich nicht vorstellen konnte, dass ein

Mann in dieser Stadt lebte und arbeitete, ohne dass jemand ihn kannte, ging er zum Immobilienbüro am Ende der Straße.

»Hat jemand die alte Tussup-Farm gekauft?«, erkundigte er sich bei den Angestellten.

Niemand wusste etwas darüber.

Anschließend begab er sich zum Rathaus, wo er feststellte, dass das Land auf den Namen J. Tussup eingetragen war. Die ausstehenden Grundbesitzabgaben waren kürzlich bezahlt worden.

»Es war nicht viel«, sagte der Sekretär. »Aber wenn erst einmal die Grundsteuer eingeführt wird, von der jetzt alle reden, wird es uns ganz schön ans Eingemachte gehen. Wie fühlt sich der Mann übrigens?«

»Er ist schwer verletzt. Ich sehe gleich mal nach ihm.«

Allerdings führte den Sergeant der nächste Weg nicht zum Krankenhaus, sondern zu einem Haus in der Lorne Street, wo er Carl Muller, einem Polizisten im Ruhestand, einen Besuch abstattete.

»Ich glaube, Jake Tussup ist nach Hause gekommen«, meinte er zu ihm. »Doch die Begrüßung war nicht sehr freundlich. Jemand namens Willoughby hat ihn heute morgen angeschossen. Er lebt zwar noch, aber sein Zustand ist kritisch. Könnten Sie mir ein paar Minuten opfern und mit ins Krankenhaus kommen, um ihn zu identifizieren? Ich kann nur Vermutungen anstellen. Als Tussup senior Ihrem Sergeant Hawthorne eine Kugel verpasst hat, war ich noch nicht hier.«

»Ja, ich erinnere mich«, erwiderte Muller. »Sie waren Hawthornes Ersatzmann. Dem jungen Tussup bin ich natürlich schon jahrelang nicht mehr über den Weg gelaufen. Inzwischen ist er ein erwachsener Mann. Es war eine sehr traurige Sache. Mrs. Hawthorne hat nie wieder geheiratet und die Jungen allein großgezogen.«

Als die beiden Männer bei Dr. Flaherty eintrafen, hatte dieser soeben eine Frau von Zwillingen entbunden und wusch sich gerade die Hände.

»Unserem Mann geht es schlecht«, meldete er. »Er hat

eine Kugel in die Brust gekriegt, die wir entfernen mussten. Außerdem hat er viel Blut verloren und hohes Fieber, meine Herren. Es hat seine Lunge erwischt. Wir haben ihn zusammengeflickt und den lieben Gott um Hilfe gebeten.«

»Können wir ihn sehen?«, fragte Muller.

»Natürlich, Carl, aber erwarten Sie keine sinnvollen Antworten von ihm. Er ist gerade erst aus der Narkose aufgewacht.«

Leise schlichen sie ins Beobachtungszimmer, wo eine Krankenschwester sie zum Bett des Verwundeten führte.

»Dunkles Haar wie sein Vater«, stellte Carl fest. »Und dieselbe Gesichtsform. Er könnte es sein, allerdings bin ich nicht sicher. Hat man in der Hütte keine Ausweispapiere gefunden?«

»Nein. Nur Geld und Proviant. Und das Pferd.«

Plötzlich schlug der Patient die Augen auf und stöhnte. Dann versuchte er sich aufzusetzen. »Wo bin ich?«, flüsterte er, und die Schwester eilte herbei, um ihn zu beruhigen.

»Er ist es«, flüsterte Carl, als die Schwester ihnen bedeutete zu gehen. »Jake Tussup ist nach all den Jahren nach Hause gekommen. Seit sein Vater gehängt wurde, müssen fünfzehn Jahre vergangen sein. Der Junge ist verschwunden, um zur See zu fahren, wie es hieß. Nach so einer Sache wären Sie doch bestimmt auch nicht in der Stadt geblieben.«

Der Ritt von Sydney zur Ebene von Goulburn war mehr nach Mals Geschmack als seine gefährliche Wanderschaft durch den Norden des Landes. Er hatte ein gutes Pferd, und die bequeme Straße führte über flaches Gelände. Allerdings hatte man ihn gewarnt, dass in dieser Gegend Banditen ihr Unwesen trieben, weshalb sein Gewehr im Sattelhalfter griffbereit war. Sein ganzes Leben lang war er mit einem zuverlässigen Gewehr gereist, er, während er sein Pferd vor einem Gasthaus am Straßenrand zum Stehen brachte. Aber wenigstens brauchte er das Messer nicht mehr.

»Wie weit ist es noch nach Goulburn?«, fragte er, nachdem er am Tresen ein Bier bestellt hatte.

»Nur noch sechzig Kilometer«, erwiderte der Wirt. »Möchten Sie hier übernachten?«

»Ja, das wäre wohl das Beste. Gleich morgen früh geht es dann weiter.«

In seinem Zimmer überprüfte Mal die Papiere, die der Anwalt in Sydney ihm gegeben hatte. Die dünne Akte, die für die Polizei von Goulburn bestimmt war, legte er beiseite. Eigentlich hätte das auch die Polizei von Sydney übernehmen können, doch er erledigte das lieber selbst. Er wollte den Gerichtsvollzieher begleiten, wenn Tussup die Vorladung zugestellt wurde, um sicher zu sein, dass er ihnen nicht durch die Lappen ging. Er würde da sein, um mit dem Finger auf diesen Schuft zu zeigen. Tussup sollte ihn sehen, wenn er vorgeladen wurde, um zum Vorwurf der Freiheitsberaubung – oder wie das sonst in der Juristensprache hieß – Stellung zu nehmen. Dann würde er wissen, dass Mal Willoughby ihm endlich das Handwerk gelegt hatte.

Mal hatte mit Constance über seine Absicht gesprochen, Tussup anzuzeigen. Wie erwartet war sie bei dem Gedanken, vor Gericht erscheinen zu müssen, beinahe in Ohnmacht gefallen.

»Oh, nein, das geht nicht, Mal! Wie können Sie so etwas von mir erwarten?«

»Genau das ist es doch, was Sie wollten. Wenn Tussup wegen all dieser Vorwürfe vor Gericht steht, kann er der Welt sagen, dass keiner dieser Halunken Sie auch nur angefasst hat. Er würde unter Eid stehen. Sie haben mir erzählt, dass alle, selbst Ihr Mann, vom Schlimmsten ausgehen. Nun können Sie das Gegenteil beweisen. Und die Wahrheit wird für immer in den Akten stehen.«

Constance wusste nicht, was sie davon halten sollte. »Warum sollte Tussup das vor Gericht aussagen?«

»Weil mein Anwalt ihm diese Frage stellen wird. Er wird bei der Wahrheit bleiben müssen. Zum Lügen hat er auch gar keinen Grund.«

Constance dachte darüber nach. »Es wäre doch auch in seinem Interesse, auszusagen, dass er mich vor den anderen Männern gerettet hat.«

»Ja.«

»Und was genau müsste ich tun?«

»Ich bringe ihn wegen Freiheitsberaubung vor Gericht. Er und die anderen Männer haben Sie gegen Ihren Willen festgehalten. Die wenigen Malaien, die noch im Gefängnis sitzen, trifft ebenso Schuld, doch Tussup war der Rädelsführer.«

»Oh, ja, ich verstehe.«

»Gut, Ich danke Ihnen, Constance. Ich bin wirklich sehr froh über Ihre Hilfe. Tussup muss bestraft werden. Er ist verantwortlich für Jun Liens Tod und den des armen Flesser und ...«

Sie hielt sich die Ohren zu. »Nein, lassen Sie das. Bitte, Mal, ich will nichts mehr davon hören, ich kann nicht ...«

»Gut«, beruhigte er sie. »Reden wir nicht mehr darüber. Aber fassen Sie Mut, Constance. Wenn der Prozess vorbei ist, haben wir es hinter uns. Gott sei Dank.«

Sie nickte und tupfte sich die Augen mit einem Taschentuch ab. Allerdings hatte er den deutlichen Eindruck, dass sie seinem Blick auswich. Dann meinte sie verschwörerisch: »Man munkelt, dass Sie Esme Caporn den Hof machen. Ist das wahr?«

Er lächelte. »Ich hoffe nur, dass sie mir keinen Korb gibt.«

»Das wird sie schon nicht.« Constance seufzte. »Was für ein Glück sie hat, nach allem, was uns widerfahren ist, einen verständnisvollen Menschen zu haben, an den sie sich anlehnen kann. Mein Mann Lyle hingegen denkt immer nur an sich selbst.«

»Und Ihr Vater?«, beharrte Mal. »Habe ich Ihre Erlaubnis, ihm von unserem Vorhaben zu erzählen?«

»Oh, nein, damit würde ich ihn jetzt nicht belasten. Ich sage es ihm selbst, wenn die Gelegenheit günstig ist.«

Nichts, worauf man sich verlassen konnte, dachte Mal, doch gewiss würde es genügen, um Tussup ins Gefängnis zu bringen. Soweit Mal im Bilde war, hatte das Gefängnis in Goulburn schon bessere Tage gesehen, was er nicht im Geringsten bedauerte.

Als er am nächsten Abend durch die von Laternen erleuchteten Straßen von Goulburn ritt, wurden die Läden schon geschlossen, und die Menschen zogen sich in ihre Häuser zurück. In aller Ruhe besichtigte Mal das Zentrum der Stadt mit seinen Kirchen und Hotels, dem Gerichtsgebäude, den Läden und Fabriken und der Redaktion der *Evening Post* und kam zu dem Schluss, dass es hier aussah wie in jedem x-beliebigen Provinzstädtchen. Auf seiner Wanderschaft war er in so vielen gewesen, dass er sie nicht mehr auseinander halten konnte.

Obwohl Mal müde war, wollte er dafür sorgen, dass die Mühlen des Gesetzes zu mahlen begannen, bevor er sich ein Hotelzimmer nahm. Also machte er kehrt und steuerte auf das große Steingebäude zu, das das Polizeirevier beherbergte.

Constable Jackson hatte Dienst an der Empfangstheke. Er mochte die Abendschicht. Trotz der kalten Nächte war es hier drin warm, und man konnte sich vom Pub nebenan das Abendessen kommen lassen.

»Und«, so sagte er sich, »es ist immer spannend. Nie weiß man, wer im nächsten Moment hereinspaziert.«

Er blickte auf, als ein hoch gewachsener Mann in einer teuer aussehenden Winterjacke die Tür öffnete. Gewiss gehörte er zu den Siedlerfamilien im Westen, die über große Ländereien verfügten.

Der Fremde legte einige Papiere auf die Theke. »Mein Anwalt hat mir empfohlen, diese Dokumente Ihrem Vorgesetzten auszuhändigen und zu veranlassen, dass ein Gerichtsvollzieher so bald wie möglich die Vorladung zustellt.«

»In Ordnung, Sir«, erwiderte Jackson, griff zu einem Federhalter, befeuchtete die Spitze, tauchte sie ins Tintenfass und ließ das Schreibgerät über dem Vorgangsbuch schweben. »Ich mache zuerst eine Eintragung. Ihre Name?«

»Willoughby. Mal Willoughby.«

Der Constable schnappte nach Luft. »Adresse?«

»Im Moment Hotel *Royal,* Goulburn.«

Der Constable hielt es nicht länger aus. »Gut«, stieß er hervor. »Augenblick, ich hole den Sergeant.«

Er duckte sich unter der Theke durch und eilte den Flur entlang zum Aufenthaltsraum, wo der Sergeant Zeitung las.

»Willoughby ist hier!«, rief er. »Er steht vorn. Er ist es! Was soll ich jetzt tun?«

Der Sergeant sprang auf und eilte Unheil verkündenden Schrittes auf den Empfangsbereich des Polizeireviers zu.

»Ihr Name ist Willoughby?«, fragte er ruhig. Zur Panik bestand kein Grund.

»Ja.«

»Kennen Sie einen Mann namens Tussup, Jake Tussup?«

»Ja, in der Tat. Seinetwegen bin ich ja hier.«

Blitzschnell nahm der Sergeant die Handschellen von einem Haken unter der Theke und warf sie Jackson zu. »Legen Sie sie ihm an. Sie sind verhaftet, Willoughby, und zwar wegen versuchten Mordes an Jake Tussup.«

»Was?«

Ganz gleich, wie sehr Willoughby auch brüllte – »Und der kann brüllen!«, wie Jackson später erzählte –, der Sergeant ließ sich nicht beirren. Mit vereinten Kräften bugsierten die beiden Polizisten Mal in eine Zelle.

Dann lief der Sergeant los, um dem Inspector mitzuteilen, dass Willoughby in Haft saß. Als Jacksons Abendessen von nebenan gebracht wurde, berichtete er alles brühwarm, und binnen weniger Minuten wusste der ganze Pub davon. Die Nachricht verbreitete sich wie ein Lauffeuer.

Ein Reporter von der *Evening Post* kam hereingestürmt.

»Darf ich Willoughby interviewen?«, flehte er. »Für Sie springt auch eine Flasche Whisky heraus, Jackson.«

»Wie groß?«

Der Reporter grinste. »Ein halber Liter.«

»Einverstanden. Aber trödeln Sie nicht. Der Sergeant ist gleich zurück.«

Mal Willoughby erkannte den Mann als Reporter, sobald dieser vor seiner Zelle erschien.

»Bitte nicht!«, seufzte er verärgert. »Zum Teufel! Nicht schon wieder!«

Der Reporter spähte in den Käfig. »Habe ich Sie nicht schon einmal irgendwo gesehen?«

»Nein«, schrie Mal. »Nein, verdammt. Und jetzt besorgen Sie mir gefälligst einen Anwalt.«

Bereits wenige Tage später berichteten die Zeitungen in Sydney über die Schießerei in Goulburn. Lavinia entdeckte die Meldung zuerst.

»Gütiger Himmel. Jake Tussup wurde angeschossen!«, rief sie und eilte hinaus, um es Constance zu erzählen. »Er kämpft im Krankenhaus von Goulburn um sein Leben! Offenbar hat Mal auf ihn geschossen! Der Himmel steh uns bei. In was für einer Welt wir leben! Ich muss sofort an Raymond schreiben.«

Constance war bestürzter, als Lavinia erwartet hatte. »Zeigen sie mir die Zeitung«, forderte sie. »Das kann nicht stimmen. Warum sollte Mal ihn auf ihn schießen? Er wollte ihn doch verhaften und vor Gericht stellen lassen.«

»Vermutlich hat der junge Mann den Tod seiner Frau nicht verkraftet«, meinte ihr Vater. »Es ist verständlich, dass die Wut nach allem, was er durchgemacht hat, schließlich siegen musste.«

»Wir müssen hinfahren und uns selbst vergewissern«, sagte Constance. »Wir können den Zug nehmen.«

»Sie?«, verwunderte sich Lavinia. »Sie wollen hinfahren? Warum, um Himmels willen.«

»Weil es meine Pflicht ist. Vater, du wirst mich doch begleiten, oder?«

»Ganz bestimmt nicht. Und ich habe beschlossen, dass du auf keinen Fall vor Gericht in einem Prozess erscheinen wirst, der mit diesem Burschen zu tun hat.«

»Aber ich muss! Mals Anwalt wird Tussup gewisse Fragen stellen, die meine Situation betreffen.« Sie errötete. »Das habe ich dir doch erklärt, Vater.«

»Allerdings«, gab er unwirsch zurück. »Ich halte es

jedoch nicht für nötig, dass du während der Erörterung eines derart anstößigen Themas anwesend bist.«

Mr. Somerville fiel ihnen ins Wort. »In der Zeitung steht nicht, dass Mal auf diesen Kerl geschossen hat. Es heißt nur, es sei vor zwei Tagen geschehen. Da kann Mal noch gar nicht in Goulburn gewesen sein. Wir dürfen keine voreiligen Schlüsse ziehen.«

»Ganz richtig, Sir«, erwiderte Percy Feltham. »Wenn Sie uns jetzt entschuldigen, möchte ich gern ein Wort mit dir auf der Terrasse sprechen, Constance. Sei bitte so gut. Und zwar auf der Stelle«, fügte er hinzu.

Ängstlich folgte sie ihm durch die Glastüren nach draußen auf die Terrasse, von der aus man Blick auf die Bucht hatte. »Was gibt es?«

»Ich habe genug von diesem Tussup und möchte das Thema ein für allemal erledigt sehen.«

»Nach dem Prozess, meinst du?«

»Nein, jetzt. Wie ich es verstehe, möchte Mr. Willoughby, dass du eine Aussage machst. Auch ich will, dass dieser Schurke bestraft wird, jedoch nicht auf deine Kosten. Du wirst dich nicht erniedrigen lassen, indem du vor Gericht erscheinst.«

»Aber ich bin Zeugin.«

»Leider. Aber ich habe dich reden hören. Offenbar schwankst du, was deinen Eindruck von diesem Tussup angeht, und du bist nicht in der Lage, eine Befragung vor Gericht durchzustehen. Ständig wiederholst du, er hätte dich vor den Malaien gerettet.«

»Das hat er auch. Und wenn ich ihn sehe, werde ich mich bei ihm bedanken.«

»Ach, ja? Und gleichzeitig willst du aussagen, dass er dich entführt hat! Du erwartest von ihm, dass er dir den Gefallen tut und der ganzen Welt erzählt, du wärst bei diesen Seeleuten in guten Händen gewesen. Die Scheidung von Horwood ist schon Skandal genug, da braucht es keinen Strafprozess mehr. Ich werde an Mr. Willoughby schreiben und dich entschuldigen. Und damit wäre die Sache abgeschlossen. Wir reisen mit dem nächsten Schiff nach London, je früher, desto besser!«

»Aber …«

»Kein Aber, mein Kind! Ich habe bereits mit Lavinia gesprochen. Sie wird dir deine Sachen aus Brisbane nachschicken. Und jetzt geh, und schreib ihr genau, was sie schicken soll, während ich unsere Schiffspassagen buche.«

Constance eilte in ihr Zimmer und ließ sich schwer aufs Bett fallen. Sie hatte das unbestimmte Gefühl, etwas verloren zu haben, und dachte an Jake Tussup. Obwohl sie kaum wagte, es sich selbst einzugestehen, war ihr Vater der Wahrheit sehr nahe gekommen: Sie hatte Mals Bitte, vor Gericht zu erscheinen, so rasch zugestimmt, weil sie hoffte, dort Tussup wiederzusehen. Da sie wusste, dass ihre Gefühle für Jake im Widerspruch zu ihrer Rolle als Zeugin der Anklage standen, wagte sie nicht, weiter über ihn nachzudenken. Denn das konnte nur zu zusätzlichem Durcheinander führen.

Durcheinander! Sie holte tief Luft. »Vater hat Recht«, sagte sie sich. »Wirklich. Ich werde mich freuen, wieder zu Hause in England zu sein und all das endgültig hinter mir zu lassen.« Wie ihr einfiel, war dieser Vorschlag ursprünglich von Mal gekommen: »Warum kehren Sie nicht zurück nach London?«, hatte er gefragt. »Sie können nicht in diesem Irrenhaus bleiben.«

Sie lächelte. Irrenhaus! Typisch Mal, die Dinge einfach beim Namen zu nennen. Ich weiß nicht, was ich mir dabei gedacht habe, mich dort verkriechen zu wollen. Ich wusste nicht mehr, was ich tat. Und ohne gute Freunde wie Mal und Raymond wäre ich wohl immer noch dort eingesperrt.

»Dafür wirst du mir büßen, Lyle Horwood«, sagte sie sich, als sie aufstand und die Hüllen von den Spiegeln nahm. »Diese Scheidung wird dich etwas kosten, darauf kannst du Gift nehmen. Und dann werde ich als wohlhabende Lady Horwood nach London zurückkehren.«

Mal hatte das Gefängnis verlassen dürfen. Um den Reportern, die hofften, dass sein Alibi einer polizeilichen Überprüfung nicht standhalten würde, aus dem Weg zu gehen, hatte er sich ins Hotel *Imperial* geflüchtet.

Zum Glück hatte er in weiser Voraussicht seine Dokumente zurückverlangt, die während seiner Haft ungelesen geblieben waren. Denn er befüchtete, dass seine Absicht, Anklage gegen Jake Tussup zu erheben, nur zu einer weiteren Flut von Vorwürfen von Seiten der Polizei führen würde. Dass er das Opfer der Schießerei so gut kannte, konnte ihm zum Verhängnis werden.

Sein Anwalt hatte ihm geraten, sich vom Krankenhaus fern zu halten, und Mal hatte nichts dagegen einzuwenden. In seinem derzeitigen Zustand war es ohnehin nicht möglich, Tussup eine Vorladung zuzustellen. Und eigentlich konnte er den Rechtsweg für den Moment sowieso vergessen. Warum hat der Mistkerl behauptet, dass ich auf ihn geschossen habe?, dachte Mal ärgerlich. Anfangs hatte er vermutet, dass Tussups kritischer Zustand nur vorgetäuscht war, doch sein Anwalt, ein Ortsansässiger, beteuerte, dass es sich nicht so verhielt.

»Er ist schwer verletzt, Mal. Daran besteht kein Zweifel.«

»Und wer hat auf ihn geschossen?«

»Keine Ahnung. Sie bleiben, wo Sie sind, während ich der Sache auf den Grund gehe.«

Kochend vor Wut begab Mal sich in den Speisesaal, setzte sich an einen Tisch in der Ecke und machte sich über ein großes Steak mit Beilagen her. Nun musste er warten, bis Tussup sich wieder erholt hatte. Tief in seinem Herzen hatte Mal das mulmige Gefühl, dass Tussup ihm wieder durch die Lappen gehen würde und alles zwecklos war. Doch eigentlich kümmerte ihn das kaum noch. Vielleicht lag das daran, dass ihm jemand zuvorgekommen war.

Er dachte an Jun Lien.

Und überlegte, ob er ins Krankenhaus gehen und Tussup noch mehr Schmerzen zufügen sollte. Zum Beispiel, indem er ihn einfach aus dem Bett kippte.

»Aber das wirst du nicht tun«, flüsterte ihm Jun Lien zu, sanftmütig wie immer.

»Gut.«

»Also ist es vorbei.«

»Ja«, gab er bedrückt zu.

»Das freut mich, mein Liebling. Du kannst jetzt wieder zu leben beginnen, neue Berge suchen, um sie zu erklimmen, und dich an jedem Sonnenaufgang freuen.«

Mal bemerkte einen einsamen, von Farnen bewachsenen Hain vor dem Fenster und ging hinaus, um eine Zigarette zu rauchen. Er musste endlich anfangen, Jun Liens Andenken in Ehren zu halten, statt gegen die Vergangenheit anzukämpfen. Sie hatte ihn freigegeben und ihm erlaubt, die Trauer abzulegen. Er fühlte sich so ruhig wie schon lange nicht mehr. Die Wut war verraucht, und er konnte nun wieder mit der Begeisterung dem neuen Tag entgegenblicken, die Jun Lien stets solche Freude gemacht hatte. Tussup war wirklich der letzte Mensch, an den er jetzt denken wollte.

Doch als der Anwalt zurückkam, teilte er Mal mit, die Polizei habe den Schützen noch immer nicht ausfindig gemacht. »Offenbar hatte jemand in der Stadt eine Rechnung mit Mr. Tussup zu begleichen.«

»Gut. Tun Sie mir einen Gefallen. Wenn er aufwacht, sagen Sie ihm, dass der Täter mir viel Arbeit erspart hat. Ich muss jetzt fort, denn ich habe noch einen langen Ritt vor mir.«

»Wohin wollen Sie?«

»Nach Norden, zu einer Schaffarm in Queensland am Condamine River, südwestlich von Brisbane.«

»Das ist Hunderte von Kilometern entfernt.«

Mal zuckte die Achseln. »Ich bin die Strecke schon einmal geritten, und ich freue mich darauf.«

»Dann gute Reise, Mr. Willoughby.«

Nachdem man davon ausging, dass Tussup sich ausreichend erholt hatte, um vernommen zu werden, suchte der Sergeant ihn in Begleitung von Carl Muller im Krankenhaus auf. Muller näherte sich dem Patienten vorsichtig.

»Wie fühlen Sie sich, Jake?«

»Absolut miserabel. Was glauben Sie denn?« Angestrengt musterte Tussup seinen Besucher. »Sind Sie das, Muller?«, keuchte er. »Haben Sie ihn?«

»Wen?«

»Willoughby. Das Schwein hat auf mich geschossen.«

»Nein, das stimmt nicht. Der Sergeant hat ihn selbst verhört ...«

»Sehen Sie. Er ist hier. Seit über einem Jahr verfolgt er mich. Ich wusste, dass er es war! Ich habe ihn auf der Farm genau erkannt. Der Dreckskerl hat mich nicht einmal gewarnt, sondern einfach das Gewehr gehoben ...« Erschöpft ließ Jake den Kopf zurück aufs Kissen sinken. »Als ich aufgewacht bin, lag ich hier, und meine Brust brannte wie Feuer. Er hat auf mich geschossen!«

»Da irren Sie sich, junger Mann! Das ist nicht möglich. Als Sie überfallen wurden, war Willoughby noch nicht hier. Die Polizei hat das überprüft. Er war überhaupt nicht in der Nähe Ihrer Farm.«

»Er war es. Da bin ich sicher. Er lügt. Er gibt mir die Schuld am Tod seiner Frau.«

»Wirklich?«, fragte Muller freundlich. »Wie kommt er denn darauf, Jake?«

»Ein Unfall auf hoher See. Eine Tragödie. Viele Menschen haben gesehen, wie es passiert ist. Sie ist ertrunken. Ich konnte ihr nicht helfen, und er hat es auch nicht geschafft. Aber das hat ihn nicht daran gehindert, mich zu beschuldigen. Er brauchte einen Sündenbock. Und was tut er? Er versucht, mich abzuknallen. Sie müssen ihn einsperren.«

»Das geht nicht ...«

»Sie müssen«, tobte Jake. »Solange er frei rumläuft, schwebe ich in Gefahr. Bestimmt treibt er sich noch in der Gegend herum, um mir den Rest zu geben.«

»Um Willoughby brauchen Sie sich keine Sorgen mehr zu machen. Er ist fort.«

»Was?«, schrie Jake. »Haben Sie ihn etwa entwischen lassen!«

Eine ältere Krankenschwester kam herbeigeeilt. »Bitte, Mr. Muller. Sie und der Sergeant müssen jetzt gehen. Das ist noch zu viel für Mr. Tussup. Sehen Sie nur. Sein Fieber ist wieder gestiegen.« Sie drängte die beiden Männer zur Tür. »Hinaus mit Ihnen!«

»Kommt Willoughby als Täter in Frage?«, erkundigte sich der pensionierte Polizist, als sie das Krankenhaus verließen.

»Auf keinen Fall. Außerdem sagte der Anwalt, der ihn aus dem Gefängnis geholt hat, er sei hier gewesen, um in einer anderen Sache Anzeige gegen Tussup zu erstatten. Doch als er hörte, dass auf Jake geschossen worden war, hat er sich die Mühe gespart. Offenbar hat der Täter ihm die Arbeit abgenommen.«

Muller blieb unvermittelt stehen. »Das klingt aber nicht gut.«

»Ich weiß. Wenn er schon seit einer Weile in der Stadt gewesen wäre, hätte ihn eine solche Bemerkung ruckzuck an den Galgen gebracht. Aber er kann nun mal nicht an zwei Orten gleichzeitig sein, unabhängig davon, was Tussup behauptet.«

Am folgenden Tag schlüpfte eine grauhaarige Frau ins Krankenzimmer, um Mr. Tussup zu sehen und ihm eine Schachtel glasierter Eclairs zu bringen.

»Du weißt doch noch, wer ich bin, oder, Jake?«, meinte sie. Er nickte, schien sich aber keinesfalls über die Besucherin zu freuen.

»Ich dachte, du würdest nach deiner Rückkehr mal zu uns kommen, Jake. Um zu sehen, wie es uns geht. Schließlich warst du mit meinen Jungen in der Schule. Es ist schwer, den Ehemann zu verlieren.«

»Was wollen Sie von mir, Mrs. Hawthorne?«, fragte Jake barsch.

»Ein bisschen mit dir plaudern.«

»Worüber?«

Sie holte tief Luft, nahm eine Brille aus ihrer ledernen Handtasche, die schon bessere Tage gesehen hatte, setzte sie auf und betrachtete ihn.

»Macht den Eindruck, als würdest du es überleben. Behauptest du immer noch, dass dieser Willoughby auf dich geschossen hat?«

»Ja. Was geht Sie denn das an?«

»Eine ganze Menge. Jetzt hör mir mal gut zu, Jake Tussup«, zischte sie ihm ins Ohr. »Pass auf, was ich dir zu sagen habe. Es tut mir zwar nicht Leid, dass auf dich geschossen wurde, aber ich lasse nicht zu, dass du den Falschen beschuldigst. Schließlich passiert so etwas in dieser Stadt nicht zum ersten Mal.«

»Ich habe Sie gefragt, was Sie von mir wollen!«

»Dazu komme ich noch. Jemand hat auf dich geschossen. Es war nicht Willoughby. Und du bist nicht dran gestorben. Mein armer Mann, ein guter und aufrichtiger Mensch, hatte nicht so viel Glück, richtig?«

Als Jake sich im Bett umdrehte, fuhr ihm ein Schmerz durch die Brust. Er stieß ein Stöhnen aus, aber Mrs. Hawthorne achtete nicht darauf.

»Das Problem ist«, fuhr sie fort, »dass meine Jungs nie geglaubt haben, dein Dad hätte ihren Vater getötet. Sie haben immer vermutet, dass er jemanden decken wollte. Und das hat ihnen sehr zu schaffen gemacht.«

»Wer hat auf mich geschossen? Charlie?«

»Lass meine Jungs aus dem Spiel. Weder Charlie noch Alec noch Bob noch Billy war es ... Billy ist inzwischen übrigens bei der Polizei, wusstest du das? Wir leben hier in einem freien Land, und sie haben ein Recht auf ihre eigene Meinung. Sie halten deinen Dad für einen Heiligen und dich für eine Ratte. Aber ich will nur Ruhe und Frieden. Verstehst du das?«

Jake starrte sie finster an und presste die Lippen zusammen.

»Ja, mein Leben ist schon lange vorbei«, fuhr sie leise fort. »Ich habe nie wieder geheiratet, denn ich war zu sehr damit beschäftigt, vier Söhne großzuziehen. Es ist schwer, den Ehemann zu verlieren.«

»Das sagten Sie bereits.«

»Na und?«, zischte sie. »Und ich sagte auch, dass ich das ruhige Leben liebe. Aber das wirst du in dieser Stadt niemals finden. An deiner Stelle würde ich mir Sorgen machen, dass derjenige, der das nächste Mal auf dich schießt, ins Schwarze trifft ...«

»Wollen Sie mir etwa drohen?«

»Jake, deine arme liebe Mutter und ich waren gute Freundinnen. Warum sollte ich das tun? Ich wollte dich nur besuchen und mich nach deinem Befinden erkundigen.«

Mrs. Hawthorne nahm die Brille ab und verstaute sie ordentlich in der Handtasche. Als sie Jake ansah, erkannte er den Hass in ihren Augen.

Hatte sie selbst auf ihn geschossen? Durchaus möglich. In der Familie Hawthorne ging man, wie Jake sich erinnerte, gern auf die Jagd; die Hawthornes hatten schon damals als gute Schützen gegolten.

Mrs. Hawthorne tätschelte ihm den Arm, als eine Krankenschwester an der offenen Tür vorbeieilte.

»Jetzt wird alles gut, Jake«, meinte sie freundlich. Und dann flüsterte sie, ein verkniffenes Lächeln auf dem wettergegerbten Gesicht: »Solange du hier drin bleibst. Ich wollte dir nur sagen, dass du da draußen nicht in Sicherheit bist. Ganz im Gegenteil. Je schneller du die Stadt verlässt, desto besser. Und jetzt lieg einfach still, und erhole dich.«

Wütend blickte er ihr nach, während sie aus dem Zimmer schlüpfte und auf dem Flur fröhlich mit der Krankenschwester plauderte. Für die anderen war sie nur eine reizende Nachbarin.

Als der Sergeant ihm einen erneuten Besuch abstattete, stammelte er, einer der Hawthorne-Brüder hätte auf ihn geschossen und Mrs. Hawthorne habe ihn bedroht.

»Soweit ich gehört habe, war sie sehr nett zu Ihnen, Jake. Sie hat Ihnen sogar Kuchen gebracht.«

»Sie kennen sie nicht so gut wie ich«, protestierte Jake.

»Wie kommen Sie darauf?«, gab der Sergeant kühl zurück. »Schließlich haben Sie sie seit fünfzehn Jahren nicht gesehen und nicht miterlebt, wie sie sich nicht nur für ihre Familie aufgeopfert, sondern sich auch um die Kirche verdient gemacht hat.«

Doch da man noch keine Verdächtigen vorweisen konnte, erwähnte er diese Anschuldigung erst später in einem Gespräch mit Carl Muller.

»Durchaus möglich«, erwiderte Carl. »Damals wurde gemunkelt, dass in Wirklichkeit Jake Sergeant Hawthorne erschossen hat. Aber er war nur ein junger Bursche und gab schließlich zu, sein Vater wäre es gewesen.« Er seufzte auf. »Man weiß nie, welchen Groll Familien hinter verschlossenen Türen hegen. Vielleicht hat wirklich einer der Hawthorne-Jungs versucht, Jake umzulegen. Nur welcher? Es würde ganz schön schwierig werden, es einem von ihnen nachzuweisen. Außerdem ist Billy ein Kollege. Vermutlich wollte Mrs. Hawthorne ihm nicht drohen, sondern den Frieden wahren und verhindern, dass Jake sich rächt.«

Muller dachte über den Einwand nach. »Wurden in der Stadt zu diesem Zeitpunkt noch andere Fremde gesehen?«

»Nein.« Der Sergeant schüttelte den Kopf. »Ich glaube, ich werde einfach abwarten, wie Tussup sich verhält. Offenbar ist er eine zwielichtige Gestalt, und es kann sicher nicht schaden, mehr über ihn zu wissen.«

Wie sich herausstellte, geschah nichts, was den Sergeant interessiert hätte. In die verschlafene Kleinstadt kehrte wieder der Alltag ein, und bald war Gras über die Sache gewachsen. Der nächste Grund zur Aufregung entstand erst, als ein Herr auf einem Fahrrad die Hauptstraße entlangstrampelte, ein erstaunlicher Anblick, denn ein solches Gefährt hatte man hier noch nie gesehen.

Jake hatte niemals im Leben ein Fahrrad zu Gesicht bekommen und auch kein Interesse an diesem Wunderwerk der Technik, über das das ganze Krankenhaus sprach. Ihm war es endlich gelungen, den Arzt zu überreden, ihn zu entlassen.

»Sie sind immer noch ziemlich schwach auf den Beinen«, warnte der Arzt. »Sie müssen es langsam angehen. Halten sie sich warm. Keine körperliche Anstrengung. Drei reichhaltige Mahlzeiten täglich, damit sie wieder zu Kräften kommen. Und jeden Abend eine heiße Milch mit Rum. Wie wollen Sie das allein in Ihrer Hütte anstellen?«

»Ich schaffe das schon. Zu Hause wird es mir bald besser gehen.«

»Meinetwegen. Ich denke darüber nach.«

Und er tat mehr als das. Einige Tage später brachte er Jake in seiner Kutsche nach Hause und bat Boysies Mutter, für den Kranken zu kochen. Außerdem wies er Boysie an, Mr. Tussups Pferd zurückzubringen.

Als der Junge vor seiner Tür eintraf, ging Jake gerade langsam durch das Haus. Er war froh, dass jemand so freundlich gewesen war, eine Plane vor das Loch in der Wand zu hängen, das er selbst vor über zwei Wochen geschlagen hatte.

»Also hat doch nicht Willoughby auf Sie geschossen«, meinte Boysie.

»Nein, ich habe mich geirrt«, murmelte Jake.

»Wer war es dann?«

»Ich weiß nicht.«

»In der Stadt heißt es, es wäre ein Bandit gewesen, Mister.«

»Das kann ich mir denken. Was sagt man denn sonst noch?«

»Dass Sie früher mal hier gewohnt haben, und nur gekommen sind, um das Haus zu reparieren, und anschließend wieder zur See fahren wollen.«

»Wer behauptet das?«

»Das hat Mrs. Hawthorne meiner Mutter erzählt.«

»Hat sie das?«

»Ja. Aber zuerst müssen Sie wieder reiten können, richtig? Also habe ich mir gedacht, dass ich bis dahin ja herkommen und Ihr Pferd reiten könnte, damit es bewegt wird.«

»Das wäre nett, Boysie. Du könntest auch ein paar Botengänge für mich erledigen und dir ein bisschen Taschengeld verdienen. Einverstanden?«

»Gern«, erwiderte Boysie begeistert. Die Sommersprossen in seinem kleinen runden Gesicht leuchteten.

Später am Nachmittg saß Jake in einem alten Lehnsessel am Ofen, um sich zu wärmen. Neben ihm stand ein Krug heiße Milch mit einem kräftigen Schuss Rum. Ein Glück, dass er dem Krankenhaus und dem Fraß, den man dort als Essen bezeichnete, entkommen war.

Boysie hatte ihm Proviant gebracht. Seine Mutter Clara hatte einen Eintopf aus Lamm und Gemüse gekocht, und Jake griff zu, als hätte er noch nie im Leben eine anständige Mahlzeit gegessen. Anschließend fühlte er sich ein bisschen besser. Er war nur ein wenig kurzatmig und wackelig auf den Beinen, doch das würde vergehen. Dann musste er unbedingt die Arbeiten am Haus fortsetzen, denn schließlich durfte er nicht zulassen, dass es zur Ruine verfiel.

Als er sich aus dem Sessel aufrappelte, um Holz nachzulegen, protestierten seine verletzten Brustmuskeln. Er griff nach dem Schürhaken, stöhnte vor Schmerz auf und erinnerte sich an die Worte des Arztes, dass diese Dinge eben ihre Zeit brauchten. Doch auch das konnte ihn nicht trösten. Er ließ sich wieder in den Sessel sinken, breitete die Decke über seine Knie und bemerkte, dass es rasch dunkel wurde. Die Nacht hatte ihre Gefahren. Sicher wussten die Hawthornes, dass er das Krankenhaus verlassen hatte. Und die Gelegenheit war günstig, dass einer von ihnen Mrs. Hawthornes Drohung wahr machte. Inzwischen zweifelte Jake nicht mehr daran, dass es sich bei den Schüssen um einen Racheakt handelte, mit dem eine alte Rechnung beglichen werden sollte. Er musste auf der Hut sein. Als er diesmal aus dem Sessel aufstand, zwang er sich, nicht auf die stechenden Schmerzen zu achten. Er schleppte sich ins Schlafzimmer, wo er seine Pistole und die Munition unter einem Dielenbrett hervorholte. Nachdem er in die Küche zurückgekehrt war, rückte er den Sessel vom Fenster weg und mit dem Rücken zum Ofen. So saß er die ganze unendlich lange Nacht da und zuckte bei jeden Geräusch zusammen, bis er die Kakadus rufen hörte, deren lautes Schreien und Kichern den herbeigesehnten Morgen ankündigte.

Als Clara, wie Mrs. Hawthorne eine hagere Bauersfrau, die keine Mätzchen duldete, Jake mittags schlafend im Bett antraf, freute sie sich, dass er sich so folgsam schonte. Es war ihm zu peinlich, zuzugeben, dass er die ganze Nacht kein Auge zugetan und stattdessen Ausschau nach möglichen Feinden gehalten hatte.

»So kann das nicht weitergehen«, sagte er sich, während er sich eine Scheibe von dem gepökelten Rindfleisch abschnitt, das sie ihm gebracht hatte. »Ich lasse mich nicht ins Bockshorn jagen.« Er überlegte, dass seine Gegner vielleicht einfach nur darauf warteten, dass er die Stadt verließ. Schließlich gab es ja keinen Grund zur Eile.

»Ach, woher soll ich das wissen?«, fragte er sich dann ärgerlich. »Ich weigere mich, noch eine Nacht Wache zu schieben, so viel steht fest. Ich halte einfach meine Pistole griffbereit.« Allerdings musste er zugeben, dass die Waffe ihm auch nichts nützen würde, denn er war so erschöpft, dass er in der folgenden Nacht schlief wie ein Stein.

Jake war fest entschlossen, so schnell wie möglich wieder auf die Beine zu kommen. Um seine Muskeln zu kräftigen, fing er an, Spaziergänge bis zum hinteren Gartenzaun zu unternehmen. Er aß reichlich, ging jeden Tag ein Stückchen weiter und ruhte sich dann wieder aus. So verfuhr er täglich, und als er sich ein wenig erholt hatte, wagte er sich an leichtere Arbeiten rund um sein Haus. Bald jedoch wurde Jake klar, dass seine Fachkenntnissse nicht ausreichten, um das Haus ordentlich instandzusetzen – selbst wenn er im Vollbesitz seiner Körperkraft gewesen wäre. Und so beschloss er, einen Schreiner zu beschäftigen.

Von diesem Tag an wendete sich Jakes Leben zum Besseren. Der Schreiner, ein tüchtiger Mann, wies ihn darauf hin, dass er die Sache völlig falsch angegangen war. Er bestand darauf, sich mit ihm zusammenzusetzen, und erkundigte sich zunächst, welche Summe Jake für den Umbau erübrigen konnte. Nachdem geklärt war, dass ausreichend Geld vorhanden war, zeichnete er einen Plan für ein größeres Farmhaus, der Jake sehr gut gefiel. Da ihm in diesen Dingen die Vorstellungsgabe fehlte, hatte er nur beabsichtigt, das alte Haus wieder bewohnbar zu machen. Nun jedoch würde hier ein Gebäude entstehen, auf das man stolz sein konnte.

Wenn Jake allein war und sich gestattete, die Vergangenheit Revue passieren zu lassen, malte er sich aus, wie gern seine Eltern in einem so schönen Haus gewohnt hätten, und er ertappte sich dabei, dass er weinte. Er bereute von Herzen, was er seinen Eltern angetan hatte; schließlich hatten sie ihn so sehr geliebt, dass sie ... Da er es nicht ertragen konnte, an das Opfer zu denken, das sein Vater für ihn gebracht hatte, wandte er sich zum Spiegel und stellte erschrocken fest, dass er ihm wie aus dem Gesicht geschnitten war. Jake kam zu dem Schluss, dass es an der Zeit war, sich schonungslos mit den Geschehnissen von damals auseinander zu setzen und keine Ausflüchte zuzulassen. Er hatte den Polizisten erschossen. Es war ein Unfall gewesen. Ein schrecklicher Unfall. Sein Vater hatte darauf bestanden, die Schuld auf sich zu nehmen. Er war nicht umzustimmen damals. Jake machte sich Vorwürfe, weil er einen Gesetzlosen im Haus gehabt hatte, was an sich schon eine Straftat war. Ohne diesen Mann hätte er nie eine geladene Waffe in der Hand gehabt.

»Du tust, was ich dir sage«, hatte Ted Tussup seinen Sohn angewiesen, »und redest nur, wenn du gefragt wirst.«

»Und ich habe gehorcht«, schluchzte Jake. »Obwohl ich es besser wusste. Dabei war es meine Entscheidung. Ich hätte protestieren und die Folgen auf mich nehmen müssen. Später auf der *China Belle* war es dasselbe. Ich wollte doch nur desertieren und Gold schürfen, weil sich das Schiff so nah bei den Goldfeldern befand. Ich hatte keine Ahnung, was für eine Lawine von Ereignissen ich dadurch auslösen würde.«

Aber eine innere Stimme widersprach: »Du hast es gewusst. Du hattest Verantwortung. Für das Schiff. Für diese Frauen. Für Mrs. Willoughby und Mrs. Horwood. Doch jetzt ist es zu spät für Reue.«

Nur die harte Arbeit, die er sich auflud, als er dem Schreiner zur Hand ging und mit dem Wiederaufbau seiner Farm begann, unterdrückte die Niedergeschlagenheit, die sich seiner Seele bemächtigen wollte. Bald brauchte Jake Claras Hilfe nicht mehr, und auch Boysie verlor nach einer Weile das Interesse an ihm. Nachdem der Schreiner sich, mächtig zufrieden mit seinem Werk, verabschiedet hatte, stand

Jake da, betrachtete sein schönes Haus und weinte wieder, so sehr wünschte er sich, seine Eltern hätten noch erleben können, was er aus ihrem Zuhause gemacht hatte. Sonst spielte niemand mehr eine Rolle. Und es kümmerte ihn auch nicht mehr, ob die Hawthornes weiterhin Rachepläne schmiedeten. Er hatte das Davonlaufen satt.

Bald war klar, dass die Hawthornes ihm nicht mehr nach dem Leben trachteten. Inzwischen hatte Jake weitere Verpflichtungen übernommen. Ein Mischlingshund hatte sich auf seiner hinteren Veranda eingerichtet, und er besaß zwei Kühe, einen Ackergaul, ein Reitpfed und einen kreischenden weißen Kakadu. Jeden Abend saß er bis zum Sonnenuntergang auf der Veranda, blickte die lange Straße entlang und überlegte, ob er weiterziehen sollte. Am Mount Morgan, nicht weit nördlich von Brisbane, war eine große Goldader gefunden worden. Und während er darüber nachdachte, ob es sich wohl lohnte, sich auf den Weg zu machen, wurden die Monate zu Jahren.

Mal ritt in gemächlichem Tempo nach Norden und durch verschiedene Provinzstädtchen ins Landesinnere. Nach einer Weile erreichte er das Gebirge und überquerte die Grenze nach Queensland. Dort machte er ein paar Tage in einer Stadt namens Warwick Station, um sich und seinem Pferd ein wenig Ruhe zu gönnen. Anschließend brach er auf zur Schaffarm Willowvale, die sechzig Kilometer weiter am Condamine River lag.

»Wirklich ein hübsches Fleckchen Erde«, sagte er sich schmunzelnd, als er der Straße durch das Gebiet von Willowvale folgte. In der Ferne konnte er das vertraute rote Dach des Farmhauses sehen. Dahinter befanden sich, wie er wusste, die Wollschuppen, wo alljährlich Tausende von Schafen geschoren wurden.

Er musste an Esme denken. Willowvale war alles, was er sich immer erträumt hatte, ein Besitz, auf den ein Mann stolz sein und wohin er seine Frau heimführen konnte. Esme war eine anregende Gesprächspartnerin. »Wenn sie nicht gerade böse auf mich ist«, murmelte er grinsend.

Allerdings hatte er sich zugegebenermaßen ziemlich verschwommen ausgedrückt, was wohl daran lag, dass er sich selbst noch nicht über seine Absichten im Klaren gewesen war. Als er nun die friedliche Landschaft betrachtete, fühlte er sich in seinem Entschluss bestätigt. Nach all den dramatischen Ereignissen brauchten sie beide Ruhe und Beständigkeit und genug Zeit, um dazusitzen und die Sterne zu betrachten. Er verstand, dass die Zuneigung, die sie füreinander empfanden, auch eine Art von Liebe war, wenn auch ganz anders als die Leidenschaft, die er mit Jun Lien geteilt hatte. Sicherlich unterschied sie sich auch von der Beziehung zwischen Esme und Neville. Aber das schmälerte nicht ihre Bedeutung und machte sie auch nicht weniger dauerhaft. Mal war fest entschlossen, Esme zu heiraten. Als Mann und Frau würden sie hier glücklich miteinander leben.

»Ich sollte ihr schreiben und sie bitten, nach Willowvale zu kommen«, überlegte er, aber eine warnende Stimme widersprach:

»Nein, so geht das nicht. Du wirst dich benehmen wie ein Gentleman, sie aufsuchen und ganz offiziell um ihre Hand anhalten. Bring sie in ihr neues Zuhause, wie es sich gehört.«

Zwei Schafhirten kamen angeprescht, ihnen voraus liefen ihre Hunde, die den Fremden ankläfften.

»Ich bin Willoughby«, sagte Mal und streckte die Hand aus.

»Ach, ja«, erwiderte der ältere der beiden. »Ich bin Mac, und das hier ist Russ. Wir haben Sie schon erwartet. Kommen Sie mit zum Haus. Sind Sie weit geritten?«

»Aus Goulburn.«

»Respekt«, meinte Mac. »Das ist eine ganz schöne Strecke. Der Boss sagt, Sie hätten den Laden hier gekauft.«

»Stimmt.«

»Waren Sie schon mal hier? Oder haben Sie einfach eine Nadel in die Landkarte gebohrt?«

»Nein«, antwortete Mal lachend. »Ich kenne die Farm noch von damals, als ich ein kleiner Junge war. Mein Großvater hat hier angefangen. Er hat Schafe von Sydney hierher getrieben.«

Achselzuckend sah er sich um. »Meine Familie ist in finanzielle Schwierigkeiten geraten und hat die Farm verloren. Ich habe immer gehofft, sie eines Tages zurückkaufen zu können.«

»Tja, der Boss wird sich sicher sehr freuen, Sie zu sehen. Er ist zu krank, um Willowvale weiterhin zu führen, und wollte, dass jemand übernimmt, dem die Farm wirklich etwas bedeutet.«

»Ich denke, Mr. Willoughby ist genau der Richtige, um in seine Fußstapfen zu treten«, meinte der andere Schafhirte. »Aber eines muss ich Ihnen gleich sagen, Boss: Es gibt hier trotz des Namens keine Weiden. Wir haben Tausende von Quadratkilometern Grund, und keiner von uns hat je eine Weide gesehen, obwohl alle ständig danach suchen.«

Mal lachte auf. »Dann suchen Sie eben weiter.«

Die drei Männer ritten auf das große, geräumige Farmhaus zu. Die Auffahrt endete an einer Vortreppe. Während sie abstiegen, kam ein älterer Mann die Stufen hinunter.

»Sie müssen Mr. Willoughby sein«, sagte er und hielt Mal die Hand hin. »Als ich Ihren Namen hörte, habe ich ein paar Nachforschungen angestellt. Ich hoffe, dass Sie hier sehr glücklich sein werden. Willkommen zu Hause.«

Nachdem alle Papiere unterschrieben und mit Siegeln versehen waren und Willowvale endlich ihm gehörte, verabschiedete sich Mal von dem früheren Besitzer. Er atmete erleichtert auf. Jetzt musste er noch etwas tun, das ihm am Herzen lag. Er marschierte, vorbei am Pferch, an den Werkstätten, den Unterkünften der Männer und den Ställen und über eine niedrige Brücke zu den Wollschuppen, die nun verlassen dalagen. Dann folgte er einem schmalen Pfad hinauf zu dem kleinen Friedhof, der oben auf einer kleinen Anhöhe lag. Jenseits des schmiedeeisernen Zauns befanden sich etwa zwanzig Gräber. Der schlichte, weiße Grabstein von Malachi Willoughby hatte den Ehrenplatz unweit des Tors.

Mal ging hinein und klopfte auf den Stein. »Bist du da, Malachi?«, rief er, und ihm war deutlich anzuhören, wie glücklich er war. »Erinnerst du dich an mich? Ich habe dich nie kennen gelernt, aber Dad und ich haben uns vor vielen Jahren hier hineingeschlichen, als ich noch ein kleiner Junge war. Wir sind diesen Weg hier entlanggeritten, und er meinte zu mir, er werde mir jetzt das Grab meines Großvaters zeigen. Da bin ich wieder, und ich habe wunderbare Nachrichten für dich. Ich habe unser Land zurückgekauft, Großvater. Es gehört uns. Und eines lass dir gesagt sein: Diesmal sorge ich dafür, dass es in der Familie bleibt.«

Er ließ den Blick über die Weiden und die Schafherden schweifen, die in den Hügeln grasten. »Natürlich könnte das mit der Familie noch ein wenig dauern. Ich habe ein Auge auf eine ganz bestimmte Dame geworfen. Wenn sie einverstanden ist, feiern wir eine große Hochzeit in der Kapelle von Willowvale. Du magst sie bestimmt. Sie ist ein frecher Rotschopf, der hübscheste Rotschopf, den du je gesehen hast. Und außerdem spielt sie Karten wie der Teufel.«